国家哲学社会科学成果文库
NATIONAL ACHIEVEMENTS LIBRARY
OF PHILOSOPHY AND SOCIAL SCIENCES

俄罗斯文学"莫斯科文本"与"彼得堡文本"研究

傅星寰 著

图书在版编目（CIP）数据

俄罗斯文学"莫斯科文本"与"彼得堡文本"研究/傅星寰著. —北京：北京大学出版社, 2023.8
（国家哲学社会科学成果文库）
ISBN 978-7-301-34332-6

Ⅰ.①俄… Ⅱ.①傅… Ⅲ.①俄罗斯文学－文学研究 Ⅳ.①I512.06

中国国家版本馆CIP数据核字(2023)第157176号

书　　名	俄罗斯文学"莫斯科文本"与"彼得堡文本"研究 ELUOSI WENXUE "MOSIKE WENBEN" YU "BIDEBAO WENBEN" YANJIU
著作责任者	傅星寰　著
责任编辑	李　哲
标准书号	ISBN 978-7-301-34332-6
出版发行	北京大学出版社
地　　址	北京市海淀区成府路205号　100871
网　　址	http://www.pup.cn
新浪微博	@北京大学出版社
电子邮箱	编辑部pupwaiwen@pup.cn　总编室zpup@pup.cn
电　　话	邮购部010-62752015　发行部010-62750672　编辑部010-62759634
印刷者	北京中科印刷有限公司
经销者	新华书店
	720毫米×1020毫米　16开本　25.75印张　450千字 2023年8月第1版　2023年8月第1次印刷
定　　价	138.00元

未经许可，不得以任何方式复制或抄袭本书之部分或全部内容。
版权所有，侵权必究
举报电话：010-62752024　电子信箱：fd@pup.cn
图书如有印装质量问题，请与出版部联系，电话：010-62756370

《国家哲学社会科学成果文库》
出版说明

  为充分发挥哲学社会科学优秀成果和优秀人才的示范引领作用,促进我国哲学社会科学繁荣发展,自 2010 年始设立《国家哲学社会科学成果文库》。入选成果经同行专家严格评审,反映新时代中国特色社会主义理论和实践创新,代表当前相关学科领域前沿水平。按照"统一标识、统一风格、统一版式、统一标准"的总体要求组织出版。

全国哲学社会科学工作办公室
2023 年 3 月

目 录

绪 论
    第一节　莫斯科与彼得堡的历史来路　/ 001
    第二节　俄罗斯历史文化中"莫斯科与彼得堡"问题的世界性回响　/ 008
    第三节　本研究的目的与意义　/ 016

第一章　彼得堡文本及其代码系统
    第一节　彼得堡文本的形成与发展　/ 022
    第二节　彼得堡文本的代码系统　/ 032

第二章　莫斯科文本及其代码系统
    第一节　莫斯科文本的形成与发展　/ 060
    第二节　莫斯科文本的代码系统　/ 081

第三章　俄罗斯作家笔下的"彼得堡书写"概览
    第一节　普希金笔下的彼得堡城市空间　/ 112
    第二节　陀思妥耶夫斯基笔下的彼得堡城市意象　/ 122

第三节 都市文明与田园理想的对话
　　——冈察洛夫《奥勃洛摩夫》双时空体结构的文化解读　/ 133

第四节 铺排在"双层语义"结构中的对立主题
　　——А.别雷的《彼得堡》解析　/ 146

第五节 "沙化之城"何以自救?
　　——К.瓦基诺夫的《山羊之歌》解析　/ 157

第六节 透过 М.维列尔的列宁格勒"棱镜"
　　——以《涅瓦大街的传说》为例　/ 167

第四章 俄罗斯作家笔下的"莫斯科书写"概览

第一节 格里鲍耶多夫的"莫斯科"
　　——以《聪明误》为例　/ 176

第二节 普希金的"莫斯科书写"
　　——以《棺材店老板》为例　/ 186

第三节 别雷的长篇系列小说《莫斯科》中的"莫斯科书写"　/ 194

第四节 索尔仁尼琴《第一圈》中的三个政治空间　/ 204

第五节 特里丰诺夫《交换》中的"莫斯科书写"　/ 212

第六节 量子意识视域下的《夏伯阳与虚空》中的空间叙事　/ 220

第五章 彼得堡时空的人物形象类型

第一节 男性人物形象类型　/ 230

第二节 女性人物形象类型　/ 247

第六章 莫斯科时空的人物形象类型

第一节 女性人物形象类型　/ 253

第二节 男性人物形象类型　/ 261

第七章　莫斯科文本与彼得堡文本的"现代性"诗学
　　第一节　全景式文学绘图：从乡村到城市再到大都市　/ 279
　　第二节　结构模式与空间叙事类型　/ 296

结　语　两个"超级文本"系统的协同机制　/ 322
　　第一节　两个"超级文本"系统的相互关联　/ 322
　　第二节　两个"超级文本"系统的"临界涨落"与"对称打破"　/ 332

参考文献　/ 352

主要人名索引　/ 385

后　记　/ 393

CONTENTS

PREFACE
    1. The History of Moscow and Petersburg / 001
    2. The World Echo of the "Moscow and Petersburg" Problems in Russian History and Culture / 008
    3. The Objectives and Significance of the Study / 016

CHAPTER 1   PETERSBURG TEXT AND ITS CODE SYSTEM
    1. The Formation and Development of Petersburg Text / 022
    2. The Code System of Petersburg Text / 032

CHAPTER 2   MOSCOW TEXT AND ITS CODE SYSTEM
    1. The Formation and Development of Moscow Text / 060
    2. The Code System of Moscow Text / 081

CHAPTER 3   AN OVERVIEW OF "PETERSBURG WRITING" BY RUSSIAN WRITERS
    1. The Urban Space of Petersburg in Pushkin's Works / 112
    2. The Image of Petersburg City in Dostoevsky's Works / 122
    3. Dialogue between "Idyllic Ideal " and "Urban Civilization"
       — Culture Interpretation of the Chronotope in Goncharov's *Oblomov* / 133

4. Opposite Themes in the "Double-Layered Semantic" Structure
　　—— An Analysis of Andrei Bely's *Petersburg* / 146
5. How Can "the City of Cultural Desertification" Save Itself?
　　—— An Analysis of Konstantin Wakinov's *Song of Goat* / 157
6. Through the Lens of Leningrad by M. Veller
　　—— Taking *Legend of Nevsky Prospect* as An Example / 167

CHAPTER 4　AN OVERVIEW OF "MOSCOW WRITING" BY RUSSIAN WRITERS

1. "Moscow" in the Writings of Gliboedov
　　—— Taking *Smart Mistakes* as An Example / 176
2. "Moscow Writing" in Pushkin's Works
　　—— Taking *Coffin Shop Owner* as An Example / 186
3. "Moscow Writing" in Andrei Bely's Novel *Moscow* / 194
4. The "Reversed" Moscow in Solzhenitsyn's *The First Circle* / 204
5. "Moscow Writing" in Trifonov's *Exchange* / 212
6. Space Narrative in *Chapaev and Void* from the Perspective of Quantum Consciousness / 220

CHAPTER 5　THE TYPES OF CHARACTERS IN PETERSBURG'S SPACE-TIME

1. Types of Male Characters / 230
2. Types of Female Characters / 247

CHAPTER 6　THE TYPES OF CHARACTERS IN MOSCOW'S SPACE-TIME

1. Types of Female Characters / 253
2. Types of Male Characters / 261

CHAPTER 7　THE POETICS OF MODERNITY IN MOSCOW TEXT AND PETERSBURG TEXT

1. Panoramic Literacy Mapping: From Country to City and then to Metropolis / 279
2. Structural Paradigm and Types of Space Narrative / 296

CONCLUSION   SYNERGY MECHANISM OF THE TWO "SUPERTEXT" SYSTEMS / 322

   1. Interconnection between the Two "Supertext" Systems / 322
   2. "Critical Fluctuation" and "Symmetry Breaking" between the Two "Supertext" Systems / 332

REFERENCES / 352

INDEX / 385

AFTERWORD / 393

绪　论

第一节　莫斯科与彼得堡的历史来路

在人类的现代化进程中，俄罗斯是一个现代文明发展较晚的姗姗来迟者。在现代化道路选择上，俄罗斯始终在向西还是向东的两难处境中徘徊。[1]正如 Н. 别尔嘉耶夫（Николай Александрович Бердяев, 1874—1948）所说："东方还是西方，两个世界潮流在俄罗斯碰撞，俄罗斯处在两者的相互作用之中，俄罗斯民族不是纯粹的亚洲民族，也不是纯粹的欧洲民族。俄罗斯是世界的完整部分，巨大的东方—西方，它将两个世界结合在一起。在俄罗斯精神中，东方与西方两种因素永远在相互角力。"[2]作为这两种文化的城市代表——莫斯科与彼得堡，就是俄罗斯在不同历史时期对现代化道路选择的缩影。对于俄罗斯而言，莫斯科与彼得堡这两座曾轮流坐庄、各领风骚的都城，无论在历史地位还是文化发展上都含义深远。

自彼得堡创建伊始，俄罗斯历史便开启了莫斯科与彼得堡的"双城对峙"。它们对峙的历史已经延续了三百多年。直到今天，有关莫斯科与彼得堡对峙的话题依然具有现实意义。19世纪上半叶俄罗斯思想界西欧派和斯拉夫派有关俄罗斯西方化和俄罗斯文化自成一格的争论正是两座城市矛盾冲突

---

[1] 傅星寰：《现代性视阈下俄罗斯思想的艺术阐释——俄罗斯文学五大题材研究》，长春：吉林人民出版社，2010年，第138页。

[2] ［俄］别尔嘉耶夫：《俄罗斯思想》，雷永生、邱守娟译，北京：生活·读书·新知三联书店，2004年，第2页。

的见证。十月革命后，俄罗斯的文化语境发生了一些变化，莫斯科与彼得堡的对峙变成了俄罗斯历史的东方与西方的问题。在卫国战争前后的年代，这个话题又变成了彼得堡的"知识分子性"和莫斯科的"平民性"的对峙。最近半个世纪以来，这个话题又发生了逆转：将过往认为莫斯科具有地道的民族性转变为彼得堡才是俄罗斯文化的真正中心，争论的焦点在于，莫斯科与彼得堡，"谁是俄罗斯精神和文化的真正继承人"。[1] 谈到这个话题，我们不得不追溯"罗斯受洗"的历史。公元988年，弗拉基米尔大公率领整个罗斯各部族皈依了东正教，使罗斯民族进入了基督教文化圈。同时，这个源自拜占庭的"东方正教"又成为西方基督教世界排斥罗斯的主要原因。俄罗斯与西方的对峙由此生成。蒙古—鞑靼人的侵略和鞑靼人对罗斯长达两个半世纪的桎梏（1238—1480），影响了俄罗斯文化的发展走向。这期间，罗斯的文化中心向北转移，基辅等南方各城市渐次衰落。弗拉基米尔和诺夫哥罗德成为新的宗教、文化和经济中心，那里保存了古罗斯的文化、习俗和人们对昔日强国的记忆。与此同时，俄罗斯文化开始显现混杂着拜占庭和蒙古—鞑靼文化的"东方"色彩。

  莫斯科被视为"圣城"理想的体现还是在很久以后的事情。16世纪，俄罗斯历史在经历了弗拉基米尔和诺夫哥罗德之后，在"莫斯科公国"时代宣告了莫斯科是"第三罗马"和东正教的继承地。现实中的莫斯科城的外部形态逐渐表现出帝国的野心和信仰的力量，就连克里姆林宫的样式也是按照圣城耶路撒冷的模式设计建造。于是，莫斯科是"圣城"的说法被国家积极地发展起来。

  莫斯科这个名字第一次出现，是在一部编年史中。据记载，在1147年，罗斯托夫-苏兹达尔王公尤里·多尔戈鲁基（Юрий Владимирович

---

[1] *Вендина О.И.* Москва и Петербург. История об истории соперничества российских столиц // Политця. 2002. № 3. С.1.

Долгорукий，1095—1157）向他的同盟者、东乌克兰的诺夫哥罗德——谢弗尔斯克公国的公爵斯维亚托斯拉夫送了一份请帖，上面写道："到我这儿来，兄弟，到莫斯科来。"在莫斯科，尤里款待了斯维亚托斯拉夫。编年史家还提到尤里·多尔戈鲁基大公在1156年为莫斯科修筑了城墙。1177年，梁赞的公爵格列布"袭击了莫斯科并焚毁了整个城镇和村庄"。[1] 由此可见，莫斯科作为一个公爵居住的村庄或小镇应该出现于1147年前。自14世纪的莫斯科崛起、15—16世纪莫斯科公国的昌盛以来，莫斯科就一直作为俄罗斯的都城，它见证了罗斯各部族由封建割据到中央集权的整个过程。但是，到了17世纪，建立在莫斯科这片辽阔土地上的年轻国家却显露出"衰颓"的模样。那里无尽的骚乱、暴动和教会分裂令人惊叹。于是，"莫斯科神话"开始发生变化，"第三罗马"的比喻并不总能引起愉快的联想。

相对于莫斯科，彼得堡则年轻得多。这个彼得大帝（Пётр Алексеевич，1672—1725）亲手创建的都城，是俄罗斯"面向西方的窗口"，它同时也代表着俄罗斯现代化进程的开端。历史上，俄罗斯由于没有出海口而被阻碍了与西方在政治、经济、文化等方面的交流，这成了彼得执政以前几代帝王魂牵梦绕但也难以除却的心头之患。彼得大帝上任伊始便决意冲破封锁，夺得出海口。17世纪末至18世纪初，彼得大帝曾几次率部向把守着南部黑海出海口的土耳其发动战争，但屡遭失败。之后，彼得大帝又转向波罗的海沿岸寻求出海口，在与丹麦和波兰缔结了攻打瑞典的同盟之后，又与土耳其签订合约以便全力以赴向瑞典开战。几经征战，俄罗斯军队最终拿下了波罗的海涅瓦河上的芬兰湾出海口。1703年5月16日，彼得大帝下令在波罗的海芬兰湾的一片沼泽地上建设一座新的城市，这一天便成了彼得堡的生日。从此，"在波罗的海岸边建立的新都圣彼得堡成了新俄罗斯的象征，莫斯科

---

[1] [美]尼古拉·梁赞诺夫斯基、马克·斯坦伯格：《俄罗斯史》（第八版），杨烨、卿文辉、王毅主译，上海：上海人民出版社，2013年，第93页。

则是旧俄罗斯的象征"[1]。怀揣着"强国梦"的彼得大帝并不喜欢莫斯科，因为"这里每一步都会引起暴乱和死刑的回忆，都会见到根深蒂固的守旧的陋习，都会遇到迷信、偏见的顽强抵抗。他离开了虽不使他感到窒息却使他受到束缚的克里姆林宫，而到遥远的波罗的海岸边去寻求空间，为自己强烈而不安定的活动寻求空间和自由"[2]。彼得大帝希望这座新建的城市能够完全不同于东正教宗法制的莫斯科，而成为真正的欧洲城市。因而，它无论在整体布局还是日后的扩建中都体现着欧洲现代文明的理性精神——和谐规整。从此之后，彼得堡就被当作俄罗斯追随欧洲发端于文艺复兴时期的城市思想的体现。

彼得堡的出现促使莫斯科从历史的前台退居到次要地位，但是莫斯科并没有丧失自己在俄罗斯历史舞台上的角色。宗教界从帝国的立场出发，以新的方式运用"圣城"的神话，因而莫斯科就获得了"第一都城"的封号。从国家责任的重负中解脱出来的莫斯科，很快就变得"丰腴"起来。它很快忘记了16—17世纪的噩梦，成为"周到热情""慷慨好客""自己人的""祖国的""东正教的"莫斯科了。

18世纪，俄罗斯的宫廷生活波诡云谲、急剧变幻，但是有关两个都城的争论依然在持续。虽然莫斯科在俄罗斯的地位依然重要，但已褪去了以往的光环。相反，当时的彼得堡已声名鹊起，可以与世界任何著名的城市，诸如威尼斯、罗马甚至巴黎相媲美。在世人眼里，莫斯科与彼得堡，就如同正本与副本之间的对立。只不过，作为副本，彼得堡不但超越了正本且本身成为其他城市的样板。然而，彼得堡的城市建设和城市生活的俄罗斯经验却不被提及。这种沉默映射了它的非现实性，预示了资本主义现代化和城市化进程在俄罗斯的虚幻性。已经失去"第三罗马"荣耀的莫斯科，半个世纪以来都

---

[1] [美]斯塔夫里阿诺斯：《全球通史》，董淑慧等译，北京：北京大学出版社，2005年，第211页。

[2] [俄]普希金：《普希金全集6·评论》，沈念驹、吴笛主编，邓学禹、孙蕾译，杭州：浙江文艺出版社，2012年，第267页。

在体验着由于这种荣耀的丧失而带来的不安,尽管它努力创建自己新的"神话",但是在新的历史语境中,它始终没有找到言说自己的话语。整个18世纪的俄罗斯历史,几乎就是彼得堡的"独白"。1812年的反法卫国战争以及"大火"的破坏,完全将莫斯科变为"多灾多难的城市"的象征,但这也使它重新赢得了全民族的宠爱。俄罗斯热爱并怜惜它,因为从它的身上认出了自己。莫斯科长久地保留着外省的生活方式,使那些对俄罗斯现代化进程"水土不服"的俄罗斯人,深切感觉到它才是"俄罗斯的心脏",是国家的"精神之都"。

彼得堡的城市氛围在19世纪上半叶初始形成。然而,除了宫廷的楼堂馆所,整个彼得堡就像一座兵营或牢狱,成百上千的公民拥挤在这座城市的不同角落的"诺亚方舟"里。18世纪末,2万多首都居民中的一半是国家公务员,另一半则为第一部分人服务,或者在国家拥有的企业(如造船厂)供职。在那里,不仅是士兵,就连军官和小官吏大部分都是单身汉。在19世纪初的人口调查中,彼得堡的人口构成百分之七十为男性,百分之三十为女性。大凡来彼得堡谋生的俄罗斯农民和德国手艺人都是孤身一人且两手空空。他们在这座城市里既没有家庭,也没有不动产。В.Г.别林斯基(Виссарион Григорьевич Белинский, 1811—1848)曾在《彼得堡风俗随笔》中这样写道:"在世界上随便哪个城市,没有像彼得堡有这样多的年轻的、上了年纪的以及甚至是年老的无家可归的人,而且没有一个地方,像在彼得堡似的,安土重迁牢守家室的人跟无家可归的人这样不相像。"[1] 所以,从某种意义上说,彼得堡就是一个无家可归人群的城市。而"火灾"之后的莫斯科,春笋般地出现了一排排独体别墅。莫斯科的"工商区"恢复了从前的样貌——木制商船穿梭于莫斯科河之间。如此一来,就出现了"格里鲍耶多夫的莫斯科"和几十年后在文学里所反映的"奥斯特洛夫斯基的莫斯科"。莫斯科,

---

1 [俄]别林斯基:《别林斯基选集》(第六卷),辛未艾译,上海:上海译文出版社,2006年,第2页。

作为城市的源头，更加具有一种贵族派头；而彼得堡，作为"城市营房"则显得更加大众化。

具有神秘主义意味的是，相对于莫斯科的无数次的"大火"，彼得堡则无数次地被"水灾"所戕害。它促成了一系列有关彼得堡"将要倒在水中"神话的诞生。因此，彼得堡开始被视为吞没自己居民的"城市—吸血鬼"，但即便如此彼得堡依然陶醉在自己那无可更改的"兵营"的庄严之中。然而颇耐人寻味的是，在历史断裂后的今天，莫斯科已不再是"法穆索夫"的莫斯科，而是"小市民"的莫斯科。进入20世纪，莫斯科以一个巨大的外省城市、"大乡村""金顶莫斯科"的形象显现。围绕着它又形成了另一些形象和神话。随后，家常的、奥勃洛摩夫式的莫斯科迅速发展成为俄罗斯资本主义和先锋艺术的"国都"。向往变化的城市被一种"新品位"所控制，那种将最古老和最时髦的东西相混杂的诉求，使莫斯科产生了一种假斯文的气质：莫斯科"仿佛是一位矫揉造作的庸俗女人"[1]。

彼得堡本来就是作为一种理想被建造的，它是作为理性的、帝国的城市在成长，是发端于一个帝王的意志，又由国库、整个国家支撑了它矗立在波罗的海芬兰湾的一片沼泽之上。因此，在不同时代围绕着它就出现了很多神话。比如：有关缔造者的神话，有关城市"创建和毁灭"神话，有关"革命摇篮"的神话，等等。

1918年，布尔什维克政府将首都迁回莫斯科。"官方的动机是——彼得堡靠近被战火笼罩的边境，受到德国武装干涉的威胁。其中还有另一种动机则更为重要，那就是彼得大帝不可能在莫斯科建设一个欧洲的俄罗斯，而布尔什维克也不可能在彼得堡维护住国家不被分裂的命运。"[2] 在世人眼里，彼得堡是沙皇主义和强权的象征，而莫斯科的普适性和人民性更鲜明一些。既

1　Вендина О.И. Москва и Петербург. История об истории соперничества российских столиц // Политиа. 2002. № 3. С.2.

2　Там же.

然莫斯科比彼得堡更准确地体现了民族的理想,布尔什维克政府愿意将莫斯科打造成世人眼中的新世界。

从苏维埃时代伊始,莫斯科神话就发生了双向度的变异。一方面,莫斯科成为共产主义乌托邦的象征,它从一开始就是作为与西方资本主义相对抗的模范而呈现的。因此,莫斯科在所有的方面都希望表现出社会主义的优越性来。官方把莫斯科营造成"共产主义模范城市"的样板,流行歌曲也在积极地灌输莫斯科是"地球上最好的城市"的意识;而另一方面,莫斯科的形象在民间则表现得有些消极,对于它的评价就好像从19世纪拿来了对于彼得堡反面评价的全套话语。"那意外地混合着新与旧的五光十色的莫斯科,让人们头晕目眩。而彼得堡则更加素雅:即便是现在,它也像在果戈理时代一样——'不喜欢花哨的颜色'。彼得堡成为在西方向欧洲开放的窗口;莫斯科则成为门户,通过它,美国从东方穿越亚洲,涌入俄罗斯。"[1]

同时,从俄罗斯帝国的重负下解脱出来的彼得堡,虽然在物质上日渐衰颓,而在精神上则得以复兴。整个苏联时代,尽管人们不断地被彼得堡的美好带来惊喜,但是在这惊喜中也夹杂着一些异议,因为毕竟这座北方的首都带着某种天然的"欧范儿"。"卫国战争"在彼得堡新形象的形成过程中起着特殊的作用。彼得堡所经历的痛苦震惊了整个国家。受难的光环成为这座城市一系列有关胜利的主要象征之一。战争最终从这座城市的脸上洗去所有"非俄罗斯"的特征。在被围困的城市里只剩下宫殿(博物馆)和幻影。然而,彼得堡——列宁格勒不仅没有死亡,它复活了,复活成为国家最圣洁的城市。[2] 在如此的情形下,彼得堡开始俯视莫斯科。

但无论怎样,俄罗斯都是由莫斯科与彼得堡所引导的。三百年来,它

---

[1] *Замятин Е.И.* Москва-Петербург // Наше наслетие.1989. № 1. С.106-113.// Хрестоматия по географии России. Образ страны: Русские столицы. Москва и Петербург /Авт.-сост. А.Н.Замятин, Д.Н.Замятин; общ. Ред. Д.Н.Замятин.-М.: МИРОС, 1993. С.121-122.

[2] *Вендина О.И.* Москва и Петербург. История об истории соперничества российских столиц // Полития. 2002. № 3,С.4.

们在持续的对峙中实现着自己的历史使命，以自己的方式表达着俄罗斯文化的精神。它们的存在以及它们之间的差异体现了俄罗斯民族文化多样性的事实。正如别林斯基所说："彼得堡和莫斯科——是两个方面，或更确切地说，是一体两面，随着时间的推移它们最终将合并成一个美丽而和谐的整体。"[1]

第二节　俄罗斯历史文化中"莫斯科与彼得堡"问题的世界性回响

莫斯科与彼得堡两座城市在历史来路、文化属性、民俗民风等多方面的差异，首先引起了俄罗斯本土知识分子和西方斯拉夫学界的极大关注。几个世纪以来，俄罗斯历史上有关"双城记"问题的各类著述可谓是卷帙浩繁。А.С.普希金、Н.В.果戈理、В.Г.别林斯基、А.И.赫尔岑、В.В.罗赞诺夫、Н.П.安齐费洛夫、Дон-阿米纳多、Е.И.扎米亚京、Ю.Н.蒂尼亚诺夫、Д.С.利哈乔夫、В.Н.托波洛夫、С.Б.斯米尔诺夫等人从不同的角度和立场对于莫斯科与彼得堡的差异性和文化对峙做了深入而颇有见地的研究。其中，在民风民俗及城市性格的差异上，果戈理（Николай Васильевич Гоголь, 1809—1852）在《一八三六年的彼得堡笔记》中的一段分析比喻最为形象、贴切：

"莫斯科迄今还留着俄罗斯胡子，而彼得堡已经是德国人。年老的莫斯科延伸开来，扩展起来！它是多么不修边幅！好打扮的彼得堡则靠拢起来，笔直地挺立！……莫斯科是不爱出门的老妇人，烤煎饼，从远处眺望，老坐在沙发椅上听关于世间的故事；彼得堡是活跃的小伙子，从来不待在家里，总是穿着衣服，并在面对欧洲的边防线上溜达，这个欧洲它看得见，但听不到。

---

[1] *Белинский В.Г.* Петербург и Москва.1845.Физиология Петербурга. М., 1984. С.42.

"……莫斯科是女性,彼得堡是男性。在莫斯科全都是未婚妻,在彼得堡全都是未婚夫。彼得堡大为讲究自己的衣着体面,不喜欢花花绿绿的颜色,有对时髦的明显粗鲁的背离,然而莫斯科,如果已成为时髦的东西,就要求十足的时髦,如果腰身要长,那么它就把它放得更长;如果燕尾服的翻领要大,那么它就把它开得像板棚的大门。彼得堡是精确的人,十足的德国人,看待一切都有盘算,在想起办晚会之前,要先看看口袋里的钱;莫斯科是俄罗斯的贵族,如果要消遣作乐,就要尽情作乐,而不操心花费早已超出口袋里的钱;它不喜欢中庸。……莫斯科杂志谈论康德、谢林等等;彼得堡杂志中只谈公众和善意……在莫斯科,杂志同世纪并肩前进,但发行延误;在彼得堡,杂志并不与世纪同步前进,但准确地按照预定时间发行。在莫斯科文学家花光所有的钱,在彼得堡文学家发家致富。……俄罗斯带着金钱远程来到莫斯科,而回程时两手空空;没有钱的人来到彼得堡,带着相当多的资金向四面八方分道而去……"[1]

类似的评述也见诸别林斯基的《彼得堡风俗随笔》:"一个莫斯科人的脸是开朗的、和善的、少顾虑的、欢乐的、和蔼可亲的;莫斯科人总是喜欢就随便什么问题同您交谈争论,并且,莫斯科人在交谈中总是坦率诚恳的。一个彼得堡人的脸总是多思多虑和阴沉的;彼得堡人总是彬彬有礼的,常常甚至是亲切的,但是不知道为什么有点冷冰冰和小心翼翼的样子;如果讲起什么来,那么总是关于普通平凡的话题;他只是一本正经地谈论差事上的问题,可是却不喜欢争论和评论随便什么事情。根据莫斯科人的脸可以看出,他对人们和世界都是满意的;而根据彼得堡人的脸却是看到,他感到满意

---

[1] [俄]果戈理:《果戈理全集7·文论》,周启超主编,彭克巽译,合肥:安徽人民出版社,1999年,第204—205页。

的——只有他本人自己，当然，只要他的事情进行得顺利的话。"[1] 在谈到莫斯科人的性格时，А.С. 普希金（Александр Сергеевич Пушкин, 1799—1837）也曾确认道："莫斯科人的许多天真的怪癖，乃是他们独立性格的象征。他们按照自己的方式生活，以自己喜欢的方式取乐，而不在乎旁人怎么看。"[2]

在言涉莫斯科与彼得堡在历史源起、地理形态和城市布局的类型学上的差异时，Дон-阿米纳多（Дон-Аминадо, 1888—1957）认为："彼得堡是从涅瓦大街、从圆规里、从象棋盘中走出的。而莫斯科则诞生在山丘之上：它不是按照蓝图建成的，而是慢慢垒筑起的。彼得堡在长度里，而莫斯科在宽度里。"[3] 这段论述明确地指出了彼得堡诞生于科学理性的预设和人的意志之中，而莫斯科则是一个自然而然生成的城市。谈及莫斯科与彼得堡在城市与自然、城市与人的关系上，Ю.Н. 蒂尼亚诺夫（Юрий Николаевич Тынянов, 1894—1943）的论述更加切中肯綮："彼得堡从来不怕稠密。莫斯科则是按照相互交错、自然出现的房屋长起来的，莫斯科的街道也是那样出现的。莫斯科的广场不总是能与街道相区分，区分它们只能靠宽度，而不是以空间的气质；而且那些弯弯曲曲的莫斯科小河也会形成街道。莫斯科的基本单位是房屋，因此，在莫斯科有很多死胡同和街巷。在彼得堡则完全没有死胡同，而每一条街巷都想变成大街。在彼得堡，街道的形成早于房屋，而房屋只是补足了它们的线条。广场的形成早于街道。因此，它们完全是独立的，不受制于房屋和街道，不受制于它们的形成。彼得堡的基本单位是广场。"[4] 莫斯科的"房屋"与彼得堡的"广场"鲜明地显现出两座城市"家常性"与"戏

---

1 [俄] 别林斯基:《别林斯基选集》(第六卷)，辛未艾译，上海：上海译文出版社，2006年，第3页。

2 [俄] 普希金:《普希金全集 6·评论》，沈念驹、吴迪主编，邓学禹、孙蕾译，杭州：浙江文艺出版社，2012年，第266页。

3 *Дон-Аминадо. Поезд на третьем пути. М.: Книга, 1954. // Хрестоматия по географии России. Образ страны: Русские столицы. Москва и Петербург /Авт.-сост. А.Н.Замятин, Д.Н.Замятин; общ. Ред.Д.Н.Замятин.---М.: МИРОС, 1993. С.121.*

4 *Тынянов Ю.Н. Кюхля. Художественная литература. Москва. 2020. С.157.*

剧性"的对立。20世纪最早进行城市研究的俄罗斯学者之一 Н.П. 安齐费罗夫（Николай Павлович Анциферов, 1889—1958）在其著名的《彼得堡的灵魂》（《Душа Петербурга》, 1922）中也对莫斯科城的"自发性"和彼得堡"人工性"从类型学上做了辨析，他指出："有时，我们可以就所研究的城市确定其城市类型。……第一种类型属于罗马、莫斯科……这些城市的发展地地道道是自发的。街道纵横交错，就像一棵大树的枝条，一个从另一个中长出，又汇集到一个又一个广场，仿佛是从湖泊中生成或流经它们的河流。……第二种类型可以指涉纽约、部分的佛罗伦萨和我们的彼得堡。瓦西里岛的辐射线，看不到尽头的、一直延伸到海军部大楼的大街——仅此一点就足以证明，彼得堡是一座什么类型的城市。"[1]

更多的学者则触及了在莫斯科与彼得堡对峙中所蕴含的深层的东西方文化动因。比如，А.И. 赫尔岑（Александр Иванович Герцен, 1812—1870）在《往事与回想》（《Былое и думы》, 1868）中有一段著名的论述："彼得堡体现了首都城市共同的抽象概念；彼得堡——不同于所有欧洲的城市，却在所有方面都相像；莫斯科——完全不像任何欧洲城市，而是俄罗斯富庶村社的巨型发展。在彼得堡原本的、独具一格的生活并不存在，它不像莫斯科城，所有的东西都是地道的，从瓦西里·勃拉仁内荒谬的建筑到白面包的味道。"[2] 因此，相对于莫斯科的原生性、自发性，彼得堡的"非独创性、非原本性"、仿效性，是它们之间最本质的差异。

19世纪与20世纪之交的俄国思想家 В.В. 罗赞诺夫（Василий Васильевич Розанов, 1856—1919）从哲学和文化理论的角度给予了人们一种跨学科地考查莫斯科与彼得堡文化类型和差异的新视野。罗赞诺夫认为，

---

[1] *Анфециров Н.П.* Душа Петербурга // Бертельманн Медиа москау. Москва. 2014. С.19-20.

[2] *Герцен А.И.* Былое и думы / Различные издания. 1852-1868 // Хрестоматия по географии России. Образ страны: Русские столицы. Москва и Петербург . Авт.-сост. А.Н.Замятин, Д.Н.Замятин; общ.Ред.Д.Н.Замятин.---М.: МИРОС, 1993. С.128.

"有两个俄罗斯:一个是可见的俄罗斯,具有规则轮廓的、肉眼可见的大量外部形式",在那里,"被确定的事件正在展开,被确定的事件也终将结束——其帝国的历史由卡拉姆津所'描绘',由索洛维约夫'发展',其法律由斯佩兰斯基编纂"。[1] 我们可以从他这些关于俄罗斯帝国的话语背后,猜测到他所言涉及彼得堡形象及其文化取向与欧洲、西方价值观和创新等意味的关联。他进一步指出,还有另一个俄罗斯:"'神圣的俄罗斯','母亲的俄罗斯',其法律无人知晓,其形式模糊不清,其结局无法预见,其开始没有先兆:一个由精华、活血和无法言传的信仰组成的俄罗斯,对于每一个事实的掌控都不是由外来的人为因素所操控,而是凭借自身存在的力量。"[2] 这个"神圣的俄罗斯""母亲的俄罗斯"指的正是莫斯科。罗赞诺夫在区别了彼得堡与莫斯科的文化形态之后,又确认了俄罗斯文化发展道路的性别标准,即彼得堡是男性原则,莫斯科是女性原则。他认为,在男性气质指标增加的文化中,社会集中在物质上取得成功,有时会损害他人的利益,具有奋斗和赢得胜利、不惜一切代价进行创新的愿望;同时在女性类型的文化中,社会集中在传统、家屋、家庭、社会价值观、照顾亲人,关注人的情感和感觉。[3] 由此,罗赞诺夫又推导出莫斯科形象属于"橄榄油"(елейный)型文化,彼得堡形象属于"醋"(уксусный)型文化的结论。他认为,彼得堡是所有带入本土文化的负面因素的化身:"……它通常在整个俄罗斯散布这些令人讨厌的东西……彼得堡不能有任何崇高的慰藉,没有优雅的乐趣,生活中没有任何明亮的色彩,它的钟声微弱,铃声是空洞的,那里的人的灵魂没有回响,代替文学的是讽刺,祖辈留下的东西都被它输在牌局里,都被喝掉了……是的,这本身就是'虚无主义',生理虚无主义,从中又产生出自然

---

[1] *Розанов В.В.* Религия. Философия. Культура. М.: Республика, 1992. С.33
[2] Там же. С.33
[3] Там же. С.12.

的和精神上的虚无主义。"[1]因此,在罗赞诺夫看来,这种基于虚无主义的彼得堡文化是"芥末和醋的混合"。[2]同时,作为宗法制的莫斯科文化则是"橄榄油"型的(指精神安慰性的文化——笔者注),它原本就是成圣和属灵的。[3]

Б.М.艾亨鲍姆(Борис Михайлович Эйхенбаум, 1886—1959)在其著名的文章《莫斯科的灵魂》(《Душа Москвы》,1917)中谈及莫斯科与彼得格勒(彼得堡)品格和灵魂的差异性时指出,"莫斯科与彼得格勒,是一个古老的话题,但也是一个鲜活的话题。在这两个称谓里包含了太多的历史内容,没有它们就无法想象俄罗斯。然而它们之间的差异越来越大。……每一位来到莫斯科的彼得格勒人都会被它的独特性所震撼:从古朴的风景直到当地的人们"。在那里,取代线条清晰的几何图形的是晕染的色块和彩色的斑点,代替整齐划一且笔直的远景大道的是各种不同风格、调性,是宽阔的广场和狭窄的小巷的任意组合。在莫斯科,"每个角落都有教堂——它们在房屋之间相处融洽,一点也不疏远,而在彼得格勒,实际上没有教堂,有的只有威严地远离房屋的庙堂。彼得格勒人越是长久地徘徊在莫斯科的街道上,品读它们怪异的街名,他就越觉得莫斯科拥有某种自在的灵魂——复杂、神秘且与彼得格勒的灵魂不同。是的,彼得格勒没有灵魂——它历史性地不需要灵魂。彼得格勒的迷人之处正在于它的无灵魂——这是一个思想、意图的城市,这也就是为什么很容易理解它那石头般幽灵的外表。它总是紧张而理性地思考,它的视线就像一个陷入沉思的人一样凝聚在一个点上,因此,扑面而来的白夜,完全是为它而创造的。莫斯科不懂得思考,不喜欢理性,它靠充实而丰富多样的情感生活。莫斯科是一幅彩色画,而彼得格勒则是一张图纸,一个轮廓,一张图表。在莫斯科,可以看到不同的远景,彼得格勒则

---

[1] *Розанов В.В.* Религия. Философия. Культура. М.: Республика, 1992. C.41.
[2] Там же. C.563.
[3] Там же. C.563.

只看到一种——那种逐渐向远方延伸并在雾中持续的远景"。艾亨鲍姆特别强调地指出,没有莫斯科,彼得格勒人就不是俄罗斯人。彼得格勒与莫斯科的对峙,是一个民族"理智和心灵发生争执","这是俄罗斯的悲剧"。[1]

当然,在莫斯科与彼得堡之间,不仅有对峙,更有互补。正如当代俄罗斯著名学者 Д.С.利哈乔夫(Дмитрий Сергеевич Лихачев,1906—1999)所言:"莫斯科和列宁格勒不仅不相似——反而相互对立,进而相互作用。连接它们的铁路是那么笔直,以至于坐夜间火车不用转弯一站到底就直接开到莫斯科或列宁格勒火车站,您将看到昨晚离开的车站大楼:列宁格勒的莫斯科火车站的正面与莫斯科的列宁格勒火车站的正面一模一样。然而,两个车站的一致性却强调了两座城市的极端不相像性,这不是简单的不相像,而是互补。"[2]因为,世界上不存在什么徒劳无益的存在。如果俄罗斯有两个首都,那就意味着,"它们当中的每一个都是必要的,而必要性又只存在于反映了它们每一个的思想中"[3]。

作为莫斯科与彼得堡对峙的延伸,有关俄罗斯的发展之路,俄罗斯到底是属于欧洲还是属于亚洲的身份认证问题向来也是俄罗斯本土和国外学界争论不休的热门话题,这样的话题往往重又指向莫斯科与彼得堡。利哈乔夫坚持认为:"彼得堡作为城市,不只是欧洲的,它是明显的欧—俄城市。彼得堡既非常欧洲化,又非常俄罗斯化。因此它既不同于欧洲,也不同于俄罗斯。"[4]关于俄罗斯的现代性问题,美国学者马歇尔·伯曼(Marshall Berman,1940—2013)在其《一切坚固的东西都烟消云散了——现代性体

---

[1] Эйхенбаум Б.М. Душа Москвы // Москва — Петербург: Pro et contra . Сост. К.Г.Исупов.-- СПб.: РХГИ, 2000. С.365-366.

[2] Лихачев Д.С. Заметки о русском // Изд. 2-е, доп. М.: Сов. Россия, 1981//Хрестоматия по географии России. Образ страны: Русские столицы. Москва и Петербург /Авт.-сост. А.Н.Замятин, Д.Н.Замятин; общ. Ред. Д.Н.Замятин. М.: МИРОС, 1993. С.129.

[3] Белинский В.Г. Петербург и Москва.1845. Физиология Петербурга. М.1984. С.42.

[4] [俄]德·谢·利哈乔夫:《解读俄罗斯》,吴晓都、王焕生、季志业、李政文译,北京:北京大学出版社,2003年,第410页。

验》中，从文学的角度专门论述了彼得堡这个"欠发达的"现代主义都市的种种缺陷。在谈及彼得堡与莫斯科这两座城市所衍生的象征意义时，作者写道："彼得堡代表着所有贯穿在俄罗斯人生活中的国外的世界性力量；莫斯科则昭示着所有本土积淀下来的、各种独有的俄罗斯民粹的传统。彼得堡象征着启蒙，莫斯科则意味着反启蒙；彼得堡遭到污染，种族混居交杂，莫斯科则是纯粹的血统与纯净的土壤。"[1]

我国俄罗斯文学与文化研究领域的学者对俄罗斯历史上的"双城记"问题也多有关注。张冰的《俄罗斯文化解读》（2006）、张建华的《彼得大帝和他的帝国》（2002）和林精华的《想象俄罗斯——关于俄国民族性问题的研究》（2003）等都从不同的方面论述了俄罗斯这两座城市的文化差异及其历史根源。特别是林精华在《想象俄罗斯——关于俄国民族性问题的解读》中，对于俄罗斯民族的身份认证问题做了追根溯源的详尽论述。他从俄罗斯的地理、气候特征、地缘政治、历史变迁和国际社会政治背景等多层面入手，条分缕析地将俄罗斯文明的特质归纳为四个方面：斯拉夫民族性、对拜占庭文化和东正教的接受、蒙古—鞑靼对俄罗斯文明的影响、彼得大帝改革对俄罗斯文明的影响。他认为，正是"这些在俄罗斯身上组合了千余年的文明，在历史进程中因为始终没有化合成有机体，它所导致的俄罗斯社会一系列影响民族精神与国际关系的复杂特征，毫无疑问是难以理解的，也加剧了识别作为一个国家和一种文明的俄罗斯真正身份的复杂程度"[2]。李继忠的专著《解读圣彼得堡》（2004），从历史、建筑、文学等方面阐释了彼得堡这座城市的由来和文化特征。吴泽霖在其《俄罗斯后现代主义文学与俄罗斯民族文化传统》一文中，着重论述了俄罗斯在社会主义意识形态中两种文化的对立和冲突。张捷的《俄罗斯文学的现状和前景》则进一步指出由这两种文

---

[1] [美]马歇尔·伯曼：《一切坚固的东西都烟消云散了——现代性体验》，徐大建、张辑译，北京：商务印书馆，2003年，第176页。

[2] 林精华：《想象俄罗斯——关于俄国民族性问题的研究》，北京：人民文学出版社，2003年，第50页。

化冲突所引发的古老话题至今还在俄罗斯文学中回响。王宗琥在其题为《莫斯科 VS 彼得堡——19 世纪俄罗斯经典作家笔下的"双城记"》的文章中，特别关注了俄罗斯经典作家，诸如普希金、果戈理、赫尔岑、别林斯基、陀思妥耶夫斯基等笔下所描述的两座著名的俄罗斯都城的形象以及对它们之间的关系的论述。作者认为，在这些俄罗斯经典作家眼里，莫斯科与彼得堡就是"自然与文明"的对立，是"圣都与魔都"的对立，是"俄罗斯与西方"的对立，在这些对立中不时透露出某种互补和趋同的倾向。[1]

第三节 本研究的目的与意义

历史是文学的土壤，俄罗斯民族对自身发展道路的探索，在俄罗斯文学中得以充分地反映。对彼得改革的评价、对俄罗斯民族身份的认同、俄罗斯现代化道路的选择等重要话题已经借莫斯科与彼得堡的城市形象和城市背景延展开来，成为俄罗斯文学经久不衰、周而复始的表现主题。在俄罗斯文学中，莫斯科与彼得堡已超出了城市的地理范畴，作为一种文化符号，成为俄罗斯文化中的对立的两极：俄罗斯传统文化与西方现代文化、民族性与现代性、俄罗斯与西方、弥赛亚与敌基督、"村社乌托邦与城市梦魇"……从而构成了一直以来困扰俄罗斯的关于道路选择和民族身份认同等一系列重大的俄罗斯思想问题。[2] 作为俄罗斯历史中的两大都城，无论是莫斯科还是彼得堡，一直以来都像磁石一样吸引着俄罗斯的作家们。他们在自己的作品中表现着对于这两座城市的个人体验，从不同的艺术视角考量着这两座城市在俄罗斯命运中的历史意味。

---

1 王宗琥：《莫斯科 VS 彼得堡——19 世纪俄罗斯经典作家笔下的"双城记"》，载于《俄罗斯文艺》，2014 年第 2 期，第 11 页。
2 傅星寰：《俄罗斯文学"莫斯科文本"与"彼得堡文本"初探》，载于《俄罗斯文艺》，2014 年第 2 期，第 5 页。

俄罗斯文化中"莫斯科与彼得堡"的对峙在俄罗斯文学中早有表现。最有代表性的两部作品是А.Н.拉吉舍夫（Александр Николаевич Радищев，1749—1802）的《从彼得堡到莫斯科旅行记》（《Путешествие из Петербурга в Москву》，1790）与А.С.普希金的《从莫斯科到彼得堡旅行记》（《Путешествие из Москвы в Петербург》，1833—1835）。在俄罗斯文学中，莫斯科与彼得堡是经久不衰的对照。彼得堡仿佛是莫斯科非彼即此的选择，它在19世纪成为被神话化了的莫斯科的反模式。彼得堡"仿佛是一座被赋予了反莫斯科的官邸，它只能作为俄罗斯的对衬"[1]。别尔嘉耶夫指出，俄罗斯文学是"俄罗斯精神的最伟大的记录"[2]。作为俄罗斯历史变迁和东西方文化冲突的载体，"莫斯科与彼得堡"问题早已被纳入俄罗斯文化史、俄罗斯文学、宗教哲学的研究视域并形成了特定的"莫斯科—彼得堡"城市哲学。莫斯科与彼得堡的命运和关系反映了俄罗斯历史的所有矛盾，它们吸收了近代以来俄罗斯汇聚的总体精神、政治和文化经验。人们对于这两座城市的感知的复杂性恰好是俄罗斯文学莫斯科文本与彼得堡文本出现的原因，其中体现了俄罗斯两个精神中心的文化规范，并且它们在两个多世纪的发展中保留了较为稳定的文学主题和动机、主人公类型和语言特征等，即所谓俄罗斯文学的"莫斯科与彼得堡"传统。俄罗斯文学的"莫斯科与彼得堡"传统，是指在俄罗斯文学发展史上逐渐形成并世代相传的、具有莫斯科与彼得堡各自的文化属性的莫斯科神话与彼得堡神话、莫斯科城市形象与彼得堡城市形象、莫斯科风俗与彼得堡风俗、莫斯科人与彼得堡人、俄罗斯思想中的"莫斯科与彼得堡"问题等一系列关涉文学的话语单元和艺术诗学的一般规律。通过研究莫斯科文本与彼得堡文本的形成、发展流变，既可以理解两个文本系统的整体

---

[1] Лотман Ю.М. Символика Петербурга и проблемы семиотики города//Лотман Ю.М. Избранные статьи: Статьи по истории русской литературы XVIII—первой половины XIX века. Таллин, 1992. Т. 2. С.21.

[2] [俄]别尔嘉耶夫：《俄罗斯思想的宗教阐释》，邱运华、吴学金译，北京：东方出版社，1999年，第76页。

构造，又可以比较它们各自的不同特征。同时，通过比较俄罗斯文学莫斯科文本与彼得堡文本之间的关系，我们将有可能揭示俄罗斯历史与现代两座都城的相似性与深刻差异，进而理解它们之间持续了三百多年的激烈的、辩论性的文化对话。

  对于俄罗斯文学莫斯科题材作品与彼得堡题材作品的研究，经历了从"题材"到"文本"的发展过程。所谓俄罗斯文学"莫斯科与彼得堡"题材（тема），即所有以莫斯科或彼得堡为地域背景或地理形象，并涉及上述俄罗斯文学"莫斯科与彼得堡"传统的文学作品。这些作品既包括俄罗斯本土研究界确认的"莫斯科文本"（московский текст）和"彼得堡文本"（петербургский текст），也涵盖了这两个城市文本的"前文本"（предтекст），即俄罗斯文学"莫斯科文本"与"彼得堡文本"诞生之前的所有俄罗斯文学有关"莫斯科题材"与"彼得堡题材"的文学作品。它们是作为完整的艺术系统的俄罗斯文学"莫斯科—彼得堡"题材不可分割的一部分，没有它们的前期铺垫，不可能形成后来被学界命名的"莫斯科文本"与"彼得堡文本"。某种意义上说，俄罗斯文学莫斯科题材与彼得堡题材的范畴要大于俄罗斯文学莫斯科文本与彼得堡文本的范畴，而且"题材"与"文本"关注的焦点与研究范式各不相同。在20世纪中叶以前，俄罗斯本土学界和域外学界对于俄罗斯文学莫斯科题材与彼得堡题材的关注大多聚焦于作家个人的城市体验、作品的人物形象和作品背后的价值体系等要素。20世纪下半叶的"语言学转向"开启了将有机客体作为文本进行解读的序幕，不但城市可以作为一种空间客体来解读，城市题材文学作为城市文本阅读的方式也开启了城市题材文学研究的新范式，即由传统范式向现代范式的转折。传统范式是将其作为"城市文学"来考量，注重城市经验并采用"反映论"的研究模式与社会学的研究方法；而新的研究范式则采用"文学中的城市"的研究视角，注重超越城市经验之上的对城市的叙述，即关注城市文学的文本性。[1]所谓文本性，即将文本作为"织体"，关注其中的各个要素及其结构机制。在新的研究范式里，文本"被建构成一个意义相互转换、交流和变异的平台，为不同学科的话语进行跨学科对话提供了更多的可能。它一方面可以涵盖一切有意义的现象，同时又不像'作品'那样已经有了预设的价值判断。文本这个词的预设是'意义'，所以文本意味着对'阐释'的召唤"[2]。值得注意的是，尽管莫斯科城市的起源早于彼得堡，文学中的"莫斯科书写"早在13—15世纪的古罗斯文学中便有迹可循，但从"彼得堡文本"概念进入学术史的时间以及彼得堡文学传统的形成过程来看，彼得堡文本的诞生又早于莫斯科文本。莫斯科文本按照彼得堡文本的模式创生且自诞生之日起就形成了与彼得堡文本的对话。如果说，19世纪是俄罗斯文学彼得堡文本密集问世的时代，那些经典的彼得堡文本创建了俄罗斯文学城市文本的初始代码系统，那么整个20世纪直到今天，俄罗斯文学莫斯科文本在自身建构并与彼得堡文本的对话和互文中逐渐完善、成熟，进一步拓展了城市文本代码系统的功能并迎来了自己的繁盛时代。

原则上说，对于俄罗斯文学莫斯科文本与彼得堡文本的研究，也就是对于俄罗斯文学特定的地方性文本（локальный текст）的研究。所谓"地方性文本"，就是与一定的地理形象、空间场所相关联的文学文本。它包括首都文本、外省文本和区域性文本。除了莫斯科文本与彼得堡文本，俄罗斯文学还存在着西伯利亚文本、克里米亚文本、高加索文本等一系列其他地方性文本。作为语料库，它们不断生成、积累并进入俄罗斯民族文化的总系统。俄罗斯文学莫斯科文本与彼得堡文本是两个具有对话性的、特殊的城市文本，亦称首都文本。几个世纪以来，俄罗斯文学史中出现了大量的以莫斯科和彼得堡为地理形象和空间场所的"地方性文本"，因而形成了俄罗斯文

1　张鸿声：《"文学中的城市"与"城市想象"研究》，载于《文学评论》，2007年第1期，第116页。
2　钱翰：《文本》，载于《外国文学》，2020年第5期，第92页。

学莫斯科文本与彼得堡文本的"超级文本"系统。所谓"超级文本",用俄罗斯学者H.E.梅德尼斯(Нина Елисеевна Меднис, 1941—2010)的概念表述,即"具有共同的文本外取向的综合文本系统,形成了以语义和语言完整性为标志的开放的统一体"[1]。俄罗斯文学莫斯科文本与彼得堡文本的"超级文本"是由一系列俄罗斯作家的莫斯科文本与彼得堡文本构成的整体,是不同作家的莫斯科文本与彼得堡文本的复杂结构。在这个结构里,所有元素之间横向与纵向、凝聚与拓扑、共时性与历时性、语境和互文、意义和诗学的关联得以建立并发挥共轭作用,从而形成了宏大的语义空间。

目前,国内外学界尚鲜有将俄罗斯文学莫斯科文本与彼得堡文本作为两个既各自独立又相融共生的"超级文本"系统纳入研究视野的研究成果。本研究将以М.С.卡冈(Моисей Самойлович Каган, 1921—2006)的"艺术系统论"为观照,以跨学科的"协同学"和"一般系统论"的研究范式,结合城市符号学、地理批评和空间思维,解读俄罗斯文学莫斯科文本与彼得堡文本的诞生、两个文本系统的发展流变及其代码系统的构成,考察不同的俄罗斯作家笔下独具特色的"莫斯科书写"与"彼得堡书写",提炼两个城市时空的人物形象类型,最终确认莫斯科文本与彼得堡文本的现代性诗学:即它们共同绘制了一幅俄罗斯现代化进程从乡村到城市再到大都市的全景式文学绘图、结构模式和空间叙事类型。希望本著的研究成果能对俄罗斯文学的城市文本研究以及国别文学与世界文学中大量相互关联、对话的地方性文本研究提供范式和理论依据。

---

[1] *Меднис Н.Е.* Сверхтексты в русской литературе// Новосибирск: Изд-во НГПУ, 2003. С.21.

第一章
彼得堡文本及其代码系统

18世纪至19世纪前25年的俄罗斯文学中的官方的彼得堡主题，例如，М.В.罗蒙诺索夫（Михаил Васильевич Ломоносов, 1711—1765）的《1747年伊丽莎白女皇登基日颂》(《Ода на день восшествия на всероссийский Престол Ее Величества государыни императрицы Елисаветы Петровны 1747 года》, 1748）及其未完成的《彼得大帝》(《Петр Великий》, 1760）、Г.Р.杰尔查文（Гавриил Романович Державин, 1743—1816）的《费丽察颂》(《Фелица》, 1782）、А.С普希金的《皇村回忆》(《Воспоминания в Царском Селе》, 1814）等，严格地说，并不属于彼得堡文本，而属于对于"完美的彼得堡"的"颂诗"。但是那些作品对于彼得堡文本来说具有特殊的意义，它们后来以引文和类似的形式反映在其他文本中并参与了彼得堡文本本身的形成。[1] 直到1984年，В.Н.托波罗夫（Владимир Николаевич Топоров, 1928—2005）在其专著《俄罗斯文学的彼得堡文本》中才将"彼得堡文本"概念带入科学研究领域。按照托波罗夫的观点，彼得堡文本——这是一个"完整的统一"，在所有有关彼得堡的文学文本中，有一种最重要的、通过某种共同的语义和结构特点将它们彼此连接成"一块最大的坚如磐石般的语义单元（思想）"，他把这个语义单元定义为"在生命遭遇死亡、谎言和恶战胜真与善的

---

[1] *Топоров В. Н.* Петербург и "петербургский текст" русской литературы Топоров В.Н. Миф. Ритуал. Символ. Образ: Исследования в области мифопоэтического: Избранное. М.: Издательская группа «Прогресс» - «Культура», 1995. С.334.

情况下的一条通往道德拯救、精神复兴之路"[1]。彼得堡文本"不仅提高了城市的镜像效果，而且还通过它实现了从真实（realibus）到最真实（realiora）的过渡，变物质现实为精神价值"[2]。纵观俄罗斯文学彼得堡文本的发展，它大约经历了三个阶段。

第一节 彼得堡文本的形成与发展

一、第一阶段：19世纪20年代至30年代—20世纪20年代至30年代

19世纪20年代至30年代，A.C.普希金的一系列以"彼得堡"为背景的小说的问世，诸如《科洛姆纳的小屋》（《Домик в Коломне》，1830）、《黑桃皇后》（《Пиковая дама》，1833）、《青铜骑士》（《Медный всадник》，1833），标志着俄罗斯文学"彼得堡文本"的诞生。接下来，H.B.果戈理的《彼得堡故事集》（《Петербургские повести》，1835—1842）以及他发表在《现代人》杂志上的一些彼得堡小品文等巩固了彼得堡文本在俄罗斯文学中的地位。这一时期彼得堡文本的特点：奠定了彼得堡神话中"青铜骑士"的城市"缔造者"和"敌基督"的双向隐喻；确立了"小人物"与独裁者的对抗主题；初步形成了涅瓦大街与瓦西里岛对峙的空间意识；整体上具有鲜明的"霍夫曼"色彩。

40年代至50年代，H.A.涅克拉索夫（Николай Алексеевич Некрасов，1821—1877）主编的两本文集《彼得堡风貌素描》（《Физиология Петербурга》，1844—1845）和《彼得堡文集》（《Петербургский сборник》，1846），Я.П.布特科夫（Яков Петрович Бутков，1820—1856）的文集《彼得堡之峰》（《Петербургские вершины》，1845—1846）的出版格外引人注目。其中汇集

---

[1] *Топоров В.Н.* Петербургский текст русской литературы[M]: Избранные труды.—Санкт-Петербург: «Искусство—СПб». 2003. С.27.

[2] Там же. С.7.

了很多关于彼得堡"贫穷的小官吏""小人物"的题材作品,诸如 Д.В. 格里戈罗维奇(Дмитрий Васильевич Григорович, 1822—1900)的《彼得堡的流浪艺人》(《Петербургские шарманщики》, 1845)、В.И. 达里(Владимир Иванович Даль, 1801—1872)的《彼得堡的看门人》(《Петербургский дворник》, 1844)、Н.А. 涅克拉索夫《彼得堡的角落》(《Петербургские уголы》, 1844)、Ф.М. 陀思妥耶夫斯基(Фёдор Михайлович Достоевский, 1821—1881)的《穷人》(《Бедный》, 1840)等。这些作品在继承果戈理传统的基础上,共同勾勒出这座北方首都的新图景,即在光鲜华丽的欧洲外表下,这座城市还潜伏着一个肉眼不见的"底层人"的世界。В.Н. 托波罗夫认为,这一时期的"彼得堡文本"是表现"底层人"的版本,它们大多以"人文主义"视角,反映了底层人的贫困、痛苦、悲伤。[1] 之后,陀思妥耶夫斯基的《同貌人》(《Двойник》, 1846)为彼得堡时空中人物的精神分裂主题定了基调。值得一提的是,И.А. 冈察洛夫(Иван Александрович Гончаров, 1812—1891)在这一时期创作的"彼得堡三部曲"的前两部《平凡的故事》(《Обыкновенная история》,亦译《彼得堡之恋》, 1848)、《奥勃洛摩夫》(《Обломов》, 1859)等作品开启了俄国现代化进程中以彼得堡为背景的"田园理想与都市梦魇"的话题。

60 年代至 90 年代,Ф.М. 陀思妥耶夫斯基的系列彼得堡题材小说,诸如今天的读者耳熟能详的《地下室手记》(《Записки из подполья》, 1864)、《罪与罚》(《Преступление и наказание》, 1866.)、《白痴》(《Идиот》, 1867)、《群魔》(《Бесы》, 1871—1872)、《少年》(《Подросток》, 1875)等作品从不同层面深化了彼得堡文本主题。同时,冈察洛夫的"彼得堡三部曲"之《悬崖》(《Обрыв》, 1869)、Вс. 克列斯托夫斯基(Всеволод Владимирович Крестовский,

---

[1] Топоров В.Н. Петербургский текст русской литературы. Избранные труды.—Санкт-Петербург: «Искусство—СПб». 2003. С.24.

1840—1895）的《彼得堡贫民窟》（《Петербургские трущобы》，1864—1867）、А.Ф. 彼谢姆斯基（Алексей Феофилактович Писемский, 1821—1881）的《40 年代的人》（《Люди сороковых годов》，1869）、萨尔蒂科夫—谢德林（Салтыков-Щедрин, 1826—1889）的《外省人旅居彼得堡日记》（《Дневник провинциала в Петербурге》，1872）、Н.С. 列斯科夫（Николай Семёнович Лесков, 1831—1895）的《在刀尖上》（《На ножах》，1870—1871）、К.К. 斯卢切夫斯基（Константин Константинович Случевский, 1837—1904）的《被击倒的普希金》（《Поверженный Пушкин》，1899）、И.С. 赫斯列尔（Иван Семёнович Генслер, 1820—1873）的《彼得堡的德国人》（《Петербургские немцы》，1862.）等作品，涉猎了俄罗斯社会城市化进程中人的"异化"、彼得堡上流社会与底层民众之间的鸿沟、斯拉夫派与西欧派的争论、"他者"眼中的彼得堡形象以及普希金对于俄罗斯民族的意义等主题。总之，整个 19 世纪，彼得堡文本的发展变化主要在意义领域，它们将一系列关于城市的概念叠加在一起。"俄罗斯文学的经典作家描绘了这座既豪华又贫穷的城市的梦幻般的幻影，它充满了神秘感、天才和谵妄的气息、伟大和死亡的迹象，紧张地思考关于彼得堡的出现和目的、它与彼得的关系、俄罗斯的命运、东西方的对峙，思考关于建立帝国的必要性和脆弱性，以及个体生命的脆弱性以及对于它的关怀、人的欲望和希望。"[1]

20 世纪初的彼得堡主题由 А.А. 勃洛克（Александр Александрович Блок, 1880—1921）的"城市主题"的系列诗歌和 А. 别雷（Андрей Белый, 1880—1934）的长篇小说《彼得堡》（《Петербург》，1913）、А.М. 列米佐夫（Алексей Михайлович Ремизов, 1877—1957）的《结义姐妹》（«Крестовые сёстры», 1910）等开启。"白银时代"的象征主义诗人、小说家，诸如 И.И. 科涅夫斯基、Д.С. 梅列日科夫斯基、Ф.К. 索洛古勃、З.Н. 吉

---

[1] *Амусин М. В.* Зазеркалье Петербургского текста // Нева. 2001. № 5. С.185.

皮乌斯、Вяч.伊万诺夫、М.А.库兹明等人的创作都涉及了彼得堡题材。特别要提及А.П.伊万诺夫（Александр Павлович Иванов, 1876—1940）的中篇小说《立体镜》（«Стереоскоп», 1909），托波罗夫认为这是一系列彼得堡"霍夫曼"小说的最好范例。"阿克梅"派诗人А.А.阿赫玛托娃、О.Э.曼德尔施塔姆、稍早时期的Н.С.古米廖夫，还有"白银时代"的其他诗人，诸如Б.К利夫希茨、М.Л.罗京斯基、М.А泽凯维奇、В.А.佐尔赫弗列伊（Зоргенфрей）、А.斯卡尔金、В.Ф.霍达谢维奇、Б.А.萨多夫斯基等人也通过自己的诗文加入了"彼得堡文本"的创作行列。

20年代至30年代之初，彼得堡文本的主要代表是К.К.瓦基诺夫（Констатин Константинович Вагинов, 1899—1934）。托波洛夫认为，对于已有百年典籍历史的彼得堡文本而言，他的诗歌和小说对于彼得堡而言不啻为一份"丧礼"。[1] 除此之外，"谢拉皮翁兄弟"文学团体的Е.И扎米亚京、Л.Н伦茨、Б.А皮里尼亚克、М.М.左琴科、В.А.卡维林、И.С.卢卡什等人的小说，О.Э.曼德尔施塔姆和А.А.阿赫玛托娃的"彼得堡"诗歌和散文，共同构筑了这一时期"彼得堡文本"的文学风景。

俄罗斯文学的彼得堡传统由普希金、果戈理最初奠定，在陀思妥耶夫斯基笔下得以发展，他在自己的彼得堡文本中融合了自己的和他人的东西，并且是彼得堡文本有意识的建构者；"白银时代"象征主义流派的А.别雷和А.А.勃洛克则是20世纪20—30年代复兴彼得堡主题的领军人物，当时该主题已被俄罗斯知识阶层所认可；А.А.阿赫玛托娃和О.Э.曼德尔施塔姆，则作为对俄罗斯历史彼得堡时期的终结的见证者和彼得堡记忆的载体，他们是彼得堡文本的承续者；К.К.瓦基诺夫作为20世纪上半叶彼得堡主题的终结者，是"棺材匠大师"。学者М.Ф阿穆欣（Марк Фомич Амусин, 1948— ）

---

[1] Топоров В.Н. Петербургский текст русской литературы. Избранные труды.—Санкт-Петербург:《Искусство—СПб》. 2003. С.24.

在其文章《透过彼得堡文本的反射镜》中指出:"在瓦基诺夫之后的几十年中,彼得堡文本没有任何生命迹象。但是事实证明,这不是死亡,而是暂停的动画,是长时间的冬眠。"[1] 自 1924 年改名为列宁格勒以来,这座城市几乎就变成了苏联时代相对于首都莫斯科的地方城市。于是在以彼得堡为背景的文学中就出现了荒凉和被遗弃的主题,在 A. 别雷、Ф.К. 索洛古勃、В.А. 罗日杰斯特文斯基的笔下,彼得堡曾经的荒诞,在彼得格勒—列宁格勒变成了现实。告别昔日彼得堡的主题,造就了列宁格勒文本的前文本。

彼得堡文本研究者托波罗夫认为,在俄罗斯文学彼得堡文本的第一个阶段,作家群体有两个显著的特征:其一,首批彼得堡文本的作家一类是莫斯科人:А.С. 普希金、М.Ю. 莱蒙托夫、Ф.М. 陀思妥耶夫斯基、А.А. 格里高利耶夫、А.М. 列米佐夫、А. 别雷等,另一类是非彼得堡本地人:Н.В. 果戈理、И.А. 冈察洛夫、Я.П. 布特科夫、Вс. 克列斯托夫斯基、Г.П. 费多托夫、А.А. 阿赫玛托娃和 О.Э. 曼德尔施塔姆等;其二,首批彼得堡文本的彼得堡人的"缺席"一直持续到 А.А. 勃洛克、К.К. 瓦基诺夫的出现。[2]

二、彼得堡文本的第二个阶段:20 世纪 50—80 年代末

(一)关于"列宁格勒"文本

20 世纪的彼得堡文本构成较为复杂。20 年代末随着新经济政策时期的结束,对文学艺术界的管理体现在苏共中央 1932 年 4 月 23 日通过的《关于改组文学和艺术团体的决议》中。整个 30 年代是苏联文学建构"红色乌托邦"的理想时代,这一时期,彼得堡文本处于"失语"状态。彼得堡文本的沉寂现象直到 50 年代上半叶才被打破。苏共二十大后,随着思想文化领域的"解冻",在文学领域"再一次出现了先前的微光,折射着彼得堡文

---

[1] Амусин М. В. зазеркалье Петербургского текста // Нева. 2001. № 5. С.89.

[2] Топоров В.Н. Петербургский текст русской литературы. Избранные труды.—Санкт-Петербург:《Искусство—СПб》.2003. С.25.

本——神话的微光。正是在那个时候，在列宁格勒开始形成战后首个具有非官方性质的散文作家群体——"列宁格勒集团"。[1]

列宁格勒集团包括上一个阶段的"奥拜里乌"（ОБЭРИУ）[2]的部分成员、被称为"技术专家"的列宁格勒矿业学院的诗人们和被称为"语言学家"[3]的国立列宁格勒大学语文系的文学青年，以及后来聚集在"文学协会"（ЛИТО）和"青年文学"周围进行创作的、自50年代至80年代末的列宁格勒各个非官方文学团体的作家们和诗人们。他们形成了相对于莫斯科官方文化的"第二文化"并通过各类"萨米兹达特"（"Самиздат"）[4]渠道发表作品。构成列宁格勒文本的主要作家圈子的人物包括А.А.阿赫玛托娃、И.А.布罗茨基、Д.В.博贝舍夫、В.И.乌弗梁德、Л.Л.阿伦宗、В.Б.克里乌林、В.厄尔、Е.Л.施瓦茨、С.Г.斯特拉塔诺夫斯基、С.Е.沃尔弗、А.Г比托夫、Р.И格拉乔夫、Г.В舍夫、Б.Б瓦赫金、В.Р马拉姆津、И.М叶菲莫夫、С.Д.多弗拉托夫、А.М康德拉托夫等。列宁格勒文本是彼得堡文本在20世纪发展的新阶段，或可称为"彼得堡文本的列宁格勒章节"[5]，它的存在是彼

---

[1] Амусин М. В. зазеркалье Петербургского текста // Нева. 2001. № 5. С.89.

[2] "奥拜里乌"（ОБЭРИУ—Объединение Реального Искусства），即"真实艺术协会"——是一个由作家和文化活动家组成的小组，1927年至1930年代初期存续于列宁格勒。该小组成员包括丹尼尔·哈尔姆斯（Даниил Хармс）、亚历山大·弗维坚斯基（Александр Введенский）、尼古拉·扎博洛茨基（Николай Заболоцкий）、康斯坦丁·瓦基诺夫（Константин Вагинов）、尤里·弗拉基米罗夫（Юрий Владимиров）、伊戈尔·巴赫捷列夫（Игорь Бахтерев）、多伊弗拜尔（Дойвбер）等人。卡基米尔·马列维奇（Казимир Малевич）、巴维尔·菲洛诺夫（Павел Филонов）和菲洛诺夫的学生塔契亚娜·戈列鲍娃（Татьяна Глебова）、阿莉萨·博列特（Алиса Порет）也接近奥拜里乌成员。奥拜里乌成员宣称拒绝传统艺术形式，需要更新描述现实的方法，培育了怪诞、非逻辑、荒唐诗学。在当时的时代环境下，一些奥拜里乌成员无法发表作品，躲进儿童文学的"壁龛"（弗维坚斯基、哈尔姆斯、弗拉基米罗夫等）。许多奥拜里乌的成员都受到压制。——ru.wikipedia.org. ОБЭРИУ.

[3] Самиздат Ленинграда.1950-е—1980-е. Литературная энциклопедия / Под общей редакцией Д.Северюхина .Авторы-составители: В.Доминин, Б.Иванов, Б.Останин, Д.Северюхин. —М.: Новое литературное обозрение. 2003. С.535.

[4] "Самиздат"，即"自版文学"，是指那些在苏联境内未经审查的文学作品，通常它们以非官方的形式出版发行。

[5] Рождественская М. «Ленинградский текст» петербургского текста // Материалы XXXI всероссийской научно-методической конференции преподавателей и аспирантов. Вып. 9. СПб.: Изд-во СПб Университета, 2002. С. 3.

得堡文本开放性机制的一个明证。列宁格勒文本以"代码转换"的方式,保留了彼得堡文本的传统模式。尽管列宁格勒时空有很多新时代的新名词,但是它在文化属性和城市的气候、地理景观上与彼得堡文本并无二致,发生变化的只是意识形态。

(二)列宁格勒文本的特殊时期——"围困"时期

值得注意的是,列宁格勒文本在形成过程中经历了一个特殊时期,即卫国战争时期的"围困"年代。当时列宁格勒再次成为一个"充满荣耀和不幸的花岗岩城市"[1]。濒临死亡的生活引发了列宁格勒的英勇神话,拯救生命、保卫城市的决心削弱了对于痛苦和恐惧的体验。"彼得堡—列宁格勒"这个名字不仅成为勇气和毅力的代名词,而且也成为受苦受难的代名词。这反映在 О.Ф.别尔戈丽茨、H.克兰季耶夫斯卡娅—托尔斯泰娅等人的诗歌中。

(三)关于列宁格勒文本的存续期限

列宁格勒文本并不随着这座城市在 1991 年更名为圣彼得堡而终结。80 年代中期席卷整个苏联社会的剧烈变化自然影响了列宁格勒的命运。此时,列宁格勒人一边与莫斯科的政治傲慢进行抗争,一边格外珍视这座"北方之都"的文化价值,因此重新改名这一事实就被视为恢复彼得堡文化传统的历史性转折。在新的世纪里,"它仍然有能力带来惊喜,以其强大的神话学场域影响作者和读者世界,铸就关于变形、关于万物统一、关于掌控时间和空间、关于记忆和遗忘的离奇梦想"。[2]

(四)列宁格勒文本的基本特征

1. 怀旧情怀

列宁格勒的现实激起了一种特殊的怀旧情怀。在列宁格勒文本里,景观和气候与从前的彼得堡文本一样保持不变。尽管列宁格勒时空的街道和广

---

1 源自阿赫玛托娃的诗《Ведь где-то есть простая жизнь и свет》(1915)中的诗句"...пыщный гранитный город славы и беды."

2 Амусин М. В Зазеркалье Петербургского текста // Нева.2001. № 5. C.89.

场、宫殿和桥梁被赋予了新名称，但它们唤起的却是对这座城市帝国时代的记忆。正如 Б.Е. 格罗伊斯（Борис Ефимович Гройс，1947— ）所说："在那里，您可以沿着无数笔直而漫长的列宁格勒沿河街和大街走上几个小时，而不会注意到任何政权的迹象，想象自己是另一个时代和国家的居民。"[1]

2. 普希金的名字具有拯救的语义功能

列宁格勒文本的创作者们试图以普希金的名字来摆脱 20 世纪的文化危机。普希金之名的拯救不仅是精神层次上的，也是语言层面上的。普希金的意义在于使列宁格勒的作家们以超然的心态和有见地的智慧回应苏联现实。列宁格勒文本继承了普希金语言的"精确的和谐性"[2]。

3. 与彼得堡文本一样，列宁格勒文本也具有"双重"范式特征

列宁格勒神话的创建类型通常是基于彼得堡神话，例如关于列宁格勒的"共产主义神话"、关于列宁的神话、关于著名作家与艺术家的神话，等等，但是它们被创建的前提是滑稽模仿的，这说明这座城市的文化具有自我反射的性质。因此，列宁格勒文本"即便是打着列宁格勒的旗号，也不能够与辉煌的彼得堡神话的魅力相抗衡"。[3]

三、第三阶段：从 20 世纪末至今

（一）20 世纪末至今的"新彼得堡文本"

所谓"新彼得堡文本"，在本著的研究语境下，即指 1991 年城市更名为圣彼得堡之后出现的彼得堡题材文本。20 世纪末至今的新彼得堡文本在全面继承彼得堡文学传统的基础上，出现了一些新动向。

1. 彼得堡丧失了作为"欧洲之窗"的意义

苏联解体后，彼得堡再次被边缘化。在"全球化"时代，彼得堡在俄罗

---

[1] Вейсман И. Ленинградский текст Сергея Довлатова: дисс... канд.филол. наук / И.Вейсман. Саратов, 2005. С.56.
[2] Там же. С.61.
[3] Там же. С.56.

斯历史中的"欧洲之窗"的地位也已丧失。因为从20世纪末以来,在俄罗斯人的意识里已经根除了彼得堡的"欧化"概念,不仅是彼得堡,整个俄罗斯都已成为通往欧洲的政治、经济、文化之窗。在这方面,独领风骚的是莫斯科。М.Н.库拉耶夫(Михаил Николаевич Кураев, 1939—)在《从列宁格勒到圣彼得堡的旅行》(《Путешествие из Ленинграда в Санкт-Петербург》,1996.)的札记中就反映了这座北方帕尔米拉的"欧洲理念"的贬值。

2. 彼得堡是俄罗斯的精神文化中心

20世纪末,莫斯科逐渐进入国际超大都市的行列,后消费时代的来临淹没了莫斯科"永恒之城"的光晕,异质文化的混杂已难保俄罗斯当代文化的"本土性",而素有俄罗斯智性文化传统的圣彼得堡由于客观的"封闭"和被排挤,在某种意义上,反而维护了俄罗斯文化传统的纯净性,因此在这一时期的知识界出现了将彼得堡视为俄罗斯的精神文化中心的诉求,如此一来,俄罗斯文化地图的"中心与边缘"的原始布局在悄然发生变化。有学者指出:"像莫斯科这样位于中心地带的城市趋向于孤立和集中,而一个处于边缘或者外围的城市,则以自我为中心,富有侵略性。这不仅是军事意义上的侵略性,它逐渐忍无可忍,它需要寻找一个自身可成为中心的空间。因此,列宁格勒—彼得堡现在仿佛一个'残障',因为它必须成为一个新的中心,否则它的意义不复存在。"[1]因此我们在20世纪末至今的新彼得堡文学中,感受到这样一种新趋势,即将彼得堡作为俄罗斯文化精神的化身,作为俄罗斯的文化中心。这一点尤其表现在Н.В.加尔金娜(Наталья Всеволодовна Галкина, 1943—)的长篇小说《圣彼得群岛》(《Архипелаг Святого Петра》,1996—1998)和М.Н.库拉耶夫的长篇小说《蒙塔奇卡的镜子》(《Зерколо Монтачки》,1993)中。在他们的小说里,彼得堡不仅是

---

[1] Морева Любовь Михайловна. Метафизика Петербурга// Петербургские чтения по теории, истории и философии культурры; Вып. 1.СПб.: Эйдос, 1993. С.86.

一个永恒运动的文化时空体，还是"取之不尽用之不竭的神话和'文化'代码的生成器，是一个凝结着彼得堡文本主要涵义的机体"[1]。

3. 彼得堡是帝国之城

彼得堡与莫斯科的对峙是俄罗斯历史文化中的古老话题。20世纪末以来，争夺"政治中心"已成为两座城市对话和竞争的焦点。如果说，三个世纪以来彼得堡在与莫斯科争夺"第三罗马"桂冠的过程中始终处于劣势，那么20世纪末以来，在彼得堡知识界对于彼得堡是"第四罗马"的呼声日趋强烈。因此彼得堡是"帝国之城"的概念在这一时期的彼得堡文本里重新复活。这在П.В.克鲁萨诺夫（Павел Васильевич Крусанов, 1961— ）的《看不见的帝国的兵士》(《Легионеры незримой империи》, 2004)、长篇小说《天使咬伤》(《Укус ангела》, 2000.)和Н.Л.波多尔斯基（Наль Лазаревич Подольский, 1935—2014）的中篇小说《看不见的帝国的编年史》(《Хроники незримой империи》, 2005)中表现得尤为突出。在这些作品里，作家们艺术地将彼得堡作为帝国之城的观念编码进彼得堡神话系统之中，成为彼得堡文本系统的新神话内容。

（二）新彼得堡文本的代表作家和作品

除了上述几位作家和作品，新彼得堡文本的代表作家和作品，还包括 И.А. 史努连柯（Игорь Анатольевич Шнуренко, 1962— ）的《彼得堡星球》(《Планета Петербурга》, 1998.)、А.Г. 比托夫（Андрей Георгиевич Битов, 1956—2018）的《永恒的分叉》(《Раздвоение вечности》, 1999)、А.М. 布罗夫斯基（Андрей Михайлович Буровский, 1955— ）的《彼得堡—文化区位》(《Пертербург—урочище культуры》, 2004)、Н.Н. 托尔斯泰娅（Наталья Никитична Толстая, 1943—2010）的《彼得堡游记》(《Туристу

---

[1] *Ермоченко Тамара Константинова.* Поэтика новой петербургской прозы конца XX—начала XXI веков // Диссертация на соискание ученой степени кандидата филологических наук. БГУ. Брянск. 2008. С.30.

о Петербурге》，1999）、И.В. 多里尼亚克（Игорь Васильевич Долиняк, 1936—）的中篇小说《两种死法》(《Две смерти》，1999）、A.B. 维亚里采夫（Александр Викторович Вяльцев, 1962—）的中篇小说《朝一个方向的旅行。过往神话化的经验》(《Путешествия в одну сторону. Опыт мифологизации прошлого》，2001）等。

第二节　彼得堡文本的代码系统[1]

一、城市文本作为符号学分析的客体

20世纪下半叶"语言学转向"开拓了将有机客体作为某种文本进行研究的可能性。任何时空、任何文化和社会现象都可以被当做文本来理解。如此一来，城市可能被当做一种空间客体，首先表现为完整的文本空间，这个文本在符号学系统的基础上与外界沟通，它的读者可以将其"阅读"和"重新阅读"。20世纪七八十年代，在俄罗斯（苏联）文艺学领域出现了对于城市形象和城市文本研究的兴趣，这种兴趣是在罗兰·巴特（Roland Barthes, 1915—1980）、茨维坦·托多罗夫（Tzvetan Todorov, 1939—2017）、茱莉亚·克里斯蒂娃（Julia Kristeva, 1941—）的结构主义概念影响下出现的，尤其是以Ю.М. 洛特曼（Юрий Михайлович Лотман, 1922—1993）、Б.М. 伽斯帕洛夫（Борис Михайлович Гаспаров, 1940—）、Вяч. В. 伊万诺夫（Вячеслав Всеволодович Иванов, 1929—2017）、В.Н. 托波罗夫（Владимир Николаевич Топоров, 1928—2005）为代表的塔尔图—莫斯科符号学派在文学理论中有关文本的特殊性研究推动了这一研究过程的深入发展。同时，西方的 E.W. 苏贾（Edward W. Soja）、K. 里奇（Kevin Lynch, 1918—）、H. 列斐伏尔（Henri Lefebvre, 1901—1991）等学者的一系列卓有

---

[1] 本节已作为阶段性成果发表，内容略有改动。

成效的城市文本及城市空间理论研究体系为城市空间的符号学研究开辟了新方向并提炼出有关城市作为文本的观点。

所谓"城市文本"是一个特定的现象，它与城市"同时具有形象和现实"的双重性质。[1] 城市文本的结构，在某种意义上接近艺术文本。我们可以在这里找到它们之间的融合、排斥和组合模式。

在俄罗斯，最早将彼得堡作为城市文本进行研究的要数 Н.П.安齐费罗夫（Николай Павлович Анциферов, 1889—1958）。他是俄罗斯著名的欧洲中世纪城市问题研究专家伊万·米哈伊洛维奇·格列夫斯（Иван Михайлович Гревс, 1860—1941）的学生。在安齐费罗夫著名的"彼得堡三部曲"，即《彼得堡的灵魂》（《Душа Петербурга》, 1922）、《陀思妥耶夫斯基的彼得堡》（《Петербург Достоевского》, 1923）、《彼得堡的现实与神话》（《Быль и мир Петербурга》, 1924）中，研究者借鉴了其导师格列夫斯对中世纪西欧城市的研究路径，首次提出了一整套城市文本的研究方法，其中有关"城市灵魂"的概念是他研究结构的中心。在安齐费洛夫那里，研究城市文本的原则，包括对"作为特殊的历史个性而阐释的城市，展示城市景观（广泛地展现城市全景、它的街道、它的房屋），作为它整体的一部分，有着确定的、意蕴丰富且深刻的城市面貌，检验作家与城市相遇以及他的创作经验，在都市化文学作品的人物行为和意识下统摄城市，思考城市的历史之路"。[2] 对于安齐费洛夫而言，城市类似"活的机体"。它"不仅使我们获取部分、碎片，还向我们提供整体"。"它不仅是过去的，它还以自己的当代生命与我们共存。"对于研究而言，"城市是最具体的文化—历史有机体"[3]。

在此，我们将俄罗斯文学城市文本中的彼得堡文本作为符号学分析的客体，考察这一文本的代码系统，其中包括彼得堡城市之名、城市的象征和城

---

[1] *Флейшман Л.* Борис Пастернак в двадцатые годы. Мюнхен. 1981. C.252.

[2] *Анциферов Н.П.* Проблема урбанизма в русской художественной литературе. М.ИМЛИ.РАН, 2009. C.38.

[3] *Анциферов Н.П.* Непостижимый город.Душа Петербурга.СПБ.: Лениздат, 1991. C.29.

市的神话类型、彼得堡的城市空间区位以及彼得堡时空的特点、彼得堡城市符号学类型等一系列构成俄罗斯文学彼得堡文本的符号学参量，以探究这一系统中的结构机制。

二、彼得堡文本的城市神话

一般而言，在文学城市文本结构中最重要的一个话语单元便是城市神话。城市文本借城市神话来叙说，而城市神话既来自城市的物质实体又凝聚了城市精神实体的符码意义，它们是城市本质的形而上学。正如H.E.梅德尼斯所说："正是大量的形而上学的存在保证了物质材料向象征意义领域的转移的可能，因而形成了特殊的描述语言，没有它文本的产生是不可想象的。"[1]城市神话奠定了文学的城市文本的基础，相关的城市神话便在作品的叙事层面中显现出主题群、结构诗学、形象系统等内容。如果将文学的城市文本纳入符号学视域考量，那么彼得堡则属于"那些具有超饱和现实性的城市之列，没有它们背后完成的现实，这些城市是无法想象的。因而，已经无法把这些城市与神话和所有范畴的象征截然分开"。[2]

（一）彼得堡的象征与城市神话

尤里·洛特曼（Юрий Михайлович Лотман, 1922—1993）认为，彼得堡一方面是文本，另一方面，又是产生文本的机制。考察城市，自然要考察作为自成一格的文本的城市文明的历史。彼得堡城市的历史，"象征存在先于物质存在，代码先于文本"[3]。彼得堡的象征和神话代码要从彼得堡的城市之名说起。

---

[1] *Меднис Н.Е.* Сверхтексты в русской литературе. Новосибирск. 2003. С.35.

[2] *Топоров В.Н.* Петербург и "петербургский текст" русской литературы // *Топоров В.Н.* Миф. Ритуал. Символ. Образ: Исследования в области мифопоэтического: Избранное. М.: Издательская группа «Прогресс» - «Культура», 1995. С.295.

[3] *Лотман Ю.М.* Символика Петербурга и проблемы семиотика города// Труды по знаковым системам. Тарту. 1984, № 8. С.3.

1. 彼得堡的城市之名

许多人认为，彼得堡的城市之名是以这座城市的伟大的创始人彼得一世的名字来命名的，这实际上是一个普遍的误解，这个误解是基于城市之名与城市创造者名字的巧合。早在彼得堡建城之前，彼得就设想在俄罗斯入海口的咽喉处建一座要塞，并打算用自己守护神的名字来命名这座要塞。按照基督教的传统，使徒圣彼得被赋予了天堂守门人和掌管钥匙的牧师的意义。北方战争之后，圣彼得要塞在涅瓦河上矗立起来，而圣彼得堡也成为这座城市的名字。彼得有关建立伟大强国、海上强国的思想同时也反映在彼得堡的城徽上：两个抓手向上相互交叉的锚。通常而言，城徽的锚都是抓手朝下的。这表明了彼得堡的城徽在与梵蒂冈的城徽遥相呼应：两把相互交叉的钥匙，齿距朝上。在梵蒂冈，这是来自天堂的钥匙，这些钥匙掌管在圣彼得的手中，而在彼得堡，这是海上霸权的象征。彼得堡，作为海上和河运港口，它给了一把通向欧洲文明的锁钥，这种文明在彼得的概念里就是"天堂"和乐园。[1]

在俄语中，彼得一词具有"岩石"之意。彼得一世曾经坚韧不拔地向同时代人灌输这样一种思想，即他要把木头的俄罗斯变成石头的俄罗斯。尽管在彼得之前的罗斯已经有很多石头建筑，但彼得的决心是要彻底改变俄罗斯的象征，希望彼得堡成为一座非凡的石头之城。有文献记载说，所有在彼得在位期间来到这座正在兴建的新都的人，都被要求随身带来一块用于建设的石头。因此，彼得堡，无论是"圣彼得之城"，还是"石头之城"，都与彼得一世最初的构思密切相关并永恒地成为他的镜像。新建的彼得堡被赋予了"新罗马"的意味。在彼得的意识里，彼得堡就是新罗马的类比。这与其说是要将彼得堡视为第二罗马和第三罗马的接班人，不如说那样的传统已被切断，形成一个零起点，它直接将彼得堡与第一罗马联系起来，甚至仿佛要取

---

[1] *Тульчинский Г.* Город-испытание. Метафизика Петербурга. Т.1. СПБ., 1993. С.151.

代它，用彼得堡替代罗马。

　　作为一座象征之城，彼得堡需要不断地重新编码，甚至它的城市之名：从彼得堡到彼得格勒、列宁格勒直至圣彼得堡，每一次更名都充满了象征的意味。彼得堡在第一次世界大战期间由于俄罗斯人的爱国主义激情将富有日耳曼色彩的"堡"（-бург）更名为彼得格勒（-град）。然而随着城市之名的改变似乎好多东西也一下子被破坏了，作家 A.M. 列米佐夫（Алексей Михайлович Ремизов, 1877—1957）敏锐地捕捉到彼得堡更名后的变化："你摈弃了自己的名字便陷入不幸之中——这是在向谁献媚？是谁昧着良心？抑或这不过是脑袋里的一个愚蠢的念头？——它由于背叛了使徒，将您的神圣之名变成了人的：从神圣的圣彼得之城，变作彼得之城。

　　2. 城市的象征

　　"青铜骑士"，是专门为彼得一世建造的纪念碑。作为彼得堡城市形象寓意最丰富的象征之一，它从建造之日起，就成了许多神话和传说的主题。彼得改革的反对者警告说，纪念碑塑造的是一位"天启骑士"，它背负着城市和整个俄罗斯的死亡和痛苦；而彼得改革的支持者则认为，纪念碑象征着俄罗斯帝国的伟大和荣耀，只要骑士永远骑在坐骑上，俄罗斯的伟大和荣耀就会永远持续下去。彼得那尊骑在竖起前蹄的马背上的雕像，用普希金的话说，是"俄罗斯骑在竖起前蹄的马背上"。彼得的马将要踏死一条蛇。在巴洛克象征传统里，蛇具有妒忌和敌意的寓意。然而，在彼得堡，还有一个众所周知的预言：雅可夫（Иаков）长老"看见一条躺在路上的蛇死死地咬住马的脚踵……"[1] 在这样的语境里，骑士和蛇共同构成了一个世界末日的征兆。蛇意味着敌基督，它将自己的余光反射在彼得的身上，预示着城市的不祥命运。

1　*Лотман Ю.М.* История и типология русской культуры // Символика Петербурга и проблемы семиотики города. Санкт-Петербург «Искусство-СПБ», 2002. С.212.

在民间，有关青铜骑士的传说有很多版本，其中的一个版本记录说：有一次，彼得骑着自己的马惬意地从涅瓦河的左岸奔向右岸。他激动地喊着："一切都是上帝的和我的！"遂顺利地越过河去。第二次他又喊着："一切都是上帝的和我的！"这一次又成功地越过河去。然而在第三次，彼得把话说颠倒了，他说："一切都是我的和上帝的！"[1] 于是他受到了僭越上帝的惩罚：顿时石化成自己永久的纪念碑。

有关青铜骑士，还有另一个闻名遐迩的传说，即彼得的雕像复活的传说。1812年，当彼得堡受到拿破仑军队入侵的威胁时，亚历山大一世下令将彼得的雕像拆迁到沃洛格达省。此时，有一个姓巴图林的上校[2]一直受到一个梦境的困扰。在梦中，他看到彼得的雕像复活了，它从自己的岩石上走下来并向石岛叶拉金宫殿奔去，当时宫殿里正住着亚历山大一世。皇帝从宫殿里走出并听到彼得的声音："年轻人，你要把我的俄罗斯引向何处。只要我还在那位置上，我的城市就不会受到威胁。"骑士转过身去，路面上响起一阵青铜马蹄声。那位名不见经传的上校的梦很快就让亚历山大一世知道了。惊恐的沙皇赶紧撤销了自己有关拆迁雕像的决定。那一年，彼得堡的土地没有受到拿破仑军队的践踏。

在卫国战争期间，青铜骑士的传说得到了进一步的发展，它给被围困的列宁格勒人带来信心和力量。整个900天的围困时期，统帅苏沃洛夫、库图佐夫等人的纪念碑没有做任何掩护却没有一个炸弹的碎片殃及它们。因此，列宁格勒人对青铜骑士的威力更加深信不疑。值得一提的是，作为代码，这一有关彼得的雕像复活的传说在19世纪的普希金的《青铜骑士》（《Мéдный всадник》，1833）里被做了反向且意蕴复杂的演绎，而且他的演绎为后世

---

[1] *Синдаловский Н.А.* Легенды и мифы Санкт-Петербурга. Ленинградская галерея, 1995. https://www.Livelib.ru/book/1000449747.

[2] 又有一说是亚历山大·尼古拉耶维奇·戈利岑的梦境，参见 *Топоров В.Н.* Петербург и "петербургский текст" русской литературы // *Топоров В.Н.* Миф. Ритуал. Символ. Образ: Исследования в области мифопоэтического: Избранное. М.: Издательская группа «Прогресс» - «Культура», 1995. примечание: 34.

的俄罗斯文学的彼得堡文本创造了更大的阐释空间。"普希金的尝试成了某种评论的基点,在其周围开始了持续150多年的特殊的彼得堡文本的'亚文本'以及特殊的神话题材在彼得堡神话故事中的结合。"[1]我们认为,有关青铜骑士的传说,无论是"活人石化"的版本,还是"雕像复活"的版本,都符合逻辑地进入彼得堡文本的代码系统,成为彼得堡的创建者神话的基础,并在不同的语境中得到不同的阐释。

3. 彼得堡的城市神话

彼得意欲建造一座思想和艺术(人工)的城市,这座城市应该在新的地方(而不是在已被破坏的老地方)"突然"出现。那样的城市没有历史,而"历史的缺席,刺激了神话的增长"[2]。彼得堡的神话填补了彼得堡城市历史的空白,模糊了彼得堡的真实与神话的界限。19世纪的俄罗斯文学,从普希金和果戈理到陀思妥耶夫斯基,都将彼得堡神话作为民族文化的事实,而彼得堡真实的历史则渗透着神话元素。在彼得堡文本的各类城市神话中,最基本的神话类型便是有关彼得堡城市起源的神话和彼得堡的末日论神话。它们构成了彼得堡文本的原始代码。

彼得堡城市起源的神话——"沼泽地上的城市"。В.Ф.奥多耶夫斯基(Владимир Фёдорович Одоевский,1803—1869)在中篇小说《火蝾螈》(《Саламандра》,1844)里援引了一个古老的芬兰的故事:"人们开始建造城市,然而那些做铺垫的石头,都被沼泽吞下去了,已经铺垫了很多石头,山岩叠着山岩,原木摞着原木。然而,沼泽地把一切都吞噬殆尽,地面上只剩下一个泥塘。沙皇在里面造了一只船,这里瞧瞧,那里望望,还是看不到他的城市。""'你们什么也不会干!'他一边生气地对自己的手下说着,

---

[1] *Топоров В.Н.* Петербург и "петербургский текст" русской литературы // Топоров В.Н. Миф. Ритуал. Символ. Образ: Исследования в области мифопоэтического: Избранное. М.: Издательская группа «Прогресс» - «Культура», 1995. С.272.

[2] *Лотман Ю.М.* История и типология русской культуры// Символика Петербурга и проблемы семиотики города. Санкт-Петербург, 《Искусство—СПБ》, 2002. С.213.

一边向上攀岩并在空气中打造起来。他就是这样建好了整座城市并把它放在了地上。"[1]这个故事似乎暗合了彼得堡这座城市是建立在一片无人居住的沼泽地里的传说，影射了彼得堡的起源。当然，事实并非如此。在近代彼得堡的历史版图上，大约有40个村庄，其中许多村庄在瑞典人来到这些海岸之前就已存在。后来的彼得堡的城堡和宫殿、教堂和手工作坊都是建在有人烟的地方。只是在彼得堡的建设大规模展开之后以及创建一个新首都的强烈呼求，才催生了有关彼得堡诞生在沼泽地里的传说。

还有一个彼得堡城市末日论神话——"倒在水中的混沌"。有关"彼得堡将成为一片虚空"的预言早已在俄罗斯家喻户晓，这个预言与某些长老所预言的"彼得堡将葬身水中"的传闻有着内在的联系。后来这些末日论预言不断发酵，又表现为分裂派教徒有关彼得是敌基督者、他的城市必遭灭亡的传言。所有这一切已经构成早期彼得堡神话的最重要元素，它们不无改变地伴随着这座城市的历史演变，最大限度地确定了俄罗斯文学的彼得堡文本的代码。诗人М.А.德米特里耶夫（Михаил Александрович Дмитриев, 1796—1866）在其《水下之城》（《Подводный город》, 1847）中曾通过老渔翁与小男孩儿的对话演绎了这则末日论神话：

> 你看见那尖顶了吗——它就像我们年复一年的
> 天气一般，摇摆不定，
> 你是否记得，我们是如何将自己的小船
> 拴在它的上面？——
> 城市就在那儿，一望无际
> 在它之上是上帝；

---

[1] *В.Ф. Одоевский. Сочинения.В 2-х т. Т.2. Повести./ Сост., конммент. В.И.Сахарова. М.: Худож. Лит., 1981. С.146.

> 而现如今是钟楼的尖顶
>
> 孤零零地矗立在一片汪洋之中![1]

这首具有末日论神话色彩的诗作有着双重意指：一方面，它来自彼得堡现实中的水灾印象，另一方面，它也暗合了《圣经》中"大洪水"的原型意蕴。在这一末日论神话中，彼得堡这座人工的城市，无论它承载着创建者多么宏大的理想，都注定要被自然力所毁灭。

（二）城市类型学的符号学特征

从上述有关彼得堡起源的神话和末日论神话的代码中，俄罗斯研究者整合出彼得堡城市类型的符号学特征。

其一，"离心城市"。И.М.格列夫斯曾在题为《西欧中世纪聚居形式的发展》（1935—1936）的文章中提出了有关西欧中世纪城市规划的两种类型，即街道呈直角相交的"棋盘"状罗马式城市和以城堡、修道院或集市广场为起点向外扩散的同心圆式封建城市。[2] Ю.М.洛特曼借鉴了格列夫斯的观点，在论文《彼得堡的象征和城市符号学》（1984）中也提出城市符号学的两种类型，即"离心城市"和"同心城市"。他指出，彼得的"海岛"思想，使彼得堡建立在远离传统的俄罗斯历史文化的时空中。它的城市结构具有"离心"状态，是"离心城市"。他认为，离心城市坐落在文化时空的"边缘"：在海岸，河口。在这里，具有现实意义的不是"大地与天空"的对峙，而是"自然"与"文明"的对峙。这样的城市建造于对大自然的违背之上并正处于与大自然的斗争中，这使得这样的城市获得两种被阐释的可能。一方面，它是理性对于自然力的胜利，而另一方面，则是对自然秩序的歪曲。围绕着那类城市的名称则集中着一些末世论神话，暗示着毁灭。……通

---

1 Дмитриев М.А. Стихотворения. М., 1865. Т.1. С.176.

2 Юрий Вешнинский. Развитие градоведческой традиции И.М.Гревса в отечественной науке. Телескоп. 2013. № 2 (98). С.33.

常，这是大洪水，沉入海底。[1]

其二，"妓女城市"。俄罗斯文学彼得堡文本研究专家 В.Н. 托波罗夫以神话诗学和价值诗学为前提，将城市文本划分为"处女之城"和"妓女之城"两种类型。托波罗夫认为，"妓女城市"是"放弃了神，并最终陷入艰难痛苦中"的城市，是"该死的、堕落和腐化的城市，在深渊之上的、等待上天惩罚的城市"，而"处女城市"则是"一个理想的和荣耀的、新生的、从天而降的城市"。在城市的原型系统中，"第一个原型是巴比伦（妓女之城），第二个原型是耶路撒冷（处女之城）"。[2] 托波罗夫认为，判断处女城市和妓女城市的类型要将城市假设在神赐的婚姻之中，如果城市本身是作为等待上天的新郎的新娘，它便是"处女城市"，如果城市对婚姻思想进行歪曲，处在一种缺位的婚姻之中，没有新郎或人尽可夫，这样的城市便是"妓女之城"。彼得堡的本质使它打上了"妓女之城"的神话学印记。它仿佛是"大淫妇"——"第二巴比伦"，因自己的罪恶而遭到谴责并受到惩罚。从符号学角度看，托波罗夫理论中的"妓女之城"在语义上接近于诺思洛普·弗莱（Northrop Frye, 1912—1991）原型批评中的"中介新娘"之城，这类城市是反基督的情妇，但由于"爱多"[3]和苦难，它既是堕落的，也是可救赎的。值得注意的是，"第二巴比伦"或"妓女之城"是两个使彼得堡与莫斯科彼此接近的城市类型学符号，在不同时代、不同语境中，原本属于"妓女之城"的彼得堡，也可能获得原本属于莫斯科的"处女之城"的殊荣，反之亦然。

其三，从性别意义上，彼得堡具有男性城市的特征。正如作家 Н.А. 梅里古诺夫（Николай Александрович Мельгунов, 1804—1867）所强调的那

---

[1] Лотман Ю.М. История и типология русской культуры// Символика Петербурга и проблемы семиотики города. Санкт-Петербург,《Искусство—СПБ》, 2002. С.209.

[2] Топоров В.Н. Текст города-девы и города-блудницы в мифологическом аспекте//Исследования по структуре текста. М., 1987. С.121-132.

[3] [加拿大]诺思洛普·弗莱：《伟大的代码——圣经与文学》，赫振益、樊振帼、何成洲译，北京：北京大学出版社，1998年，第184—185页。

样,"彼得堡自称为堡,并不完全偶然。因为在我们的语言里,城市是男性的"。[1] 俄罗斯有句俗语叫做:"莫斯科出嫁、彼得堡娶妻。"如果在俄罗斯民族的意识中,莫斯科是女性的,是母亲,是未婚妻,那么彼得堡所呈现出的如彼得的君临天下的威严、服从统一意志的"兵营"氛围、它的欧洲风范等都具有拯救者、父亲、新郎的象征意味。由于城市的拯救者和城市的暴虐者都有可能成为它的统治者,因而彼得堡形象的男性特征,往往使它的代码连接着双向的语义单元,一方面是体现了理性精神的城市乌托邦乐园,另一方面,则作为预示灾难的敌基督的假面舞会。

(三)彼得堡城市神话的二律背反

作为彼得堡文本的初始编码,彼得堡创建者神话、彼得堡起源和末日论神话,决定着整个19世纪彼得堡文本叙事结构中最基础的"本事"(фабула),大凡典型的彼得堡文本都可以从中辨析出上述编码的蛛丝马迹。"彼得堡神话"在19世纪至20世纪之交发生了改变:著名文学评论家Л.К.多尔戈波洛夫(Леонид Константиновч Долгополов,1928—1995)在其专著《彼得堡神话与它在世纪之初的改变》(1977)中指出:"彼得堡日益临近的注定灭亡的主题成为19世纪最后三分之一时间文学的共同章节。[2] 他认为,这一时期的彼得堡神话具有二律背反性:一些时候,彼得堡所唤起的生命力量,具有一种上帝的特征,这是天意在自己美好的意愿中赠与俄罗斯人的一座城市,从今以后,这座城市就与祖国的荣耀概念紧密相联。而另一些时候,彼得堡所唤起的这股生命能量,又被诠释为恶的体现,是一种在民族的起源上导致毁灭的力量,从而也是一股反人民、反上帝的力量。"[3] 彼得堡神话的二律背反揭示了彼得堡的本质:"彼得堡是恶和罪的中心,这里的

---

[1] Мельгунов Н.А. Несколько слов о Москве и Петербуге // Н.А. Мельгунов. Москва-Петербург: pro et contra. Сост. К.Г. Исупов. -СПБ.: РХГИ, 2000. С.227.

[2] Долгополов Л.К. Миф о Петербурге и его преобразование в начале века // Долгополов. Л.К. На рубеже веков: о русской литературе конца XIX_начала XX века.Л.; Советский писатель. Ленигр. Отд. 1977. С.165.

[3] Там же. С.162.

痛苦超出极限并且不可逆转地深深刻印在人民的意识之中；彼得堡是深渊，是'彼'世界，是死亡，但彼得堡也是一个民族自我意识和自我认识达到极限的地方，极限之后延伸着新的地平线，它也是俄罗斯文化展示自己光辉成就中亮点的地方，不可逆转地改变了俄罗斯人民。彼得堡的内部思想，其高度悲剧的角色，正是在这一无法归并的对称性及二律背反中，将死亡作为新生的基础，新生被看做是死亡的回答及其救赎，看作是更高层次的精神成就。"[1] 卫国战争时期，列宁格勒（彼得堡）的形象又使彼得堡神话的内在结构增添了二律背反的张力。战争在彼得堡新形象的形成过程中起着特殊的作用，经受住900天围困的列宁格勒使整个国家为之动容。受难的光环成为这座城市一系列有关胜利的主要象征之一。战争最终从它的脸上洗去了此前所有非俄罗斯的特征。战争不但没有给列宁格勒（彼得堡）带来死亡，相反使它复活，复活成为国家最圣洁的城市。如此一来，彼得堡城市意象便在神话诗学和价值诗学的路径上产生了二律背反的震颤，由"敌基督者之城"变为"新罗马"，由"妓女之城"变为"处女之城"。这一变化不但发生在彼得堡文本的内在结构里，还发生在彼得堡文本的外部结构之中，即与莫斯科文本形成互文和对话。

三、彼得堡文本中的城市空间区位 [2]

在城市文本中，空间形态被视为一种符号，它传达了一定的关联。在其中，任何具有现实意义的文化不仅被一再"阅读"，而且被一再"书写"。俄罗斯当代著名文论家 В.Н. 托波罗夫关于彼得堡就曾经写道："彼得堡具有自己的语言，它以自己的街道、广场、居民、历史、思想向我们讲述自己，

---

[1] Топоров В.Н. Петербург и "петербургский текст" русской литературы // Топоров В.Н. Миф. Ритуал. Символ. Образ: Исследования в области мифопоэтического: Избранное. М.: Издательская группа «Прогресс» - «Культура», 1995. С.260.

[2] 在彼得堡文本中，具有符号学意义的城市区位空间还有很多，诸如：冬宫、米哈伊洛夫斯克城堡、尤苏波夫宫、伊萨基耶夫斯基大教堂、石岛、丰丹卡、离别街等，限于篇幅，在此不赘述。

并尽可能将其作为自己的异质（多源性）的文本，这个文本被写进某种共同的思想并在它的基础上在文本中建构确定的符号系统。"[1] 在彼得堡文本中，一些特定的城市空间区位（топосы，或译成"区域、地方"），往往以代码的形式编入文本，成为诠释那块"最大的坚如磐石的语义单元"的多维视角。所谓城市空间区位，特指城市的局部空间，这些空间是基于人类存在的可持续性的本质，作为人的存在媒介并与特定的城市形象密切关联的城市区域。这些空间区位，既包括城市的自然区域，比如：大海、高山和森林，也包括自然与文明相结合的空间，诸如花园、城市公园以及那些融入了社会生活的城市空间，比如：街道、房屋、剧院、大街、教堂、市场、墓地等。城市空间区位的主要功能在于表现城市的意识形态形象，这个形象浓缩在城市文本之中并在内在的文本关系上表现城市文本中至关重要的"城与人"的命题。不同空间的区位，成为一定的社会阶层存在、感知世界并与之发生相互关系的隐喻。正如法国当代思想家亨利·列斐伏尔（Henry Lefebvre, 1901—1991）在其著名的《空间的生产》（1974）中所指出的那样，城市空间不是单纯的几何学或地理学概念，而是历史发展的产物和社会矛盾的测量仪，它是集物质性、精神性和社会性于一体的三维空间。[2] 对于彼得堡文本而言，具有特定符码意义的城市空间区位，包括：街道、宫殿、教堂、城堡、沙龙、集市、孤岛等。

（一）涅瓦大街（Невский проспект）

在俄罗斯文学的彼得堡文本中，一个重要的城市空间区位就是"涅瓦大街"。根据彼得大帝的"远景大道"（"перспективная дорога"）的设想，涅瓦大街始建于 1710 年。一直以来，它都是彼得堡的主要道路之一，与彼得

---

[1] *Топоров В.Н.* Петербург и «петербургский текст» русской литературы// Топоров В.Н. Миф. Ритуал. Символ. Образ: Исследования в области мифопоэтического: Избранное. М.: Издательская группа «Прогресс» - «Культура», 1995. C.274.

[2] 高春花：《列斐伏尔城市空间理论的哲学建构及其意义》，载于《理论视野》，2011 年第 8 期，第 29—30 页。

堡共同经历了诸多风云变幻。19世纪20年代末期的涅瓦大街已经是彼得堡最繁华的市区。涅瓦大街不仅贸易繁荣，而且还是一个不受国家管制的公共空间。作为一个自由的区域，在涅瓦大街可以看到各种社会和心理力量的最自然的展露。涅瓦大街一方面为人们幻想成自己想要成为的人提供环境，另一方面也为那些真正读懂彼得堡的人呈现人的真实面目。涅瓦大街具有人格化和精神性的特征，被赋予了特殊的形象意义。

涅瓦大街是开放的、直线型的和完整的，尽管它的每一个转角都通向彼得堡幽闭、曲线和残破的背面，但它的奢华、浪漫与自由总会带给人们一种要屏息凝神的眩晕，一种作为彼得堡的主角的魅力，让人们不得不向它臣服。涅瓦大街的繁华热闹是彼得堡其他街道所不能企及的，它是彼得堡的商业中心，集中了彼得堡现代都市的所有特点。如果说彼得堡是俄罗斯帝国的心脏，那么涅瓦大街就是彼得堡的心脏，彼得堡的现代与繁华在涅瓦大街便可见一斑。

（二）瓦西里岛（Васильевский остров）

瓦西里岛是彼得堡文本中另一个重要的城市空间区位。相对于"涅瓦大街"的奢华、浪漫，瓦西里岛则显得僻陋而神秘。当年，彼得大帝正是打算在这里创建城市的中心。1716年，在彼得的参与下，多梅尼科·特雷佐尼（Доменико Трезини, 1670-1734）设计了第一个建造彼得堡的总体规划，根据这个规划，瓦西里岛将形成矩形的街道与运河网络、巨大的公共花园，还有周边带公共设施的两个广场，东端建设成带有防御工事的港口。在这个被不同的建筑师改变了很多细节的方案里，只有彼得的建议始终保持不变，即彼得堡的运河要摹仿阿姆斯特丹和威尼斯的风格。在19世纪中叶，海上贸易港口被转移到古图耶夫岛（Гутуевский остров），而在瓦西里岛上的建设也从此改变了性质：工业开始出现，紧接着寒酸的工人居住区、水手的集体宿舍、小官吏的房子、酒馆儿、仓库、木工棚等遍布岛上。只有那恢宏庞大的"箭矢"建筑群才符合彼得要把瓦西里岛变为城市的中心的初衷。

在俄罗斯文学的彼得堡文本中，瓦西里岛一直都是一个神秘而凄凉的所在，普希金的《瓦西里岛上的寂静小屋》(《Уединённый домик на Васильевском》, 1829) 情节神秘、诡异，甚至带有一丝恐怖色彩，它讲述了一个善与恶交锋，最终善败下阵来的故事，揭示出金钱对于俄国社会的冲击以及人性的戕害。这部小说成为后来的果戈理和陀思妥耶夫斯基等人的"彼得堡文本"中怪诞情节的源头。小说的主旨可以从末尾句"当人们谁也没有去勾引魔鬼的时候，魔鬼哪有兴致干涉人间的事情"[1]中得以彰显。从19世纪普希金的《瓦西里岛上的寂静小屋》《青铜骑士》，到20世纪安德烈·别雷（Андрей Белый, 1880—1934）的《彼得堡》(《Петербург》, 1913)，在俄罗斯文学的彼得堡文本中，作为城市空间区位，瓦西里岛一直是俄罗斯作家施以浓墨重彩之地，它是相对于涅瓦大街这样的"城市中心"的"城市边缘"，它与"中心"是隔绝的，是封闭而孤立的存在。正如彼得堡是彼得堡的创建者伟大彼得的彼得堡，彼得堡也是官吏的彼得堡、穷人的彼得堡，是"没有首都身份的人"的彼得堡。在这群人物中间，每一类人都拥有着"自己的"街道、区域、自己的空间。瓦西里岛上生活着属于它的特定的人群。

（三）科洛姆纳（Коломна）

科洛姆纳——彼得堡最古老的地区之一。在18世纪中叶，这一地区并没有特别的名字，被认为是远郊地带。那一时期的建筑很不起眼，都是木质的平房。科洛姆纳土著居民大约出现在1736—1737年的火灾之后。那次火灾致使海军和海军部的特辖村损失惨重。据说，从这些村镇搬迁出来的人成为科洛姆纳的最初居民。由于安娜·伊万诺夫娜执政时期特辖区的通行语

---

[1] [俄] 普希金:《普希金全集 5·中短篇小说 游记》, 沈念驹、吴迪主编, 力冈、亢甫等译, 杭州: 浙江文艺出版社, 2012年, 第456页。

言是德语，所以搬迁者被称作移民。搬迁的地方就被称为移民区。另有一种说法，指向这一区域科洛姆纳名字的来源，即它来自一些田地界标的俄化称谓——科隆纳。[1]"科隆纳"一词是来自意大利语colonna，意为"直线""队列"，刚好与当地的带有交叉直角的广阔街区的规划图相吻合。[2]科洛姆纳的最初居民是船厂工人、手工业者、引航员、小市民、军人、商人、小官吏等，后来一些并不富有的贵族也开始在科洛姆纳定居。人口迅速增长：据统计，19世纪40年代的科洛姆纳约五万人，到1910年，人数已增加至八万五千人。在19世纪下半叶，科洛姆纳成为彼得堡城市人口的稠密区，建成了很多公租房。

叶卡捷琳娜运河将科洛姆纳一分为二：小片区域——包括柯泽耶（Козьем）沼泽（现在的库里宾广场）的复活教堂，大片区域——包括圣母帡幪日教堂（Покровская церковь）。现今两个教堂都已被损毁。圣母帡幪日广场（从1923年起，改称屠格涅夫广场）是科洛姆纳的中心。由建筑师И.Е.斯塔洛夫设计建造于1812年的圣母帡幪日教堂在此占据主要位置。教堂有着古俄罗斯教堂的样貌。1848年、1898年至1902年教堂曾被两次翻建。在教堂周围又建了两座小教堂，整个建筑群被铁栅栏圈围。20世纪30年代，广场根据建筑师Л.А.伊里因（Лев Александрович Ильин, 1880—1942）和В.А.维特曼（Владимир Александрович Витман, 1889—1961）的设计方案重新改建，教堂建筑被拆除，在它的原址上开辟了一个小花园。[3]现在这个区域分布着犹太教堂、天主教圣斯坦尼斯拉夫教堂、爱沙尼亚的新教圣伊万教堂和东正教圣以西多尔教堂。

科洛姆纳区域的边界被水域边界所限定，分别是大涅瓦河、莫伊卡河、丰坦卡河和克留科夫运河。在科洛姆纳的西部，从莫伊卡河起源的普利亚若

---

[1] *Антонов П.А.* Старая Коломна. «Аврора», Л.; 1978, № 6. C.24-28.

[2] *Пирютко Ю.М.* Другой Петербург. СПб.; «Лига Плюс», 1998. C.87-88.

[3] *Антонов П.А.* Старая Коломна. «Аврора», Л.; 1978, № 6. C.24-28.

克河分成两个支流汇入涅瓦，形成两个小岛，一个称为马基斯岛，另一个称为油作坊（Сальный буян）岛。马基斯岛是根据一个在 17 世纪末生活在岛上的磨坊主马基斯的名字来命名的，马基斯获得了由彼得一世颁发的护岛证书，作为对其在北方战争期间勘查的奖励。在岛上，横跨普里亚若克河的桥梁也被称作马基斯桥，这座桥连接着滨河胡同。18 世纪上半叶，岛上出现了住着退役军人的村落。1832 年至 1836 年，有灵者圣尼古拉在岛上为精神病人建立了一家医院，现在为第二精神病医院。卡列拉岛位于丰坦卡河三角洲，18 世纪初，在这个岛上开始建设卡列拉船厂，后来这个船厂被扩建，在它的位置上又建起了恰尔兹·博尔德造船厂，现在是海军造船厂。

从 18 世纪开始，丰丹卡河后面出现了一个城郊地带，即卡琳季娜村，所以在 1786 年至 1788 年建在丰丹卡河上的桥，也被称为卡琳季娜桥。除了老卡琳季娜桥外，这里的阿列克谢·阿列克山德罗维奇大公在莫伊卡滨河街 122 号的宫殿以及其他古迹可以称为科洛姆纳的特有建筑。

19 世纪，俄罗斯文学界的 A.C. 格里鲍耶多夫、B.A. 茹科夫斯基、М.Ю. 莱蒙托夫、Н.В. 果戈理、Н.Г. 车尔尼雪夫斯基及其他俄罗斯作家和诗人都曾在科洛姆纳居住生活过。一些著名的文学人物形象，比如，贫穷的小官吏——普希金的长诗《青铜骑士》中叶甫盖尼，果戈理的中篇小说《外套》(《Шинель》,1836—1842) 中主人公阿卡基·阿卡基耶维奇·巴士马奇金，还有为了金钱而堕落的青年艺术家——果戈理的短篇小说《肖像》(《Портрет》,1833—1834) 中的主人公恰尔特科夫都来自那里。

在 19 世纪末至 20 世纪初，这一区域又被音乐家、艺术家和诗人所青睐。画家列宾（Илья Ефимович Репин, 1844—1930）于 1882 年至 1895 年间在科洛姆纳创作了《意外归来》《扎波罗热人》《伊凡雷帝和他的儿子伊凡》等著名画作。居住在科洛姆纳的有诗人 А.А. 勃洛克、М.А. 库兹明、О.Э. 曼德尔施塔姆，艺术家 М.В. 多布任斯基、К.А. 索莫夫、Б.М. 库斯托季耶夫、Т.Н.格列波娃等。很多演员也被吸引到这里落户，先是靠近音乐学院和大剧院附近，之后又在马林斯基剧院周围。这些人当中有芭蕾舞演员 М.Ф.克舍欣斯卡娅、Г.С.乌兰诺娃、Т.П.卡尔萨文娜、А.П.巴甫洛娃，作曲家 П.И.柴可夫斯基、М.И.格林卡、М.П.穆索尔斯基、С.С.普罗科菲耶夫、管风琴演奏家以赛亚·布劳德。20 世纪下半叶，在科洛姆纳生活和工作的有艺术家 Т.П.诺维科夫、诗人 Р.Ч.曼德尔施塔姆。

2007 年，在十二月党人大街，建起了马林斯基剧院的音乐厅，这是 2003 年被烧毁的布景大师楼的原址；而在 2010 年至 2012 年间，在靠近剧院的老建筑区又建起了马林斯基剧院的第二剧场。1817 年至 1820 年间，普希金在这里创作了《鲁斯兰与柳德米拉》(《Руслан и Людмила》, 1817—1820)、《自由颂》(《Ода〈Вольность〉》, 1817) 和《致恰达耶夫》(《К Чадаеву》, 1818)，后来又在长诗《科隆纳的小房》(《Домик в Коломне》, 1830)[1] 里歌颂了科洛姆纳：

> 如今我早就搬开，不在那里居住，
> 但如同白日做梦，幻想总喜欢
> 飞向科隆纳，并飞向波克罗夫，
> 我飞到那里以后——要是礼拜日
> 就在那里参加祈祷仪式。[2]

对于俄罗斯文学早期的"彼得堡题材"而言，科洛姆纳正是这样的区域："那里的一切都不像彼得堡的其他行政区；那里既算不上首都的一部分，也不是外省。一踏上科洛姆纳区的街道，你就会觉得青年人特有的愿望

---

[1] 科隆纳，即科洛姆纳。——笔者注
[2] [俄]普希金：《普希金全集 3·长诗 童话诗》，沈念驹、吴迪主编，力冈、亢甫等译，杭州：浙江文艺出版社，2012 年，第 385 页。

和激情就都消失了。这里没有未来，只有沉寂和落后，只有首都生活沉淀下来的一切东西。搬到这里居住的有退休官员、寡妇、因参政院有熟人而得以在此终老的穷人，还有整天待在市场上、杂货店与乡下人闲扯、每天买五十戈比咖啡和四戈比砂糖的、劳作了一辈子的女厨子，以及所有那些可以用'灰色'一词来形容的人们。"[1]

（四）干草广场（Сенная площадь）

干草广场，在俄罗斯文学的彼得堡题材文本中是一个特殊的城市空间区位。它因Ф.М.陀思妥耶夫斯基和В.В.克列斯托夫斯基等作家的创作而在读者群中家喻户晓。它坐落于彼得堡的中心区域，位于莫斯科大街和萨多夫街的交汇处，以萨多夫街为自然中心，包括莫伊卡河对面、沃兹涅斯基大街和戈罗霍娃大街和瓦赞姆斯基修道院的整个三角地带。从18世纪初开始，围绕这个广场所辐射的周边区域就形成了不太好的声誉，当时那里有一个彼得堡最大的、做干草生意的露天市场，广场因此而得名。在19世纪中叶之前，它一直是作为对那些抢劫、偷盗和欺诈等刑事犯罪者公开惩处的地方使用。干草广场在陀思妥耶夫斯基去世后不久就开始改建和修复。广场西北角的К-胡同（今天的Гривцова胡同）的建筑在卫国战争中被炸毁。1950年，在它的原址上由建筑师М.Я.克里缅托夫（Михаил Яковлевич Климентов，1906—1975）设计建造了一幢斯大林帝国风格的建筑。1952年，干草广场曾改名为和平广场，1992年7月1日，恢复原名。到目前为止，这里仍然是这座城市较为脏乱的地区之一。有三条地铁线、多条线路的电车和公共汽车在此经过，它被称为"彼得堡之腹"。[2]

В.В.克列斯托夫斯基（Всеволод Владимирович Крестовский，1840—1895）曾在其长篇小说《彼得堡贫民窟》(《Петербургские трущобы》，

1　[俄]果戈理：《果戈理全集3·彼得堡故事及其他》，周启超主编，刘开华译，合肥：安徽文艺出版社，1999年，第149页。

2　Сенная площадь. https://ru.wikipedia.org/wiki/

1867）里描述了干草广场周边区域的情景："在广场的边缘，一个巨大的多层楼的一排临街房子的窗口里和入口处闪烁着灯光，这意味着整条街都是小酒馆、小食铺、地下酒窖、卖黑啤酒的下等小酒馆。那里正是那些无家可归者、病人乃至腐烂发臭的死人的庇护所，因为他们当中没有谁能够回到更干净的环境里，他们知道自己只有两个出路：一个是监狱，一个是墓地……"[1]

陀思妥耶夫斯基本人曾在干草广场附近居住了很多年，所以对于那个区域的环境有着切身的感受：那里"热得蒸人，又很气闷，再加上拥挤的人群，到处是石灰、木料、砖瓦、扬尘……"[2] 在这样的环境里，诞生了俄罗斯文学彼得堡文本中最著名的、悲剧性的"野心家"形象——拉斯科尔尼科夫。在《罪与罚》（《Преступление и наказание》，1866）中，拉斯科尔尼科夫在干草广场出现了很多次，他很喜欢在这一带转悠。因为在这里，他的破衣烂衫不会招来任何人傲慢的目光，不管穿戴怎样都不会使任何人侧目。当然，他也时常陷入困惑："为什么在所有的大城市里，人们并非纯粹出于必要，而是不知怎的偏偏喜欢生活和居住在城市中那些没有花园也没有喷泉、又脏又臭、污秽不堪的地区？"[3] 后来，他自己找到了答案，因为在阶层固化、界限分明的彼得堡，居住在干草广场周边区域的居民都是穷人和底层人，他们聚居在此，不仅出于偶然，更深层的原因是他们彼此相像、命运略同，只有在这里他们的心绪才会相对平和，他们才不会被富人鄙夷的目光所损害。但是，主人公却心有不甘，他想试试自己是否可以做一个跨越"血泊"和"立法"的"不平凡的人"。于是就在这个地方，主人公产生了那个

---

1 *Крестовский В.В.* Петербургские трущобы.Книга о сытых и голодных. Роман в шести частях. Том 1. Правда; Москва; 1990. С.114.

2 [俄] 陀思妥耶夫斯基：《罪与罚》（上），见《费·陀思妥耶夫斯基全集》（第七卷），陈燊主编，力冈、袁亚楠译，石家庄：河北教育出版社，2010年，第4页。

3 同上书，第91—92页。

不可遏制的"动机"。在干草广场和 K- 胡同的拐角，他听到一对小市民夫妇和放高利贷的老太婆的妹妹丽莎维塔的一段对话。从这个对话里，拉斯科尔尼科夫得知，第二天晚上七点钟只有老太婆一个人在家，这给拉斯科尔尼科夫的作案提供了可能。

杀人之后，他依照老习惯，沿着平时散步的路，径直向干草市场走去："在离市场不远的马路上，一家小铺的前面站着一个黑头发的背着手摇风琴的年轻流浪乐师，他正拉着非常感人的情歌，给一个姑娘伴奏。那姑娘就站在他前面的人行道上，十五岁光景，穿得像个小姐，一条钟式裙（旧时用细骨头架撑起的那种），一件短斗篷，一副手套，还戴着一顶插着火红羽毛的草帽；这些衣着全都又旧又破。她正在用街头卖唱的那种颤抖却又悦耳、嘹亮的嗓音唱着那情歌，巴望那家小铺能赏给她两个戈比。拉斯科尔尼科夫在仅有的这三个听众边停住了脚步，听了一会儿，掏出一枚五戈比的硬币，塞到姑娘的手里。"[1] 之后，拉斯科尔尼科夫又去了干草市场那对夫妇与丽莎维塔谈话的那个角落，他挤在人群中，很想跟所有的人聊聊。那段时间，他心烦意乱，可越是烦的时候越想到干草广场一带走一遭，"以便烦上加烦"。当他意识到自己就站在深渊之上，突然感叹道："如果他不得不站在只有一俄尺大小的地方，站一辈子，站一千年，一直永远，即使这样活着，也比马上死去要好！只要能活着，活着，活着！"[2] 有一天，他突然在索尼娅的面前跪了下来，俯身到地吻了吻她的脚，并表示他跪拜的是"人类的全部苦难"。[3] 在小说的结尾，拉斯科尔尼科夫最后一次来到干草市场广场，"他感到一种欢乐和幸福的心境，在广场中央跪下，叩头到地，吻着这肮脏的土地。他站起来，又跪倒一次"。[4]

---

1 [俄]陀思妥耶夫斯基：《罪与罚》（上），见《费·陀思妥耶夫斯基全集》（第七卷），陈燊主编，力冈、袁亚楠译，石家庄：河北教育出版社，2010 年，第 194 页。
2 同上书，第 198—199 页。
3 同上书，第 407 页。
4 同上书，第 664 页。

干草广场，作为彼得堡城市的一个公共空间，它是共时性地展示城市底层人民生活苦难的狂欢广场。拉斯科尔尼科夫在极端个人主义的激情中，自我加冕为"不平凡的人"，又在杀人后，不但感到自己没有越过"血泊"，反而与所有的人"隔开"了。他的良心受到了惩罚，跪倒在洒了人血的大地上，自我脱冕为罪人。从这个意义上说，干草市场，即是一个诱人犯罪的"渊薮"，使人膨胀、迷失、最终堕落，同时它也是一个"祭坛"，让人以"牺牲"的方式，赎罪并复活。

四、彼得堡时空的特点

（一）彼得堡的怪诞——幻象与透明

在空气中打造的城市并没有自己落脚的根基，这种立场促使人们将彼得堡当成幽灵和幻象的空间。据研究材料表明，19世纪前三分之一世纪较为活跃的彼得堡沙龙的口头文学，无可争议地起着重要的历史和文学作用。对那些带有"彼得堡色彩"的恐怖和魔幻历史的讲述在彼得堡文本的符号学代码的形成中占有特殊的地位。这一体裁最典型的故事应该算作叶卡捷琳娜·加弗里洛夫娜·列瓦舍娃的有关"捷尔维戈的阴间拜访"[1]。捷尔维戈不仅带动了口头的、恐怖的"彼得堡"故事的蓬勃发展，更使俄罗斯文学的彼得堡书写拥有了一种怪诞恐怖的气氛，具有示范意义的是А.С.普希金的《瓦西里岛上的寂静小屋》、Н.В.果戈理的《外套》《鼻子》(《Нос》，1832—1833）以及Ф.М.陀思妥耶夫斯基的《同貌人》(《Двойник》，1845—1846）等。这些恐怖的彼得堡故事，制造了典型的彼得堡情形："一方面，是黑暗幽灵般的混沌，在其中看不到任何确定的东西，除了昏暗和含混、变节的两重性，在那里存在与非存在互换位置，一个创造出另一个，它们彼此混合，相互混

---

[1] См. *Лотман Ю.М.* Символика Петербурга и проблемы семиотики города. // Лотман Ю.М. История и типология русской культуры. С.-Петербург,《Искусство—СПБ》, 2002. С.215.

淆，挑逗着观察者（海市蜃楼、梦境、幽灵、暗影、同貌人、镜像，'彼得堡的怪诞'等诸如此类），而另一方面，则是作为理想的自然与文化的统一体的光明而清澈的宇宙，其特点是合乎逻辑，和谐，并有饱和的清晰度（透明）一直到明察秋毫和天赐般的启示。"[1] 幻象和透明，这两个非常重要的界定，不仅在彼得堡文本中确定了城市在"物质"和"氛围"上的特点，而且也确定了彼得堡这座城市形而上学的本质。

（二）彼得堡的"迷宫性"——曲线与笔直

彼得堡时空具有鲜明的"迷宫性"。这一特征与彼得堡的种种"不兼容性"[2] 的联合效应相关。比如，彼得堡的街道的笔直与弯曲、残破之间的联合效应；空间的开启与封闭乃至终结的联合效应；空间的既相互隔绝又彼此融合的联合效应等。所有这些又形成了有关彼得堡作为迷宫之城的概念。这个迷宫具有伪装的通道，像谜语一般，充满危险。当代学者 B.A. 谢尔科娃（Вера Анатольевна Серкова）认为，彼得堡的秩序性、全景和街道的平直性与迷宫地形并不矛盾，因为"迷宫必须包含一条直截了当的主人公路径，按照一般的迷宫图景，它表现的不是别的，而正是迷宫般的诡计"。[3] 对于彼得堡时空中的主人公来说，迷宫形状首先给他一种无可避免的漂泊感，这可以在彼得堡文本的构成中找到很多次的反映：《青铜骑士》中叶甫盖尼在彼得堡的左奔右突，《黑桃皇后》（《Пиковая дама》，1834）中赫尔曼的忘乎所以，《罪与罚》中拉斯科尔尼科夫在它的街道上的徘徊游荡，等等，那些诡异的、带着魔鬼印记的、藏匿着罪犯抑或是怂恿人犯罪的街道，在描绘这种漂泊游荡感时发挥着特殊的作用，这一点尤其在陀思妥耶夫斯基那里表现得

---

[1] *Топоров В.Н.* Петербург и "петербургский текст" русской литературы // *Топоров В.Н.* Миф. Ритуал. Символ. Образ: Исследования в области мифопоэтического: Избранное. М.: Издательская группа «Прогресс» - «Культура», 1995. С.294.

[2] Там же. С.263.

[3] *Серкова В.* Неописуемый Петербург (Выход в пространство лабиринта) // Метафизика Петербурга: петербургские чтения по теории, истории и философии культуры СПб., 1993. Вып.1. С.101.

最为显著。迷宫效应加剧了彼得堡难以排除的、被人建造和为某种目的而建造的人工性。在这种情况下，迷宫的"文化性"并不能使它更加合乎理性，它虽然表明了一些更高的、命中注定的意图，但没人知道，这意图是邪恶的还是善良的。比起更贴近自然、更宜居温暖、"自己的"莫斯科来说，这完全是一种别样的迷宫。[1]

（三）彼得堡时空的戏剧性——"台前"与"幕后"

彼得堡时空的另一个特征是它的戏剧性。彼得堡建筑表现出一种各个部分的协调相称的特征。然而，它们不是随着城市的历史发展分布在各处，而是将不同时代的建筑聚集在一起，造成了一种舞台布景的感觉。在莫斯科人看来，这标志着俄罗斯"欧洲主义"的征候。尤里·洛特曼认为，彼得堡时空的戏剧性表现出"台前"与"幕后"的清晰分野，始终不渝地有一种观众在场的意识，而且是一种"好像在场"的在场：观众一直存在，然而对于在台前演出者来说"仿佛是不存在的"，因为如果觉察出观众并不存在就意味着破坏游戏规则。同时，从台前的立场来看，所有的幕后空间也是不存在的。从舞台空间的立场上看，现实的只是台前的存在，而从幕后的立场上看，它（空间）是游戏和假定性的。[2]

对于观众席的需求产生了符号学的对比，在地理关系上给予了一种离心的空间状态。彼得堡由于没有反观自身的视角，被迫只能构思观众，在观众的现实性和舞台的现实性之间的长期摇摆，而且，其中的每一个现实性从另外一个立场看来都是虚幻的，因此彼得堡的戏剧性效果就产生了。在面对它的关系上就产生了二元对立的局面：舞台时空与幕后时空、空间的对立：涅瓦大街和瓦西里岛等。两个彼得堡的"舞台"都具有自己的神话，这些神话反映在小说、趣闻轶事之中，而且这些叙述有一定的"界限"彼此关联。

---

[1] *Меднис Н.Е.* Петербургский текст русской литературы. http://www.Kniga.websib.ru.

[2] *Лотман Ю.М.* Символика Петербурга и проблемы семиотики города // *Лотман Ю.М.* История и типология русской культуры. С.-Петербург,《Искусство—СПб》, 2002. С.216.

五、俄罗斯文学彼得堡文本的话语单元和编码机制

作为一个完整的符号系统，俄罗斯文学彼得堡文本"被严格地组织在始终一贯的话语单元"[1]之中，这些话语单元构成了一个巨大的超文本，它们表现了作为艺术整体的彼得堡文化的特殊性。在两个多世纪的发展中，彼得堡文本的话语单元，无论是它的主导题材、神话类型、城市形象和空间区位，还是它的主人公类型及语言特点都保持着相对的稳定性。把握住彼得堡文本的独特的话语单元，也就把握住了这一文本的代码系统，这将是解读彼得堡文本的有效途径。

俄罗斯文学彼得堡文本的编码程序具有动态平衡的规律。这是基于19世纪与20世纪之交城市文本在俄罗斯文学逐渐成熟的历史现实。随着新的世界图景的出现，美学范式也发生了转向。这种转向也伴随着一种惯性，大凡俄罗斯历史文化的重大时刻，彼得堡文本的编码程序就会在二律背反的意义场域来回震荡，形成一个动态平衡的机制。

一方面，其动态平衡机制表现在俄罗斯文学彼得堡文本的开放性上。它揭示了彼得堡文本向文本以外的现实和其他城市文本的流动性，尤其是向莫斯科文本的开放和流动，形成潜对话和互文。近年来，俄罗斯学界也将开放性和流动性视为作为系统的文本的基本属性来考察。研究者Д.霍德罗娃认为，文本的开放性"意味着它实现的方式是参与到互文的关系中来"。当然，在文本和其他文本之间，在文本和外文本之间，这种参与也"存在着限定的边界"。[2] 也就是说，如果互文超出了一定的限制，系统之外的编码将渗透其中，从而使彼得堡文本的编码无法解读，甚至解构了该文本的内在结构。另一方面，彼得堡文本的动态平衡机制还表现为文本元编码程序（内在

---

[1] *Хализев В.Е.* Теория литературы. М., 2000. С.241.

[2] *Ходрова Д.* Основы поэтики литературных произведений XX в. Прага, 2001. С.71-72.

结构)的位移性。由于彼得堡文本的初始编码具有双重性和矛盾性,即在彼得堡的形象里,联合了两个原型:即"永恒的罗马"和"注定毁灭的彼得堡"[1],这使得彼得堡书写拥有了在多重语义空间"位移"的可能。

---

1 *Ю.М. Лотман*. Символика Петербурга и проблемы семиотики города // *Лотман Ю.М.* История и типология русской культуры. С.-Петербург:《Искусство—СПб》, 2002. C.211.

第二章
莫斯科文本及其代码系统

在俄罗斯学界，虽然对于"彼得堡文本"的存在已达成共识，但对于是否存在"莫斯科文本"尚存争议。著名彼得堡文本研究专家В.Н.托波罗夫（Владимир Николаевич Топоров, 1928—2005）在比较了两个俄罗斯首都文本的生成能力之后，认为目前并"没有形成特殊的俄罗斯文学莫斯科文本"[1]。另一位城市文本研究专家Н.Е.梅德尼斯（Нина Елисеевна Меднис, 1941—2010）则从统一的"超级文本"（"сверхтекст"）立场出发，认为大量与莫斯科有关的文学文本"尚没有达到内在的完整性"。[2] 然而，一个不容忽视的现象是，当下的俄罗斯文学研究界存在着一个庞大的、对于这一问题充满热忱的研究者圈子。这些研究者认为，莫斯科文本的存在已具备一切基础。他们通过一系列研究成果来佐证自己的观点。这些研究成果包括Г.С.科纳别（Георгий Степанович Кнабе, 1920—2011）主编的《莫斯科和俄罗斯文化的莫斯科文本》（《Москва и "Московский текст"》, 1998）、《莫斯科和安德烈·别雷的"莫斯科"》（《Москва и "Москва" Андрея Белого》, 1999），还有收录在《洛特曼文集》（1997）中的一系列有关莫斯科题材的文章、由В.В.卡尔梅科娃（Вера Владимировна Калмыкова, 1967— ）和В.Г.别列里穆捷尔（Вадим Гершевич Перельмутер, 1943— ）主编的

---

[1] Топоров В.Н. Петербургский текст русской литературы. Избранные труды. СПб.: Искусство, 2003. С.26.

[2] Меднис Н.Е. Сверхтексты в русской литературе. НГПУ, 2003. С.23-24. // http:// www.kniga.websib.ru/text.htm.

《城与人：莫斯科散文之书》[1]，以及由 Н.М. 马雷金娜（Нина Михайловна Малыгина, 1949—）倡导并主持的《莫斯科和俄罗斯文学的"莫斯科文本"：安德烈·普拉东诺夫创作中的莫斯科时期》（2008），以及由此连续编辑出版了十几期的题为《20世纪俄罗斯作家命运和创作中的莫斯科》（《Москва в судьбе и творчестве русских писателей XX века》）和《莫斯科和20世纪俄罗斯文学的莫斯科文本》（《Москва и "Московский текст" в русской литературе XX века》）（2003—2015）论文集，等等。鉴于此，我们基于承认俄罗斯文学"莫斯科文本"的存在而展开进一步讨论。

学者 В.В. 卡尔梅科娃认为，"莫斯科文本"概念严格地限定了它所包含的范围只是19世纪末至20世纪初之间的作品，而所有之前的作品都被视为某种"前文本"（предтекст），是准备阶段的资料，"口头文学的养料"[2]。早期的"莫斯科书写"可以追溯到13至15世纪蒙古—鞑靼入侵时期。比如《顿河彼岸之战》（《Задонщина》）、《德米特里·伊万诺维奇大公与马迈在顿河上的激战》（《Побоище великого князя Дмитрия Ивановича на Дону с Мамаем》）等。其中《顿河彼岸故事》，以《伊戈尔远征记》为文学典范，记录了1380年的库利科沃战役，歌颂了俄罗斯军队战胜蒙古—鞑靼部落的胜利，同时它强调了莫斯科大公与基辅大公的家族谱系的关联，指出俄罗斯新的政治中心——莫斯科是基辅及其文化的继承者。16至17世纪，俄罗斯文学中出现了一系列关于莫斯科城建立的历史与传奇参半的作品，其中包括《莫斯科开端的故事》（«Повесть о зачале Москвы»）、《苏兹达尔的丹尼尔被暗杀的故事和莫斯科的开始》（«Сказание об убиении Даниила Суздальского и о начале Москвы»）、《莫斯科的构想和克鲁蒂察主教区的

---

1 См.Московский текст русской культуры.Лотмановский сборник. М., 1997. Вып.2. С.483-835.; Город и Люди: Книга московской прозы. Сост. *В.В.Калмыкова, В.Г.Перельмутер*. М.: Рус. Импульс, 2008.--640 с.

2 *Калмыкова В.В.* Основные темы и мотивы "Московского текста" в прозе первой половины XX века// Москва и "московский текст" в русской литературе: русский период в творчестве писателя. М.; МПГУ, 2010. С.69-78.

故事》(《Сказание о зачатии Москвы и Крутицкой епископии》)、《关于奥列格建立莫斯科的传说》(《Предание об основании Москвы Олегом》)。这些作品，讲述了莫斯科建城的地理位置、莫斯科的"白石城"形象、统一的中央集权国家莫斯科公国的形成过程、莫斯科与蒙古金帐汗国之间的关系等。它们虽然不属于"莫斯科文本"的范畴，但是对于"莫斯科文本"的构建做出了不可或缺的铺垫，是俄罗斯文学"莫斯科书写"不能回避的篇章。鉴于我们的研究是建立在莫斯科与彼得堡对峙的基础上，因此，我们对于俄罗斯文学"莫斯科文本"的形成过程的考查限定自18世纪，即彼得堡建都伊始。俄罗斯文学莫斯科文本的"前文本"包括18世纪的莫斯科诗歌、19世纪的浪漫主义小说以及19世纪在民间广泛传播的莫斯科传奇和民间故事、19世纪现实主义文学中的莫斯科形象等。因此，较之彼得堡文本，俄罗斯文学莫斯科文本的形成过程更为漫长且复杂。纵观俄罗斯文学莫斯科文本从莫斯科形象到莫斯科题材直至城市文本的发展演变过程，大致经历了四个阶段。

第一节　莫斯科文本的形成与发展[1]

一、"莫斯科文本"的"前文本"阶段（18世纪—19世纪）

（一）18世纪的莫斯科诗歌

整个18世纪，俄罗斯文学经历了它的古典主义时期和感伤主义时期。严格地说，这期间在诗歌领域里以莫斯科为独立题材的诗歌尚为鲜见，关于莫斯科的描述大多是作为诗句散见于各类题材和体裁风格的诗作当中，但是它们为后世文学关于莫斯科形象的塑造奠定了语义基础。比如，在18世纪的古典主义颂歌中，常见对于莫斯科在构建俄罗斯国家时的历

---

[1] 本节已作为阶段性成果发表，略有改动。——笔者注

史地位和抗击外敌入侵者的重要性的讴歌。М.В. 罗蒙诺索夫（Михаил Васильевич Ломоносов, 1711—1765）就在自己的颂歌中赞叹道："莫斯科是一座伟大的城市，在全欧洲都拔得头筹。"（《Ода на рождение Государя Великого Князя Павла Петровна》, 1754）诗人和剧作家 А.П. 苏马罗科夫（Александр Петрович Сумароков, 1717—1777）在自己的诗作中也将莫斯科作为俄罗斯最优秀的城市、最心爱的家园："你值得我赞美，伟大的城市 / 在众多的城市中你如此出类拔萃！……但更值得赞美的 / 还因为你是家园，是我所爱的城市，/ 它其中的一切，都是大自然里最好的赐予。"（《Москве》, 1755）Д.И. 冯维辛（Денис Иванович Фонвизин, 1745—1792）的诗句："美丽的莫斯科，宜人的故乡""莫斯科，一座可爱的城池"（《Элегия》, 1764）已成为世代俄罗斯人家喻户晓、耳熟能详的对莫斯科的礼赞。著名的讽刺诗人 А.Д. 康捷米尔（Антиох Дмитриевич Кантемир, 1708—1744）在歌颂波尔塔瓦会战胜利的诗作中，不仅赞美了莫斯科，还将这座城市的胜利归于上帝的护佑："莫斯科城是不可战胜的，瑞典人击不垮她 / 像上帝隐秘的智谋，我们看到，此事就这样成全了……/ 是上帝的圣明，废黜了骄傲的瑞典人。"（《Победославная песня на победу Полтавскую》, 1732）除此之外，康捷米尔还在自己的作品里经常描绘莫斯科的日常生活，他所创造的莫斯科现实环境的类型，无论是诗意的，还是讽刺的，都为后世俄罗斯文学树立了莫斯科形象的范例。

18 世纪 90 年代，莫斯科成为俄罗斯感伤主义文学的中心。衰败的莫斯科日益显现出令人惊异的不协调：与雄伟的宫殿并置的是简陋的小木屋，毗邻着大理石雕像装饰的宏伟公园的是种着白菜、萝卜的小菜园。正如那一时期初登文坛的诗人 И.М. 多尔戈鲁科夫（Иван Михайлович Долгоруков, 1764—1823）的诗句所描写的那样：在莫斯科，"有人在最豪华的房间里 / 每日以珍馐大宴宾客；/ 而与它紧挨着的地下小屋 / 有人却整日滴水未进"。

(《Парфену》, 1802）

（二）19 世纪莫斯科传奇与浪漫主义小说

18 世纪末至 19 世纪初，在俄罗斯文学发展的浪漫主义运动的基础上，人们对"民间小说和流行的恶魔学产生了浓厚的兴趣，这反映在迷信、传说和传奇中"[1]。这一时期出现了许多带有神秘魔幻色彩的莫斯科传奇，比如 М.Д. 丘尔科夫（Михаил Дмитриевич Чулков, 1744—1792）的《漂亮厨子，或一个好色女人的历险》(《Пригожая повариха, или Похождение развратной женщины》, 1770）和 М. 科马罗夫（Матвей Комаров, 1730—1812?）的《关于英国的乔治大人和勃兰登堡的弗雷德里克·路易莎伯爵夫人的冒险故事》（《Повесть о приключении англиского милорда Георга и бранденбургской маркграфини Фредерики Луизы》, 1782）等。有研究者甚至认为，莫斯科文本的源头最早始于 18 世纪的 М.Д. 丘尔科夫和 М. 科马罗夫的长篇小说创作[2]，当然从莫斯科文本的形成和发展进程来看，这些作品只能作为 19 世纪莫斯科传奇和浪漫主义小说的最早雏形。

对民间文学艺术和民俗学充满兴趣是 19 世纪俄罗斯文学的浪漫主义运动的特征之一。18 世纪末，Н.М. 卡拉姆津（Николай Михайлович Карамзин, 1766—1826）的感伤主义小说《可怜的丽莎》（《Бедная Лиза》, 1792）开启了以"玛利亚的小树林"为代表的文学莫斯科的空间区位，随后 В.А. 茹科夫斯基（Василий Андреевич Жуковский, 1783—1852）在欧洲民谣和俄罗斯民俗学的基础上，再一次以这一空间区位为背景创作了他的中篇小说《玛利亚的小树林》（《Марьиная роща》, 1809）。而 А.П. 波戈列尔斯基的《拉费尔托沃的罂粟花》（《Лафертовская маковница》, 1825）又开启了另一个富有传奇色彩的文学莫斯科的空间区位列福尔托沃。М.Н. 扎

---

[1] *Иезуитова Р.В.* Жуковский и его время. Л.: Наука, 1989. С.12.

[2] *Калмыкова В.* Межвузовский научный семинар: Москва и "московский текст" в русской литературе и фольклоре. Москва в судьбе и творчеве русских писателей. НЛО, 2011. № 3, С.109.

戈斯金（Михаил Николаевич Загоскин, 1789—1852）的随笔《莫斯科与莫斯科人》（《Москва и Москвичи》, 1848）、А.Ф.维尔特曼（Александр Фомич Вельтман, 1800—1870）创作的一系列莫斯科神奇故事比如《不朽的瘦老头》（《Кощей бессмертный》, 1833）、В.Ф.奥多耶夫斯基（Владимир Фёдорович Одоевский, 1803—1869）的《关于莫斯科的笔记》（《Заметки о Москве》, 1869）等都从历史、民俗学和民间文学中汲取创作养分，描写了发生在莫斯科时空的奇闻轶事。

（三）19世纪现实主义作品中的莫斯科形象

1. 莫斯科全景图

如果说，在卡拉姆津那里，莫斯科是一座象征着俄罗斯整个过往历史的城市，那么在М.Ю.莱蒙托夫（Михаил Юрьевич Лермонтов, 1814—1841）的《莫斯科全景图》（《Панорама Москвы》, 1834）中，莫斯科就是克里姆林宫、彼得城堡、苏哈列夫塔楼、伊万大钟、瓦西里·布拉仁大教堂、莫斯科河、俯首山和顿斯科伊修道院。在А.И.赫尔岑（Александр Иванович Герцен, 1812—1870）的《往事与随想》（《Былое и думы》, 1868）中莫斯科就是尼克（指奥加廖夫）和麻雀山。全景式地描述仿佛是对莫斯科形象描写的传统，它几乎伴随着整个19世纪的俄罗斯文学。

2. 莫斯科是温暖的故乡

在19世纪的俄罗斯文学中将莫斯科视为慰藉心灵的温暖故乡的描述随处可见。最深入人心的赞誉就是А.С.普希金在《叶甫盖尼·奥涅金》（《Евгений Онегин》, 1823—1832）中的著名诗句："当我因别离而忧伤悲哀，/当我迫于命运，颠沛流离，/莫斯科啊，我总想念着你！/莫斯科……对俄罗斯人心说来，/多少东西在这声呼唤里/得到反响，并交融成一体！"[1]

---

[1] [俄]普希金：《普希金全集4·诗体长篇小说 戏剧》，沈念驹、吴迪主编，智量、冀刚译，杭州：浙江文艺出版社，2012年，第211页。

3. 莫斯科是"大墓地"

与普希金不同，在 А.С. 格里鲍耶多夫（Александр Сергеевич Грибоедов, 1795—1829）的眼里，莫斯科则是另一幅景象。在《聪明误》(《Горе от ума》, 1823—1824; 1858）中，莫斯科是法穆索夫之流的莫斯科，那是一个官宦的莫斯科、裙带关系的莫斯科，莫斯科的"老传统"就是"父亲做官，儿子也光荣"[1]。那里封闭保守、空虚无聊，在精神生活上仿佛一片死寂的"大墓地"。

相对于彼得堡文本较短的"前文本"阶段，莫斯科文本的"前文本"阶段经历了漫长的一个世纪，它为俄罗斯文学莫斯科文本的形成提供了莫斯科形象的语义基础，初步形成了莫斯科时空的元地理学[2]概念，奠定了莫斯科时空的魔幻因素，形成了关于莫斯科神话的初始代码。尤其值得一提的是，格里鲍耶多夫在《聪明误》里为俄罗斯文学的"莫斯科传统"在人物形象类型、城市空间区位等方面都做出了积极的贡献。作家创作群体基本上是莫斯科人和具有莫斯科生活经验的人，他们对于莫斯科的情致类别总体上是充满感伤和爱恋的，形成一种鲜明的"恋地情结"[3]。

二、莫斯科文本的诞生及发展阶段（20世纪上半叶）

（一）莫斯科文本的"准文本"

所谓莫斯科文本的"准文本"，特指那些出现在 20 世纪 10 年代至 20 年代、基本合乎莫斯科文本的艺术规定性的作品，但由于它们受到题材类型或艺术风格的单一性限制，其话语单元在形而上学层面缺乏与"俄罗斯思想"

---

1 [俄]亚·格里鲍耶多夫：《聪明误》，李锡胤译，哈尔滨：黑龙江人民出版社，1980年，第50页。

2 俄罗斯当代著名人文地理学家 Д.Н. 扎米亚京指出，"元地理学是……对各种地理空间进行形象化表达和研究的尝试，通过全球文化和文明进程的棱镜来分析和体验陆地空间"。См. Замятин Д.Н. Метагеография пространство образы и образы пространства/ Издательство "Аграф". М., 2004. С.1.

3 "恋地情结"是美国学者段义孚提出的一个术语，英文名为"topophilia"，可译为"场所爱""亲地方性""乡土爱""乡土情"等。段义孚指出："人对环境的反应可以来自触觉，即触摸到风、水、土地时感受到的快乐。更为持久和难以表达的情感是对某个地方的依恋，因为那个地方是他的家园和记忆的储藏之地。"——见[美]段义孚：《恋地情结》，志丞、刘苏译，北京：商务印书馆，2018年，第136页。

的深度关联，因此本著将它们视为莫斯科文本的"准文本"。考虑到莫斯科题材文学从题材到文本演变的复杂性，在某种程度上它们依然可以纳入统一的莫斯科文本系统中考量。

1. "莫斯科的霍夫曼题材"小说。20世纪10至20年代，俄罗斯文坛上出现了一系列充满魔幻传奇色彩的"莫斯科的霍夫曼题材"小说，它们是А.В.恰亚诺夫（Александр Васильевич Чаянов，1888—1937）的《理发师娃娃的故事，或莫斯科建筑师М的最后爱情》（«История парикмахерской куклы, или Последняя любовь московского архитектора М», 1918）、《维涅季科托夫，或我生活中的一些难忘的事件》（«Венедиктов, или Достопамятные события жизни моей», 1921）、《威尼斯镜子，或玻璃人的离奇冒险》（«Венецианское зеркало, или Диковинные похождения стеклянного человека», 1922）、《费多尔·米哈伊洛维奇·布尔图林伯爵记录的非同寻常但却真实的家族传说，有关莫斯科植物学家Х的离奇冒险》（«Необычайные, но истинные приключения графа Федора Михайловича Бутурлина, описанные по семейным преланиям московским ботаникам Х», 1924）、《尤莉亚，或新处女公墓附近的邂逅》（«Юлия, или Встречи под Новодевичьем», 1926）等，Е.З.巴兰诺夫（Евгений Захарович Баранов，1869-1934）的系列《莫斯科传奇》《Московские легенды》中的《该死的房子》（«Проклятый дом», 1924）和《勃留斯伯爵的传奇》（«Легенды о графе Брюсе», 1925）以及《罗曼诺夫家族的陷落》（«О падение дома Романовых», 1925）等。这些作品的作者们在继承19世纪莫斯科传奇和浪漫主义小说的基础上，在情节元素和艺术氛围上借鉴了德国浪漫主义小说家霍夫曼的艺术风格，成为20世纪初莫斯科题材文学的重要组成部分。

2. 莫斯科风俗的百科全书——В.А.基里亚罗夫斯基（Владимир Алексеевич Гиляровский，1855—1935）的文学随笔《莫斯科和莫斯科人》（«Москва и

москвичи》，1926）。说到莫斯科，就不能不提及 В.А. 基里亚罗夫斯基的《莫斯科和莫斯科人》，因为"不能想象……莫斯科没有基里亚罗夫斯基，就好比不能想象莫斯科没有夏里亚宾、艺术剧院、特列季亚科夫画廊一样"[1]。在这部随笔中，作者站在 20 世纪初的视点将新旧莫斯科进行了对比并以史实和故事的形式逐一涉猎了莫斯科的城市景观、著名街道、城市交通、酒肆、餐馆、浴池、妇女美容沙龙、夜总会、莫斯科人到乡间别墅度假的习俗、莫斯科的火灾、希特洛夫卡市场周边的犯罪、街头交易等城市现实生活以及各种传闻；同时还介绍了城中富人的怪癖、穷大学生的境遇、出租车司机、扫院子的人等社会各阶层各行业人群的生存状况。这部随笔涉及莫斯科生活的方方面面，可谓是莫斯科风俗的百科全书，为俄罗斯文学"莫斯科文本"的诞生提供了地理学、民俗志的范例。

（二）莫斯科文本的诞生

20 世纪 10 年代至 30 年代，诗人 М.И. 茨维塔耶娃（Марина Ивановна Цветаева，1892—1941）的组诗《莫斯科》（《Стихи о Москве》，1916）、С.Д. 科尔日热诺夫斯基（Сигизмунд Доминикович Кржижановский，1887—1950）的中篇小说《邮戳：莫斯科》（《Штемпель: Москва》，1925）、А. 别雷（Андрей Белый，1880—1934）的系列长篇小说《莫斯科》，即《莫斯科怪人》（《Московский чудак》，1926）、《莫斯科遭受打击》（《Москва под ударом》，1926）、《面具》（《Маски》，1932）等一系列作品的出现标志着俄罗斯文学"莫斯科文本"的诞生。它们以不同的体裁形式和话语单元，使文学的莫斯科形象和莫斯科题材走向成熟，成为一种具有鲜明地域特色、特定的语义场域和诗学范式的城市文本。

茨维塔耶娃在 1916 年创作的组诗《莫斯科》，一共包括九首。每首诗按

---

[1] *Паутовский К.* Дядя Гиляй. Предисловие. Гиляровский В.А.Москва и Москвичи. Издательство: Московский рабочий, М.: 1956. С.7.

照时间的顺序排列，它们像一串首尾相连的链条在情节叙事上呈循环式。作者在其中探讨了生命与死亡、黑暗与光明、善良与邪恶、爱与恨等人类的永恒主题。组诗《莫斯科》是茨维塔耶娃为自己的故乡之城莫斯科吟唱的一曲咏叹调，其中记录了这座城市的喜悦与悲伤、苦难与荣光。在茨维塔耶娃那里，莫斯科是祖国的形象，是和谐的象征。它散发着圣洁、温暖的光芒，诗人对它充满了爱的温柔。在茨维塔耶娃的笔下，莫斯科是一座美妙的"非人工"的城市，在它那拥有着"一千六百座教堂"的"上空有鸽子在飞翔"。它的"七重山——仿佛七口钟 // 钟楼耸立在七口钟上"。虽然它是"被彼得抛弃的城市"，但它"整个一千六百座教堂，都在嘲笑沙皇们的傲慢"。它仿佛是一间"巨大的房子"，像母亲一般张开怀抱，"接纳朝圣的香客们！"[1]

С.Д. 科尔日热诺夫斯基的中篇小说《邮戳：莫斯科》的主人公是一位从外省来到莫斯科的新手作家，一个不确定的"我"。这部小说就是由"我"寄给外省朋友的13封信件组成，其中记录了"我"作为"他者"的所见所思。通过对莫斯科的观察，信件作者发现一座城市的形象和景观在与人的思想和内在形象交织后会诞生一个新的形象，即城市作为一个人，而人则反射了一座城。小说借信件作者提出了一个观点，即城市作为文本，既可以观察，也可以阅读。在所有这些信件里，作者都在观察莫斯科、阅读莫斯科、寻找莫斯科；同时，他也在反思自己、阅读自己并试图在莫斯科寻找到自己。作为一部具有"元小说"性质的作品，科尔日热诺夫斯基不仅在小说中提出了城市作为文本的概念，也提出了人与城市的互动，以及形象与概念相互转化的思想，为俄罗斯文学莫斯科文本研究提供了较为深层的主题和诗学场域。正如学者В.Г. 别列里穆捷尔（Вадим Гершевич Перельмутер, 1943—）所言："对于科尔日热诺夫斯基来说，莫斯科是城市文本。他阅读

---

[1] [俄]茨维塔耶娃：《茨维塔耶娃文集·诗歌》，汪剑钊译，北京：东方出版社，2003年，第93—101页。

并书写这部书，将其翻译成文学。"[1]

А.别雷的长篇系列小说《莫斯科》塑造了20世纪初的莫斯科形象以及莫斯科面临的世纪性危机。小说的核心主题是表现科学、战争，以及人类灵魂的再生。《莫斯科怪人》描述了在本质上自由的科学与资本主义制度的冲突，展示了革命前的生活和个人意识的分裂。《莫斯科遭受打击》描绘了"新"莫斯科崛起、莫斯科的"变容"——那已不是"鞑靼式的"莫斯科，本质上已不再是"莫斯科"，而是"世界的中心"。《面具》揭示了在前两卷中所有以他人的姓名、戴着他人的"面具"生存的主人公们还原"自我"的精神历程和莫斯科回归圣城的再次"变容"。三部曲不仅在情节和形式上各自独立，堪称结构上的典范，而且根据系列小说的原理形成了更大的艺术完整性，在思想和主题、结构与语义、风格和概念上具有一致的特征。在这部长篇系列小说里，莫斯科仿佛是"正在编织着那只命运注定不祥的袜子的老妇人"[2]。从七座山丘望去，它仿佛是一个"巨大的蜘蛛网"[3]，这座有着千年历史的古老城市，正处在轰然倒塌的危急时刻。

（三）莫斯科文本的"田园"版本

20世纪上半叶，一些移居境外的俄罗斯侨民作家为了表达对俄罗斯祖国的怀念以及对俄罗斯文化的保存，创作了一系列"莫斯科文本"。诸如，Б.К.扎伊采夫（Борис Константинович Зайцев，1881—1972）的《远方》(《Дальний край》，1915)、《圣尼古拉街》(《Улица св.Николая》、1923)、《莫斯科》(《Москва》，1939)、《青年》(《Юность》，1950)等，还有И.С.什梅廖夫（Иван Сергеевич Шмелёв，1873—1950）的《朝圣》(《Богомолье》，1931)、《禧年》(《Лето Господне》，1933—1939)等，以

---

[1] *Вадим Перельмутер*. Город-текст и его персонажи.// Кржижановский С.Д.Штемпель: Москва. Сигизмунд Кржижановский; сост.,вступ.статья и конммент. *В.Перельмутера*; ил. *И.Семенникова*. Москва: Б.С.Г.-Пресс, 2015. С.7.

[2] *Белый А*. Москва. Сост.,вступ. ст. и примеч. *С.И. Тиминой*. М.: Сов. Россия, 1990. С.49.

[3] Там же. С.166.

及 М.А. 奥索尔金（Михаил Андреевич Осоргин, 1878—1942）的《希弗采夫·弗拉热克》（《Сивцев Вражек》，1928）、И.А. 布宁（Иван Алексеевич Бунин, 1870—1953）的《纯净周一》（《Чистый понедельник》，1944）等。这些侨民作家在自己的作品里首先通过色彩艺术将莫斯科的环境渲染出一种浪漫的氛围，以此重塑莫斯科的日常生活并将其诗意化。在他们的笔下，莫斯科的主要色调是金色、蓝色、粉红色和白色。比如"……有一半的莫斯科花园、教堂都笼罩在清晨的薄雾中，已经开始泛出金色了；远处，麻雀山也显露出朦胧的鸽子的轮廓"。[1] "莫斯科河在粉红色的雾霭中……左边是在轻薄的晨曦中泛着金色的救世主大教堂，阳光直射的圆顶散发着璀璨的金色。右边是高高的克里姆林宫，它在早上初升的阳光下散发着粉红色、白色和金色的光芒。"[2] 同时，这些作家又通过气味和味道重拾自己对于莫斯科的记忆。比如，扎伊采夫写道："……莫斯科格外晴朗，日落时暗红色的条纹云彩特别美……连暴风雪……都美极了，它们永远地被埋在心底。再也闻不到那种像西瓜的味道了。"[3] 什梅廖夫的主人公对于莫斯科的通感记忆是"闻起来像热蜡的气味"，"像嗅黄瓜"，有种"绿树林的味道"，柳树"散发着又苦又香的气味"。[4] 万花筒般的色彩和气味重现了莫斯科在20世纪上半叶令人身心愉悦的和谐氛围。在俄罗斯境外侨民作家看来，莫斯科是他们遗失的天堂。

在俄罗斯境外侨民文学中，莫斯科景观中的主要的空间形象是教堂，无论它是"一座小教堂，还是四十座教堂群中的一个，都用响亮的钟声烘托了首都的节日气氛"。[5] 在俄罗斯侨民作家看来，这些节日的钟声具有双重意义，它们既是上帝的福音，也是灾难来临前的警钟。俄罗斯侨民作家往往将

---

1 *Зайцев Б.К.* Дальний край. М.: Современник, 1990. С.572.
2 *Шмелев И.С.* Избранное. М.: Правда, 1989. С.244.
3 *Зайцев Б.К.* Дальний край. М.: Современник, 1990. С.99.
4 *Шмелев И.С.* Избранное. М.: Правда, 1989. С.246,308,548.
5 *Зайцев Б.К.* Дальний край. М.: Современник, 1990. С.99.

"家屋"（дом）的形象投射到具体的莫斯科城市空间区位之中，从而使这座古老首都的整个时空转化为有关故乡的、舒适的家的符号。总之，境外俄罗斯文学的"莫斯科文本"通常以东正教文化作为莫斯科形象、景观的底色，以莫斯科精神和日常生活作为文本的组织元素，从而形成了颇具特色的20世纪上半叶境外俄罗斯文学"莫斯科文本"的"田园"版本[1]。

（四）莫斯科文本的"苏联新神话"版本

20世纪上半叶，随着十月革命的胜利和苏维埃政权的建立，俄罗斯文学的莫斯科文本出现了"苏联新神话"版本。其中以 М.М. 布尔加科夫、И. 伊里夫、Е. 彼得罗夫、А.П. 普拉东诺夫和 Б.Л. 帕斯捷尔纳克的创作最具代表性。

20世纪20至40年代，М.А. 布尔加科夫（Михаил Афанасьевич Булгаков, 1891—1940）创作了一系列具有魔幻色彩的"莫斯科小说"，诸如《不祥之蛋》(《Роковые яйца》, 1924)、《狗心》(《Собачье сердце》, 1925, 1968) 和《大师与玛格丽特》(《Мастер и Маргарита》, 1929—1940) 等作品，因此他被俄罗斯文学批评界称为完全掌控了20年代至30年代莫斯科时空的作家。尤其是《大师与玛格丽特》可谓是20世纪苏联时代"莫斯科文本"的范例，研究者 И.Н. 苏希赫（Игорь Николаевич Сухих, 1952— ）甚至因此将他视为创作20世纪俄罗斯文学"莫斯科文本"的"独一人"[2]。在这部小说中，莫斯科人的朝圣之地已不再是礼拜堂和教堂，而是"格里鲍耶多夫之家"的餐厅和杂耍游艺场，因此，"莫文联"的证书和剧院的招待票被视为珍宝。在布尔加科夫的莫斯科地形学中，可以清楚地看到俄罗斯文学"莫斯科文本"的共同之处——即由小巷、墙壁和广场构成的城市迷宫。作家将莫斯科的街道、弯曲且黑暗的小巷、古老的篱笆、房前屋后错综复杂盘踞着的

---

1 Селеменева М.В. Вестник Российского университета дружбы народов. Серия: Литературоведение, журналистика, 2009. № 2. С.24.

2 Сухих И.Н. Двадцать книг XX века. Эссе. СПб.: Паритет, 2004. С.262.

树木和灌木丛视为首都的空间特征，创造了这座城市既浪漫又神秘的氛围。在小说《大师与玛格丽特》中，"大火"成为布尔加科夫神话学的最重要组成部分。布尔加科夫力求创造永恒背景下的苏联莫斯科形象，其中体现了1930年代的苏联社会现实。他在继承俄罗斯古典文学传统的基础上，融汇基督教文化的原型和西方近代神话，创造了20世纪莫斯科文本的"苏联新神话"版本。

И.伊里夫（Илья Ильф, 1897—1937）和Е.彼得罗夫（Евгение Петров, 1902—1942）的著名长篇小说《十二把椅子》（《12 стульев》, 1927），可以称得上1920年代苏联生活的"百科全书"，是"莫斯科传统"在苏联时代发生转换的一个例证。从它的表现主题和叙事风格上可以看出左琴科和布尔加科夫的深刻影响。小说中的主要人物本德尔·奥斯塔普和基萨·沃罗比杨尼诺夫，以及那些借助于怪诞、夸张手法所创建的情节和塑造的人物似乎都越出小说的界限，成为活生生的现实以及现实中的人物。

А.П.普拉东诺夫（Андрей Платонович Платонов, 1919—1951）在自己的创作中为20世纪30年代的苏联莫斯科树立了一座真实的纪念碑。在作家创作的一系列"莫斯科文本"中，最引人注目的范例是未完成的长篇小说《幸福的莫斯科娃》（《Счастливая Москва》, 1933—1936）。在普拉东诺夫的笔下，莫斯科是"一座可爱的城市，每分每秒都在向着未来增长"。[1]在这个"莫斯科文本"的无神论版本里，莫斯科时空已经抹掉了所有东正教象征的痕迹，那些原本矗立着教堂的地方已被苏联的各种场所占据，比如，工农图书阅览室、实验医学研究所、莫斯科国家发电站、莫斯科家具厂、地铁第18矿井等。普拉东诺夫的莫斯科是一个瞬息万变的空间，到处都是正在建设的工地。在小说中，作家塑造了20世纪30年代新莫斯科形象和新莫斯科人群体。在自己的一生中，主人公莫斯科娃·切斯特诺娃"不知道该依附

---

[1] *Платонов А.П.* Повести и рассказы. М.: Эксмо, 2007. С.329.

谁，投奔谁能过上正常而快乐的生活"[1]。因而，居无定所就成为普拉东诺夫式主人公的生存常态，他们试图通过流浪寻找自己在世界上的位置。

Б.Л. 帕斯捷尔纳克（Борис Леонидович Пастернак, 1890—1960）的长篇小说《日瓦戈医生》（《Доктор Живаго》, 1945—1957）描写了以尤里·日瓦戈为代表的一代知识分子的命运，揭示了个体在历史大潮中的茫然、抗争和毁灭，表现了作家对于历史进程的深刻反思。小说中的莫斯科章节对于俄罗斯文学"莫斯科文本"的发展具有特殊意义，一些著名的莫斯科城市空间区位在小说中占有主导地位，是小说的语义中心，它们共同构建了莫斯科形象。小说通过一系列城市空间区位，诸如特维尔大街、阿尔巴特广场、希弗采夫—低洼街、布列斯特28号院、军械胡同的"黑山"旅馆和彼得罗夫大街、卡梅尔格尔斯基大街等隐喻地表征了这座城市生活的不同侧面，这些区位与居住在这里和经过这里的人物性格和命运存在着某种逻辑关联。帕斯捷尔纳克将城市空间区位纳入作品的主导动机旨在说明城市也是有机生命，它与城中人一样被历史裹挟，经历荣辱兴衰。作者在十月革命、国内战争以及卫国战争的历史背景下，结合传统的莫斯科城市起源的神话创建了属于自己的莫斯科文本的"苏联新神话"版本。

20世纪上半叶，莫斯科文本的诞生和发展进一步加强了莫斯科时空的魔幻色彩和迷宫性，提供了大量的莫斯科地理学和民俗志范例，侨民文学的"田园"版本显现出强烈的"恋地情结"，在其中莫斯科作为"失去的天堂""家园"形象得以巩固。在"苏联新神话"版本中莫斯科的双重形象开始显现，文本的话语单元和思想场域更加复杂；人物形象系统出现了"正统的人"[2]"莫斯科怪人"、骗子和作为"他者"的城市流浪者等类型学形象。作家群体对于莫斯科的情感立场出现分野：境外侨民作家即便不是莫斯科

1　Платонов А.П. Повести и рассказы. М.: Эксмо, 2007. С.247.

2　Селеменева М.В. «Московский текст» в русской литературе XX в. (на материале художественной прозы 1910—1950-х гг.). Вестник РУДН. Серия: Литературоведение. Журналистика. 2009. № 2. С.24.

人，也对莫斯科充满了怀念和爱恋，因为那是祖国的象征；莫斯科本土和具有莫斯科生活经验的作家，开始重新审视莫斯科，试图透过莫斯科的"面纱"看到古老莫斯科的真容。

三、莫斯科文本的深化与变异阶段（20世纪50—90年代末）

苏共二十大后，文学界讨论了"社会主义现实主义"的"无冲突论"的弊端。正如学者 E.A. 多布连柯（Евгений Александрович Добренко, 1962— ）所指出的那样："……社会主义现实主义产生了社会主义的象征价值，而不是社会主义的现实。"[1] 1954年，作家 И. 爱伦堡在《新世界》杂志发表了中篇小说《解冻》（《Оттепель》），"触及了许多苏联社会中过去不敢触及的问题，引起广泛而又强烈的反响"[2]，文学史领域将这种现象称为"解冻"思潮。20世纪50—90年代末，А.И. 索尔仁尼琴的《第一圈》（《В круге первом》,1955—1958）、А. 雷巴科夫的四部曲《阿尔巴特街的孩子们》（《Дети Арбата》,1987）和 В.П. 阿克肖诺夫的三部曲长篇小说《莫斯科传奇》（《Московская сага》,1992）等作品正是带有"解冻"文学特征的"莫斯科文本"。

А.И. 索尔仁尼琴（Александр Исаевич Солженицын, 1818—2008）的《第一圈》，通过展现玛尔菲诺的特种监狱"沙拉什卡"、莫斯科社会的众生相，探讨了这座城市内在结构的政治空间问题。

А.Н. 雷巴科夫（Анатолий Наумович Рыбаков, 1911—1998）的四部曲《阿尔巴特街的孩子们》是一部关于作家的同龄人、"小故乡"——阿尔巴特街上的年轻人的成长经历的小说，具有较强的自传色彩。小说在大规模的社会主义生产建设的背景下，描写了30年代的社会事件对于这代人命运的影

---

[1] Добренко Е. Политэкономия соцреализма. М.: Новое литературное обозрение, 2007. С. 27.
[2] 李毓榛：《20世纪俄罗斯文学史》，北京：北京大学出版社，2000年，第301页。

响和冲击。

В.П. 阿克肖诺夫（Василий Павлович Аксёнов, 1932—2009）的三部曲长篇小说《莫斯科传奇》，在借鉴《冰岛传奇》（即《萨迦》）的基础上，以家庭编年史的体裁形式写成。其中包括：《冬天的一代》（《Поколение зимы》）、《战争与监狱》（《Война и тюрьма》）、《监狱与和平》（《Тюрьма и мир》）三部分。三部曲在"战时共产主义""与托洛茨基派的斗争""集体化"以及"卫国战争"的背景下，讲述了莫斯科时空下格拉多夫家族三代人从20世纪20年代到50年代的生活与命运。格拉多夫家族三代人在各自的时代都历经磨难，但即便在最残酷的境遇里也以家族血脉相承的精神品格和道德力量，经受住了历史的考验。

当然，苏联文坛上的这股"解冻"思潮，"既表现了思想解放的活跃，也包含着认识模糊和意见分歧的混乱"[1]。因此"解冻"文学良莠杂陈，对它们的评价也见仁见智。

（一）"后解冻思潮（пост оттепель）"版本

20世纪下半叶随着苏联意识形态领域改革的深入，苏联文学的人道主义传统重归正途，出现了对于人的存在价值，以及由于官僚主义、人际冷漠所引发的人道主义灾难的反思文学。这类文学带有"解冻"文学的特征，但思考场域更为深广，艺术样貌更为繁复，尤其在"城与人"的精神关联上表现得更为紧密。因此，在本著的研究语境中，我们将这一类型的"莫斯科文本"称为"后解冻思潮"版本。Ю.В. 特里丰诺夫在20世纪60—70年代创作的系列"莫斯科小说"（"Московские повести"），包括《交换》（《Обман》，1969）、《初步总结》（《Предварительные итоги》，1970）、《长别离》（《Долгое прощание》，1971）、《另一种生活》（《Другая жизнь》，1975）、《滨河街公寓》（《Дом на набережной》，1976）、《老

---

[1] 李毓榛：《20世纪俄罗斯文学史》，北京：北京大学出版社，2000年，第302页。

人》(《Старик》,1978)、Вне. 叶罗菲耶夫的《从莫斯科到佩图什基》(《Москва—Петушки》,1973)、В.Г. 索罗金的长篇小说《玛利娜的第三十次爱情》(《Тридцатая любовь Марины》,1984) 等作品则是最具代表性的"后解冻思潮"版本。

Ю.В. 特里丰诺夫 (Юрий Валентинович Трифонов,1925—1981) 的系列"莫斯科小说",随着60年代苏联文学的"都市散文"(городская проза)浪潮而产生,在20世纪俄罗斯文学"莫斯科文本"的发展史上占有不容忽视的地位。在这些小说中,物质匮乏、住房拥挤、道德失范的社会氛围被定义为20世纪60—70年代以莫斯科为代表的苏联城市居民的主要生存状态。在特里丰诺夫的"莫斯科书写"中,城市不仅充当了人物的角色,而且也决定了作品的主旨和美学。正如研究者 М.В. 谢列梅涅娃 (Марина Валерьевна Селеменева) 所言,城市在特里丰诺夫的"莫斯科小说"中"通过日常生活的棱镜",反映了"他作品的核心艺术和道德哲学范畴"。[1] 在"莫斯科小说"中,特里丰诺夫将传统莫斯科神话和新都市主义神话相结合,以对立的城市空间、象征性房屋意象和一系列由"精致的利己主义"原则孕育出的"中间之人"[2] 形象丰富了莫斯科时空的内涵,表现了当时社会的人际隔膜和人与城的冲突。

作为俄罗斯后现代主义文学的"原始文本",Вне. 叶罗费耶夫 (Венедикт Васильевич Ерофеев,1938—1990) 的《从莫斯科到佩图什基》在游戏策略的基础上变日常生活为艺术美学,将社会意义的负荷重心转移到微不足道的个人身上。它以反思官僚主义为起点,但思考的深度和广度已远远超越这个框架。主人公维涅奇卡是一个由智力高度发达的人变成的酒鬼,

---

[1] Селеменева М.В. Поэтика повседневности в городской прозе Ю.В. Трифонова // Изв. Ур. гос. ун-та. 2008. № 59. Вып. 16. С. 195.

[2] Селеменева М.В. Художественный мир Ю.В.Трифонова в контексте городской прозы второй половины XX века // Диссертация на соискание ученой степени доктора филологических наук.ГОУВПО, Москва, 2009.С.8.

从莫斯科乘坐电气火车到佩图什基寻找"享受"。维涅奇卡从莫斯科向佩图什基的旅行实际上是作为整个人类历史中人的存在和人的本质的一个象征性隐喻。维涅奇卡的"旅行"乃至最终死亡,意味着那些对外部世界无能为力,试图通过寻找精神城池来抵抗世界的不公正、温柔地承受不该承受的苦难的"漂泊者"的命运。

В.Г. 索罗金(Владимир Георгиевич Сорокин, 1955—)的长篇小说《玛利娜的第三十次爱情》,情节事件发生在20世纪80年代初期,描述了一位居住在莫斯科郊外的年轻女性玛利娜对于过往成长经历的回溯以及她所经历的第三十次爱情。玛利娜的30岁生日,既是她回溯往事的起点(对于过往二十九次爱情的回忆),也是她未来生活的开端(对第三十次爱情的幻想和对当下现实的思考与行动)。这部小说在结构层面非常清晰地反映出索罗金一以贯之的"概念主义写作"风格。在"反讽"的姿态下,索罗金意味深长地暗示了主人公玛利娜的两次诞生,即第一次是生命意义上的"出生于1953年的春天",第二次则是社会意义上的诞生于"1983年"。作为一部典型的反思个体与世界的和谐冲突的作品,小说以莫斯科作为主人公人格塑造的时空背景,描写了玛利娜在这30年间是如何从个性觉醒到个性丧失,最终导致主体完全被社会客体化的过程。

(二)"后苏联时代"版本

所谓后苏联时代,从时间范畴上指涉1991年苏联解体之后到90年代末。随着当代俄罗斯文学的转型,这一时期莫斯科文本在艺术表现形式、话语单元和人物形象系统等层面也相应地发生了一些变化。В.С. 马卡宁的后现实主义小说《地下人,或当代英雄》(《Андеграунд, или Герой нашего времени》, 1998)和В.О. 佩列文在20世纪90年代创作的几部后现代主义作品,诸如《夏伯阳与虚空》(《Чапаев и Пустота》, 1996)、《"百事"一代》(《Generation "П"》, 1999)代表了这一时期的莫斯科文本特征。

В.С. 马卡宁（Владимир Семёнович Маканин, 1937—2017）的《地下人，或当代英雄》接续了由特里丰诺夫创立的"莫斯科城市诗学"，以互文的方式对俄罗斯文学传统进行了重新阐释。小说以辗转于"筒子楼"、走廊、医院和地铁之间的"看门人"彼得罗维奇的视角，描述了发生在整个俄罗斯时局急剧动荡的1990年代的民生百态和社会现实。在丧失信仰的莫斯科时空下，有人像蝼蚁一般为"平方米"而明争暗斗；有人为吃时代"红利"假扮"地下文人"，游走于体制和"持不同政见者"中间；有人甘愿为掌权者探秘追踪……而那个时代的真正英雄则是一批以主人公彼得罗维奇为代表的拒绝与世俗同流合污的"当代地下人"。在小说中，马卡宁通过几组对立的空间概念勾勒出20世纪90年代莫斯科与周遭世界的关系。它们是莫斯科与彼得堡的对立、莫斯科与莫斯科周边的对立、莫斯科与国外的对立。在这样的图景下，将这座"七座山丘之上的城市"比喻成"第三罗马"就显得极富讽刺意味。[1]

В.О. 佩列文（Виктор Олегович Пелевин, 1962— ）在20世纪90年代创作的几部后现代主义"莫斯科文本"，诸如《夏伯阳与虚空》（《Чапаев и Пустота》，1996）、《"百事"一代》（《Generation "П"》，1999）等在俄罗斯文坛产生了不小的轰动。在这些作品里，他的后现代主义姿态，不单单指向意识形态，而是指向更为广泛的、当今世界的普遍存在。在《夏伯阳与虚空》里，不仅莫斯科是一个在时间和方位上不能确定的存在，整个世界都只是人的意识掀起的"无边洪流"。作者将俄罗斯的"永恒问题"置于一片"虚空"中的思考颇耐人寻味。《"百事"一代》所描写的是后苏联时代的莫斯科。那是噩梦般地被强盗、野蛮资本主义、政治阴谋所充斥的莫斯科。佩列文成功地捕捉到了那个产生于20世纪末、极具争议的时代精神。长篇小

---

[1] 傅星寰、赵萌：《〈地下人，或当代英雄〉中的莫斯科的"格式塔"解读》，载于《辽宁师范大学学报（社科版）》，2018年第4期，第124—131页。

说的主人公瓦维连·塔塔尔斯基完全符合这一时代的精神，反映了苏联解体之后的社会现实。

20世纪下半叶，在经历了不同社会变革和文学环境的转变之后，这一阶段的莫斯科文本构成较上一个阶段更为复杂，城市形象开始发生变异，较前两个阶段，构成了其语义相反的形象系统。在"后解冻思潮"版本中，思想场域从具体的道德主题、意识形态批判延伸到形而上的哲学思辨；"后苏联时代"版本则展示了在过渡时期莫斯科人的精神历程，艺术表现手法已发生了从现实主义到后现实主义、后现代主义的流变，人物形象系统出现了游走于善恶灰色地带的"中间之人"、后消费时代的"弄潮儿""办公室浮游生物"，以及寻求精神城池的"城市流浪者"等。

四、莫斯科文本的"大都市主义"版本阶段（21世纪10—20年代）

在21世纪10年代至20年代的俄罗斯文学中，根据А.П.琉森（Александр Павлович Люсый, 1953—）的观点，莫斯科是"国家资本化的中心，具有资本最初积累阶段所固有的现实，具有赋予时代特征的新的和独特的神话，具有全球化时代固有的、新的文化规范体系"。[1] 莫斯科形象正在纳入全球化大都市形象的体系之中，那里通常的语义范畴是速度、竞争、精致的利己主义、利润、消费主义、个人主义，分裂、孤独等。首都居民对生活节奏的加快和单调的日常生活的厌倦和抵制成为莫斯科文本的基本主题。在21世纪的莫斯科文本中，新的编码正在形成，无论是城市形象还是人物类型都出现了新的语义表征。莫斯科被塑造成可以获得成功的大都市，那个时空的主人公通常是都市达人和中层管理人员、计算机天才和社会名媛、销售代理商和失业人员、创造性知识分子和"办公室浮游

---

[1] Люсый А.П. Московский текст: Текстологическая концепция русской культуры. М.: Вече: Руский импульс, 2013. С.175.

生物"，其中表现了莫斯科人与外来移民之间的冲突。这些特征在C.A.沙尔古诺夫的《没有照片的书》（《Книга без фотографий》，2011）、P.B.先钦的《莫斯科的阴影》（《Московские тени》，2009）、O.A.斯拉夫尼科娃的《脑残》（《Легкая голова》，2011）、A.B.伊里切夫斯基的四部曲《阿普歇龙军团的士兵》（《Солдаты Апшеронского полка》，2013）（其中包括《马蒂斯》（《Матисс》，2006）、《波斯人》（《Перс》，2009）、《数学家》（《Математик》，2011）和《无政府主义者》（《Анархисты》，2012））、Е.И.涅克拉索娃的《不幸的莫斯科娃》（《Несчастливая Москва》，2017）中表现得尤为突出。

C.A.沙尔古诺夫（Сергей Александрович Шаргунов, 1980— ）的《没有照片的书》描绘的是回忆中的苏联时代和现实中的后苏联时代的莫斯科。沙尔古诺夫将苏联的莫斯科视为戴着苏联"面纱"的俄罗斯[1]。因为东正教的莫斯科就隐匿在苏联的莫斯科的背后。在《没有照片的书》中，作家着重揭示了首都的内在冲突，诸如无家可归者和政府官僚、郊区小混混和城市"黄金青年"、边缘与广场、外省与莫斯科……对于自传性主人公沙尔古诺夫而言，21世纪的新城市化的莫斯科是自己职业生涯的宏伟目标。然而，强烈的社会不公导致了主人公的叛逆，他最终体悟到莫斯科虽然是一间"巨大的房子"，但它并非接纳所有的人，那里需要的是已取得成功的人，而不是追求正义的人。最终，为了寻找真理，主人公踏上了前往"无雪的俄罗斯北部"[2]的旅程。

与沙尔古诺夫不同，在P.B.先钦（Роман Валерьевич Сенчин, 1971— ）的创作里，莫斯科看起来像昔日的外省，在他的《莫斯科的阴影》里，主人公几乎没有注意到莫斯科曾经是一个神圣之地。在小说中，典型的

---

[1] *Шаргунов С.А.* Книга без фотографий. М.: Альпина нон-фикшн, 2011. C.8.

[2] Там же. C.175.

当代莫斯科的空间形象就是布拉捷耶沃鳞次栉比、彼此相像的建筑。生活在其中的主人公们，日复一日地重复着机械单调的工作，他们看不到未来，也没有时间了解莫斯科古老而丰富的文化历史，他们的行动路线就是穿过莫斯科的历史中心，从一个宿舍区延伸到另一个宿舍区。"一切都在匆忙、摇晃、旋转。每个人都希望准时，但没有人有时间去任何地方。"[1]先钦笔下的人物几乎都是莫斯科的失败者，他们怕失业、怕衰老、有着"不幸的婚姻"和住房的困扰，尽管如此，他们也不愿意离开莫斯科，因为这是全俄罗斯的"一个真正的城市，其余的都是次要的附属物"。[2]

如果说先钦的主人公们都是莫斯科的失败者，那么在O.A.斯拉夫尼科娃（Ольга Александровна Славникова, 1957—）的小说《脑残》中，莫斯科则是通过成功的外省人、正在莫斯科一家大型跨国公司谋求仕途的马克西姆·叶尔马科夫的视角来展示的。这位90年代长大的主人公"掏出的每一个戈比，都是顶着毒日头在尘土飞扬的风沙中挣来的"[3]。为了自己的仕途，他离开家乡小镇来到首都。他一进入首都就立刻切断了与家乡、与过往的一切联系："来到莫斯科的外省人不喜欢自己的同乡。他们从新的都市生活开始生活。"[4]在小说的艺术世界里，几乎每一位外省人都在为留在莫斯科而战，但能赢得这场战役的通常是凤毛麟角。斯拉夫尼科娃将马克西姆·叶尔马科夫的命运与他的同乡玛琳卡的命运并行展示。获得首都居民地位的渴望促使玛琳卡与莫斯科的男人们滥交，最终遭致绑架并被谋杀。玛琳卡的命运揭示了"首都居民与外省居民"的尖锐对立，正如马克西姆·叶尔马科夫之前的预言："玛琳卡在撞墙，撞击那堵将富裕的莫斯科与外来者和其他人隔开的墙。她将与这堵墙战斗到死，并将她的血留在上面。"[5]斯拉夫尼科娃展

---

[1] Сенчин Р.В. Московские тени. М.: Эксмо, 2009. С.48.

[2] Там же. С.401.

[3] Славникова О.А. Легкая глава. Роман. М.: Астрель, 2011. С.151.

[4] Там же. С.52.

[5] Там же. С.71.

示了都市环境所孕育的冷酷的个人主义、人对物质的依赖、从而产生的孤独感，但同时又强调，莫斯科的居民处在政治和经济灾难的最前沿，这使得人们有可能继续个人潜能并在道德上复兴。[1]

总之，在21世纪的"大都市主义"版本中，莫斯科被重新塑造为具有"帝国错觉"[2]的城市，那里是获得成功、财富和幸福的"造梦"工厂。但实际上，它给主人公施加了办公室的奴役，追求成功取代了追求正义，人们对超出个人利益范围之外的一切都漠不关心。少数追求正义和精神朝圣的主人公在体验了信仰危机之后，选择在莫斯科以外的地方寻求生活的意义。

第二节 莫斯科文本的代码系统[3]

经过大量的学术史调查和文学文本阅读，我们认为，在俄罗斯文学中，一切与俄罗斯历史上有关"莫斯科形象""莫斯科思想""莫斯科与彼得堡"的对话问题都是借助于一种特殊的文学文本，即"莫斯科文本"来实现的。"莫斯科文本"不仅可以作为作家们创建的艺术时空来理解，也可以作为活的现实，它是具有莫斯科生活体验的莫斯科作家的生存环境，表征着莫斯科的文化属性，作为与彼得堡的文化属性相对立的存在。所有被纳入"莫斯科文本"的作品，其故事无一例外地发生在莫斯科，其话语单元或多或少地与现存已有的"前文本"发生关联。"莫斯科文本"所表现的问题不仅是历史范畴的，也是理论范畴的。它们在城市书写的概念形态、城市神话、城市空间区位、城市时空特征等方面，包含了一些恒定因素，形成了一系列颇有共性的集合文本，即超级文本系统。

---

[1] *Селеменева М.В.* Образ Москвы в русской литературе начала XXI века // Вестник РУДН, серия Литературоведение. Журналистика, 2015. № 4. С.101-102.

[2] *Немзер А.С.* Замечательное десятилетие русской литературы. М.: Захаров, 2003. С.193.

[3] 本节已作为阶段性成果发表，略有改动。

在本节中，我们将对俄罗斯文学莫斯科题材置于城市文本的视域中，将莫斯科题材所涉及的所有问题作为符号学分析的客体，考察这一文本的代码系统，其中包括莫斯科城市符号学、城市神话、城市空间区位以及时空的特点等一系列构成俄罗斯文学莫斯科文本的符号学参量。经研究发现，围绕着莫斯科，存在着广阔的神话学场域。这些场域包括最基础的莫斯科的创世神话和末世神话，以及富有"二次创世神话"意味的宗教政治神话，它们构成了"莫斯科文本"的基本要素和话语单元。尽管相对于"彼得堡文本"，"莫斯科文本"表现出某种结构上的松散，但是它依然可以根据自己符号学上的常量，建构自己的超文本。我们认为，作为一个开放的符号系统，俄罗斯文学"莫斯科文本"在其"前文本"的基础上，不断夯实、完善这一文本的符号学常量，逐渐形成了"自成一格"并与"彼得堡文本"相协同的文本机制。

一、莫斯科的城市符号学与城市神话

（一）莫斯科的城市空间结构符号学："同心城市"

自14世纪莫斯科的崛起、15世纪莫斯科大公国的昌盛以来，莫斯科就一直作为俄罗斯的都城，它见证了东斯拉夫各部族由封建割据到中央集权的整个历程。这个过程又为俄罗斯文化中一系列"莫斯科神话"提供了养料。

"莫斯科神话"的编码，很大一部分与它的地理形态和构成相关。编年史记载，莫斯科坐落在一片天然形成的如巨型大碗的洼地之中，周围有十二座不高的山峦环绕。但据历史学家确认，莫斯科是由七座神奇的山丘组成。它们是波罗维茨、斯列坚斯科、特维尔、三头山、列弗尔托夫、沃罗比约夫和传奇的施维夫。[1] 如此一来，围绕着莫斯科到底是由七座山丘还是十二座

---

[1] Ирина Сергиевскя. Москва таинственная. Все сакральные и магические, колдовские и роковые, гиблые и волшебные места древней сталицы. М.; Эксмо: Алгоритм, 2009. С.12.

山丘组成出现了一系列复杂的说法。其中，俄罗斯星相学就将莫斯科划归为金牛座的属性。这不仅是因为这座城市的奠基日（1147年3月28日，史上记载为1147年4月5日）恰好落在黄道带（Зодиак）的金牛座上（有人注意到在古克里姆林宫的三角形里有个牛头，即金牛座的象征），更因为第一罗马和第二罗马的创建日期也是金牛座属性：罗马建于公元前754年4月22日，而君士坦丁堡则建于公元330年5月11日。[1] 按照当代俄罗斯星相学家 П.П. 格罗巴（Павел Павлович Глоба, 1953—）的观点，莫斯科的不可替代性和宇宙性即由此构成。因为它是按照"七座山丘一条河"的原则建造的，它是一座"永恒之城"。这样的城市受到宇宙的保护且固若金汤。当然，与莫斯科相关的数字7与12的象征意蕴还可以在《圣经·启示录》里找到佐证。比如，《圣经·启示录》里有"神和他宝座前的七灵"的说法，即是指"以弗所、士每拿、别迦摩、推雅推喇、撒狄、非拉铁非、老底嘉那七个教会"[2]。除此之外，在东正教秘传中，数字7永远被认为是一个具有魔法的数字，它意味着秘密、尚未认识的东西和无法解释的东西，正如在《圣经·启示录》里天使揭开"七印"、天使吹响"七只号角"、天使行使"七灾"等涉及神秘数字7的事件。同时，数字12又被认为可以提高莫斯科的地位和威望。在这样的神话里，莫斯科往往被描写成有如《启示录》里"天上的耶路撒冷"般的形象。《圣经·启示录》中所描绘的圣城耶路撒冷"有高大的墙，有十二个门，门上有十二位天使"[3]。莫斯科被视为圣城在人间的模板，它四周被带钟楼的白色城墙包围。白色是天堂的象征。正因为如此，克里姆林宫的围墙，包括"中国城"的围墙都被粉刷成白色。正如《圣经·启示录》里称：天上之城有一条川流不息的生命之河，"在河这边与那边有生命

---

[1] Ирина Сергиевскя. Москва таинственная. Все сакральные и магические, колдовские и роковые, гиблые и волшебные места древней сталицы. М.; Эксмо: Алгоритм, 2009. C.15.

[2]《圣经·新约》，南京：中国基督教协会，2007年，第276页。

[3] 同上书，第291页。

树,结十二样果子"[1]。莫斯科河也从城中穿过,在克里姆林宫对面(即莫斯科河的后面的察里津草地上)坐落着沙皇的花园。这便是人工创建的"地上的天堂"。

从空间俯视,"七座山丘"之上的莫斯科的地理形态是向心的,整个空间似乎在向克里姆林宫聚拢,仿佛在向统一的目标聚拢。莫斯科所处的位置以及对于它的筹划,是整个俄罗斯的象征和体现,它强烈地诱发出一种将俄罗斯作为某种封闭、自足并与周遭异己世界相敌对的思想。尤里·洛特曼(Юрий Михайлович Лотман, 1922—1993)指出:"当一座城市在与周遭的世界中的关系中,就像一座坐落在尘世中心的教堂一般,那么,它首先表现出一种被理想化的宇宙模式来。"这样的城市,通常,"被置于'大地的中心'。……耶路撒冷、罗马、莫斯科在不同的(城市)文本中正是作为某些世界的中心来看待的。它可以同时既作为天国城市的模型,又作为周边世界的圣地。"[2]这样的城市也被称为"同心城市"。"通常,城市的同心状态在符号学的空间里,是与处在高山之上(群山上)的城市形象相联系的。那样的城市表现为地与天的中介,在它周围集结着一些有关起源、发生嬗变的神话,它有开始,但没有结束——这是'永恒之城'。"[3]因而长久以来,莫斯科都是作为俄罗斯文化史中的"永恒之城"与彼得堡相对峙的。

(二)莫斯科的城市神话及二律背反

城市神话被认为是城市的形而上学的存在,并且是作为"超出现实之外"的文化存在,这种文化在文学文本中仿照城市,成为它最坚固的基础。据 Н.Е. 梅德尼斯(Нина Елисеевна Меднис, 1941—2010)的观点,"正是大量的形而上学的存在保证了物质材料向象征意义领域转移的可能,因而形

---

[1]《圣经·新约》,南京:中国基督教协会,2007年,第299页。
[2] Лотман, Ю.М. Текст как семиотическая проблема // История и типология русской культуры. Санкт-Петербург. Искусство-СПБ.; 2002. С.208.
[3] Там же. С.209.

成了特殊的描述语言，没有它，文本的产生是不可想象的"。[1]一旦奠定了文学的城市文本基础，相关的城市神话便在作品的叙述层面显现出问题群、标题诗学、结构构成（情节、人物设置），以及那些被视为与这座城市或那座城市的永恒形象同一的风景、人物形象（他们的意识）、艺术语言的特殊性。

莫斯科的"大火"在莫斯科神话中成为较为重要的构成元素。莫斯科曾遭受过无数次"火"的历练。历史上比较重要的记载共有四次。第一次大火发生于1547年；第二次大火发生在1611年；第三次大火发生在1648年；第四次大火发生在1812年。1812年的那场大火"促成"了这座城市的诸多骄傲。战争与大火的破坏，不仅使莫斯科成为"多灾多难"之城的象征，也使它成为俄罗斯备受宠爱的城市。

如此一来，俄罗斯文学"莫斯科文本"最基本的神话原型通常分为两类：一是有关起源的神话：即莫斯科起源于"七座山丘"或"十二座山丘"的神话和莫斯科作为"向心的""被护佑的城市"神话。二是关于末日论的神话：即莫斯科的"大火"。"火"的意象在莫斯科文本中往往衍生出两个向度的神话阐释：即莫斯科既是"浴火重生"的"凤凰城"，又是象征"毁灭"的"大墓地"。俄罗斯"白银时代"的研究者们在言涉"莫斯科—彼得堡"的城市哲学时，最早提及了莫斯科城的"凤凰之名"："在与罗马争夺优先权的斗争中，莫斯科逐渐书写了新的神话，它就是凤凰城"，"从灰烬中得到重生的旧首都吸引了全世界的目光"。[2]这里喻指大火后的莫斯科像凤凰涅槃一样在烈火中重生。"凤凰城"因此而得名。有的文学家认为，莫斯科之所以重要，不仅是因为莫斯科是俄罗斯传统的象征，更重要的是，它与浴火的凤凰有关。它代表着俄罗斯民族源源不断的生命力和重振雄

---

[1] Н.Е. Меднис. Сверхтексты в русской литературе. Новосибирск, 2003. С.35.

[2] 俄罗斯科学院高尔基世界文学研究所集体编写：《俄罗斯白银时代文学史》第1卷，谷羽、王亚民等译，兰州：敦煌文艺出版社，2006年，第64页。

风的可能。

"大墓地"一词出自 П.Я. 恰达耶夫（Пётр Яковлевич Чаадаев, 1794—1856）的《哲学书简》（《Философические письма》, 1828—1830）。在其中，恰达耶夫特别强调说"大墓地指的是莫斯科"。作为俄罗斯思想界西欧派的杰出代表，恰达耶夫将充满着宗法制陈腐之气的莫斯科喻为死亡之城。在第一封信中，恰达耶夫对俄罗斯进行了强烈的谴责："首先是野蛮的不开化，然后是愚蠢的愚昧，接下来是残暴的、凌辱的异族统治……它除了残暴以外没有兴起过任何东西，除了奴役以外没有温暖过任何东西……我们仅仅生活在界限非常狭隘的现在，没有过去和未来，置身于僵死的停滞。"在恰达耶夫看来，俄罗斯真是一无是处了。俄罗斯构成了人类"精神世界的一处空白"，俄罗斯人"徒有基督徒的虚名"，甚至连俄罗斯人勇敢的天性，也被恰达耶夫视为一种"恶习"。"残暴的、凌辱异族的统治，这一统治方式后来又为我们本民族的当权者所继承。"[1] 恰达耶夫道出了俄罗斯落后的根源，那就是残暴、野蛮的专制统治阻挡了俄罗斯前进的方向。《哲学书简》遂成为斯拉夫派和西欧派争论的导火索。在西欧派看来，莫斯科所代表的保守，"维护了那些与俄罗斯的历史落后性连接在一起的民族生活的特征"，它"担心欧洲的技术机械、工业的发展"，它认为"与欧洲在形式上的相似的新社会可能戕害俄罗斯精神的独特性，让俄罗斯失去个性"，在这种陈腐保守的民族主义氛围里，莫斯科没有一丝生气，是一座"大墓地"，是"死寂的原子"，是"保守的庞然大物"。

除此之外，还存在着一个莫斯科城市的政治—宗教神话：即"莫斯科—第三罗马"。这是在近两个世纪的俄罗斯文学"莫斯科文本"中一个最常见的城市神话，虽然它与城市诞生的神话没有直接的关联，是基于"莫斯科—第三罗马"思想而出现的，但是这个神话成分，在大量以莫斯科为背景的文

---

[1] [俄] 恰达耶夫：《哲学书简》，刘文飞译，北京：作家出版社，1998年，第35页。

学文本中已获得了"二次创世神话"[1]的意味。从历史上看，莫斯科最初曾被视为新耶路撒冷，之后才被类比为新罗马。尽管在中世纪，俄罗斯文学已存在较为稳定的"莫斯科书写"，但是它们"缺乏新耶路撒冷和第三罗马两种潜台词共存和互动的一般结构"。[2]"莫斯科—第三罗马"思想是在16世纪由普斯科夫的菲洛费伊长老提出并在伊凡雷帝时代获得普遍认同的。在当时，这一思想对于发展俄罗斯专制制度的自我意识、提高俄罗斯中央集权国家的地位具有其独特的作用。然而，"莫斯科—第三罗马"思想，按照其本质特征具有双重性。一方面，它暗指了莫斯科公国与最高的宗教精神价值之间的联系，勾勒出莫斯科笃信宗教的主要特点和莫斯科公国的强大势力，强调了对于拜占庭神权政治的诉求。另一方面，拜占庭形象本身也分裂成两种象征：君士坦丁堡被理解为新耶路撒冷，是神圣的神权政治城市，同时，作为第二罗马，它又是世界帝国的都城。拜占庭衰落之后，上述两个象征顺势传承到莫斯科头上，即莫斯科是同时作为新的君士坦丁堡或第三罗马而体现的。"'莫斯科—第三罗马'概念与类似的'神圣俄罗斯'概念一样，原本是一种来自拜占庭传统的新的神圣化道路的表达，旨在涵盖文学和当时的俄罗斯社会的整个心态。"[3]然而，在历史的发展中，"莫斯科—第三罗马"概念在经历了俄罗斯的莫斯科和彼得堡时期之后，在20世纪20年代的莫斯科第三国际时期意外地再次复兴，随后又在战后莫斯科意识形态中重现。[4]

俄罗斯当代著名学者Е.Е.列夫基耶夫斯卡娅（Елена Евгеньевна Левкиевская, 1963— ）在其著名的《当代东正教传说镜像中的莫斯科》（《Москва в зеркале современных православных легенд》）中指出，从符号

---

[1] *Меднис Н.Е.* Проблемы Московского текста // *Н.Е. Меднис.* -Режим доступа: http://rassvet.websib.ru.

[2] *Люсый А.П.* Русская литература как система локальных текстов // Диссертация на искание ученой степени доктора филологических наук.специальности10.01.01.Руская литература.Москва. 2017. С.110.

[3] Там же.

[4] *Степун Ф.* Вячеслав Иванов // *Степун Ф. А. Сочинения*. Сост., вступ. ст., прим. *В.К. Кантора*. М.: РОССПЭН, 2000. С.596-605.

学角度来理解东正教的莫斯科,莫斯科本身被视为一个概念,具有确定的一整套符号,这些符号在当代全俄罗斯东正教的象征谱系中奠定了它(指莫斯科)的地位。在这种情形下,至少可以辨析出三种形成于不同时代并与当代共存于一个文化时空的符号"丛"。它们约定俗成地指向"第三罗马""基杰什城"和"第二巴比伦"。也就是说,莫斯科有时是作为东正教国家的首都("第三罗马"),有时又作为一座保存了东正教秘密的城市,它隐秘地与尘世平行共存("基杰什城"),同时,它又作为一座妓女之城,与所有其他的俄罗斯城市相对立("第二巴比伦")。[1]

1. "莫斯科—第三罗马"——"失去的天堂"或"未来乌托邦"

在十月革命后,"莫斯科—第三罗马"概念或者以对革命的俄罗斯的怀乡病的形式,或者以对它的即将到来的新希望的形式呈现。也就是说,它或者关联着过去的莫斯科(和整个俄罗斯)或者关联着它的乌托邦未来。对于20世纪俄罗斯的流亡作家而言,莫斯科,就是"乡愁",是某种"失去的天堂"、安逸恬静的"黄金时代"的形象。这一点,尤其反映在 И.А. 布宁的短篇《纯净周一》(《Чистый понедельник》)、И.С. 什梅廖夫《朝圣》(《Богомолье》,1931)、《禧年》(《Лето Господне》,1933—1939)和 Б.К. 扎伊采夫的小说《青年时代》(《Юность》,1950)、回忆录《莫斯科》(《Москва》,1939)等创作之中。

而"莫斯科—第三罗马"中的"未来乌托邦"形象尤其表现在20至30年代那些以"别样的"眼光审视正在迫近的,或已然到来的"新世界"的作品之中,比如:М.А. 布尔加科夫的《红石头的莫斯科》(《Москва Краснокаменая》,1922)、《活页本中的首都》(《Столица в блокноте》,1922—1923)、И. 伊里夫、Е. 彼得罗夫的《从早到晚的莫斯科》(《Москва

---

[1] *Левкиевская Е.Е.* Москва в зеркале современных православных легенд //Лотмановский сборник. Выпуск 2. 《О·Г·И》издательство РГГУ, Москва.; 1999. C.806.

от зари до зари》，1928），Е.З. 巴拉诺夫的《该死的房子》(《Проклятый дом》，1920），А.П. 普拉东诺夫的《疑虑重重的马卡尔》(《Усомнившийся Макар》，1929），等等。

2. 莫斯科——"基杰什城"

在俄罗斯历史中，有关基杰什城的传说广为流传。在这个传说里，俄罗斯历史、宗教——末日论和美学主题相互交织：它隐喻地传达了有关鞑靼人的入侵、俄罗斯人民为争取独立而忍受痛苦和牺牲的能力、对俄罗斯祖国的爱等信息。在这个传说里，那个"被隐匿的"城市的主题变成了全民族毁灭和复活的象征。时至今日，这个传说依然在俄罗斯的文学艺术中表现出积极的影响。

有关基杰什城的传说有很多版本，共同的语义指向基杰什城是一座为了防御鞑靼人的侵略而隐藏在地下的城池。其中一个版本是，传说斯维尔特洛雅尔湖岸上的三座丘陵将圣母领报、圣母安息和举荣圣架三座教堂隐于自身。与这个版本相关联的是一定的礼仪形式。信众们将山丘当作教堂来膜拜，一边念着祈祷文一边鞠着躬向它们聚拢。在另一个版本里，即在《关于基杰什城的传说》(《Легенда о граде Китеже》，1237）有关基杰什城消失在斯维尔特洛雅尔湖中之后，信众们证实说，有时在清澈如镜的湖面上会反射出基杰什城教堂的圆顶，人们可隐约听到基杰什城的钟声。[1]

莫斯科的"基杰什城"形象主要与广为流传的有关"第三罗马"是一个"隐秘的存在"的说法有关。传说中基杰什城并没有毁灭，但破坏者却无法触及它。如此一来，莫斯科和俄罗斯的精神生活和传统文化就隐匿在普通的眼睛所看不到的形态之中。在俄罗斯文学的这类题材中，莫斯科形象往往隐含着双义：一个是外表失去光明的莫斯科，它由于自身的堕落和染血而变得荒芜和晦暗；另一个则是一如既往地散发着圣洁光芒并在压制下更显凝聚的

---

[1] *Шестаков В.П.* Эсхатогия и утопия (очерки русской философии и культуры). Москва《Виладос》, 1995. С.12.

笃信之力。正如Е.Е.列夫基耶夫斯卡娅所说:"莫斯科——'基杰什城'是隐秘地存在着的,它消失在另一个城市——'第二巴比伦'中。"[1]

3. 莫斯科——"第二巴比伦"

所谓"第二巴比伦",是相对于《圣经》中的巴比伦而言的。在苏联和后苏联时代,莫斯科的"第二巴比伦"形象与官僚主义弊端所引起的人们的政治冷感和西方消费文化涌入后人们在社会政治、经济和道德方面的改变直接相关。

诗人茨维塔耶娃曾在组诗《莫斯科》(《Стихи о Москве》,1916)中,称莫斯科是"流浪者聚集地"。诗句中的"странноприимность"一词,既可译为"香客""朝圣者",也可译为"外来者"。在当下,重新品味"странноприимность",便会产生一种被诗人不幸言中的谶语之感。现如今,这座令人窒息的国际大都市,真正变成了"外来者聚集地",它已丧失了俄罗斯传统的本色,带着自己特有的"西方模样"越来越使人想起某种"国中之国"。

出生在莫斯科并成长于莫斯科的作家А.别雷,在自己的长篇系列小说《莫斯科》(《Москва》,1926—1932)中,向人们揭示出那个光明的、为很多人并不知情的"看不见的城市"。在М.А.布尔加科夫在《大师和玛格丽特》(《Мастер и Маргарит》,1928—1940)中,那个能惩恶扬善的魔幻时空和圣城耶路撒冷正是"迭加"在莫斯科的现实时空中;В.С.马卡宁在《地下人,或当代英雄》(《Андеграунд, или Герой нашего времени》,1998)中,塑造了韦涅季克特·彼得罗维奇等追求精神自由的"地下人",正是他们,隐匿在混乱的筒子楼里,等待从"地下"走出地面;在В.О.佩列文的《夏伯阳与虚空》(《Чапаев и Пустота》,1996)中,玛利亚、谢尔久克的炼

---

[1] Левкиевская Е.Е. Москва в зеркале современных православных легенд //Лотмановский сборник. Выпуск 2. 《О·Г·И》издательство РГГУ, Москва.; 1999. C.829.

金术式的联姻,指涉了俄罗斯民族的"待嫁新娘"基因在当代的显现。

二、莫斯科的城市空间区位

在城市文本的代码系统中,特别需要关注的是城市空间区位。因为这些特定的城市空间区位,不仅具有产生情节的功能,而且具有结构上的意义,它们对于设置所描述的事件存在着可能的一致性。在城市文本的叙事结构层面,城市区位反射城市形象和城与人的关联。常见于俄罗斯文学"莫斯科文本"的城市空间区位,包括自然区位,比如麻雀山、莫斯科河等;社会区位:比如特维尔大街、阿尔巴特大街、铁匠桥、普希金广场、地铁站、火车站、教堂、墓地等。在此特举几处在构建"莫斯科文本"的代码系统中具有独特意味的城市空间区位。

(一)列福尔托沃(Лефортово)

列福尔托沃曾经是莫斯科郊外的一个地点,位于亚乌扎河右岸。这是一个与邪灵相关的、有着"险恶""不洁"等坏名声的地方。在俄罗斯文学的浪漫主义时代,列福尔托沃的神秘诡异已经在 А.А. 波戈列尔斯基(Антоний Алексеевич Погорельский, 1787—1836)的著名的中篇小说《拉费尔托沃的罂粟女人》(«Лафертовская Маковница», 1825)[1] 里,得到了鲜明的反映。小说的故事发生在18世纪末莫斯科的拉费尔托沃,即列福尔托沃。在普罗洛姆关卡,住着一位八十岁的"罂粟女人"——她是罂粟饼店的女售货员。然而,"老太婆的这个职业只是一个伪装,掩饰着另一个完全不同的职业"——即晚上占卜并与不洁的力量沟通。周围的邻居们都很害怕她女巫的威力,不敢与她发生冲突。只有她的侄子,可怜的邮递员奥努弗里奇(Онуфрич),敢于劝说老妇人悔改,放弃与魔鬼的沟通。作为回应,老太婆"嘴唇变蓝,眼睛流血",凶神恶煞地把奥努弗里奇赶出家门,阻断了他

---

[1] Лафертово, 即 Лефортово。——笔者注

与家人的联系。

几年后，奥努弗里奇的妻子伊万诺夫娜开始为女儿玛莎张罗婚事。由于没有人愿意娶没有嫁妆的女孩儿，对于财富的贪婪觊觎，促使伊万诺夫娜把女儿偷偷地带到这位"罂粟女人"那里，希望老太婆用自己的"魔力"为其女儿寻得一个富有人家。第二天晚上，老太婆向玛莎预言了她的未婚夫并把自己藏宝箱的钥匙挂在玛莎的脖子上，但嘱咐不能打开箱子："由神秘的力量给你指定的未婚夫将掌控婚姻的大部分权力，他将教会你如何使用魔法保存我的宝物，以你们共同的力量让它成倍地增加，我才会安息。"不久，老太婆就离世了，在她临死的那个夜晚，守夜人看见，从维维坚斯科墓地里发出一排长长的亮光照亮了她的房子，然后又消失了。当时玛莎正暗恋着年轻的商人乌里扬，后者总是在她的窗前经过。然而，为了服从父母的决定，她搬到了"罂粟女人"死后腾出来的、位于拉费尔托沃的房子里。在那里，伊万诺夫娜和玛莎看到了那位老妇人的鬼魂。夜里玛莎感觉好像有一双"冰冷的手在抚摸着自己的脸"，罂粟女人的幽灵和她的黑猫示意玛莎到院子的井里。第二天，作为未婚夫的九级文官、参事阿里斯塔尔赫·法莱列依奇·穆尔雷金（Аристарх Фалелеич Мурлыкин）出现了，他"愉快地弯下身来"，"用几乎眯缝着的眼睛温柔地看着她"。玛莎发现，此人不是别人，正是已故的老太婆那只变成人形的黑猫。她断然拒绝嫁给"罂粟女人"的随从。

玛莎将巫婆藏宝箱的钥匙扔到了此前黑猫诱惑她去的那口井里。在此期间，玛莎的父亲为她找到了另一位新郎。小伙子正是她的所爱乌里扬。正当新婚夫妇举行婚礼的时候，拉费尔托沃的房子的天花板突然掉了，随即整个房子也坍塌了。

一个世纪之后，在 А.В. 恰亚诺夫（Александр Васильевич Чаянов, 1888—1937）的那部题为《费多尔·米哈伊洛维奇·布图尔林伯爵记录的非同寻常但却真实的家族传说，有关莫斯科植物学家X的离奇冒险》（《Необычайные, но истинные приключения графа Федора Михайловича Бутурлина, описанные по семейным преданиям московским ботаникам X》, 1924）的"霍夫曼式"的小说里对于列福尔托沃的"诡异"做了进一步地渲染。在波戈列尔斯基和恰亚诺夫的上述作品中，存在着一个共同的"本事"，即主人公都遭遇了"不洁力量"的诱惑，它们试图将他们拖进时空的迷宫，"沿着边缘兜圈子"，但最终还是善赢得了胜利。其实，列福尔托沃所有与"地狱""魔鬼"相关联的坏名声，大约都因这个区位与有关德国的记忆相关（在17世纪末到18世纪初，这里曾经形成了一个德国人的自辖村），也就是说，与"非俄罗斯"的、不洁的自然力相关，尤其是与俄罗斯的浮士德——"魔法师"勃留斯（Яков Брюс, 1669—1735）相关。雅科夫·勃留斯属于苏格兰族裔，其祖先于1647年来到俄罗斯，他的爷爷和父亲都曾为莫斯科公国服务。勃留斯家族在血统上属于知识分子类型。雅科夫·勃留斯不仅是彼得的战友，还是那个时代的鸿学大儒。他通晓多种欧洲语言，懂得天文、地理、航海，创造了著名的"勃留斯日历"[1]。其实，由于那一时期的俄罗斯人在精神上依然生活在中世纪，对于他们来说穿着宽大长袍的巫师形象比具有启蒙精神的学者类型的人更亲近，他们更愿意将科学理性神秘化、妖魔化。因此，有关勃留斯，生前死后都有一些神秘主义的传言：比如，说他是魔法师和巫师。传说他是俄罗斯共济会的首领并将灵魂出卖给魔鬼，每逢夜里就在苏哈列夫塔楼施展巫术。他用"玻璃眼睛"（望远镜）看天空上的星星。读"魔法书"，在烧瓶里制作冒着不同颜色烟雾的"不明物质"……有人在半夜里，远远地望着勃留斯那"巫师修道小屋"的窗口，"那里闪烁着不真实的、泛着蓝绿色的光芒，听到各种烧瓶匀

---

[1] 笔者在莫斯科大学访学期间，曾经参观了"列福尔托沃博物馆"，目睹了馆藏的"勃留斯日历"的真容，叹为观止。

称的叮当声，鼻子捕捉到化学制剂的臭气……"[1]所以，整个莫斯科，乃至整个俄罗斯，盛行勃留斯是巫师的传闻，随后这些传闻又形成了杰出的民间口头文学。很多构成"魔性莫斯科"文本的行为，正是发生在列福尔托沃。在那里，似乎"每一位迎面走来的人都被当作……臣服于雅科夫·勃留斯的僵尸"。[2]

学者 Т.В. 齐维扬（Татьяна Владимировна Цивьян, 1937—）认为，在"莫斯科题材"文学中，大凡与列福尔托沃相关的内容都显现出一种"恶魔般"的属性，这一区域神秘而不洁的力量与莫斯科"城市的其他部分"相对峙。"列福尔托沃与莫斯科其他地方的对峙，就像别的世界与我们的世界的对峙一样。"[3] 在俄罗斯文学的"莫斯科题材"作品中，列福尔托沃不仅是行为发生地且本身具有"主人公"意义。

（二）玛利亚的小树林（Марьина роща）

在当下，玛利亚的小树林是坐落在莫斯科城北部的一个行政区域，区域中心有一站地铁就叫"玛利亚的小树林"。在俄罗斯文学中，有关"玛利亚的小树林"经常出现在一些以莫斯科为背景的城市民间文学中。最早这是一处距离莫斯科北郊中心相当遥远的自然区域，很像19世纪的乡村。玛利亚的小树林的景色并不是很美，它总是被莫斯科人当作"城外"。这个地名本身也很乡土，没有城市味道，即便是到了20世纪70年代，莫斯科居民依然把它视为一处坐落在郊区的"蛮荒之地"，尽管从市中心到玛利亚的小树林并不遥远。

18世纪下半叶至19世纪，按照俄罗斯东正教的风俗，每年的悼亡节（复活节后第七个星期四举行的民间纪念亡者的节日——即在圣灵降临节

1　См.: *Андрей Буровский*. Величие и проклятие Петербурга. М.《ЯУЗА》《ЭКСМО》, 2009. С.58-64.

2　*Чаянов А.В.* Необычайные, но истинные приключения графа Федора Михайлович Бурлина. М. 1989. С.130.

3　См.: *Цивьян Т.В.* «Рассказали страшное, дали точный адрес...» (к мифологической топографии Москвы). Лотмановский сборник. Т. 2. / Сост. Е.В. Пермяков. М.: Изд-во РГГУ, 1997. С.599-614.

前）人们都会在玛利亚的小树林举行民间游园会。这个民俗在18世纪下半叶至19世纪初尤其盛行。庆祝活动相当热闹，充满了多神教式的滑稽狂欢。[1]

然而，在莫斯科人有关游园会的记忆里，还保存了更加古老的回忆。在玛利亚的小树林的周围是一个真正的中世纪的俄国首都的遗址（locus mortis）。早在15世纪，距离玛利亚小树林不远的地方便是上帝之家（Божедомке），即公共墓地。这是一个埋葬"贫穷"的人或"赤贫"的人的地方——那些不为人知的穷人、默默无闻的外国人、居无定所的人，以及那些在死期之前死亡的被杀害者和自杀者。正如卡拉姆津在自己所撰写的历史书中所指出的那样，古时候，尸体都被弃置在一个底部有水的大坑里，然后盖上草席，而虔诚的人们"在圣灵降临节前的星期四"（即"悼亡节"）来为这些穷人挖坟墓并唱歌追悼这些死者。[2]

1809年，В.А.茹科夫斯基（Василий Андреевич Жуковский, 1783—1852）仿效《可怜的丽莎》（《Бедная Лиза》，1792）创作了中篇小说《玛利亚的小树林》（«Марьина роща»），讲述了一个美丽的乡村女孩玛利亚与她的初恋乌斯拉德的爱情悲剧。故事发生在莫斯科河畔，离孔武有力的壮士罗格岱家的塔楼不远。小伙子乌斯拉德向玛利亚承诺，再过六个月当玛利亚年满十六岁，他就娶她为妻。而这期间他将要去履行自己的导师和恩人老别列斯维特委托给他的任务。然而，在他们短暂的离别期间，壮士罗格岱偶然遇见了玛利亚，于是就向女孩发起了爱情攻势，长时间地献殷勤，并拿财富和基辅城的上流社会的生活来诱惑她。玛利亚动心了，决定将自己的命运交付他。这边厢，乌斯拉德在约定的时间回来了，当他得知玛利亚已经变心，便远走他乡。一年后，由于极度的痛苦和思念，乌斯拉德又返回了家乡，并渴望能够死于他与玛利亚初识的地方。路上，他遇见了自己最好的朋友奥利

---

[1] *Фёдоров Г.А.* Московский мир Достоевского. Из истории русской художественной культуры XX века. Предисл. *С. Г. Бочарова* и *В.Н. Топорова*. М.: Языки славянской культуры, 2004. C.33.

[2] Там же. С.28-30.

加，后者向他讲述了在他离开之后所发生的一切。原来，玛利亚无法克制自己对于乌斯拉德的思念，想尽一切办法，用各种托词拖延随罗格岱搬到基辅去。有一次她下意识地喊出了他的名字并承认自己爱的人是乌斯拉德，壮士被激怒了，强行将玛利亚抓进自己的塔楼。之后，再也没有人见到过罗格岱和玛利亚，那幢塔楼仿佛受了上帝的诅咒。村民们都害怕走近它，塔楼像坟墓一般空虚和寂静。晚上，乌斯拉德决定一个人进入罗格岱的神秘塔楼。午夜时分，他心爱的玛利亚的鬼魂来到他身旁并引导着他穿过茂密的森林，来到亚乌扎河畔。在一个低矮的小屋里，一个谦卑的隐士阿尔卡基向乌斯拉德讲述了玛利亚的最后结局。老人家目睹了在离小屋不远的地方罗格岱残忍地将玛利亚砍死的情景。她用唇语微弱的气息告诉了老人乌斯拉德的名字。之后乌斯拉德便在阿尔卡基的修道院安家落户了。在玛利亚的墓地旁，一座小礼拜堂很快拔地而起。多年以后，乌斯拉德也在此安息。又过了几年，隐士的小屋、简朴的小礼拜堂和玛利亚坟头上的石头——全部都消失了，从此这个地方就被称为"玛利亚的小树林"了。小说发表之后，"玛利亚的小树林"就成为俄罗斯作家们笔下一处熟悉的、莫斯科近郊的角落，而且还是一个常常上演爱情悲剧的传奇之地。

19世纪30年代后，有关"玛利亚的小树林"的文学时尚早已成为明日黄花。这个城市空间区位的形象，发生了从感伤主义向"哥特式"的转变，而主题往往与赤贫的家和埋葬焦虑不安的死者相关。比如，1834年，在莫斯科有人匿名发表了历史小说《初露锋芒的女强盗塔尼卡》（《Танька, разбоница ростокинская》）。这部小说其中的一个章节，就与赤贫的家有关，被称为《临近墓地的首都》。[1] 俄罗斯经典文学间接地捕捉到了这一形象的另一种情况，它与莫斯科周边的"死屋"相关联。Ф.М. 陀思妥耶夫斯

---

[1] Фёдоров Г.А. Московский мир Достоевского. Из истории русской художественной культуры XX века. Предисл. *С.Г. Бочарова и В.Н. Топорова*. М.: Языки славянской культуры, 2004. C.32.

基是首位在自己的作品里表达了这种关联的作家。20世纪以来，另一个有关"玛利亚的小树林"的说法广为流传。这是一个设施不完善并有着"坏"名声的区域，那里住着一些形迹可疑的人们：小偷、强盗、流氓。在拍摄于2012年的侦探题材电视剧《玛利亚的小树林》中，这一地区就被描写为犯罪高发区域。尽管在不同时代的不同艺术载体中"玛利亚的小树林"的形象有诸多变体，但总会依稀可见它往日的旧模样。比如，由当代作曲家罗拉·柯文特（Лора Квинт, 1953—）作词谱曲，影视演员尼古拉·卡拉钦佐夫（Николай Караченцов, 1944—）演唱的歌曲《玛利亚的小树林》就是如此：

> 哪里传来小铃铛的呻吟，
> 最终，剩下孤独的我们。
> 玛利亚小树林的灯光
> 在路上显现
> 蔓延吧，玛利亚的小树林，
> 欢宴吧，诚实的人！
> 当魔鬼没有亲自带走你的时候，
> 请尽可能将生活看得简单一些……[1]

总之，在大多数基于民间传说的莫斯科浪漫主义文学中，都会出现上述两个城市空间区位。作为"莫斯科文本"的"前文本"要素，它们为"莫斯科文本"的形成打下基础。作为情节发生的地点和城市空间区位本身，"列福尔托沃"和"玛利亚的小树林"为莫斯科时空阴郁、神秘的迷宫气质做了铺垫。

---

[1] Марьина-роща-(район-Масквы). https://ru.wikipedia.org/wiki/

（三）受难广场周围（Окрестности Страстной площади）

在19世纪的前三分之一世纪，"受难广场"，即今天的普希金广场周围是那个时代的莫斯科贵族阶层特殊生活的最热闹中心之一，М.О. 格尔申宗（Михаил Осипович Гершензон, 1869—1925）在其名为《格里鲍耶多夫的莫斯科》（《Грибоедовская Москва》, 1914）一书中描述了那种生活的美妙。由此，从特维尔大街向北部望去依稀可见克里姆林宫——这是俄罗斯首都古老的根基和"永恒"的核心。坐落在这里的莫斯科英国俱乐部是那个时代的俄罗斯唯一一个非官方的上流社会的机构，它为方便贵族阶层的自由交往而设置（依照古老的英国传统，莫斯科的英国俱乐部不接待女宾，在那里甚至所有的仆人都是男性）。被认为是那个时代最为美丽和设施完善的林荫大道——特维尔大街从这里起始，莫斯科人的富人阶层和社会名流都认为，在晴好的日子里漫步在这条大街上是有生活品位的标志。总督府和季娜伊达·沃尔孔斯卡娅的沙龙，达官显贵伊万·雅科夫列夫的宅邸，还有亚历山大·奥斯塔舍夫斯基那带有豪华花园，装饰着岩洞、瀑布和华丽雕塑的宅邸——彼此相距不远，在特维尔大街或特维尔林荫道上毗邻而置。在受难林荫道的路口，受难修道院（门牌号为6号）的对面，19世纪初诗人 И.И. 德米特里耶夫（Иван Иванович Дмитриев, 1760—1837）在此居住，后来 Д.Н. 斯维尔别耶夫（Дмитрий Николаевич Свербеев, 1799—1874）也搬到那里。那里还有一个著名的文学沙龙，1840年，Н.В. 果戈理在文学沙龙与 М.Ю. 莱蒙托夫相遇，后来那里又发生了西欧派和斯拉夫派的论战。林荫道的另一侧是高级宫廷侍从的遗孀，玛利亚·伊万诺夫娜·里姆斯基—科萨科娃的房子（门牌号是3号），А.С. 格里鲍耶多夫曾经在此居住了半年，在这所房子里聚集了一个非常专业的、以其不凡的精神气质被称为"格里鲍耶多夫的莫斯科"的群体，对于它的回忆，很长一段时间都保存在 А.С. 普希金、П.А. 维亚泽姆斯基（Пётр Андреевич Вяземский, 1792—1878）、А.И. 赫尔岑，以及 Л.Н. 托尔斯泰[1]的书信和回忆录里。读过《聪明误》的莫斯科人，都把这幢建筑称为"法穆索夫的家"，尽管格里鲍耶多夫的主人公原型未必在此生活过。1930年代末，这幢房子被拆除了，更早的时候，在1927年，按照 Г.Б. 巴尔辛（Григорий Борисович Бархин, 1880—1969）的设计方案在它旁边建立了《消息报》出版联合公司大楼——这是一幢俄罗斯结构主义建筑的杰作。

在国内战争和早期的新经济政策时期，这一城市区位焕发了新的生机。在特维尔林荫道和大布隆纳街之间的那幢狭长的二层楼里，在著名的咖啡馆"玻咯索斯的马厩"（Стойло Пегаса）[2]里聚集着未来主义者、意象派诗人以及不属于任何流派的文人。1930年代，咖啡馆关闭，在那里建了啤酒馆。而在赫鲁晓夫时代的"禁酒"期，那里又变成了一家个性模糊的"牛奶"咖啡馆。1931年，受难广场改名为普希金广场。

在70年代初，那幢有着咖啡馆的狭长楼房被拆除，原址只留下一片草坪。尽管如此，这个地方依然保留了与俄罗斯文学活的历史的有机联系。在普希金广场周围，必然会联想到普希金和《消息报》的出版联合公司，那里又出现了好几家重要的报纸和杂志——诸如《莫斯科新闻》《新时代》《历史问题》等。在受难修道院的原址建立的"俄罗斯"（现为"普希金"）电影院的右侧，勉强挤进了俄新社。然而，这个地方最重要的地址当数《新世界》杂志编辑部——小普京科夫胡同，1/2栋。20世纪60年代，А.Т. 特瓦尔多夫斯基（Александр Трифонович Твардовский, 1910—1971）、И.А. 萨茨（Игорь Александрович Сац, 1903—1980）、В.Я. 拉克申（Владимир Яковоевич Лакшин, 1933—1993）曾在此工作。А.И. 索尔

---

1 См.: *Гершензон М.О.* Грибоедовская Москва. П.Я. Чаадаев. Очерки прошлого. М.: Московский рабочий, 1989. С.62-106.

2 玻咯索斯（Pegasus）是古希腊神话中最著名的奇幻生物之一，由美杜莎和海神波塞冬所生，是能激起诗人灵感的飞马。

仁尼琴曾携带着自己的短篇小说《伊凡·杰尼索维奇的一天》(《Один День Ивана Денисовича》, 1959) 来这里,这部小说在推进社会舆论的形成中所起到的作用是无可比拟的。就20世纪俄罗斯文学本身而言,普希金纪念碑、普希金广场及其周边的林荫道等在塑造莫斯科形象上都是具有高度生产效能的空间区位,它们在俄罗斯文学"莫斯科题材"的城市文本中,不仅具有地理意义,更具有隐喻的文化意义,可以产生大量与历史文化相关的诗意联想。

(四) 克里姆林宫 (Кремль)

克里姆林宫是莫斯科较为重要的城市空间区位。它曾经对俄罗斯和世界历史产生过巨大影响,是一处集建筑的雄伟与壮丽、政治的深邃与凝重于一体的神圣之地。它从莫斯科建城至今一直是俄罗斯传统文化发展的中心。按照俄罗斯人的说法,克里姆林宫是俄罗斯的心脏。"克里姆林"一词在俄语中是"内城""城堡"的意思,即城中之城堡。克里姆林出现在11世纪,俄罗斯人的祖先东斯拉夫人是在莫斯科河北岸的鲍罗维茨山上为克里姆林奠基的。克里姆林宫的大规模建设是在15世纪,当时的范围就已经达到现在的规模,整个宫墙形成了一个不规则的三角形,长达2235米,高5—19米,宽3.5—6.5米,占地面积约为30万平方米,墙上有1054个齿形枪炮孔,沿墙建有18座高高的尖顶塔楼,另外还有两个小塔楼,也就是说,围墙的三面每一面都有7座塔楼守护着克里姆林[1]。围墙之内规模庞大的古建筑群布局严整,气势宏伟。各种博物馆错落穿插其间,每一幢建筑外观都造型独特,巍然矗立,许多参天的球形金顶错落有致,在阳光下金辉璀璨。

克里姆林宫形象在文学上的表现是多义并充满隐喻的。由于时代的变迁、政权的更迭,克里姆林宫的地位也发生了急剧变化——克里姆林宫已经被排除在传统的东正教地形学的有效系统之外,变成了一个反象征。

---

[1] 郭文、刘国华:《莫斯科——世界古都丛书》,西安:三秦出版社,2006年,第163—164页。

克里姆林宫形象的变化，使它蒙上了一层"异托邦"色彩。"异托邦"（heterotopies）这一出自福柯的概念，原本是作为与"乌托邦"相对立的概念提出的。"异托邦"空间真实存在又充满冲突，同时具有神话和现实的双重属性。广义的"异托邦"，包含了在一个真实的空间里被文化创造出来，同时又是虚幻的东西。[1]在俄罗斯后现代主义文学的经典之作——Вне.叶罗费耶夫的《从莫斯科到佩图什基》（《Москва-Петушкин》，1970）中，克里姆林宫的形象尤其具有"异托邦"特征。克里姆林宫是主人公韦涅奇卡想见而不得见、想到而到不了的极具虚妄性的权力空间。人人都在谈论克里姆林宫，到处都能听到有人在说它，可韦涅奇卡却一次也没见到过。它神秘莫测，像一个幽灵。它仿佛再次印证了法国作家 A.де.居斯京（А.де.Кюстин, 1790—1857）早在19世纪中叶的评价："克里姆林宫——不是人们通常认为的那样。它根本就不是聚集了帝国的历史宝藏的民族圣地，它不是堡垒，不是那些虔敬的、已安息的圣人和祖国保卫者的栖身之地。"[2]正如法国学者亨利·列斐伏尔（Henry Lefebvre, 1901—1991）所言，"空间是政治性的、意识形态性的"[3]。在俄罗斯文学的"莫斯科文本"中，克里姆林宫形象尤其表现为政治空间和意识形态空间，它进行意识形态生产，也构建空间政治。

（五）莫斯科地铁（Метрополитен Москвы）

严格地说，莫斯科地铁是以克里姆林宫为轴心向外辐射的环形蛛网状动态流动的地下城市空间，由不同的点位（即地铁站）将整个莫斯科的城市空间区位连接在一起。它是莫斯科城市交通客运的电气化系统，在20世纪30

---

[1] 吴冶平：《空间理论与文学的再现》，兰州：甘肃人民出版社，2008年，第120页。

[2] А. Де.Кюстин. Николаевская Россия.1839.// Хрестоматия по географии России.Образ страны: Русские столицы. Москва и Петербург. Авт.-сост. А.Н.Замятин, Д.Н.Замятин; общ. Ред. Д.Н.Замятин. М.;МИРОС, 1993. С.53-54.

[3] [法]亨利·列斐伏尔：《空间与政治》（第二版），李春译，上海：上海人民出版社，2015年，第37页。

年代，这是为数不多的、辉煌的"斯大林工程"之一。作为旨在向世界证明共产主义制度的优越性的一个雄心勃勃的项目，苏联投入了大量的人力和物力。尽管条件艰苦，但建设的进度很快。地铁的第一条线只用了 2 年时间即告完成。1934 年 10 月 15 日，从"共青团"站到"索科尔尼基"通过了由两节车厢组成的第一列地下火车。而 1935 年 5 月 15 日，拥有 13 个站点的地铁接纳了它的第一批乘客。到 1939 年，地铁已扩大到 22 个车站且日运载量超过 100 万人次。按照斯大林的指示，莫斯科地铁应该以自己的"红色帝国"风格与西方相区别。它代表了莫斯科的现代神话和科学技术乌托邦，使苏维埃人对自己的未来充满信心。比如，著名诗人 Б.Ш. 奥库扎瓦（Булат Шалвович Окуджава, 1924—1997）那首脍炙人口的《莫斯科地铁之歌》就表现了那个时代人们的自豪感：

……
在地铁里
我从来没有感到拥挤，
因为从童年起，
它就像一首歌。
"左侧通行、右侧站立"。[1]

诗人 М.А. 塔尔洛夫斯基（Марк Ариевич Тарловский, 1902—1952）在其《丈量莫斯科》（《Промерие Москвы》）的诗作里表现了当年莫斯科地铁建设的热火朝天的场面：

---

[1] *В.В. Воробьев, В.В. Дронов, Г.В. Хруслов*. Москва... Россия... Речь и Образы. Корректировочный курс по русскому языку и культуре.русский язык.курсы. Москва, 2002. С.89-90.

在莫斯科，潺潺流水的恰尔托里耶河岸

正在开凿水渠，

在莫斯科，涅格林斯卡娅河岸，

石头被碎成粘土方。

从清晨到夜晚，内脏被翻松

再夯进内腹。

首都，火山喷发似的

粉尘，遮盖了自己的

容颜！

……[1]

随着莫斯科的城市化进程的展开，莫斯科地铁渐渐失去了往日的光环，成为绑架都市人的现代牢笼。为了生存，人们疲于奔命，不得不循规蹈矩地在每天的日出之时降入地下，日落之后再由原路从地下升回地面，生命就在这上上下下、来来回回中无声地耗尽，就像流行音乐家和歌唱家 B.M. 休特金（Валерий Миладович Сюткин, 1958— ）在自己的作品《四十二分钟》（《42 минуты》）里所描绘的莫斯科人乘坐地铁上下班的情景：

一大早就下到地铁，

在那儿开始了我的一天，

脸对着脸、肩挨着肩

我要这样一连坐上九站。

---

[1] *Андрей Репин*. О "московском мифе" в 20–30-е годы XX века. https://xreferat.com/50/839-1-0-mockovskom-mife-v-20-30-e-gody-hh-veka.ht.

必须降到地下才能开始自己的行程。
一天两趟，年复一年

每天在地下待上四十二分钟
从那儿到这儿，从这儿到那儿，
这些在地下的四十二分钟啊
日复一日地构成了我的一年。[1]

莫斯科地铁的形象是多变的。正如《地下人，或当代英雄》的主人公彼得罗维奇所说的那样："这几十年莫斯科地面上建筑得多么恶心，而在地面下，在下面，把地铁，一站一站地，塑造得多么够味"，"许多人的灵魂向往着这里，向往着拱顶之下，躲开白昼的眼睛"。[2]同时，对于马卡宁的主人公来说，地铁空间也成为地下文化氛围的某种象征："产生于莫斯科和彼得堡的地下一族——也是一种文化遗产。意思是就其继承性来说，除了他们的文本，除了书，他们这些人本身，这些活人，也是一种遗产。"[3]

作为特定的城市空间区位，莫斯科地铁的结构与符号学意义，在于它的连接性、枢纽性。它是迎来送往之地，期待着下一个目的地；它是"遇见"之地，是生活中的"偶然机遇"发生频率较高的地方。莫斯科地铁图的环形结构，暗示着周而复始、无始无终的迷宫路径。在特定语境中，作为一个"地下宫殿"，所有地面上消失了的、最优秀的文化遗产（精神的和物质的）都在此凝聚和保存。

---

1 *В.В. Воробьев, В.В. Дронов, Г.В. Хруслов.* Москва... Россия... Речь и Образы. Корректировочный курс по русскому языку и культуре.русский язык.курсы. Москва, 2002. C.89.

2 ［俄］马卡宁：《地下人，或当代英雄》，田大畏译，北京：外国文学出版社，2002年，第370页。

3 同上书，第253页。

三、莫斯科时空的特点

（一）莫斯科的女性气质

莫斯科的女性气质一直被提及。在《一八三六年彼得堡笔记》中，Н.В.果戈理形象地指出，莫斯科是一位"不爱出门的老大娘"，是"未婚妻的宝藏"，"莫斯科是女性"阴柔的，"彼得堡是男性"阳刚的。然而，这样的莫斯科身上也有一个缺点，即它是混乱的、邋遢的、懒惰的，不像积极的、充满活力的"花花公子——彼得堡"。总之，在果戈理那里，出现了一个"离奇的"矛盾组合：不同于自古形成的本民族城市莫斯科，具有欧洲气质的彼得堡体现了俄罗斯的男性彪悍，而莫斯科则体现了俄罗斯的"老大娘"般的懒惰。[1]

在古老的莫斯科神话的形成中，那些在18、19世纪创建的莫斯科文本的前文本部分，比如，Н.М.卡拉姆津（Николай Михайлович Карамзин, 1766—1826）、А.С.格里鲍耶多夫、А.С.普希金、Л.Н.托尔斯泰等作家的相关作品，可以被视为重要的里程碑式的文本，它们构成了联结莫斯科文本的基本思想场域。在这片场域里，莫斯科是作为古老的、不同于彼得堡的、自然生长的城市，体现了自然和谐的生活节奏，这种节奏又与莫斯科人的慵懒乐观的性格相协调，与城市建筑风格一道共同营造了一种舒适、友善、好客的家常氛围。在莫斯科形象里，被强调的是占主导地位的"女性"特征，它与彼得堡的"男性"性格相对立。

研究者Т.А.阿尔巴托娃（Татьяна Александровна Алпатова, 1969— ）认为，Н.М.卡拉姆津是在俄罗斯文学和18世纪的俄罗斯文化中首创"莫斯科传奇"的人物之一，他对于莫斯科独具创见的艺术思考，完全体现在他的创作当中。在卡拉姆津的小说中，"莫斯科文本是作为完整的多层级和多功

---

[1] [俄]果戈理：《果戈理全集7·文论》，周启超主编，彭克巽译，合肥：安徽文艺出版社，1999年，第204页。

能的系统"并初步形成了莫斯科神话的基本思想要素。在他那里,莫斯科作为完整的有机体,"具有鲜活的女性本质"。[1]

有关在莫斯科形象里有着女性源头的概念,关于它的生活贴近自然、有着从容不迫的节奏的概念,可以在 А.С. 格里鲍耶多夫、А.С. 普希金、Л.Н. 托尔斯泰的作品中找到相关的叙述。然而,对于莫斯科的这些品性的评价却是各有不同的。比如,在格里鲍耶多夫的喜剧《聪明误》(《Горе от ума》,1824)中,"女性"元素在莫斯科形象上被认为是一种反对进步、消灭英雄源头的惰性力量。而莫斯科所特有的生活节奏对于主人公而言,则代表着因循守旧、落后的外省势力。

在《叶甫盖尼·奥涅金》(《Евгение Онегин》,1833)中,相对于豪华气派、充满活力的彼得堡,虽然普希金把莫斯科描绘成一座积淀了几个世纪的历史的生活节奏缓慢、无聊乏味、"大墓地"般死气沉沉的城市,但还是借主人公之口发自肺腑地喊出:"在我漂泊的命运里,/ 莫斯科,我想念你!"[2]的呼声,这句话将莫斯科城市的温暖色调和令人依恋的家常氛围一并烘托了出来。

Л.Н. 托尔斯泰在《战争与和平》(《Война и Мир》,1863)中,不仅以四大贵族家族和普通百姓的日常生活证明了莫斯科就是凝聚家族亲情的核心,同时还创建了一个有关莫斯科富有女性源头的概念。"每个俄国人看到莫斯科,便觉得莫斯科是母亲;每个外国人看到莫斯科,即使不明白莫斯科有母亲城市的意义,一定也会感受到这个城市的女性氛围。"[3] 在小说中拿破仑在俯首山上时,他也感受到了这种女性的气氛:"这个亚细亚的城市,有

---

[1] Алпатова Т.А.《Московский текст》и пути формирования образа повествования в прозе Н.М.Карамзина// Москва и "московский текст" в русской литературе и фольклоре. М.: МГПУ, 2004. С.19-24.

[2] Пушкин А.С. Собр.соч.: В 10 т. М.: Правда, 1981. Т. Ⅳ. С.132.

[3] [俄]列夫·托尔斯泰:《战争与和平》(第三卷),高植译,上海:上海译文出版社,1981年,第1234页。

无数的教堂的圣城莫斯科！这个有名的城市，终于看到它了！"[1]在这里莫斯科被赋予了东方美人的形象，野蛮的征服者想拥有这个美人。

А.П.普拉东诺夫在其长篇小说《幸福的莫斯科娃》(《Счастливая Москва》，1933—1936)中给予其女主人公的姓名——莫斯科娃·切斯特诺娃(Москва Честнова)以符号学意味。他采用双重象征的手法，给予城市以女性特征，给予人物以城市的特征。美丽的莫斯科娃，具有"庞大"并"充满力量"的身躯和旺盛的精力。在这里，这位洋溢着青春活力的年轻姑娘不仅使人联想到莫斯科，还联想到俄罗斯——这个在世界范围内第一个取得了无产阶级胜利的国家。

莫斯科的女性气质也使文学的莫斯科文本"织体"具有"女性逻辑"。学者И.С.维谢洛娃(Инна Сергеевна Веселова, 1971—)认为，"莫斯科文本"具有对话性、亲密性、激情性和自我打断性，也就是说，具有女性话语的性质。它作为莫斯科城市的精神载体，显现出属于"女性逻辑"的基础和本质。这也是莫斯科"混乱无序"的主要原因之一。[2]

（二）莫斯科的迷宫性

除了"魔鬼迷惑"主题使莫斯科时空显现出其迷宫特征之外，莫斯科的"混乱无序"也是造成莫斯科时空的迷宫性的主要原因之一。С.Д.科尔日热诺夫斯基(Сигизмунд Доминикович Кржижановский, 1887—1950)曾在其中篇小说《邮戳：莫斯科》(《Штемпель: Москва》, 1925)里给莫斯科下了个定义，即"莫斯科——这是一个垃圾场"。[3] 这个定义包含着两个层面上的评价：其一，指代莫斯科的城市规划、城市建筑以及建筑风格上的混乱；

---

[1] [俄]列夫·托尔斯泰：《战争与和平》(第三卷)，高植译，上海：上海译文出版社，1981年，第1235页。

[2] *Веселова И.С.* "Логика московской путаницы (на материале москрвской 'Несказочной' прозы конца XVIII—начала XX века)" // Москва и "Московский текст в русской культуре". М., 1998. С.98-116.

[3] *Кржижановский С.Д.* Штемпель: Москва// *Кржижановский С.Д.* Воспоминания о будущем: Избранное из неизданного. М., 1989. С.272.

其二，隐喻莫斯科城市人际交往的状态。相对于彼得堡的秩序和理性，莫斯科似乎是杂乱无章的，像一个迷宫。它体现了莫斯科的亚洲性，是它与彼得堡的欧洲性之间的差别。И.С. 维谢洛娃在对于莫斯科城市民间文学的研究中，特别提到了这些民间文学首先揭示了莫斯科的"混乱"主题，主人公们往往在数不清的莫斯科的街巷里迷路，迷路之后通过祈祷又找到正途。其一方面表现出一种宗教意蕴，另一个方面表现了个体在莫斯科所遭遇的体验，以此对抗秩序和算计。[1]

这种与彼得堡的秩序与理性相对立的倾向，早在19世纪的俄罗斯文学中就可以找到大量的佐证，比如，А.Ф. 维尔特曼（Александр Фомич Вельтман, 1800—1870）的长篇小说《从海上日常生活中汲取的离奇故事》（《Приключения, почерпнутые из моря житейского》, 1848）第七章的开篇就以一位首次拜访旧首都的彼得堡人的角度描绘了莫斯科，他把克里姆林宫想象成"哥特式建筑，由锯齿形城墙和塔楼所包围，看起来像一个中世纪的骑士城堡"[2]。在维尔特曼看来，莫斯科是不同时空的交汇点，在那里平静的乡村生活距离喧闹的城市中心只一步之遥。在那样的莫斯科里，人们很容易迷失。恰如小说中的主人公之一普罗霍尔·瓦西里耶维奇·扎霍鲁斯基耶夫所体验的那样："莫斯科就像一个森林：林妖在一个地方使他迷路。"[3] 维尔特曼的"魔鬼迷惑"主题在20世纪的 А.В. 恰亚诺夫的一系列"莫斯科霍夫曼式题材"小说中进一步得以发展，它的情节和主题，似乎已暗示了莫斯科的无序、无计划性、迷宫般的性质。相应地，在 Е.З. 巴兰诺夫和 В.А. 基里亚罗夫斯基等人的作品中，那些与列福尔托沃的巫师勃留斯相关的情节都显现出令人迷幻的"迷宫"状态。而在 А. 别雷的长篇系列小说《莫斯科》

1　*Веселова И.С.* "Логика московской путаницы (на материале москврской 'Несказочной' прозы конца XVIII—начала XX века") // Москва и "Московский текст в русской культуре". М., 1998., С.105.

2　*Вельтман А.Ф.* Приключения, почерпнутые из моря житейского // М. ГИХЛ (Гослитиздат). 1957. С.263-264.

3　Там же. С.336.

(1926—1932)中，莫斯科则是由复杂的蜘蛛网状的小巷和"弯曲"构成的世界，它的任何一条直线，都向着弧形、断裂、转弯、角落和"弯曲"努力，显现出莫斯科的迷宫特征。在 B.C. 马卡宁的《地下人，或当代英雄》（1998）中，无论是"迷宫"般的"环形"筒子楼还是纵横交叉的精神病院的走廊都与"莫斯科的混乱逻辑"相应和。研究者 И.С. 维谢洛娃指出，莫斯科"空间的混乱在于方向不明，而社会的混乱则是由于个体与亚文化和礼仪界限模糊不清，而口头上的混乱则是由于判读文本的密码不可传达"[1]。

莫斯科即是一座"迷宫"和主人公沿着城市的街道游荡，成为 20 世纪俄罗斯文学莫斯科文本的常见主题。这一特点在布尔加科夫的创作中表现得尤为突出。布氏的小说情节尽管是虚构的，但是它们却植根于苏联当时的现实生活，具有深刻的哲理隐喻意义。

（三）莫斯科的三种样貌

Н.Е. 梅德尼斯认为，早在 20 世纪之初，莫斯科的三个文学样貌就完全被确定下来：即神圣的莫斯科、恶魔的莫斯科、节日的莫斯科[2]。神圣的莫斯科往往与莫斯科的宗教地形学相关联；而节日的莫斯科既与莫斯科的宗教地形学相关联又说明着这种关联所产生的节日氛围；恶魔的莫斯科完全是与第一个和第二个截然对立的莫斯科样貌，它以"敌基督"和诡异的神秘气氛揭示着莫斯科的另一面。自古以来，莫斯科作为东正教的守护者和普世的虔诚之地，与截然相反的恶魔的莫斯科、魔法师和巫师之城并不矛盾。在 Е.З. 巴兰诺夫和 В.А. 基里亚罗夫斯基小说中那种被恶魔诱惑的"迷宫情节"占有核心地位。这种类型不仅是指住在列福尔托沃的巫师勃留斯，抑或是他的同谋们，还是指更意味深长的"主人公"——列福尔托沃本身。白天，它"沉默无语"，不同居民们交谈；夜里，那些可怕的"往事"便自我言说起来。

---

[1] *Веселова И.С.* "Логика москвоской путаницы (на материале москврской 'Несказочной' прозы конца XVIII—начала XX века") // Москва и "Московский текст в русской культуре". М., 1998., С.115.

[2] *Меднис Н. Е.* Проблемы Московского текста / *Н. Е. Меднис.* -Режим доступа : http:// rassvet.websib.ru.

有关节日的莫斯科，我们可以在 И.С. 什梅廖夫的《禧年》(«Лето Господне», 1948) 里找到恰切的例证。首先，作品标题中的"夏天"一词意蕴丰富。它既表示一个季节，也有年的意味。它是上帝的馈赠，因此主人公的精神生活和肉体生命就包含在其中。沿着这个思路，作品中各个章节的标题也就容易理解：在"第一章 节日"里，按照时间顺序分别列数了"大斋节""大斋周一""报喜节""复活节""开斋节""圣母节""圣灵降临节""苹果节""圣诞节""圣诞节节期""主显节""谢肉节"等东正教节日；在"第二章 喜庆的节日"里，分别列数了"破冰节""彼得节前斋戒期""宗教游行""圣母枒朦日""命名日""大斋节的第四个礼拜""复活节前的礼拜日""纪念死者的节日"等东正教节庆期间的活动；"第三章 悲悼"依然以东正教圣礼仪式叙述主人公曾祖母去世的过程，包括："圣喜""活水""痛苦的日子""孩子们的祝福""涂圣油""永逝""葬礼"等[1]。很显然，这里似乎有"两个太阳"在运行：一个照耀着四季轮回的客观物质世界，另一个则温暖着基督徒的灵魂世界。而"禧年"正是由这些上帝所赠与的或欢乐、或忧伤的节日组成。什梅廖夫向我们展示了这两个太阳的运行机制是如何转化为俄罗斯的民间生活、俄罗斯民族又是如何以自己辛勤劳作和虔诚祈祷建构了俄罗斯灵魂的。

因此，神圣的莫斯科，就是神圣罗斯的符号学代表。通常，在一个统一的文学语境中，神圣罗斯的样貌与恶魔罗斯的样貌，既相互独立又相互关联。在一部具体的作品中，总会有一种样貌占据优势，它或者对莫斯科的第一种样貌具有排他性，或者对莫斯科的第二种样貌具有排他性。在节日的莫斯科的样貌里，其实集成了前两个城市样貌，反射出一种双重的、"狂欢化"的与民间节日文化传统相协调的城市形象。

---

[1] См. *Шмелев И.С.* Лето Господне. Деская литература; Москва; 2009.

四、结语

考虑到莫斯科在俄罗斯历史和文化中的特殊意义和标志性，必须承认，有很多这样或那样与莫斯科相关联的文学文本，在很大层面上尚没有达到内在的高度统一，以至于可以毫无保留地将话题带入俄罗斯文学的"莫斯科文本"之中。我们认为，作为一个开放的符号系统，俄罗斯文学"莫斯科文本"在其"前文本"的基础上，正在不断夯实、完善这一文本的符号学代码，逐渐形成了虽然结构松散却也自成一格并与"彼得堡文本"互为存在、相互协调、对位潜移的文本机制。俄罗斯文学"莫斯科文本"的代码系统涵盖着俄罗斯思想有关"莫斯科问题"的所有话语单元，各个符号学参量的不同组合，既构成这一文本的再生机制，也成为这一文本的解码锁钥。

第三章
俄罗斯作家笔下的"彼得堡书写"概览[1]

第一节 普希金笔下的彼得堡城市空间[2]

城市,作为抚育文化的摇篮,其性质与特点必然会对文学与文化的形成与发展造成影响。在文学中,"城市形象既是一种客体存在的意义,又是人们的主体感受,是一种主客体结合的结果"[3]。因此,城市不仅仅是一个故事的发生地、一段情节所依托的背景,城市更承载着作家个人的现代性体验,成为作家的心理镜像。А.С.普希金在彼得堡度过了他短暂人生中最重要的时期,从十二岁被带到皇村中学读书直至三十八岁在彼得堡郊区的树林中决斗逝世,其间虽然经历了无数的曲折动荡,但他仍真挚、热忱地爱着这座城市,这里的一草一木皆成为激发他创作的灵感来源,并且在他的审美感知下构成了一个独具特色的普希金的彼得堡。普希金笔下的彼得堡城市空间——皇村、涅瓦大街、涅瓦河、瓦西里岛,分别以俄国现代化的"异托邦"、魔术般的"自由空间"、隐喻性的"中介"和"离心"之地的空间隐喻与彼得

---

1 对于俄罗斯作家笔下的"彼得堡书写"研究,本著共涉猎 А.С.普希金、Н.В.果戈理、Ф.М.陀思妥耶夫斯基、И.А.冈察洛夫、А.别雷、К.К.瓦基诺夫、М.И.维列尔、А.比托夫、А.Н.瓦尔拉莫夫等作家的创作。限于篇幅,本章仅选取对其中几位作家的"彼得堡书写"的某个层面研究作为例证。

2 本节已作为阶段性成果发表,内容有删减。

3 成朝晖:《人间·空间·时间——城市形象系统设计研究》,杭州:中国美术学院出版社,2011年,第16页。

堡的"浪漫之城""影子之城""罪恶之都"[1]的城市意象一道，共同构筑了彼得堡光耀与幽暗的双重本质。彼得堡全面记录了普希金对俄国现代性体验由文艺复兴式的豪迈信念到现代主义式的悲观质疑，这座城市成为作家的心理镜像。

一、皇村——俄国现代化的"异托邦"

皇村，坐落在彼得堡南郊，最初是彼得一世为妻子叶卡捷琳娜一世所建，后成为历代沙皇夏季休闲度假之地。金碧辉煌、和谐规整的宫殿群完全按照彼得大帝的西化意志修建，具有明显的巴洛克风格和欧洲古典主义风格。皇村优美的自然环境堪称彼得堡一绝："山谷和树林安静睡在一片寂静中，远方的森林披着白雾；隐约听见有小溪流进林中的浓荫，隐约闻到睡在叶片上的微风在呼吸，静静的月儿，像一只庄严的天鹅，在银色的云朵中游弋。"[2]这就是普希金为我们描绘的皇村的自然美景。在空间类型上，皇村属于"理想空间"，即"它的领域属性突出，内外分割性和内向型发达"。[3]在普希金时代，皇村作为彼得堡的城中之城，在空间的隐喻上是既封闭又开放的双重所在。所谓封闭，是指它是特定的权力空间，皇族贵戚聚集于此，是皇权福祉的光耀地带，平民百姓无权进入这一区域。所谓开放，则指它是沙皇俄国对于西方现代化"想象"的现实模板，一方面，源自18世纪的西方启蒙思想已在此落地生根，另一方面，经历了1812年的反法战争的洗礼，高涨的帝国士气正借此向外辐射。

《皇村回忆》(《Воспоминания в Царском Селе》，1814）是普希金的成名作，他在诗中尽情地称赞了皇村优美的自然景色和宏伟庄严的建筑，称这

---

[1] 傅星寰、车威娜：《俄罗斯文学"彼得堡——莫斯科"题材及诗学范式刍议》，载于《辽宁师范大学学报（社科版）》，2010年第4期，第65—66页。

[2] [俄]普希金：《普希金全集》，第一卷：抒情诗卷 I，刘文飞主编，刘文飞译，石家庄：河北教育出版社，1999年，第3页。

[3] 朱文一：《空间·符号·城市——一种城市设计理论》，北京：中国建筑工业出版社，2010年，第45页。

里就是"俄国的密涅瓦神庙","人间诸神就在此度着平静的时光"。[1]他又缅怀了"俄国之鹰"战胜了"瑞典雄狮"的光辉历史,歌颂了叶卡捷琳娜二世的赫赫战功,在这位"伟大妻子的权杖"之下,"幸福的俄罗斯戴上了荣耀,在一片祥和中蒸蒸日上"。[2]不仅如此,他还讴歌了俄国历史上的三位名将,他们是"俄罗斯荣光的见证人"——奥尔洛夫、鲁缅采夫和苏沃罗夫,在他们的带领下,俄国人民奋起反抗拿破仑入侵,"每个战士都成了勇士,他们发誓要么取胜,要么横卧沙场"。[3]在这首彼得堡的颂诗中,普希金将歌颂俄罗斯的军事胜利和描写皇村优美的自然景色联系在一起,笔墨中无刻不显露出他对于皇村、对于彼得堡、对于俄国、对于沙皇帝国的信念和骄傲,这里洋溢的是一个俄罗斯人强烈的爱国主义感情。"我亲爱的祖国,荣誉归于你!哦,俄罗斯的巨人,从战争的阴霾中／你们锻炼成长,你们必然永生!哦,卡萨林大地的友人和亲信,世世代代将把你们传颂。"[4]尽管皇村在普希金的这首诗里只作为1812年发生在莫斯科的反法战争的"回忆"的起点,然而,作为俄罗斯的首都,俄国政治权力和凝聚民心的制高点,那一时期的皇村形象代表了彼得堡的光耀,它寄托着少年时代的普希金对于俄国现代化未来的文艺复兴式的乐观信念,它也是宗法制俄罗斯大地上现代化的"异托邦"[5],成为19世纪初期激发俄罗斯民族自豪感和爱国主义热情的源泉。

二、涅瓦大街——魔幻的"自由空间"

始建于1710年的涅瓦大街,是根据涅瓦河来命名的,是彼得堡最繁华的街道。涅瓦大街的道路两旁有气派非凡的建筑、鳞次栉比的商店,它为满

---

[1] [俄]普希金:《普希金全集》,第一卷:抒情诗卷Ⅰ,刘文飞主编,刘文飞译,石家庄:河北教育出版社,1999年,第4页。

[2] 同上。

[3] 同上书,第7页。

[4] [俄]普希金:《普希金全集1·抒情诗》,沈念驹、吴迪主编,查良铮、谷羽等译,杭州:浙江文艺出版社,2012年,第89页。

[5] 吴冶平:《空间理论与文学的再现》,兰州:甘肃人民出版社,2008年,第118页。

足彼得堡居民的衣食住行、吃喝玩乐提供了便利。涅瓦大街也是专制的俄国社会中实属罕见的一个不受官方管制的"自由空间",汇集了来自五湖四海的各色人等,它的巨大的包容性可用果戈理的一句话来概括:"绝没有比涅瓦大街更好的地方了,至少在彼得堡是这样;对它来说,涅瓦大街囊括了一切。"[1] 涅瓦大街就像一个大舞台,社会各阶层人士都云集在这个大舞台上,用尽浑身解数为别人表演,同时也反过来观看别人的表演。

依据凯文·林奇(Kevin Lynch,1918—)的城市意象学理论,涅瓦大街属于城市意象中的道路要素,它的路径属性非常突出,即指向性和连续性非常鲜明。北起海军部大厦,南至亚历山大·涅夫斯基修道院,绵延四公里,充分体现了彼得大帝的"远景大道"思想。它的领域属性是显现的,是彼得堡城中占绝对主导地位的城市空间。同时,在显现的领域空间内,又隐含着多重被遮蔽的空间和"转角"。在《青铜骑士》(《Мёдный всадник》,1833)中,普希金首先歌颂了涅瓦大街的伟大和繁华,描绘了涅瓦大街迷人的白夜景象,之后笔锋一转又将涅瓦大街称为"空旷、冷漠的大街",冷眼目睹着生活在彼得堡社会底层的人们的生活。这首长诗是以1824年的彼得堡大洪水为背景,描写了生活在彼得堡的小人物叶甫盖尼在这场灾难中失去一切,最后发疯惨死在瓦西里岛的悲惨故事。在这部作品中,涅瓦大街充分体现了它作为一个不受官方管制的"自由空间"的包容性,无论是什么阶层的人物都可以在这里获得短暂的自由。洪水爆发后,涅瓦大街不仅云集了上至王公贵族下到贫苦百姓的各阶层人士,还成为一切被洪水冲毁的房屋瓦砾、家什破烂的收容之地。然而,就在洪水爆发后的第二天,沙皇政府就运用特殊手段掩盖了这场灾难的惨景,变戏法儿似的恢复了涅瓦大街以往的样貌和秩序。商贩们拉开架势做好了从他人的腰包中弥补回自己的经济损失的

---

[1] [俄]果戈理:《果戈理全集3·彼得堡故事及其他》,周启超主编,刘开华译,合肥:安徽文艺出版社,1999年,第1页。

准备，看客和被看者又重新徜徉在这条曾被洗劫的彼得堡大街上。涅瓦大街热闹依然，昨天的灾难仿佛从来没有发生过……在这里，涅瓦大街已经被作者赋予了人格化的特质，成为一个对人间悲剧无动于衷的旁观者，它为读者展现了彼得堡光鲜亮丽的文明外表下所掩盖的冷漠而幽暗的本质。

涅瓦大街作为一个魔幻的"自由空间"，不仅表现为空间层面的巨大包容性，更体现在百态人生的虚幻性。在《叶甫盖尼·奥涅金》(《Евгений Онегин》，1830)中，透过奥涅金的视角，涅瓦大街作为彼得堡的腹地呈现出了它的虚幻特质。晨光熹微时，涅瓦大街随着人们的醒来逐渐变得熙熙攘攘，这时候的奥涅金也迎来了他一天中最轻松的睡眠时间；暮色苍茫时，城市喧嚣渐止、人影渐稀，而涅瓦大街却华灯齐放、人影绰约。同时，奥涅金又开始忙碌起来，梳妆打扮完毕就乘坐着马车疾驰如飞地奔向舞会会场。这个时候的涅瓦大街"四周街灯熠熠闪亮，华丽的楼宇火柱辉煌，人影在宽大的窗上晃动，人头的侧影不时现出，都是贵妇和时髦的怪物"[1]。夜晚的涅瓦大街上的奢华、神秘、浪漫的氛围与白天的忙碌景象交相辉映，让人甚至难以分辨夜与昼之间的界限，构成了一个魔幻般的彼得堡。正是彼得堡的这种魔幻性，导致了奥涅金一方面因这虚幻的生活而倍感痛苦，另一方面，又无力变虚为实地把握生活，最终成了想改变社会而又无力为之的"多余人"。这类"多余人"虽然接受了西方的启蒙思想，但又缺乏深厚的民族根基。他们囿于自己的贵族教养，游离于民众之外，即便对于彼得堡的现实有所省察也无所作为，成为游荡在城市光影之间的幽灵。普希金根据自己在彼得堡的城市体验，以那些生长于斯却希望逃离的贵族知识分子为原型塑造的奥涅金形象，充分地表达了作家对彼得改革后一代贵族知识分子的困境和局限的思考。

---

[1] [俄]普希金:《普希金全集》，第五卷：长诗卷，刘文飞主编，李政文译，石家庄：河北教育出版社，1999年，第21页。

马歇尔·伯曼（Marshall Berman, 1940—）在《一切坚固的东西都烟消云散了——现代性体验》中称，彼得堡人热爱涅瓦大街，乐此不疲地赋予它以各种各样的神话，"因为在一个欠发达国家的心腹地带，它为他们敞开了现代世界的所有令人炫目的祈愿的前景"。[1]《黑桃皇后》(《Пиговая дама》, 1833) 中的戈尔曼正是在涅瓦大街上追逐各种令人炫目前景的"狂想者"。这位"金钱骑士"隐藏了自己"靡菲斯特式的灵魂"，"为了获得分外的钱财而必须多拿点钱去作牺牲"，在涅瓦大街上开始了自己的"冒险之旅"。在戈尔曼的世界中，金钱就是上帝，伯爵夫人的三张牌甚至让他产生了幻觉："三点，七点，爱司——它们追随着他直到梦里，并幻化为各种可能的形象。三点在他面前开出了一朵怒放的石榴花，七点像一个哥特式的大门，爱司则是一个巨大的蜘蛛。"[2] 纵使机关算尽，戈尔曼最终还是因为出错牌而输了赌局，最终发疯。"黑桃皇后"以它那诡异的笑容替惨死的伯爵夫人清算了戈尔曼的罪恶。在戈尔曼的悲剧里，涅瓦大街既是主人公活动的空间场所，这一场所同时又反过来塑造了他的人格。从城与人的关系来看，正是涅瓦大街的纸醉金迷刺激了戈尔曼的金钱欲望。

普希金笔下的涅瓦大街集繁荣与腐化、光明与黑暗于一身，无论是噤若寒蝉的"小人物"，还是生不逢时的"多余人"，抑或是觊觎金钱的"狂想者"，他们内心的压抑与绝望、混乱与彷徨，都与涅瓦大街的迷幻而幽暗的气氛相吻合，他们紊乱的思想和贪婪的欲望充斥着这条表面光鲜、内里腐烂的彼得堡大街，成为彼得堡人和彼得堡的现代生活的具象。

---

[1] [美]马歇尔·伯曼:《一切坚固的东西都烟消云散了——现代性体验》，徐大建、张辑译，北京: 商务印书馆，2003年，第253页。
[2] [俄]普希金:《普希金全集》，第六卷: 小说、散文卷，刘文飞主编，刘文飞译，石家庄: 河北教育出版社，1999年，第289页。

三、涅瓦河——隐喻性的中介

涅瓦河源于拉多加湖，然后汇入芬兰湾。如果说伏尔加河是俄罗斯的母亲河，那么涅瓦河就是彼得堡的母亲河，它是滋养彼得堡繁荣发展的血脉。彼得堡是以涅瓦河为中心，由众多水道交织着的岛屿组合成的迷宫式城市。涅瓦河就像一条绵延不绝的丝带缠绕在城市的腰间，为彼得堡注入了无限的浪漫与激情，也为彼得堡赢得了"北方威尼斯"的美名。

按照凯文·林奇的理论，河流属于城市意象中的"边界"要素。"边界通常是两个地区的边界，它不但有分隔作用，也有连接作用。"[1] 作为彼得堡城区的过渡地带，一方面，涅瓦河分隔着瓦西里岛、维堡和兔子岛，成为彼得堡社会各阶层之间一道难以跨越的屏障；另一方面，它又使几个并置的空间场域相互参照、隔水毗邻。在《青铜骑士》中，涅瓦河洪水摧毁了整个彼得堡。"彼得堡漂浮着，像特里同一样，齐腰浸没在大水里面"[2]，而"皇宫成了一个凄凉的岛国"[3]，与平民区域的距离愈来愈大，让本就遥不可及的贵族区域显得更加神圣不可侵犯。洪水过后，平民小心翼翼地打理着狼藉的街道，而官员贵族像丝毫未受洪水影响般地继续着以往的生活。在这里，两个阶层之间不可弥合的差距借大洪水的洗劫被表现得淋漓尽致。

涅瓦河作为涅瓦河两岸彼得堡各个城区的中介，似乎将人类的理性与大自然的非理性的潜流混沌地裹挟在其中，隐喻地突显了彼得堡的现代文明与大自然的冲突。涅瓦河就像一个拥有双重人格的人，时而优雅，时而暴躁。心情好的时候，它会呈现出清澈明亮、波平如镜的状态，像淑女一样端庄优雅，这个时候的涅瓦河似乎在臣服于统治阶级的意志，为彼得堡人的生活提供便利。一旦风暴来临，涅瓦河就会变成另外一个样子，呈现出野兽般的狂

---

1 [美]凯文·林奇：《城市意象》，方益萍、何晓军译，北京：华夏出版社，2007年，第47页。

2 [俄]普希金：《普希金全集》，第四卷：长诗·童话诗卷，刘文飞主编，郑体武、冯春译，石家庄：河北教育出版社，1999年，第435页。

3 同上书，第436页。

躁、惊涛拍岸、巨浪翻滚,这个时候的涅瓦河就成了大自然意志的代表,它用自己的行动表达着对人类违背大自然规律的愤怒。它咆哮着漫过河堤,进而吞没整个彼得堡,在将城市洗劫一空之后,又把裹挟的一切肆意地抛洒在涅瓦河两岸……

在《青铜骑士》中,涅瓦河在风平浪静的日子里是彼得堡居民交通与生活的重要媒介,许多重要的贸易活动都要通过涅瓦河进行。然而,一旦洪水爆发,隐藏在彼得堡和谐、光鲜外表下的阴暗与混乱便随之突显出来。官僚贵族们在洪水消退后依旧带着惯有的冷漠神情到机关上班,好似这场灾难从未发生过,更没有对他们的生活造成任何影响,而"小人物"叶甫盖尼,在洪水中丢掉了工作甚至失去了爱人,最终疯癫而死在鲜有人烟的孤岛上。叶甫盖尼的疯癫在隐喻上暗示了彼得堡幽暗的魔鬼特质:彼得堡人靠涅瓦河水滋养又被涅瓦河水所毁灭。在叶甫盖尼的悲剧里同时并置了有关"彼得堡诞生于水中"又必将"倒在水的混沌之中"的城市神话。

四、瓦西里岛——"离心"之地

瓦西里岛始建于1717年,它是根据彼得大帝的"海岛"思想,在涅瓦河三角洲最先建造的城区。然而,岛上的建设在18世纪极端不平衡,唯有"箭矢"综合建筑群在设计上保留了彼得大帝建城伊始意欲将它作为城市中心区的初衷。由于害怕从城市隔离出去,彼得堡的市民不愿意搬到这片野生的沼泽森林里居住。整个18世纪,瓦西里岛仅靠涅瓦河上的以撒桥维持着与外界的联系。这是相对于涅瓦大街那样的"城市中心"的"城市边缘",这里聚集了大批小官吏和城市手工艺匠人。从空间形态上,这是一座"孤岛",路径受阻,与"中心"相互隔绝,是封闭而孤立的存在。如果说,从城市符号学层面,彼得堡是一座"离心城市",那么,瓦西里岛就是"离心城市"中的"离心之地"。

在普希金的笔下，瓦西里岛被描绘成神秘又诡异的所在。

首先，自然环境偏僻荒凉。"那里只有一两栋孤独的小房子和几株小树。长满了高大的荨麻和苍耳的壕沟，把小岛的最高处与土墙分隔开来。这些土墙是用来阻止和提防河水泛滥的。再往前是一片沼泽一样泥泞的草地，构成了靠近岸边的海滨。就是在夏天，这些地方也是凄凉和空荡的。更不用说冬天，当这些草地、大海和松林遮挡住了彼得岛的对岸时，一切都淹没在灰色的雪堆中，就像掩埋进坟墓里一样。"[1]这里的"荨麻""壕沟""坟墓"等意象构成并渲染了瓦西里耶夫岛荒僻、死寂的氛围。

其次，作为一处偏僻荒凉的所在，瓦西里岛常与神秘怪诞的事件相关联。普希金的《瓦西里岛上的寂静小屋》(《Уединённый домик на Васильевском》，1829）情节神秘、诡异，甚至带有一丝恐怖色彩，它讲述了一个善与恶交锋，善最终败下阵来的故事，揭示出金钱对于俄国社会的冲击以及人性的戕害。这部小说成为后来的果戈理和陀思妥耶夫斯基等人的"彼得堡文本"中怪诞情节的源头。小说的主旨可以从末尾句"当人们谁也没有去勾引魔鬼的时候，魔鬼哪有兴致干涉人间的事情"[2]中挖掘提炼。在这场善恶斗争中，瓦尔福洛梅是故事中的魔鬼，是"恶"的化身，他"有着一张能让人产生好感的脸，但是这张脸并没有像镜子一样反映出他的灵魂，而像面具一样掩盖住了他的行为"[3]。维拉在这部小说中则代表着"善"，她像天使一样纯洁无瑕，但最终被魔鬼毁灭。巴维尔是被魔鬼诱惑的堕落者，与瓦尔福洛梅一道，成为以"恶"毁灭"善"的罪魁祸首。巴维尔在善恶的十字路口徘徊时产生了混乱、疯狂的情绪，这是与瓦西里岛神秘、诡异的气氛相契合的。虽然在小说中"恶"打败了"善"，并以摧毁"善"的小房子告

---

1 [俄] 普希金：《普希金全集 5·中短篇小说·游记》，沈念驹、吴迪主编，力冈、亢甫等译，杭州：浙江文艺出版社，2012年，第431页。

2 同上书，第456页。

3 同上书，第436页。

终，但深谙"善""恶"之分的巴维尔在疯癫时依然在"嘴里念叨着维拉，念叨着瓦西里岛"[1]，并且最后选择了与瓦西里岛的生存环境类似的遥远世袭领地作为栖身之处，这意味着体验过"恶"的巴维尔，依然在内心深处怀有对"善"的诉求。"离心"的瓦西里岛虽然偏僻幽暗，但那里曾经有人性的光芒作为温暖穷人的"小屋"。

在《青铜骑士》中，涅瓦河周期性泛滥的规律，使瓦西里岛上的巴拉莎一家在洪水中丧生、"小人物"叶甫盖尼组建家庭的基本愿望不能实现，他因此而发了狂，毫无方向地四处游荡。他穿的是褴褛衣衫，吃的是残羹剩饭，即使挨了鞭子仍是懵懂无知、心不在焉，他"过着非人非兽的日子，既不像生在世上的活人，也不像阴间的幽灵"。[2] 当他偶然撞见那尊威严的青铜骑士雕像，混乱的思绪一下子变得清晰起来，他恍然醒悟到造成这一切悲剧的根源就在于彼得大帝企图征服自然的疯狂行为，他像普罗米修斯一样从灵魂中迸发出反叛强权者的呐喊。然而，这可怜的"小人物"突然感觉："他面前的这位威严的沙皇刹那间爆发出可怕的怒气，正转过脸来对他怒喝……"[3] 叶甫盖尼魂飞魄散，似乎感到无论他走到哪里，"总会听到那个铜骑士在背后追赶，蹄声是那么响亮"。[4] 于是，他逃也似的离开了彼得堡，疯癫地回到了瓦西里岛……因为那里远离彼得堡的政治中心，是官方的权力意志和福祉恩泽难以抵达或不愿意抵达的区域。在这部作品中，叶甫盖尼的疯癫与巴维尔的疯癫可谓是殊途同归，这"疯癫"暗合着瓦西里岛神秘、诡异的气氛，披露了彼得堡的幽暗本质。普希金洞悉了在彼得堡那和谐、理性的光晕中难以遮蔽的混乱而悲惨的末日景象。瓦西里岛是被彼得堡光耀的权力空间排除在外的一块"飞地"，是彼得堡的穷苦人和"小人物"的最后

---

1 [俄]普希金：《普希金全集5·中短篇小说·游记》，沈念驹、吴迪主编，力冈、亢甫等译，杭州：浙江文艺出版社，2012年，第448页。
2 同上书，第443页。
3 同上书，第445页。
4 同上书，第446页。

归宿。

在普希金的"彼得堡书写"中，皇村作为彼得堡上流社会、宫廷贵族的聚集地，它是彼得堡的颂歌，帝国意识形态的光耀正是借助这一现代化的"异托邦"来折射的；在涅瓦大街这条彼得堡"最长的、最宽阔的、照明最亮的、人行道铺砌得最好的街道"上，人们被卷进权力的、关系的和利益的迷宫，置身于公共的"戏剧舞台"扮演着"看"与"被看"的角色，被那灯红酒绿的迷幻色彩所诱引，迷失在贪婪的欲望之中；涅瓦河作为彼得堡新老城区的中介地带，既在空间上隔离着富人区和穷人区，又在观念上连接着人类的理性与大自然的非理性，它隐喻地突显了彼得堡"欠发达的现代主义"的矛盾与冲突；瓦西里岛远离彼得堡的政治、经济中心，被"中心"所排斥、所隔绝。荒凉偏僻的瓦西里岛难以领受彼得堡的光耀，在那里，穷人的小屋不是被水淹，就是被炸毁……可以说，普希金对于彼得堡的不同城市空间的描写，以及他为我们所展示的不同城市空间中不同社会阶层人物的生活样貌，都源自他本人对于彼得堡的城市体验，饱含着他对于俄罗斯现代化进程的深切思考。在他看来，彼得改革并未带给俄罗斯真正意义上的理性与秩序，在光耀、和谐的外表下，彼得堡难掩其幽暗、混乱的本质。

第二节　陀思妥耶夫斯基笔下的彼得堡城市意象[1]

Ф.М.陀思妥耶夫斯基（Фёдор Михайлович Достоевский, 1821—1881，以下简称陀氏）在以彼得堡为文学创生场的广阔背景中，以无数个或闷热、潮雪，或雷电交加的天气，以阴冷的"地下室"，以沉闷如棺材的小阁楼等场景形成了其作品中的彼得堡城市之象，我们看到"在彼得堡阴沉的天空下，在这座大城市阴暗而又隐蔽的陋巷里，在纸醉金迷、光怪陆离的

---

[1] 本节已作为阶段性成果发表，内容有删减。

生活中，在只顾自己不顾别人的愚钝中，在各种利害冲突中，在阴森可怖的荒淫无度、杀人不见血的犯罪中，在这由无聊而反常的生活组成的黑暗地狱里，像那类暗无天日又令人闻之心碎的故事，那么经常地，不知不觉地，近乎神秘地层出不穷……"[1] 阴郁之花、神幻之城、罪恶之都、呼求悔改的"尼尼微"，这些可以从陀氏"彼得堡文本"中提炼出来的彼得堡城市意象隐喻地传达和推进了他的"彼得堡书写"主题——"人之谜"的情感哲思、对俄罗斯现代性的批判、给予俄罗斯以及俄罗斯人未来道路选择的箴言，统摄着他的"彼得堡文本"的氛围和基调，形成了他极富特殊魅力的艺术表现。这些融入了作家种种感怀和情思的城市意象，既源于彼得堡的现实，是彼得堡城市形象在陀氏思维中加工成像后的整理、汇聚；又超越彼得堡的现实，是陀氏对城市印象的升华，饱含了他的文化批判及预言性质的深刻洞见。

一、阴郁之花

区别于宗法制的、东正教的、杂乱无章的莫斯科，彼得堡无论是整体布局还是后续扩建，宏观意义上都处处体现着和谐规整的西欧现代文明的理性精神，被当做是俄罗斯追随欧洲发端于文艺复兴时期的城市思想的体现。彼得堡的市花是郁金香，正如郁金香拥有"世界花后"的瞩目地位一样，彼得堡也是公认的世界上最美丽的城市之一。然而陀氏笔下的彼得堡却并不明丽，而是像黑色郁金香那样，言说着忧郁。它迷离晦暗、阴沉苍凉，甚至从"气味"开始就已经让人难以忍受，可谓是一朵不折不扣的"阴郁的恶之花"。在小说的审美层面，阴郁也形成了陀氏"彼得堡文本"的整体氛围和基调。在《罪与罚》（《Преступление и наказание》，1866）里，热得可怕的街市、闷人的空气、杂沓的贫民区，处处是"令人作呕的阴郁色彩"。《穷人》（《Бедные люди》，1845）中，潮湿的花岗石、被煤烟熏黑

---

[1] [俄] 陀思妥耶夫斯基：《被侮辱与被损害的人》，臧仲伦译，南京：译林出版社，1995年，第195页。

的高楼、迷雾充斥周身,"黄昏是那么愁闷,那么昏暗";《被侮辱与被损害的》(《Униженные и оскорблённые》,1861)中呈现的瓦西里岛,那黑如涂墨的苍穹下,肮脏的人行道、龌龊的房舍,还有闷闷不乐或是怒气冲冲的人群……这些都是典型的陀氏作品中的背景。在陀氏的文学调色板上,更多的是象征"主人公人生处境的尴尬、生存空间的压抑和龌龊、社会环境的阴冷和泥泞"[1]的"黄色""暗绿色""灰色""黑色"和各种"霉旧色"。被这些颜色涂抹的彼得堡,氛围凄凉而沉闷。灰蒙蒙的天空、苍白朦胧的日光、了无生气的傍晚、凄风、阴雨、潮雪、浊雾、密匝的高耸楼群、恶浊的市集、污秽的都市小街、散发着腐臭的小酒馆、暗夜里鬼火似的街灯……一切都令观者沮丧到昏沉麻木,令人联想到同样毫无生气的、乱糟糟的生活。这样黑暗阴沉的城市里如虫豸般,暗暗滋生着种种罪恶和阴谋。《罪与罚》中,斯维里加洛夫将彼得堡称作"半疯子的城市"——"很少有地方像彼得堡这样对人的灵魂有那么多阴郁、强烈和奇怪的影响!光是气候的影响,就有多大啊!"[2]

陀氏笔下的彼得堡阴郁之花意象的形成,源于陀氏对彼得堡客观现实的升华观照。彼得堡外景的阴郁,与其特定的气候条件相关,这座从沼泽中"拽"出来的人造之城气候恶劣,夏季虽有"白夜"奇观,然而十分短暂且暑热难耐,冬季寒冷而漫长。一年中,阴雨天、雾天、多云天、雨雪天占据多数。《穷人》中的瓦连卡就经常愁烦彼得堡"那漫长的、烦闷的、寒冷的夜晚"。在《罪与罚》《地下室手记》(《Записки из подполья》,1864)里,主人公们关于彼得堡气候条件的抱怨也随处可见;而彼得堡内里的阴郁,则是通过陀氏所设定的城市空间以及空间中的人物呈现出来的。这种阴郁,是贫民生活区域贫困疾苦的显现,也与人心之罪恶的晕染有关。

---

[1] 傅星寰:《陀思妥耶夫斯基小说的视觉艺术形态》,载于《外国文学研究》,2000年第2期,第23—29页。
[2] [俄]陀思妥耶夫斯基:《罪与罚》,朱海观、王汶译,北京:人民文学出版社,2013年,第462页。

首先，饱受欺凌的"小人物"的悲惨境遇、信仰失落后物欲横流的社会整体态势、被现代性裹挟的个体精神上的困顿抑或分裂等等景况与阴郁的意象群是契合的，这些意象以隐喻的形态传达出作者的情感与意识，这里暗含着陀氏对彼得堡乃至俄罗斯社会严肃的批判和敏锐的洞察力。在农奴制崩溃、标榜理性至上的资本主义制度逐渐在俄国确立的时期，面对整个社会呈现出的混乱与矛盾景况，陀氏敏锐地感受到社会生活的剧烈动荡对人的精神所产生的影响。他将贫民视阈下所看到的彼得堡的真实一面呈献给所有人，向俄罗斯文学引进了一个未曾被人们注目和研究过的外表华美的都城中包括贫民窟和黑暗角落在内的隐性世界——在正常的阳光不屑照射的角落里，生活着被社会抛进底层、被不公正地压垮和摧残的人们。而这座被陀氏揭露出来的同样属于"被侮辱与被损害的"的"小人物"们的城市，这座对"小人物"的疾苦无动于衷的城市，这座因着现实本身的非理性和荒诞性能把"小人物"逼疯的城市，因着其中居民遍洒血泪的暗淡生活，周身充满了阴郁的气质。

其次，从小说诗学方面来讲，彼得堡的阴郁是一种独特而有魅力的诗学形态，这种艺术中的阴郁美引人入胜。这主要体现在陀氏对阴郁意象的叠加运用上。陀氏创作中的阴郁意象群所形成的这样一个独特的整体的意象体系，犹如一道光谱，是作家个人对彼得堡现实的审美观照，统一的、最频繁重复的意象构成了其作品的基调。"在其作品所呈现的阴沉、肃杀的审美意象中，无处不笼罩着伦勃朗绘画般的明暗光影。这种光暗反差不仅被渲染成陀氏作品的主要基调，同时也反射了他内在精神人格的社会折光。对于人生意蕴的领悟和对宗教哲学的思考，陀思妥耶夫斯基是以病态的灰色意象在其作品及自身的精神人格中展示的。"[1] 这些具有审美功能的阴郁物象不仅只

---

[1] 傅星寰:《四维空间 明暗光影——陀思妥耶夫斯基的精神人格和审美意象》，载于《外国文学研究》，1997年第1期，第17页。

有独特的形式美，陀氏藉此去表示、传达他特定的精神内容，从而与读者实现审美体验的交流，影响读者的思想感情。"以凶杀、自杀、癫痫、歇斯底里等病态的人格分裂行为和以闷热的天气、潮湿的冬雪、阴冷的地下室、拥挤的'诺亚方舟'等场景作为审美意象的陀氏作品从美学的视觉着眼的确是一个怪异的现象。如果说，审美客体应当予欣赏者以愉悦，那么这种沉闷的病态愉悦是惊魂摄魄的，充满了崇高的悲剧性。正如康德（Immanuel Kant, 1724—1804）在《判断力批判》中指出：'这是由痛苦转化为崇高的一种快感。'这是一种崇高的精神象征，它蕴含着神秘的、天启般的对生命、死亡、宗教、爱情的哲理性思辨。"[1] 陀氏正是借用绘画技巧中的明暗线条对比、光影晕染反差，以语言符号强调事件的悲剧性和哲理性。"当城市美学着眼于城市人的时候，城市之美变得扑朔迷离，甚至将城市的消极因素也纳入美的图景。有学者就提出颓废在城市美之中也应有一席之地。"[2] 陀氏笔下的阴郁之美，总能给读者的心灵带来震颤，它引人思索，摄人心魄。阴郁的内外景象，揭开了彼得堡浮华现代化的虚伪本质，同时也经由与彼得堡依然存在的那些纯美灵魂的丑与美的对照，陀氏更揭示出彼得堡这朵"阴郁的恶之花"没有被完全阻断的救赎出路。

二、神幻之城

陀氏笔下的彼得堡有着充满虚幻的神幻之城意象，而这沿袭了彼得堡建城的历史和神话传统。彼得堡是一座违背自然规律的"矫揉造作"之城，是在理性与强权下寄生的庞然大物，与俄国自然的肌体缺乏有机的联系，因此必然有它的终末之时。作为彼得大帝强国思想的产物，彼得堡是俄罗斯"面向西方的窗口"。它建于芬兰湾的一片沼泽之上，根基脆弱并时刻受到洪水

---

[1] 傅星寰：《四维空间 明暗光影——陀思妥耶夫斯基的精神人格和审美意象》，载于《外国文学研究》，1997年第1期，第19—20页。

[2] 闵学勤：《感知与意象——城市理念与形象研究》，南京：东南大学出版社，2007年，第6页。

威胁，因而，有关"彼得堡将成为一片虚空""彼得堡将葬身水中""敌基督者彼得之城必遭灭亡"等末日论传闻自然地构成了早期彼得堡神话的重要元素，它们在很多方面营造了城市氛围并伴随着这座城市的历史演变，最大限度地确定了俄罗斯文学"彼得堡文本"的原始符码。

神幻的彼得堡飘摇动荡，内在的矛盾性是其特征之一。彼得堡的矛盾性自其诞生之日起便被提及。一方面，就城市布局和样貌来看，彼得堡是所有俄罗斯城市中最具合理性、最欧洲化的城市；另一方面，它其中又蕴含着许多的非理性元素——表现在彼得大帝的构思和它的存在形式素有的矛盾上。这些矛盾不但在"彼得堡传统"中被固定下来，也淋漓尽致地体现在陀氏的"彼得堡文本"中。[1] 彼得堡的建立意味着俄罗斯现代化的开端，然而这座城市的现代性却拥有"欠发达"的特征。它现代性的形成没有自然成熟的积淀和过渡，显现出难以弥合的历史断层，它是靠强权、强制，以分裂民族结构为代价的。这是一个脱离传统、没有根基、缺乏土壤，被生硬地锻造成的俄罗斯现代化的模板，它表里不一，充满虚幻。中篇小说《脆弱的心》（《Слабое сердце》，1848）中，痛失朋友的阿尔卡基·伊万诺维奇心情沉痛地来到涅瓦河畔，呈现在他眼前的彼得堡冷漠阴森，在凝冻而战栗的空气里，他仿佛看到现实被抹去，所有的一切都如梦幻一场。在彼得堡潮湿发闷、雾气昭昭的清晨，《少年》（《Подросток》，1875）里的阿尔卡基也曾在迷雾之中继续他那无法摆脱的奇思怪想：迷雾散开后，整座潮湿滑腻的城市是否会随同迷雾一起流散而只剩下芬兰湾的沼泽和青铜骑士？"瞧他们这些人正在东奔西忙，可说不定也许这一切只是某人的一个梦境，一旦这个做梦的某人突然醒来，一切也就倏然消失了。"[2] 把彼得堡说成是幽灵一样的神幻之城，瞬息万变、混乱神秘，让人感到畏惧和虚假，陀氏的这种看法除了见

---

[1] 傅星寰：《俄罗斯文学"莫斯科文本"与"彼得堡文本"初探》，载于《俄罗斯文艺》，2014年第2期，第4—10页。

[2] [俄]陀思妥耶夫斯基：《少年》，陆肇明译，石家庄：河北教育出版社，2013年，第178页。

于《脆弱的心》和《少年》，也见于其小品文以及1873年的《作家日记》（《Дневник писателя》）手稿。青年时期就来到彼得堡的陀氏，对于"涅瓦河上的幻影"和这座城市眩晕的迷宫性深有体会，他将这些城市体验诉诸自己的"彼得堡书写"里。由此，陀氏的"彼得堡文本"凭借着独特的时空表现所制造的不确定性、不可预见性和幻想性的神话氛围，使情节的发生地彼得堡呈现出了神幻之城的另一重要特征——虚幻性。陀氏对彼得堡内在精神的感悟力超乎寻常。在他看来，"彼得堡这座'世界上最奇幻的城市'成为梦幻和现实、美妙的希望与阴沉的'角落'以及其中的居民们神奇的汇集在一起的场所"[1]，是宏伟的建筑、整齐的大街与肮脏的贫民窟、混乱的农贸市场并存的城市，所以彼得堡的虚幻性主要表现在它的变动不居、虚实莫辨，仿佛存在又仿佛不存在。置身其中的人分辨不出哪里是现实、哪里是幻象，二者的界限如烟雾般随时可以消失。彼得堡仿佛失去了赖以存在的基础，再也无法保持内在的平衡，只能处在边缘之上。信奉"超人哲学"的拉斯科尔尼科夫、"地下人""同貌人"的精神世界都可以被看作是彼得堡城市精神的映射，他们的"'不幸就是生活在彼得堡，这座最为抽象和蓄意、最为奇幻的城市里，而且，这奇幻的城市还有地球上一切城市中最为奇幻的历史'，就是生活在彼得大帝这备受称颂的'天堂'里；'天堂'的设计，好像故意似的，带有'撒旦的思想'"[2]。这样迷宫性的城市让人迷失自我，悬于边缘，看不清现实与未来，精神状态纠结而分裂。陀氏对彼得堡内在精神的感悟是作家对彼得堡乃至俄国"不完全的现代性"的深刻揭露与批判。

三、罪恶之都

陀氏笔下的彼得堡，混乱无序、恣意妄为、腐败猖獗，更是因为犯罪率

---

[1] [俄]尤·谢列兹涅夫:《陀思妥耶夫斯基传》，徐昌翰译，北京：人民文学出版社，2011年，第49页。
[2] [俄]德·谢·梅列日科夫斯基:《托尔斯泰与陀思妥耶夫斯基》，杨德友译，沈阳：辽宁教育出版社，2000年，第288页。

的激升仿佛是一座充满了凶杀和自杀的瘟疫之城。在如此病态的城中，人们的灵魂已经逐渐被金钱至上、极端利己主义的思想所侵蚀，在等级森严的官阶制和弱肉强食的生存理念的双重夹击下，人与人之间关系恶化乃至破裂，个体的人支配和统治他人的欲望、追求财富的心理日益强烈，所有这些都说明彼得堡已染上魔鬼撒旦的气息向着"末日"急速堕落。"欠发达的现代主义"之城彼得堡，由于建立在沼泽和白骨之上，它不仅受到彼得大帝"敌基督者"形象的株连，也承担着俄罗斯现代化进程中所遭遇的一系列问题的罪责。"人们越是惊叹彼得堡表象的奢华，也就越会谴责它实质上的冷酷无情和滔天罪恶。其中，彼得堡'小人物'的遭遇让人最为同情，也最能体现彼得堡'罪恶之都'的城市意象。"[1]《罪与罚》《被侮辱与被损害的》《脆弱的心》……在陀氏的"彼得堡文本"中，被害者所遭受的苦难和欺凌触目惊心，加害者的肆无忌惮令人发指，所有这一切都叠加出"罪恶之都"的映像。城市是孕育欲望的温床，而彼得堡就是典型的欲望都市。它是抽象的物质天堂，分化严重的社会。商品"拜物教"的风气四处弥漫，"异化"和"物化"现象严重，整体上是病态和反常的。

"罪恶之都"的形成，究其原因，首先始于彼得大帝推行的"强国"战略和"西化"改革。然而，西方的工业文明在18世纪专制农奴制的俄国逐渐显现出"水土不服"的现象，社会弊端日益暴露。"俄罗斯的'西化'打一开头就是一个虚拟之物，这是某种抽象的物质天堂，通向它的道路就是犯罪性的富裕方式。"[2]强制推进的现代意义上的所谓"文明"和西化改革，不仅与俄国的信仰传统相悖，而且也造成了社会结构的断裂。

从根本上讲，"罪恶之都"的"罪恶"源于人，因为城的问题说到底还

---

[1] 傅星寰、车威娜：《俄罗斯文学"彼得堡—莫斯科"题材及诗学范式刍议》，载于《辽宁师范大学学报（社科版）》，2010年第4期，第65—71页。

[2] 傅星寰：《现代性视阈下俄罗斯思想的艺术阐释——俄罗斯文学五大题材研究》，长春：吉林人民出版社，2010年，第14页。

是人的问题。大批平民知识分子，一方面因为受到传统官阶等级制度的压迫，本能地为改变其尴尬窘迫的地位而奋力向上攀爬，另一方面他们受西风欧雨的影响，也开始追随着高于一切的"理性"、谋划着自我利益的最大化。然而，由于处在传统与现代的"夹缝"之中，在放弃信仰的前提下，选择解放自我也同时意味着迷失自我，因而他们越发迷茫、分裂，因着理性至上主义丧失了对真理的秉持，他们的行动便愈发恣意妄为。这样的人越来越多，形成"群魔"乱舞之势，而他们势必会将彼得堡拖进深渊。

四、呼求悔改的"尼尼微"

彼得堡，是陀氏无限眷恋的身心归属地，是他精神生活的中心。陀氏在不断地否定彼得堡的同时，也在表达着他对这座城市的深沉之爱。这种爱恨交织的矛盾，实际上是陀氏对待这座俄罗斯现代都城的复杂态度。正所谓"说话者愈是强烈地谴责这座城市，他就愈是生动逼真地让它再现出来，使得它具有更强大的吸引力；他愈是让自己脱离它，他就愈深地与它融合在一起，他离开它就不能生活这一点就愈是清楚"。[1] 这是一种"爱之深责之切"的心态，这是一种渴望用批判唤醒复兴的感情。彼得堡对陀氏来说像是一个二重世界，既是他梦想的乌托邦，也是他命运遭际的伤心地，其人生几个重要的节点都与这座城市密切相关。这里几乎承载了他的全部生命体验——"超人"般的成功与"地下人"般的尴尬落魄。就这样，这两个世界亦真亦幻地纠缠了陀氏的一生。彼得堡赋予陀氏以无穷尽的创作灵感，陀氏的"彼得堡书写"是俄罗斯文学彼得堡文本最耐读的一页，它们是城与人、作家与城市互动相连极好的范例。

在陀氏的笔下，彼得堡正如启示录昭示之城，是癫痫病发作一般的世

---

[1] [美]马歇尔·伯曼：《一切坚固的东西都烟消云散了——现代性体验》，徐大建、张辑译，北京：商务印书馆，2013年，第262页。

界,是欲魔肆虐、社会道德沦丧的世界,也是处于覆灭、崩溃边缘的世界。然而这样的彼得堡,却也是大有可能触底反弹的世界,是产生出游荡者、幻想者、先知、伟人、殉道者的世界。这样的意义上,陀氏的彼得堡便是一座期待悔改之城。哪怕写尽了罪恶,陀氏的彼得堡文本依旧不至绝望和虚无,美好永远占着最重要的一席之地,批判是为了重建,那抹希望回味绵长。正如陀氏传记作家 Ю.И. 谢列兹涅夫(Юрий Иванович Селезнёв, 1939—1984)所言:"是的,整个世界如今似乎都处于癫痫病的发作期,它正在浑身抽搐;不过正是这种可怕的疾病也能使意识变得更敏锐,能把整个世界调动起来抵御堕落;美的缺乏会使整个人类成十倍地增加对美的需求,丑陋泛滥最终将促使整个世界产生用新原则来改造自己的强烈愿望,这将为他带来一个新的形象,一个更加配得上人的称号的形象。"[1]

彼得堡不缺乏"真、善、美",因为这座城依然有"圣徒"存在——《少年》中的马卡尔·多尔戈鲁基、《白痴》(《Идиот》,1869)中的梅什金、《罪与罚》中的索尼娅……他们完整而纯粹地属于俄罗斯信仰的灵魂,是这座城市的希望所在。这些"义人"的呼求、祈祷看似微不足道,实则却能"大有功效"。圣经中,在先知约拿的时代,外邦城市尼尼微作为亚述首都,因偶像崇拜、诡诈、强暴、抢夺、极度的自私、战争与掠夺、冷酷无情的人性等诸多罪恶蔓延在整个城市而激怒了上帝。尽管他们对以色列的信仰漠不关心,但上帝并未放弃他们,而是深深地介入他们的中间,差遣先知约拿前往宣告,阻止他们继续堕落,并使被罪玷污的灵魂认识真理。尼尼微人听到先知宣告再不悔改上帝就即将审判的信息,信服并转回,真心悔改,"离开所行的恶道,丢弃手中的强暴"[2],而上帝察看他们的行为,就收回了刑罚的心意,使得全城不致灭亡。与此相同,彼得堡若因为有这些纯洁

---

[1] [俄]尤·谢列兹涅夫:《陀思妥耶夫斯基传》,徐昌翰译,北京:人民文学出版社,2011年,第349页。
[2] 《圣经·旧约》,上海:中国基督教协会,2009年,第908页。

而敬虔、为全地的悔改呼求上帝恩典的信仰灵魂存在，能够效仿尼尼微的转回之举，依旧会是上帝愿意大施怜悯之地，何况"罪在哪里显多，恩典就更显多了"[1]。也只有在信仰中，彼得堡那终将倾倒在洪水中、必然归回一片虚无的末日神话才能被翻转，因为"洪水泛滥之时，耶和华坐着为王，直到永远"[2]。上帝可以从高天伸手抓住大洪水中的彼得堡，拉起她、救拔她，将她领到宽阔之处。同时，正如圣经所写的那般，"所以我们藉着洗礼归入死，和他一同埋葬，原是叫我们一举一动有新生的样式，像基督藉着父的荣耀从死里复活一样"[3]。终将经受洪水而倾覆的彼得堡，有受洗归入基督的死、并因基督的救赎之恩新生的可能，陀氏的"彼得堡文本"给了彼得堡传统的末日神话一个新的出路。所以，即使彼得堡已变成罪恶的渊薮，这种整体的罪恶也不能以一个人的决定而解决，但整体的改革却是从一个人的忏悔开始的。只要悔改，必蒙赦免和救恩，罪恶滔天可以挽回，洪水魔咒可以被破除，因为"在神没有难成的事"，而有神所在之城，必不至动摇。外邦"罪恶之都"尼尼微的例子给了彼得堡以极大的盼望，那就是，上帝的救恩，并不在乎血统或出生之地，只要按照上帝的旨意认罪悔改，并过合乎正道的生活，外邦人也能得救。上帝不喜爱审判，而喜悦通过罪人的忏悔与人恢复原初美好的关系。陀氏藉着他的"彼得堡文本"，发出属神"先知"般的呼声，盼望彼得堡成为"再生"和"新生"的城市，成为悔改的"尼尼微"。

陀氏"彼得堡文本"中的城市意象，是陀氏对彼得堡现代生活的审美感知形象，也是彼得堡化的作家精神人格的整体象征。层层推进的病态而灰暗的审美意象总能给予读者的灵魂以强烈的震颤。陀氏在其"彼得堡文本"的主人公群中以不同侧面展示着波澜，使之聚合成整体的生命涌动，不断探寻"人之谜"、叩问"罪与罚"、度量现代性与理性，从而使其作品产生非同一

---

[1]《圣经·新约》，上海：中国基督教协会，2009年，第172页。
[2] 同上书，第529页。
[3] 同上书，第173页。

般的哲理性和悲剧力量。[1]最终，一组城市意象集结生成一朵阴郁迷幻的恶之花，然而它在响应呼召之后，经过"中介"回转，有洁净、新生的可能。

第三节 都市文明与田园理想的对话
——冈察洛夫《奥勃洛摩夫》双时空体结构的文化解读[2]

Н.А. 杜勃罗留波夫（Николай Александрович Добролюбов，1836—1861）在《什么是奥勃洛摩夫性格》（《Что такое обломовщина?》，1859）中指出，奥勃洛摩夫形象是俄国文学"多余人"形象发展和演变的新阶段，奥勃洛摩夫性格的主要特征是一种彻头彻尾的惰性[3]。杜勃罗留波夫这一论断仿佛一锤定音——从此大凡谈到这一人物形象，则很难绕开杜氏的这一定论。然而，当我们重新审视奥勃洛摩夫的世界，便会发现杜勃罗留波夫的"误读"，以及这一"误读"所导致的对于这部作品复杂含义的遮蔽。奥勃洛摩夫性格中的"惰性"虽然残留着贵族教养的"后遗症"，但是纵观奥勃洛摩夫的一生，这种"惰性"更多源自温和保守的俄罗斯宗法制文化和东正教伦理面对强劲偾张的西方工业文化和新教伦理的"无所适从"。

一、引言

《奥勃洛摩夫》（《Обломов》）是俄国作家 И.А. 冈察洛夫（Иван Александрович Гончаров，1812—1891）创作于 1849—1859 年间的作品。此时的俄国文学正处在德国浪漫主义的接受时期。一种夹杂着对于旧生活的弃绝和感伤以及对于新生活的渴望和恐惧弥漫在整个 19 世纪中后期的俄国

---

1 傅星寰：《四维空间 明暗光影——陀思妥耶夫斯基的精神人格和审美意象》，载于《外国文学研究》，1997 年第 1 期，第 20 页。
2 本节已作为阶段性成果发表，内容有删减。
3 [俄] 杜勃罗留波夫：《杜勃罗留波夫选集》（第一卷），辛未艾译，上海：上海译文出版社，1983 年，第 190 页。

文坛。三四十年代俄国思想界有关现代化道路选择的争论在这一时期更趋白热化。对于恰达耶夫（Пётр Яковлевич Чаадаев，1794—1856）在其《哲学书简》（《Философические письма》，1836）中所表达的有关俄罗斯民族"会因与西方相像而感到幸福，会因西方迁就地同意将我们纳入其行列而感到骄傲"[1]的观点，一部分俄罗斯知识分子坚持强调俄罗斯历史发展迥异于西方的特殊性，在"西方的沉落"渐现端倪之时，他们开始转向重新考量俄罗斯传统文化在防范西方资本主义危机方面的"避雷针"作用。斯拉夫派首先把目光聚焦在了对俄罗斯"村社"制度的肯定上，认为俄罗斯村社的共同生活方式正是俄罗斯理念"聚合性"原则的具体体现。他们在村社的劳动组合中，在基于习俗、良心和内在真诚的传统公道中，看到了未来理想社会的样板。他们试图以"村社"制度中的集体主义和利他主义的价值理念对抗日趋东渐的西方资产阶级个人主义和利己主义世界观的侵蚀。然而，他们所处的现实却是：城市化进程已成为俄罗斯现代化的必然要求，而古老的"村社"制度则难逃"明日黄花"的厄运。于是，"一边是即将过去的丰美人生，一边是逗人而可能落空的未来"[2]的复杂意绪在19世纪中后期的俄罗斯文学中时隐时现。小说《奥勃洛摩夫》正是将这种彷徨借助于文本内显性与隐性的双时空体结构加以表现的。所谓"双时空体结构"，在本作品中，即显性的、象征西方资本主义文明的俄国现代都市——"彼得堡时空体"和隐性的、象征俄国宗法制村社的"田园时空体"。两个时空体在结构上犹如嵌套、各自独立又相互融合。通过解析这一时空体结构，我们将触摸到作家冈察洛夫较为隐蔽、较为纠结的作者立场，这一立场便是："奥勃洛摩夫时代"的终结尽管是历史的必然，但是随着这个时代终结的还有俄国传统文化中的朴质、浪漫和单纯。施托尔茨尽管稳健有力、积极行动，但是这个具

---

[1] [俄]恰达耶夫:《哲学书简》，刘文飞译，北京：作家出版社，1998年，第197页。
[2] [英]以赛亚·伯林:《俄国思想家》，彭淮栋译，北京：译林出版社，2003年，第221页。

有"德国血统"的青年能否成为俄国未来的"新人"则令人怀疑。西方资本主义文明尽管意味着历史的进步，然而它的理性、进取以及功利主义的价值观却在俄罗斯异化出附庸风雅、投机钻营的一代。都市文明和田园理想，孰是孰非、赞成与反对，在《奥勃洛摩夫》中，作者通过双时空体结构为读者提供了更多超越杜勃罗留波夫"定论"的思考节点和空间。若想全面把握作品的内在深意，我们就要从这部小说的双时空体结构入手，因为"每次要进入意义领域，都只能通过时空体大门"[1]。巴赫金（Михаил Михайлович Бахтин，1895—1975）认为，时空体决定着文学作品在与实际现实生活的关系方面的艺术统一性。因此，时空体在作品中总是包含着价值因素，但是这个价值因素要想从艺术时空体的整体里分解出来，唯有通过抽象的分析。[2]

二、显性——"彼得堡时空体"

在《奥勃洛摩夫》中，由于小说的主要叙事线索是从"当前"的彼得堡延展开去，所以彼得堡即作为本作品的显性时空体。众所周知，作为彼得大帝向西方开放的"窗口"，彼得堡最清晰地表现了俄罗斯土壤上的现代性。它在城市建设上数学和几何般的规整，体现了西方逻各斯在俄罗斯的胜利。彼得堡也因此获得了抽象与实体、俄罗斯与西方的双重气质。在《奥勃洛摩夫》中，彼得堡正是作为俄国现代化的历史前提出现的。然而，这座建立在沼泽之上的现代都城，不但表现出物质上的不发达，更显现出某种精神上的缺陷。在现代化进程中，彼得堡一切富有生命的东西都逐渐凝固成钢筋水泥般的坚固和冰冷，进而抽离实体变成了一座"影子之城"。正如马歇尔·伯曼所说，彼得堡是"世界上最抽象的预设的城市"[3]。冈察洛夫别有深意地将

1　[苏]巴赫金：《小说理论》，白春仁、晓河译，石家庄：河北教育出版社，1998年，第460页。
2　同上书，第444页。
3　[美]马歇尔·伯曼《一切坚固的东西都烟消云散了——现代性体验》，徐大建、张辑译，北京：商务印书馆，2003年，第226页。

一位具有德国血统的俄国青年——施托尔茨设置为这一时空的正面人物，不禁让人联想到这一形象或许与这座城市一样，拥有着共同的"影子"特征。在小说中，相对于奥勃洛摩夫的浪漫幻想和慵懒惰性，施托尔茨则是一个积极进取的实干家。他做过公职，后又办起了实业，在国内国外跑来跑去，浑身洋溢着积极的力量和昂扬的斗志。他"惜时如金，一刻也不松懈地控制着自己所消耗的时间、劳动、心智和情感"[1]，他最害怕"'想象'这个有两副面孔的旅伴"，"心里容不下梦幻和神秘不解的东西"。[2] 总之，他厌恶不着边际的想入非非，"只等规律出现，有了规律就有了打开神秘之宫的钥匙"[3]。在他的性格和气质里流溢出迥异于俄罗斯人的"德国因素"。这一点曾经引起当时俄国批评界的质疑。[4] 但是作家解释说：这个"德国人并不是平白无故地落在我手下的"[5]。因为，对于19世纪的俄罗斯来说，"德国因素"就意味着西方的、现代的、理性的和新教的东西。而"俄罗斯历史的整个彼得堡时期都被笼罩在德国人内在的和外在的影响之下。俄罗斯人民几乎准备接受这一点：唯有德国人才能领导他们，使之文明化"[6]。因此，在小说中我们看到，为了使奥勃洛摩夫摆脱慵懒状态，这个具有德国血统的俄国青年进行了一系列的"文明教化"之举：他带着奥勃洛摩夫出入社交场合、介绍少女奥莉加与其相识、催邀他到国外同游、接手了濒临破败的奥勃洛摩夫庄园并最终使它"阳光普照""交上好运"。在奥勃洛摩夫死后，他甚至从普舍尼岑夫人身边带走了奥勃洛摩夫的儿子，决意以自己的方式培育小安德烈……然而，施托尔茨向奥勃洛摩夫发出的"要么现在就起来，要么永远不起来"的

---

1 [俄]冈察洛夫：《奥勃洛莫夫》，陈馥译，北京：人民出版社，2008年，第170页。（该译本译为"奥勃洛莫夫"，下同。引者注。）

2 同上。

3 同上。

4 [俄]冈察洛夫：《迟做总比不做好》，见[俄]冈察洛夫、屠格涅夫、陀思妥耶夫斯基、柯罗连科：《文学论文选》，上海：上海译文出版社，1997年，第62页。

5 同上书，第62页。

6 [俄]别尔嘉耶夫：《俄罗斯的命运》，汪剑钊译，昆明：云南人民出版社，1999年，第16页。

最后通牒并没有奏效，"昏睡"的奥勃洛摩夫没有被"唤醒"。施托尔茨感到在他与奥勃洛摩夫之间横亘着"一道鸿沟""一堵高墙"[1]。其实，这道"鸿沟"和"高墙"正是他们不同的民族精神和文化教养的价值冲突。施托尔茨虽然浸润在东正教的氛围里，但他的德国父亲，却将日耳曼精神和新教伦理身体力行地直接灌输于他的整个成长过程。"让儿子离开家，是德国人的习惯做法。"[2]因此，施托尔茨很早就被父亲"赶出"家门，外出闯荡。因为在德国人看来，人的成长过程便是与宗族、集体逐渐分离的过程。同时，新教伦理也为这种"分离"做了道义上的支持。新教思想强调，个体不必通过教会团契就可以直接与上帝交通，个体在世俗事务上的成功，即是对上帝事业的荣耀。因此，施托尔茨坚信努力赚钱便是他在尘世的神圣使命。他那种凡事"不达目的誓不罢休"[3]的劲头，透露着积极进取的日耳曼精神。然而值得注意的是，作为这一时空里的积极行动者，他先是为了生意奔波于国内外，在与奥莉加结婚后则常年侨居国外或偶居乡间。大部分时间里，他都是一个"缺席"的彼得堡人。

同时，作为这一时空里另一位正面人物形象的奥莉加也稍显"气血不足"，她不但很少表现出俄罗斯文学中典型的俄罗斯女性气质，同时也缺乏俄罗斯"未来"女性的思想和个性。非但如此，在与奥勃洛摩夫和施托尔茨的情感关系中，她甚至表现出俄罗斯民族性格中消极的"待嫁新娘"[4]特征。

奥莉加是一位"不会说谎、不会虚情假意"的贵族少女。但是，她和奥勃洛摩夫一样，却时常生活在自己的臆想空间。在她与奥勃洛摩夫的那场不成功的恋爱中，奥莉加始终扮演着皮革马利翁的角色，试图让奥勃洛摩夫成

---

1 [俄]冈察洛夫：《奥勃洛莫夫》，陈馥译，北京：人民出版社，2008年，第527页。

2 同上书，第167页。

3 同上书，第173页。

4 "待嫁新娘"——别尔嘉耶夫语，特指俄罗斯民族性格中的消极、被动。"俄罗斯人民不想成为男性的建设者，它的天性是女性化的、被动的，在国家事务中是驯服的，它永远待着新郎、丈夫和统治者。"见[俄]别尔嘉耶夫：《俄罗斯的命运》，汪剑钊译，昆明：云南人民出版社，1999年，第5页。——笔者注

为她塑造的伽拉忒亚[1],她以救世主的心情欣赏着自己给奥勃洛摩夫带来的变化。然而,这场恋爱由于"缺少内容",他们"在分手之前就已经分手"[2]。尽管在血统上,这是一个地道的俄罗斯女性,但是在她身上并未显现出纯粹的俄罗斯气质。这位爱听歌剧、爱唱歌,时常涉足法国剧院和艾尔米塔什宫,喜欢在社交沙龙里读诗、谈"严肃而枯燥"的问题,不时到国外旅行而绝"不会上市场"的俄罗斯女性就像她时常高歌的"圣洁的女神"一般,超凡脱俗、如梦如幻。

这种"梦幻感"同样表现在奥莉加与施托尔茨的婚恋中:起初奥莉加不过是施托尔茨对于未来女人的笼统幻想,后来经过婚姻的磨合,施托尔茨感到"远处又有一个新的形象在向他微笑"。这个形象与此前迥然不同,"他仿佛看到一位既创造又参与整整一代幸福的人的精神生活和社会生活的母亲"[3];而奥莉加"对施托尔茨的信任越深、越自觉,施托尔茨就越难使自己与她保持在同一个高度上,越难使自己'不仅作她的心智的英雄,还要做她想象的英雄'"[4]。因此,他们一个把另一个作为未来的女人来幻想,而另一个又把对方想象成英雄。生活的安逸和波澜不惊使奥莉加感觉他们的"生活好像……缺点什么……",因而她必须靠梦境里的艰辛和不幸来营造生活的真实感。[5]在奥勃洛摩夫与施托尔茨之间,奥莉加先是窃喜着自己对于奥勃洛摩夫的"北极星"的作用,像猫捉老鼠似的把他弄得"疯疯癫癫",而最终则选择了代表智慧和力量并能决定她命运的施托尔茨,同时幸福地感叹:"我是他的未婚妻了!"[6]她仿佛是被动的俄罗斯,期待将自己托付给强有力的西方,以便它为自己编织理性的未来。由此一来,这个形象背后的俄

---

1 [俄]冈察洛夫:《奥勃洛莫夫》,陈馥译,北京:人民出版社,2008年,第256页。
2 同上书,第459页。
3 同上书,第497页。
4 同上书,第507页。
5 同上书,第501页。
6 同上书,第463页。

罗斯民族性格中消极的"待嫁新娘"特征便油然显现。同时,曾经声称将劳动作为自己的生活方式、内容、元素和目的的施托尔茨,在赢得了奥莉加的爱情之后,也发出"一切都有了,再也不需要寻觅什么,再也不需要东奔西跑了"[1]的感叹,从而使他那个在先前建构起来的不知疲倦、积极进取的"英雄"形象就此打了折扣。

施托尔茨和奥莉加的精神气质和生活方式不过是西方文化在俄国社会生活表层的反映,其中不乏"想象"的色彩。相对于彼得堡时空体中这两位正面形象的不真实,在这一时空体中的市井万象倒是真实可信的。在这个"欠发达"的俄国现代都城里,一边是名媛雅士云集的叶卡捷琳娜宫的豪华宴会,一边又是蜂拥在教堂周围成群结队、衣衫褴褛等待施舍的乞丐……在繁华、现代的彼得堡背后律动着野蛮的、黑幕交易的、官场腐败的紊乱节奏。在这里,衣着考究、附庸风雅的沃尔科夫;喋喋不休、空发议论的片金;没有主见、无所事事的阿列克谢耶夫;粗鄙、蛮横的索贿贪官塔兰吉耶夫和阴险、狡诈的伊万·马特维伊奇等漫画式人物都依次登场。在一个时代向另一个时代的历史剧变中,他们是一群既残留着俄罗斯专制农奴制的遗风陋习又沾染上资产阶级小市民习气的俄罗斯人,他们才是彼得堡的真正主人。

三、隐性——"田园时空体"

在《奥勃洛摩夫》中,与显性的、彼得堡时空体相对的,是隐性的、"田园时空体":即奥勃洛摩夫庄园和维堡区普舍尼岑夫人家的田园时空体。之所以称之为"隐性时空体",原因在于这一时空体是镶嵌在"显性时空体"——彼得堡的背景之中的,通过"奥勃洛摩夫的梦"、奥勃洛摩夫庄园的"易主"和普舍尼岑夫人家田园式生活的兴衰败落,以及"奥勃洛摩夫之死"几个情节来呈现的。由于它们是小说同名主人公奥勃洛摩夫的童年和

---

[1] [俄]冈察洛夫:《奥勃洛莫夫》,陈馥译,北京:人民出版社,2008年,第462页。

正在经历的"在场"空间，强烈的真实感和田园诗色彩既融于彼得堡背景之中又从这一时空中凸显出来。巴赫金认为："作者对文学和文化的各种不同现象的态度，带有对话性，一如作品内部各种时空体互相间的关系。"[1]《奥勃洛摩夫》这种显性和隐性镶嵌又相融的双时空体结构正是作者有意设置的对话结构。对话在现代都市文明与古老的田园理想之间进行。一种感伤的、对于逝去的田园诗般的生活的追忆怀想弥漫在这一时空中。众所周知，文学和艺术中的田园诗乃是一种状态，"是那种由平静安宁的、安稳与和谐的生活建构所产生的令人愉快而深受感动的状态。在那里有平静的家庭生活与幸福的爱情，是那种人与自然、人与其活生生的创造性劳动融为一体的状态"[2]。然而，田园诗的存在往往又是脆弱的和没有保护的，它们随时可能被那些与之敌对的力量所毁灭。因此，在资本主义大行其道的19世纪中后期，田园诗破灭主题便成为俄罗斯文学的一个基本主题。这一主题内在地表现了俄罗斯在资本主义的强大攻势下，田园诗世界观和心理的土崩瓦解以及对于田园诗乌托邦理想的价值诉求。从这个角度上讲，奥勃洛摩夫形象就不单纯地属于俄罗斯文学"多余人"画廊中的人物，这个形象背后所凝聚的是作者在俄罗斯现代化进程中，对于即将逝去的俄罗斯传统文化的缅怀以及对于俄罗斯民族性格自我反思。

奥勃洛摩夫是个贵族出身的十品文官，在彼得堡已经住了十一年有余，却从未外出过。父母去世后，他就成了三百五十名农奴和一份年收入近一万卢布的祖业奥勃洛摩夫庄园的主人。年轻的时候准备干一番事业，这也是他到彼得堡的目的所在。他在地方上长大，二十年间接触的是故乡温馨的风土人情，被亲情和友情抱拥着，宗法家庭的伦理已注入他的血脉，他曾一度误把官场视作宗法家庭，幻想上司有如慈父，同僚亲如手足。但是官场的残酷

---

[1] [苏]巴赫金:《小说理论》,白春仁、晓河译,石家庄:河北教育出版社,1998年,第458页。
[2] [苏]瓦·叶·哈利泽夫:《文学学导论》,周启超、王加兴、黄玫、夏忠宪译,北京:北京大学出版社,2006年,第91页。

使不谙世事的奥勃洛摩夫既沮丧又恐惧。十几年过去了他一无所成,索性退职蜷缩在租住的大宅里。身在彼得堡,但是奥勃洛摩夫"并不喜欢彼得堡的生活",认为那里"没有中心,没有任何深刻的、切中要害的东西"。[1]人们"争先恐后地奔走,都是卑污的七情六欲在作怪,尤其是贪欲,造谣中伤,搬弄是非,暗中作梗"[2],"那不是生活,而是违反常理"[3]。

在奥勃洛摩夫看来,合乎常理的生活应该是"日子过得平静而单调,没有剧烈的、突如其来的变化发生,四季像头一年一样周而复始,然而生活没有停顿,它的面貌一直在改变,不过变化是缓慢的、逐渐的,类似我们这个星球的地质变化"[4]。奥勃洛摩夫对于生活的这种认知源自俄罗斯古老的"村社"精神折射出的田园诗理想。这种理想包括与大自然同节奏的饮宴、生殖和劳作以及在集体中的互爱和宽容。那些"违背常理的生活"熄灭了奥勃洛摩夫的生命火焰,他只能在宽大的睡袍和柔软的床榻上找寻往昔的平静和温暖。然而,奥勃洛摩夫的生命之火由于奥莉加的突然出现而重新点燃,他像被雷击中一样,在奥莉加的歌声中体验到了"爱情"。其实,本质上并不相同的他们两人,一个沉湎于田园理想,另一个则向往都市文明。奥勃洛摩夫对于奥莉加周围的世界是陌生的,他爱上的不是现实的奥莉加,而是将"圣洁女神"的理想向吟唱者奥莉加的移情。奥莉加爱上的也只是臆想的、未来的奥勃洛摩夫。所以,在与奥莉加分手之后,奥勃洛摩夫意识到这原本就是一个"错误"。他们的爱情"由于缺乏真实的养料,没有火种,燃烧不起来,只发出一种虚假的、没有热度的光……"[5]相比之下,房东太太普舍尼岑夫人爱的则是现实中的奥勃洛摩夫。她不但照顾他的饮食起居,为他的病痛向上帝祈祷,甚至在她的哥哥盘剥了奥勃洛摩夫的大笔租金之后,为了能让

---

1 [俄]冈察洛夫:《奥勃洛莫夫》,陈馥译,北京:人民出版社,2008年,第185页。
2 同上书,第184页。
3 同上书,第187页。
4 同上书,第411页。
5 同上书,第272页。

奥勃洛摩夫维持原来的生活水准,她"当了自己的珍珠以后不久,又从百宝箱里拿出自己的项坠,接着是银器、女大衣……"[1]她爱他的气派、他的步态和他的动作,她爱奥勃洛摩夫心灵的高贵和"鸽子般的温柔"。"她爱得那么多,那么充分:她是把奥勃洛摩夫当做情人、丈夫、贵族来爱的"[2],这种爱使她的全部家务,捣、熨、筛等,都有了新的、实际的意义。如果将《奥勃洛摩夫》中的两对男女主人公的情爱关系两相比照,我们就会发现:普舍尼岑夫人对于奥勃洛摩夫的爱情是接地气的,而奥莉加与施托尔茨的爱情却像是悬浮在空中。如果说施托尔茨与奥莉加的"文明"爱情使他们看起来像是神仙眷属,那么,奥勃洛摩夫与普舍尼岑夫人的"旧式"活法则使他们更像真实的柴米夫妻。

奥勃洛摩夫与普舍尼岑夫人结合后,他沉浸在被阳光、金丝雀、孩子们和女主人用力挥动胳膊肘捣碎桂皮的香味所包围的氛围里,"他仿佛看见在他的祖屋里用蜡烛照明的昏暗的大客厅,已经故去的母亲和她的客人们坐在圆桌旁默默地做针线活,父亲在默默地踱步",于是"现在和过去汇合了,交织在一起"。[3] 这种"聚合"式的、温馨的家的感觉,使他"仿佛生活在一个金色的画框里,框里的画是透景画,只有一般昼夜和季节的交替,没有别的变化"[4]。因为只有在如此宁静的田园诗般的世界里,他才会远离彼得堡正在沸腾的激情、远离那个世界的种种纷争。奥勃洛摩夫不愿意把生活想象成施托尔茨想象中的那样一条波涛汹涌、奔腾向前的大江大河。因为,他认为,"那是病态,是发烧,好比石滩上的急流,好比决堤和泛滥"[5]。

奥勃洛摩夫之所以逃离沸腾热闹的都市生活,是因为"在那边,有种种虚假的希望和幸福的美妙幻影来作弄人;在那边,人被自己的思想啃噬煎

---

1 [俄]冈察洛夫:《奥勃洛莫夫》,陈馥译,北京:人民出版社,2008年,第468页。
2 同上书,第532页。
3 同上书,第523页。
4 同上书,第515页。
5 同上书,第369页。

熬，又被情欲害得痛不欲生；在那边，理智时而失败时而胜利；在那边，人不停地搏斗，遍体鳞伤地退出战场，却仍然心怀不满，不知餍足"[1]。而在普舍尼岑夫人家里，"他的心是平静的，什么都不需要，也不想到别处去，好像他需要的这里都有了"[2]。作为东正教文化所塑造的淡泊世俗名利、热心精神和信仰的灵魂，奥勃洛摩夫的"天性和他所受的教育决定了他不是竞技场上的斗士，而是竞技场上一个心平气和的旁观者"[3]。奥勃洛摩夫深情无限地憧憬着他的田园理想和田园诗价值。即便是最后的时刻，他也是在没有痛苦没有折腾的平静中度过。作者通过奥勃洛摩夫的与世无争和知足传达出这样的生命哲学："他的一生不只是碰巧如此简单，而是注定要如此简单，以便表现人生也可能如此理想而平静。"[4]

四、结语

诚然，在这场都市文明与田园理想的对话中，小说既没有把奥勃洛摩夫庄园和维堡区的普舍尼岑夫人家的田园式生活理想化，也没有把象征资本主义都市文明的彼得堡世界理想化。田园理想和田园诗价值虽然是作家着意弘扬的主题，但是作者对于以"奥勃洛摩夫精神"为代表的俄罗斯灵魂是自觉省察的，这种省察借别尔嘉耶夫的概括即是："在俄罗斯人身上，没有欧洲人那种在不大的灵魂空间集聚自己能量的那种狭隘性，没有那种对时间和空间的经济打算和文化的集约性。旷野对俄罗斯灵魂的统治产生了一系列俄罗斯美德和缺点。俄罗斯的惰性、满不在乎、缺乏首创精神、责任感薄弱，都与此相关。"[5]同时，作品的显性时空体——彼得堡，虽然正值当下，但活跃其中的正面人物却又显得抽象而不真实。因为对于现代文明的美好期待是试图借助于"非俄国因素"

---

1 [俄]冈察洛夫：《奥勃洛莫夫》，陈馥译，北京：人民出版社，2008年，第516页。
2 同上书，第420页。
3 同上书，第517页。
4 同上。
5 [俄]别尔嘉耶夫：《俄罗斯的命运》，汪剑钊译，昆明：云南人民出版社，1999年，第56页。

的施托尔茨和具有"待嫁新娘"特征的奥莉加来实现的;而它的弊端和丑陋,则已经通过那些生活在彼得堡的各色人等、通过塔兰季耶夫与马特维伊奇之间的交易、普舍尼岑夫人家田园生活的兴衰败落等一一呈现出来。这种悖论式的描写恰切地反映出当时的俄国人对于"德国因素"是否能给俄国带来理性秩序的疑虑。在俄国人眼里,德国人的理性、聪明、效率、成功,虽然颇值得赞叹,但是他们灵魂中的窄小格局、精打细算又往往促成了令人厌恶的小市民习气。博大散漫的俄罗斯灵魂与刻板精准的日耳曼灵魂是格格不入的,所以奥勃洛摩夫才会对施托尔茨说:"我已经永远脱离了你想拉我去的那个世界。你不可能把裂开的两半焊接起来重新组成一个整体。"[1]

施托尔茨说,奥勃洛摩夫毁于"奥勃洛摩夫精神"。但值得玩味的是他对于奥勃洛摩夫的下列评价:"因为他有比任何头脑更可贵的东西:一颗诚实、忠诚的心!这是他生来就有的宝藏。经过风风雨雨,这宝藏仍然完好无损。他在生活的碰撞下一次次跌倒,渐渐变得冷漠,终于感到幻灭和绝望而沉沉睡去,失掉了去生活的力量,但却没有失掉诚实和忠诚。……任何漂亮的谎言都诱惑不了他,没有什么把他引上歧途。任凭整个龌龊、邪恶的海洋在他周围汹涌,即使整个世界都中了毒,颠倒过来,奥勃洛摩夫也不会向谎言的偶像顶礼膜拜,他的心灵永远纯净、光明、诚实……这是一颗水晶般透明的心。"[2] 所以,如果"奥勃洛摩夫精神"渗透着怠惰和幻想,那么,它更折射着诚实和善良。这种诚实和善良,在功利算计的现代文明中犹如珍宝,实属罕见。因此,作者借普舍尼岑夫人在奥勃洛摩夫死后所表现出来的"居丧者的尊严和温顺的沉默"[3] 表达了对于逝去的奥勃洛摩夫时代的追悼。

从19世纪中叶至70年代,作家冈察洛夫接连创作了三部长篇小说,即《平凡的故事》(《Обыкновенная история》,1847)、《奥勃洛摩夫》

---

1 [俄]冈察洛夫:《奥勃洛莫夫》,陈馥译,北京:人民出版社,2008年,第526页。
2 同上书,第510页。
3 同上书,第523页。

(《Обломов》，1859)、《悬崖》(《Обрыв》，1869)。作者表示："我不是把它们当作三部小说，而是一部。"[1] 因此，我们只能在三部小说的内在逻辑关系中，把握《奥勃洛摩夫》的真正意蕴。小说《奥勃洛摩夫》固然通过主人公奥勃洛摩夫表现了对俄国贵族庄园文化对于人格建构的缺陷以及它所衍生的寄生性的批判，但是这部作品的主旨还是在于表现俄罗斯宗法制文化与西方工业文化、俄罗斯灵魂与日耳曼灵魂、东正教伦理和新教伦理的价值冲突。它将俄罗斯传统文化中的聚合、浪漫和单纯与西方现代文化中的离散、理性和功利同时置于人道主义的天平进行考量。在《奥勃洛摩夫》这一双时空体结构中，主人公奥勃洛摩夫作为典型的"俄国形象"，它仿佛是一块古老的俄罗斯宗法制文化的活化石，成为世人探究俄罗斯民族性格、俄罗斯东正教文化以及宗法制伦理和资本主义伦理的内在区别的重要依据。作为活化石，其中的精华与糟粕参半。冈察洛夫之所以没有让"昏睡"的奥勃洛摩夫"醒来"，目的在于让奥勃洛摩夫所凝聚的一切，作为文化遗产，冻结并保存下来。精华与糟粕，需要靠历史沉淀来结晶和过滤。因为，如果奥勃洛摩夫"醒来"，他的发展或许只有两个向度：或是成为《平凡的故事》中的变得"聪明"的阿杜耶夫那样的市侩；或是成为《悬崖》中艺术家莱斯基那样的空谈家和伏洛霍夫那样的文化虚无主义者，而这些人不但不能成为担当俄罗斯未来的"新人"，很可能将成为俄罗斯民族文化的"掘墓人"。同样，具有德国血统的、经常"缺席"的施托尔茨也不能成为俄国未来的"新人"，正如作家冈察洛夫在《迟做总比不做好》(《Лучше поздно, чем никогда》，1879)中所指出的那样，俄国未来的"新人"是脚踏俄罗斯大地"干活儿的杜申们"，"杜申[2] 是我们真正的行动派，我们稳固的未来"。[3]

---

1 [俄]冈察洛夫：《迟做总比不做好》，见[俄]冈察洛夫、屠格涅夫、陀思妥耶夫斯基、柯罗连科：《文学论文选》，上海：上海译文出版社，1997年，第52页。

2 杜申是冈察洛夫的长篇小说《悬崖》中的人物。

3 [俄]冈察洛夫：《迟做总比不做好》，见[俄]冈察洛夫、屠格涅夫、陀思妥耶夫斯基、柯罗连科：《文学论文选》，上海：上海译文出版社，1997年，第86页。

第四节　铺排在"双层语义"结构中的对立主题
——А. 别雷的《彼得堡》解析

对于20世纪前20年的俄罗斯文学史而言，安德烈·别雷（Андрей Белый，1880—1934）的长篇小说《彼得堡》（《Петербург》，1913年）占据着不可忽视的重要地位。作为一部象征主义小说，《彼得堡》不仅是作家在哲学、社会科学和美学上的集大成之作，也是他实现象征主义文学实验意图的巅峰之作。他的《彼得堡》是一部记录历史时代巨变的艺术文献，在其中，彼得堡本身就成为时代危机、文化危机的象征。作为当时的俄罗斯的首都，彼得堡在本质上是整个俄罗斯的一面镜子，那里折射了整个俄罗斯的过去时代，并包含着关于它的未来的一切可能。整部小说在主导主题、情节结构、人物形象、可识别的文化历史中都显露出由А.С. 普希金、Н.В. 果戈理、Л.Н. 托尔斯泰、Ф.М. 陀思妥耶夫斯基等人创建的俄罗斯经典文学传统的深刻影响。正如В.Н. 托波罗夫所言，安德烈·别雷的这部小说体现了俄罗斯文学彼得堡题材的复兴。[1] 同时，在神话诗学层面，作者富有创意地演绎并改变了传统彼得堡神话的语义范式，使这部象征主义的"彼得堡文本"承载着巨大的信息量和广阔的释义空间。

一、引言

作为别雷的象征主义理论的文学实践，《彼得堡》对传统彼得堡神话语义范式的改革是通过新的语义结构来呈现的。俄罗斯学者Вл. 帕别尔内（Владимир Паперный，1944— ）指出，小说《彼得堡》具有"双层结构"。[2]

---

[1] *Топоров В.Н.* Петербургский текст русской литературы. Избр. труды. - СПб.: Искусство-СПб., 2003 с. 25.

[2] *Паперный В.* Поэтика русского символизма: персонологический аспект // Андрей Белый. Публикации. Исследования. - М.: ИМЛИ РАН, 2002. С.152.

小说的第一层结构为表层语义结构，围绕"弑父"情节展开，主要介绍了彼得堡的现实事件，诸如参议员的儿子与恐怖主义"政党"的联系、密探利潘琴科的败露和被谋杀、平民主人公杜德金的疯狂等。第二层结构是深层语义结构，它通过主人公们的"大脑游戏""星际旅行"和梦境所延展的"第二空间"来实现，这一结构主要涉及神话诗学和哲学层次。在致伊万诺夫·拉祖姆尼克的信中（1913年12月）别雷表示，《彼得堡》想以象征的方式描绘即将来临的世界灾难："我的整本小说都以象征性的时间和地点描绘了残缺的心理形式的潜意识生活。从本质上说，我的'彼得堡'是人与自然隔绝的瞬间生活，它与人的自发性脱节了。……小说行为的真正作用是某个人的灵魂，不是人物形象，而人物是精神形式，也就是说，它们还没有达到意识的门槛。"[1] 哲学家 H. 别尔嘉耶夫十分精准地指出了别雷的《彼得堡》双层语义结构对于传统彼得堡神话的继承和演进："安德烈·别雷描绘了彼得堡的终结，及其他的最终的消散。青铜骑士在彼得堡压制了活人。青铜骑士的形象支配着彼得堡的气氛，并将其星际的同貌人分散到各处。"[2]

《彼得堡》中的双层语义结构传达了外部世界和内部世界的分裂，这种分裂不仅在人类的社会历史，也在人类的精神历史中都得到了体现。别雷将这种分裂视为人类文明的一种退化，因为这一现象的出现源于世界对谎言与真理、善与恶的评价标准的变化，这种变化打破了宇宙的和谐，引发了世纪之交在意识形态和文化层面的全面危机。基于此，别雷在自己的小说中展示了一系列相互对立、彼此关联的对立矛盾，它们渗透在意识形态和诗学的各个领域。

别雷将《彼得堡》的创作置于传统的彼得堡神话框架内，并在彼得堡的

---

[1] *Андрей Белый и Иванов-Разумник.* Переписка. СПб.: Изд-во Феникс; A the neum, 1998. с. 35.

[2] *Бердяев Н.А.* Астральный роман. Размышления по поводу романа А. Белого «Петербург» // Андрей Белый: pro et contra. Личность и творчество Андрея Белого в оценках и толкованиях современников / сост., вступ. ст., коммент. А. В. Лаврова. -СПб.: Изд-во рус. христиан. гуман. ин-та, 2004. с. 417.

背景下在小说中叠加了俄罗斯思想自彼得改革直到 20 世纪上半叶持续发酵的有关东方与西方、中心与边缘、野蛮与文明、虚幻与现实、个体与群体等诸多层面的对立主题。在小说诗学层面，上述对立主题均以符号学的方式，遵循尤里·洛特曼（Юрий Михайлович Лотман, 1922—1993）所提出的"中心—边缘"的对立原则在小说中全面铺排。

二、纠缠在俄罗斯灵魂中的东西方矛盾

别尔嘉耶夫指出："东方与西方两股世界历史之流在俄罗斯发生碰撞，俄罗斯处在二者的相互作用之中。……俄罗斯是世界的完整部分，巨大的东方—西方，它将两个世界结合在一起。在俄罗斯精神中，东方与西方两种精神永远在相互角力。"[1] 关于俄罗斯的东西方矛盾由来已久，它们已深入俄罗斯民族的骨髓，成为俄罗斯灵魂的基本样态。对于别雷而言，1905 年发生在俄罗斯的革命事件和那些年来社会活动的"回潮"，加剧了俄罗斯的东西方矛盾，使俄罗斯更深地陷入东西方世界的敌对之中。而处于俄罗斯帝国中心的彼得堡便成了这一矛盾最集中的"病灶"：矛盾蔓延到表面，渗透到各处。小说开篇就指出了彼得堡的地缘政治意义："要是彼得堡不是首都，那——也就没有彼得堡。那样，它的存在也就大可怀疑了。……在地图上存在着——彼得堡：形似一个套一个的两个圆圈中心的一个小黑点；它就从这个没有度量的精确小点有力地宣告自己的存在。"[2] 地图上这个并不起眼的"小黑点"，正聚集着一触即发的各种矛盾，它是混乱的中心，正处在混乱和深渊之上。

作为一座位于欧亚之间、矗立在沼泽之上的帝国都城，彼得堡虽然拥有直线大街，拥有平行六面体的光泽外墙和立方体建筑的现代模样，但由于自

---

1 [俄]尼·别尔嘉耶夫：《俄罗斯思想》，雷永生、邱守娟译，北京：生活·读书·新知三联书店，1995 年，第 2 页。
2 [俄]安·别雷：《彼得堡》，靳戈、杨光译，北京：作家出版社，1998 年，第 8—9 页。

己的"分岔"位置,它正徒劳地在雾中寻找自己的道路。显然,指望彼得堡来决定俄罗斯的命运是大可怀疑的。在《彼得堡》中,别雷直接宣称彼得正是撕裂俄罗斯肉体的那些对立矛盾的罪魁祸首:"从金属骑士疾驰到涅瓦河畔的那个孕育着后果的时候起,从他把马掷到芬兰灰色的花岗岩上那些日子起,——俄罗斯分裂成了两半;分裂成两半的,还有祖国的命运本身;俄罗斯——受苦受难,嚎哭着,直到最后一刻,分裂成两半。"[1]别雷将俄罗斯比作一匹马:它会离开自己的土地吗?是会选择西方的发展道路,还是会"垂悬于云端",沉迷于东方的冥想?带着这些疑问,小说通过几位主要主人公的内在分裂展现了东西方矛盾在俄罗斯灵魂中的纠缠。

参政员阿波罗具有"深远的蒙古血统",他的高祖阿勃—拉依在安娜·伊万诺夫娜女皇执政期间就从吉尔吉斯—卡依撒茨汗国来到俄罗斯为帝国效劳。在上层机构,阿波罗是一个真正的中心,是一种神秘的力量。他既喜欢东方制度,对国家充满了"平面几何的爱",同时也不排斥西方的技术,为引进美国的打捆机力排众议。他害怕曲线,喜欢一切笔直的东西。在他看来,"任何用言语交换的意见都没有像线条一样明确、直接"[2]。然而身居要津的阿波罗虽然是国家机构"强大的放射点、权力和无数多方面计谋的推动因素"[3],但在家庭生活中,他就"像个矮小的埃及人"[4]。他的儿子尼古拉长着一张希腊人的脸,"具有一种贵族特有的高贵气质……前额清秀,脉管突出"[5],头上戴一顶东方的瓜皮帽,身穿布哈拉长衫,脚蹬一双带毛边的鞑靼便鞋。叙述者直接点出了汇聚在尼古拉外观上的东西方矛盾:"一个出色的青年,变成了一个东方人。"[6]同时,由于"一种热情的毒药"进入了尼古拉

---

[1] [俄]安·别雷:《彼得堡》,靳戈、杨光译,北京:作家出版社,1998年,第152页。
[2] 同上书,第277页。
[3] 同上书,第74页。
[4] 同上书,第283页。
[5] 同上书,第65页。
[6] 同上书,第64页。

的大脑[1]，他一边在书斋里沉湎于康德哲学，在大脑里进行着"清晰理性"的星际旅行，一边在内心里燃烧着狄奥尼索斯的激情和革命的冲动。

居住在瓦西里岛上的平民知识分子杜德金，更是一个分裂的"怪人"：一边热衷于恐怖活动，鼓吹"基督教已经过时了：恶魔主义中有对偶像的粗暴崇拜"[2]；一边暗自品读启示录，并试图在《特列勃尼克》中寻求灵魂慰藉。当他对自己所投身的"共同的事业"以及对利潘琴科产生怀疑时，他意识到，"恩弗朗西什"实际上是自己的异己本质。[3]那是一种杂糅着东方神秘主义和狄奥尼索斯激情的混合物，它们像病菌一样侵入大脑并最终使自己分裂。谵妄中杜德金的意识里幻化出那位著名的"铜骑士"，后者已把"金属铸进他的血管里了"，于是他跪在"铜客人"的面前喊了声："老师。"[4]杜德金在精神上继承了彼得的衣钵，试图摧毁一切旧有体制，但是他所参与的恐怖主义活动本身的野蛮和反人道主义，却让他信奉的"共同的事业"偏离了轨道。在醒悟之时，杜德金感叹道：叶甫盖尼们跟着这位铜骑士"白白跑了一百年"[5]，因为"歪理"蒙住了他们的眼睛。这个人物身上留有特别鲜明的叶甫盖尼和拉斯科尔尼科夫的痕迹。杜德金形象的复杂性在于，既有"小人物"与强权的抗争，又有"小人物"对于"强有力个性"的崇拜。

在《彼得堡》中，别雷以象征主义的方式继续将东西方对立主题在小说的空间结构中以"中心与边缘"的对立向纵深拓展。在小说中，瓦西里岛是与彼得堡帝国相对立的"另一个空间"。彼得堡是帝国的中心，而瓦西里岛则是它的边缘。岛屿与帝国的彼得堡形成了鲜明的二元对立。在这里，岛屿是不屈的自然力的象征，是一股象征东方的野蛮力量。它是"曲线"的来源，热爱平面几何的阿波罗"对曲线不能容忍"。然而，瓦西里岛又是倒置

---

1 [俄]安·别雷：《彼得堡》，靳戈、杨光译，北京：作家出版社，1998年，第248页。
2 同上书，第470页。
3 同上书，第490页。
4 同上书，第494页。
5 同上书，第493页。

的帝国彼得堡形象,而彼得堡的特征则具有相反的岛屿符号特征。[1]这种倒置不仅体现在空间元素上,也体现在主人公的镜像的反射上。"阿波罗不喜欢岛屿,那里的居民是粗野的"[2],在阿波罗看来,岛上的居民是"古怪的低能的杂种:人不像人,影子不像影子"[3]。如果对于阿波罗·阿波罗诺维奇来说,来自岛上的"陌生人"——恐怖主义分子杜德金是恶魔原则的表现者,是破坏"四边形立方体"的"曲线";那么相反,杜德金"这位从岛上来的陌生人,对彼得堡早就恨透了!"对他而言,"帝国彼得堡"就是邪恶的化身,而这邪恶化身的代表人物则是参政员——是必须要"炸掉"的对象。吊诡的是,岛上的"曲线"正来自西方的"病毒",而彼得堡的"平面几何"正是借助于东方专制的无限权力规训出的西方秩序的形态。它们首尾相连,好似蝎子咬住了尾巴。究其实质,都是丧失了自己的根基。

三、彼得堡的虚幻与现实

像传统的彼得堡文本一样,别雷的《彼得堡》中,也表现了虚幻与现实的对立主题,与以往不同的是,这一主题是在康德哲学的前提下展开的。也就是说,在别雷那里,虚幻与现实的对立是被高度哲学化的。首先,彼得堡时空的幻觉来自人物的"大脑游戏"。康德哲学决定了大脑游戏的动机,借助于"大脑游戏"别雷在小说中创造了城市的"第二空间"。"阿波罗·阿波罗诺维奇总是看到两个空间——一个物质的(房间的墙和马车的四壁),另一个呢——倒不是什么精神的(也是物质的)……这么说吧:参政员阿勃列乌霍夫的眼睛看到参政员阿勃列乌霍夫的头顶上有个古怪的流体:从一个旋转的中心放出的明亮、闪烁、模糊、欣喜地蹦跳着的斑点,把物质空间的

---

[1] *Л.Г. Кихней, А.В. Вовна.* Преломоение «Петербургского мифа» в Городском тексте романа Андрея Белого «Петербурга» // Вестник КГУ им.Н.А.Некрасова.2011. № 1. C.134.

[2] [俄]安·别雷:《彼得堡》,靳戈、杨光译,北京:作家出版社,1998年,第26页。

[3] 同上书,第326页。

界限拉到昏暗之中;这样,在一个空间里出现了一个空间,后者在把其他的一切掩盖起来的同时,自己首先奔向摇摇晃晃波动的无限前景。"[1]在这方面,彼得堡的魔幻性在小说得到了真正的阐释:彼得堡是虚幻的,因为它是想象力的虚构,是"纯粹理性"游戏的结果。

虚幻不仅表现在康德的"理性游戏"中,而且它也在现实的官僚机构中再现。有关官僚主义的话题早在果戈理的彼得堡书写中就已存在。但是在《彼得堡》中,别雷按照"象征主义"逻辑,将官僚主义动机与大脑游戏的动机联系起来,改观了这一话题的传统表现模式。在别雷的笔下,这座城市的最神秘、最强权的部分,正是来自政府机构某间办公室的某个"大脑",而"大脑"在"游戏",因而彼得堡的官僚机构本身也就成为一个"幻象"。在这里,阿波罗是"强大的放射点、权力和无数多方面计谋的推动因素"[2],是一种具有牛顿意义的神秘力量。

虚幻还与彼得堡的"复制"的现代化现实相关。放眼望去,彼得堡就是"一种无限,它存在于奔忙的大街的无限之中,而奔忙的大街的无限又带有融入奔忙的、纵横交错的阴影的无限之无限。整个彼得堡就是n次幂的大街的无限"。[3]

虚幻和现实的对立还表现在"梦境"。正如杜德金在自己的梦境中与"同貌人"的对话中所说:"彼得堡拥有的,不止三个维度——有四个;第四维度——服从于未知数。"[4] 小说的"梦境"与彼得堡是幻影城市的神话相关。这方面,主要表现在城市的光影意象上,比如,彼得堡"发绿的亮光""脏兮兮的烟雾""闪泛着如鳞片般银光"的河水等等,暗示着所发生的一切都具有虚幻性质。

---

1 [俄]安·别雷:《彼得堡》,靳戈、杨光译,北京:作家出版社,1998年,第214页。
2 同上书,第74页。
3 同上书,第28页。
4 同上书,第479页。

四、阿波罗原则与狄奥尼索斯原则的对峙

在《彼得堡》中，别雷在尼采（Friedrich Wilhelm Nietzsche, 1844—1900）哲学和古希腊神话的基础上，建构了文本的阿波罗原则与狄奥尼索斯原则的对立结构[1]，因此在小说的语义场域中叠加着诸多异质文化元素。如此一来，别雷的主人公们就富有多重含义：一方面他们代表着真实彼得堡时空中行动着的人物，另一方面他们又是戴着相关古希腊神话神灵"面具"的哲学隐喻。小说中阿波罗原则与狄奥尼索斯原则的象征人物，分别是参政员阿波罗·阿波列乌霍夫和他的儿子尼古拉·阿波列乌霍夫以及平民知识分子杜德金。在古希腊神话中，阿波罗和狄奥尼索斯分别是太阳神和酒神。在尼采哲学中，阿波罗原则和狄奥尼索斯原则是悲剧诞生的源头。阿波罗的本质是"梦"和理性，而狄奥尼索斯的本质则是"醉"和"癫狂"。在小说中，阿波罗原则不仅体现在参政员的大脑的"理性清晰"层面，也体现在与之相连的空间形象层面。彼得堡是一座有着直角和直线大街的城市，沿着如此散射的轨迹，城市外部的光洁表面证明了彼得堡城市空间的"阿波罗式结构"。

同时，小说中的狄奥尼索斯原则也与其空间形式和主人公形象有关。依据传统的彼得堡神话，彼得堡是一个临界空间，包含着秩序和混乱的两个对立面。在小说中，太阳神化身的参政员象征着文明与秩序，而酒神化身的尼古拉和杜德金则象征着野蛮和混乱。如果阿波罗·阿波罗诺维奇主要在白天行动，那么尼古拉·阿波罗诺维奇和亚历山大·杜德金则更经常地出现在夜间，这体现了与阿波罗太阳神相反的语义，因为酒神狄俄尼索斯是酒神，体现了黑暗的意味。尼古拉和杜德金的形象伴随着酒神的所有属性，例如尼古拉的"红色多米诺"的面具、杜德金骑在利潘琴科身上将其杀死的影像，这

---

[1] Л.Г. Кихней, А.В. Вовна. Преломоение «Петербургского мифа» в Городском тексте романа Андрка Белого «Петербурга» // Вестник КГУ им. Н.А.Некрасова. 2011. № 1. C.135.

些情节类似于古希腊酒神祭祀活动中的面具表演和"驱鬼"的殴打仪式。在小说里,如果阿波罗原则象征着专制强权的理性与秩序,那么狄奥尼索斯原则则试图以"混乱和激情"打破这种禁锢。

五、个体与世界的冲突

与传统的彼得堡文本中"小人物"与独裁者的对立不同,别雷的《彼得堡》以象征主义形式对个体与世界的冲突问题进行了深入的思考。首先,"复制性"现代化使人的个性消失在物质之中。"复制性"的现代化使彼得堡的大街具有主体人格的特征,而行走在大街上的人则成为一种陪衬,是一种丧失个性特征、不具备灵魂的客体物象,"彼得堡的马路具有确凿无疑的特点:把过往的行人变成影子,影子又把彼得堡的马路变成人"。[1] 在此,别雷一语中的地点到了彼得堡的要害:彼得堡的现代化只是"物象"的现代化,那里有象征理性和秩序的直线大街,而行走在大街上的不过是戴着形形色色的帽子、拥有各种形状的鼻子、撑着各色雨伞的"欧化"面具。在那里,个体并不存在,他淹没在形形色色的"欧化"面具里,像一条"多足虫"在大街上蠕动。"涅瓦大街上没有人;但那里有一条在爬行、喧哗的多足虫",它在"沙沙响地踏着爬行过去——没有头部,没有尾巴,没有意识、没有思想",它已在"涅瓦大街上爬行几百年了"。[2] 再则,别雷借助对"我"与"我们"的思辨,探讨了个人与群体的对立。在《彼得堡》中,别雷以工人的罢工和"呜呜呜"的声浪来呈现1905年的革命。在这里,罢工的人群和"呜呜呜"的声浪同时作为一种社会的自然力的象征,具有极大的裹挟性和破坏力。无独有偶,杜德金正深陷"我"与"我们"分裂的虚无感之中:"'共同的事业'对我来说,它其实早已成了不允许我和别人见面的个

---

[1] [俄]安·别雷:《彼得堡》,靳戈、杨光译,北京:作家出版社,1998年,第52页。
[2] 同上书,第408—409页。

人事业：要知道，共同的事业并没有把我从活人的名单上勾销"[1]，"我是我；可他们对我说，好像我不是我，而是某个什么'我们'"。[2] 杜德金的困惑来自社会的奴役和个体人格的丧失。他虽然是活人，但却不能作为真实的个体生存，只能作为某种幻象化的"我们"而存在。杜德金开始意识到自己作为一颗鱼卵的命运："鱼卵是什么？它是一个世界，又是一种消费品；作为消费品，鱼卵不具备能满足使用的整体性"[3]，他终究明白了自己不过是被利用的一个工具而已，不禁感叹道："我是'非我'，我变成我的影子。"

六、结语

将小说中所有对立主题聚集一身并将情节推向高潮的是尼古拉意欲"弑父"的情节，它似乎想借一枚埋在"沙丁鱼罐头盒"里的炸弹解决俄罗斯文化传统中的"父与子"的所有争端。小说中，尼古拉的弑父动机缘起于参政员家庭矛盾的"白热化"：尼古拉由于对父亲的怨恨和私人感情的挫败，陷入一种绝望，恍惚中"曾答应过对自己来说一项可怕的任务"[4]，准备用装有炸弹的沙丁鱼罐头盒炸死父亲。但是弑父是人伦大忌，它将引发一场礼崩乐坏、瓦釜雷鸣的世界性灾难，它是违反世界和谐的恐怖象征。在小说中，随着弑父计划的逼近，尼古拉的精神危机愈发强烈。杀死父亲也将杀死自己，摧毁自己的内在宇宙。在良心的煎熬中尼古拉想象自己杀害父亲的场面，他似乎看到父亲苦苦哀求的眼睛，看到父亲的"手指头、这个脖子及两个翘着的招风耳"已"变成一堆血污"[5]。小说展示了尼古拉灵魂中的内在博弈：一开始，"尼古拉一号战胜尼古拉二号；社会主义者战胜贵族小子，冷酷战

---

1 [俄]安·别雷：《彼得堡》，靳戈、杨光译，北京：作家出版社，1998年，第125页。
2 同上书，第126页。
3 同上书，第407页。
4 同上书，第112页。
5 同上书，第368页。

胜亲情"。¹ 这个时候，在尼古拉眼里，父亲是"一个金光闪闪的'小老头子'"²，"一个臭名昭著的坏蛋"。³ 然而，在感受到杜德金的孤独和疯狂、利潘琴科的恐吓和胁迫之后，他开始厌恶"洋铁罐头盒的形式本身"⁴。最终，尼古拉意识到自己是一个"弑父者"、一个"骗子"⁵，因为自己"以思想的名义完成的行动与魔鬼般冷酷的虚伪及可能的陷害结合在一起"，在其中，除了弑父，"还掺杂着撒谎，还掺杂有怯懦；而主要的——是卑鄙"。⁶

小说通过弑父主题，将个人生活与俄罗斯的历史共同联结成一个不可分割的整体，它展现出整个世界充满矛盾、内在分裂的统一性。弑父主题象征着破坏：破坏个性，破坏世界，破坏宇宙。破坏归因于国家结构和宇宙结构中积累的矛盾。而彼得堡正是这些矛盾的集结点。在别雷看来，彼得堡的基础已经违反了自然和历史的和谐，它本身就是一个"内容可怕的沙丁鱼罐头"，它将"把周围的一切变成一团血淋淋的泥浆"。⁷ 也就是说，所有将世界撕裂的对立矛盾都"凝聚"在这个极具破坏力的"炸弹"之中。Л.К.多尔戈波洛夫（Леонид Константинович Долгополов, 1928—1995）认为，炸弹"作为时代的象征，即将准备就绪，将以自己的方式爆炸"，"以自己的方式克服个性，将自己融化在世界的海洋中，与宇宙的整个自然生命融为一体"。这种生命既"没有开端，也没有终结，没有中心，也没有边界，没有时间，也没有空间。"⁸

别雷认为，为了使俄罗斯回归自己的根基并找到出路，必须克服其内在的分裂。而解决这一矛盾的唯一方法便是既体验爆炸又防止爆炸的可能。

---

1 [俄]安·别雷：《彼得堡》，靳戈、杨光译，北京：作家出版社，1998年，第167页。
2 同上书，第167页。
3 同上书，第169页。
4 同上书，第411页。
5 同上书，第506页。
6 同上书，第532页。
7 同上书，第502页。
8 Долгополов Л.К. А.Белый и его роман «Петербург». Л.; Советский писатель, 1988. C.205.

因此别雷设计了这样的结局：在不成功的爆炸之后，参政员与儿子尼古拉之间的矛盾被炸出了"缺口"，父与子不再敌对，恢复了精神上和情感上的联系。两人最终离开对立矛盾的渊薮——彼得堡，分别以平静、沉思的状态开启了生命的新阶段。

第五节 "沙化之城"何以自救？
——К.瓦基诺夫的《山羊之歌》解析

在20世纪20年代，苏联文坛出现了一部特别引人注目的作品，即长篇小说《山羊之歌》(《Козлиная песнь》，1926—1927)，它是列宁格勒作家К.К.瓦基诺夫（Констатин Констатинович Вагинов，1899—1934）一系列"彼得堡童话"的第一部作品。这部小说从"战时共产主义的第一个冬天"写起，描述了苏联成立之时彼得堡—列宁格勒的生活。著名的"彼得堡文本"研究专家В.Н.托波罗夫在自己的研究中赋予了这部小说一种特殊的功能，即"这是最后一部将彼得堡文本的所有范式进行链接的作品，具有里程碑式的意义"。他认为，《山羊之歌》在彼得堡文本已有百年历史的时刻出现，本身就意味着彼得堡已经寿终正寝，而瓦基诺夫本人可以被视为"彼得堡题材的终结者"。[1]

一、"沙化之城"：一个隐喻

作为彼得堡文本，《山羊之歌》中彼得堡形象在作品中有着至关重要的意义。小说的核心叙事是关于旧世界的灭亡（沙皇俄国）以及它被新世界（苏维埃俄罗斯）替代的故事。在《山羊之歌》中，彼得堡的形象被转喻为

---

[1] *Топоров В.Н.* Петербург и петербургский текст русской литературы // Семиотика города и городской культуры. СПб.; Тарту, 1984. C.15-16.

逝去的时代，是那个时代的核心部分。因此，小说的主要主人公们也与这个被转喻的时代相关联。他们与那个时代、与彼得堡一起死去了。小说开篇即是："现在没有彼得堡，有列宁格勒；但是列宁格勒跟我们没关系……"[1] 很显然，瓦基诺夫的《山羊之歌》是建构在彼得堡文本有关这座城市的末世论神话的基础上的。

作者意味深长地将这座城市继续置于彼得堡末日论神话背景之中，因为只有这样才能在小说中复活彼得堡神话的主要特征。像果戈理和陀思妥耶夫斯基的彼得堡一样，瓦基诺夫的彼得堡也是一座充满幻影的城市。在瓦基诺夫的笔下，彼得堡不是像罗马、亚历山大里亚或帕尔米拉那样，是消亡的古代都城，而是一片"无根的沙漠"："沉重的沙子盘旋着卷向难以忍受的天空，形成一个圆柱状，沙浪向上翻滚着并板结在墙上。风卷起一列列沙尘，横扫屋顶，人准备着与沙砾一起长成树并结出奇妙的果实。"[2]

20世纪20年代的彼得堡是一个不断变形的城市，不但城市的名字在改变（由彼得格勒改为列宁格勒），城市时空的所有物象也在改变。对于瓦基诺夫来说，一个宏伟的变化正在显现。这同时既吸引他又令他排斥。[3] 在《山羊之歌》的序言中，作者指出，城市的色彩发生改变有一段时间了，如果过去是"巴洛克式、新罗马式、新希腊式的建筑岛屿"照亮了蔚蓝的天空，那么现在某种绿色的灯光在城市的周围徘徊闪烁："对于我而言，彼得堡从某个时候起就涂上了一层绿色，那颜色泛着可怕的磷光，一闪一闪。在房间里，在街道上，在脸上和灵魂里，绿色的灯光在颤抖，发出恶意的咯咯笑声。灯光眨着眼睛，在你面前的不是彼得·彼得罗维奇，而是一个粘稠的混蛋。在那灯光照耀下，你比爬行动物都不如；在街上蹒跚徘徊着的不是人：

1　*Вагинов К.К.* Козлиная песнь // *Вагинов К.К.* Козлиная песнь. Труды и дни Свистонова. Бамбочада. М., 1989. С.20.

2　*Вагинов К.К.* Козлиная песнь. Романы / вступ. ст. *Т.Л. Никольской*, примеч. *Т.Л. Никольской, В.И. Эрля.* М.: Современник, 1991. С.14.

3　*Вагинов К.К.* Песня слов. М: ОГИ, 2012. С.306-307.

如果你朝帽子底下瞥一眼，会看见一个蛇头；再瞧那老妇人，是坐着的蟾蜍正用肚子在爬。"[1]

20世纪上半叶，俄罗斯历史局势的剧烈变化，引起了人们对俄罗斯命运的普遍关注。人们成为俄罗斯历史上彼得堡时代终结的见证者，因此在这一时期的彼得堡文学中，传统的彼得堡末日论神话就成为表现这一危机的主要动机。学者В.И.久帕（Валерий Игоревич Тюпа, 1945—）写道："历史现实的世界末日情形震惊了彼得堡文本，并在它的神话诗学层面历史性地突显出来。"[2]

二、"北方罗马"的沉落

《山羊之歌》的独特之处在于它与通常的对于彼得堡神话的阐释大相径庭。通常，彼得堡被阐释为违反自然的"敌基督"之城，它有一个"遥远且邪恶的'开始'"[3]，这个开始使它背负着注定灭亡的诅咒。因此，彼得堡神话往往是一个复杂的符号系统，它的宇宙起源的神话通常连着它的末日论神话。然而，在《山羊之歌》中，这座城市的死因与传统的俄罗斯文学的彼得堡文本有所不同。对于瓦基诺夫而言，俄罗斯历史的彼得堡时期好比罗马帝国的黄金时代，而彼得堡好比"新罗马"，那曾经是一座"像沙沙作响的花园，像歌唱的青年，像飞翔的箭矢"[4]一样的城市；那里有蔚蓝的天空、蓝色的涅瓦河、迷人的白夜；它的时空中点缀着星星、月亮、雕塑、建筑古迹、花园和公园……那是人类文化、艺术与和谐的瑰宝和精髓。正如多尔戈波洛

---

[1] *Вагинов К.К.* Козлиная песнь // *Вагинов К.К.* Козлиная песнь.Труды и дни Свистонова.Бамбочада.М., 1989. С.19.

[2] *Тюпа В.И.* Коренная мифологема Петербургского текста // Существует ли Петербургский текст. Сер. "Петербургский сборник". СПГУ. СПб., 2005. С.89.

[3] *Топоров В.Н.* Петербург и петербургский текст русской литературы // Семиотика города и городской культуры. СПб.; Тарту, 1984. С.47.

[4] *Вагинов К.К.* Козлиная песнь // *Вагинов К.К.* Козлиная песнь.Труды и дни Свистонова.Бамбочада. М., 1989, С.206.

夫所说，俄罗斯帝国的首都是一个受人祝福的城市——"北方罗马"，它立足于俄罗斯的"……一个普遍欢乐和幸福的时代"。[1] 然而，在20年代的那个当下，这一切已成为过去，因为它不可避免地要被另一个文明所替代。发生的一切无非是每个文明都必须面对的历史规律。"从某个时候开始，差不多近两年吧，城里，我说的是彼得堡，而不是列宁格勒，每个人都感染了施本格勒主义。"[2] 值得注意的是，在瓦基诺夫的阐释中，彼得堡并不与罗马竞争，也不佯装拥有它的地位。就像俄罗斯文化与古代文化相结合一样，两座城市的形象也只是简单地联系在一起。在瓦基诺夫的小说中，彼得堡神话与古代神话相结合，这是与许多俄罗斯文学彼得堡文本的本质区别。

三、文化的匮乏与"佯装"

与彼得堡文本常见的话语单元——"文化与自然"的对立不同，在瓦基诺夫小说中，所有的自然元素，诸如洪水、沙尘、火等都变成了新时代的指代。这里涉及了对于20世纪20年代艺术和道德原则以及城市命运的思考。

小说的故事发生在时代变迁的转折点。《山羊之歌》中，从一种状态和空间过渡到另一种状态和空间是与作品的核心动机——"转变"相关联的。《山羊之歌》的主人公们成了这一"转变"过程的见证者。因此他们渴望复活人类历史上那些特定的文化时代：古希腊、文艺复兴时代、巴洛克时代，以此作为对时代不可遏制的"蜕变"的一种抵抗。在小说主人公无名诗人的意识里，正在发生的事件与罗马帝国的衰落有关。他感到自己是最后一位为拯救和保护濒临灭绝文化而做出英勇努力的罗马人。在小说中，我们看到他时而穿行在彼得堡的古希腊雕像中，时而出现在残垣断壁的建筑物旁。彼得堡与罗马帝国的联想并非偶然，自彼得改革以来，俄罗斯的历史哲学不止一

---

1 Долгополов Л. На рубеже веков. Л., 1985. С.157.
2 Вагинов К.К. Козлиная песнь // Вагинов К.К. Козлиная песгь. Труды и дни Свистонова .Бамбочада. М., 1989. С.63.

次地将两个伟大都城进行过比较。正如学者 Г.С. 列别捷夫（Глеб Сергеевич Лебедев, 1943—2003）所指出的那样："欧洲基督教文明的罗马——这是圣彼得之城，圣徒陵墓上的教堂的圆顶，成为那里的建筑主体；而彼得在兔岛上所命名的新要塞——圣—彼得—堡（Санкт-Пи-тер-Бурх），实际上，说出了俄罗斯在欧洲以及世界上新的文化历史使命。"[1]

为了使往昔那些文化时代"死而复活"，瓦基诺夫的主人公们在做着各种各样的努力和尝试。比如，主人公无名诗人从小就喜欢收集古币："在他的办公室里，有一个不大的、带伸缩隔板的橡木柜子，隔板上铺着蓝色的天鹅绒，上面放着一些亚历山大金标币、马其顿金标币、托勒密的四德拉克马币、罗马皇帝的金银第纳尔……在这里，未来的无名诗人已习惯于一切事物的无常性，习惯于死亡的想法，习惯于将自己复制到其他国家和民族中。"[2] 另一位主人公科斯佳·罗蒂科夫爱上了巴洛克文化。他的圈子里的每一个人都懂得最微妙的品位和丰富的艺术史知识，实际上，这些知识变成了对那些乏味无聊的色情物品的搜集。科斯佳的公寓里满是"饼干形状的存钱罐，手在女人的胸部滑动的镇纸器，各种带有身体局部动作的小盒子"。[3] 这位主人公把自己的兴趣和收藏欲望理想化了，陶醉在自欺欺人的梦幻里："在他看来，有时候他发现了一个哲学家的石头，借助它，就可以使生活变得更加有趣，充满情感和热情。"[4] 在小说中，科斯佳·罗蒂科夫被同样自欺欺人的一群人所崇拜和追随："他收到了一些年轻人的热情洋溢的来信，这些人像他一样对那些坏品位充满热情……有一个处于人生低谷的外省青年，不知从哪儿听说了他的爱好，振作起来也开始收集那些坏品位的东西，以便治愈无

---

[1] *Лебедев Г.* Рим и Петербург: археология урбанизма и субстанция вечного города // Метафизика Петербурга. СПб., 1993. С.47.

[2] *Вагинов К.К.* Козлиная песнь // Вагинов К.К. Козлиная песгь. Труды и дни Свистонова.Бамбочада. М., 1989. С.27-28.

[3] Там же. С.103.

[4] Там же. С.106.

聊。"[1] 小说中的人物之一，米莎·科蒂科夫，从欣赏已故诗人扎埃弗拉茨基本人到把自己变成一座储存诗人记忆的博物馆：他总是随身带着诗人的物品，分别与扎埃弗拉茨基的情妇们建立了亲密关系，最终又娶了诗人的前妻。

凡此种种，不过是佯装"有文化"而已。对于主人公及其他的志趣相投者来说，收集"旧物"和将"旧物"博物馆化是对"有文化"的过往的复制，他们自愿或不自愿地以某种世俗的赝品替代真正的创造激情。在瓦基诺夫小说中，所有以这种或那种方式与过去的文化联系在一起的物体，包括主人公们，都参与了这个世界必然崩溃的过程。他们一点一点地、越来越多地将新的野蛮吸收到自己的身上。在小说中，物质世界逐渐占据了主人公们的精神世界。最终，当物质高于精神时，他们便忘记了自己的初心。如果说，在小说开始，主人公们还在以"文化"姿态与现实进行抗争，那么在小说接近尾声时，他们与这种现实越来越紧密地联系在一起。小说在描述主人公们的生活时，越来越多地出现了日常的物质景象，它们置换了原本作为"文化"标识的一切，诸如书籍、雕塑、艺术、思想、精神活动等。

在对过往"文化遗产"的态度上，瓦基诺夫借助"花园"[2]形象做了深入地思考和回应。小说中所提及的彼得霍夫花园和夏园都是自彼得时代保存至今的巴洛克式的皇家花园，那里的自然作为被规训的文化的一部分表现出与自然元素的鲜明对立。在《山羊之歌》中，花园的语义是与古希腊、罗马文化相关的：因此提及这些花园就一定会想到花园里的古希腊、罗马的雕塑和建筑物。花园成为联结彼得堡与古希腊、罗马，俄罗斯文化和古希腊、罗马文化的载体。在《山羊之歌》的前半部分，小说的主人公强调了花园的重要性。"我（喜欢）有沙子，花坛，雕像，建筑物的夏园。……我在看见

---

1 *Вагинов К.К.* Козлиная песнь // *Вагинов К.К.* Козлиная песнь. Труды и дни Свистонова.Бамбочада. М., 1989. С.110.

2 *М.А.Орлова.* Образ Петербурга в романе Константина Вагинова 《Козлиная песнь》 // Вестник Санкт-петербургского университета Сер.9. 2007. Вып.2. Ч.II. С.46.

田野之前先看到的是公园，在看到被晒黑的农妇之前先看到的是断臂的维纳斯。"[1]虽然这里的赞颂指向古希腊、罗马的艺术风范，但也披露了夏园里这种"模仿"的艺术与自然的脱节，以及彼得堡人与自然的脱节。实际上，自诩为"彼得堡人"的主人公的艺术"修养"也是建立在"空中楼阁"之上，它像这座城市一样没有根基，与新时代的"文化匮乏"一样，没有质量。

小说里的人物杰普杰尔金，为了消夏搬到了彼得霍夫，他幻想着在那里"如何接待朋友，如何像古代哲学家那样与朋友一起在公园里散步，到处走走，分析和辩论，谈谈高尚的东西"[2]。杰普杰尔金在彼得霍夫租了一间小屋，这是一幢破旧的、带有塔楼的老房子。杰普杰尔金认为，"塔楼——这就是文化，而我就站在文化的顶端"。[3]他把所有的朋友都邀请到这所房子里，每当晴好的夏日，他们就在公园散步，读读诗，拉拉小提琴，谈谈"高尚的东西"。杰普杰尔金和他的朋友们将自己视为"最后一个文艺复兴的孤岛"[4]，他们的生活有如一幅田园诗般的画卷。然而，没过多久，杰普杰尔金就发现了一些彼得霍夫花园的破败迹象：宫殿旁边有一家食堂；在鲁赫滕贝格（Лейхтенберг）宫进驻了"某个研究所"；杰普杰尔金居住的塔楼的矮楼梯也被彼得霍夫的居民偷走了。到了秋天，在回列宁格勒之前，杰普杰尔金穿过彼得霍夫公园，看到污迹斑斑的雕像："杰普杰尔金……悲伤地看着用手挡住耻骨的夏娃：在她的手和身体之间有一根黑棒子（当地孩子的恶作剧），再看亚当，亚当的后背被一直流淌的污水弄脏了。"[5]回到列宁格勒后，杰普杰尔金在自家附近亲手开拓了一个花园。"小花园很漂亮。它在红砖墙旁的院子里占据了一小块空间。……夫妇俩做了一个小木栅栏，用油漆

---

1 *Вагинов К.К.* Козлиная песнь // *Вагинов К.К.* Козлиная песгь.Труды и дни Свистонова.Бамбочада. М., 1989. С.65.

2 Там же. С.74.

3 Там же. С.24.

4 Там же. С.75.

5 Там же. С.90.

把它漆成绿色，然后踩出一条小道，把土松开又铺上草皮。他们摆了一张小桌和一条长凳，种下了勿忘我、紫罗兰，甚至还弄了一个小草坪。"[1]彼得霍夫花园的"破败"象征着过往物质文化生命的"衰减"，物质形式上的高雅文化终究难敌岁月的侵蚀；而杰普杰尔金自家的小花园则充满了勃勃生机，洋溢着文艺复兴时代的人文气息。这意味着对于过往文化时代的传承在于精神，不在于物质；在于创造，不在于"抱残守缺"。

四、何以自救：涅槃重生

与过往的俄罗斯文学彼得堡文本相比，《山羊之歌》的悲剧成分有所减少，而救赎动机有所增强。这是瓦基诺夫的小说与传统彼得堡文本的不同之处。这主要源于作者将彼得堡的末世神话与旨在未来复活死去生命的生殖神话的结合。小说之所以命名为《山羊之歌》，正与此相关。在古希腊，悲剧被称为"山羊之歌"（Tragoidia），这是因为古希腊戏剧的起源与祭祀酒神狄奥尼索斯的活动有关。在祭祀活动中，人们模仿酒神侍从萨提尔的样子，披着羊皮唱着酒神颂歌。在祭祀仪式中，人们哀悼垂死之神并将它的偶像砸碎，然后狂放而无拘无束地欢乐舞蹈，嘲笑和戏谑上帝（狂欢节的笑声）。这种类似酒神祭祀的仪式可以在作品的各个层面中寻到踪迹：比如，在主人公们的对"旧物"的搜集和复制品中、在小说情节的叙述层面、在小说的标题中。瓦基诺夫的长篇小说将悲剧性（主人公之死）与讽刺性（嘲笑，责骂）结合在一起。

在瓦基诺夫小说中，悲剧性的开端很明显。主人公们和彼得堡本身都处于生存的边缘状态，他们在经受苦难并最终死亡。但是，由于在作品中存在一个可以减弱悲剧性冲突的语义方案，它在构建小说结构和理解小说的思想

1　*Вагинов К.К.* Козлиная песнь // *Вагинов К.К.* Козлиная песгъ.Труды и дни Свистонова.Бамбочада. М., 1989.С.193-194.

内容方面起着至关重要的作用。这主要是与民间传说、与农历植物神话（关于冬季自然死亡和春季自然复活的神话）以及庆典仪式有关。在这方面，重生主题在《山羊之歌》中非常重要[1]。在小说中不止一次地出现着一个循环的形象，该循环指的是历史发展的周期性过程。比如主人公无名诗人认为，死亡不值一提，一切都会再次发生，循环出现。

对于时间的周期性感知体现在主人公们对自己未来的态度上。他们逐渐意识到，用仿制的、碎片化的、无意义的元素来代替生命本身，恰恰证明了那个文化的整体死亡，那种抗争毫无意义，也必将遭受历史的无情报复。因此在这种情况下，他们的主要任务就是将自己的精神留给后代，这将使他们的理想和信念重获新生。他们认识到自己的使命，就是不失去自己的自我，并保留自己的文化剩余，就像在诺亚方舟中一样，并将其传给后代。在小说中，"凤凰鸟"（菲尼克斯，Phoenix）的形象频繁地出现绝非偶然：它在火刑柱上燃烧并再次复活。《山羊之歌》中的主人公们也谈到了被古希腊文化吸引的文艺复兴时代，这在当时是一种特殊形式的重复。小说在情节层面也体现了这种周期性、循环性的世界观：小说开始于春季，结束于冬季，这与农业年相吻合，即生命在春季诞生，在冬季死亡。

在瓦基诺夫的小说中，边界动机不仅是从一个空间到另一个空间的过渡，而且是过渡行为的一种神圣仪式。民间文学中那种行为"与丧失自我认同和破坏最初给定的结构有关，与丧失和破坏有关，是随后的重建、重生和生产的前提"。[2]

生殖崇拜与旨在使每年冬天注定死亡的生命复活的生殖仪式有关。在《山羊之歌》里，最重要的类似仪式，表现在对于生育神偶像的撕裂与埋

---

[1] *Орлова М.А.* Образ Петербурга в романе Константина Вагинова 《Козлиная песнь》//Вестник Санкт-петербургского университета Сер.9.2007. Вып.2.Ч. Ⅱ . С.47.

[2] *Виролайнен М.Н.* Петровский 《парадиз》 как модель Петербургского текста // Петербургский сборник СПГУ. Под редакцией *В.М.Марковича, В.Шмида*. // СПб., 2005. С.59.

葬。这种仪式的目的在于明年复活神灵，这一仪式可以在许多农业国家的异教仪式中找到。

上帝在未来复活的思想，与瓦基诺夫关于死亡的文化在未来复活的思想，呼应于他的文明的周期性发展的构想。他写了这部小说，将自己的特质赋予了自己的主人公们，残酷地嘲笑他们和所有过往的时代，而这些时代对于瓦基诺夫而言就是神灵和偶像。它们已被撕成碎片，死了。正如叙述者所说，"作者从职业来说是棺材匠，而不是催眠曲大师"。[1] 在小说的结尾，自称为"作者"的叙述者拿着我们刚刚读过的小说的手稿说："……站在炉子旁边，我开始把手稿投进火炉并烧掉它们，我想分崩离析，消失。"[2] 值得一提的是，这一"焚烧"行为是一种向死而生的仪式。焚烧稻草人是俄罗斯东正教"谢肉节"的仪式，意味着送冬迎春，而在古希腊文化中，对于任何生殖活动，包括酒神祭奠，也都是不可或缺的仪式。"作者"的"崩溃"和"消失"，以及烧掉书稿行为本身就具有狄奥尼索斯祭奠仪式的性质。Вяч. 伊万诺夫（Вячеслав Иванович Иванов, 1866—1949）指出："在狄奥尼索斯的崇拜中，祭司和牧师联结成同一种身份。"[3] 在这场"焚烧"中，"作者"既是祭奠人，又是牺牲本身。

瓦基诺夫在自己的作品中，仿佛完成了某种杀死神灵（自己的世界、文化、时代）偶像的仪式，旨在未来复活它们。主人公们在灾难面前并不恐惧，因为他们知道，像文艺复兴时代所发生的对于古希腊文化的回归那样，自己的彼得堡文化终将像"凤凰鸟"一样，几经涅槃，浴火重生。

---

[1] *Вагинов К.К.* Козлиная песнь // *Вагинов К.К.* Козлиная песгъ.Труды и дни Свистонова. Бамбочада. М., 1989. С.20.

[2] Там же. С.190.

[3] *Иванов Вяч.* Ницше и Дионис // *Иванов Вяч.* Дионис и прадионисийство. СПб., 2000. С.313.

第六节　透过 M. 维列尔的列宁格勒"棱镜"
——以《涅瓦大街的传说》为例

　　米哈伊尔·维列尔（Михаил Иосифович Веллер, 1948—）的短篇小说合集《涅瓦大街的传说》（《Легенды Невского проспекта》），可谓是作家的一张名片。自 20 世纪 90 年代中期问世以来，作品一直受到文学界的广泛关注。1993 年，该合集首次由爱沙尼亚文化基金会在塔林出版，1995 年，彼得堡"母鹿"（Лань）出版社又以发行量很大的廉价版本出版了这部合集，正是这些短篇小说给米哈伊尔·维列尔带来了真正的文学声誉。

　　《涅瓦大街的传说》一书的结构分为三个部分：第一个部分"关于英雄的传说"，包括七个故事，每个故事都有自己的中心人物，他们的生活轨迹都与列宁格勒有某种联系，它们是"关于倒爷鼻祖菲玛·布里亚施茨的传说""玛利娜""关于实习生的传说""大洋""关于摩西·达杨的传说""关于误入歧途的爱国者的传说""军人塔拉修克"；第二个部分，是包括九个故事的"西贡的传说"，它们是"火葬场""佩剑舞""关于社会主义现实主义者的传说""美国主义者""关于海上阅兵的传说""拉奥孔""关于旗的民谣""毛泽尔·帕潘妮娜""关于'维拉·阿尔久霍娃'号船的传说"；第三部分是"救护车的故事"，包括十二个医学主题的故事，它们分别是："枪声""脑袋""演员""家庭创伤""从高处坠落""休克""中毒""狙击手""自杀""醉酒创伤""被动物咬伤""钦差大臣"。之所以用一个标题来统摄所有故事，其原因在于这些林林总总的故事都与列宁格勒的涅瓦大街，或这座城市的一些特定的空间区位或多或少地存在着某种关联，也就是说，列宁格勒是整个叙事的背景。这种系列小说体裁在时空上的一致性，使列宁格勒成为一个有机整体。在这些系列小说里，虽然有些故事并没有明确的时间坐标，但是那些发生在列宁格勒时空中的事件，像"棱镜"一般折射出列宁格勒所包罗的人间万象以及这座城市所经历的时代变迁。

一、列宁格勒时空中的"当代英雄"

在《关于英雄的传说》(《Саги о Героях》)中，维列尔刻画了形形色色的"当代英雄"，他们的共同特征在于拒绝接受自己原有的生活处境。为了从根本上改变现状，他们要采取行动，哪怕这些行动看起来不那么合乎"常理"。因此，这些"当代英雄"的精神实质是各不相同的。比如，《关于倒爷鼻祖菲玛·布里亚施茨的传说》里讲述了一个犹太大学生在反犹运动中，从一个有志向的大学生变成一个倒爷的故事。当时，列宁格勒造船学院的大学生，22岁的菲玛·布里亚施茨正面临着毕业，作为犹太人的他深知自己前途未卜，很可能无法实现去阿穆尔州滨海边区当造船工程师的理想。不久他顺利地取得了毕业证书，并找到了一份月薪八百卢布的工作。当然，那个时候，"他还是一个有点生涩的犹太小伙"。[1]1957年夏天，这位犹太小伙突然萌生了一个奇妙的想法——倒买倒卖赚大钱。于是，在历经一系列离奇冒险之后，这位在昨天还担心是否能拿到毕业证书的菲玛，最终成为美元大亨。这则故事揭示了50年代中期苏联社会转型期间所发生的社会某个层面的道德滑坡。

短篇小说《玛利娜》，描绘了一个靠出卖肉体一步步攫取成功的女孩的命运轨迹。来自列宁格勒周边松林镇的女孩儿玛利娜，从小就举止轻浮，好逸恶劳。从八年级开始她就跟男人们厮混。她渴望着"拥有鲜花、香槟和小轿车"[2]。为此，她到一个叫卡尔拉的妓院做了应召女郎。后来，松林镇发生的两件大事彻底地改变了玛利娜的命运。其一，卡尔拉失火，妓院解散。其

---

[1] *Веллер Михаил*. Легенды Невского проспекта. *Михаил Веллер*.--Москва: Издательство АСТ, 2018. С.10.
[2] Там же. С.40.

二,政府计划在松林镇建设一家新的化工联合企业。为此来了很多外国人,玛利娜借机重操旧业,一边跟外国人做着肉体交易,一边做着倒爷的生意。随着眼界的不断扩大,玛利娜向往成功的野心也越来越大,她通过与之有着肉体关系的大学教授考取了大学语文系,并迅速成为语文系最耀眼的明星学生。后来她又介入政治,成为克格勃的"燕子"……靠出卖肉体一步一步地实现了自己的梦想:在列宁格勒的"涅瓦"餐厅喝香槟,坐豪华奔驰轿车,手眼通天无所不能。玛利娜的故事揭示了人们在消费主义刺激下,对于金钱与物质疯狂追逐、不顾廉耻、世风日下的社会现实。

在小说《关于误入歧途的爱国者的传说》中,列宁格勒"镰刀与斧头"工厂的工程师马克雷乔夫在工会组织的"健康日"采蘑菇活动中,在卡累利阿森林里迷了路,越过了国境线误入"资本主义的"芬兰境内。当他历经千辛万苦找到赫尔辛基的苏联驻芬兰大使馆求救时,却受到使馆工作人员的盘查,他们先是认为马克雷乔夫是肩负着特殊任务的叛国间谍,后来又怀疑他是精神病患者,虽然经使馆医生确认,他之所以在森林里迷路,是因为吃了有毒的蘑菇。在将马克雷乔夫送到国境后,大使馆通过莫斯科方面向列宁格勒"镰刀与斧头"工厂核实情况,工厂为了推卸责任,先谎称马克雷乔夫正在休假,之后干脆否认厂里有这个人。当马克雷乔夫回到"自己的"城市列宁格勒后,却成了流离失所的孤家寡人,因为工厂开除了他,房管所又注销了他住的房子。他只好一边到熟人那里借宿,一边向相关部门投诉冤情,然而始终没有得到回应。列宁格勒已不接纳这位曾经"误入歧途的爱国者"。

在《关于英雄的传说》的系列小说中,读者很容易从字面上领悟到关于英雄的神话和传说的意味:即英雄是在历险和磨难中诞生的。在这些小说中,列宁格勒的空间被形形色色的事件所充斥,因此变得逼仄和压抑,它剥夺了主人公们(即"英雄们")实现个人愿望的可能,因此他们要么去推动这一空间使之发生变革,要么离开它以寻找新的空间。在小说中,城市本身成为主人公们行为动机的动力源,是他们必须为此奋斗和实现的目标,同时它也是使主人公们不堪重负的与自我和世界博弈的战场。在这些小说里,主人公们虽然在各自的命运轨迹里成为"英雄",但在列宁格勒时空下,"英雄"的意味却各不相同:一些人成为时代的"弄潮儿",逞一时之豪,而另一些人则成为被放逐、被遗弃的"多余人"。

二、"往日重现"与"时空拼贴"

《"西贡"传说》(《Легенда "Сайгона"》)这一部分,就有着独特的叙事特征:即"重述"[1]。作者从艺术的角度去领会过往的、不再以"新的方式"存在于列宁格勒的原始的彼得堡时间和空间,先前曾讲述过的故事,在这个集锦的小说里似乎被赋予了一种新面貌。也就是说,叙述者在当下时空正在讲述的现实,实际上是套叠在过往时空中出现的人和发生的事件之上的。因此,读者会有一种感觉,觉得自己似乎在哪里已经听说过这个故事,而且很可能已经不止一次地听说过,因为这个故事的大致轮廓是可以识别的,只是个别细节是新的。因此,这个时空所发生的事件和出现的主人公获得了"另一位"叙述者的叙述,仿佛"往日重现"。同时,维列尔借助于独特的空间手段绘制了列宁格勒的形象地图、事件地图。他在这部系列小说的各个层面所实施的互补性原则,允许将系列小说所包含的故事镶嵌成串,扩展列宁格勒的地理空间并试图超出列宁格勒本身的疆界。为此作者致力于在列宁格勒时空中设置某种特定的"中间"时空,从而使文本获得了一种具有异国情调的合成空间。比如作家成功地将阿拉姆·哈恰图良(Арам Хачатурян)的列宁格勒传记的"可靠片段"与西班牙萨尔瓦多·达利的别墅(《佩剑舞》)进行合成;将火葬场和寄卖商店同时置于阿普拉克欣宫

---

1 Баранов Е.Н. Хронотоп Ленинграда в сборнике рассказов Михаила Веллера «Легенды Невского проспекта» // Ярославский педагогический весник. 2011. № 3. Т.1(Гуманитарные науки). С.245.

（Апраксиный Двор）(《火葬场》) 中；普通的列宁格勒第 97 中学和古希腊 (《拉奥孔》) 进行了并置；平淡的列宁格勒干货船和非洲海港 (《关于"维拉·阿尔久霍娃"号船的传说》) 进行了拼贴。悖论的是，这些被合成的两个空间在伦理和逻辑上往往是相互排斥的。列宁格勒的"不和谐性在被叙述者引入另一个空间时被强调。蓄意对立的领土强调着双重和平思想：苏联人民生活的现实世界，以及在他们看来想象中存在的神话般的理想世界，这是主人公们极力向往的世界并希望得到所有生命的祝福"。[1]

第三部分《救护车》(《Байки Скорой Помощи》) 所关注的焦点基本上指向列宁格勒城市空间，这里所发生的事件大多是与救护车和警察局相关的日常生活的悲喜剧。正如小说《枪声》在开篇中所写的那样："只有医生和警察才知道这座大城市的底细：发生了怎样残酷的战争，上演了怎样惨烈的悲剧！"[2]《枪声》描述了一场发生在列宁格勒里戈夫卡和马拉塔公共公寓里的悲剧：一位当过兵的老人家，不爱热闹，喜欢安静，跟之前说过的倒爷住在一个单元里。倒爷白天睡觉，晚上邀朋唤友到单元里饮酒作乐，和姑娘们做爱，吵得老人家睡不好觉。老人觉得，虽然在道义上他反感倒爷这样做，但心里是理解的。因为人家毕竟年轻，身体好精力足。倒爷和他的朋友们的狂欢不断升级，音乐放得彻夜不停。老人几次礼貌地提醒他们：为了不打扰他人休息，应该在半夜 12 点之前结束娱乐，但年轻人们并不理会老人。无奈之下老人报了警。警察来后，倒爷三言两语就把警察拉到自己一边，使之成了沆瀣一气的哥们儿，为了"教育"老人不再打扰他们，他们联手把老人打了一顿。之后公寓里的喧嚣愈演愈烈，邻居们敢怒不敢言。老人家再次去警告却被那伙喝得醉醺醺的小青年言语侮辱、拳脚相加。忍无可忍的屈辱和

---

[1] *Пономарева Е.В.;Потапова З.С.* Образ города в циклах М. Веллера «Легенды Невского Проспекта», «Фантазии Невского Проспекта» И «Легенды Арбата».Вестник Южно- Уральского государственного университета.Серия: Лингвистика. 2015. № 12. С.22-27.

[2] *Веллер Михаил.* Легенды Невского проспекта. *Михаил Веллер.*--Москва: Издательство АСТ, 2018. С.305.

愤怒，最终迫使老人开枪打了那个侮辱他的人。当急救车来的时候，老人才意识到自己做了什么，喃喃地重复说："我预先警告过他了，我预先警告过他了，我预先警告过他了。"[1]

在这些关于列宁格勒的故事里，读者总能察觉出在这座城市所发生事件的逻辑悖谬和荒诞性。比如，在小说《休克》中，叙述者讲述了守卫列宁格勒比斯卡廖夫老公墓的警察在半夜十二点钟被某种"不洁力量"所拖曳，乃至吓到休克被救护车送进医院抢救的故事。这则故事再次强调了彼得堡神话中关于"幽灵之城"有不洁力量的主题。而这个"不洁力量"不是来自什么神秘之物，而是源于城中人的自我"造孽"，它是一种惩罚的力量。在小说的结尾，叙述者感慨道："不能从墓地里偷东西倒卖，不能污染墓地。或者至少不能在守卫墓地的时候喝酒。"[2] 这位警察之所以与"不洁力量"遭遇，原因就在于，他的良心早已"不干净了"。

短篇小说《钦差大臣》，因与果戈理的喜剧《钦差大臣》同名而格外引人注目。小说讲述了一个精神病患者佯装上级派的审计员到医院检查工作的荒诞故事。一天，一位自称上级审计员的人到精神病院检查工作。院方并未怀疑，积极配合，不敢怠慢，因为上级到下面检查工作通常都是如此神出鬼没。自称审计员的"钦差大臣"在向主治医生简单地询问了一下病人的治疗情况后，便执意要去厨房检查病患的配膳情况，其检查的严苛程度前所未有。院方虽有抵触却不敢造次，因为人家依据的尚方宝剑是健康保障法。经检查，医院在管理和治疗等方面均存在严重问题，亟待整顿甚至处罚。院方为了平息事态，给审计员私下送礼并请他到列宁格勒"最体面的餐馆"吃饭。这个过程使"伪"审计员深谙这个岗位的重要性，"因为在很短的时间内，他就得到了一套昂贵的西装和一件风衣，买了一个单间的公寓，增

---

[1] *Веллер Михаил.* Легенды Невского проспекта. *Михаил Веллер.*--Москва: Издательство ACT, 2018. C.308.
[2] Там же. C.323.

加了自己的生活开销……过得很滋润"。¹ 后来，在一次例行的检查中，这位"伪"审计员终于"露了馅儿"：他曾经的病友们认出了他。这场假扮审计员的闹剧不过是他"犯病"的一个证据。最后，医院按规定再次收他住院做为期两个月的治疗，"免得他再次以为自己是审计员"。² 小说对于果戈理的喜剧《钦差大臣》的互文显而易见。以"疯子"来做愚弄腐败的"钦差大臣"，其讽刺力量更为强劲。

三、列宁格勒时空的"彼得堡底色"

俄罗斯学者 С.А. 格鲁勃科夫（Сергей Алексеевич Голубков, 1947—）认为，"城市是一种意识形态文明"，是一个连续体，"在其中压缩了几个世纪、不同时代，各种命运"，它是自给自足的，"拥有自己的一整套价值观，并以自己的规模来衡量这些价值观"。³《涅瓦大街的传说》鲜明地显露出自己的"彼得堡底色"，因此，叙述者的叙述似乎就暗含了某种特殊的语义色彩，虚构的叙事与真实的史实、事件、人名之间的关联，引起读者不断将这些故事情节闪回到关于这座城市的一系列传奇的历史之中。对于维列尔而言，尽管当下的列宁格勒时空镶嵌在过往的彼得堡背景之上，但它依然显现出"幽灵之城、神话之城""虚幻之城"的底色。它的空间氛围本身：公共公寓、街道、医疗机构、士兵营房、大学生宿舍、各种教育机构、餐馆和咖啡馆、博物馆、海关等依然是产生各种传说和传奇的沃土。作家故意将列宁格勒的城市空间神话化，由于时间和空间在这里是不确定的，因此相应的神话化特质也会转移到这座城市的居民身上。作为"一部移民之书"，我们看到作者对于故乡之城列宁格勒的思考：

---

1 *Веллер Михаил.* Легенды Невского проспекта. *Михаил Веллер.*--Москва: Издательство АСТ, 2018. С.345-346.

2 Там же. С.347.

3 *Голубков С.А.* Семантика и метафизика города: 《городской текст》 в русской литературе XX века.Учеб. Пособие / *С.А.Голубков.* – Самара: Изд-во 《Самарский университет》, 2010. С.12.

我永远回不到列宁格勒了。

它不再存在。

地图上没有那座城市。

几个世纪以来的灰色瘟疫消失了、溶解了，泥浆流到了宫殿的墙壁和张牙舞爪的报纸上；在这片雾中，我们揣测地衡量着自己生活的空间，计算着并相信，已踩出了道路并砸碎了花岗石的脸；当然，我们很幸福，就像所有活在自己期限里的人那样幸福。我们生活在一把特殊的尺子中，一个扭曲的空间里：我们看到了许多不寻常又好笑的事情；我们过着胶着的生活并渴望奇怪的东西：谁在那里被淹没，谁就会被挤出——仿佛从蓝鸟身上扯下一根羽毛。

……

到了时代的终末，国家破裂解体了，边界的铁丝网从断层中露了出来。当我们痛苦地从睡梦中睁开眼睛，已变成了醒来的移民。

……

我的青春之城，我的爱和希望之城——沉落了，消失在历史之中。不断被更改的名字印在地图里和招牌上，闪亮的小轿车沿着圣彼得堡破败的街道飞驰，而新生代们在涅瓦大街五光十色的橱窗背后创造着财富，功成名就。[1]

М. 维列尔的《涅瓦大街的传说》，并不试图反映特定历史时期列宁格勒的真实情况。作家以虚构的方式创造了一个独一无二的、已不复存在的历史时空，谈论它的时候仿佛是在谈论一个遥远且已逝去的时代。维列尔

---

[1] *Веллер Михаил*. Легенды Невского проспекта.Михаил Веллер.--Москва: Издательство АСТ, 2018. С.347; С.348-349.

以"棱镜"般的光学角度散射了列宁格勒时空的虚幻性。因此,时间和空间在维列尔那里不是为可靠性服务的,而是被要求成为一段不真实的历史,并展示那段历史的时代精神。正如学者 Е.Н. 巴兰诺夫(Евгений Николаевич Баранов, 1956—)所指出的那样,"维列尔的列宁格勒,通过神话、传说、轶事的棱镜对时代做了另一种阐释,他的文本建立在现实与超现实之间摇摇欲坠的边界上"[1]。

---

[1] *Баранов Е.Н.* Хронотоп Ленинграда в сборнике рассказов Михаила Веллера «Легенды Невского проспекта».Ярославский педагогический весник. 2011. № 3. Т. 1 (Гуманитарные науки). С.248.

第四章
俄罗斯作家笔下的"莫斯科书写"概览[1]

第一节 格里鲍耶多夫的"莫斯科"
——以《聪明误》为例[2]

А.С. 格里鲍耶多夫（Александр Сергеевич Грибоедов，1795—1829）的喜剧《聪明误》（《Горе от ума》，1824）反映了俄罗斯历史文化中与"莫斯科问题"相关的重要话题，表现了19世纪上半叶如"大墓地"般的莫斯科传统社会与外来的、充满生机的启蒙新思想的碰撞与冲突，形象而生动地再现了以主人公恰茨基为代表的接受了法国启蒙思想的新一代俄罗斯知识分子与以法穆索夫为代表的保守落后的贵族阶层之间的思想对决。作品初步奠定了俄罗斯文学"莫斯科题材"文本在诗学上的一些重要特征，为俄罗斯文学的"莫斯科传统"做出了积极的贡献。所谓俄罗斯文学的"莫斯科传统"，是指在俄罗斯文学发展史上逐渐形成并世代相传的、具有莫斯科独特的文化属性的莫斯科神话、莫斯科城市形象、莫斯科风俗、莫斯科人、俄罗斯思想中的"莫斯科问题"等一系列关涉文学文本诗学和价值诗学的一般规律。它们普遍存在于各类体裁的俄罗斯文学莫斯科题材作品中。这种传统具

---

[1] 对于俄罗斯作家笔下的"莫斯科书写"的个案研究，本著共涉猎А.格里鲍耶多夫、А.普希金、А.别雷、А.普拉东诺夫、М.布尔加科夫、Б.帕斯捷尔纳克、Ю.特里丰诺夫、В.马卡宁、В.佩列文、Т.托尔斯泰娅等作家的创作。限于篇幅，本章仅选取对其中几位作家的"莫斯科书写"研究的某个侧面作为例证。

[2] 本节已作为阶段性成果发表，内容有删减。

有承继性并对文学创作者和读者有着无形的影响和限定。

一、《聪明误》中的莫斯科人

1823—1824 年冬季，格里鲍耶多夫在莫斯科创作了《聪明误》。在其中，他展示了"自己的莫斯科"，即作家生活和创作的城市。作者借自己的主人公们揭示了社会各阶层人士与莫斯科之间的关系。第一个阶层就是"少数派"——接受了西方先进的启蒙思想的"莫斯科怪人"，在剧中最鲜明的代表就是恰茨基。他是作者借以抒发己见的人物，是莫斯科"当今时代"的代表。然而，在这个莫斯科里，更普遍地存在着的是另一个阶层，即"多数派"，他们被称为"法穆索夫的社会"。这些属于"过去时代"的莫斯科人以欺下媚上、巴结逢迎、收受贿赂等各种手段爬到了他们所觊觎的人生巅峰。"法穆索夫的社会"成员们企图相互钳制、互相利用，他们服务的不是公共事业，而是人，是那些能够帮助他们升官发财的人。这些人物形象如反射在水滴里的光线那样，将从前莫斯科所有的一切：那个时代的历史画面和道德习俗全面地折射出来，具有深刻的典型意义。

（一）"莫斯科怪人"——恰茨基

恰茨基作为剧中的主人公，其形象意义在当时饱受争议：在冈察洛夫看来，他"仿佛是纸牌中第五十三张神秘莫测的牌"[1]而令人困惑不解；而别林斯基则认为，"这是一个新的堂吉诃德先生，一个骑着木棍却以为是骑在马上的小孩……"[2] 这些观点实际上道出了恰茨基这个后来被批评界称为"多余人"的形象特质，即思想的深刻性和前瞻性与周围滞后、封闭的环境之间的冲突，这造成了他对环境的无能为力之感，即便有所行动最终仍以失败告

---

[1] [俄]冈察洛夫：《万般苦恼》，见[俄]冈察洛夫、屠格涅夫、陀思妥耶夫斯基、柯罗连科：《文学论文选》，上海：上海译文出版社，1997年，第6页。

[2] См. А. С. Грибоедов в русской критике.Сборник ст. / Сост., вступ. ст. и примеч. *А.М. Гордина*. —М.: Гослитиздат, 1958. C.184.

终。在俄罗斯文学知识分子形象集群里，恰茨基属于"与时代错位的人"[1]。其实，恰茨基与"大墓地"般的莫斯科的格格不入表现在他的自由思想与莫斯科的保守势力的对决上，正是他的自由思想对保守愚顽的莫斯科上流社会形成了冲击，整个上流社会才孤立他、排斥他。在这场新旧思想的对决里，由于力量相差悬殊，恰茨基最终遭到了致命的打击。然而，从旧时代向新时代过渡的紧要关头，恰茨基这类人物是必然要出现的，他以其特立独行的"怪"与"疯"站到与旧势力斗争的最前列，他是旧时代的牺牲者，也是新时代的先驱者。耐人寻味的是，在剧中，恰茨基是伴随着"傻瓜"的称谓出现在法穆索夫家的舞会上的。主人公恰茨基（Чацкий）与"傻瓜"（Дурацкий）的合辙押韵并不是偶然的，它们之间的同位关系："傻瓜——恰茨基"，暗示出了主人公的未来的命运。[2] 这位"锋利、善辩、飒爽多才"的恰茨基，对于整个莫斯科的上流社会而言就是一个"傻瓜""怪人""神经病"。这就决定了在喜剧的结尾，他必将背负着一连串强加给他的"傻瓜""丑角""疯子"等绰号离开。正是格里鲍耶多夫首次发现了在俄罗斯文学的"莫斯科时空"中那些在精神气质上与周围环境格格不入的主人公的通常命运并首创了他们在世俗眼光里的一般称谓——"莫斯科怪人"。

（二）"老牌莫斯科"——法穆索夫

在剧中，法穆索夫是一个典型的"老牌莫斯科"[3]，是"过去时代"的代表。在官场上虽然身居要职，但从不为公务所累。他不无得意地炫耀说："我的规矩是这样子，不管是呈文，不管是批示，签上了字，就没有我的事。"[4] 法穆索夫将公务视为自己的世袭领地，在他周围都是亲眷和熟人：

1　傅星寰：《现代性视阈下俄罗斯思想的艺术阐释——俄罗斯文学五大题材研究》，长春：吉林人民出版社，2010年，第206页。

2　"傻瓜——恰茨基"这个喜剧般出人意料的韵脚，不可避免地引起某些感受和情绪（微笑、善意的笑声，抑或是讽刺）。См.Чацкий и София. Литературный журнал. http://megalib.com >123-chackiy-sofya.html.

3　[俄] 格里鲍耶多夫：《聪明误》，李锡胤译，哈尔滨：黑龙江人民出版社，1980年，第17页。

4　同上书，第16页。

"我这儿手下的人,不是族内,就是姻亲","我最关心亲戚世交,不管是阿狗阿猫,在海底也要将他往上捞"。[1] 他所代表的顽固守旧势力——沙皇专制制度正阴云密布于莫斯科的天空。他疯狂地维护沙皇专制制度和一切旧有的贵族风俗,恐惧新生事物和新思想,仇视教育和文化的普及,在他看来,学习是瘟疫,学问是罪魁祸首。他迎合公爵夫人辱骂师范院校和教授,叫嚣要把"天下书本,一律,放进炉子里烧点心"[2]。他左奔右突,投机钻营只是为了升官发财。

法穆索夫作为一种艺术典型,代表的是保守势力,综合地反映了"老牌莫斯科"贵族形象的多方面特征:独断专行、因循守旧、愚昧无知、腐化堕落、惧怕新思想新事物。其实,在俄国不同历史时代的官场上都能见到法穆索夫的身影,因此这个典型的官僚形象立意深远。

(三)"寡言慎行的两面派"——莫尔恰林

在剧中,莫尔恰林是恰茨基的情敌,属于年轻一代官僚的典型人物。他出身贫困,位卑言微。他听从父教:"见任何人,尽量讨好,房屋的主人,机关的领导,门房仆役,一概攀知交,见了巴儿狗,也得摸顺毛。"[3] 他用这种"稳健和谨慎"的处事态度混迹于莫斯科的官场底层,低声下气,乖巧顺从。而正是这种察言观色、见风使舵的能力,使他获得了法穆索夫的认可。莫尔恰林是俄国专制农奴制官场毒瘤的衍生物。他卑鄙无耻,善于奉迎,为了有朝一日能够攀附上权贵"大树",不择手段地利用一切可资利用的机会。作为官场上的投机者,莫尔恰林虽然官位低微,暂时会表现得顺从、迎合,但一旦有机会爬到高位,此前的奴颜婢膝定会在瞬间变成颐指气使和自命不凡。别林斯基对于这个形象的评价可谓鞭辟入里:"这是一个没有灵魂、没有心肝、没有任何人性要求的浅薄之人,一个无赖、谄媚之徒,四脚

---

1 [俄]格里鲍耶多夫:《聪明误》,李锡胤译,哈尔滨:黑龙江人民出版社,1980年,第47页。
2 同上书,第113页。
3 同上书,第142页。

爬的野兽。总而言之，这就是莫尔恰林。"[1] 随着时代的变化，虽然在俄罗斯文学的发展进程中，莫尔恰林这类善于伪装的"两面派"形象有了更为复杂的内涵，但这一形象对于周遭环境的欺骗性和危害性，它的本质特征——"见风使舵、投机钻营"没有发生改变。

（四）"待嫁新娘"——索菲亚

索菲亚是剧中最为复杂的形象之一，曾引起批评界的很多争议。别林斯基指出，索菲亚仿佛是一个"幻影"[2]。普希金也认为，这个人物"勾勒得不清楚"[3]，不像莫斯科上流社会的贵族小姐。上述批评都指向了这个形象与现实之间的疏离性。其实，格里鲍耶多夫对于这个形象的塑造和提炼是独具匠心的，既有现实针对性，又揭示出深藏其中的"被动、教条、不善思辨"的俄罗斯民族性格问题，其深刻的洞察力具有前瞻性。作为法穆索夫社会中的一员，索菲亚年轻的心贪婪地感知着未知的一切，同时吸纳了美好的、健康的和虚伪的、偏执的东西。受法国感伤主义小说的影响，索菲亚将莫尔恰林当作自己理想的心上人，认为他"待人最诚心，从不骄傲，带几分羞涩、拘谨……"[4] 因此她放弃了青梅竹马的恰茨基，并厌恶他对贵族社会风俗习惯的机智讽刺，说他是一个"疯子"。在她与莫尔恰林的关系中，她希望扮演这样的角色："控制这个唯命是从的人，给他幸福，让他成为终身的奴仆。要使他成为未来的'丈夫兼童仆、丈夫兼听差——莫斯科丈夫们的模范'。这不是她的错。在法穆索夫的家是不可能有别的模范的。"[5]

"索菲亚"一词的词源来自古希腊语的 σοφία，有智慧、明智、学识之

---

1 См. А. С. Грибоедов в русской критике.Сборник ст. / Сост., вступ. ст. и примеч. *А.М. Гордина*.— М.: Гослитиздат, 1958. C.180.

2 Там же. C.185.

3 [俄] 普希金：《普希金全集 8·书信》，沈念驹、吴迪主编，吕宗兴、王三隆译，杭州：浙江文艺出版社，2012 年，第 220 页。

4 [俄] 格里鲍耶多夫：《聪明误》，李锡胤译，哈尔滨：黑龙江人民出版社，1980 年，第 20 页。

5 [俄] 冈察洛夫：《万般苦恼》，见 [俄] 冈察洛夫、屠格涅夫、陀思妥耶夫斯基、柯罗连科：《文学论文选》，冯春选编，上海：上海译文出版社，1997 年，第 29 页。

意。¹ 然而，剧中的索菲亚的性格和表现往往与"智慧""明智"和"学识"大相径庭。索菲亚在追求爱情的道路上似乎脱离了她所属阶层的常规，她既没有其父法穆索夫那样"深谋远虑"的能力，也没有"两面派"莫尔恰林那种暗中观察、两面周旋的禀赋。相反，她在爱情上的表现是"没有打算"的，像一个消极等待、没有主见的"待嫁新娘"。别尔嘉耶夫在《俄罗斯的命运》中谈及俄罗斯民族性格时说："俄罗斯像一名新娘似的，期待着那来自高空的新郎……"² 索菲亚的身上折射着"待嫁新娘"的影子，她仿佛是俄罗斯，既被一种力量束缚并驱使着，又渴望被另一种更强大的力量所征服。在索菲亚的形象里渗透着被别尔嘉耶夫称作消极、保守的"俄罗斯灵魂"的东西。在别尔嘉耶夫看来，这种被动方式如同"待嫁的新娘"，"她期待着新郎、丈夫和统治者"。³

作为莫斯科上流社会的贵族小姐，索菲亚身上刻印着"法穆索夫的社会"印迹。正如冈察洛夫对于这一形象的评价："这是善良本性与虚伪混合的产物，是又有灵活的智慧，又缺乏理想和信仰的结果，是概念的混乱，是精神和道德的盲目性——所有这些都不是她身上属于个人的缺陷，而是她那个圈子的共同特征。"⁴

二、莫斯科城市形象的变异

随着恰茨基这个与莫斯科上流贵族社会格格不入的"怪人"形象的出现，作品首次触及了俄罗斯文学"父与子"的话题，剧中向我们展示的不仅有法穆索夫与恰茨基所代表的"父与子"的思想对决，也有如法穆索夫与莫尔恰林所代表的"父与子"在精神上的一脉相承，表明俄罗斯知识分子问题

1　См. https://ru.wiktionary.org/wiki/София.（访问时间：2022 年 11 月）
2　[俄]别尔嘉耶夫：《自我认知》，汪剑钊译，上海：上海人民出版社，2007 年，第 388 页。
3　[俄]别尔嘉耶夫：《俄罗斯的命运》，汪剑钊译，昆明：云南人民出版社，1999 年，第 15 页。
4　[俄]冈察洛夫：《万般苦恼》，见[俄]冈察洛夫、屠格涅夫、陀思妥耶夫斯基、柯罗连科：《文学论文选》，冯春选编，上海：上海译文出版社，1997 年，第 27 页。

的复杂性。《聪明误》作为俄罗斯文学较早地反映"莫斯科题材"的作品之一，它对于俄罗斯文学"莫斯科题材"文本的形成打下了坚实的基础，丰富了莫斯科——"大墓地"的城市形象内涵。它通过对诸多典型人物的塑造，营造出一种暮气沉沉的莫斯科社会环境，而恰茨基这一代表启蒙新思想人物的出现，对"大墓地"的阴郁之气造成了一定冲击。虽然是一次失败的经历，但这是历史进步的必然代价，他已搅动了莫斯科这潭死水，让封闭保守的莫斯科出现了一丝裂痕，为莫斯科的浴火重生奠定了基础。

《聪明误》所塑造的典型形象并不仅仅局限于此剧本身，它也为后来的俄罗斯文学"莫斯科时空"中的形象系统提供了成功的范例，诸如："莫斯科怪人""老牌莫斯科""寡言慎行的两面派""待嫁新娘"等都在后世的俄罗斯文学"莫斯科文本"中有所再现和发展。同时，它在莫斯科形象、莫斯科的家常性和节日氛围、莫斯科的城市空间的意识形态生产、莫斯科的"女性"特质等方面都具有开风气之先的奠基性。

在格里鲍耶多夫的笔下，莫斯科城可作两种阐释。其一，这是一座令人回忆起童年和家的温暖、害上思乡病的故乡之城；其二，它又是一座固若金汤、封闭落后、令人孤独、逼人发疯乃至逃离的"死亡之城"。作为一部喜剧，格里鲍耶多夫虽然无法触及莫斯科的城市外貌，但是他依据体裁的要求顺势将整个剧情安排在法穆索夫的客厅里展开。因而读者依然可以借助于这一特殊空间捕捉到莫斯科独一无二的氛围，辨识出莫斯科的腔调，铭记它的周遭环境。格里鲍耶多夫着重墨描写了形形色色的莫斯科人，通过他们的形象奠定了莫斯科本身的形象。每一个出场的人物，"不管他何等身份，不管他油头光棍！您从头到脚仔细认，莫斯科的事物，都带着莫斯科的印"[1]。

通常，以"莫斯科"为背景的俄罗斯文学作品，往往会把家描写为一个舒适的地方，那是温暖、恬静的空间，与家庭、子女教育和家庭的节日密切

---

[1] [俄]格里鲍耶多夫:《聪明误》，李锡胤译，哈尔滨：黑龙江人民出版社，1980年，第50—51页。

相关。恰茨基在离开三年后返回莫斯科直接奔向舞会并不是偶然的：因为对于古老的莫斯科而言，生活仿佛就是由无尽无休的节日组成，正是这些节日将人们聚拢在一起。而且对于林林总总的节日而言，舞会就是一种最常见的庆祝仪式。然而，家是私密而安全的空间，它仅限于最亲近的人的聚合。恰茨基来到法穆索夫的家，仅仅为了索菲亚，因为索菲亚使恰茨基想到爱情的甜蜜和家的温暖。然而当家中设置出"舞会"空间，这个空间就会被很多异己的元素所充斥，因而充满离散性和不确定性。很多"莫斯科时空"里的主人公们的命运都是在舞会上发生了改变，正如恰茨基的命运在法穆索夫家里的舞会上被改变一样。在那个"异己"的环境里，他遭到背叛，被视为"疯子""怪人""傻瓜"。

格里鲍耶多夫注意到了特定的城市空间所承载的社会结构和意识形态作用，不仅利用"客厅"来展示上流社会贵族阶层的一般生活，还利用人物的独白来揭示城市街区所代表的价值取向。在《聪明误》中，多次被提及的一个莫斯科街区就是著名的"铁匠桥"（"кузнецкий мост"，亦译"打铁桥"）比如，当法穆索夫指责女儿索菲亚与莫尔恰林在一起时说道："这都是打铁桥大街的那些法国人，黄色的歌曲，摩登的腰身；刮了我们的钱，坏了我们的心"[1]；又比如，当莫尔恰林一脚踏两只船的丑行败露，法穆索夫又指责索菲亚的侍女丽莎在这件事上没起好作用："打铁桥大街学来的新身手，拉皮条、做牵头，拨云撩雨样样有。"[2] 铁匠桥大街是莫斯科最古老的街区之一，它的出现与当时在这个区域的建筑炮楼（Пушечный двор）有关，它保留了涅格林纳亚河上的铁匠桥的称谓。最早，铁匠桥大街一带是一个涵盖了包括"老铁匠自治村""铁匠桥"和"敲钟人自治村"等不同社会阶层的文化区域。在17—18世纪，这条街上居住着很多社会名流，诸如梅雅索多夫、

---

[1] [俄]格里鲍耶多夫：《聪明误》，李锡胤译，哈尔滨：黑龙江人民出版社，1980年，第9页。
[2] 同上书，第147页。

萨尔蒂科夫、加加林、谢尔巴托夫、多尔戈鲁科夫、沃伦斯基、沃隆佐夫、戈利岑等诸多显赫家族。从18世纪伊始直到1917年,铁匠桥大街一直是莫斯科主要的"奢华和时尚中心",服装店、书店、餐馆和照相馆鳞次栉比。直到今天,铁匠桥的历史传统仍然被保留。在《聪明误》中,铁匠桥更是一处具有"意识形态"意味的城市空间。在剧中,但凡涉及时装店铺、法式浪漫、风花雪月、腐化沉沦一定会与这个城市街区发生关联。这个区域带着明显的"欧范儿"标签,法穆索夫的社会表面上将"欧洲"元素视为伤风化的洪水猛兽,大加讨伐,而实际上,他们才是一群真正的崇洋媚外的西方模仿者。正如恰茨基所驳斥的那样:"他们抛弃祖国的历史、语言、风俗、人情,甚至连传统的衣衫头巾,也换取了西方的燕尾服、文明棍!"[1]

三、"永恒的女性"元素的变异

在《聪明误》中,格里鲍耶多夫借法穆索夫客厅里那些莫斯科上流社会的公爵夫人和贵族小姐们的形象,触及了当时的俄罗斯正受控于一股强大的女性力量的话题。我们看到,在莫斯科社会,贵族妇女拥有巨大的影响力,这种影响力就是通常所说的"上流社会的母狮子"的权力。法穆索夫感慨道:"……我们的夫人们,谁敢触犯半分?什么事情都有份,什么规矩都不认!每逢打牌就争论……伊琳娜·芙拉西耶夫娜!卢凯利亚·亚历克塞芙娜!塔契雅娜·尤里耶夫娜!普利赫里亚·安德烈芙娜!叫她们当议员——最最行!"[2] 莫尔恰林一脸崇拜地向恰茨基提及塔契雅娜·尤里耶夫娜凭借"无可争辩的威望",在任何可能的机会都要显示被"优待"的地位;而残酷的公爵夫人玛利亚·阿列克谢耶夫娜甚至使法穆索夫的莫斯科的"名流们"闻声战栗;恰茨基过去的同事,普拉东·米哈伊洛维奇·戈里奇对自己

---

[1] [俄]格里鲍耶多夫:《聪明误》,李锡胤译,哈尔滨:黑龙江人民出版社,1980年,第117页。
[2] 同上书,第51—52页。

的妻子唯命是从、百依百顺；有六个女儿的图戈乌霍夫斯卡娅公爵夫人任意指使老公爵，她关心的只是如何成功地将女儿们嫁出去。在这群习惯颐指气使的莫斯科贵族夫人们中间，最生动的形象之一就是莫斯科老贵族赫廖斯托娃，甚至连法穆索夫都惧她三分："若是让玛利亚太太知道。又叫我如何是好？"[1] М.О. 格尔申宗（Михаил Осипович Гершензон, 1869—1925）曾在《格里鲍耶多夫的莫斯科》中描述了19世纪上半叶，莫斯科上流社会被女贵族纳斯塔西娅·德米特里耶夫娜·奥弗洛西莫娃（即《聪明误》中赫廖斯托娃的原型）所掌控的真实情景。"所有与她相遇的人的都像怕火一样害怕她，不仅是她的儿子们，还有那些敬畏她的、高大的警卫们（谈到他们时，她说：'我有手，他们有脸'）。"[2] 格里鲍耶多夫真实地再现了当时俄国上流社会中这一反常现象，形象地揭示了造成俄国社会停滞的又一深层动因。在《聪明误》中，莫斯科的"女性"元素象征着一种反对进步、从源头上消灭男性的惰性力量。在那里，男人们总是处于乖戾、反常的女性权力的控制之中。在宗法制的法穆索夫社会，女人们拥有男人的特征，即权力、果断、意志；同时，男人们则逐渐变得软弱无力、优柔寡断，"莫斯科的丈夫是'妻子'的听差"[3]。这股惰性的女性力量，在后世的莫斯科题材文学中逐渐发展变异为一种超强的控制力，它既魅惑男性又戕害男性，并改变了莫斯科城的形象气质，使俄罗斯文学传统的"永恒的女性"形象逐渐发生易容。

---

1 [俄]格里鲍耶多夫：《聪明误》，李锡胤译，哈尔滨：黑龙江人民出版社，1980年，第151页。
2 *М. Гершезонь*. Грибоедовская москва. Москва, Издание, *М.* и *С.Сабашниковых*, 1914. C.84.
3 [俄]冈察洛夫：《万般苦恼》，见[俄]冈察洛夫、屠格涅夫、陀思妥耶夫斯基、柯罗连科：《文学论文选》，冯春选编，上海：上海译文出版社，1997年，第26页。

第二节　普希金的"莫斯科书写"[1]
——以《棺材店老板》为例

19世纪上半叶，俄罗斯在欧化过程中的东西方文明冲突愈演愈烈，俄罗斯社会价值分裂问题愈发凸显。被收录进普希金的《别尔金小说集》中的短篇小说《棺材店老板》(《Гробовщик》，1830)，将关注的视角投射到莫斯科商人阶层，展现了俄罗斯从宗法制的专制农奴制向资本主义过渡时期的社会现实与人的异化。

一、棺材店老板的"梦"与现实

棺材店老板阿德里安·普罗霍罗夫在参加邻人戈特利布·舒尔茨的银婚庆祝会时，感觉受到了侮辱，醉醺醺地回到家里信誓旦旦地向自己的主顾——那些信奉正教的死人发出了设宴招待的邀请后，便躺在床上鼾声大作。在梦中，他期待已久的女商人特留希娜终于死亡。为葬礼忙碌了一天的棺材店老板伴着皎洁的月色步行回家后却发现，满屋子都是经他"费心"操办过葬礼的死人。退伍的禁卫军中士库里尔金想要拥抱棺材店老板却被他用力推开摔倒在地上散了架，普罗霍罗夫在一群死人的叫骂、恐吓、逼近下失魂落魄，倒在退伍中士的骨堆上昏了过去。他的梦具有现实再现性和心理真实性，补充和完善了棺材店老板的性格特征和精神世界，是他常年多行不义的一种惩罚和投射。

小说的叙述者介绍说："我们的棺材店老板的性格和他那令人极不愉快的行业总是完全相称的。普罗霍罗夫平时总是面色阴沉，心事重重。"[2] 如此

---

[1] 本节已作为阶段性成果发表，内容有删节。
[2] [俄]普希金：《普希金文集》(第六卷)，卢永选编，迎秀等译，北京：人民文学出版社，1995年，第112页。

阴郁的棺材店老板在白天喝茶休息时就沉浸在忧虑的思绪中，一星期前在退伍旅长出殡时的倾盆大雨致使许多丧服被淋湿损坏，他一直期盼着特留希娜的死亡来大赚一笔从而弥补自己这场不可抗力的损失。如此盼望他人死亡的棺材店老板俨然为了赚钱已经成为"刽子手的兄弟"。女商人特留希娜濒临死亡已经一年，而他所梦见的特留希娜的死亡正是他现实中内心长久愿望的达成。在梦中，棺材店老板在接到女商人特留希娜去世的消息后便雇了马车飞速赶往现场找到了特留希娜的侄子表示葬礼马上会准备齐全。"继承人漫不经意地谢了他，说价钱随他开，一切都凭他的良心办事。棺材店老板照例对天发誓地说，他绝不多要一文钱。他和伙伴心照不宣地交换了眼色，便去张罗去了。"[1]

在梦中，棺材店老板忙碌完女商人特留西娜的葬礼后，走近自己的家门时忽然发现有人进了他家，于是他预感到将有不好的事情发生！这是棺材店老板无时无刻不生活在良心不安中的深层心理显现，他害怕不洁力量的降临而遭到报复。棺材店老板进屋后发现满屋子都是死人，被惊吓得心惊胆战。应棺材店老板的邀请，能来的主顾几乎都来了，他们保持着生前各自职业身份的穿着打扮，俨然构成了一个如同现世的"亡界"。在那个"亡界"死人库里尔金的一句话，为棺材店老板的现实发财之路做了最犀利的诠释："你还记得退伍的近卫军中士彼得·彼得罗维奇·库里尔金吧，你在1799年卖给他第一口棺材，而且还用松木的假充橡木的？"[2] 简单的一句问话，披露了棺材店老板18年来昧着良心用欺诈手段赚黑心钱的本质，因此才会有这一场看似是与主顾联系感情的"老友叙旧"，而这实则是"债主"讨伐他良心的"噩梦"纠缠。梦中所有的死人都曾被他借"丧事"狠狠地敲诈了一把，他们的出现是对普罗霍罗夫良心的惩罚。

---

1 [俄] 普希金：《普希金文集》（第六卷），卢永选编，迎秀等译，北京：人民文学出版社，1995年，第116页。

2 同上书，第118页。

棺材店老板不择手段汲汲于金钱，但他在莫斯科的商人圈子里是孤独的、阴郁的、内心敏感的、自尊心强烈的。各行各业都有自己行业的交际圈，棺材店老板便置身于莫斯科商人圈里。棺材店老板刚刚落户新居，邻人鞋匠舒尔茨便热切地登门造访发来银婚宴会的邀请，谈话之间话里话外也脱离不开世故势利的"金钱"二字。"'您的买卖如何？'阿德里安问道。'嘿—嘿'舒尔茨答道，'过得去。我不能抱怨。当然啰，我的货不能跟您的比：活人没有鞋可以对付，死人没有棺材可不行'……"[1]在参加舒尔茨的银婚宴会期间，气氛正融洽热烈，商人们纵情欢乐，阴郁的棺材店老板"阿德里安开怀畅饮，高兴地竟说了一句开玩笑的祝词，提议干杯"。[2]这个建议被兴高采烈地采纳，而当其他商人都互相举杯庆祝"unserer Kundleute（德语：我们的主顾们），健康！"[3]时，岗警尤尔科大声建议普罗霍罗夫"为死人的健康干杯"的一句玩笑话顿时使普罗霍罗夫尴尬无比，恼羞成怒，高昂的情绪瞬间跌落谷底。

人生在世都希望活得健康、活得长久，活人赚活人的钱，大家和乐融融，而棺材店老板赚的是死人的钱，他的职业宗旨与人的健康长寿是背道而驰。因而这句话戳痛了棺材店老板的软肋，揭示了棺材店老板的职业目标与人类生命伦理之间的悖论：他若想活得更好，就必须有更多的人死亡。在这些做普通生意的商人中间，棺材店老板成为一个"异类"、一个不体面的"刽子手的兄弟"。随着商品经济的发展，棺材店老板的金钱欲望不断膨胀，期待更多的人的死亡，因此在小说中，棺材店老板的形象就被赋予了一层可怖的魔鬼色彩，似乎他目力所及之处都带有死亡的意味。棺材店老板的欢乐是实实在在地建立在别人的痛苦之上的，他很难从追逐金钱利益的藩篱

1　[俄] 普希金：《普希金文集》（第六卷），卢永选编，迎秀等译，北京：人民文学出版社，1995年，第113页。

2　同上书，第115页。

3　同上。

中抽离出来转而向死亡表示敬畏。这是一个从宗法制自然经济时代向资本主义商品经济时代转型过程中所出现的价值更迭的悲剧，反映了普希金对社会转型期间伦理价值和金钱利益之间悖论的深切思考。

二、"异化"——俄罗斯的本质

所谓"异化"，在哲学上是指主体发展到了一定阶段，分裂出自己的对立面，变成了一种外在的异己力量，是对于原本的存在的疏远和脱离，是向非本来的存在方式的颓变。在《棺材店老板》里，"异化"所代表的是在现代化进程中俄罗斯被西方资本主义拜金势力全面渗透，整个社会陷入一种道德沦丧、信仰失落、精神颓靡的混乱状态。

俄罗斯历史的整个彼得堡时期都被笼罩在西方内在的和外在的影响之下。棺材店老板携自己的两个女儿去参加邻人的银婚宴会时，女儿们精心打扮身着西欧装束；在棺材店老板的梦中，女商人特留希娜的侄子也是身着西式常礼服。由此可见西方的服饰潮流深受俄罗斯青年人的喜爱，反映了俄罗斯对于西方文化接受的一个侧面。在1812年的大火摧毁了莫斯科之后，岗警尤尔科那被烧毁的"黄岗亭"也变成了古希腊风格的"白色圆柱支着的浅灰色岗亭"，这些细节透露出俄罗斯对于西方的接受，不仅体现在服饰上，也体现在建筑风格的模仿上，俄罗斯人很愿意以此彰显自己现代化的"洋气"。在舒尔茨的银婚宴会上，商人们"为莫斯科和整整一沓德国小城市干杯，为所有行会和个别的行会干杯，为师傅们和学徒们的健康干杯"[1]，因为莫斯科的商业是在以德国商人为代表西方商人的刺激下"繁荣"发展起来的。

普希金曾这样谈到西方："一切高尚、无私的东西，一切使人的心灵变

---

[1] [俄]普希金：《普希金文集》（第六卷），卢永选编，迎秀等译，北京：人民文学出版社，1995年，第115页。

得崇高纯洁的东西都受到无情的利己主义和对富裕生活的贪求的压制。……这是令人讨厌的：'伦敦需要的东西对莫斯科来说为时尚早'。"[1]由此我们可以窥见普希金在当时对于外来文化的态度。而在小说中所展现的所有社会现象正昭示着西方文化对于俄罗斯本土的渗透和进攻，欧式风尚不仅改变着俄罗斯人的服饰、俄罗斯的建筑风格，更改变着俄罗斯人的思想和行为。在现代化浪潮中，新派的俄罗斯人一面用欧风、欧尚的"皮毛"装饰着自己，一方面又失却了俄罗斯人原本的民族性和精神实质。

棺材店老板尽管穿着传统的俄罗斯长袍，对子女进行着家长式的管制，继续着传统的俄罗斯生活习惯，处处都表现出他是一个"老派"的俄罗斯人，然而在他的言行形貌的背后，却触摸不到其内在的俄罗斯灵魂。别尔嘉耶夫曾说："俄罗斯的灵魂不是资本主义的灵魂，而是一颗绝不拜金的灵魂。"[2]在小说中，我们所看到的棺材店老板则是一个金钱利益的追逐者，一个唯利是图的狡诈商人。作为一个商人，棺材店老板普罗霍罗夫属于俄国社会的小资产阶级，他的形象是那个时代、那个阶层的一个缩影。随着资本主义的发展，金钱利益观念逐渐深入人心，普罗霍罗夫很明确自己做生意的主要目的就是积蓄财富，但财富的攫取过程却充满了欺骗和不择手段。小说通过棺材店老板的荒诞可怖的梦境，真实地再现了棺材店老板投机钻营、利欲熏心，利用各种欺骗的手段实现自己对财富的追求。以1799年卖出的第一口以"松木充当橡木"的棺材为起点，棺材店老板从事了18年之久的累积财富的罪恶勾当。如此不择手段攫取财富的商人已经不是传统的、具有东正教信仰的俄罗斯人，他是在西方资本主义拜金浪潮冲击下所产生的"异化"的俄罗斯商人，是一个异己的、充满血腥和铜臭味道的幽灵。

---

1 张铁夫：《普希金研究文集》，南京：译林出版社，2014年，第276页。
2 [俄]别尔嘉耶夫：《俄罗斯灵魂——别尔嘉耶夫文选》，陆肇明、东方钰译，上海：学林出版社，1999年，第28页。

三、从"第三罗马"到"大墓地"

莫斯科曾被誉为神圣的"第三罗马",是一座闪耀着信仰光辉的"永恒之城"。通常,在俄罗斯人眼里,它是庄严而高雅、安逸又舒适的故乡。此起彼伏的教堂钟声,让人体验到一种平静而圣洁的幸福。而在《棺材店老板》里所描绘的19世纪30年代的莫斯科风貌则显现出这座城市在物质与精神上的悖谬,揭示了莫斯科物质上的进步与传统的俄罗斯精神气质的背离。

《圣经》"新约"有言,信了玛门(钱财)的人是不会再信基督的。棺材店老板普罗霍罗夫虽然是俄罗斯人,但是他不信基督,不去教堂,而是拜了玛门为神。他的信仰是金钱,金钱是他的行动力、他的生存意义。相对于信仰上帝的灵魂所表现出的"虔诚、仁慈、谦卑",信仰金钱的棺材店老板普罗霍罗夫则表现出狡诈、冷酷和傲慢。在邻人的宴会上所遭到的嘲讽,揭开了连普罗霍罗夫自己都不愿意面对的现实真相,他因而怨恨道:"我这一行有哪一点不及人家体面?难道棺材店老板是刽子手的兄弟?这批异教徒有什么好笑的?难道棺材店老板是圣诞节演出的小丑?我本来倒想请他们到新居来,请他们大吃一顿。现在可休想啦!我要邀请我的主顾:那些信奉正教的死人。"[1]在宴会上受了"侮辱"的棺材店老板尽管因为"不体面的职业"被人看作"刽子手的兄弟",似乎成了"圣诞节演出的小丑",但他心有不甘地对这些侮辱做了心理上的"应激"抵抗:以东正教徒自居,蔑视所谓的"异教徒",想以东正教徒的身份站得比所谓的"异教徒"更高。这些所谓的"异教徒"的嘲笑正戳中了他经商致富的软肋,即"靠死人"发财。而"靠死人发财"原本就是尽人皆知的棺材匠行业的职业特点,但以往棺材店老板并没有遭遇如此直白的嘲笑,而这一次就像戳破了那层窗户纸,让他的"小"和苟且一览无余。他那句"我本来倒想请他们到新居来,请他

---

[1] [俄]普希金:《普希金文集》(第六卷),卢永选编,迎秀等译,北京:人民文学出版社,1995年,第116页。

们大吃一顿。现在可休想啦！我要邀请我的主顾：那些信奉正教的死人"，透露出棺材店老板的小气量和商人的算计心理，"本想"未必是"真想"，而"休想"才是本意。而"我要邀请我的主顾：那些信奉正教的死人"一句更为荒诞：他要邀请的是他的"主顾——信奉东正教的死人"，但是由于死人不可能真赴宴吃东西，他这里实际上是送死人一个不必破费的空人情，也是下意识地讨好死人，以缓解自己对这些"主顾"的负疚感。同时这句话也颇为耐人寻味：棺材店老板埋葬的都是东正教徒，那么我们不禁诘问，如果有信仰的人全部都死了，莫斯科岂不是成为一座埋葬信仰的"大墓地"？反过来说，如果整个莫斯科商人圈子都拥有着棺材店老板一般的拜金灵魂，他们即便活着却没有信仰，不讲诚信，到处欺诈，那么，在精神上，莫斯科已然是一座"死城"，它是埋葬民族精神的"大墓地"。至此，"莫斯科—第三罗马"的神圣性就被凸显出的"大墓地"意象所消解，在金钱势力的冲击之下，俄罗斯人的宗教信仰已逐渐淡漠，人们不再追求天国的幸福转而追求尘世的享受。小说通过棺材店老板的堕落，揭开了19世纪上半叶整个俄罗斯民族信仰失落的冰山一角，象征着莫斯科已从神圣的"第三罗马"转向"大墓地"的归宿。

"大墓地"一词出自恰达耶夫的《哲学书简》。恰达耶夫在《哲学书简》的第一封信的落款处标明写道："1829年12月1日于大墓地"，又注释说"大墓地指的是莫斯科"[1]，作为俄罗斯思想界西欧派的杰出代表，恰达耶夫将充满着宗法制陈腐之气的莫斯科喻指为死亡之城[2]。早在1790年，拉吉舍夫就发表了其著名的《从彼得堡到莫斯科旅行记》，在那里莫斯科已然显现出在封建农奴制下贵族的骄奢淫逸之气，初露"大墓地"的端倪，而普希金创作于1830年的《棺材店老板》，则是对拉吉舍夫有关莫斯科的"大墓地"

---

[1] [俄]恰达耶夫：《哲学书简》，刘文飞译，北京：作家出版社，1998年，第54页。

[2] 傅星寰：《现代性视阈下俄罗斯思想的艺术阐释——俄罗斯文学五大题材研究》，长春：吉林人民出版社，2010年，第174页。

话题的进一步拓展，是对莫斯科城市意象从"第三罗马"向"大墓地"堕落的深刻揭示。

在这篇短小精练的小说中，普希金用简洁的、穿插性的叙述，以一条时隐时现的线索为我们展现了笼罩在拜金世风之下趋炎附势的俄国社会现状。岗警尤尔科被邀参加鞋匠舒尔茨的银婚宴会并饱受优待；棺材店老板想着"这个人迟早总要用得着"，所以就马上跟他结识了，坐在他的旁边；散场时，"胖面包师和脸孔好像包了鲜红色精致山羊皮封面的装订匠，遵照'好心有好报'的俄国谚语，一边一个搀着尤尔科，把他送到岗亭"；[1]在棺材店老板的梦中，女商人特留希娜的葬礼上也随处可见警察的身影；走到家门前的棺材店老板预感不好的事情即将发生时第一时间想到的是找这个有权势的朋友帮忙；在结尾处，警察区长的命名日意义重大，惹得所有的商人都忙碌异常……19世纪30年代，欧洲各国已相继进入资本主义阶段，但俄罗斯正值尼古拉一世统治时期，还是一个极其封建落后的农奴制国家，是一个专制独裁统治的庄稼汉的王国，国家奉行极权专制，整个社会处于黑暗、停滞状态。尤尔科是专制特权阶层的代表，莫斯科的各色商人对他的逢迎反映出官商勾结、沆瀣一气的社会横断面，折射出莫斯科污浊的社会氛围和"大墓地"般的城市镜像。

在普罗霍罗夫的"梦"里一个情节意味深长："阿德里安被叫醒的时候外面还是一片漆黑。女商人特留希娜这天夜里死了……商人们好像嗅到死尸气味的乌鸦走来走去。尸体停放在桌上，面色蜡黄，不过尚未腐烂变形。"[2]女商人在夜里的死亡颇值得玩味。棺材店老板被叫醒的时候俄罗斯仍处在暗夜之中，尚未迎来阳光普照的白昼。莫斯科就像女商人的尸体一样已衰朽变质，仅仅靠"衣冠"勉强维持着"体面"。在这里，商人们像不祥的

---

[1] [俄]普希金：《普希金文集》（第六卷），卢永选编，迎秀等译，北京：人民文学出版社，1995年，第118页。

[2] 同上书，第116页。

乌鸦一般围着尸体团团转，等待并催化着尸体的腐朽，以便分得一杯利益"羹汤"，他们对于利益的趋之若鹜加速着莫斯科城的变质和死亡。

在普希金的笔下，19世纪上半叶的莫斯科已失却"第三罗马"的神圣气质，整个国家一方面陷入陈腐保守的民族主义泥淖，另一方面被狂热的金钱欲望所席卷，仿佛是一具棺椁中奄奄一息的躯体在做着最后的挣扎。在小说的卷首所引用的杰尔查文的诗句："我们不是每天都看到棺材，这日渐衰老的宇宙的白发"[1]表达了作者对于现实俄罗斯的哀悼，对于俄罗斯保守落后、陈腐衰朽的愤懑。"棺材"寓意着"死亡、悲伤、终结"，象征着没落的专制农奴制的寿终正寝；"日渐衰老的宇宙的白发"则表现出气数已尽的莫斯科在精神上的颓靡，影射着整个俄罗斯所面临的悲剧命运。棺材店老板的"梦"与现实反映的正是19世纪上半叶俄罗斯民族国家现代化转型期间所遭遇的"梦"与现实，昭示出俄罗斯灵魂在欧化过程中的"异化"、神圣"第三罗马"的衰落以及莫斯科"大墓地"的本质。

第三节 别雷的长篇系列小说《莫斯科》中的"莫斯科书写"

在20世纪俄罗斯文学史中，安德烈·别雷（Андрей Белый，1880—1934）是一位里程碑式的人物，他的作品从多方面反映了他所处时代俄罗斯文学和欧洲文学的发展进程，既将关注的焦点聚焦在全球性的科学进步与人类生存问题，又将小说的叙事形式进行了原则性的更新。他创作于1926—1930年的长篇系列小说《莫斯科》就是对上述评价的一个最好的佐证。可以说，《莫斯科》是别雷的总结性作品，折射了作家整个创作生涯各个阶段在艺术、哲学和美学层面上的成就，总结了作家对20世纪上半叶迅猛变化的

---

[1] [俄]普希金：《普希金文集》（第六卷），卢永选、迎秀等译，北京：人民文学出版社，1995年，第111页。

社会现实的看法,表达了作家对于人类所面临的危机的忧患以及人类可能克服危机的信心。小说的核心主题是表现科学、战争,以及人类灵魂的再生。

《莫斯科》(《Москва》)全书规模宏大〔由 С.И.季米娜(Светлана Ивановна Тимина, 1931—)撰写的序言和注释,莫斯科"苏维埃俄罗斯"出版社 1990 年的版本共 768 页〕:第一部《莫斯科怪人》(《Московский чудак》, 1926)描述了"在资产阶级体制下科学的无助","本质上自由的科学与资本主义制度的冲突";同时,展示了革命前生活和个人意识的分解。第二部《莫斯科遭受打击》(《Москва под ударом》, 1926)描绘了"新"莫斯科崛起、莫斯科的"变容"——那已不是"鞑靼式的"莫斯科,本质上已不再是"莫斯科",而是"世界的中心"。第三部《面具》(《Маски》, 1930)揭示了在前两卷中所有以他人的姓名、戴着他人的"面具"生存的主人公们还原"自我"的精神历程和莫斯科回归圣城的再次"变容"。三部曲不仅在情节和形式上各自独立,堪称结构上的典范,而且根据系列小说的原理形成了更大的艺术完整性,在思想和主题、结构与语义、风格和概念上具有一致的特征。这部系列长篇小说所呈现的莫斯科时空是"一个在千年中垂死的城市",它正处在轰然倒塌的危急时刻。

一、《莫斯科》中的莫斯科形象

莫斯科,不仅是《莫斯科》中的主人公,也是安德烈·别雷创作中一以贯之的城市主题。小说中的莫斯科形象和城市空间,在社会政治、文化等层面形成了意义的关联。С.И.季米娜指出:"城市题材,作为生活中主要矛盾的中心,早就激发了别雷的创造力。城市,一方面是发生全球性大灾难的地方,另一方面也是压抑人格、人的自然魅力和天性的地方。"[1]在别雷的笔下,莫斯科形象同时含蕴着莫斯科起源的神话和末日论神话的意味。也就是

---

[1] Белый А. Москва. Сост.,вступ.ст. и примеч. С.И.Тиминой. —М.: Сов. Россия, 1990. С.7.

说，莫斯科的城市空间，按照城市神话的传统，它叠加着神圣和亵渎两个层面。作为"圣城"，在这座城市的神圣中心，有宫殿、教堂、克里姆林宫，这正如 В.Н. 托波罗夫所揭示的圣城的图景："处在一个国家的首都城市中心的是教堂、庙宇和牺牲的祭坛。"[1] 莫斯科时空的神圣元素通过弥赛亚式的主人公科洛布金教授的磨难之路逐渐得以彰显。如此一来，小说中的莫斯科不仅是主人公献祭的场所，也是呈现作品主题的媒介。

首先，在别雷的笔下，莫斯科的圣城痕迹在 20 世纪 10—20 年代仍然依稀可见，不过它们只是作为一种遥远历史的"回声"淹没在现代的喧嚣里。在小说的一个片断中，科洛布金教授带领着来自日本的客人进行了一次特殊的城市游览，一行人从阿尔巴特出发，到红场和救世主基督大教堂结束，瞻仰了主要的俄罗斯圣地。别雷给主人公设置了这样一个行程是大有深意的："这个轨迹是作家整个诗意系统中最重要的空间组成部分。主人公所走的路线在美学上符合建立神话诗学文本的逻辑"[2]：主人公在阿尔巴特回想起拿破仑的溃败，在红场上向客人们指点克里姆林宫的雄伟高墙，在沃尔霍卡桥上拜谒基督救主大教堂，在教堂的内部瞻仰象征万神之神的穹顶……整个行程回顾了这座城市的光荣历史，所到之处都散射着俄罗斯民族的精神底色，这为小说主人公最后在精神上的救赎做了铺垫。除了这些圣地，古老首都的城市中心也通过一系列真实的地名，诸如阿尔巴特、普列契斯坚卡、奥斯托冉卡、彼得罗夫卡、铁匠桥、瓦尔瓦尔卡、斯列坚卡等，带着它们的声响、颜色和味道在文本中一一展开，让莫斯科人和到过莫斯科的外乡人如此熟悉亲切，仿佛置身其中。然而，这座"圣城"已近暮年，她像垂垂老矣的"老妇人"，"戴着一顶大花布做的包发帽，穿着黑色的外套。傍晚时分……正在编

---

1 *Топоров В.Н.* Петербургский текст русской литературы. Избранные труды. СПБ.: Искусство, 2003. С.612.

2 *Шарапенкова Н.Г.* Мифолого-символический аспект имени собственного в романе Андрея Белого 《Москва》. *Н.Г.Шарапенкова* // Вестник ЛГУ им.А.С.Пушкина. 2011. № 3. С.43

织着那只命运注定不祥的袜子"。¹

在莫斯科的图景里，街道、房屋、店铺、小酒馆和嘈杂的人群，像"一包大杂烩"²，在莫斯科狭窄的空间里拥挤："街道被摩肩接踵、相互碰撞的房子、附属建筑、阁楼和篱笆所占满"³；城市居民在有限的空间内漫无目的地行动着，因而城市街巷和广场由于人为因素变得过分饱和。莫斯科人随心所欲地说着杂乱无章的莫斯科方言，他们"摇晃着，打着喷嚏，扯着嗓子喊叫，叽叽喳喳，呼哧呼哧，从紧闭的生活大门里闪出些畏葸的身影：皮鞋、便鞋、灰绿色鞋后跟或者是高跟；破大檐帽、头巾、制帽、礼帽——从一个市场小跑到另一个市场……一些人拎着手提包，另一些人干脆就用纸袋；灰尘扬到或灰蓝、或红色、或硕大的鼻子里和各种形状的自作主张、信口开河的嘴中；在狗的气味和头皮屑里，在凶狠地抽着有腐烂气味的烟草里，在吐痰中，在恶语相向的骂声中，有单个儿地走着的，有三五成群地走着的；从左到右，从右到左——散乱地、拉开距离地、摇摇晃晃地走着的"；"这里有数千个毛发丛生的、毛烘烘的、戴眼镜的、肥头大脸的、大肚子的、卷发的、满脸小疙瘩的人用步行或者是乘车战胜了空间"。⁴在作者看来，莫斯科似乎是一个巨大的蚁丘，人们穿着"沉重的衣服"，蜂拥而至，拥挤不堪，每天忙于自己的生活。

从地形上看，坐落在七座山丘之上的莫斯科——构成了一个巨型的蜘蛛轮廓："满是胡同的莫斯科——就是一个蜘蛛网"⁵，"那些死胡同，就像蜈蚣的腿儿"；"莫斯科蹲在过度生长的山丘之上，就像七只腿儿的蜘蛛那样，准备从云层上跳下去"。⁶莫斯科地形的混乱被作者喻为"蜘蛛空间"，对于

---

1 *Белый А.* Москва. Сост.,вступ.ст. и примеч. *С.И.Тиминой.*—М.: Сов. Россия, 1990. C.49.
2 Там же. C.174.
3 Там же. C.25.
4 Там же. C.25.
5 Там же. C.166.
6 Там же. C.325.

别雷而言，莫斯科不仅是以最自然的方式崛起的城市，坐落其中的房屋、众多的街巷和死胡同，构成了错综复杂的街道网络，而且它还常常是充满敌意和破坏性的空间："一排排的房子杵在那里；有多少人把自己封在里面——走向死亡；莫斯科就是一间仓库：一间堆满货物的仓库。"[1] 数十年来，莫斯科发生了太多可怕的事情："这不是教授的、知识分子的、贵族的、商人的或者是无产阶级的莫斯科，而是那个因隐蔽的街道干线突然膨胀起来的莫斯科。只有从街道的转弯处，再折向蛛网般的胡同，折向它们网络状的转弯处的交叉点，才能发现一切都隐没在那里；从俄罗斯的中心和自豪的欧洲的首都的视角望去，这里的一切都变得难看、颠倒、扭曲，定格在死胡同僻静的中心里。"[2]

二、双曲线与渐进线：科学与现实的悖论

小说的主要情节以数学家伊凡·伊万诺维奇·科洛布金教授的科学发明为中心。这项发明是一个具有强大破坏力的放射线的公式。这一发明给科学家本人和德国间谍、冒险家爱德华·爱德华诺维奇·曼德罗都带来了悲剧性的后果。曼德罗决定不惜一切代价从科洛布金教授那里窃取这项发明，他先是以高价收买这项发明，在遭到科洛布金教授的拒绝后，又假借莫尔丹老头儿的名义潜入科洛布金的住宅，对教授施加恐吓并用蜡烛烧灼教授的眼睛致使后者短暂失明。

古怪的科洛布金教授是一位伟大的数学家，偏爱一语双关的俏皮话，有着数学般精密的思维方式，喜好归纳和总结，希望"到最好的地方"旅行；总穿着长衫，举着蜡烛，对儿子米佳的敌意充耳不闻。像自己的姓氏"Коробкин"（意为"小盒子"）一样，科洛布金教授的生命状态就是把自己

1　*Белый А*. Москва. Сост.,вступ.ст. и примеч. *С.И.Тиминой*.—М.: Сов. Россия, 1990. С.127.
2　Там же. С.166.

封闭在"小盒子"般的书房里，专注于科研二十五年。他将科学研究作为避免死亡的一种方式，按照他自己的说法，正是科学研究才保护了他免受"疏忽大意"、生活的荒谬、不可预测事件、命运的突然转折、偶然性和非理性混乱的冲击，并使他"永生不朽"[1]。然而悖论的是，这项发明只能使他的名字"永生不朽"，但是发明本身却是大规模的杀伤性武器。那写在一页演算纸上的公式，被认为是"沉默的预言"，一个暗示着世界末日的预言。它"随时准备将轮船和蒸汽机车炸成碎片，将舰队沉入海底，将发动机抛向天空……让所有国家的总参谋长丧命"[2]。科洛布金教授的发明一旦被应用，将导致世界性的毁灭，它威胁着整个世界的存在。这里提出了一个非常重要的问题，即科学家对自己的发明负有道义责任。

在小说伊始，科洛布金教授就被描述为"纯科学"的代表，此时他并没有意识到科学发明一旦应用于人类实践可能产生的负面影响。直到曼德罗要以巨额资金收买他的发明时，科洛布金教授才意识到这项发明的道德因素。他在与朋友的对话中表达了对于人类在科学上的轻率将导致自我毁灭的忧患："谁能从世界性的爆炸中脱身？"[3] 科洛布金担心，自己的发明会落入无知者之手，所以把那页带有计算公式的纸小心翼翼地藏在自己的背心衬里。尽管如此，他仍然感到不安全，"像蹒跚的小立方体"，失去了稳定的基础。

在经历了身体的意外骨折和曼德罗事件之后，科洛布金教授懂得了人无法预料和阻挡外部世界的侵入，因此他意识到自己那个想从科学研究中获得安全感以"逃离生活"的想法只是一种幻想："直到现在，他工作过了，也知道了：他的保护舱，如真丝一样容易击穿。但是从这个冬天开始，他确信了：会有一个洞，而不会有保护舱，那是缠绕的蜘蛛网。"[4] 他认识到，"进

---

[1] *Белый А.* Москва.Сост.,вступ.ст. и примеч. *С.И.Тиминой.*—М.: Сов. Россия, 1990. С.38.
[2] Там же. С.51.
[3] Там же. С.271.
[4] Там же. С.270-271.

步并不总是进步的，理性的清晰也不总是理性的"。[1] 科洛布金教授反思了人类命运的变迁，确认了人类无法决定自己的命运。他利用双曲线渐近线方程示例给出了一个数学隐喻，双曲线不断逼近渐近线，但永远无法与之相交。同样，寻求解开生命奥秘的科学家们也在不断地接近真相，但在科学与现实之间始终存在着无法逾越的鸿沟："我们的科学……是双曲线。现实是一个渐近线。"[2]

三、科洛布金教授的"失明"与精神复兴

小说中，科洛布金教授失明的情节与索福克勒斯笔下的俄狄浦斯王失明的情节存在着明显的互文关系。不同的是俄狄浦斯王主动刺瞎了自己的双眼，因为它们是俄狄浦斯王自我欺骗的源头，当所有幻象散去、谜底揭开，这双眼睛已经毫无用处；而科洛布金的失明，虽然是被动造成的，但只有当他失去了视力之后，才真正获得了审视自己和世界的能力。眼睛被灼烧，象征着科洛布金精神生活的旧阶段的终结，并给予他精神复兴的可能。此后他"经历了一次新生，理解了自己对世界邪恶的参与"[3]。这使他认识到：在这二十五年来自己"像盲人那样"，看不清自己的道路。正是这场磨难使他睁开了眼睛，能够审视自己，审视这项发明。他看到，那项发明"只会带来死亡"[4]。所以，"必须停止这一发明"，"必须将它销毁"。为此，他愿意承受背叛、孤独和屈辱，愿意接受审判。

科洛布金的敌对者——曼德罗是奸商、骗子，有着阴暗的个性，在小说中是一个恶魔式的人物。他的出身很神秘，有人说，"他是丹麦人"，也有人说，他是"希腊人的养子"，还有人说，他是"敖德萨人"；而"曼德罗

---

1 *Белый А.* Москва. Сост.,вступ.ст. и примеч. *С.И.Тиминой*.—М.: Сов. Россия, 1990. С.268.

2 Там же. С.269.

3 *Шарапенкова Н.Г.* Мифолого-символический аспект имени собственного в романе Андрея Белого 《Москва》. *Н.Г. Шарапенкова* // Вестник ЛГУ им.А.С.Пушкина. 2011. № 3. С.41.

4 *Белый А.* Москва. Сост.,вступ.ст. и примеч. *С.И. Тиминой*.—М.: Сов. Россия, 1990. С.323.

本人则坚定地说，他是俄罗斯人，他的曾祖父在埃金布尔格住过，与苏格兰共济会有联系，升到了高官，死于荣誉"。为了证明此说真实，他还出示过古老的珐琅戒指，"对上帝发誓，戒指是共济会会员的"。[1] 曼德罗是个精明的投机商，他曾经像鹰一样能把自己经营的企业纳入欧洲甚至美洲的势力范围，"能和美国洛克菲勒财团比肩并且在俄国商人中间享有尊贵的地位"[2]；后来，"某种想法把他引向普通的奸商之列：他周旋于国外代理人最黑暗的小组里"，在交易所里进行着"很奇怪的投机活动"。他在人前道貌岸然，背地里却下流龌龊，强奸过许多男孩和女孩，最登峰造极的堕落是对自己女儿的强暴，因此在精神层面他完全是一个野蛮淫荡的"大猩猩"。凡此种种，使"他最终毁了自己的威望"[3]。

但匪夷所思的是，一个如此恶贯满盈之人在灼伤科洛布金教授的眼睛的同时却在哭泣。实际上，他这样做是因为这一角色不可避免的劫难。因为没有它，就没有科洛布金的精神复活。曼德罗的哭泣颇有深意，类似于犹大的出卖行为。没有因犹大的出卖而在十字架上遭受考验和死亡，基督就不可能复活。我们将科洛布金的形象与基督的形象发生关联并非毫无根据。比如书中有这样一个情节，当科洛布金决定销毁那项发明时："他拿了一把伞，戴了一顶破碎的圆顶硬礼帽。他的肩上十字架般地背着一个大而空的书包。他去销毁那页纸，有种致命的悲伤。他出门的时候，感到犹豫不决；他身边，没有妻子，没有儿子。他们抛弃了他。那个被送到莱比锡学习的心爱的学生别尔缅契科也不在。……他转而对自己说：当残酷的杀戮时刻来临，他将大喊奉行真理；记住：我说过了。"[4]

从上述引文中，我们可以看出科洛布金与基督之间的诸多相似之处，

---

[1] Белый А. Москва. Сост.,вступ.ст. и примеч. С.И. Тиминой.—М.: Сов. Россия, 1990. C.65-66.
[2] Там же. C.64.
[3] Там же. C.64-65.
[4] Там же. C.324.

如主人公背负"十字架"的事实。那"致命的悲伤"也曾是基督在客西马尼园中所体验到的。基督没有家庭，门徒们虽然就在附近，但睡得很熟，留下他一人孤独受难。在考验和受难中，科洛布金也用与基督相同的话来称呼自己。就像基督在十字架上死而复活一样，科洛布金也在这场考验和形而上的"死亡"之后精神复活了。然而与基督的联想并不能解释烧灼眼睛的寓意，因为基督的眼睛并没有在十字架上被灼烧。透过曼德罗的视角，科洛布金被灼烧的眼睛已变成了一个"洞"，这个"洞"实际上是与曼德罗密切相关的象征符号。学者 Н.Г. 莎拉边科娃（Наталья Геннадьевна Шарапенкова）认为，在曼德罗（Mandro）的姓氏里隐藏着一个"洞"（Мандро—Дыра），"这是对深渊、空虚、非存在的象征性表达。"[1] 曼德罗会破坏他人的身体或灵魂，在他人的身上制造残破；他的假名为德鲁阿—多玛尔登，玛尔达里（Друа-Домардэн, Мардарий），即以摧毁世界的方式促使其新的诞生。也就是说，曼德罗把科洛布金的眼睛变成了一处"空洞"，反而促使后者在精神上的重生。当曼德罗逼问科洛布金教授那项发明被他藏在哪里时，科洛布金答曰："在我的脑袋里。"所谓"脑袋"，恰好是眼睛和大脑的载体。科洛布金的回答暗示了"眼"与"脑"之间的联系。对于科洛布金而言，失明也是对他那个致人以死命的发明的一种赎罪。如果说，曼德罗以戕害的方式促使科洛布金觉醒，那么在精神病院工作的谢拉菲玛则以大自然的色彩疗法，在科洛布金的精神复兴中发挥着重要作用：

瞧，这是山楂树；你看那叶子被勾勒得既准确又扎实；红色的斑点，在棕黑色和深绿色中，渐变成珍珠母色，就像德国大师格吕内瓦尔德的画布！这是一片棕褐色的大麦田——像伦勃朗的画一样。远看就像

---

[1] *Шарапенкова Н.Г.* Мифолого-символический аспект имени собственного в романе Андрея Белого 《Москва》. *Н.Г. Шарапенкова* // Вестник ЛГУ им.А.С.Пушкина. 2011. № 3. С.45.

一片干叶子,你再俯下身来仔细看:

　　真正的油画啊!瞧这灰白色,血红色,如果您不想在画廊里学习意大利人,那么,亲爱的,请注意——草莓色的叶子:这些薄薄的叶子向我们透出一丝拉斐尔的光芒!……有一种用颜色治疗眼睛的方法,以便用眼睛治愈灵魂。[1]

谢拉菲玛通过用美丽的色彩治愈科洛布金的眼睛以致达到其治愈灵魂的方法无疑是奏效的,因为大自然富有神性,它能给予人澄澈和力量。对于科洛布金而言,现在他那空洞的眼睛里充满了"新含义"。在失去视力之后,科洛布金失去了把控世界的热切愿望,并意识到一个新时代已经开始:"我知道:从现在开始,没有人会明白任何东西:亚里士多德的清晰时代已经结束。"[2] 作为一名制造灾难的科学家,科洛布金意识到自己与曼德罗内在的一致,以及在人类面前的罪过:"我们大家,都是杀人犯!"[3] 由此科洛布金决定宽恕曼德罗,并决定尝试与他的女儿莉扎莎一起宽恕曼德罗。值得一提的是,当科洛布金说服曼德罗向莉扎莎请求宽恕,科洛布金用了一个与"看见"("видеть")有关的词:"我建议你去找莉扎莎,你们应该相互理解。……给女儿看一看!校正自己通往女儿的道路吧,走一条她看得见,我也看得见的道路。"[4] 在这里,精神觉醒后的科洛布金获得了完全不同的新"视力"。在小说的结尾,彩虹漫天的莫斯科形象出现了:

　　阳光明媚的墙壁!柠檬植绒般的房屋群,泛着淡淡日光的太阳城:有桃子色、菠萝色、珍珠大麦色,所有的色彩如倾盆而泻。还有蓝色的

---

[1] *Белый А.* Москва.Сост.,вступ.ст. и примеч. *С.И. Тиминой.*—М.: Сов. Россия, 1990. С.413.

[2] Там же. С.641.

[3] Там же. С.626.

[4] Там же. С.724.

墙壁，白如天鹅的灰泥墙，还有绿色和金色玻璃反射的光彩。[1]

此时莫斯科又恢复了"金顶之城""太阳城"的面容。当科洛布金教授大声宣称："我们是光明之子"[2]时，莫斯科实现了圣城的"变容"和对主人公心灵的救赎。

第四节　索尔仁尼琴《第一圈》中的三个政治空间

长篇小说《第一圈》(《В круге первом》)创作于1955—1958年间，是А.И.索尔仁尼琴（Александр Исаевич Солженицын, 1918—2008）根据自己在莫斯科近郊的沙拉什卡玛尔非诺特种监狱的亲身经历而创作的一部小说。小说起名为《第一圈》显然是受到了但丁《神曲》的启发。按照但丁在《神曲》中对地狱的描述，意大利画家桑德罗·波提切利（Sandro Botticelli; Alessandro Filipepi, 1446—1510）[3]通过透视模拟出地狱的空间架构：地狱形如倒立的山峰，呈漏斗状上宽下窄，一共九层。地狱中的惩罚程度由上而下依次加重。但丁的"第一圈"是地狱里处罚最轻的一层。索尔仁尼琴用"第一圈"类比玛尔非诺，这是"沙拉什卡"也是莫斯科当时"最好的"监狱。在"第一圈"，从事绝密的科学研究项目的服刑人员正被压榨着最后的价值。为了监督犯人、搜集情报，监狱内务部行动特派委员会在犯人中间安排自己的"眼线"来从事"间谍"工作，拒绝当"间谍"的人会受到严厉惩罚，甚至被逐出"第一圈"，发配到条件更为恶劣的劳改营中；而接受这份"美差"出卖别人的人，不仅会得到相应的经济报酬，还有可能被减

1　Белый А. Москва.Сост.,вступ.ст. и примеч. С.И. Тиминой.—М.: Сов. Россия, 1990. С.722.

2　Там же. С.611.

3　桑德罗·波提切利是15世纪末佛罗伦萨著名画家，他的画作《地狱》是根据但丁《神曲》之《地狱篇》中所描绘的场景绘制而出。

刑出狱、获得自由。小说的空间结构被划分为三个政治空间：一个是处于顶端的、以社会名流为代表的享有各种特权的权力世界，它好比莫斯科的"人间天堂"；另一个是处于"中间地带"的，由普通的莫斯科居民构成的世界，生活在其中的莫斯科居民似乎拥有"第一圈"里犯人已经失去的"自由"，但又因为各自的道德选择，使命运发生不确定的走向；最后一个是处于底层的、以"第一圈"为代表、由犯人构成的地下世界。三个空间是呈金字塔状纵向排列，越往上权力越大。

一、"最好的第一圈"——"沙拉什卡"

玛尔菲诺监狱位于莫斯科郊区，它原本是一座乡村城堡，之后被改造成为特种监狱，专门研制防窃听电话机。"被他们美化为'乐园'的'沙拉什卡'实际上是一片与世隔绝的沼泽地。"[1] 在这个"神秘而鲜为人知的、被一条不可逾越的环形防线与莫斯科隔离开来的城堡里"[2]，从官员到犯人，都在为上级下达的命令而紧张工作着。与世隔绝的玛尔菲诺监狱中关押的是一群被边缘化的犯人。他们中大多数是从事科研工作的工程师，却因各种各样的原因触犯了刑法而入狱，脱离了外部世界，失去了自由。

作为一种社会空间，监狱通过罪与罚的交织构筑出受限空间和权力运作空间。"沙拉什卡"这一特种监狱既为犯人提供了相对优渥的物质条件，又对犯人的价值进行最大限度的榨取。被关押在这里的犯人，行动上处处受到限制，他们不再是自由人，而是被监控的对象。所有人都被一张权力的大网牢牢地束缚着，他们噤若寒蝉，充满了不安全感。犯人工作室里安插有"眼线"，监督他们干活儿，不准他们偷懒；不准他们利用这里的条件制造武器、挖秘密通道；严禁他们把国家机密泄露给他人。犯人中也有被收买的"眼

---

[1] [俄]亚历山大·索尔仁尼琴:《第一圈》，景黎明译，北京：群众出版社，2016年，第15页。
[2] 同上书，第62页。

线"，他们会将其他犯人的一举一动报告给行动特派员，以此换得酬劳。除此之外，家属来信必须经过狱方拆开检查，再决定是否转给犯人。特种监狱的物质待遇并不能消解它作为监狱对人进行剥夺的本质，正如书中人物所说，来到"沙拉什卡"并不意味着升到天堂，"你仍然在地狱里，与从前一样！你只不过取得了进入最好、最上等的圈子——第一圈——的资格罢了"。[1]

当然，"沙拉什卡"的寓意绝不仅限于此。对于玛尔菲诺监狱的犯人而言，他们被剥夺的是人身自由，但是他们思想上的自由是不会被钳制住的，甚至这处封闭的所在恰好为他们进行思想交流提供了绝佳场所。"沙拉什卡"成为受难者的合唱地，每一个受难者都有一个属于自己的独一无二的音节。他们的学历不同，专业不同，承受苦难的能力不同，重要的是他们来自不同的地方，他们在不同的经历中形成了不同的性格、观念、思想和立场，他们的遭遇和个性都不可复制，他们不只带着自己的现在来到"沙拉什卡"，他们还带着自己的历史甚至还有未来。在这个合唱地，每个人都发出自己的声音，无论是闲聊还是辩论，都能碰撞出思想的火花。索洛格金十分喜欢与人辩论，他的一些观点对处于迷茫中的涅尔仁起到了启示作用："时间会使你恢复正常，使你了解人生的善与恶。至于这一点，你在哪里能够比在监狱里做得更好呢？"[2] 也正是索洛格金的这番话最先引发了涅尔仁的思考："监狱不仅是一种灾祸，而且是一件幸事。"[3] 在他与鲁宾对"幸福"与"痛苦"的问题进行思辨时，他再次强调"感谢上帝创造了监狱！他给了我把问题想透的机会"[4]，他意识到"由于轻而易举的胜利、由于欲望的满足、由于成功以及由于饱餐而产生的幸福，实际上都是痛苦！这是精神上的死亡，一种道德上的永久性消化不良！"[5] 正是在这种精神气氛的熏陶下，涅尔

---

[1] [俄]亚历山大·索尔仁尼琴：《第一圈》，景黎明译，北京：群众出版社，2016年，第16页。
[2] 同上书，第196页。
[3] 同上。
[4] 同上书，第46页。
[5] 同上书，第48页。

仁拒绝了雅科诺夫欲将其调入密码组工作的邀请,从而失去了留在玛尔菲诺的机会,最终被送往劳改营,从"第一圈"坠向了更深的地狱。受难者的合唱不是杂乱无章的喧嚣,而是有如经历苦难之后沉淀下来的绝妙音符谱成的一首气势磅礴的"大哀歌"。

"沙拉什卡"的双重特征符合米歇尔·福柯(Michel Foucault, 1926—1984)所说的"异托邦"(Heterotopias)性质。"异托邦"往往是一个既真实存在又是从现实中逃逸出来的另类空间,"偏离"是它的特征之一。福柯指出:"与所要求的一般或标准行为相比,人们将行为异常的个体置于'偏离异托邦'中,这些是休息的房屋,是精神病诊所。当然这些也是监狱。"[1] "沙拉什卡"就是索尔仁尼琴构建的"异托邦"。监狱中的犯人多数因触犯刑法第五十八条而被判入狱,从这个结果来看,他们是属于"行为异常的个体",因此才被允许进入监狱"异托邦"。在《第一圈》中,一方面,权力世界最大限度地榨取犯人们的剩余价值,决定着他们的命运和未来。另一方面,犯人的存在本身也意味着与权力世界形成某种对峙,是对现实的虚假性的一种解构。涅尔仁从孩提时代就对领袖人物充满敬仰,如饥似渴地阅读他们的书籍,然而在某些书里,涅尔仁"发现了过分简单化",他最终被推进了"第一圈"。悖论的是,外面的世界是严格噤声的,而在"圈"里被剥夺了自由的犯人们却意外获得了自由表达的空间,就像涅尔仁在他的生日聚餐上所说的那样:"我们的生活并不是糟透了。想想我们能围着这张桌子坐在这里,能毫无畏惧地畅所欲言、交换思想,这是多么幸运啊!倘若我们是自由的,那么我们还不可能这样。"[2] 监狱"异托邦"将"第一圈"与"受难者合唱地"并置在一起,共同构成了一个地下世界,在这里折射了特定历史时期社会边缘人的生存境遇。

---

[1] [法]福柯:《另类空间》,王喆译,载《世界哲学》,2006年第6期,第55页。
[2] 同上书,第439—440页。

二、作为"中间地带"的莫斯科

《神曲》中,人类灵魂在炼狱被洗涤干净,重新获得升入天堂的资格。在《第一圈》中,普通的莫斯科居民也只有经受考验之后,才能知晓是升入"天堂",还是坠入"地狱"。

在《第一圈》中,莫斯科的地铁是具有代表性的场景,展示着归属于这一空间的人间万象。地铁作为城市建筑中重要的交通工具,它所构筑的地下空间如其所处的城市空间一样,四通八达又盘根错节,就像一个现代迷宫。地铁是一个地下的流动空间。它周而复始地从始发站驶向终点,再从终点返回起点。但是在这个过程中又有不同的节点——站台与出入口——让地铁经停,人们从这些节点进入或走出地铁,使这个流动的过程又充满了更多的可能性。同时,地铁又是一个特殊的公共空间,既是封闭的又是开放的,具有包容性,狭小的空间里容纳着各种各样的人,这与巴赫金狂欢化理论中的广场性质不谋而合。

巴赫金(Михаил Михайлович Бахтин, 1895—1975)指出:"广场在整个狂欢庆典中扮演着十分重要的角色。其间,狂欢广场上随时可以进行随便而亲昵的对话与交流,更可以随时进行代表了交替与更新的脱冕仪式。"[1]《第一圈》中的莫斯科地铁就是一个狂欢广场。小说中,玛尔非诺监狱长克利缅季耶夫中校与涅尔仁的妻子娜佳的相遇就是在地铁里。从社会身份来看,中校与犯人家属属于不同的两类人,基本上不会有交集,但正是地铁作为中介起到了狂欢广场的作用,让分属两个阶层的人并置于同一空间之中,使平等对话成为可能。当娜佳认出对方的身份时,"她立即果断地站起来,靠他更近一点儿"。[2] 作为犯人的妻子,一旦被人知道她不幸的婚姻,"就得带上丈夫的烙印淹没在耻辱的大海里"。[3] 在面对代表官方权威的人物时,她不顾"丢失了

---

1 [俄]巴赫金:《巴赫金全集》(第六卷),白春仁、顾亚玲译,石家庄:河北教育出版社,1998年,第39—40页。

2 [俄]亚历山大·索尔仁尼琴:《第一圈》,景黎明译,北京:群众出版社,2016年,第213页。

3 同上书,第214页。

一个有主见的年轻女人坐地铁时应有的那种自信和矜持"[1],当着众人的面走到中校面前,看起来像是在让座,这让中校觉得非常尴尬,虽然他习惯了那些形形色色的女人见到他都要站起来,"但这是在地铁里,当着众人的面,尽管是如此小心翼翼地提问,他总觉得,面前这位恳求他的女人看起来已不那么顺眼了"。[2] 克利缅季耶夫的尴尬就在于他正处于"地铁广场"中,失去了在监狱办公室中的权威与严肃性,空间的转换也使人物的身份发生转换,包括乘客在内的地铁车厢是一个整体,"在这个整体中,个体的身体在一定意义上不再是个体的身体:仿佛可以互相交换身体、更新身体(化妆、戴假面)"。[3] 面对这位犯人的妻子,克利缅季耶夫本可以拒绝她去监狱探望丈夫的请求,因为她没有按照规定留下自己的准确地址,然而"当车站五彩缤纷的大理石从车窗前闪烁而来,列车的减速声消失以后,他却说'你可以见你的丈夫。明天十点钟来——'他没有说'列福尔托沃监狱',因为他周围都是一些匆忙挤向出口的乘客,而是说:'你知道列福尔托沃土城吗?'"[4]

地铁广场的开放性和包容性使置身于其中的一切都充满着未知与无限可能。在这里,原本属于权力世界的人与处于"中间地带"的人相遇之后,前者会不由自主地"降格"成为普通人,卸掉了代表"官方权威"的面具,是一种形式上的"脱冕",人性善的一面在此刻回归,仿佛是给后者的一种"馈赠"——娜佳不但得到探望丈夫的许可,又可以不必登记自己的居住地址,她感动得热泪盈眶。与克利缅季耶夫"脱冕"相对应的是娜佳此刻的"加冕"。作为犯人的妻子,她的生活十分艰难,对"周围的一切都缺乏兴趣"[5],然而为了能见丈夫一面,她打起精神抓住机会,用"几乎是狂热的眼光"向中校询问她何时才能"看望"自己的丈夫。她"正用这种丢脸献丑的态度站在他的

---

[1] [俄]亚历山大·索尔仁尼琴:《第一圈》,景黎明译,北京:群众出版社,2016年,第214页。
[2] 同上。
[3] [俄]巴赫金:《巴赫金文论选》,白春仁、佟景韩译,北京:中国社会科学出版社,1996年,第227页。
[4] [俄]亚历山大·索尔仁尼琴:《第一圈》,景黎明译,北京:群众出版社,2016年,第216页。
[5] 同上书,第213页。

面前,把乘客们的注意力都引到他们身上了"[1],她甚至不顾自己的身份而去仔细观察克利缅季耶夫的脸,当她注意到中校在犹豫时又强调说:"对我来说,这件事非常紧急!"[2]尽管在克利缅季耶夫看来,娜佳的行为如同小丑,但正是娜佳的坚持让他改变了自己的决定,使"小丑"顺利"加冕",达到了目的,双方在"地铁广场"中完成了"脱冕"与"加冕"仪式。

三、"金字塔尖"——莫斯科的权力世界

在《第一圈》中,由莫斯科某些权贵、社会名流为代表的特权阶层组成了一个呈金字塔形的权力世界。从俯视角度来看,权力分布如同覆盖在塔尖上的一张巨网,网纲的中心和制高点便是国家最高权力机构,正所谓"举一纲而万目张"。安全部大楼是小说权力世界的代表场所。为此,这个权力机构"没有一天不在审查,不在抓人,不在了解案情",甚至在"最想不到的地方"抓捕涉及恐怖活动的人。所有人都被一种潜在的、被监控的恐怖,抑或是敌对的情绪所推动。权力世界中产生的每一个决定都会对另外两个政治空间产生影响。为了破解英诺肯基的那个匿名电话,玛尔菲诺特种监狱研制了"语言语音辨析器",并最终取得了成功,将英诺肯基——这个原本属于权力世界中的官方权贵人物送进了卢比扬卡监狱。从受人仰慕的外交官变成监狱中的犯人,英诺肯基从风光无限的权贵阶层脱离出去,进入了另一个真实而苦难的世界,也就是从"天堂"跌落到了"地狱"。英诺肯基曾信奉的人生哲学是"人只能活一次!为什么不及时行乐呢?"[3]别人称他为"伊壁鸠鲁的信奉者"[4],他虽然不明白"伊壁鸠鲁"意味着什么,也欣然领受这个善意的昵称。他属于莫斯科社会名流的圈子,在他的"英雄父亲"的光环下长

---

1 [俄] 亚历山大·索尔仁尼琴:《第一圈》,景黎明译,北京:群众出版社,2016年,第215页。

2 同上。

3 同上书,第464页。

4 伊壁鸠鲁(公元前341—前270年),古希腊哲学家,伊壁鸠鲁学派的创始人。所谓"伊壁鸠鲁的信奉者"在此处指那些追求享乐的人。

大，拥有美好的前途，与妻子一起在极其优渥的环境中步入婚姻生活，连战争都没有波及他们的生活。可就在这个时候，英诺肯基突然对自己享受的一切产生了厌倦。他在母亲生前写的日记中读到了"怜悯心""真、善、美，善恶"等字眼，这些正是他的生活中所缺少的东西，由此引发了他对生命真谛的探索之路。在一个精神顿悟的瞬间，他忽然明白"人只能有一个良心，而破碎的良心有如失去了的生命，是无法弥补的"。[1] 这也促成了他打匿名电话的举动，尽管他清楚地知道这一举动的严重后果，他依然选择了内心的善，遵从了自己的良心。从"天堂"到"地狱"，这是他选择的结果，这个选择也体现了他的精神追求和道德自律：人的存在价值不只是追求肉体的幸福，在获得幸福的同时也要承担道义的责任，"一个人舍弃生命要比开启一个生命更崇高"。[2]

按照上级的"加大对大学生思想情绪的监视"精神要求，属于"中间地带"的斯特罗门卡大学的女研究生穆萨被选中，成为安插在学生中的眼线，定时向上级报告她观察到的情况。为了不让穆萨拒绝这份差事，"他们公开威胁，如果不按照他们的要求去做，就不允许她进行论文答辩，她的事业将被毁掉"[3]，这对即将完成论文的穆萨来说无疑是一个巨大打击。从前研究屠格涅夫才是她的全部生活，现在这个棘手的事情让她感到恶心，一想到要让自己成为系统中的一枚销钉，她"仿佛被什么肮脏的污秽污染了"。面对被学校开除或是被捕送去审判的威胁，穆萨陷入了选择的困境。小说并没有明确告知穆萨的最终选择，但是作者已经把她做出选择之后的两种后果都呈现在读者面前。

通过对小说《第一圈》中政治空间的分析，我们可以直观地体察到整

---

[1] [俄]亚历山大·索尔仁尼琴：《第一圈》，景黎明译，北京：群众出版社，2016年，第470页。

[2] [俄]谢·伊·科尔米洛夫：《二十世纪俄罗斯文学史》，赵丹、段丽君、胡学星译，南京：南京大学出版社，2017年，第531页。

[3] [俄]亚历山大·索尔仁尼琴：《第一圈》，景黎明译，北京：群众出版社，2016年，第373页。

部小说所构建的空间结构及其隐含意味。以"沙拉什卡"作为地狱的"第一圈"的中心切面,在它之上是由普通莫斯科居民构成的"中间地带",再往上就是权力世界的"天堂"。在特殊的历史语境下,"天堂"与"地狱"已不再是世人所能构想的模样。处在恐惧与混沌中的人们因世间通行的行为规则在逻辑上的谬误,其正向的选择获得反向的归宿,反之亦然:出卖自己良心可以换得自身的安稳甚至可以跨步到"天堂",而遵从自己的良心、保持道德底线的人却会因此身陷囹圄,跌进"地狱"。索尔仁尼琴借《神曲》"第一圈"的隐喻在小说中所设置的三个空间,饱含着作者对人的存在价值的思索和道德选择的探寻。

第五节 特里丰诺夫《交换》中的"莫斯科书写"[1]

在尤里·特里丰诺夫(Юрий Валентинович Трифонов, 1925—1981)一系列"莫斯科小说"("Московские повести")中,城市不仅充当人物角色的背景,而且还决定着作品的主旨和美学。正如学者 М.В. 谢列梅涅娃所言:城市在特里丰诺夫的"莫斯科小说"中"通过日常生活的棱镜",反映了"他作品的核心艺术和道德哲学范畴"。[2] 本文以特里丰诺夫的中篇小说《交换》为例,揭示他的"莫斯科书写"中的城与人的互构主题。

《交换》(《Обмен》,1969)描写的是发生在莫斯科的一个普通知识分子家庭的换房故事。主人公季米特里耶夫是石油研究所的一个普通职员。他与妻子列娜、女儿娜塔莎住在一栋拥挤的公寓里。女儿的"单间"由屏风隔断而成,而保姆的床则排铺在走廊上。尽管列娜与婆婆克赛尼娅·费奥特罗芙娜之间有着"僵化而持久的仇恨",但她突然执意提出要与病重的婆婆"交

---

[1] 本节已作为阶段性成果发表,内容有删减。
[2] *Селеменева М.В.* Поэтика повседневности в городской прозе Ю.В.Трифонова. Изв. Ур. гос. ун-та. 2008. № 59. Вып. 16. С.195.

换住房"，这看似普通的换房举动却隐藏着一个以利益出卖灵魂的秘密。

一、欲望与良知交错的"迷宫"——走廊

小说情节在20世纪70年代的背景中展开。妻子步步紧逼的"换房"要求，使主人公季米特里耶夫透不过气来，他在利益和亲情之间徘徊、挣扎，唯一能让他得以喘息的地方便是小说里反复出现的"走廊"空间。这一条条走廊既是主人公意欲逃离苦闷现实的中转站，也是他逃逸良心审判的"避难所"。列娜以命令的口吻让季米特里耶夫"游说"母亲与之"换房"，说完便挥挥手进了走廊。季米特里耶夫虽然感到妻子的"心灵始终有点麻木"，但"生活是无情的"，所以"列娜没有责任"[1]。于是，他跟随着列娜的"脚步"，在空荡荡的走廊徘徊，似乎要逃离逼仄的房间，其实是无法面对已妥协的自己。然而，走廊仅仅是一处灵魂的中转站，在其中所发生的一切不过是回到起点的圆周运动，徘徊于由欲望和良知交错而成的"迷宫"走廊，主人公始终无法找到出口。欲望都市裹挟着逼人的焦灼感和压抑感，使身陷其中的人们既想停留又渴望逃离，停留是为了攫取，而逃离是为了回避被"异化"了的自我。

富有商业化气息的小说标题"交换"不仅指向空间的交换，也暗示着这是一场利益与灵魂的交易。刚刚还在抱怨妻子"人情味不足"，可到了地铁的走廊里，季米特里耶夫已开始寻思着为"换房"找个最贴切的理由：也许"换房"是能救母亲一命的"高招"，搬到一起住"对她有利"，这可是一种谁都想不到的"心理疗法"。在纠结与徘徊中，季米特里耶夫已来到工作的石油研究所——那里似乎也被一种无形的力量所牵引，所里的职员们正将走廊变成谋划私利的场所、利益交换的厅堂。在借口母亲病重推掉出差任务

---

[1] [苏]尤·特里丰诺夫：《交换》，见《另一种生活》，徐振亚译，上海：上海文艺出版社，1984年，第3页。

之后，季米特里耶夫硬着头皮去找之前产生过嫌隙的"换房前辈"涅维朵姆斯基讨教换房"秘籍"，没成想却被后者羞辱了一顿。懦弱的季米特里耶夫又一次躲在走廊里给妻子打电话求助。列娜在电话里口授的游说婆婆的"妙招"使季米特里耶夫深感对母亲的愧疚，然而在幽暗的走廊里徘徊一阵之后，他的"换房"想法反倒愈发地清晰、坚定起来。

"走廊"原本是搭建沟通、交互穿行的双向空间区域，但是在《交换》中，莫斯科城中的走廊似乎都是单向的死胡同，季米特里耶夫只要踏进它便走上了一条难以回头的市侩之路。为了完成妻子委托的"交换"任务，季米特里耶夫无耻地利用着情人塔尼娅对他的情感，因为他深信自己"永远不会遭到她的嫌弃"。在拿到后者省吃俭用积蓄的二百卢布之后，他扬长而去将自己的良知与爱情抛在了空荡荡的走廊里。在季米特里耶夫看来，"她有什么好值得怜悯的呢？世界上除了生和死，万事皆空"[1]。此前妻子曾联合岳父暗地里阻挠亲戚廖夫卡进石油研究所任职，一开始他虽然感到良心不安，"三个晚上没睡好觉"，但慢慢这种痛苦也就消失了。"因为他看到大家都是如此，大家都习以为常。"[2] 在利欲熏心的社会氛围里，莫斯科好似一个大染缸，任何人都逃离不开利己主义的深渊，都会被利益的魔爪抓上一把，留下一处丑陋的伤痕。走过莫斯科令人沉沦的单向"走廊"，任何内心的挣扎与抵抗都不过是死水微澜，瞬间归于平静。在《交换》里，不仅季米特里耶夫被这"走廊"所吸引，似乎整个社会都对它趋之若鹜。人们穿梭在这利益的通道之间，窃窃私语，暗中交换。城市生活的空虚毫不留情地吞噬了季米特里耶夫，他慢慢地习惯了没有灵魂的生活，习惯了用列娜的思维去思考，成为"卢基扬诺夫化"的季米特里耶夫。

---

1 [苏]尤·特里丰诺夫：《交换》，见《另一种生活》，徐振亚译，上海：上海文艺出版社，1984年，第32页。

2 同上书，第2页。

二、《交换》中的莫斯科人

在《交换》中,形形色色的莫斯科人穿行于城市中心和城郊之间,他们或是老一辈布尔什维克,或是"卢基扬诺夫化"的新人。以"外祖父"为代表的老一代莫斯科人相继化为时代的尘埃,而作为莫斯科的"新人"的卢基扬诺夫一家却如鱼得水,过得风生水起。传统精神渐渐消逝,市侩气息却愈发浓郁地笼罩在莫斯科的上空。

(一)巴甫林诺沃的"老怪人"

巴甫林诺沃位于莫斯科的郊区,季米特里耶夫的父辈们在那里留下一处房产。四十年前,巴甫林诺沃一带是"别墅区"。那里"有田野、菜园、山岗上的教堂"。"道路向松林延伸","丁香、野蔷薇和接骨木"茂盛,"凉台装着小格子玻璃窗,在绿树丛中闪闪发光"。那些别墅"使人想起加拿大深山密林中的皮货收购站或是阿根廷大草原上的西班牙式建筑。"[1] 在那里,孩子们的欢声笑语、噼噼啪啪的骨牌声和留声机里传出的乐曲声不绝于耳。列娜与季米特里耶夫婚后的第一年曾回到巴甫林诺沃,那时"别墅"早已经弃置不用,屋顶漏雨、台阶腐烂、污水外溢,弥漫着一股夹杂着花香的恶臭。这时的巴甫林诺沃已日渐贫困,住户也今非昔比——"原来的房主不是离开人世就是远走高飞,而他们的继承人,那些孤儿寡妇,日子相当艰难,根本谈不上什么别墅生活"。[2] 然而,待到列娜与季米特里耶夫从南方避暑归来,曾经的乡间别墅已旧貌新颜,"地板锃亮,门窗雪白……",在岳父伊凡·瓦西里耶维奇的一手操办下,巴甫林诺沃无可挽回地"卢基扬诺夫化"了。

在巴甫林诺沃,季米特里耶夫的外祖父费奥特尔·尼古拉耶维奇是一个不合时宜的"老怪人"。他是毕业于彼得堡大学的老一辈法学工作者。年轻时代,他遭到过监禁和流放,后来又流亡国外,在瑞士和比利时工作过,

---

[1] [苏]尤·特里丰诺夫:《交换》,见《另一种生活》,徐振亚译,上海:上海文艺出版社,1984年,第33—34页。

[2] 同上书,第39页。

与列宁的战友"维拉·扎苏里奇"有过交往。经年累月的艰苦劳动使他有着青铜色的皮肤和伤痕累累的双手。即便如此，他仍然倔强地注重仪表整洁，"穿衬衫总要系上领带，那双四十号的童式皮鞋永远擦得锃亮"。[1] 老人与卢基扬诺夫式的人物格格不入，他看不惯列娜一家的庸俗和粗鄙，蔑视季米特里耶夫为蝇头小利的算计，怒斥薇拉·拉扎列芙娜的投机钻营。然而，在卢基扬诺夫一家人的眼里，他可笑又讨厌，是个"地地道道的怪人！"[2] 老一代的正直与狷介、信仰与原则在圆滑世故、急功近利的当代社会里仿佛嶙峋的山崖般突兀扎眼。

十四年后，一个大浴场出现在巴甫林诺沃原来的那片草地上，一幢幢高楼直插云霄，到处都抹上了水泥式的深灰色。城市化进程的气息蔓延到了郊区，它以一种势不可挡的力量将历史卷进漩涡，抹去了巴甫林诺沃的过往痕迹。随着老人的离世，巴甫林诺沃往日的一切似乎都不复存在了。正如小说中所写的那样："在这个世界上，销声匿迹的并非个别人，而是整个巢穴，整个种族，连同他们的风俗习惯、语言、娱乐和音乐。"[3]

（二）莫斯科"新人"

相对于"老怪人"费奥特尔·尼古拉耶维奇，巴甫林诺沃的"新宿主"卢基扬诺夫一家可谓是"与时俱进"的莫斯科"新人"。他们深谙各种"交换"原则，懂得如何编织社会关系网。伊凡·瓦西里耶维奇是个"神通广大的人物"，他一句话便能让季米特里耶夫进了油气所，派工人在一个星期内就解决了困扰巴甫林诺沃三十年的污水问题。他的女儿列娜也毫不逊色，她有着令人艳羡的交际能力，善于结交自己"需要的人"。她通过关系网谋得了自己梦寐以求的情报所的美差，在父亲的关照下成功地让自己的丈夫取代

---

1 [苏] 尤·特里丰诺夫：《交换》，见《另一种生活》，徐振亚译，上海：上海文艺出版社，1984年，第49页。

2 同上。

3 同上书，第34页。

了亲戚廖夫卡进入油气所工作,不惜"粉身碎骨"也把女儿娜塔莎弄进了"门槛很高"的英语专科学校。这位猎犬式的女人,"只要在嘴里的愿望尚未实现,她就绝不松口"。[1]

卢基扬诺夫一家贪婪地扩张着其市侩阶层的势力疆界,所到之处无不散播着利己主义的病毒。脱胎于宦海沉浮和权术博弈的伊凡·瓦西里耶维奇认为,摆脱逆境的诀窍是"时刻防着点","怀疑一切"是他秉承的处世哲学;而列娜则是市侩作风与利己主义的绝佳代言人,在她眼里,生活是一场必须胜利的搏斗。只要她想得到的,她都千方百计地追求且不达目的誓不罢休。身为"人生赢家"的她乐于向自己的丈夫分享"胜利的快感",用女妖般多情的眼睛盯着他,用温柔的手指抚摸他,一点点地撕裂季米特里耶夫的心灵,向其中灌注卢基扬诺夫家族的血液……在巴甫林诺沃的住宅里,卢基扬诺夫一家指手画脚、反客为主。为了一枚钉子,列娜擅自从墙上摘下已故公公的照片,故意把脏水桶放在婆婆的门前,甚至偷偷拿走小姑子洛拉家的茶杯……在种种丑行被揭穿后,卢基扬诺夫夫妇佯装自尊心受挫离开了别墅,却在第二天就以主人的姿态趾高气扬地回到了巴甫林诺沃。市侩阶层腐化的力量不断染指巴甫林诺沃的城郊空间,破坏了一切属于这里的美好与安宁。

三、《交换》中的空间哲思

特里丰诺夫敏锐地察觉到在城市化进程中人的道德问题,尝试从有限的都市生活中探求永恒的艺术课题。他在城市空间内设置寓意深刻的走廊意象,并通过城市形象与自然景观的对比,以及活跃在不同空间中的人物形象,将城市化进程中城与人的互构和互塑主题诉诸笔端。

(一)城市形象与自然景观的对立

---

1 [苏]尤·特里丰诺夫:《交换》,见《另一种生活》,徐振亚译,上海:上海文艺出版社,1984年,第56页。

在《交换》中，特里丰诺夫有意设置了城市形象与自然景观的对比，以此暗示出城市堕落和大自然纯洁的主题。在城市密集的钢筋水泥的建筑中，弥漫着压抑自由、剥夺生机的氛围。正如学者 М.В. 谢列梅涅娃所指出的那样，"被特里丰诺夫所描绘的城市基本上都是遍布面目不清的高层建筑，其色谱仅有灰色暗影"[1]。回到巴甫林诺沃看望母亲的季米特里耶夫，坐在垂钓者不远处望着河对岸的莫斯科，他看到"在深灰色的沙滩上隐隐约约呈现出蓝色"，河岸上的所有"景物都抹上了一层水泥样的深灰色"[2]。在特里丰诺夫的小说里，令人窒息的城市环境与尚未受到城市化影响的景观形成鲜明对比。城市与自然始终处于一种紧张的冲突之中，它们是背道而驰的：公寓的拥挤与墙壁之外延伸出的自由明亮完全是两个世界。茂密的森林、蓝色的天空、温暖的阳光甚至在田野中孤零零矗立着的新建筑，都能使主人公感到一份平静与和谐。季米特里耶夫从他的情人塔尼亚公寓的窗户上看到了完全不受城市化影响的景观："从十一层楼上远眺空旷的田野、河流和暮色中的科罗缅斯克村大教堂的尖顶，景色非常美丽。季米特里耶夫想：只要他愿意，明天就可以搬到这三间一套的住宅里，早晚就欣赏这河流和村庄的景致，呼吸田野里清新的空气，坐公共汽车上班。"[3]在与城市形象的对比中，特里丰诺夫强调了自然对于人的心灵净化和抚慰的作用。

（二）城市空间是透视人性的多棱镜

特里丰诺夫运用空间表征法，将人物的精神品格与性格特征与特定的空间结合起来，从公共空间和私人空间的角度检验人的道德水平、探测人的心灵秘密。因为"任何个人的思考和群体行为都必须在一个具体的空间中才能得以进行，空间可以说是我们行动和意识的定位之所；反之，空间也必须被

---

[1] Селеменева М.В. Художественный мир Ю.В. Трифонова в контексте городской прозы второй половины XX века. Дис. ... д-ра филол. наук. М., 2009. С.123.

[2] [苏]尤·特里丰诺夫：《交换》，见《另一种生活》，徐振亚译，上海：上海文艺出版社，1984年，第38页。

[3] 同上书，第31页。

人感知和使用，被人意识到，才能成为活的空间，才能进入意义和情感的领域"[1]。在小说中，城市空间裹挟着疯狂的物欲和利己主义旋风，不断地将人拉向道德堕落的深渊。就像主人公季米特里耶夫尽管有过挣扎，试图在迷宫般的欲望走廊中寻求出路，却最终陷在欲望的深渊难以自拔。

在《交换》中，莫斯科与城郊巴甫林诺沃是两个遥相对立的城市空间，但二者并非全然隔绝，两个空间通过季米特里耶夫与母亲和妹妹洛拉的亲情纽带相连。然而，季米特里耶夫的软弱与妥协使得他日渐拉紧自己与列娜一家的利益链条，跌破道德底线，最终使承载着自己美好童年和青春回忆的巴甫林诺沃染上了"卢基扬诺夫化"的色彩。在外祖父的葬礼上，季米特里耶夫心里一直惦记着那几听给列娜买的秋刀鱼罐头，对于外祖父的去世，他并没有感到"是一种可怕的折磨"，反而觉得"外祖父是风中残烛，理该熄灭"，然而他没有意识到的是与外祖父一起消失的"还有一种并非与他直接相联的、独立存在的东西：联结季米特里耶夫、母亲和洛拉的纽带。这种东西不留情面地很快消失了，他们从花香浓重的灵堂走到外面，仅仅几分钟时间，这种东西就毫不留情地蓦然消失得无影无踪"。[2] 当季米特里耶夫回到了巴甫林诺沃别墅，"瞅准了克塞妮娅·费奥特罗芙娜一个人在屋里的机会"，向母亲提出"交换"。母亲以一句"你已经换过了，维佳，交换过了"[3]的感叹戳穿了季米特里耶夫灵魂的堕落。赤裸裸的掠夺和冷酷的"交换"不能不在季米特里耶夫心里留下痕迹。换房不久母亲便去世了，季米特里耶夫血压突然升高，"他脸色苍白，好像一下子衰老了，枯萎了……成为一位面颊松弛的大叔"[4]。

---

1 龙迪勇：《空间叙事研究》，北京：生活·读书·新知三联书店，2014年，第27页。
2 [苏]尤·特里丰诺夫：《交换》，见《另一种生活》，徐振亚译，上海：上海文艺出版社，1984年，第54页。
3 同上书，第71页。
4 [苏]尤·特里丰诺夫：《交换》，见《另一种生活》，徐振亚译，上海：上海文艺出版社，1984年，第73页。

"一座城市在很大程度上是塑造人的个性的土壤,城市的建筑对于人具有不可估量的影响力,反过来人又塑造了城市的生活与历史。"[1]小说通过一个"换房"事件,深刻地揭示出城市人的心灵荒原和道德危机,探讨了社会在城市化进程中城市与人的双向构建问题。在《交换》中,特里丰诺夫将自己的"莫斯科书写"聚焦在特定的城市空间和城市意象之中,以此透视莫斯科人心灵深处的秘密,探得城市中引人腐化堕落的迷宫通道。他凭借着文学的力量,将自己的主观态度隐藏在客观的叙述之中,在揭示人物内心隐秘的消极品质的同时,营造了宏大的道德空间。在这个空间内,莫斯科仿佛无限缩小,成为一处微缩景观,作家从高处俯瞰,城中的污秽与城中人的堕落尽收眼底,无处遁形。

第六节 量子意识视域下的《夏伯阳与虚空》中的空间叙事[2]

在维克多·佩列文(Виктор Олегович Пелевин, 1962—)的《夏伯阳与虚空》(《Чапаев и Пустота》,1996)中,有着多时空结构和碎片化叙述,这是这部后现代小说引起学界普遍关注的重要特征之一。这些繁复的时空交错和碎片化叙述,其实只显现出两种空间维度的本质,即现实空间和非现实空间,它们具有不确定性和相对性,始终处于"迭加"与"坍缩"的动态之中。在小说中,"现实空间"与"非现实空间"具有一定的相对性,"现实空间"指的是当下的空间载体,是意识主体临时寄居的客观的空间场所,具有短暂的真实性。"非现实空间"是相对于"现实空间"的"意识空间",指的是在当下的现实空间中,意识主体的精神场域,也可以说是意识主体的临时的记忆空间,具有短暂的虚幻性。例如,如果我们把文本的奇数

---

[1] 傅星寰:《现代性视阈下俄罗斯思想的艺术阐释——俄罗斯文学五大题材研究》,长春:吉林人民出版社,2010年,第139页。

[2] 本节已作为阶段性成果发表,内容有删减。

章节的内容作为基点，那么，在苏联国内战争期间的时空里，夏伯阳、安娜所在的1919年的莫斯科大街、"音乐鼻烟盒"文学酒吧、司令部所在的省外小城等空间场所，就是彼得·虚空身处的当下的现实空间，在这个空间里，一切人物、事物都是真实可触摸的；而此时偶数章节中的苏联解体后的时空里，玛利亚、谢尔久克、沃洛金所在的1990年的莫斯科精神病院则成为彼得·虚空意识中的非现实空间，在这个空间里，一切人物、事物仅仅是他噩梦里的一个个模糊虚幻的影子而已。相反，我们如果把文本的偶数章节的内容作为基点，那么，1990年空间则跳出了彼得·虚空的意识，成为其意识之外的当下的现实空间，而此时的1919年空间则坠入了彼得·虚空的意识当中，成为其意识之内的非现实空间。

通常我们认为客观物体一定要有一个确定的空间位置，而且这种存在是客观的，是不以人的意志为转移的。然而，量子力学的基本原理则与之不同，它认为微观粒子可能处在迭加态，而这种状态又是不确定的，它根据人的意识总是处于一种'迭加'或'坍缩'状态。"[1] "在《夏伯阳与虚空》中，人的意识是世界产生的基础，是一种能够造就世界的能量。"[2] 小说情节可以说是一个人梦境的记录，是意识的空间游戏。"当一个人永远地在梦中轮回，那个梦就构成了一个人的现实，即所谓如梦的现实。"[3] 佩列文以碎片化、荒诞性、戏谑化等后现代主义手法，利用意识的作用，通过对时间的压缩来展现无限可能的现实空间或非现实空间，总是在一个当下的现实空间里竭力地强调另一个空间的非现实性。这里，现实空间和非现实空间具有极强的不确定性和易变性，时而"迭加"，时而"坍缩"，为我们展现了两个时

---

[1] *Фу Синхуань, Сунь На.*《Петербургская перспектива》с точки зрения теории пространства и квантовой мезаники.Вестник государственного гуманитарно-технологического университета. // Научный журнал.М.; 2018. № 3. С.67.

[2] 郑永旺：《游戏·禅宗·后现代：佩列文后现代主义诗学研究》，北京：人民文学出版社，2006年，第166页。

[3] 同上书，第177页。

代人们迷茫、空虚和颓废的精神状态及思想探索。

一、现实空间与非现实空间的"迭加"

在《夏伯阳与虚空》中，彼得·虚空既是1990年莫斯科第十七精神病院的具有"伪人格"病症的患者，又是1919年彼得堡的颓废诗人、夏伯阳军队的政委。而作为彼得·虚空双重身份的空间载体——1990年的莫斯科和1919年的莫斯科及司令部所在地阿尔泰—维德尼扬斯克小城，则没有清晰的界限，何为现实空间，何为非现实空间，一切都不确定性地相互"迭加"于彼得·虚空的意识当中。

夏伯阳为了使彼得·虚空摆脱精神病院的噩梦，把他引荐给了荣格伦男爵，黑男爵引领彼得·虚空来到冥界瓦尔哈拉宫，在黑暗中他见到了正处于紧张和恐惧状态的莫斯科精神病院的病友沃洛金和他的朋友。而此时1990年的精神病院的病人沃洛金正被手脚绑住，接受着医生铁木尔·铁木罗维奇的治疗，讲述着他与伙伴们在篝火旁吸食小蘑菇的情景。这些诉说又折射到了彼得·虚空的意识里。同时，夏伯阳正在小城司令部的办公室里读着彼得·虚空写的有关自己噩梦中的病友沃洛金的日记手稿。如此，一个空间里嵌套着另一个空间，重重叠叠界限模糊。彼得·虚空在被推入冥界的漫长旅途中，并未感到时间的停止，然而当他猛然从地狱回到现实世界的瞬间，才发现那看似漫长的旅途只不过是在时间凝固的前提下的一次空间漫步而已。在这里，时间仅仅是作为展现空间形式的一种手段。但借助黑男爵的冥界之旅，我们可以看到1919年的时空和1990年的时空相距并不遥远。

在小说的最后一章，铁木尔认为彼得·虚空的"伪人格"精神病在他的"宣泄疗法"下已经痊愈，所以同意他出院。此时，夏伯阳所在的时空俨然已经在虚空的意识中消失，1919年的莫斯科和阿尔泰—维德尼扬斯克小城也随之不复存在。出院后的彼得·虚空在自己意识的指引下冥冥中下了"柳树站",又来到与好友冯·埃尔年相遇的特维尔街心花园,与小说开头彼得·虚空初来到1919年的莫斯科一样,他依然看见了坐在板凳上纹丝不动的老太太。之后他又来到了其熟悉的"音乐鼻烟盒"文学酒吧,一样的陈设,一样的表演,一样的人物,一样的对话,一样的情境依序重现。彼得·虚空同样在台上朗诵了自己创作的诗篇,只是从《革命军事十四行诗》换成了《万劫不复》。从酒吧出来后,他遇见了正在酒吧外等候他的夏伯阳,随即再次上了他的装甲车。这里,1919年空间的人物和事件奇妙地出现在了1990年的空间里,两个时代的莫斯科又共存于彼得·虚空的意识里。他与夏伯阳的重遇意味着与后者所属的空间相遇,现实空间与非现实空间彼此延伸,并置于不确定的"迭加态"之中。而两种空间的"迭加"又使相距甚远的意象、人物产生"并置"的效果,挣脱了时间顺序的约束,让人物的意识可以随意地跨越物理时间的界限而自由地穿行于不同的时空维度,处在同一个层面上从而达到时间的空间化效果。

二、现实空间与非现实空间的"坍缩"

"意识就是量子,量子构造空间,由量子构造的空间抑或处在叠加状态,抑或因为人类所施加的觉察而坍缩。"[1]在《夏伯阳与虚空》中,界限模糊的现实空间和非现实空间也存在坍缩关系。作者采用"相似蒙太奇"的手法,用相似的意象和语言符号连接两个空间,而从不确定的非现实空间向确定的现实空间的转换,则是由彼得·虚空的意识的推力带动的。

在第三章的结尾,彼得·虚空在坠入深度的睡眠之前,他听到的是夏伯阳的喊叫"彼得,别睡了,到我们这来",感到的是火车包厢里暖和宜人的空气。紧接着,第四章的开篇他意识到"别睡了"的声音不是从夏伯阳嘴里发出

---

[1] *Фу Синхуань, Сунь На.*《Петербургская перспектива》с точки зрения теории пространства и квантовой мезаники.Вестник государственного гуманитарно-технологического университета. // Научный журнал.М.; 2018. № 3. С.68.

的，而是陌生又熟悉的沃洛金对自己的呼喊；他也不是身处火车里温暖的包厢，而换成了精神病院里摆满浴盆的湿漉漉的浴室，他的病友们正赤裸裸地躺在浴盆里。正是依靠了在1919年空间中的彼得·虚空渐入混沌的模糊意识，他记住了"别睡了"这个语言符号，这个模糊的意识，像一个推力，使原本相互"迭加"的两个空间暂时"坍缩"为凸显的1990年的现实空间。在这个空间里，他是刚被病友沃洛金从睡眠中叫醒的莫斯科精神病院的患者，是由于针药的原因陷入极度昏睡，又因针药的作用消失而清醒的铁木尔的病人。之后，他又在医生的安排下同病友一起上了铁木尔设计的审美治疗实习课。隐去的1919年空间便成为课上彼得·虚空笔下的一幅人物众多和细节丰富的类似《战争与和平》里的插画的画作，暂时变成了他意识中的非现实空间。

到了第四章的结尾，在又一次的审美治疗实习课上，彼得·虚空与病友们一起临摹亚里士多德胸像，谢尔久克与玛利亚发生冲突，当玛利亚举着亚里士多德胸像欲砸来的时候，实际上胸像却是朝着彼得·虚空落下来，"我回过头，只见一张僵死的、翻着两只挂满灰尘的白眼的石膏脸，从沾满苍蝇屎、抹着泥灰的天上朝我慢慢落下来"[1]。紧接着，第五章的开篇，彼得·虚空恢复知觉以后，唯一记得的就是亚里士多德的胸像，但他的严重的脑震荡却不是被胸像砸的，而是在柳树街之战中被榴霰弹炸的，精神病院的治疗室也成了省外小城里司令部的房间。这正是借助了"亚里士多德胸像"这个意象，并在彼得·虚空意识的推力下，使相互"迭加"的两个空间暂时"坍缩"为凸显的1919年的现实空间。在这个空间里，他是夏伯阳的军队的政委，是柳树街之战中负伤刚刚苏醒的英雄，是与安娜谈论女人与幻象、与科托夫斯基讨论俄罗斯知识分子的彼得堡诗人。1990年空间则又成为为彼得·虚空日记手稿里的带有浓厚的颓废色彩的文字的非现实空间。

除此之外，前面的第一章与第二章是以"栏杆"这个意象连接的，第二

---

[1] [俄]维克多·佩列文：《夏伯阳与虚空》，郑体武译，上海：上海译文出版社，2004年，第138页。

章与第三章以音乐旋律和孕妇的意象连接。后面的第五章与第六章以"发电机"和"迪纳莫"车站这两个发音近似的词语连接,第六章与第七章以同样是发音近似的"迪纳莫"足球队和马名"迪纳马"相连,第七章与第八章以"影子"的意象相连,第八章与第九章以舒里克的话"谁是第四个人"相连接,第十章又回到特维尔街心花园,与第一章首尾连接。这表明多重空间的隐含性,彼得·虚空从一个空间转换到另一个空间,是需要意识的推力的,而这种推力则是以"梦"作为介质的。所谓的现实空间总是因为其意识的推力而变成了非现实空间,所谓的非现实空间也会随着其意识的位移而成为现实空间。在佩列文笔下,人在不同的空间中穿行,进行的是一场意识的空间游戏。他把游戏当成了现实本身,使非游戏性的现实空间完全受制于游戏性的现实空间,对包括佩列文在内的后现代主义者而言,客观世界的真实性和现实性永远是相对的,它只是一种意识的幻像。意识支配着眼前的现实。

三、"超空间"下的身份迷失和精神迷失

所谓"超空间",原本是一个数学概念,指多维空间或非欧几里得空间。在后现代语境中,这个词通常被用来描述现代都市的复杂空间。置身于这样的超空间,主体往往失去了把握空间的能力,出现了空间迷失状态。"人们不能定位自己,不能在认知上组织起他周围的环境,也不能在一个原本可以图绘的外在世界中以认知方式来确定自己的位置。"[1]在这里,传统的时空观念完全被颠覆,时间、方位、距离的制约也消失殆尽,因此人们不能恢复以往的空间坐标。在《夏伯阳与虚空》中,佩列文所构建的正是这样一种具有异质性和碎片化特征的"超空间",彼得·虚空身处其中便出现了空间迷失的症候。

在1919年和1990年两大时空中,第一时空中人物活动空间场所主要为

---

1 王治河:《后现代主义辞典》,北京:中央编译出版社,2004年,第63页。

十月革命后不久的莫斯科和司令部所在地阿尔泰—维德尼扬斯克小城，第二时空的活动场所则为莫斯科的一所精神病院。彼得·虚空在梦与梦的交织下不停地在这两种空间维度中穿行，时而身处国内战争期间的莫斯科特维尔街心花园、老友冯·埃尔年的住宅、"音乐鼻烟盒"文学酒吧、雅罗斯拉尔夫火车站；时而在90年代封闭的莫斯科精神病院：病房、浴室、审美实习课治疗室、铁木尔办公室；时而又在黑男爵的引领下游历冥界的瓦尔哈拉宫。夜里还身处从雅罗斯拉尔夫站开出的冬季夜行的火车上，一觉醒来已身处"隐没在遍地盛开的丁香花丛之中"的省外小城阿尔泰—维德尼扬斯克。彼得·虚空在这熟悉又陌生的多维度空间中游走，分不清真实与虚幻、现实与非现实，他丧失了对自己所处位置的人和事物的认知，更不能确定自己所在的空间坐标，眩晕地迷失在这多维空间之中。

  彼得·虚空不仅迷失在空间之中，更迷失在自己的身份之中。"我是谁""我属于哪个时代、哪个空间"成为他永恒的困惑。他自认为找到的那个真正的"自我"是1919年的"自我"，但是铁木尔却使他相信那个"自我"只不过是自己的伪人格的表征。同时，夏伯阳则强烈地建议他走出1990年精神病院的噩梦。我们看到，在不同的空间维度里，彼得·虚空拥有着多重身份。在1919年时空，他冒充被自己杀死的肃反人员冯·埃尔年，并用他这位朋友的身份担任了夏伯阳军队的政委，可他又时常毫无掩饰地向夏伯阳袒露自己彼得堡诗人的身份，并以自己的诗赢得了安娜的爱慕。最终两种身份在他身上交织在了一起。在1990年时空，他是被铁木尔医生诊断为患有"伪人格分裂症"的病人，需要与病友玛利亚、谢尔久克、沃洛金一道接受"宣泄"疗法的药物治疗。在这样复杂多变、似真似幻的人物身份当中，彼得·虚空无法确认自己的身份定位，他的每一个身份碎片不过是自己的局部"镜像""自己的精神投影"。

  彼得·虚空如同德勒兹（Gilles Louis Rene Deleuze, 1925—1995）和加

塔利（Felix Guattari, 1930—1992）笔下的"游牧者"，在空间迷失和身份迷失的状态下进行着一场没有目的和终结的精神的游牧旅行，"此种旅行不是通过相对的运动，而是在原地、在强度之中实现的：它们构成了游牧生活的一部分"[1]。"游牧式的生活是一种创造和变化的实验，具有反传统和反顺从的品格。后现代游牧者试图使自身摆脱一切根、束缚以及认同，以此来抵抗国家和一切规范化权力。"[2] 游牧者本应生活于他们所属的游牧空间，但彼得·虚空却与之完全脱离，所以，他不断地试图逃离禁锢肉体和精神的此在空间，希冀重返那无中心、无边界、无束缚、自由开放的游牧空间。在逃离的过程中，他迷失身份与方向，一直处于被抛的状态，可他仍尝试着创造自己的逃逸线，并在自己的世界中进行解域。我们可以把黑伯爵所说的那个值得毕生去追求的地方看做是彼得·虚空内心一直向往的平滑无阻碍的游牧空间。

其实，主人公的个人身份迷失也暗喻着俄罗斯这个国家和民族的身份迷失和精神迷失状态。正如佩列文借书中人之口所言："凡是国家和民族的事情，都会在该国的国民和构成该民族的个人身上象征性地体现出来。"[3] Г.Г. 伊姆希巴耶娃（Галина Григорьевна Имшибаева, 1957— ）根据彼得、谢尔久克、沃洛金的字母姓名的重叠现象指出："他们不是简单的'诗人''从前的知识分子中的酒鬼''企业家'；而是'艺术家''不醉不休的彻头彻尾的俄国佬''俄式商人'，他们所有的本质特征受到历史时代、环境、传统思维方式的制约。"[4] 而玛利亚则代表着在大众传媒浸染中成长起来的一代。我们可以把小说中的"我"看作多重分裂人格的综合体，"'我'就

---

[1] [法]德勒兹、加塔利：《资本主义与精神分裂·千高原》（第二卷），姜宇辉译，上海：上海书店出版社，2010年，第549页。

[2] [美]斯蒂文·贝斯特、道格拉斯·凯尔纳：《后现代理论：批判性的质疑》，张志斌译，北京：中央编译出版社，2001年，第134页。

[3] [俄]维克多·佩列文：《夏伯阳与虚空》，郑体武译，上海：上海译文出版社，2004年，第219页。

[4] 同上书，第8页。

是俄罗斯，戴着面纱的具有不确定个性的跌入深渊中的俄罗斯"[1]；"我"以玛利亚的身份在施瓦辛格处寻求与西方炼金术式的联姻，"我"又以谢尔久克的身份在川端处完成与东方炼金术式的联姻。结果，玛利亚被施瓦辛格抛弃，谢尔久克剖腹自杀，俄罗斯与东西方的联姻以失败而告终。

福柯（Michel Foucault, 1926—1984）在《不同空间的正文与上下文》中指出："我们时代的焦虑与空间有着根本的关系，比之时间的关系更甚，时间对我们而言，可能只是许多个元素散布在空间中的不同分配运作之一。"[2] 在《夏伯阳与虚空》中，现实空间与非现实空间之间的"迭加"与"坍缩"，不仅展现了主人公空间迷失的状态，更体现了其空间迷失下的信仰和精神的迷失，揭示了以主人公为代表的当代俄罗斯人的生存状态。佩列文在《夏伯阳与虚空》里所建构的不同空间，艺术地呈现了其后现代主义世界观，即世界是人类意志所产生的"幻象"，而人类自己不过是这幻象世界"被抛的难民"。

---

[1] 任明丽：《俄罗斯，你在这洪流中的何处？——对〈夏伯阳与虚空〉的解读》，载于《外国文学》，2006年第3期，第47页。

[2] 包亚明：《后现代性与地理学的政治》，上海：上海教育出版社，2001年，第18页。

第五章
彼得堡时空的人物形象类型

彼得堡文本涵纳了几个世纪的俄罗斯生活，正如彼得堡文本研究专家О.Г.基拉科托尔斯卡娅（Ольга Георгиевна Дилакторская, 1947—2020）所强调的那样："彼得堡小说的主人公们……只是彼得堡社会意识的附加物，只是它的产物，它们永远是城市象征性权力的牺牲品，永远是主人公与强大帝国与官僚国家之间象征关系的派生。"[1] 几个世纪以来，彼得堡文本产生了一些特殊的主人公类型，这些主人公类型与其相应的话语单元一道，共同参与彼得堡时空的构建。那些话语单元在建构统一的彼得堡文本系统中发挥了重要作用，这个作用与形形色色的人物类型相关，这些人物类型反映的不仅仅是彼得堡的，还是整个俄罗斯的现实。学者Л.К.多尔戈波洛夫认为，"彼得堡题材使俄罗斯文学的主人公以自己如此深刻和具体的社会属性首先显现自身，显现自己的心理气质，如果在俄罗斯的生活里没有带进彼得堡问题，那样的深刻性和具体性是不存在的"。[2]

因此，在俄罗斯文学的彼得堡文本里，与毁灭了无数人的幸福的城市、国家和政权最鲜明对立的性格，被称为"小人物"，类似的形象有普希金的长诗《青铜骑士》（《Мёдный всадник》, 1833）中的叶甫盖尼、果戈理的

---

[1] *Дилакторская О.Г.* Петербургская повесть Достоевского. *О.Г. Дилакторская.* —СПб.: Дмитрий Буланин, 1999. C.345.

[2] *Долгополов Л.К.* На рубеже веков: О русской литературе конца XIX--начала XX века. Л.К.Долгополов.—Л.: Советский писатель, 1977. C.169-170.

《外套》(《Шинель》，1842）中的阿卡基·阿卡基耶维奇和陀思妥耶夫斯基的《穷人》(《Бедные люди》，1845）的杰武什金等。因此在很多彼得堡文本中总会重复出现：卑微且衣衫褴褛的"小人物"与冷酷的、对于它的城市的居民所遭受的苦难无动于衷的"青铜骑士"相遭遇，这并非偶然。普希金的叶甫盖尼与雷霆万钧的青铜骑士的相遇，在多尔戈波洛夫看来，"在19世纪末和20世纪初的俄罗斯文学中不止一次地得到回应"[1]。实际上，在所有已构成的彼得堡文本中都显现出悲剧性的、在卑微如草芥却幻想着个人幸福的"小人物"与严酷的城市之间无法调和的冲突。当然，"小人物"形象是难以穷尽彼得堡时空人物系统的多样性和复杂性的。由于篇幅所限，本章以男性人物系统和女性人物系统的划分，选择性地对彼得堡时空的部分主人公类型进行归类解析。

第一节 男性人物形象类型

在以富于男性气质为主要特征的彼得堡时空，男性主人公形象占据着重要的位置。由于篇幅所限，我们的研究仅聚焦于男性人物形象系统中"小人物"的几种类型，诸如形形色色的小官吏、年轻人、"幻想者""多余人"及其变体——"地下人"等。值得一提的是，在彼得堡时空里，各种类型的男性主人公形象之间多有交叉，往往是一种形象类型里混合了多种类型的特征。

一、"小人物"系列

1840年，В.Г. 别林斯基（Виссарион Григорьевич Белинский，1811—1848）在其评论文章《聪明误》(《Горе от ума》）中首次提出"小人物"

---

[1] Долгополов Л.К. На рубеже веков: О русской литературе конца XIX—начала XX века. Л.К.Долгополов.—Л.: Советский писатель, 1977. C.167.

("Маленький человек")的概念。在当时的语境下,"小人物"一词最初指的就是"普通"人。随着俄罗斯文学中的心理学的发展,这类形象呈现出更加复杂的心理肖像。19世纪俄罗斯文学中的"小人物"形象形形色色,但他们有一些共同的特征:即社会等级低下、贫困、强烈的生存焦虑等,这决定了他们的心理和情节角色的特殊性——成为社会不公正和残酷的国家机器的受害者。这类人物形象的性格特征是胆小怕事、敏感温柔,面对不公正待遇,或逆来顺受,或产生短暂的叛逆冲动。对于"小人物"的关注,我们从这座城市的"小官吏"群体开始。

(一)小官吏

在19世纪的俄罗斯,所谓小官吏,指的是"具有官阶"的"国家公职人员",是那种"以公文的形式完成自己的工作,而不必亲身参与事业的人"。[1] 在彼得堡,小官吏几乎占有彼得堡居民构成的大部分。19世纪的彼得堡,是帝国的宫殿之城,有着很多行政人员和抄写员。大批服务人员的存在被解释为那个时代的机构需要人,"尽管这些人在以冗长的形式撰写着毫无意义的文书"[2]。那些抄写员大多是非宫廷出身的仆人,薪水不足以养家糊口,所以,他们当中的很多人都是孤独终老的。这样的小官吏,在彼得堡多如牛毛,在每一个街角都能邂逅。他们当中的大部分人,只在乎"根据自己的薪水多少和自己的喜好吃饱喝足"[3];他们总是浑浑噩噩、呆若木鸡似的站着,恭恭敬敬地等待着上司的指令。这是一群面目不清、麻木懈怠的庸碌之人。然而,小官吏形象不仅限于此,其复杂性在于,他们不仅是地位卑微的穷人,他们还是官阶的拥有者。在官场中,他们面对威权常常显露出卑躬屈

---

[1] Словарь русского языка: В 4-х т. АН СССР, Ин-т рус.яз.; Под ред. А.П. Евгеньевой.—М.: Русский язык, 1988, Т.4. С.678.

[2] Жерихина Е.И., Шепелев Л.Е. Столичный Петербург. Город и власть. Е.И. Жерихина, Л.Е. Шепелев—М.: Центрполиграф, 2009. С.442.

[3] [俄]果戈理:《狂人日记》,见《果戈理全集3·彼得堡故事及其他》,周启超主编,刘开华译,合肥:安徽文艺出版社,1999年,第182页。

膝、媚上欺下的人性恶来。果戈理对此曾辛辣地讽刺道："我们俄罗斯人，如果在某些方面和外国人相比望尘莫及的话，那么，至少在待人接物的本领方面是远远超过他们的。我们无法逐一列举我们待人接物态度的一切细小差别和微妙曲折之处。……我们有一些聪明人，他们跟一个拥有二百个魂灵的地主说话完全和跟一个拥有三百个魂灵的地主说话不同，跟一个拥有三百个魂灵的地主说话又完全和跟一个拥有五百个魂灵的地主说话不同，跟一个拥有五百个魂灵的地主说话又完全和跟一个拥有八百个魂灵的地主不同，总而言之，即使数目一直达到一百万个，说话的口气之间也还会有种种细微的差别。"[1] 小官吏们在上司面前噤若寒蝉、谨小慎微，但是在底层民众面前则颐指气使、耀武扬威。果戈理的笔下的"狂人"阿克先季·伊万诺夫就表示："我极不喜欢和仆人打交道：他们总是懒洋洋地坐在前厅，连头都懒得向你点一点……你知道吗，蠢材，我是官员，我是出身高贵的官员。"[2] 在А.П.契诃夫（Антон Павлович Чехов, 1860—1904）的《胜利者的胜利》（《Торжество победителя》, 1883）中，小官吏柯祖林有着屈辱的职场经历——他在此前的老上司库里岑那里"受了不少罪！"：替他"抄写，跑去买肉包子，修笔尖，陪他丈母娘去看戏。处处讨他的欢心"，而且还得"经常随身带着鼻烟盒，防他万一要用……"[3] 然而，当柯祖林官阶晋升之后便一改平素那低眉顺眼、卑躬屈膝的模样，开始以库里岑其人之道还治库里岑其人之身，而库里岑也只能忍气吞声地默默服从。19世纪的俄国官场不仅风行残酷的专制传统，而且还接受社会"达尔文主义"弱肉强食的生存法则，人与人之间完全是势力的较量和地位的比拼。同一个个体，前一瞬还是颐指气使的上司，像"……绝对的普罗米修斯！目光炯如雄鹰，谈吐四平八稳，

---

1 [俄]果戈理：《死魂灵》，满涛、许庆道译，北京：人民文学出版社，1983年，第55页。
2 [俄]果戈理：《狂人日记》，见《果戈理全集3·彼得堡故事及其他》，周启超主编，刘开华译，合肥：安徽文艺出版社，1999年，第253页。
3 Чехов А.П. Толстый и тонкий: Рассказы. Худож. С. Алимов. М.:Худож.лит., 1985. С.15.

话音一板一眼，庄严堂皇地迈着步子"，下一秒就可能沦为被人轻薄的下属。因而，"同是这只雄鹰，只要出了房门，往自己上司办公室去，那就会胳肢窝里夹着公文像只鹌鹑似的一路颠颠小跑了，样子简直叫人吃不消。在社交场合或者晚会上，如果都是官衔不大的，普罗米修斯还是普罗米修斯，可是要有个官衔稍微比他高一些的，普罗米修斯就会发生这样的变形，那真是连奥维德也想象不出来的；他会变成苍蝇，甚至比苍蝇还小，变成一粒细沙！"[1]

然而，在这群既庸碌麻木又媚上欺下的官员们中间，还是可以分辨出这个阶层的一些"别样的"面孔的。他们善良、胆小、笨拙又孤独，且经常受到同事们的讥笑和蔑视。这类小官吏甚至在外貌上都有很多相似的特征：阿卡基·阿尔基耶维奇"脑门上有一块不大的秃顶"[2]；马尔梅拉多夫"已经五十多岁，中等个儿，身体结实，头发花白，前顶秃了很大一片"[3]。无论他们对自己的处境是否满意，都怀着一种"不惹是生非，敬畏上帝，安分守己，不让别人来触犯你，不让别人钻进你的陋室"[4]的谦卑竭力与周遭世界和解，尽管这种温柔的愿望往往被现实所粉碎，如《外套》中的阿卡基·阿卡基耶维奇和《穷人》中的马卡尔·杰武什金。还有一些不能忍受屈辱，想从现实的彼得堡生活中逃逸到梦想世界中的小官吏，比如，果戈理《狂人日记》(《Записки сумасшедшего》，1835）中的波普利希、陀思妥耶夫斯基《同貌人》(《Двойник》，1846）中的戈里亚德金先生、A.M.列米佐夫的中篇小说《结义姐妹》(《Крестовые сёстры》，1923）中的马拉库林等，尽

---

[1] [俄]果戈理：《死魂灵》，载《果戈理全集（第四卷）》，周启超主编，田大畏译，合肥：安徽文艺出版社，1999年，第66页。

[2] [俄]果戈理：《外套》，见《果戈理全集3·彼得堡故事及其他》，周启超主编，刘开华译，合肥：安徽文艺出版社，1999年，第175页。

[3] [俄]陀思妥耶夫斯基：《罪与罚》（上），见《费·陀思妥耶夫斯基全集》（第七卷），陈燊主编、力冈、袁亚楠译，石家庄：河北教育出版社，2010年，第14页。

[4] [俄]陀思妥耶夫斯基：《穷人》，见《费·陀思妥耶夫斯基全集》（第一卷），陈燊主编、磊然、郭家申译，石家庄：河北教育出版社，2010年，第78页。

管他们对于命运的反抗最终遭到了严酷的惩罚。在这群卑微的小官吏们中间不乏具有高贵的尊严和不朽的心灵者。正如马卡尔·杰武什金那段著名的独白："我的这块面包是我自己的；虽然是一块普普通通的面包，有时甚至是又干又硬，然而，它是靠劳动得来的……我自己也知道，我做的事情不多，无非是抄抄写写；可是我还是因此而自豪：我是在工作，我在流汗。"[1]

彼得堡时空的双重性令彼得堡时空中的人物气质里也聚合着"双重性格"。所谓"双重性格"，是"指一种病态的分裂人格，是兼有懦弱的善与冷酷的恶的病态性格组合，它是完整人性在畸形社会和官阶品位的压制下的分裂和变异"[2]。彼得堡文本所呈现的众多的双重性格者的现象，证实了恶在主人公灵魂中最初的胜利以及同时这个恶所引发的罪给予主人公的特殊惩罚。比如，果戈理的小说《鼻子》(《Нос》, 1833)中的八品文官卡瓦廖夫，自称上校并来到首都"找个与自己身份相称的职位：若顺利的话，弄个副省长当当，若不成，那就在某个重要的司里做个庶务官也行"[3]，当他恐惧地发现自己的鼻子不翼而飞时，精神发生了错乱；而陀思妥耶夫斯基的中篇小说《同貌人》中的主人公戈里亚德金先生沉浸在于无法实现的、与那个贪婪地占有了自己位置的同事——小戈里亚德金发生冲撞的幻想中。用学者М.М.杜纳耶夫（Михаил Михайлович Дунаев, 1945—2008）的话说，"他的狂妄自大使戈里亚德金难以平静，也就是说，一系列鄙俗的行为之一……傲慢，与自己的称谓不相符合。他不愿意留在自己的称谓里就为自己创造了某种奇幻，这种奇幻试图将自己强行作为现实。为了使这种奇幻变得可靠，他租了一辆轿式马车在商场逛着，仿佛能在那里买很多他不需要、钱包也力

---

[1] [俄]陀思妥耶夫斯基:《穷人》，见《费·陀思妥耶夫斯基全集》(第一卷)，陈燊主编，磊然、郭家申译，石家庄：河北教育出版社，2010年，第54页。

[2] 傅星寰:《现代性视阈下俄罗斯思想的艺术阐释——俄罗斯文学五大题材研究》，长春：吉林人民出版社，2010年，第16页。

[3] [俄]果戈理:《鼻子》，见《果戈理全集3·彼得堡故事及其他》，周启超主编，刘开华译，合肥：安徽文艺出版社，1999年，第61页。

不胜任的东西，然后以不速之客的身份出现在舞会上……陷入这种杜撰的境地，他很快仿佛驱走了这个幻象……然而，已经不能完全摆脱幻象并在幻觉和日常的离奇的混合中与自己的同貌人相遇。这个同貌人，就像很快显现出来的那样，对自己的生活……相当满意并因此飞黄腾达，渐渐地置换了真正的戈里亚德金本人的现实性"[1]。

这种自我分裂的感觉，在彼得堡文本的其他主人公身上往往与纷乱的愿望有关。比如，陀思妥耶夫斯基的长篇小说《少年》(《Подросток》, 1875)的主人公之一韦尔西洛夫就惊恐地承认道："您要知道，我觉得我整个儿人仿佛正在分裂为两个……真的，我在精神上正在分裂为两个人，我对此害怕极了。仿佛在您身边站着您的另一个我。"[2]然而，远不是所有的彼得堡时空的主人公都能够意识到，有一种异己的力量附着在自身，那种状态令他们发疯。个性分裂的人常常导致发疯的结局，这样的情节和人物几乎见诸从19世纪到20世纪初的任何一部彼得堡文本中。比如，普希金的《青铜骑士》中的主人公叶甫盖尼、果戈理作品中的阿卡基·阿卡基耶维奇和波普利希、陀思妥耶夫斯基的《同貌人》中的戈里亚德金、别雷的《彼得堡》中的杜德金、列米佐夫《结义姐妹》中的马拉库林等。

（二）年轻人

所谓年轻人，是指那些没经验、不老练，初到这座寒冷的北方都城的年轻人、大学生、艺术家、低级官吏类型的主人公形象，他们在彼得堡文本中也起着不小的作用。"年轻人"这个概念在语义成分上包括"没有达到成熟的年龄，年轻的"，"由于年轻而在某种严肃的事物上显得经验不足、毫无

---

[1] Дунаев М.М. Православие и русская литература. В 6-ти частях. Ч. Ⅲ [M]. М.М. Дунаев. –Храм Святой мученицы Татианы при МГУ, 2002. C.417.
[2] [俄]陀思妥耶夫斯基:《少年》(下)，见《费·陀思妥耶夫斯基全集》(第十四卷)，陈燊主编，陆肇明译，石家庄：河北教育出版社，2010年，第677页。

用处","不久前才在某一领域里刚刚起步"[1]等,在词汇和词组的表达上诸如:小伙子、男孩儿、年轻人、青年等等。比如,"在阴暗的彼得的城的上空／吹着十一月寒冷的秋风。／涅瓦河用它那惊涛恶浪／冲击着它的整齐的栅栏,／正像一个病人在病床上／一刻不停地不安地翻转。／天已不早,而且已经黑了;／雨在窗户上急骤地猛敲,／风也在吹着,悲凄地咆哮。／这时候年轻的叶甫盖尼／刚从朋友那儿回到家里……"[2];"穿燕尾服和斗篷的年轻人迈着胆怯、颤抖的步子,朝远处飘动着花哨斗篷的方向走去。"[3] 在这些年轻人中间,一些人渴望爱情和平静的家庭生活,如普希金的《青铜骑士》中的叶甫盖尼、果戈理的《涅瓦大街》(《Невский проспект》,1834)中的毕斯卡廖夫、陀思妥耶夫斯基的中篇小说《脆弱的心》(《Слабое сердце》,1848)中的瓦夏·舒姆科夫;另一些人则渴望施展自己的才华,比如,果戈理《肖像》(《Портрет》,1835)中的恰尔特科夫;还有一类人期盼着获取财富或荣耀的地位,比如普希金的《黑桃皇后》(《Пиковая дама》,1834)中的戈尔曼、果戈理《狂人日记》中的波普利希、陀思妥耶夫斯基的《少年》中的阿尔卡基·多尔戈鲁基等。需要指出的是,希望事业有成、功成名就,这几乎成为19世纪的彼得堡文本中所有年轻主人公的共同愿望,因为对于他们而言,财富自由、飞黄腾达就意味着人生的最大幸福和成功。

然而,这些主人公们所面临的现实并不能使他们如愿,现实的诱惑使他们无可避免地陷入精神上的死亡。恰尔特科夫的教授严厉地提醒他注意现实诱惑的危险性并不偶然:"你要当心哟,老弟!……你有天分;如果你把它毁了,那可是罪过呀。……你要当心哟,千万不要做追求时髦的画家。你现

1　Словарь русского языка: В 4-х т. АН СССР, Ин-т рус.яз.; Под ред. *А.П. Евгеньевой*—М.: Русский язык. 1986. т.2. С.291-292.
2　[俄]普希金:《铜骑士》,见《普希金全集3·长诗 童话诗》,沈念驹、吴迪主编,余振、谷羽译,杭州:浙江文艺出版社,2012年,第451页。
3　[俄]果戈理:《涅瓦大街》,见《果戈理全集3·彼得堡故事及其他》,周启超主编,刘开华译,合肥:安徽文艺出版社,1999年,第10页。

在作品中的色调已开始变得鲜艳夺目了。"[1]正是那种不愿屈服于命运的强烈愿望驱使年轻人做出了堕落并有罪的行为：戈尔曼欺骗了丽莎并成为老伯爵夫人不明死因的制造者；恰尔特科夫迷恋上流社会的虚幻，断送了自己的才华，嫉妒他人的才华，购买并销毁最好的画作；拉斯科尔尼科夫为了证明自己是"不平凡的人"而成为杀人犯。很显然，选择了那样一条道路的人，不但没有走向辉煌，反而发疯和毁灭。不过，那些虽然没有促成犯罪，但沉浸在拒绝现实的梦想里的人的痛苦并不会因此减少。他们有时丧失了理智，走向自杀，目的在于至死也要与这个不公正和冷漠的社会隔断联系。还有一种年轻人类型，与冷酷的野心家有着密切的联系，有冈察洛夫的长篇小说《平凡的故事》(《Обыкновенная история》，亦译为《彼得堡之恋》，1846)里的主人公亚历山大·阿杜耶夫："三十岁刚出头已当上六品文官，薪俸丰厚，外快也不少挣，又及时地娶了个有钱的……仕途顺利、财运亨通！"[2]另外还有一种发疯的年轻人类型，比如普希金笔下的叶甫盖尼和戈尔曼；果戈理笔下的恰尔特科夫和波普利希；陀思妥耶夫斯基笔下的瓦夏·舒姆科夫、梅什金公爵和一些自杀者。值得注意的是，这些彼得堡居民没有一例是由于与邻里的纠纷而决定自杀，他们决定自杀只是因为没有力量生活于世，像恰尔特科夫和斯维德里加伊洛夫就是由于其精神上的死亡导致肉体上的毁灭。彼得堡的生活要求人具有巨大的精神力量来抵抗尘世的诱惑和梦想的幻灭，如果人无法经受命运给予他的考验，势必走向精神崩溃乃至肉体灭亡。尽管彼得堡文本的主人公们分处在相互对立的——被侮辱被损害和侮辱损害人的恶棍——两个阶层，但是所有类型的代表无一例外的都是不幸的个体。任何一个彼得堡居民都被孤独和精神痛苦所折磨。

---

1 [俄]果戈理：《肖像》，载《果戈理全集3·彼得堡故事及其他》，周启超主编，刘开华译，合肥：安徽文艺出版社，1999年，第107页。

2 [俄]冈察洛夫：《彼得堡之恋》，张耳译，北京：中国友谊出版公司，2015年，第349、351页。

（三）"幻想者"

在彼得堡时空的主人公形象中特别值得注意的是一些被称为"幻想者"的人物类型。那些在俄国"北方的帕尔米拉"追梦的年轻人，有的由于对周遭庸俗世界的不满，有着强烈的、想从日常生活的肮脏中逃逸到理想世界的渴望，因而他们只能躲过喧嚣的白昼，或孤独地游荡在夜晚的城市街道上，或蜷缩在自己的陋室靠幻想活下来，如陀思妥耶夫斯基的《白夜》(《Белые ночи》，1848)的主人公"我"。而另一些年轻人，则被这座城市暗潮涌动的"金钱"热浪所推动，为着个人的"发财梦"不惜铤而走险，犯下了违背人伦的罪孽，如普希金的《黑桃皇后》中的戈尔曼。

《白夜》中的"我"是一位典型的彼得堡时空的"幻想者"形象。所谓"幻想者"，用这位主人公的话说，即是"幻想者不是人，而是某种中性的生物。他多半居住在某个人迹不到的角落里，就像在那里躲着，连白昼的光辉也不想看一眼。一旦他钻进了自己的窝，他就像蜗牛一样，就跟自己的角落长成一体，或者极而言之，他在这方面很像那种有趣的动物，它既是动物，又是动物的家，它名叫乌龟。"[1]"幻想者"在彼得堡生活了八年，却没有结识过任何人，每当彼得堡人在白夜季节离城避暑之际，他便倍感孤独与忧伤："我有一种被大家丢下的感觉。剩下我孤零零一个人，我觉得害怕。"[2]于是"幻想者"常常像影子一样毫无目的地在空寂的彼得堡的大街小巷游荡，将石头建筑当作朋友倾诉孤独。然而，冷漠世故的彼得堡并不理会这位孤独的年轻人。于是，"幻想者"更经常地遁入自己的蜗居，靠想象文学中的情节来营造自己的理想世界。在这个世界里，有古希腊的英雄、有宏大的战争场面、有浪漫的骑士爱情、有"幻想者"热恋着的"幻想女神"。"幻想者"以这种"幻想"的方式隔绝现实世界，反抗这个世界

---

[1] [俄] 陀思妥耶夫斯基：《白夜》，见《陀思妥耶夫斯基中短篇小说选》，成时译，北京：人民文学出版社，1997年，第346—347页。

[2] 同上书，第332页。

的冷漠和残酷。相对于热闹的白昼，"幻想者"更喜欢夜晚！恰恰是某个白夜，"幻想者"与少女娜斯晶卡在运河边的相遇以及接下来的四个夜晚改变了"幻想者"的幻想状态，让他拥有了几个弥足珍贵的介入现实生活的幸福瞬间。正是在真实的生活中，他发现了"幻想女神"与现实的"重合"现象——即他对活生生的娜斯晶卡的爱情。然而最终，他只能克制着自己的感情，成全所爱之人的选择。实际上，小说中的娜斯晶卡"自己就是一个幻想者"，她曾幻想自己"嫁给了一个中国皇子"[1]。女性"幻想者"形象原本不属于此处我们讨论的话题，但由于这部小说女性"幻想者"形象与男性"幻想者"形象的互为关联、互为存在，我们不得不在这里对构成娜斯晶卡这位女性"幻想者"的形象模式做一简要概括。俄罗斯学者Е.Г.尼古拉耶娃（Евгения Григорьевна Николаева）指出，在彼得堡"幻想者"形象的构成里，遵循着"暴君—孤儿—解放者"的结构模式。[2] 在小说中，娜斯晶卡的故事恰好吻合了这一结构模式：作为父母双亡的孤儿，娜斯晶卡生活在双目失明的老奶奶身边，而为了"看住"娜斯晶卡，老奶奶就用一支别针将自己和娜斯晶卡"别"在一起，因而娜斯晶卡特别想逃离奶奶的控制，急切地盼望"解救者"的出现，因此她先是幻想"嫁给了一个中国皇子"，后来那位年轻的"租房者"便成为娜斯晶卡幻想与现实重合的"解救人"。当"租房客"未按约定时间的最后期限出现时，娜斯晶卡决定接受"幻想者"的爱情，并建议后者在她家"租间房"一起生活，可是就在娜斯晶卡和"幻想者"腾云驾雾地畅想未来时，"租房客"出现了，娜斯晶卡重又投入后者的怀抱，而"幻想者"不过是短暂地替代了娜斯晶卡的"解救者"。如此一来，娜斯晶卡的故事就完成了这一结构模式：暴君（奶奶）—孤儿（娜

---

[1] 俄]陀思妥耶夫斯基：《白夜》，见《陀思妥耶夫斯基中短篇小说选》，成时译，北京：人民文学出版社，1997年，第345页。

[2] Николаева Е.Г. Тип петербургского мечтателя в повести Ф.М.Достоевского «Белые ночи».Вестник Удмуртского университета. Серия «История и филология». 2008. Вып.1. С.3.

斯晶卡）—解救者（租房客，或短暂的替代者——"幻想者"）。同时，"幻想者"的故事同样是按照这一结构模式构建的，在这个模式里，暴君（彼得堡）—孤儿（幻想者）—解救者（文学中的"幻想女神"，或现实中的娜斯晶卡）。孤苦无依的"幻想者"想逃离彼得堡这个使他倍感孤独和压抑的城市而不得，他只能躲进文学的幻想世界，靠与"幻想女神"的热恋抚慰自己。娜斯晶卡的出现使他幻想中的"幻想女神"与现实重合，某种意义上，娜斯晶卡与"幻想者"互为"解救者"。娜斯晶卡在白夜中如约等待"租房客"的时候，曾遭遇到一个"上了年纪"、绅士模样的男人的追赶，"幻想者"用他那根"遍体疮疤的手杖"吓退了那色鬼，成为娜斯晶卡的危难时刻的"解救者"，娜斯晶卡与"幻想者"由此结缘并对后者实施了情感和精神的"解救"，尽管只有短暂的四个夜晚。但是随着娜斯晶卡的离去，"幻想者"重又退回自己的"幻想世界"，只是与之前不同的是，此时的"幻想女神"有了具体的指向性，即娜斯晶卡。"幻想者"的悲剧揭示了现实生活与文学生活的碰撞所导致的灾难性后果。

《黑桃皇后》中的戈尔曼，属于彼得堡时空的另一种"幻想者"类型。在这个形象里融合了"金钱骑士""狂想者"、个人野心家等复杂意蕴。戈尔曼是一位年轻的工程兵军官，"有生以来从来没摸过牌，也从来没有叫过赌注加倍"[1]，但是他却能"看着"同事们打牌，一宿陪到天亮。他是德国人的儿子，父亲留给他一份小小的资产，但他懂得保持独立的重要，所以"只靠薪水度日，既不动用那份遗产的利息，也不允许自己沾染些许不良习气"[2]。戈尔曼虽然对金钱有着"强烈的欲望和炽热的想象力"，但是他"算计"过，"他的财产不允许（就如他所说的那样）为了获得分外的钱而拿必

---

[1] [俄] 普希金：《黑桃皇后》，见《普希金全集 5·中短篇小说 游记》，沈念驹、吴迪主编，力冈、亢甫等译，杭州：浙江文艺出版社，2012 年，第 246 页。

[2] 同上书，第 255 页。

须的那点钱去做牺牲"。[1] 一次偶然的机会他听说老伯爵夫人掌握着牌局中能够发财的三张牌的秘密,这激起了他获取这一秘密的强烈欲望,于是,他凭借着风流倜傥的外表诱惑老伯爵夫人的贴身养女丽莎,进而伺机接近老伯爵夫人。戈尔曼借与丽莎幽会的机会独自潜入老伯爵夫人的卧室,然而戈尔曼没有从老伯爵夫人口中打探出三张牌的秘密,后者也因受到惊吓而一命呜呼。戈尔曼向丽莎坦白了自己接近她的缘由并在事后的第三天参加了老伯爵夫人的葬礼。可就在他俯身向老伯爵夫人行礼之时,他"似乎看到死者眯起一只眼,嘲弄地看了他一眼"[2]。是夜,已故的老伯爵夫人来到他的梦中。她告诉戈尔曼,"三点、七点和爱司"能使他成为赢家。从此,"这三张牌在梦中也追随着他,以各种可能形状出现:三点像一朵茂盛的大花,在他面前怒放;七点像一座哥特式的大门;爱司像一只巨型的蜘蛛。他的一切念头都汇合成一个思想:利用需要他付出巨大代价的秘密"[3]。于是,他以万丈豪情在赌场拉开阵势,连续两天他以"三点"和"七点"分别赢了赌局,但是在第三天他错把"黑桃皇后"当作"爱司"最终导致满盘皆输。"黑桃皇后"以它那诡异的笑容替惨死的伯爵夫人清算了戈尔曼的罪恶。攫取金钱的激情(炽热的想象力)和算计(德国式的积累方式)的强烈冲突致使戈尔曼精神分裂。在戈尔曼的故事里依然存在着一个"幻想者"的结构模式:金钱是戈尔曼的"解救者",老伯爵夫人是攫取金钱密钥的掌控者,而丽莎则是获得这一密钥的中介,因此在《黑桃皇后》里,戈尔曼首先要成为丽莎的"佯装"的"解救者"才能接近密钥的掌控者老伯爵夫人,从而获得最终的"金钱"解救。也就是说,他以"佯装"的形式完成了作为丽莎的"幻想者"的构建,"压迫者"(老伯爵夫人)—孤儿(丽莎)—"佯装"的"解救者"(戈

---

[1] [俄]普希金:《黑桃皇后》,见《普希金全集 5·中短篇小说 游记》,沈念驹、吴迪主编,力冈、亢甫等译,杭州:浙江文艺出版社,2012年,第255—256页。
[2] 同上书,第270页。
[3] 同上书,第272页。

尔曼），而在小说的结尾，丽莎遇见了真正的"解救者"——"嫁给了一位十分可爱的年轻人，他在某处供职，有一份像样的家产"。[1]

"幻想者"属于具有浪漫主义特征的主人公类型。他们的"幻想"往往是解开他们现实困境的锁钥，是他们的"解救者"，是他们渴望实现的理想的载体。在这个载体中，或寄托着主人公对于世界充满感伤的爱恋和善意，或抵押着主人公为着某种野心而孤注一掷的身家性命。"幻想者"往往会自欺欺人地陶醉在"幻梦"之中，然而，正因为是"幻想"就必然在现实中遭遇破灭。因此，"梦醒"之后，主人公或者精神分裂或者就此沉沦。正如《白夜》中的人物所言："这是一场梦，一场幻景。"[2]

二、"多余人"及其变体

（一）"多余人"

"多余人"是19世纪俄罗斯现实主义文学的经典形象，作为系列，不断出现在当时诸多优秀的俄罗斯作家的作品中。19世纪的俄罗斯文学中的"多余人"形象大多出身贵族，接受过良好的教育，崇尚西方的启蒙思想，对本阶层充满叛逆，但由于贵族教养和精神孤独，成为既疏离上流社会又难以融入民众的"多余人"。"多余人"思想的深刻性和意识的前瞻性、他们行动上的畏葸和软弱，使他们陷入一种矛盾的羁绊之中，因而经常被称为"聪明的废物""语言的巨人、行动的矮子"。他们的存在是历史的必然，他们是俄国启蒙现代化的时代产物。他们之所以"英雄无用武之地"，在于其价值观念和精神气质与时代的偏离和错位。[3] 或许应该称他们

---

[1] [俄]普希金：《黑桃皇后》，见《普希金全集5·中短篇小说 游记》，沈念驹、吴迪主编，力冈、亢甫等译，杭州：浙江文艺出版社，2012年，第276页。

[2] [俄]陀思妥耶夫斯基：《白夜》，见《陀思妥耶夫斯基中短篇小说选》，成时译，北京：人民文学出版社，1997年，第388页。

[3] 傅星寰：《现代性视阈下俄罗斯思想的艺术阐释——俄罗斯文学五大题材研究》，长春：吉林人民出版社，2010年，第206—210页。

为"走在时间前面的人",正可谓"本来是第一幕的角色,偏偏要到第二幕中去粉墨登场,所以找不到自己的位置"。[1]"多余人"的称谓最早出现在 И.С.屠格涅夫（Иван Сергеевич Тургенев, 1818—1883）的《多余人日记》（《Дневник лишнего человека》, 1849）中,而第一位"多余人"形象则出自普希金的诗体小说《叶甫盖尼·奥涅金》中,即同名主人公叶甫盖尼·奥涅金。之后,彼得堡时空中的"多余人"家族陆续出现了莱蒙托夫的《当代英雄》（《Герой нашего времени》, 1840）中的毕巧林、赫尔岑的《谁之罪》（《Кто виноват?》, 1841）中的别尔托夫、冈察洛夫的《奥勃洛摩夫》（《Обломов》, 1859）中的奥勃洛摩夫等。作为悲剧人物,"多余人"在形象模式的构成上大约有以下几个元素:出身贵族、接受良好教育、厌倦彼得堡上流社会、有过叛逆的逃逸（精神背离或身体"流浪"）和一段失败的爱情。从某种意义上说,"多余人"形象属于"精神贵族"类型的知识分子,由于他们所处的时代在政治、经济、文化,尤其是意识形态观念上的总体落后,他们或者因迷惘而找不到出路,或者受排挤而趋于社会边缘,即便不是身陷流亡,精神上也处于流亡状态。因此,他们的"逃逸"其实质在于寻找"精神城池",他们对于爱情感到恐惧进而拒绝进入婚姻,很大程度上源于他们认为自己承担着另一种更艰巨的人类使命。当然,"多余人"的悲剧又各有其背后的文化动因。奥涅金的悲剧,在于贵族知识分子眼高手低和俄国贵族文化的无根基性。奥涅金若不能克服这一文化上的"缺陷"就注定一事无成,只能在忧郁、痛苦的徘徊中度过余生。毕巧林的狂放不羁有着"拜伦式英雄"的文化基因,但是他的任性乖戾已越过道德底线从而成为一种破坏力而殃及无辜,他的悲剧在于其反专制反压迫的锋芒无法在社会上找到真正的着力点。别尔托夫对于现实的认识只停留在抽象的理性层面,因而不能应对任何一种现实危机,虽然他对柳博尼卡的放弃出于善意,但最终却给在

---

[1] 刘亚丁:《十九世纪俄国文学史纲》,成都:四川大学出版社,1989年,第131页。

那场情感纠葛中的所有人都带来了不幸。最终，他的所有善意和真诚只能在优柔寡断中消磨殆尽。奥勃洛摩夫的悲剧则更加耐人寻味：在俄罗斯从"乡村向城市"的现代化转型中，这是在两种文明冲突中，受到现代性"挫败体验"而束手无策的俄罗斯贵族知识分子形象。

（二）"地下人"

在彼得堡时空中存在着一类属于"多余人"形象变体的"地下人"形象。之所以称之为"变体"，原因在于他们与俄罗斯贵族知识分子一脉相承，是俄国贵族知识分子的子辈——平民知识分子。所谓"地下人"，隐喻地指代这类知识分子的社会生存空间的"边缘"状态[1]：他们或藏身于"地下室"，或蛰居在"阁楼"上。"地下人"是19世纪至20世纪初俄罗斯文学中最具"现代人"精神品质的知识分子形象，他们的出现与存在自有其社会和历史边界，是俄罗斯贵族知识分子向平民知识分子转型的一个表征。彼得堡时空最具代表性的"地下人"形象是陀思妥耶夫斯基的《地下室手记》中的"地下人"。约瑟夫·弗兰克（Joseph Frank, 1918—2013）指出："'地下人'这个术语已经进入了当代文化的词汇表，这个人物现在也像哈姆雷特、堂吉诃德、唐璜和浮士德一样达到了伟大的文学原创人物的高度。论述现代人岌岌可危的处境的书籍或文章不可能在不使用任何与陀思妥耶夫斯基的这个人物有关的典故的情况下完成。"[2]

法国作家安德烈·纪德（Andre Gide, 1869—1951）认为，《地下室手记》是"陀思妥耶夫斯基文学生涯的顶峰"，是陀氏"全部作品的拱顶之石"[3]。之所以如此评价，是因为这个形象几乎凝聚了陀氏对于现代性问题的

---

[1] 傅星寰：《现代性视阈下俄罗斯思想的艺术阐释——俄罗斯文学五大题材研究》，长春：吉林人民出版社，2010年，第212页。

[2] [美]约瑟夫·弗兰克：《陀思妥耶夫斯基：自由的苏醒，1860—1865》，戴大洪译，桂林：广西师范大学出版社，2019年，第439—440页。

[3] [法]安德烈·纪德：《关于陀思妥耶夫斯基的六次讲座》，余中先译，桂林：广西师范大学出版社，2006年，第98页。

深切思考，其针对性不仅源于小说创作的那个"当下"，其前瞻性和现实意义直到今天仍有现实意义。因此，自19世纪中叶这个形象诞生以来，彼得堡时空不断有新的"地下人"侧身其中。比如，陀氏的《罪与罚》中的拉斯科尔尼科夫和别雷的《彼得堡》中的"轻率政党"成员、平民知识分子杜德金等，不一而足。拉斯科尔尼科夫和杜德金所栖身的"阁楼"处境，暗示了他们作为社会"边缘人"的身份。虽然这些"地下人"存在的历史语境不同，但他们的共同特征是"反社会"的决绝姿态和乖戾、悖论的心理特征。

其一，"反社会"姿态。众所周知，作为与 Н.Г. 车尔尼雪夫斯基（Николай Гаврилович Чернышевский, 1828—1889）的理性主义的论战之作，陀氏的《地下室手记》（《Записки из подполья》, 1864）中的"地下人"具有一种与社会主流意识形态和价值立场决然对立的姿态："我越感受到'善'和一切那种'美好而崇高'的时候，我也就越是堕落进我的泥潭里。"[1] 作为俄罗斯文学中"新人"的对峙者，"地下人"不承认所谓"美好而崇高"的事物，不相信"二二得四"的公理，认为人是非理性的动物，相对于建构，人更倾向于破坏。他把人们向往的"水晶宫"乌托邦视为"蚂蚁窝"。意大利学者贝尔特拉姆认为，"地下人"与"新人"的分歧在于对待理性主义的态度不同："'地下人'是从内部破坏理性主义……并走向无助的、破坏性的死胡同。"[2] 如此一来，在"地下人"的"反社会"姿态里，往往杂糅着利己主义和"犬儒主义"的品质。

其二，从心理层面上，"地下人"往往又是一个集高傲与自卑于一身，既孤独又渴望被认可、被接纳的矛盾体。《地下室手记》中的"地下人"独白道："我是极端自尊的。我疑心又大，气量又小，像个驼背或者矮子一样，可是老实说，我也会有这样的时刻——假如有人打我一记耳光，那么也

---

[1] [俄]费·陀思妥耶夫斯基:《地下室手记》，伊信译，蔚乾注，北京：商务印书馆，1995年，第11页。

[2] Бельтраме Ф. О парадоксальном мышлении «подпольного человека» // Достоевский. Материалы и исследования. СПб.: Наука, 2007. т. 18. С.136.

许我甚至会因此而感到高兴……不用说那是种绝望的乐趣,可是在这绝望里常常有最揪心的快感,尤其是当你意识到自己的处境毫无出路的时候。"[1]"地下人"既自恋又自我贬低,他既鄙视周围的人,又渴望得到认可和接纳。在《罪与罚》中,租住在干草市场附近一幢楼房顶层阁楼上的退学大学生拉斯科尔尼科夫,"很穷,却有点儿目空一切,落落寡合,好像心里蕴藏着什么"[2]。对于自己的窘境,他在深深的耻辱中萌发出一种强烈的反抗意识。他困惑于社会的贫富分化,困惑于如拿破仑那样的"强有力的个性"的强悍和卑微众生的羸弱和贫穷,因此杜撰出所谓的"超人"理论。他将自己与大多数"平凡的人"对立起来,为了检验自己是否可以像"不平凡的人"那样"踏过血泊",他以身试法杀了放高利贷的老太婆并误杀了偶然闯入凶杀现场的老太婆的妹妹丽莎维塔。然而事实证明"干了那件事"后,他不但没有"踏过血泊",而且被"良心"搅扰而陷入自我厌弃和精神错乱的谵妄之中。他从卢仁、斯维德里加伊洛夫的"镜像"反射中窥探到自己的同样冷酷的利己主义面貌,这使他突然感到自己不配与亲人、朋友,乃至整个世界为伍。别雷的《彼得堡》中的杜德金是一位凭着假护照蛰居在瓦西里岛的民意党"地下工作者"。他同情底层人,"恨透了彼得堡",因为它"把全部岛上的居民埋入地下室或顶层阁楼里"[3]。为了"共同的事业、社会平等",他将自己隔绝在瓦西里岛的一处阁楼上,整天面对"贴着暗黄色糊墙纸的墙"。他对尼古拉说:"共同的事业!对我来说,它其实早已成了不允许我与别人见面的个人事业","孤独要命地折磨着我"。[4]他既信奉尼采,又读启示录,当他意识到利潘琴科的欺骗、意识到自己所投身的"事业"不过是"一种疯狂地破坏一切的病",而象征着东方的野蛮和暴力的"恩弗朗希

---

1 [俄]费·陀思妥耶夫斯基:《地下室手记》,伊信译,蔚乾注,北京:商务印书馆,1995年,第15页。

2 [俄]费·陀思妥耶夫斯基:《罪与罚》(上),见《费·陀思妥耶夫斯基全集》(第七卷),陈燊主编,力冈、袁亚楠译,石家庄:河北教育出版社,2010年,第64—65页。

3 [俄]安·别雷:《彼得堡》,靳戈、杨光译,北京:作家出版社,1997年,第30页。

4 同上书,第125—126页。

什"是自己的"异己本质"¹时，最终精神分裂。

彼得堡时空的"地下人"是一些具有强烈自我意识的"思想型"主人公类型，其思维具有抽象化特点，关注人的存在问题，以怀疑为其心理活动的基础。² 他们与世界对立，拒绝"普遍原则"，与俄罗斯文学的"新人"的"合理的利己主义"不同，"地下人"具有极端个人主义倾向，渴望拥有"强有力的个性"，希冀建立更公正的世界。他们既孤独高傲又渴望被接纳拥抱，因而具有与世界和解的可能。

第二节 女性人物形象类型

一、妓女

学者 Н.А. 欣达洛夫斯基（Наум Александрович Синдаловский, 1935—2021）指出："彼得堡……是一座慷慨馈赠的欧洲港口城市。"妓女"——是它的不可分割的、自然的属性。"³ 在19世纪至20世纪初的彼得堡文本中，存在一些不幸的、为了活下去或为了改变命运而出卖肉体的妇女形象。这样的主人公形象折射了彼得堡这座城市的阴暗面，她们的遭遇往往会引起怜悯。城市街道的光怪陆离对于居住在首都的、不久前还是农妇和工厂女工的女人具有不可抗拒的诱惑力，于是"堕落"的女人出现在城市的各个角落，比如：果戈理小说中毕斯卡廖夫在涅瓦大街上经常会遇到的陌生女郎，陀思妥耶夫斯基小说《穷人》中的瓦连卡·多普洛谢洛娃，《罪与罚》中的索涅奇卡·马尔梅拉多娃，《白痴》中的女主人公纳斯塔西娅·菲利波芙娜，В.В. 克列斯托夫斯基（Всеволод Владимирович Крестовский, 1840—

1　[俄]安·别雷：《彼得堡》，靳戈、杨光译，北京：作家出版社，1997年，第490页。

2　*Касаткина К.В.* Тип "подпольного человека" в русской литературе XIX- первой трети XX в. Диссертация на срискание ученной степени кандидата филологических наук. МГУ. Москва. 2016. С.86-87.

3　*Синдаловский, Н.А.* Пороги и соблазны Северной столицы Светская и уличная жизнь в городском фольклоре. *Н.А.Синдаловский.*—М.:ЗАО Центрполиграф, 2007. С.297.

1895）的小说《彼得堡贫民窟》(《Перербургские трущобы》, 1867）中的丘哈和玛莎·波维季娜，А.А. 勃洛克（Александр Александрович Блок, 1880—1921）长诗《十二个》(《Двенадцать》, 1918）中的陌生女郎和卡基卡，А.М. 列米佐夫的中篇小说《结义姐妹》(《Крестовые сёстры》, 1910）中的维拉，К.К. 瓦吉诺夫的长篇小说《山羊之歌》(《Козлиная песнь》, 1928）中的丽达等。这些女性为了在彼得堡活下来，被迫出卖肉体，她们在这座城市里孤苦无依，没有人对她们的痛苦感兴趣，她们是男人欲望发泄的对象，是可以被买卖和摧残的"廉价美"。

在彼得堡文本中，描写她们的语汇大多为"风流女子""卖淫女""行为轻佻的姑娘""站街女""陌生女郎""夜蝴蝶"和"拿到黄票子的人"："……在黑魆魆的四楼高处，陌生女郎敲了敲门。门开了，他们一起走进去。……天哪，他来到什么地方呀！……他来到了那个建立在可鄙的淫乱之上、由首都的浮华教养和众多人口所产生的令人憎恶的魔窟里。"[1] "……插在那个歪斜烛台上的残烛已经熄灭，黯淡地照着陋室里一个杀人犯和一个卖淫女，他们奇怪地凑在一起读这本永远的书。"[2] "在长板凳的另一侧，坐着一个表情冷漠、打着哈欠、摇晃着双腿的姑娘，从穿着的粗俗样子来看，像个夜蝴蝶。"[3]

彼得堡时空中的妓女形象与俄罗斯学者 В.Н. 托波罗夫关于彼得堡是"妓女城市"的城市类型学理论相契合。彼得堡的本质使自己被打上了"妓女之城"的印记。它仿佛是"大淫妇"，因自己的罪恶而遭到谴责并受到惩罚。值得注意的是，在彼得堡时空中的妓女群像里有一类特殊类型，即具有"堕

---

[1] [俄] 果戈理：《涅瓦大街》，见《果戈理全集 3·彼得堡故事及其他》，周启超主编，刘开华译，合肥：安徽文艺出版社，1999 年，第 14—15 页。

[2] [俄] 费·陀思妥耶夫斯基：《罪与罚》（下），见《费·陀思妥耶夫斯基全集》（第八卷），陈燊主编，袁亚楠译，石家庄：河北教育出版社，2010 年，第 416 页。

[3] *Крестовский В.В.* Перербургские трущобы.Кника о сытых и голодных В 2 томах. *В.В.Крестовский.* –М.: Правда, 1990. т.2. C.533.

落——自救——救赎他人"的行为流程和形象功能的女性形象。按照加拿大学者诺思洛普·弗莱的原型批评理论，这类女性的隐喻意象为"中介新娘"。诺思洛普·弗莱（Northrop Frye, 1912—1991）在《伟大的代码——圣经与文学》中指出，《圣经》作为一种文化传统存在两种基本意象：恶魔意象和启示意象。对应这两种意象有两类女性形象，即母亲和新娘的形象。然而其中最具有原型代码意义的形象却是介于这两者之间的"中介"女性形象。[1]在《旧约全书》中将那些对上帝不忠的城市称为"大淫妇""反基督的情妇"，即"中介新娘"。在《新约全书》里"中介新娘"则统一为一个形象，即抹大拉的玛利亚。弗莱从"抹大拉的玛利亚"的故事中得出结论，即她之所以被救赎并成为耶稣的门徒，是由于她的"爱多"[2]。弗莱认为，"得到宽恕的淫妇，尽管有罪最终又受到宠爱，就是介于恶魔淫妇和启示新娘之间的中介新娘形象，代表了人从罪孽中得到救赎"[3]。因此，从这个意义上说，彼得堡时空中最有意味的妓女形象是那些貌似"堕落"实为身陷苦难，但又能够在苦难中自救并拯救他人的"中介新娘"形象，比如，《罪与罚》中的索尼娅。生活的苦难使索尼娅更具悲悯之心，她用爱使比自己更为不幸的拉斯科尔尼科夫得到救赎。彼得堡时空的"中介新娘"形象暗示了这座"有罪"之城被救赎的可能。

值得一提的是，在20世纪下半叶的彼得堡—列宁格勒文本中，出现了一种本质上是妓女，却有着光鲜的社会身份，在形态上优雅多情的女性人物形象，即"虚假女性"[4]。所谓"虚假女性"，其核心在于其所有的正面女性特征都是"虚假"和"模拟"（simulations）[5]的。作为对传统俄罗斯文学中

---

1 [加]诺思洛普·弗莱：《伟大的代码——圣经与文学》，郝振益、樊振帼、何成洲译，北京：北京大学出版社，1998年，第183—184页。

2 同上书，第184—185页。

3 同上书，第184页。

4 张琳琳：《后现代主义视域下〈普希金之家〉的"彼得堡书写"》，辽宁师范大学，2019年，第25页。

5 simulation一词来源于法国当代著名哲学家让·鲍德里亚的《拟像与仿真》（Simulacra and Simulation），泛指在后消费时代，文化的模拟和仿真现象。——笔者注

的"永恒的女性"的解构,这类女性人物以一种虚假的"佯装美"[1]诱惑彼得堡时空的男性主人公,像血吸虫一样吸吮男主人公的财富,戕害男主人公的身心并使之堕落。比如,А.Г.比托夫(Андрей Георигиевич Битов,1937—2018)的《普希金之家》(《Пушкинский дом》,1978)中的法伊娜。法伊娜以一种欲擒故纵的方式诱惑着主人公廖瓦不断地"购买"这份使之欲罢不能的虚假"爱情"[2]。在法伊娜靠精致的妆容和虚假的"爱情"营造出的"佯装美"里充满了物质主义和消费主义的精神内核。在20世纪下半叶的彼得堡—列宁格勒时空,法伊娜之流,一方面以"佯装美"协同"虚假"城市共同参与了对于男性主人公的欺骗和毁灭,另一方面由于她们本身即是"赝品"世界的衍生物,因此只能在自欺欺人的麻木中苟且偷生。这类女性人物在彼得堡—列宁格勒时空的出现,吻合了关于彼得堡—列宁格勒是"虚假"的"模拟"城市的话语单元,揭示了彼得堡—列宁格勒城市形象在20世纪下半叶的复杂意蕴。

二、富有的老太婆

富有的老太婆类型在彼得堡时空的女性人物系统中占有特殊的地位。老太婆形象涵盖了社会各阶层的女性形象,从伯爵夫人到放高利贷的老太婆,她们共同的特点是刻薄且富有。通常她们给彼得堡时空的年轻的主人公们带来了痛苦。俄语中的"老太婆"(Старуха)概念包含"上了年纪的老年妇女""老太太或母亲""长寿、衰老的女人""聪明的女人""巫婆、女巫"等语义成分。[3]特别应该指出的是,在彼得堡文本中,"老太婆"与"巫婆、女巫"的语义关联尤其重要。在彼得堡文本中的这类富有的老太婆,如伯爵夫

---

1 张琳琳:《后现代主义视域下〈普希金之家〉的"彼得堡书写"》,辽宁师范大学,2019年,第25页。
2 [俄]安德烈·比托夫:《普希金之家》,王加兴等译,北京:北京大学出版社,2016年,第134页。
3 Словарь русского языка: В 4-х т. АН СССР, Ин-т рус.яз.; Под ред. *А.П. Евгеньевой*—М.: Русский язык. 1988. т.4. С.252.

人、放高利贷的老太婆等，身上往往具有一种神秘的、恶魔般的力量，这种力量可以摧毁背叛了她们意志的年轻人。富有的彼得堡老太婆，比如《罪与罚》中放高利贷的老太婆，利用自己控制人的权力，折磨那些不幸落入她们魔掌之中的人们，使他们痛苦。彼得堡文本最经典的桥段之一，正如 A.A. 亚历山德罗夫（Анатолий Анатольевич Александров, 1934—1994）所言：是"年轻人与老太婆之间的冲突"[1]。在普希金的《黑桃皇后》中，年轻的军人工程师戈尔曼想从老伯爵夫人那里搞到三张牌的秘密，最后把老太婆杀死；在陀思妥耶夫斯基的《罪与罚》里，大学生拉斯科尔尼科夫砍死了放高利贷的老太婆；在 Д.И. 哈尔姆斯（Данил Иванович Хармс, 1905—1942）的中篇小说《老太婆》（《Старуха》, 1939）里，流浪的女人在主人公的房间里毙命。彼得堡的老太婆们的神秘且魔鬼般的特征尤其表现在她们死后，继续折磨那些在她们生前就给予了痛苦的人：老伯爵夫人的幽灵去找戈尔曼；放高利贷的老太婆出现在拉斯科尔尼科夫的噩梦中；哈尔姆斯的中篇小说的主人公，无论如何都逃避不开死在他房间里的老太太的尸体。正如 A.A. 亚历山德罗夫所言，"死者与生者的联盟不会破坏。很容易假设，老太婆……重新来到主人公那里——因为她的假牙落在房间了"[2]。那些富有的彼得堡老太婆们往往是孤独且疑神疑鬼的。她们由于缺乏爱和与人的相互理解，更由于自己本身在道德上恶毒而备受折磨。她们甚至在死后都不能获得平静，她们出现在生前较为亲近的人的面前并不是偶然的，或许意味着她们需要安魂祈祷、需要同情和怜悯。

　　彼得堡文本的主人公经常陷入选择的两难境地：光明与黑暗、梦和现实、痛苦与欣悦、生与死等，如果说一些人不能够屈从自己的命运，愁苦于

---

[1] Александров А.А. 《Я гляжу внутрь себя...》: О психологизме повести Д.Хармса 《Старуха》. А.А. Александров // Петербургский текст: Из истории русской литературы 20-30-х годов XX века. Межвузовский сборник. Под ред. В.А.Лаврова.—СПб.:Изд-во С-Петербург. Ун-та, 1996. С.175.

[2] Там же. С.180.

自己被拯救的无望，走上一条与黑暗相连，与死亡相连，既是精神死亡，也是肉体死亡的不归之路，那么另一些人则处在抵抗诱惑的抗争情境中，这诱惑对于他们而言，就是彼得堡，他们希冀在精神上拯救彼得堡并使其复活新的生命。与上述彼得堡人物类型的生存状态相协调，描绘彼得堡时空的概念形态呈现出一种对立原则：自然—文化、石头—水、教堂—小酒馆、光明—黑暗、梦—现实、喜悦—悲伤、生—死、受难者—恶魔等。如此一来，在统一的彼得堡文本中，文本的语义色彩不仅仅表现反面价值，而且也具有正面价值。也就是说，彼得堡不仅仅是作为必将毁灭的城市出现，也作为能够拯救人的城市而出现。虽然在这座城市里或许难觅尘世幸福，但却可以获得精神上的救赎。

上述彼得堡时空的人物类型大多建构完成于俄罗斯文学彼得堡文本发展的第一阶段（19世纪20—30年代至20世纪20—30年代），尤其是第一批彼得堡文本的创作者——普希金、果戈理、陀思妥耶夫斯基等作家在自己的创作中为彼得堡时空的人物形象的建构模式做出了奠基性的贡献，在其后的彼得堡文本发展的第二、第三阶段中，彼得堡时空尽管又增添了很多"新"的人物面孔，但他们大多含有上述类型的"基因"，是上述类型在不同时代的"变体"。同时，由于20世纪以来，彼得堡文本与莫斯科文本的交融和"位移"现象，彼得堡时空的一些人物类型也在莫斯科时空中出现，成为两个城市时空中共存的"现代人"形象，比如"地下人""城市漂泊者"和"虚假女性"等。

第六章
莫斯科时空的人物形象类型

像在彼得堡题材文本中一样,莫斯科题材文本中的人物类型不仅在这个文本的空间形式上,也在整个俄罗斯文学内部都起着相当重要的作用。在文学的莫斯科时空中,也像在彼得堡时空那样,有着自己专属的主人公人物类型。正如 А.Г. 格里鲍耶多夫《聪明误》中的人物法穆索夫所说:"莫斯科的事物,都带着莫斯科的印。"[1] 俄罗斯文学莫斯科题材文本的主人公系统,类型驳杂、形象众多,但"弱水三千,只取一瓢饮",在此我们仅就一些富有规律性特征的人物形象进行梳理归类。

第一节 女性人物形象类型

与彼得堡时空不同,在莫斯科时空中的一系列主人公形象中间占据中心位置的是女性形象。如果说,在彼得堡题材的大部分文本中,大多数女性形象往往关联着反面价值,比如妓女和放高利贷老太婆等,那么,在统一的莫斯科文本系统的建构中,女性人物形象则大多具有正面价值。一个有趣的现象是,在很多莫斯科文本中,作品的标题都带有女性名字或具有表示女性的词汇,比如:А. 波戈列尔斯基的《拉费尔托沃的罂粟女人》(《Лафертовская маковница》,1825)、《伊季多尔和阿妞塔》(《Изидор и

---

[1] [俄]亚·格里鲍耶多夫:《聪明误》,李锡胤译,哈尔滨:黑龙江人民出版社,1980年,第50—51页。

Анюта》，1824）；Е.А. 巴拉廷斯基的（Евгений Абрамович Баратынский，1800—1844）《茨冈女人》（《Цыганка》，1830）；М. 布尔加科夫的《大师与玛格丽特》（《Мастер и Маргарита》，1928—1940）；И.С. 什梅廖夫的《莫斯科来的保姆》（《Няня из Москвы》，1930）；А.П. 普拉东诺夫的《幸福的莫斯科娃》（《Счастливая Москва》，1933—1936），等等。不仅如此，我们还可以从卷帙浩繁的莫斯科文本中梳理出类型驳杂的女性人物形象。

一、女孩儿

依据 В.Н. 托波罗夫的城市类型学的观点[1]，不同于"妓女之城"的彼得堡，莫斯科被视为美好的、受到上天保佑的"处女之城"。莫斯科人相信正是圣母玛利亚一次又一次地拯救莫斯科于危难之中，因而将圣母玛利亚视为俄罗斯东正教首都莫斯科的守护神。在很多莫斯科题材文本中都有对于圣母崇拜的描写。比如，И.А. 布宁（Иван Алексеевич Бунин, 1870—1953）的短篇小说《净身周一》（《Чистый понедельник》）中的主人公当预感到自己亲爱的女人即将与他分离，就去祈祷圣母阻止这件事情的发生。在 19 世纪的莫斯科题材文本中，一种敬仰莫斯科保护神、敬仰处女之城、敬仰未婚妻之城、敬仰"女性之城"的情愫被特别强烈地表现出来，这些文本的女主人公们非常敬仰玛利亚的圣像，总在最艰难的时刻向她祈祷寻求佑护："圣母玛利亚圣像前燃烧着蜡烛。'跟我一起祈祷吧'，——玛利亚说着，跪在了地上，脸上布满泪水。'圣洁的安慰者啊'，——她叫道，'我不是为自己祈祷；对我来而言已经没有幸福了：我不愿意，也不会找去他，我自己会拒绝与他来往的；但是请求您将恩典给予这可爱的人吧。'"[2]

"女孩儿"（дева）这个概念，通常可以阐释为女孩儿、姑娘、美女、少

1　См. *Топоров В.Н.* Текст города-дева и города-блудницы в мифологическом аспекте. Исследования по структуре текста// М., 1987. С.121-132.

2　*Жуковский В.А.* Марьина роща.Сочинения в 3 томах.М.; Худ.Литература , 1980. Т.3. С.351.

女等词义。它在建构莫斯科文本时有着特殊的作用，常常表现为"没有结婚的女性"，她是"童贞、贞洁、无罪的"。[1] 其中，它们最重要的语言色彩被指向"圣母玛利亚"。在莫斯科题材的超文本系统中，很大一部分文本的女主人公都是年轻的姑娘。这类形象中的一些人出生并成长在莫斯科，可以说是地道的莫斯科女孩儿，比如，А.Г.格里鲍耶多夫（Александр Грибоедов, 1795—1829）的《聪明误》（《Горе от ума》, 1823）中的索菲亚、А.Ф.维尔特曼（Александр Фомич Вельтман, 1800—1870）的中篇小说《不是房子，是玩具！》（《Не дом, а игрушечка!》, 1850）的女主人公萨申卡、М.А.奥索尔金（Михаил Андреевич Осоргин, 1878—1942）的长篇小说的《希夫采夫·弗拉热克》（《Сивцев Вражек》, 1928）的女主人公塔妞莎、А.И.库普林（Александр Иванович Куприн, 1870—1938）的小说《士官生》（《Юнкеры》, 1933）中的女主人公季娜、М.И.茨维塔耶娃（Марина Ивановна Цветаева, 1892—1941）的诗作中的抒情女主人公、С.А.伊万诺夫（Сергей Анатольевич Иванов, 1941—1999）的中篇小说《生命中的第十三年》（《Тринадцатый год жизни》, 1982）中的斯黛拉，等等；另一些女孩儿则是从外省城市来到莫斯科，希望在此碰碰运气。比如，И.布宁的短篇小说《净身周一》（1944）中女主人公塔契雅娜·拉莉娜，来莫斯科的目的就是想为自己找到一个如意郎君。类似的女孩儿还有Н.М.阿尔久霍娃（Нина Михайловна Артюхова, 1901—1990）的小说《斯维特兰娜》（《Светлана》, 1955）中的女主人公斯维特兰娜，等等。正如《聪明误》中的一句台词："莫斯科有的是女人，闺房里面多少姑娘在怀春。"[2] 实际上，莫斯科文本的所有组成部分都包含着对于那种梦想幸福，却因为爱和激情犯

---

[1] См .Большой академический словарь русского языка.РАН, Ин-т лингв. Исследований. М.-СПБ: Наука, 2006, т.4. С.585; Словарь русского языка: В 4-х т.АН СССР, Ин-т рус.яз.;Под ред. *А.П. Евгеньевой*. М.: Русский язык, 1985, т.1. С.374; *Даль В.И.* Толковый словарь живого великорусского языка: В 4-х т. М.:ТЕRRA, 1995. т.1. С.508.

[2] [俄]亚·格里鲍耶多夫：《聪明误》，李锡胤译，哈尔滨：黑龙江人民出版社，1980年，第49页。

了错误的女孩的描写。通常，这些女孩最终在结婚、家庭生活和孩子身上如愿以偿。然而，在统一的莫斯科文本系统里，几乎所有的女主人公都面临着一场精神斗争，面临着严肃而艰难的选择，这个选择将决定她们的命运并促使她们成熟，使她们成为更有力量、更智慧的女性。比如，Л.Н. 托尔斯泰《战争与和平》（《Война и мир》，1869）中的娜塔莎·罗斯托娃和 А.А. 波戈列尔斯基的《拉费尔托沃的罂粟女人》中的玛莎，尽管她们都犯了错，但依然有能力使自己走出迷惘，她们最终在婚姻里发现幸福是命运给予的奖赏。当然，也不是所有的莫斯科题材文本的女主人公都有力量抗拒诱惑，她们当中的很多人犯了严重的错误，并为此付出了沉重的代价。就比如，В.А. 茹科夫斯基（Василий Андреевич Жуковский，1783—1852）的中篇小说《玛利亚的小树林》（《Марьина роща》，1809）中的女主人公玛利亚，陷入对未来不切实际的幻想，准备抛下自己心爱的乌斯拉德，她因此铸成了大错并遭遇毁灭。Б.К. 扎伊采夫（Борис Константинович Зайцев，1881—1972）的长篇小说《金色图案》（《Золотой узор》，1926）的女主人公因背叛丈夫和孩子而受到残酷的惩罚，当她从莫斯科返回家中不得不埋葬曾经被自己抛弃的、唯一的儿子。А.Г. 格里鲍耶多夫《聪明误》中的索菲亚和 Л.Ф. 沃伦科娃（Любовь Федоровна Воронкова，1906—1976）的中篇小说《个人幸福》（《Личное счастье》，1961）中的塔玛拉也是由于自己轻浮的行为而丧失了亲近的人对她们的尊重。

需要指出的是，在俄罗斯文学莫斯科题材文本中，有一类特殊的女孩形象，即"待嫁新娘"值得特别关注。这一类型最早出现在格里鲍耶多夫的喜剧《聪明误》中。索菲亚的形象意蕴复杂，具有"待嫁新娘"特征。别林斯基和普希金都曾在自己的文学评论中指出了这个形象的"晦暗不明"以及它与现实之间存在疏离性。格里鲍耶多夫对于这个形象的塑造和提炼颇具匠心，既有现实针对性，又揭示出深藏其中的有关俄罗斯民族"被动、教条、不善思辨"的民族性格问题，其深刻的洞察力具有前瞻性。由于涉世不深，又深受浪漫主义小说的影响，索菲亚被"两面派"莫尔恰林的伪装所迷惑，误将后者当作自己的理想情人，因此她放弃了青梅竹马的恰茨基，并厌恶后者对贵族社会风俗习惯的机智讽刺，说他是一个"疯子"。索菲亚在追求爱情的道路上似乎脱离了她所属阶层的常轨，她既没有其父法穆索夫那样"深谋远虑"的能力，也没有"两面派"莫尔恰林那种暗中观察、两面周旋的禀赋。相反，她在爱情上的表现是愚钝和被动、"没有打算"的，像一个消极等待、没有主见的"待嫁新娘"。索菲亚的身上折射着"待嫁新娘"的影子，她仿佛是俄罗斯，既被一种力量束缚并驱使着，又渴望被另一种更强大的力量所征服，如此循环，始终在一个被驱使的状态下，很难有自己的主见。在索菲亚的形象里渗透着被别尔嘉耶夫称作消极、保守的"俄罗斯灵魂"的东西。在别尔嘉耶夫看来，这种被动方式如同"待嫁的新娘"，"她期待着新郎、丈夫和统治者"。[1]

二、母亲类型

在俄罗斯东正教传统中，处女和母亲同时表现为莫斯科上天的保护神，她护佑着自己的城市免于灾难。因此，几个世纪以来在民间意识里保留了那么多有关莫斯科—母亲的传说也就不足为怪了。在俄罗斯文学的莫斯科题材中，莫斯科的母亲们总是在神圣的圣母像前为自己的孩子们做祈祷：比如，М.茨维塔耶娃在诗作《天使坠落》(《Канул Благовешенья...》) 中写道："被遗弃在阴影里，向太阳—母亲祈祷，我高兴地呼吁：母亲—母亲，请保护女儿浅蓝色的眼睛！"[2] 在大部分莫斯科题材文本中，母亲形象都是既严厉

---

1 [俄]别尔嘉耶夫：《俄罗斯的命运》，汪剑钊译，昆明：云南人民出版社，1999年，第15页。
2 Цветаева М.И. Собрание стихотворений, поэм и драматических произведений: В 3-х томах. Сост. *Асаакянц, Л.Мнухин*. М.:Прометей, 1990. т.1. С.261.

又温柔的，为了自己的孩子们的平安顺遂，她们准备献出自己的一切。在这个题材的超文本系统中，当女孩主人公最终成为母亲时就被视为命运的幸福馈赠。相反，如果女主人公不能生育或失去孩子则被视为命运对其最残酷的惩罚。比如，И.С.什梅廖夫的《朝圣》(《Пути небесные》)中的达利尼卡就是因"罪"受到那样的惩罚。

在莫斯科题材文本中，母亲不仅被视为爱孩子的妇女，她也作为智慧和公正的化身，是俄罗斯祖国的象征。正是母亲鼓舞着主人公们的行动，没有她们的支持，他们就无法行动。比如，在А.А.波戈列尔斯基的《伊季多尔和阿妞塔》中，弥留之际的母亲，不允许主人公留在家里，她让自己的儿子到保卫祖国的战场上去："我的唯一的儿子不会玷污自己父亲的名誉的，我会笑对黄泉的。"[1] 还有В.Л.康德拉季耶夫（Вячеслав Леонидович Кондратьев, 1910—1993）的中篇小说《伤病假》(《Отпуск по ранению》, 1980)中的沃罗金卡中尉的母亲，她不仅让儿子上前线，而且还帮他把这个决定通知给他心爱的姑娘。[2] 莫斯科母亲，爱她的儿子，致力于护佑他们免受灾难，一再地并愿意将一生都奉献给他们。就如А.И.库普林的《士官生》的主人公荣格·亚历山大的母亲那样，"她从来没为自己活过"[3]。

三、老大娘类型

除了女孩儿和母亲类型，老年妇女形象在莫斯科时空中也占有很大比重。这类老年妇女形象与彼得堡时空中的老太婆形象是有区别的。如果说，在彼得堡时空中，"老太婆"（старуха）在语义上可以阐释为"活了很

---

1 *Погорельский А.* Избранное.М.:Советская Россия, 1985. С.38.
2 См. *Кондратьев В.Л.* Отпуск по ранению: Повесть.М.:Детская литература, 2008. С.167.
3 *Куприн А.И.* Юнкера. Собрание сочинений в 9-ти томах.М.: Б-ка《Огонек》; Изд-во《Правда》, 1964. т. 8. С.182.

久，衰老的女人"，"巫婆、女巫"。[1] 那么，在莫斯科时空中，"老大娘"（старушка）在语义上更多时候可以阐释为"智慧的女人"[2]。这种类型的代表人物有 Л.Н. 托尔斯泰的《战争与和平》中的玛利亚·德米特里耶夫娜，И.С. 什梅廖夫的《禧年》（《Лето Господне》）中的乌斯吉尼亚曾祖母、长篇小说《莫斯科来的保姆》（《Няня из Москвы》）中的达丽雅·斯捷潘诺夫娜、《朝圣》中的阿戈尼娅母亲，М.А. 奥索尔金的《希夫采夫·弗拉热克》（《Сивцев Вражек》）的女主人公阿格拉娅·德米特里耶夫娜，等等。莫斯科文本渗透着对于这类女性形象的尊重和敬意。

在莫斯科时空中，"老大娘"形象往往代表着那些智慧又严厉、正直且善良的老年女性；同时，在神话学层面，莫斯科时空中的"魔鬼性"特质，常常使"老大娘"变身为一个具有魔性的老巫婆，她会指使人们去作恶。比如，А.А. 波戈列尔斯基的《拉费尔托沃的罂粟女人》中的女主人公老巫婆并不后悔将自己掌控的不洁力量的权力转交出去，智慧地与那些敢于说出她的身份真相的人进行周旋。如果有人胆敢劝阻她放弃自己那"巫术"职业，她便诅咒他，哪怕对方是自己的亲侄儿，而面对自己的崇拜者，她只预言好事。

莫斯科时空中的老大娘类型的女性形象比起彼得堡时空中的老太婆类型的女性形象，最大的不同在于，她们通常努力关心自己的身边人，帮助他们，尽管她们的帮助并不总能得到回应。就比如，上边提到的 А.А. 波戈列尔斯基的《拉费尔托沃的罂粟女人》的女主人公玛莎，拒绝了老巫婆所赠予的遗产，因为如果她接受了这笔遗产，也将成为被邪恶力量控制的人。但不管怎么说，她心里明白老巫婆是希望自己幸福。

---

[1] Словарь современного русского литературного языка.АН СССР. В 17-ти т. М.-Л.:Наука, 1963. т. 14. С.766.; Словарь русского языка: В 4-х т.. АН СССР.Ин-т рус.яз.; Под ред. *А.П. Евгенбевой*. М.; русский язык, 1988. т.4. С.252.

[2] Словарь русского языка: В 4-х т.. АН СССР.Ин-т рус.яз.; Под ред. *А.П. Евгенбевой*. М.;русский язык, 1988. т.4. С.252.

需要指出的是，在莫斯科时空的"老大娘"类型中还存在着另一种凭借自己的势力，专横跋扈地威慑一方的老年妇女形象。她们最早出现在 А.Г.格里鲍耶多夫的《聪明误》中，即所谓的"上流社会的母狮子"。在《聪明误》中格里鲍耶多夫借法穆索夫客厅里那些莫斯科上流社会的公爵夫人和贵族小姐的形象，触及了当时的俄罗斯正受控于一股强大的女性力量的话题。我们看到，在莫斯科社会，贵族妇女拥有巨大的影响力，这种影响力就是通常所说的"上流社会的母狮子"的权力。法穆索夫感慨道："……我们的夫人们，谁敢触犯半分？什么事情都有份，什么规矩都不认！"[1]这些"上流社会的母狮子"，包括让莫尔恰林崇拜的、有着"无可争辩的威望"的塔契雅娜·尤里耶夫娜；让法穆索夫的莫斯科的"名流们"闻声战栗的公爵夫人玛利亚·阿列克谢耶夫娜；让普拉东·米哈伊洛维奇·戈里奇唯命是从、百依百顺的妻子；颐指气使的图戈乌霍夫斯卡娅公爵夫人，以及连法穆索夫都惧她三分的莫斯科老贵族赫廖斯托娃。格里鲍耶多夫真实地再现了当时俄国上流社会中这一反常现象，形象地揭示了造成俄国社会停滞的又一深层动因。在《聪明误》中，莫斯科的"女性"元素象征着一种反对进步、从源头上消灭男性的惰性力量。在那里，男人们总是处于乖戾、反常的女性权利的控制之中。在宗法制的法穆索夫社会，女人们拥有男人的特征，即权力、果断、意志；与此同时，男人们则逐渐变得软弱无力、优柔寡断，"莫斯科的丈夫是'妻子'的听差"[2]。即便是像索菲亚那样看起来没有主意、毫无"打算"的"待嫁新娘"都潜在着一种向"上流社会母狮子"的发展趋向。这股惰性的女性力量，在后世的莫斯科题材文学中逐渐发展变异为一种超强的控制力，它既魅惑男性又戕害男性，并改变了莫斯科城的形象气质，使俄罗斯文学传统的"永恒的女性"形象逐渐发生易容。在当代俄罗斯文学的莫斯科题

---

1 [俄]亚·格里鲍耶多夫：《聪明误》，李锡胤译，哈尔滨：黑龙江人民出版社，1980年，第51—52页。

2 [俄]冈察洛夫：《万般苦恼》，见[俄]冈察洛夫、屠格涅夫、陀思妥耶夫斯基、柯罗连科：《文学论选》，上海：上海译文出版社，1997年，第26页。

材文本中出现了一种"上流社会的母狮子"形象的变体，比如，在 Ю. 特里丰诺夫（Юрий Валентинович Трифонов, 1925—1987）的"莫斯科小说"（"московские повести"）中的《另一种生活》（《Другая жизнь》, 1975）和《交换》（《Обмен》, 1969）里的一类老年妇女形象，即"强势的婆婆"。[1] 这类老年女性形象在自己的生存环境中表现出对周遭人与事的强烈的控制欲。这种控制欲或者出于占有欲，比如，做婆婆的在儿媳面前对儿子的控制；或者出于居高临下的政治地位或长辈身份，作为有政治资本、地位显赫的国家干部的婆婆，在儿媳面前的颐指气使。无论出于何种缘由，"强势的婆婆"的控制欲都是一股造成亲人情感疏离、家庭分裂的惰性力量，它们隐晦地散发着俄罗斯文学"莫斯科传统"中那种被称为"上流社会母狮子"的淫威。

第二节　男性人物形象类型

一、年轻人

像在彼得堡时空中一样，在莫斯科时空中的男性人物形象里也存在着形形色色的年轻人类型的主人公形象，他们在建构俄罗斯文学统一的莫斯科文本系统中也起着不可忽视的作用。比如，В.А. 茹科夫斯基的《玛利亚的小树林》中的主人公乌斯拉德，Е.А. 巴拉廷斯基的长诗《茨冈女人》中的主人公埃列茨柯伊，А.Г. 格里鲍耶多夫《聪明误》中的恰茨基，Л.Н. 托尔斯泰的《战争与和平》中的尼古拉·罗斯托夫，И.А. 布宁的《净身周一》中的主人公"我"，И.С. 什梅廖夫的《朝圣》中的维克多，М.А. 奥索尔金的《希夫采夫·弗拉热克》中的瓦夏，Н.М. 阿尔久霍娃《斯维特兰娜》中的科斯佳，等等。大多数莫斯科时空中的年轻人特征我们都可以从 Е.А. 巴拉廷斯

---

[1] 周晓晨：《特里丰诺夫的"莫斯科书写"》，辽宁师范大学，2017年，第36页。

基的长诗《茨冈女人》的诗句中找到佐证："他被那条莫斯科河养育，记得往日的时光，寄希望于未来，她身上寄托了他所有的希望，然而他却背负着反常的命运，而她却成为异己的，比其他人更为异己。"[1] 像在彼得堡时空中的这类形象一样，莫斯科时空中的年轻人们也经常被孤独、痛苦所折磨，他们尝试在周遭世界里寻找自己的位置，但往往难成所愿。因此在这个过程中，一些人毁灭了，比如，Е.А. 巴拉廷斯基的长诗《茨冈女人》中的主人公埃列茨柯伊，И.С. 什梅廖夫的《朝圣》中的季马·瓦尕耶夫；另一些人，则最终离开了莫斯科，比如，А.С. 格里鲍耶多夫《聪明误》中的恰茨基。当然，也有一些人最终在精神上获得战胜困难的力量。比如，И.А. 布宁的《净身周一》中的主人公们，М.А. 奥索尔金的《希夫采夫·弗拉热克》的主人公们，等等。莫斯科时空中的年轻人与彼得堡时空中的年轻人的最大区别，在于他们很少蓄意自杀，即便在最孤独绝望之时，他们也能够找到活下去的勇气。当然，生活中的一些剧烈的变故，使他们的世界观也随之发生改变。比如，В.А. 茹科夫斯基的中篇小说《玛利亚的小树林》中的乌斯拉德，在失去心爱的姑娘之后，就躲到修道士的隐修小屋里寻求平静和安慰。И.С. 什梅廖夫小说中的人物，被妻子遗弃的维克多，不仅收获了新的爱情，而且还收获了对上帝的信仰。

二、"莫斯科怪人"

"怪人"形象是俄罗斯文学传统。它扎根于民间传说，最初是以"傻瓜"形象呈现的，由于他的朴素、天真和善良，在与邪恶的斗争中往往会取得胜利，即所谓"傻人有傻福"。他的"傻"让周围人感觉很奇怪，但实际上，他通常是一个希冀以理想模式重建世界的英勇的狂人，就像塞万提斯的堂吉诃德。随着俄罗斯文学的发展，"怪人"形象不断增加其形象内涵。

---

[1] *Баратынский Е.А.* Стихотворения и поэмы.М.: Современник, 1982. С.164.

在莫斯科时空中，出现比较早的"莫斯科怪人"形象以 А.Г. 格里鲍耶多夫的《聪明误》中的恰茨基为代表。在《聪明误》中，恰茨基是一个具有新思想、新世界观并代表新的社会力量的激进青年。他与法穆索夫所代表的社会集团针锋相对。这位受到良好教育的贵族青年，颖悟聪明，能言善辩；他有理想有抱负，正直高尚不苟且，不愿意为功名和金钱所羁绊，崇尚知识与科学，准备献身于创造性的劳动。他才华横溢，积极投身工作，众人提起他都会说"若论多情、乐观、伶俐，不管你是武职，不管你是文的，谁能及亚历山大·恰茨基？"[1] 在离开三年后，当他怀揣着一份浪漫激情重返莫斯科的时候，痛心地看到伪善、不学无术之风依然像从前那样控制着这座城市。莫斯科使他"发疯"，他的精神受尽折磨，在那沉瀣一气的"法穆索夫的社会"中，他"如染沉疴"。他带着爱的信念飞奔回莫斯科，而那里却用谎言、冷漠甚至恶毒回敬他。恰茨基与"大墓地"般的莫斯科的格格不入表现在他的自由思想与莫斯科的保守势力的对决上，正是他的自由思想对保守愚顽的莫斯科上流社会形成了冲击，整个上流社会才孤立他、排斥他。在这场新旧思想的对决里，由于力量相差悬殊，恰茨基最终遭到了致命的打击。然而，从旧时代向新时代过渡的紧要关头，恰茨基这类人物是必然要出现的，他以其特立独行的"怪"与"疯"站到与旧势力斗争的最前列，他是旧时代的牺牲者，新时代的先驱者。耐人寻味的是，在剧中，恰茨基是伴随着"傻瓜"的称谓出现在法穆索夫家的舞会上的。主人公恰茨基（Чацкий）与"傻瓜"（Дурацкий）的合辙押韵并不是偶然的，它们之间的同位关系："恰茨基——傻瓜"，暗示出了主人公的未来的命运。[2] 这位"锋利、善辩、飒爽多才"的恰茨基，对于整个莫斯科的上流社会而言就是一个"傻瓜""怪人""神经病"。这就决定了在喜剧的结尾，他必将背负着一连串强加给他

---

1 [俄]亚·格里鲍耶多夫:《聪明误》，李锡胤译，哈尔滨：黑龙江人民出版社，1980年，第18页。
2 См. Чацкий и София.Литературный журнал. http://megalib.com > 123 –chackiy - sofya.html.

的"傻瓜""丑角""疯子"等绰号离开。正是格里鲍耶多夫首次发现了在俄罗斯文学的"莫斯科时空"中那些在精神气质上与周围环境格格不入的主人公的通常命运,并首创了他们在世俗眼光里的一般称谓——"莫斯科怪人"。

20世纪俄罗斯文学的莫斯科时空,依然活跃着"莫斯科怪人"类型的主人公形象,比如 A. 别雷(Андрей Белый, 1880—1934)《莫斯科怪人》(《Московский чудак》)中的主人公伊万·伊万诺维奇·科洛布金教授。一方面,科洛布金教授的"怪"在于他是"科学狂人"。他试图以理性的力量抵抗现实的混乱,因而躲进自己"盒子般"的书房,专注科研二十五年,为此疏离了亲人、朋友,甚而是整个世界。他的科学"发现"吸引了世界大国的注意,女儿娜坚卡称他为"科学之王"[1]。另一方面,科洛布金教授的"怪"在于他秉性的单纯和善良,以为科学可以救世,以为专注科研可以避免被世俗侵蚀。别雷特别赋予自己的主人公的名字伊万是大有深意的。学者 Е.М. 梅列津斯基(Елеазар Моисеевич Мелетинский, 1918—2006)指出,传统上,一个神奇的俄罗斯童话的主人公"要么以农民的儿子伊万的形式出现,要么以伊万·萨维耶维奇的形式出现"[2]。也就是说,科洛布金教授的名字暗示了他就是俄罗斯民间童话里的主人公"傻子"伊万。尤其是在他的眼睛因被曼德罗烧灼导致失明后精神失常住进了精神病院,主治医生佩佩什·多夫里阿什试图"向所有人证明科洛布金教授是个傻瓜","脑子废掉了"[3]。因而,佩佩什·多夫里阿什医生坚持以严格的科学方法治疗科洛布金教授,以使他受损的神经和身体得到康复。然而,医生并没有意识到科洛布金教授的症结完全不在于"脑子",而在于"心灵"的失调,在于他这位崇尚理性主义的"科学之王"在严肃的社会道德责任面前所遭遇的"滑铁

---

[1] *Белый А.* Собрание сочинений: в 6-ти т. М.: Терра-книжный клуб, 2005. т.3. С.380.

[2] *Мелетинский Е.М.* Герой волшебной сказки. М.-СПб.:Академия исследований культуры; Традиция, 2005. С.119.

[3] *Белый А.* Собрание сочинений: в 6-ти т. М.: Терра-книжный клуб, 2005. т.3. С.185.

卢"，是尖锐的冲突使科洛布金的心灵遭遇创伤。护士谢拉菲玛则通过让双目"失明"的科洛布金教授冥想大自然形象的方式治愈了他的心灵，使他冲破封闭、窄小的"盒子"（即他的姓氏科洛布金"Коробкин"）的局限，打开了精神世界的广阔视野，使他回归到善良、真诚的原初本质，成为令人感到亲切的"伊万兄弟""伊万教授"。这个称谓的改变，反映了这位"莫斯科怪人"，从崇尚理性主义、物质主义经由疯狂开始向精神、心灵的转变。

В.С. 马卡宁（Владимир Семенович Маканин, 1937—2017）的《地下人，或当代英雄》（《Андеграунд, или Герой нашего времени》, 1998）中的"当代地下人"形象，也延续了19世纪莫斯科时空中的"莫斯科怪人"恰茨基的形象内涵。他们为了守护精神自由，拒绝与世俗同流合污。像彼得罗维奇和韦涅季克特这样的"当代地下人"，宁愿牺牲物质利益，甚至忍受肉体上的残酷摧残，也要守护好自己的那个"我"，即精神自由。为此，他们主动选择抗拒极权制下的社会规约，成为被主流社会排斥的"怪人"[1]。

三、"野心家"

在莫斯科时空中还存在着另一种年轻人的典型，即"野心家"形象，比如，А.Г. 格里鲍耶多夫《聪明误》中的莫尔恰林、Л.Н. 托尔斯泰《战争与和平》中的鲍里斯·德鲁别茨柯伊等。在20世纪莫斯科城市神话意蕴向"第二巴比伦"转化之后，莫斯科时空的"野心家"类型的人物形象不断涌现。比如 Ю. 特里丰诺夫《另一种生活》（《Другая жизнь》, 1975）中的克里木克、《滨河街公寓》（《Дом на набережной》, 1976）中的格列勃夫、В.С. 马卡宁的《地下人，或当代英雄》中的"当代莫尔恰林"——斯莫利科夫和济科夫，等等。所有这类形象，都钻营于仕途上的升迁，寻求有利可图的结婚

---

[1] 赵萌：《后现实主义视域下〈地下人，或当代英雄〉的"莫斯科书写"》，辽宁师范大学，2018年，第12页。

对象，为此他们会不择手段、不遗余力。这些年轻人显露出与彼得堡时空中野心家类型形象的相似性。他们与莫斯科时空中的其他形象类型不同，显现出与家庭伦理价值的格格不入。他们无一例外地追逐物质财富，为此常常做出低级下流的行为。莫斯科时空中"野心家"形象的鼻祖应该是А.Г.格里鲍耶多夫在《聪明误》中的"寡言慎行的两面派"——莫尔恰林。这个形象是格里鲍耶多夫为俄罗斯文学莫斯科题材的一大贡献。莫尔恰林是"法穆索夫的社会"中年轻一代官僚的典型人物。他出身贫困，位卑言微。然而他能凭借"稳健和谨慎"的处事态度混迹于莫斯科的官场底层，低声下气、乖巧顺从。正是这种察言观色、见风使舵的能力，使他获得了法穆索夫的认可，从而在法穆索夫的秘书的位置上一干就是三年。

莫尔恰林是俄国专制农奴制官场毒瘤的衍生物。他卑鄙无耻，善于奉迎，为了有朝一日能够攀附上权贵"大树"，不择手段地利用一切可资利用的机会。作为官场上的投机者，莫尔恰林虽然官位低微，暂时会表现得顺从、迎合，但一旦有机会爬到高位，此前的奴颜婢膝定会在瞬间变成颐指气使和自命不凡。"莫尔恰林"（молчалин）在俄语中，表示谄媚者、阿谀奉承者。他听从上级的所有命令并隐藏自己的意见，主要特征就是"寡言"[1]。别林斯基对于这个形象的评价可谓鞭辟入里：这是"一个没有灵魂、没有心肝、没有任何人性要求的浅薄之人，一个无赖、谄媚之徒，四脚爬的野兽。总而言之，这就是莫尔恰林"[2]。随着时代的变化，虽然在俄罗斯文学的发展进程中，莫尔恰林这类善于伪装的"野心家""两面派"形象有了更为复杂的内涵，但这一形象对于周遭环境的欺骗性和危害性，它的本质特征——"见风使舵、投机钻营"一直没有发生改变。

值得一提的是，20世纪下半叶，Ю.特里丰诺夫在其"莫斯科小说"中

---

1 См. Молчалин.https://ru.wikipedia.org/wiki/（访问时间：2022年11月）
2 См. А.С. Грибоедов в русской критике: Сборник ст. / Сост., вступ. ст. и примеч. *А.М. Гордина*.— М.: Гослитиздат, 1958. C.180.

塑造了一系列"现代市侩"[1]形象。这些形象可以被视为莫斯科时空中"野心家"类型的当代变体。在知识分子群体中,"现代市侩"的身影随处可见。比如,《另一种生活》里的克里木克就是"现代市侩"典型代表,他凭借拉帮结派以及种种卑鄙手段,明目张胆地在本该纯净而充满学术气息的研究所里玩弄权术,而那些脚踏实地、刻苦钻研的人们却不幸成为他向上爬的垫脚石。《滨河街公寓》中的格列勃夫从一个平庸的大学生摇身变为学术界声名显赫的"大腕",凭借的就是他那见风使舵、随机应变的看家本领。少年时代,格列勃夫就对别人所拥有的一切而"气不忿"并暗中发誓有朝一日要将他艳羡的一切据为己有。为此,他一边对自己嫉妒的廖夫卡暗中使坏,一边假意地主动向后者示好、盘算着有朝一日或许可以借廖夫卡之力改变自己的命运。之后又主动接近甘丘克教授,利用甘丘克女儿索尼娅对其的爱慕,一步步博取甘丘克一家人的信任。然而,当甘丘克教授陷入研究所的派系斗争时,作为研究生,格列勃夫本该挺身而出为自己的导师主持公道,但他却选择了违背良心、明哲保身的立场。最终,他靠着各种处心积虑、逢迎巴结平步青云,成为学术界的"佼佼者",获得了他从少年时代就热切觊觎的功名利禄。特里丰诺夫的"莫斯科小说"中的一系列"现代市侩"形象丰富并深化了俄罗斯文学莫斯科时空中的"野心家"类型的形象意蕴。作家将因腐败的社会风气所引发的知识分子的堕落展露无遗。

B.C.马卡宁的《地下人,或当代英雄》中的"当代莫尔恰林"[2]——斯莫利科夫和济科夫,他们既继承了19世纪"莫尔恰林"的精神衣钵,又增添了20世纪苏联解体前后"变节的地下人"特征,成为莫斯科时空中"当代市侩"类型中的人物形象。政治投机者斯莫利科夫,打着"地下人"旗号,利用解体前后的政治福利,为自己捞取好处。而混迹于"当代地下人"群体

---

[1] 周晓晨:《特里丰诺夫的"莫斯科书写"》,辽宁师范大学,2017年,第26页。
[2] 赵萌:《后现实主义视域下〈地下人,或当代英雄〉的"莫斯科书写"》,辽宁师范大学,2018年,第19页。

中的"地下作家"济科夫，才华平庸，作品始终没有得以发表。一个偶然的机会他的作品被出版并名声大噪。于是他便被这"名声"所绑架，很快成为一个与社会妥协的人：一面享受着"名声"带给他的"红利"，为体制顺情说好话，一面急切地想当一个"好人"，巴望着在他"成名"的日子里，"地下人"们能把他想得好一点儿。相对于19世纪的"莫尔恰林"，生活在20世纪末的"当代莫尔恰林"们早已借政治投机爬上高位，对处在社会边缘的"当代地下人"表面交好，背地里却见利忘义，把他们当作自己向上爬的砝码和人梯。表面上，他们宣称自己是忠于作家"职业身份"、忠于理想和信念的人，但内里既不是政权的忠实拥护者，也不是敢于公开谏言的持不同政见者，他们不过是为获取一己私利而见机行事的"骑墙派"[1]。

四、"中间之人"

"中间之人"[2]形象是Ю.特里丰诺夫在"莫斯科小说"中为俄罗斯文学的莫斯科时空贡献的又一类与"现代市侩"既相似又有所不同的人物类型。不同于"现代市侩"，"中间之人"一方面有着自己的精神追求，有基本的道德观念，对市侩习气有着清醒的认知与本能的排斥；而另一方面却因生存压力、环境的影响等始终摇摆不定、不断妥协，在生活的抉择处总表现出极度的犹豫与彷徨，最终放弃原则，走向堕落的深渊。从人性的角度上讲，他们既非单纯的"善"也非单纯的"恶"，而是处于善恶的"中间地带"[3]，"让人既意会到善也意会到恶，又几乎看不到善和恶的明显界限"[4]。他们可以被称为游走在高尚与庸俗、正直与卑鄙两极的"中间之人"，是"精致的利己主

---

1 赵萌：《后现实主义视域下〈地下人，或当代英雄〉的"莫斯科书写"》，辽宁师范大学，2018年，第19页。
2 Селеменева М.В. Художественный мир Ю.В.Трифонова в контексте городской прозы второй половины XX века // Диссертация на соискание ученой степени доктора филологических наук.ГОУВПО, Москва, 2009. C.8.
3 周晓晨：《特里丰诺夫的"莫斯科书写"》，辽宁师范大学，2017年，第30页。
4 刘再复：《性格组合论》，合肥：安徽文艺出版社，1999年，第222页。

义者"。

小说《交换》(《Обмен》，1969）中的季米特里耶夫即是"中间之人"的典型代表。相貌平平的季米特里耶夫是莫斯科某石油研究所的技术人员，他既没有出众的才华，也没有特别的追求，惯于乐天知命、随遇而安。然而，他原本波澜不惊的生活却因一场不同寻常的"换房"事件变得跌宕起伏。在母亲身患癌症生命垂危之际，妻子列娜突然提出要搬去婆婆家一起生活。季米特里耶夫内心清楚列娜的真实意图是想将母亲有地段优势的住宅占为己有，将其变为交换房屋的砝码。对于妻子的"小算盘"季米特里耶夫开始时又羞愧又愤怒，但想到列娜的想法确实符合他一家三口的实际利益，便从心里原谅妻子并开始协同列娜积极促成这场亲情与利益相互博弈的"交换"。季米特里耶夫的精神世界是一个矛盾集合体，一方面，他心地善良看重血脉亲情，担忧母亲的身体，因霸占了亲戚的职位而寝食难安，有着良心自省的能力。另一方面，在与列娜结合后，季米特里耶夫逐渐受到极端利己主义者卢基扬诺夫一家人的影响，学会了他们"不达目的誓不罢休"的处世哲学。在向生活不断屈服、向道德不断妥协的过程中，他最终向以自我为中心的利己主义缴械投降，完成了这场冷酷的"交换"。特里丰诺夫用这类在道德立场上摇摆不定、随波逐流的"中间之人"形象来揭示人性的复杂层次，表现当代俄罗斯知识分子群体由于"精致的利己主义"风气的蔓延所导致的道德危机和价值冲突。

五、"城市游荡者"

莫斯科的迷宫特质使主人公沿着莫斯科街道游荡成为20世纪俄罗斯文学莫斯科文本的常见主题，而"城市游荡者"则成为20世纪俄罗斯文学莫斯科时空中最常见的人物形象。Вн. 叶罗费耶夫（Венедикт Ерофеев，1938—1990）的《从莫斯科到佩图什基》（《Москва-Петушки》，1970）的主人公韦涅奇卡、B. 佩列文（Виктор Пелевин, 1962— ）的《夏伯阳与虚空》(《Чапаев и Пустота》, 1996）中的虚空、Т.Н. 托尔斯泰娅（Татьяна Никитична Толстая, 1951— ）《野猫精》(《Кысь》, 1986）中的尼基塔·伊凡内奇和本尼迪克等都属于这一类型的人物形象。

"城市游荡者"（flaneur，或译为"漫游者""闲逛者"等）的概念由德国思想家瓦尔特·本雅明（Walter Bendix Schoenflies Benjamin, 1892—1940）在其专著《发达资本主义时代的抒情诗人》里提出。在本雅明那里，资本主义工业文明下的社会边缘人物，诸如，妓女、赌徒、拾垃圾者、游手好闲的人都被其赋予了城市游荡者的品质。这些人"都或多或少地处在一种反抗社会的躁动中，并或多或少地过着一种朝不保夕的生活"[1]。俄罗斯后现代主义作家 Вн. 叶罗费耶夫在其小说《从莫斯科到佩图什基》中率先塑造了一位"城市游荡者"形象——韦涅奇卡[2]。韦涅奇卡曾是莫斯科通讯管理局安装队队长，因酗酒被撤职。之后他便开始了自己在莫斯科城中的身体与精神的游荡之旅。带着浓浓的醉意，他先是游走于莫斯科的大街小巷，而后又登上开往"佩图什基"的列车，"'从莫斯科到佩图什基'与其说是主人公韦涅奇卡通往极乐世界的一个美丽梦想，不如说是他以牺牲自我为代价所完成的一次精神苦旅"[3]。

作为当代莫斯科城的游荡者，韦涅奇卡虽与本雅明笔下的巴黎游荡者有着一定相似性，但考虑到地域、时代、民族以及"游荡者"所处的意识形态语境，这位"游荡者"也便拥有了自己专属的"游荡"意味与精神品格。首先，韦涅奇卡对自己所生活的这座城市始终抱有厌恶与恐惧之情，意欲逃离而不能。他是都市"小人物"，淹没于城市，成为城市的孤独个体。因此

---

1 [德]本雅明：《发达资本主义时代的抒情诗人》，王才勇译，南京：江苏人民出版社，2005年，第14页。
2 李俊学：《后现代视域下的"莫斯科书写"——以〈从莫斯科到佩图什基〉与〈夏伯阳与虚空〉为例》，辽宁师范大学，2017：年，第31—32页。
3 赵杨：《颠覆与重构：论俄罗斯后现代主义文学的反乌托邦性》，哈尔滨：黑龙江人民出版社，2009年，第169页。

他想要逃到自己心中的自由与幸福的王国——佩图什基。然而莫斯科这座对他充满敌意的城市却执意将其禁锢在自己的牢笼之中并意欲将其毁灭。于是"酒"便成为助力其冲破牢笼的一个关键性介质,正是"酒"促成了韦涅奇卡的精神游荡。他用酒来麻醉自己,以酒来消解心中的苦闷与悲哀。喝酒使韦涅奇卡更加接近真理,使他疏离现实社会而更加清醒。醉酒后他对现实的讽刺和揭露变得更为犀利而深刻。其次,在韦涅奇卡这位当代的"城市游荡者"身上流淌着俄罗斯文学传统中那些为了寻求真理而摆脱一切程式化生活的"大地漫游者"的精神血液。普希金、莱蒙托夫、果戈理、托尔斯泰和陀思妥耶夫斯基笔下都出现过类似的精神漫游者。别尔嘉耶夫把这类漫游者称为"俄罗斯大地的流浪者"或"背弃者",他们是"不依附于任何事物的精神自由的流浪汉,寻找无形之城的永恒旅人"[1]。他们勇于跨越所有正统的和可见的生活的界限,在自己的灵魂中存在着对无形的永恒之城、对看不见的家园的无限探索。他们"寻找真理,绝对的、神性的真理,希望拯救世界,让万物朝向新生命的复活的火焰中"[2]。

韦涅奇卡可以被视为俄罗斯传统的"大地漫游者"形象在后现代主义文学中的一个变体。他虽然是当代莫斯科都市空间中的"小人物",但依然葆有俄罗斯历史文化中"圣徒"的精神特质。他像传统的"圣徒"一样,在漫游中探索真理,寻找"拯救世界的良方",向往着永恒的幸福城池——佩图什基。当然,同俄罗斯传统文学中的大地漫游者相比,当代"城市漫游者"缺少了行动与精神上的自由,因为在他那个时代,自由仅仅被理解为允许有改变世界的集体主动性"[3],与个体无关且很少适用于文化创造和精神生活。韦涅奇卡游荡在城中的街道、门洞、酒馆、车站……却既找不到克里姆林宫

---

[1] [俄] 尼·别尔嘉耶夫:《俄罗斯灵魂:别尔嘉耶夫文选》,陆肇明等译,上海:学林出版社,1999年,第14页。

[2] 同上书,第15页。

[3] 同上书,第213页。

也走不出莫斯科这座现代"迷宫",直至死亡都无法解脱。

无独有偶,俄罗斯当代著名女作家塔吉雅娜·托尔斯泰娅在其长篇小说《野猫精》(《Кысь》)中塑造了尼基塔·伊凡内奇和本尼迪克两个"城市游荡者"[1]形象。在小说中,尼基塔·伊凡内奇是一个"个头不高,身体瘦弱",胡须和头发都稀疏难看的"往昔人",由于他那种种的"愚蠢"想法,被"乖孩子们"戏称为"傻老头儿",在库兹米奇斯克(即莫斯科)成为一个"边缘人"。尽管如此,他依然冲破重重阻力,通过建造"普希金雕像""阿尔巴特""尼基塔城门"等具有象征意义的纪念物来帮助在"大爆炸"中失忆的故城民众找回历史记忆坐标,为此不惜付出生命的代价。伊凡内奇在普希金雕像前的蒙难意味深长。他的死"是小说中一个具有代表性的隐喻,托尔斯泰娅将其创造性地扩大成为独特的讽喻:在任何时代预言真理的真正的知识分子之命运注定充满悲剧性"[2]。在这个意义上,伊凡内奇更像一个"朝圣者",他通过自身的"受难"来实现对真理的传播,从而拯救混乱无序的库兹米奇斯克城。伊凡内奇不仅是一个"城市游荡者",也是一位带领民众解决城市出路、拯救被遗忘的民族历史文化记忆的"朝圣者"。

如果说,伊凡内奇是始终如一地执着于复兴民族文化传统的"城市游荡者",那么,《野猫精》中"乖孩子"——本尼迪克则属于由混沌走向觉醒的"城市游荡者"。同样作为"城市游荡者",本尼迪克与伊凡内奇不同的是,他在自己的"游荡"中曾经历了一场精神上的"迷途"。在这场"迷途"中,他的思想因"大爆炸"的辐射而发生过异化,他渴望权力、奉行"读书无用论"、欺负"乖孩子",甚至残酷地杀掉了"乖孩子"。正是由于伊凡内奇的精神引导,本尼迪克才迷途知返。他如饥似渴地读书,沉浸在知识的

---

[1] 尚涤新:《现代性视域下托尔斯泰娅长篇小说〈野猫精〉中的"莫斯科书写"》,辽宁师范大学,2018年,第28—32页。

[2] 郑永旺等:《俄罗斯后现代主义文学研究——理论分析与文本解读》,北京:人民文学出版社,2017年,第370页。

海洋。在这个过程中，本尼迪克逐渐由混沌向理性回归。如此一来，本尼迪克与伊凡内奇都成了库兹米奇斯克城中被众生孤立的"边缘人"。作为由混沌走向觉醒的"城市游荡者"，本尼迪克与伊凡内奇一道致力于寻找人类未来的精神出路，揭露库兹米奇斯克城所谓"国泰民安"的虚假本质。

  后消费时代的莫斯科形象已发生根本的改变，代之以"永恒之城"的神圣光环，21世纪的莫斯科已成为很多人趋之若鹜、实现个人"宏伟目标"的"职业帝国"。然而，在这座梦幻般的、充满喧嚣、竞争、允诺快速成功的大都市里，依然生存着与这个城市氛围格格不入的"城市流浪者"。比如С.А.沙尔古诺夫（Сергей Александрович Шаргунов, 1980— ）的小说《没有照片的书》（《Кника без фотографий》, 2011）中的自传性主人公沙尔古诺夫原本对莫斯科充满信念，认为它是"东正教的家园"，所以希望能在这里寻找真理和公义。虽然莫斯科最终使他失望，但他并没有幻灭，决定到其他城市继续寻找自己赖以生存的理想："就像童话里的主人公一样，我一直在寻找真理，我想学习一些重要的东西，以便继续生活"[1]；А.В.伊里切夫斯基（Александр Викторович Иличевский, 1970— ）的四部曲长篇小说《阿普舍龙团的士兵们》（《Солдаты Апшеронского полка》, 2013）中的第一部《马蒂斯》（《Матисс》）的主人公物理学家列奥尼德·科洛廖夫则试图在莫斯科寻找精神家园，然而他"没有任何潜在的生存方式，也不相信周遭世界会向另一种不同的状态过渡"[2]，因而始终处于"精神流浪"、无家可归的状态。学者М.В.谢列梅涅娃认为，这些生存在21世纪莫斯科时空的"城市流浪者"的共同特征是"具有与物质价值分离的内在特征，其反思的倾向、冲动的倾向与大都市的价值目标不一致"[3]。

---

[1] Шаргунов С.А. Кника без фотографий. М.:《Алыпина Диджитал》, 2011. С.73.

[2] Селеменева М.В. Своеобразие московского текста Алеусандра Иличевского.Вестник РУДН. Серия: Литературоведение Журналистика.—М., 2017. № 4 . С.630.

[3] Там же. С.627.

六、"大都市里的小人物"

21世纪的莫斯科文本既融合了莫斯科时空的传统元素又增添了当代的符号特征。文化学者А.П.琉森（Александр Павлович Люсый，1953—）准确地描述了21世纪"莫斯科文本"的符号学范式的变化，将莫斯科视为"国家资本化的中心，具有资本最初积累阶段所固有的现实，具有赋予时代特征的新的和独特的神话，具有全球化时代固有的、新的文化规范体系"[1]。在21世纪初的"莫斯科文本"关于新首都的编码中，出现了一种新型的人物类型，即"大都市里的小人物"，他们是计算机天才、销售代理、从事创意性工作的知识分子、"办公室浮游生物"、失业者等。在P.B.先钦（Роман Валерьевич Сенчин, 1971—）创作的、由七个短篇构成的编年史小说《莫斯科的阴影》（《Московские тени》，2009）里，集中了大部分这样的主人公。批评家С.С.别里亚科夫（Сергей Станиславович Беляков，1976— ）认为，可以"根据先钦的小说来研究1990年代和2000年代的俄罗斯，因为我们是根据巴尔扎克和左拉的小说对19世纪的法国进行研究的"[2]。在先钦的《莫斯科的阴影》里，这些"大都市的小人物"在高速运转的大都市生活节奏里，看不到思想，也没有时间去了解具有丰厚的文化历史底蕴的莫斯科，他们的行动轨迹是单调的：从郊区的宿舍区穿过莫斯科城的历史中心去办公的地方，然后原路返回。他们每天周而复始地完成着规定动作：挤车、排队、坐办公室。他们远离市中心的公寓已经失去了"家"的意义，那里只是一个睡觉的地方。他们被莫斯科无处不在的竞争、焦虑、忙碌所裹挟和感染，也"莫名其妙地奔波、紧张、忙碌起来"[3]。先钦笔下的主人公大多是没有实现自我价值的都市小人物，他们是失业的罗曼（《据说，那里会接受我

---

1 *Люсый А.П.* Московский текст: Текстологическая концепция русской культуры. М.:Вече；Русский импульс, 2013. С.175.

2 *Беляков С.* Роман Сенчин: неоконченный портрет в сумерках // Урал. —2011. № 10. С.216. http://magazines.russ.ru/ural/2011/10/be11.html

3 *Сенчин Р.* Московские тени. М.: Эксмо, 2009. С.75.

们》)、销售代表兼失败的作家A.马尔金(《浸没》)、销售代表兼不成功的艺术家赫仑(《雅典之夜》)、失败的女演员娜斯嘉和列拉(《生日》),甚至那些看似成功的上班族,比如安德烈·戈洛文(《人》)和时装精品顾问尼基塔·谢尔盖耶夫(《赛季末》)也处在灵感枯竭、个性消弭的状态。这些"大都市里的小人物"既胆怯又冷漠,"需要通过厚厚的盔甲来隐藏和观察周围的世界"[1],他们最大的恐惧是变老。首都的青年崇拜导致了这样一个事实,即35岁以后几乎不可能找到工作[2],因而40岁就被视为一场灾难。先钦的主人公大多是利己主义者,通常处在婚姻危机之中,他们认为家庭是牢笼、孩子是累赘,所以始终向往逃离,只是由于"住房问题"阻碍了他们冲破婚姻的束缚。先钦的"莫斯科文本"反映了21世纪俄罗斯文学的大趋势,即将莫斯科重塑为"帝国的幻觉"[3]。这个幻觉营造了一种可以快速成功、财富自由的假象,但实际上却加剧了这些"大都市里的小人物"的奴役和挣扎。他们混迹于人群却倍感孤独、每天像陀螺一样疲于奔命,赚钱成为他们生活的唯一目标,这导致了主人公们在精神上的衰变。值得注意的是,在这些"大都市的小人物"的面容上叠印着19世纪彼得堡时空中那些同样被"帝国幻觉"吸引的形形色色的"小人物"——小官吏、有才华的年轻人、梦想者、"地下人"影子。这说明城市时空的本质决定着时空人物类型的性质,城与人是互相成全、相互构建的。

很难将莫斯科时空中的人物形象按照道德的光谱分成截然对立的两极:在他们的灵魂里,善与恶相互交织、光明与黑暗同时共存。应该指出的是,对于建构统一的莫斯科文本系统而言,19世纪的莫斯科题材文本中的大部分女性人物形象的意义在于,她们体现了莫斯科时空的家常性和女性特征,表现了莫斯科世界的希望、坚忍不拔与和谐性。同时,这些女性主人公形象之

---

[1] *Сенчин Р.* Московские тени. М.: Эксмо, 2009. С.38.

[2] Там же. С.368.

[3] *Немзор А.* Замечательное десятилетие русской литературы. М.: Захаров, 2003. С.193.

间有着内在的延展性，贯穿着女性由女孩到母亲再到老大娘的成长过程。值得注意的是，在20世纪至21世纪的"莫斯科文本"中，随着莫斯科时空性质的变化，女性人物形象也变得复杂起来，传统上常见于19世纪彼得堡时空中的"妓女"形象，以及诞生于传统的莫斯科题材中的"上流社会的母狮子"形象在莫斯科时空重新活跃起来。

19—20世纪的莫斯科时空中的年轻人类型的主人公，也像在19—20世纪彼得堡时空中的主人公们一样，梦想幸福、渴望成功。然而，如果说彼得堡时空中的年轻人通常因丧失理性而毁灭，比如发疯或自杀，那么莫斯科时空的年轻人在与现实抗争的时候在精神上则更显得坚定。尽管在两个城市时空中都存在着"野心家"类型的主人公形象，但是他们的区别在于：彼得堡时空中的"野心家"类型的主人公通常会受到严酷的惩罚，而莫斯科时空中的同类主人公则常常陷入一种被揭发丑行的尴尬。值得一提的是，在后苏联时代及21世纪的当代俄罗斯文学莫斯科时空中的"野心家""中间之人"类型的人物形象，很少成为作品的主要人物，他们夹杂在各色"首都居民"的群体之中，成为作家考察世纪转型、价值观更迭的载体。"城市流浪者"形象虽然与彼得堡时空"多余人"形象有着血缘关系，但本质上他们属于20—21世纪莫斯科时空中的主人公。特别值得注意的是，21世纪莫斯科时空出现的一系列"大都市里的小人物"形象代表着都市文学的总体趋势，他们将是未来俄罗斯文学"莫斯科文本"与"彼得堡文本"中的主要人物类型。

在本质上，莫斯科时空与彼得堡时空是相互对立的，只是当文本中的话语单元指向莫斯科城市神话的二律背反时，莫斯科时空属性与彼得堡时空属性才会出现潜移，发生某种类似。这种现象尤其表现在自20世纪初十月革命以降的俄罗斯文学的莫斯科题材之中，比如，在A.B.恰亚诺夫、A.别雷、M.A.布尔加科夫、Ю.B.特里丰诺夫等人的莫斯科题材作品中，以及表现后苏联时代和后消费时代的俄罗斯的社会现象的当代俄罗斯文学，诸如

B.C. 马卡宁、B.O. 佩列文、P.B. 先钦、C.A. 沙尔古诺夫、O.A. 斯拉夫尼科娃、A.A. 伊里切夫斯基等人的莫斯科文本中。然而，尽管时空属性的演变导致了时空神话学语境中的人物类型的变化，但是在具体的文学文本中，具有稳定性的城市属性还是在情节结构的各个层面彰显出来，不会与另一个城市文本发生混淆。我们看到，无论在莫斯科时空，还是在彼得堡时空，大部分被纳入本研究视域的人物形象类型既具有独特性，也具有交叉性。但是在每一个特定的历史文化时空里，对这些人物形象的理解和阐释都各具时代特征。莫斯科时空与彼得堡时空始终处于对立与对话之中，甚至一些出现在两个时空中相似的形象类型也处在对话之中。这种对话对于促进俄罗斯民族意识的深化和俄罗斯文化的构建具有深意。

第七章
莫斯科文本与彼得堡文本的"现代性"诗学

英国学者约翰·伦尼·肖特（John Rennie Short, 1951—）指出："某种意义上，城市可以被看作是一个符号集合、不用语言交流的系统。城市是一个装满信息的容器，与信息一起，随着社会变化而变化。书写城市必定与阅读城市分不开。"[1]城市由人创建并在社会化过程以及人类的干预下被逐渐塑形；同时，城市本身也会形成一种无形的力量反过来影响城中人的生活方式并塑造城中人的精神气质。从符号学立场出发，莫斯科文本与彼得堡文本的共同编码是关于俄国现代化进程中"城与人"的双向建构问题。别尔嘉耶夫指出："关于个人与历史的冲突、个人和世界和谐的冲突问题是很俄罗斯化的问题。"[2]纵观几个世纪以来相互对话又不断生成的莫斯科文本与彼得堡文本，不仅反映了俄罗斯思想关于"东—西方""谁之罪""怎么办""俄罗斯向何处去"的永恒困惑，也集中反映了俄罗斯民族在城市化进程中"个人与世界和谐的冲突"问题，艺术地再现了现代人身陷政治的、权力的、精神的、物质的等各种都市陷阱，与被客体化的命运不断妥协与抗争的过程。在21世纪的今天考察两个多世纪以来出现的俄罗斯文学莫斯科文本与彼得堡文本，我们有必要从今天的理论视域，结合地理批评、空间理论解读由这两大

---

[1] [英]肖特：《城市秩序：城市、文化与权力导论》，郑娟、梁捷译，上海：上海人民出版社，2015年，第439页。

[2] [俄]尼·别尔嘉耶夫：《俄罗斯思想》，雷永生、邱守娟译，北京：生活·读书·新知三联书店，1995年，第74页。

文本系统共同绘制的全景式文学地图，提炼连接两大首都城市地理形象的文本结构模式，表征那些或显现或隐匿的城市对峙空间，从而较准确地把握这两大相互对话的首都文本的"现代性"诗学。

第一节　全景式文学绘图：从乡村到城市再到大都市

"文学绘图"是近年来随着文学研究的"空间转向"出现的一个新的文学研究理论。1999年由美国学者罗伯特·塔利（Robert T. Tally Jr., 1969—）提出。"文学绘图"基于"地理批评"理论和各种空间理论，是一种跨学科的综合性"文学空间研究"视角。塔利认为，"文学作品能表征广义的社会空间，因而具有类似地图绘制的功能，这就是文学地图"[1]。它"以比喻的方式表征文本中的社会关系，以及个体或集体主体与更大的空间、社会、文化整体之间的关系"[2]。也就是说，"文学绘图"既可以勾勒一个作家完整的艺术世界，也可以审美地呈现一个民族国家的历史演变过程。意大利文学批评家弗朗科·莫瑞迪（Franco Moretti, 1950—）指出，文学绘图"提供了一个叙事宇宙的模型，该模型以一种非琐碎的方式重新排列它的组成部分，并可能令一些隐藏的模式显现出来"[3]。众所周知，任何城市从广义形式的神话感知层面都符合两种极地宇宙模型，即"理想城市"和"乌托邦岛"。[4]从地形符号学视角考察，莫斯科的"七座山丘一条河"的地形结构与圣城耶路撒冷的地形结构相吻合，具有"理想城市"的神话学意味，而从芬兰湾一片沼泽中建立起的彼得堡，则仿佛是俄罗斯辽阔疆土中的一块"飞

---

[1] Tally, "On Literary Cartography"，转引自方英：《文学绘图：文学空间研究与叙事学的重叠地带》，载于《外国文学研究》，2020年第2期，第41页。

[2] 同上。

[3] Moretti Franco. *Graps, Maps, Trees: Abstract Models for Literrary History* [M]. London: Verso, pp.53-54.

[4] См. Телегин С.М. Миф Москвы как выражение мифа России (по страницам книги *М.Н.Загоскина* 《Москва и москвичи》). Литературная в школе, 1997. № 5. С.5-21.

地",从建城之日起,就被赋予了"乌托邦岛"的色彩。当然,在俄罗斯历史的不同阶段,莫斯科的"理想城市"隐喻和彼得堡的"乌托邦岛"隐喻完全是异质的。三个世纪以来,俄罗斯现代化进程在莫斯科—彼得堡—莫斯科之间进行着漫长而迂回的"旅行",其历程贯穿彼得时代、苏联时代、后苏联时代及当下,其中有一种规律性的循环现象值得注意,即它的每一段进程都伴随着地理空间的挪移和城市景观的变化。也就是说,每当俄罗斯国家体制和政权发生更迭交替之时,地理空间的原有定义和城市景观的象征性就会发生强制性改变。俄罗斯文学的莫斯科文本与彼得堡文本正是沿着这条"旅行"路线图共同绘制了一幅全景式的文学地图,即俄罗斯从乡村到城市再到大都市的时空转向(历史转型),其中"蕴藏着引人入胜的集成性文化记忆和气象万千的学术意蕴"[1]。

一、从乡村到城市

从乡村到城市的转向,一直是关于俄国现代化进程的热点话题。19世纪,资本主义在俄国得到了长足的发展,它所带来的社会生活和意识形态方面的变化,有力地冲击了俄国宗法制乡村文化。从此整个俄罗斯民族从精神到物质,从心理到地理开始了现代化的"游牧迁徙"。英国学者雷蒙·威廉斯(Raymond Williams, 1921—1988)在其著名的《乡村与城市》一书中指出,"从乡村向城市的转化——从一个显著的农业社会向一个显著的工业社会的转化——都是变革性的,并且意义深远"[2],因为它们所实现的是人类从农业文明向工业文明的历史跨越。作为俄罗斯现代化进程的风向标,19世纪的莫斯科与彼得堡,尽管在日常生活和整体文化上都在努力效仿欧洲时尚,但是莫斯科与彼得堡以及整个俄罗斯国家都具有深刻的、本质上的"外省

---

[1] 郭方云:《文学地图》,载于《外国文学》,2015年第1期,第118页。
[2] [英]威廉斯:《乡村与城市》,韩子满、刘戈、徐珊珊译,北京:商务印书馆,2013年,第232页。

性"。俄罗斯民族国家的"外省性"被西方学者理解为"不真实"和"非正本"的城市化[1]，是它的"欠发达"的现代主义[2]的表征。通常，俄罗斯的文化节奏取决于莫斯科与彼得堡两个首都之间的对抗，即"交替地将首都的功能转移到其中一个城市，而另一个城市则成为'外省'"[3]。彼得堡在被褫夺了帝国职能之后，莫斯科也部分地丧失了"第三罗马"的地位以及相应的形而上学本质，正如意大利学者维托里奥·斯特拉达（Витторио Страда，1929—2018）所言，"莫斯科是唯一一个改变了国家中心地位的欧洲首都，其状态改变了先前特有的象征形象"[4]。在19世纪的俄罗斯文学中，相对于彼得堡所代表的俄罗斯"帝国形象"和欧洲现代化的"城市模板"，莫斯科形象则在"第二首都"和"外省"之间徘徊。文学中的莫斯科不仅看起来像一个"外省"城市，而且它还成为那个时代"'外省'文本的加工厂"[5]。因此，表现俄罗斯现代化进程从乡村向城市转型的文学主题，较为集中地反映在19世纪的彼得堡文本中。果戈理、冈察洛夫、陀思妥耶夫斯基等作家都在自己的创作中表现了这一主题，尤其是冈察洛夫的"彼得堡三部曲"可以作为表现俄国从乡村到城市这一历史性转折最具代表性的文学翘楚。从19世纪中叶到70年代，И.А.冈察洛夫（Иван Александрович Гончаров，1812—1891）连续创作了三部长篇小说，即《平凡的故事》(《Обыкновенная история》，亦译《彼得堡之恋》，1847)、《奥勃洛摩夫》(《Обломов》，1859)、《悬崖》(《Обрыв》，1869)，它们深刻地揭示了在俄国从宗法制农业文明向资本主

---

[1] Lounsbery A. *"No, This is not the provinces!": Provincialism, authenticity and russioness in Gogil's day* // Russia.— Standfort, 2005. Vol.64. pp.259-260.

[2] [美] 马歇尔·伯曼：《一切坚固的东西都烟消云散了——现代性体验》，徐大建、张辑译，北京：商务印书馆，2003年，第222—377页。

[3] Люсый А.П. Русская литература как система локальных текстов // Диссертация на искание ученной степени доктора филологических наук. Специальности 10.01.01. Русская литература. Москва. 2017. С.20.

[4] Страда В. Москва-Петербург-Москва // Лотмановский сборник (1). Издательство《ИЦ_Гарант》. Москва. 1995. С.504.

[5] Люсый А.П. Русская литература как система локальных текстов // Диссертация на искание ученной степени доктора филологических наук. Специальности 10.01.01. Русская литература. Москва. 2017. С.140.

义工业文明转型期间两种生活方式和价值的冲突，集中表现了俄罗斯文学城市文本中关于"乡村乌托邦和城市梦魇"的话语单元。马克思、恩格斯指出："资本主义使乡村屈服于城市，使城市人口大大增加起来，因而使很大一部分居民脱离了乡村生活的愚昧状态。正像它使乡村从属于城市一样，它使未开化和半开化的国家从属于文明的国家，使农民的民族从属于资产阶级的民族，使东方从属于西方。"[1] 从乡村向城市的转向尽管是历史的趋势，但是我们仍能从这个历史趋势中所发生的诸多"从属于"发现其中的代偿性损失。在这三部曲中，冈察洛夫塑造了形形色色的各类人物，这些人物的性格冲突、命运冲突不仅是个人的、人与人之间的矛盾冲突，更是他们所处时代的历史变迁、价值更迭的真实折射。作者通过笔下的主人公们所经历的城市诱惑、城市梦魇和向城市妥协的心路历程，完整地展示了俄国现代化进程中城市的胜利以及所付出的痛苦代价。

（一）城市诱惑

在俄国从乡村向城市的现代化进程中，彼得堡带着某种"欧洲的"、"帝国的"奇幻魅力几乎吸引了19世纪所有的俄国青年。《平凡的故事》（亦译为《彼得堡之恋》）的主人公庄园贵族子弟亚历山大·阿杜耶夫不满足于单调的乡村生活，格拉奇这块小天地令他感到压抑。对于彼得堡和都市生活，亚历山大充满好奇、有着超越一切的兴趣，冥冥之中他感觉到似乎有什么东西在强烈地吸引着他，于是决定离开故乡到彼得堡投奔叔父彼得。《奥勃洛摩夫》中的主人公奥勃洛摩夫是个贵族出身的十品文官，来彼得堡已有十年余。他家境富裕，有一份从父母那里继承来的祖业奥勃洛摩夫卡。他原本可以在乡下经营着自己的田庄，过着衣食无忧的地主生活，但是当年他对彼得堡充满向往，准备去那里干一番事业。《悬崖》中的主人公莱斯基，出

---

[1] 马克思、恩格斯：《共产党宣言》，见《马克思恩格斯选集》（第一卷），中央编译局译，北京：人民出版社，1972年，第255页。

生于外省贵族家庭，童年失去双亲，在远方的祖母塔吉雅娜·玛尔科芙娜家里长大，祖母替莱斯基打理着其父母留给他的产业马陵诺夫卡庄园。按照祖母和监护人表叔给他的人生规划，他先是在莫斯科上了大学，然后到彼得堡当了士官生，接着又在官场做了十品文官。然而在仕途和个人兴趣之间，莱斯基更倾心于后者。彼得堡满足了他对文学艺术的追求，他弹钢琴、学画画并尝试文学创作。他喜欢彼得堡的生活方式并很快融入其中，跟同伴们赛马、快乐地野餐、与贵族女子谈恋爱，整天混迹于彼得堡上流社会的纨绔子弟中间，沉醉于都市的光晕里。然而，冈察洛夫的主人公们对彼得堡的向往很快在现实面前遭遇了不同形式的挫败。

（二）城市梦魇

离开田园生活走进彼得堡城市舞台的亚历山大并不开心。首先给他带来困惑和压抑的是叔父彼得。彼得·阿杜耶夫是一个典型的新型资本家形象，他所代表的是19世纪40年代在俄国现代化进程中刚刚崛起的一个社会阶层。彼得在彼得堡生活了十七年，已经成为地道的"城里人"。他不但有着"三等文官"的头衔，还是一位"精明能干的生意人"。彼得的冷漠接待对于满怀热忱、期待宗族亲情的亚历山大好似迎头泼来的冷水。彼得堡的喧嚣和忙碌给亚历山大留下了非常不愉快的印象，他开始怀念家乡的旖旎风光和缓慢恬静的生活。家乡"可以嗅到自由的空气……到处是宁静、悠闲、散淡……而在这里呢……多么烦闷呀！"[1] 初来乍到彼得堡，亚历山大身上还保持着宗法制文明所遗留下来的那份纯真，认为"友谊乃是第二神明"、相信"友谊和爱情"是永世不渝[2]。然而，他的善良单纯、不计回报的处事态度使他在功利算计的彼得堡处处碰壁，叔父彼得教导他要丢掉不切实际的幻想，一切要从利益方面有所"盘算"，尤其是叔父向他传授的关于人生、

---

[1] [俄] 冈察洛夫：《彼得堡之恋》，张耳译，北京：中国友谊出版公司，2015年，第40页。
[2] 同上书，第48、45页。

爱情的人生经验、关于文学和艺术的"新观点"让他感到惊愕和挫败。在经历了彼得堡少女娜坚卡的移情别恋之后，他体会到了彼得堡"爱情"的势利滋味。此时，彼得堡的一切仿佛是一场噩梦，激起了亚历山大"激动着的忌妒情绪和无法应付的欲望"[1]，他最终决定放弃城市里的一切返回家乡格里奇庄园。

相对于亚历山大因挫败而返回故里，奥勃洛摩夫在彼得堡所经历的"挫败体验"更加强烈，几乎使他全面"瘫痪"。奥勃洛摩夫在地方上长大，二十年间接触的是故乡温馨的风土人情，宗法制家庭伦理已注入他的血脉。他一度误把官场视作宗法家庭，幻想上司有如慈父，同僚亲如手足，但是官场的残酷使不谙世事的奥勃洛摩夫既沮丧又恐惧。十几年过去了他却一事无成，索性退职蜷缩在租住的大宅里。在奥勃洛摩夫的"挫败体验"里，除了贵族教养所带来的人格缺陷外，还有他对"彼得堡逻辑"的无力感。实际上奥勃洛摩夫在经历了官场挫败、周遭世界的世故趋利的体验后，他对彼得堡的本质已有了清醒的认知。他身在彼得堡，但"并不喜欢彼得堡的生活"，认为那里"没有中心，没有任何深刻的、切中要害的东西"。[2] 人们"争先恐后地奔走，都是卑污的七情六欲在作怪，尤其是贪欲，造谣中伤，搬弄是非，暗中作梗"，"那不是生活而是违背常理"。[3] 原本对彼得堡大失所望的奥勃洛摩夫对于爱情也并无热情，但是贵族少女奥莉加所吟唱的"圣洁女神"之歌唤起了他心中对于美好爱情的渴望。然而，奥勃洛摩夫与奥莉加在本质上属于不同世界的人：一个沉湎于田园理想，另一个则向往都市文明。他们彼此之间在精神上是疏离的，因此，他们必然在"分手以前实际上已经分手"[4]。奥勃洛摩夫的懒惰和幻想，可以归结为贵族庄园文化对于人格构建

1　[俄] 冈察洛夫：《彼得堡之恋》，张耳译，北京：中国友谊出版公司，2015年，第322页。
2　[俄] 冈察洛夫：《奥勃洛莫夫》，陈馥译，北京：人民文学出版社，2008年，第185页。
3　同上书，第184、187页。
4　同上书，第459页。

的缺陷，但更大程度上属于奥勃洛摩夫在都市文明及其整个价值体系面前的惊恐和逃避，既是束手无策，也是全面拒绝。因此，他的朋友施托尔茨的任何"召唤"都必将失效，因为在精神实质上他们是对峙者。对于奥勃洛摩夫而言，"奥勃洛摩夫卡的梦"是他回不去的"田园乌托邦"，但是现实中的"奥勃洛摩夫卡"，他已在普舍尼岑夫人那里找到，因而他宁愿沉睡在维堡村的"奥勃洛摩夫卡"，拒绝进入城市生活。

相较于亚历山大和奥勃洛摩夫，莱斯基既不像亚历山大那样单纯，也没有奥勃洛摩夫的那份固执。莱斯基善于反省并很快厌倦了彼得堡醉生梦死的日子，于是退职回到自己的外省小城。然而他看到，无论是彼得堡还是外省，整个帝国都是消极的，就如马拉的车，有鞭子抽打，车就动弹，没有鞭子的抽打，车子就停滞不前。他看不惯彼得堡上流社会的做派，看不惯整个国家死气沉沉的样子，他很清楚这样的日子会毁掉俄罗斯、毁掉自己。然而，有着"多余人"气质的莱斯基，想在文学艺术上有所造诣，却又不刻苦不钻研，做任何事情都浅尝辄止，很容易将对文学艺术美的追求变为对现实中女性美的迷恋。回到外省小城，他被寡居的表妹苏菲亚的温柔和内敛所打动，想用新思想开导她，使其"激起火焰、生命和热情"[1]。但由于他的说教既前卫又空洞，因此遭到了保守的苏菲亚的讽刺："您是诗人，艺术家……非得有戏剧、创伤和呻吟不可。"[2] 被拒绝的莱斯基回到自己的庄园马陵诺夫卡。在那里，他先是倾慕表妹玛芬卡并向后者宣传恋爱自由的思想，被祖母阻拦后又暗恋上性格独立又美貌的表妹薇拉，苦苦追求而不得，因为薇拉感觉莱斯基只会夸夸其谈，是一个"聪明的废人"。从彼得堡到外省小城，再到马陵诺夫卡，莱斯基"几乎都在'崇拜美'之中度过"[3]。莱斯基虽然对新的思想意识有向往、有期待，但并不完全理解它们。他跨到了新世界的岸

---

[1] [俄]冈察洛夫：《悬崖》（上），翁文达译，上海：上海译文出版社，1983年，第140页。
[2] 同上书，第42页。
[3] [俄]冈察洛夫：《悬崖》（下），翁文达译，上海：上海译文出版社，1983年，第530页。

边，但是还没有上岸。因为"即使他没有像奥勃洛摩夫那样沉睡，最多也只是刚刚醒来——暂时还只知道该怎么做，可是又不去做"[1]。

（三）向城市妥协

返回格拉奇庄园的亚历山大渐渐地对平静单调的生活产生了厌倦，"他开始思索这种新的烦恼的原因，他发现自己是因为思念彼得堡而烦恼"[2]，于是他准备采取行动摆脱烦恼。他要到彼得堡干一番事业，要做得比叔父彼得还要成功。在给婶母的信中，他明确地表达了自己想融入彼得堡生活，成为"城里人"的决心："到您那去的已不再是一个乖僻的人，不是一个空想家，不是一个悲观失望者，不是一个乡巴佬，而是一个普通人，这样的普通人在彼得堡多得很，我早该成为那样的人了。"[3]在给叔父的信中，他反省了自己当年思想和行为的幼稚，全面接受了叔父的价值观。在小说的结尾，他已全身融入彼得堡的生活。在重返彼得堡的四年之后，他终于成为一个"仕途顺利、财运亨通……一下子全有了！全到手了"[4]的彼得堡人。他的蜕变意味着俄国的现代化进程中城市的最终胜利，是宗法制文明对资本主义文明的妥协。

无独有偶，回到马陵诺夫卡的莱斯基很快就感觉到外省生活的停滞："像坟墓一样"[5]，他甚至感觉到外省生活与彼得堡生活的惊人相似："在晴朗的天空下……全都在沉睡，昏迷不醒地沉睡！"[6]他"突然感觉到了在彼得堡时苦恼过的那种病的症状"，"他开始感到无聊。往后，摆在他面前的，是漫长的白昼，连同昨天和前天的那些印象和感觉"。[7]于是他决定重返城市。

---

[1] [俄] 冈察洛夫：《迟做总比不做好》，见[俄] 冈察洛夫、屠格涅夫、陀思妥耶夫斯基、柯罗连科：《文学论文选》，冯春选编，上海：上海译文出版社，1997年，第67页。

[2] [俄] 冈察洛夫：《彼得堡之恋》，张耳译，北京：中国友谊出版公司，2015年，第325页。

[3] 同上书，第327页。

[4] 同上书，第351页。

[5] [俄] 冈察洛夫：《悬崖》（上），翁文达译，上海：上海译文出版社，1983年，第241页。

[6] 同上书，第242页。

[7] 同上书，第375页。

耐人寻味的是，莱斯基只在彼得堡做短暂停留，然后前往意大利学习雕塑。因为相对于"欠发达"的彼得堡，作为欧洲文化历史名城的意大利，更能暗示出莱斯基的成长与诉求。

在"彼得堡三部曲"中，冈察洛夫并没有简单地将乡村理想化，也没有将城市妖魔化。作家所展示的矛盾代表了那个时代整个俄国从乡村向城市转型期间的所有困惑。他既从旧生活中看到"有某些东西是正确的，富有生命力的，是那么坚实而非虚幻的，这些东西可以依靠，值得喜爱"[1]；同时他也清醒地意识到俄罗斯民族性格中的"惰性"和"幻想"成分，是阻碍俄罗斯社会转型的原始痼疾，因此塑造了实干家杜新的形象，作为俄罗斯"可靠的'未来'"[2]。然而，新生活虽然充满活力，积极进取、理性务实，但是它的价值系统也将造就出功利算计、自私冷漠的人格，就像亚历山大的蜕变，这或许就是俄国从乡村向城市转变时期的历史代价。

二、从外省到大都市

整个19世纪，俄国在完成了从乡村向城市的转型之后，文学中的"田园乌托邦"理想逐渐幻灭，而"城市梦魇"依然在延续。正如马歇尔·伯曼所指出的那样，"从19世纪20年代一直到苏联时代，落后与欠发达所负载的苦痛在俄罗斯政治与文化中发挥着主要作用。其间的一百多年里，俄罗斯一直和各种各样的问题做全力以赴的扭斗"[3]。因此，在20世纪至21世纪的俄罗斯文学莫斯科文本与彼得堡文本中有关"都市文明和田园理想"的对话，就有了一种新的表达，即"外省与大都市"的对立。相对于"乡村乌托邦和城市梦魇"这一话语单元，在"外省与大都市"这两个对立的概念中，"外省"

---

1 [俄]冈察洛夫：《悬崖》（下），翁文达译，上海：上海译文出版社，1983年，第883页。
2 同上书，第984页。
3 [美]马歇尔·伯曼：《一切坚固的东西都烟消云散了——现代性体验》，徐大建、张辑译，北京：商务印书馆，2003年，第225页。

的语义色彩完全是负面的，它是贫穷、落后、封闭的代名词，是旧文化传统"糟粕"的聚集地，是相对于中心的"外围"；而"大都市"则被誉为"神圣的中心"，是新的生活方式、新的价值体系的立法场所。俄罗斯学者 А.П. 琉森指出："俄罗斯文化最深刻的原型之一是大都市游牧民族，渴望在急剧的历史转折中将首都（大本营）搬到一个新的地方，甚至通过重新创建的方式创建地方本身。"[1] 1918年，布尔什维克政府将首都迁回莫斯科并在古老首都的"废墟"上开始建立"共产主义的模范城市"。国家战略重心向莫斯科的转移使彼得堡—列宁格勒失去了彼得改革以来的帝都荣耀，其地位几乎与外省城市相差无几。向红色首都莫斯科的进军成为苏联时代青年人的梦想。比如 А.П. 普拉东诺夫（Андрей Платонович Платонов, 1899—1951）的《幸福的莫斯科娃》（《Счастливая Москва》，1936）中的主人公莫斯科娃·切斯特诺娃。这位从彼得格勒来到莫斯科的孤儿，就是要在这里寻找幸福，"寻找通往自己未来的道路和快乐而拥挤的人群"，"过上敞亮而蒸蒸日上的日子"。[2] 然而，她所经历的依然是"外省女性"到首都城市的遭遇。在她的个人生活中，并没有出现在黑暗中拿着火把照亮她生活的人，却收获了一系列痛苦的爱情体验。莫斯科娃·切斯特诺娃的经历代表了苏联时代大部分外省人到首都后的命运。此时，外省已失去"田园牧歌"的浪漫光环，而莫斯科的林荫道和摩天大楼也没能使"外省人"感到幸福。城市工业景观、各种缩写名称、高层新建筑和旧莫斯科遗迹的对比构成了这一时期莫斯科文本的都市美学。城乡对立、住房紧张等城市问题使文学中的莫斯科形象逐渐丧失了"红色乌托邦"色彩。这也正是莫斯科文本"祛乌托邦化"现象日趋强烈的主要原因。同时，彼得堡—列宁格勒也逐渐变成了一座被封闭和自我封闭的"文化孤岛"。"白银时代"的诗人们、文学团体"谢拉皮翁兄弟"和后来的"列

---

[1] *Люсый А.П.* Русская литература как система локальных текстов // Диссертация на искание ученной степени доктора филологических наук. Специальности 10.01.01. Русская литература. Москва. 2017. C.180.

[2] *Андрей Платонов*. Избранное.: Издательство: "Гудья-Пресс", 1999. C.8.

宁格勒集团"的作家们在彼得堡文本和列宁格勒文本的背景下不断地续写着这座城市"文化的创伤"[1]。尽管在列宁格勒文本的"围困"版本中，列宁格勒短暂地赢得了"英雄城市"的美誉，但是在整个苏联时代，作为"外省"城市的彼得堡—列宁格勒一直处在被孤立和排斥的地位，这种境遇使它形成了自己特有的文化氛围，即文化的波希米亚化、文学的精英化、知识分子的反官场化。这种文化氛围的精神品格从某种意义上说是延续了19世纪的"彼得堡传统"。关于彼得堡—列宁格勒文化的波希米亚风格，作家 A.B. 维亚里采夫（Александр Викторович Вяльцев, 1962—）在其小说《单程旅行。过往的神话化经验》（《Путешествия в одну сторону. Опыт мифологизации прошлого》, 2001）中有过生动的描述："与莫斯科不同"，彼得堡不承认世俗的等级关系，"这里的文学、艺术、戏剧是一个波希米亚式的圈子"。彼得堡人"总是坐在图书馆里读书，在展览馆里闲逛，周游全国，到处传播和寻求文化"。即便是那些无家可归的流浪汉们，也大多是"读书、画画、写剧本的人。他们在极端贫困中以难以理解的方式生活在一起……彼得堡通常以贫困和谦虚为特征"[2]。以赛亚·伯林（Isaiah Berin, 1909—1997）在随笔《访问列宁格勒》中也以自己的亲身体验佐证了彼得堡—列宁格勒文化氛围的上述特征："列宁格勒有太多的伤心事，伤害着这座城市的自尊，一座曾经威严堂皇、笑傲四方的古老帝都，如今却被那些莫斯科的新贵们看作是过气的老古董，而它也只能以极其尖利但底气又不那么足的轻蔑加以回应。人们看起来比莫斯科要穷，过得也不好；我见到的作家看起来也不怎么富有，他们的表情和语气一般比他们的莫斯科同行显得更为悲观，也更绅士、更絮叨。"[3]
随着城市的更名，城市物象也有所改变。列宁格勒的现实激起了一种特殊的

---

[1] *Липовецкий М.* Трансформации (пост) модернистского дискурса в культуре 1920-2000-х годов // М., 2008. С.103.

[2] *Вяльцев А.В.* Путешествия в одну сторону. Опыт мифологизации прошлого. Звезда. 2001. № 6. С.70.

[3] [英]以赛亚·伯林：《苏联的心灵》，潘永强、刘北成译，南京：译林出版社，2010年，第30—31页。

怀旧情绪。在列宁格勒文本里，尽管街道、广场、宫殿和桥梁被赋予了新名称，但它们却掩盖不了过往作为帝都的彼得堡底色。列宁格勒也因此被贬斥为"彼得大帝的坟墓"，是一座毫无生机的储存旧时代老古董的"博物馆"之城。相对于莫斯科文化总体氛围的官方化，苏联时代的彼得堡—列宁格勒文化显现出一种"亚文化"症候。它的"文化孤岛"地位在某种意义上保存了俄罗斯文化传统并填补了莫斯科在建设"模范城市"过程中由于历史缺陷所造成的文化真空。正如小说《单程旅行。过往神话化的经验》中的叙述者（莫斯科人）所说，"彼得堡是俄罗斯的代表，它蔑视商业主义，重视精神价值。保存、封存过往的文化遗产，为它服务是彼得堡正常的、自然的状态（与走上西方主义道路的莫斯科人相反）"[1]。

苏联解体前后至21世纪以来，俄罗斯的现代化进程已迈进大都市主义时代。从20世纪末至21世纪前20年陆续建成的"莫斯科—大都市"（"Москва-Сити"）金融中心和"阿菲莫尔—大都市"（"Афимолл-Сити"）商业娱乐中心巨大的摩天大楼建筑群鳞次栉比地矗立在莫斯科的普雷斯尼亚河岸区（Пресненская набережная），它们以形态各异的后现代建筑及其玻璃幕墙的蓝色反光改变了拥有着"四十座"教堂群的"金顶莫斯科"的容颜，成为后现代莫斯科空间的显著标志。仿佛是一种轮回的宿命，在这个阶段莫斯科获得了如彼得堡在19世纪拥有的"帝国"光环，成为具有"帝国幻觉"的国际大都市，它吸引着来自四面八方的俄罗斯人到此掘金，实现职业梦想。因此，新一轮的都市诱惑、都市孤独和异化被重新演绎。当然，其中，不仅有着人们对大都市单向的"趋之若鹜"，也发生着逆向的"逃离"。

（一）大都市诱惑："以头撞墙"也要留在莫斯科

外省的经济萧条和封闭落后使来到莫斯科的外省人，即便在莫斯科混得不好，也不愿意回去。一来他们认为莫斯科有更多的职业机会和施展

---

[1] Вяльцев А.В. Путешествия в одну сторону. Опыт мифологизации прошлого. Звезда. 2001. № 6. C.80.

个人才华的平台，二来莫斯科的都市氛围使他们欲罢不能。在Е.И.涅克拉索娃（Евгения Игоревна Некрасова, 1985—）的《不幸的莫斯科娃》（《Несчастливая Москва》, 2017）中，来自莫斯科州的29岁单身女青年妮娜，租住在三环边上的一间公寓里，她居住的地方需要用谷歌地图放大好多倍才能找到，即便如此她也全身心地爱着这座城市，只要一离开莫斯科回到亲戚那里她就会感到不安，然后闭上眼睛回味莫斯科的种种：新阿尔巴特街上碎银般的璀璨灯光、清澈池塘相互映照的倒影、帕特里克节微醺的快乐、高耸入云的斯大林式的摩天大楼、曼彻斯特化的希特洛夫地区、像旋转木马一样转来转去的花园环线地铁、莫斯科河边的咖啡馆、高尔基文化公园的草坪……[1] 然而，若想把大都市的一切资源据为己有，非有"成功"的秘籍不可。О.А.斯拉夫尼科娃（Ольга Александровна Славникова, 1957—）的《脑残》（《Легкая голова》, 2010）中的主人公马克西姆·Т.叶尔马科夫，就是一位成功的"外省人"，他正在莫斯科一家大型公司里谋求仕途，"集中精力要在花园环线以内买房子"[2]。 在"由陀思妥耶夫斯基提出的俄罗斯困境——世界毁灭或我不喝茶"之间——他明确地选择喝茶，因为"选择喝茶意味着选择自由"。现在他已"为自己的自由做好了充分的准备，这使他与数百万没有为自由做好准备，甚至完全不适应的同胞区别开来"[3]。大凡来到莫斯科的外省人都不喜欢与自己的同乡过从甚密，因为他们想从一张白纸上描绘自己的新生活。而马克西姆的成功之道恰恰是切断与家乡的一切联系变成冷酷无情的人，冷酷和投机钻营是在莫斯科成功的法宝。与马克西姆不同，作为女性，他的同乡玛琳卡的成功秘籍则在于利用性别和容貌优势。在城市选美大赛中以美貌征服了首都之后，玛琳卡便利用这个"资本"周旋

---

[1] *Некрасова Е.И.* Несчастливая Москва. Создано в интеллектуальной издательской системе. «Ridero».-M.: 2017. С.1.

[2] *Славникова О.А.* Легкая голова. *О.А. Славникова* — «Издательство АСТ», 2011. С.5.

[3] Там же. С.5.

于莫斯科的各种"大腕"人物之间,甚至想通过嫁给有名望的"老头儿"来获取莫斯科人的身份,期待尽快成为一个拥有高贵夫姓的、富有的莫斯科寡妇。"在莫斯科,玛琳卡取得了成功,几乎扯掉了她那带有克拉斯诺格列夫斯克破布般的外省表皮,随着时间的推移,首都正将它磨碎。"[1]然而,美貌的"外省人"玛琳卡只能作为莫斯科有权势男人的"调味剂"、玩物,她的真实身份不过是一个混迹于莫斯科的外省妓女而已。玛琳卡的命运,揭示了首都居民与外省人的尖锐对立——玛琳卡纵然以自己悲壮的"英雄主义"——以头撞墙,并"在上面留下结块的血"也未能撞开那堵把富裕的莫斯科与大量涌进的外省人隔离开来的墙。"莫斯科是一块被数以百万人群凝铸的巨大的石块、混凝土、金属,——对于玛琳卡来说,它从玛琳卡那里夺走了她的物质自主权使她几乎成为不存在的部分。"[2]玛琳卡的命运揭示了外省女性的大都市生存困境:如果本身没有家庭背景和资本资源,仅靠出卖身体和色相,在险象环生的莫斯科最终要付出生命的代价。

(二)大都市的孤独与异化

英国学者迈克·克朗(Michael A. Crang, 1969—)指出:"城市里的喧嚣忙碌使人激动也使人孤独。城市包含了双重特性:紧张的、碎片式的城市生活产生的孤独感,以及个人面对刺激和新奇的经历的急剧增加。"[3]在都市里,人们总会产生一种身在群体却与之疏离的孤独感。到处是拥挤且奔忙的人群,可是"在莫斯科娃看来,人们之间没有任何联系,困惑横亘在他们之间"[4]。在 Р.В. 先钦(Роман Валерьевич Сенчин, 1971—)的《莫斯科的阴影》(《Московские тени》, 2008)中,从塔甘罗格来到莫斯科的奥列格深有感触地说:"莫斯科是大都市,有几百万的人口,但是在这里交个朋友就

---

1 Славникова О.А. Легкая голова. О.А. Славникова — «Издательство АСТ», 2011. С.34.
2 Там же. С.34-35.
3 [英]迈克·克朗:《文化地理学》,杨淑华、宋慧敏译,南京:南京大学出版社,2005年,第49页。
4 Некрасова Е.И. Несчастливая Москва. Создано в интеллектуальной издательской системе. «Ridero». --М.: 2017. С.1.

太难了。"[1]大都市里小人物除了孤独也被这座城市所异化，变得面目不清，他们安于一隅，得过且过。大学毕业后留在莫斯科的业余作家马尔金对自己目前的状况非常满意："'总的来说，我混得还不错。其他不是莫斯科本地的同学，都想以某种方式留在这里，以某种方式竞争，有些人返回故乡，就听不到他们的音讯了'。马尔金找到了工作，尽管不是特别有钱途和前途，但几乎不需要做任何事情；杂志上偶尔发表了他的短篇小说，但也没那么显眼，稀松平常，没有引起评论家的注意。尽管如此他仍然希望到四十五岁之前，如果热情最终没有消失，能混上个'二流'作家。"[2]先钦笔下的人物大多是来自外省，是大都市里的"小人物"，他们怕失业、怕衰老、有着不幸的婚姻和住房的困扰，但即便如此，他们也不愿意离开莫斯科，因为"这是俄罗斯的一个真正的城市，其余的都是次要的附属物"[3]。这些面容不清的都市"小人物"每天或裹挟在地铁大军的洪流里或幽闭在交通瘫痪时的汽车空间里，早已被都市所异化，变得麻木、庸碌，失去了个人的印记，正如先钦在《莫斯科的阴影》的卷首语所引用的一段话："他们住在小格鲁吉亚街，屠夫街和列宁街，在猎手街、野蒜街、梅德韦德科沃。他们有很多人，但是却惊人的孤独，他们不断变化，一代又一代，一切依然像从前一样——无声无息，没有色彩，无名无姓。像阴影一样。那些开朗而兴高采烈地来到这里的人们，怀着摆脱阴影存在的热望，却也惊人地迅速丧失了姓名、颜色和声音，变成阴影。"[4]

相对于19世纪彼得堡的"小人物"，21世纪的莫斯科的"外省人"同样拥有着"小人物"的面容。与之不同的是，他们的精神层次更"单向度"、目标更明确，为了留在大都市实现自己的职业梦想，他们必须不择手

---

[1] Сенчин Р. В.Московские тени. *Р.В. Сенчин* — «Автор», 2009. С.168.
[2] Там же. С.32.
[3] Там же. С.165.
[4] Там же. С.1.

段、"以头撞墙"才能撕下"外省人"的标签,从而在莫斯科赢得"尊严"和生存空间。都市异化,使他们变得冷漠自私并充满戾气,除了拜金逐利,别无信仰。

(三)逃离莫斯科,寻找精神城池

然而,当人们像洪水一样涌进莫斯科的时候,也有人试图挣脱这块魔幻之地,做着"逆向"逃离。在 C.A. 沙尔古诺夫(Сергей Александрович Шаргунов, 1980—)的《没有照片的书》(《Книга без фотографий》,2011)中,自传性主人公沙尔古诺夫就是这样的"都市逃亡者"。沙尔古诺夫出生于教堂神职人员家庭,在苏联时代度过了自己的童年。那是一个"摄影受到高度评价的时代"。人们在暗室里冲洗胶卷引起了孩子们的羡慕和敬畏,因此他从小便迷上了摄影。在莫斯科大学新闻系做了几年的"黄金青年"之后,他便陷入找工作、失业、结婚和离婚的命运怪圈里。他有信仰、有抱负,曾把莫斯科作为自己职业生涯的宏伟目标。一次偶然他参与了"政治",参加了"为意志、为更好的运气而战"的暴动,这使他"栽了跟头"。绝望中,他将自己托付给命运,临危受命去发生战乱的地方采访。他先是去了被炸的格罗兹尼,紧接着去了交战的奥塞梯,最后又踏上了"被革命击败"的吉尔吉斯斯坦的土地……然而,这期间所拍摄的照片不是存储卡被损毁,就是由于当地习俗不允许拍照而没有留下影像资料。这使他无法向受委托的新闻单位交差。然而,在这个过程中,沙尔古诺夫看到了外省的凋敝和萧条,并找到了自己的信念的支持。因为他相信,自己也可以像被战争摧毁的城市一样,重新崛起。作为一名神职人员的后代,沙尔古诺夫自童年起就坚信莫斯科的神圣性,即便在苏联时代,他也坚信上帝是存在的。然而,在后苏联时代,他却不断地"逃离"莫斯科,因为在他看来,莫斯科虽然充满了"帝国幻觉",但那里缺少公平,人际冷漠,信仰遗失。相比之下,那些充满战乱和萧条的外省却能找到真情、看到希望。尽管记录那些珍贵瞬间的照片不存在了，但是那些不可多得的体验值得终生回味。"有时在我看来，所有丢失，不存在和未完成的照片都存储在某个地方。有一天它们会显露出来。也许，当无路可走时（在下一次战争中或在老年的病榻上），我会匆匆地且不动感情地翻阅这张我一生的专辑。然后，我将发现一些重要的秘密，惊愕地喘着粗气，使自己免于死亡。"[1] 与那些为了"职业生涯的宏伟目标"千方百计地留在莫斯科的外省人不同，沙尔古诺夫的诉求是"逆向"的，他是一个为寻找精神城池不断逃离莫斯科的人。他的生命哲学在于追求精神价值，从不会被物质所羁绊。尽管精神城池难以寻觅，但他已在路上。这个人物形象具有俄罗斯文学传统中的"大地的漫游者"的特征。

俄罗斯城市问题研究学者 В.И. 兹维亚金采夫和 М.А. 涅乌瓦扎耶娃指出，21世纪以来，由于城市人口的急剧增长使交通拥堵、住房紧张、就业困难、空气污染等一系列城市问题日益严重，当代俄罗斯从城市向乡村的"逆向移民"[2] 现象正在形成趋势。因而，沙尔古诺夫的《没有照片的书》中的"逆向"逃离现象并非凭空杜撰。值得注意的是，与欧美发达国家由于都市化程度较高所引发的"逆城市化"[3] 现象不同，在沙尔古诺夫的"逆向"逃离行为里蕴含着鲜明的"反都市化"（"анти-убарнизация"）意味。所谓"反都市化"，即反对城市化、拒绝城市生活方式及其与之相关的一切。这是一种消解中心化和弥散化的力量。然而，凋敝的乡村、落后的外省并不能成为"反都市化"逃离的一个驻足点，它们已无法还原"田园乌托邦"的久远梦境。因此，逃离大都市之后"向何处去"不仅是俄罗斯的世纪困惑，也是全球化大都市主义时代整个人类的困惑。

---

[1] Шаргунов С.А. Книга без фотографий. С.А.Шаргунов - «Альпина Диджитал», 2011. С.6.

[2] В.И. Звягинцев, М.А.Неуважаева. Переселенцы из города в сельскую местность:феномен «обратной миграции» в современной России.Мир России. 2015. № 1. С.108.

[3] "逆城市化"（Conter-urbanization），即由于城市化进程中各种社会功能向城市过度聚集，引发了聚集空间趋近饱和以及各种难以解决的城市问题，所以城市人口开始向郊区乃至乡村流动。"逆城市化"现象在20世纪70年代首先出现在欧美发达国家。"逆城市化"并不意味着城市化水平的降低，它反而推动了城市化更广泛地传播。——笔者注

美国学者爱德华·W.苏贾（Edward W.Soja）认为，"现代化是社会重构一种连续不断的过程，这种过程……对处于具体形式中的空间—时间—存在进行有意义的重构，这是现代性的本质和体验方面的一种变化，主要产生于生产方式的历史和地理的动态变化"[1]。从乡村到城市再到大都市，是俄罗斯文学莫斯科文本与彼得堡文本的全景式文学绘图，艺术地再现了俄罗斯现代化进程的时空转向和文化记忆，其中所演绎的家国命运、所刻印的历史年轮、所变换的城市景观和城市称谓、所勾勒的地理路线图都极具俄罗斯特色。它不仅是一幅俄罗斯民族现代性体验的认知地图，也是"俄罗斯命运"的历史事实，是"俄罗斯灵魂的地理学"[2]。

第二节　结构模式与空间叙事类型

原则上说，文学的城市文本属于地方性文本的一种。因此考察城市文本不仅要观照城市本身，还要将城市的地理形象与空间思维结合起来。美国著名的地理学家段义孚（Yi-Fu Tuan, 1930—）在其《空间与地方：经验的视角》中指出："'空间'（space）与'地方'（place）是人们熟知的表示共同经验的词语。……地方意味着安全，空间意味着自由。"[3]也就是说，"空间"具有流动性，而"地方"则具有稳定性。"空间"是"地方"的地理表征，而"地方"则隐含着"家园"的空间性。"空间"与"地方"的这种辩证依存关系，要求文学文本建立一种内在的结构模式，就如同迈克·克朗在《文化地理学》中所言，可在文学文本与地理之间构建一种家园感，无

---

[1] [美] 爱德华·W.苏贾：《后现代地理学：重申批判社会理论中的空间》，王文斌译，北京：商务印书馆，2004年，第42页。

[2] Люсый А.П. Русская литература как система локальных текстов. // Диссертация на искание ученной степени доктора филологических наук. Специальности 10.01.01. Русская литература. Москва. 2017. C.190.

[3] [美]段义孚：《空间与地方：经验的视角》，王志标译，北京：中国人民大学出版社，2017年，第1页。

论是失落的家园，还是回归的家园[1]。如此一来，我们发现在俄罗斯文学莫斯科文本和彼得堡文本之间的确存在一种从空间到地方，抑或反之的结构模式。

一、结构模式：从 A 到 B，或从 B 到 A 的"旅行"

作为两个相互依存和对话的莫斯科文本与彼得堡文本，在继承中世纪俄罗斯文学的"漫游"（хождение）体裁（比如，12 世纪的丹尼尔神父的朝圣《漫游》（《Хождение》игумена Даниила, 1104—1106）、15 世纪的阿法纳西·尼基金（Афанасий Никитин, 1433—1475）的《三海旅行记》（《Хождение за три моря》, 1475）和欧洲 18 世纪兴起的"游记"（путешествие））体裁的基础上，从前文本阶段就构建了其内在的结构特征，即莫斯科与彼得堡的对话。它们以"从 A 到 B，或从 B 到 A"旅行的结构模式[2] 开创了俄罗斯文学艺术地阐释俄罗斯思想的"莫斯科与彼得堡"问题的文本范例。这种结构模式，凸显了莫斯科与彼得堡的地理形象，展现了两座城市不同的文化属性和精神品格，使主人公的旅行线路或叙述者对两个端点的比较蕴含着一种强大的文学隐喻。在 A 与 B 之间，无论哪一个为起点，哪一个为终点，都意味着从过往向未来的时间转换，抑或是从理想空间向现实空间的运动，反之亦然。其中空间的挪移、主体的观察和体验，以及"旅行"的起点和终点的"地方性"都充满了价值寓意。这样的文学文本，包括 A. 拉吉舍夫（Александр Радищев, 1749—1802）的《从彼得堡到莫斯科旅行记》（《Путешествие из Петербурга в Москву》, 1790）、А.С. 普希金（Александр Сергеевич Пушкин, 1799—1837）的《从莫斯科到彼得堡旅行记》（《Путешествие из Мосувы в Петербург》, 1833—1835）、

---

1 [英] 迈克·克朗：《文化地理学》，杨淑华、宋慧敏译，南京：南京大学出版社，2005 年，第 43 页。
2 傅星寰：《现代性视阈下俄罗斯思想的艺术阐释：俄罗斯文学五大题材研究》，长春：吉林人民出版社，2010 年，第 122 页。

А.И. 赫尔岑（Александр Иванович Герцен, 1812—1870）的《莫斯科与彼得堡》(《Москва и Петербург》, 1842)、А.А. 格里戈里耶夫（Аполлон Александрович Григорьев, 1822—1864）的《莫斯科与彼得堡：围观印象》(《Москва и Петербург: заметки зеваки》, 1847) 等等，不一而足。

（一）寻找精神家园

在搭建了对话平台的莫斯科文本与彼得堡文本的旅行结构中，其旅行的隐喻是"流浪"，因而在这样的结构里往往内涵着一个"俄罗斯大地的漫游者"的形象，即存在一个行动如"流浪"的主人公。流浪分为外在流浪和内在流浪[1]。外在流浪常与土地发生关联，是身体在地理空间的移动，属于身体流浪。内在流浪"表现为行为个体在无目的的漂泊中的一种心理状态和身份意识，这种漫游主要表现在精神层面上"[2]，因而是一种精神流浪。与本雅明的城市"游荡者"旨在观察不同，这些"流浪"的主人公们，无论是身体流浪，还是精神流浪，都被某种信念所牵引，旨在寻找"精神家园"。这种文本与地理形象相联系，试图建构一种使"家"得以回归的结构。

在Ф.М.陀思妥耶夫斯基创作的长篇小说《少年》(《Подросток》, 1875) 中，主人公阿尔卡基的成长正是在两座城市的"流浪"中实现的。从莫斯科到彼得堡，是阿尔卡基的"身体流浪"，意味着他从充满俄国宗法制文化陈腐气息的莫斯科向闪着耀眼光芒、充满诱惑的俄国现代化帝都的转移，在这个过程中他经历了享受现代文明的狂喜、被金钱诱惑的堕落直至精神幻灭的历程；而从彼得堡回归到莫斯科，则属于一种精神流浪。在阿尔卡基的人生最低谷时刻，是梦中莫斯科教堂的钟声和马卡尔的抚慰使他重获新生。马卡尔虽然出现在彼得堡，但他的精神实质则带有圣城莫斯科的属性。从彼得堡向莫斯科的"精神回归"挽救了阿尔卡基，使他找到了"遗失的家

---

[1] 傅星寰：《现代性视阈下俄罗斯思想的艺术阐释：俄罗斯文学五大题材研究》，长春：吉林人民出版社，2010年，第122页。

[2] 陈召荣：《流浪母题与西方文学经典阐释》，北京：中国社会科学出版社，2006年，第8页。

园"[1]。在这部小说里,莫斯科是主人公的"记忆场所",是"地方",是家园形象,尽管它并不理想,但仍然是有大地根基的家园。而彼得堡则是主人公所处的现实环境,是"空间",那里的一切都如旋风般地搅在一起,人们向着某个目标趋之若鹜却像无家可归的人一样生活。正如В.Г.别林斯基所言:"世界上没有哪座城市像在彼得堡那样,有那么多年轻的、中年的甚至是老年的无家可归者,没有哪个地方像彼得堡那样,定居的和有家室的人与无家可归的人是如此相似。在这方面,彼得堡是莫斯科的对峙者。"[2]

在以彼得堡为文学创生场的陀氏创作中,这是一部较为罕见的将莫斯科题材与彼得堡题材串联起来的作品。作为一部"独具特色的成长小说"[3],《少年》以第一人称的方式回溯了主人公阿尔卡基·马卡洛维奇·多尔戈鲁基自出生到二十岁之间的成长经历。这期间,贯穿着一个俄罗斯文学的传统主题,即"父与子"问题。也就是说,阿尔卡基的成长不仅在莫斯科与彼得堡时空展开,而且深受他的两位父亲的影响。他的生父——贵族安德烈·彼得洛维奇·韦尔西洛夫是40年代的俄罗斯知识分子,代表着"文明化的和绝望的,无所作为和怀疑主义",他的养父——马卡尔·伊万诺维奇·多尔戈鲁基则是一位朝圣者,代表着"正教基督徒",是其生父的"最高对立物"[4]。他们分别以各自所属的城市形而上学本质,影响并促进了阿尔卡基的成熟。阿尔卡基在法律上是马卡尔·伊万诺维奇的儿子,但实际上他是韦尔西洛夫的私生子。自出生起就被送到各处寄养的他,少年时代的大部分时光都是在莫斯科度过的。十岁那年,阿尔卡基才第一次与生父韦尔西洛夫见面。在观

---

[1] 罗丹:《在城市空间中的"成长"——以陀思妥耶夫斯基的〈少年〉为例》,辽宁师范大学,2018年,第7页。

[2] Белинский В.Г. Физиология Петербурга // Белинский В.Г. Собрание соченений: В 3-х тт. Под общ. Ред. Ф.М. Головенченко. Т. Ⅱ. М.: ОГИЗ, ГИХЛ, 1948. С.792.

[3] 曾思艺:《独具特色的成长小说——试论陀思妥耶夫斯基〈少年〉》,载于《俄罗斯文艺》,2011年第3期,第36—42页。

[4] [俄] 陀思妥耶夫斯基:《陀思妥耶夫斯基全集》(三十卷本),第16卷,第247页。转引自彭克巽:《陀思妥耶夫斯基小说艺术研究》,北京:北京大学出版社,2006年,第330页,注释③。

看格里鲍耶多夫的喜剧《聪明误》时，阿尔卡基被舞台上由韦尔西洛夫扮演的恰茨基角色所震撼。这个精神上的"孤儿"和"无家可归者"从未想过自己的生父是如此高贵且睿智，他感到自尊心的极大满足，于是把对父亲的感觉叠印在恰茨基的形象里："韦尔西洛夫的形象蒙蔽了少年，而在这个形象的背后，他遇见了恰茨基"，从此阿尔卡基"总是试图将他对一个活人、一个父亲的想法保持在文学的界限之内，同时又竭尽全力地试图打破书本形象的常规"。[1]

由于身份"低贱"，阿尔卡基在莫斯科的图沙尔寄宿中学受尽了侮辱和虐待。这段经历使他悟出了一个道理：获得平等和自由的保证需由金钱作为前提，因为金钱有"一种专横的势力……能让不平等成为平等"[2]。于是他产生了做大银行家的"思想"。阿尔卡基感到只有到彼得堡才有可能将这一"思想"付诸实施。为此他做了周密的规划并信誓旦旦地表示："到头来，即使我一无所有，即使我的算盘打错了，即使我垮了，完蛋了，我还是要一往无前。"[3]九年后，一个契机让阿尔卡基逃离莫斯科来到彼得堡投奔韦尔西洛夫。这是父子俩继莫斯科之后的第二次会面，但这次会面使双方都大失所望。在父子俩没有相见的几年里，韦尔西洛夫徘徊在西欧的"日内瓦思想"和俄罗斯东正教传统之间，因而在他的精神气质里有某种蹩脚的彼得堡属性，即一种幻灭的"俄罗斯欧洲人"气质。在阿尔卡基眼里，当年那个"笼罩着某种光辉，处处高人一头"的父亲已经潦倒成彼得堡的落魄贵族，是彻头彻尾的"逃离莫斯科后的恰茨基"；而在韦尔西洛夫看来，当年那个稚嫩、纯真的孩童也已蜕变成一个极端利己主义者，怀揣野心且充满戾气。他

---

[1] Неклюдов С. Перечитывая роман Достоевсккого《Подросток》// Ф.М.Достоевский. Сборник статей. Вологодская областная универсальная научная библиотека. URL:http://www.booksite.ru/fulltext/dos/toj/evs/kii/dostojevskii_f/sbor_star/71.htm

[2] [俄]陀思妥耶夫斯基：《少年》，臧仲伦译，上海：上海译文出版社，2015年，第100页。

[3] 同上书，第96页。

奉劝阿尔卡基除了"读读十诫","最好是什么也不做"[1]。韦尔西洛夫的"日内瓦思想"和"沉默即是洒脱"的抽象宏论不仅不能为阿尔卡基答疑解惑,反而加深了父子间的隔阂。但韦尔西洛夫并不明白在阿尔卡基怨尤的背后隐藏着他对于一个父亲和一座家园的渴求。

对韦尔西洛夫的失望使阿尔卡基个人奋斗的决心更加笃定,他打算以节衣缩食、积攒钱财的方式成为"罗特希尔德",但彼得堡的灯红酒绿很快使他迷失其中。赌场失意、被人诬陷和无意中卷入一桩案件的麻烦几乎使他陷入绝境。在彼得堡的失败,让阿尔卡基对这座笼罩在一片雾气中的帝都产生了怀疑:"当这迷雾一旦消散,升上天空,这整个发霉的、滑腻腻的城市会不会也跟着它一起消失不见呢,会不会跟这迷雾一起烟消云散呢?"[2]接二连三的打击使他大病一场,昏迷中他听到了一阵古老的教堂钟声。那钟声悠扬悦耳,给人一种欣悦又沉稳的力量。阿尔卡基感到那是来自图沙尔中学对面的尼古拉教堂的钟声。随着这钟声,阿尔卡基的意识开始复苏,莫斯科的一切便以教堂的圆顶、白桦树、鸽子、圣餐礼和妈妈的笑容渐次地在记忆中重现。

在阿尔卡基的人生低谷,情感与意志已处于"分裂"状态的韦尔西洛夫无力承担起父亲的责任,反倒是他的名义上的父亲——朝圣者马卡尔·伊万诺维奇抚慰了阿尔卡基的心灵。在马卡尔看来,尘世间的财富、权力往往使人沉沦并走向毁灭。因此为了避免这样的结局,人就要保持"好品相"[3]。马卡尔纠正了阿尔卡基对于财富和权力的看法并带来了有关家园的全新感觉。随着马卡尔的出现,阿尔卡基的"偶合家庭"开始聚集在一起,"形成了某

---

[1] [俄]陀思妥耶夫斯基:《少年》,臧仲伦译,上海:上海译文出版社,2015年,第243页。

[2] 同上书,第155页。

[3] "好品相"(благообразие)是本书的重要概念,曾屡次出现在本书和马卡尔的谈话中。它也是一个宗教概念:一个人不仅要外表美,还要内心美,融伦理因素和美学因素于一体,而主要是应当信仰上帝,皈依上帝,照上帝的旨意和教导办。——转引自[俄]陀思妥耶夫斯基:《少年》,臧仲伦译,上海:上海译文出版社,2015年,第431页注释①。

种类似'晚会'的聚会"¹。与韦尔西洛夫不同，马卡尔的精神气质属于圣城莫斯科——虔诚、朴实且包容。他以自己的存在，把混乱无序、无家可归变成了聚合的家园。他秉执基督的理想，让周遭的每一个人感受到爱的温暖。正是在马卡尔·伊万诺维奇的影响下，阿尔卡基发生了向原来的"思想"的对立面的转变。《少年》完美地将欧洲成长教育小说的结构模式"诱惑——出走——考验——迷茫——顿悟——失去天真——认识人生和自我"²与俄罗斯文学"漫游"与"旅行"体裁的结构模式相结合，表现了主人公寻找自我和精神家园的心路历程。在小说的结尾，"阿尔卡基与自己精神上的孤儿分道扬镳"³，告别了自己"无家可归者"的状态。阿尔卡基不仅在朝圣者马卡尔那里找到了"遗失的家园"，也从"多尔戈鲁基"的姓氏里领悟到自己与马卡尔在精神上的血缘关系——他们同属莫斯科城的奠基者尤里·多尔戈鲁基的后代。

（二）"游牧的难民"

20世纪下半叶，俄罗斯文学莫斯科文本与彼得堡文本的"旅行"结构模式，增添了复杂的意蕴。"旅行"主人公，不仅是"俄罗斯大地的漫游者"，更是后现代社会无家可归、"游牧的难民"。考虑到"精神流浪"的特质，在莫斯科文本与彼得堡文本中主人公们的"旅行"已不局限于A与B之间，更大的可能是从A或从B向想象的空间无限散射的意识漫游，他们仿佛是置身于城市"迷宫"的旅人，正在寻找出口。就如同在后现代主义作家叶罗费耶夫的史诗《从莫斯科到佩图什基》（《Москва-Петушки》，1970）中的主人公韦涅奇卡所说："人人都说克里姆林宫、克里姆林宫……可我一次也没见过……我…… 跑遍了整个城市——却一次也没有见过克里姆

---

1 [俄]陀思妥耶夫斯基：《少年》，臧仲伦译，上海：上海译文出版社，2015年，第447页。
2 李世卓：《美国成长小说的叙事结构及主要人物原型特征分析》，载于《内蒙古民族大学学报》，2005年第1期，第15页。
3 *Захаров В.Н.* Творчество как осознание Слова // Полное собрание сочинений Ф.М.Достоевского: В 18-ти тт.Т.10. Подросток .Примечания. М.: Воскресенье, 2004. С.443.

林宫。"¹ 克里姆林宫似有若无的诡异,既暗示了这座城市"看不见"的屏障与不确定性,也隐喻了韦涅奇卡的居无定所的"难民"处境。于是,韦涅奇卡借着"醉酒"实现了时空的转换,开始了从莫斯科到佩图什基的旅行。在韦涅奇卡看来,莫斯科不再是俄罗斯灵魂、俄罗斯信仰的象征,它已失却昔日"永恒之城"的神圣;而佩图什基则是一个"无论严冬盛夏茉莉花都常开不败,不管是白昼还是夜晚鸟儿的啁啾都不会沉寂的地方",它是与尘世相对的彼岸世界,因为"过了佩图什基,天地的界限就消失了"。² 从莫斯科到佩图什基的旅行意味着对绝对的、神性真理的积极探寻,返回永恒精神的彼岸家园。尽管从现实的视角出发,主人公韦涅奇卡从莫斯科到佩图什基的旅行不过是一次意识的漫游,而它的象征意义则是主人公从酒后的精神复活到清醒时的肉体死亡过程。根据法国后现代主义哲学家德勒兹(Gilles Louis Rene Deleuze, 1925—1995)和加塔利(Felix Guattari, 1930—1992)的"游牧"思想³,韦涅奇卡从莫斯科到佩图什基的旅行可视为一次难民的"游牧"历险,因为"通过游牧主义的棱镜,旅行的目的可以被视为抵抗存在的经验"⁴。一方面,韦涅奇卡借着"疯癫"的外部形态对官方智慧、官方"真理"进行解构;另一方面,他试图以"游牧的难民"身份逃离趋向集中、封闭、分成等级的官方世界,继而进入一个"平滑"(smooth space)、不是由意义的等级制决定的自由王国——"佩图什基",尽管他的抵抗最终以悲剧性的死亡而告终。这样的文学范例,在后苏联时代至21世纪的俄罗斯文学的莫斯科文本与彼得堡文本中多有呈现。

1　[俄]韦涅季克特·叶罗费耶夫:《从莫斯科到佩图什基》,张冰译,桂林:漓江出版社,2014年,第5页。

2　同上书,第47页。

3　[法]德勒兹、加塔利:《资本主义与精神分裂(卷2):千高原》,姜宇辉译,上海:上海书店出版社,2011年,第501—610页。

4　Замятин Д.Н. Постномадизм: Пространственный антропологии путешествий. Уральский исторический вестник. 2016. № 2(51). С.17.

二、莫斯科文本与彼得堡文本中的空间叙事类型

很久以来，对于城市题材文学的"现代性"问题习惯于以历史的线性叙事来阐释，而空间则"被当做是僵死的、刻板的、非辩证的和静止的东西"。[1]因为历史的线性叙事被认为是彰显了历史更迭和历史进步的趋向。因而文学的城市书写"被笼罩于一种时间性的万能叙事（master-narrative），笼罩于一种历史想象，而不是笼罩于一种可以比较的地理学想象"[2]之中。然而不可否认的是，人类的生存既是在时间（历史）中，也是在空间（地方）中，而且更鲜活、更能揭示人类存在的本体论意义正是在"当下"的时空里。换言之，现代性正隐藏在"深刻的'空间'定位"[3]之中。20世纪的"空间转向"，使人们开始关注被"历史决定论"遮蔽的空间问题。我们的目光重新聚焦城市文本，蓦然发现地理形象与空间叙事的共轭效应才是揭示"现代性"问题的最佳语境。在城市文本中，时间、空间和存在，缺少任何一维都不可能全面而深刻地表达人类的存在之感和审美之维。因此，一种能够超越传统地理学、透视文学的时间与空间以及人类存在的元地理学理论和一系列空间理论便是我们进入俄罗斯文学莫斯科文本与彼得堡文本的研究路径。何谓"元地理学"（метагеография）？俄罗斯当代著名人文地理学家Д.Н.扎米亚京（Дмитрий Николаевич Замятин, 1962—）指出："元地理学是……对各种地理空间进行形象化表达和研究的尝试，通过全球文化和文明进程的棱镜来分析和体验陆地空间。"[4]也就是说，它是研究"空间的形象与形象的空间"的一门学科。因为空间形象折叠着历史的褶皱，而形象的空间则书写历史的一页页篇章。

1　[美]爱德华·W.苏贾：《后现代地理学》，王文斌译，北京：商务印书馆，2007年，第15页。
2　同上。
3　同上书，第53页。
4　*Замятин Д.Н.* Метагеография пространство образы и образы пространства. Издательство《Аграф》. М.: 2004. С.1.

在俄罗斯历史文化中，莫斯科与彼得堡的"元地理学"意义，就是传统与现代、想象的东方和西方。几个世纪以来，因着两座城市独特的地理位置以及两座城市随着历史命运的交叉改变所生成的城市形象和城市神话，它们各自的城市形象里杂糅着不同的文化质性。正如 Д.Н. 扎米亚京指出："大多数地理形象具有成因的异质性（起源的异质性）特征。在这种情况下，在一定的地理空间中共存着不同的地理形象。"[1] 因此，从文学研究层面，我们的任务是打开历史褶皱，以不同的空间叙事展现莫斯科文本与彼得堡文本所含蕴的现代性思辨。[2]

（一）乡村与城市的对峙空间

在俄罗斯文学的莫斯科文本与彼得堡文本中，以空间叙事反映俄国现代化进程从乡村到城市的转移的作品不胜枚举，但我们还是以最为典型的 И.А. 冈察洛夫的"彼得堡三部曲"为例。三部曲中的每一部都存在彼得堡与外省的对峙空间，比如，在《平凡的故事》（《Обыкновенная история》，亦译为《彼得堡之恋》，1848）中，是彼得堡与格里奇庄园的对峙；在《奥勃洛摩夫》（《Обломов》，1859）中，是彼得堡与奥勃洛摩夫卡及维堡村的普舍尼岑夫人家的田园生活的对峙；在《悬崖》（《Обрыв》，1869）中，是彼得堡与外省小城和马陵诺夫卡庄园的对峙。值得注意的是，奥勃洛摩夫卡与格拉奇庄园的生活一样，充满了慢节奏的祥和和家庭生活的和谐。对于外面的世界，那里的人们既不了解，也不希望了解。相反，彼得堡的生活则日新月异地向前发展。在前两部小说中，主人公亚历山大·阿杜耶夫和伊利亚·伊里奇·奥勃洛摩夫都是从外省来到彼得堡的，而《悬崖》中的主人公莱斯基则很小就被送往莫斯科读书，之后又在彼得堡做士官生，在官场供职，因此，他是以半个彼得堡公民的身份来到祖业马陵诺夫卡庄园的。因此，对于马陵

---

[1] Замятин Д.Н. Метагеография пространство образы и образы пространства. Издательство 《Аграф》. М.: 2004.С.156.

[2] 由于篇幅所限，在此只能选取几种富有代表性的空间叙事类型。——笔者注

诺夫卡庄园而言，莱斯基是来自另一个世界的人，而不是返回家园的人。某种意义上说，莱斯基是一个出身外省，但在观念、意识和生活方式上都日趋城市化的彼得堡人，马陵诺夫卡于他而言是既亲近又疏离的，因此无论是对于外省还是彼得堡他都有一种拉开距离审视和反省的能力。与格里奇庄园，与奥勃洛摩夫卡和普舍尼岑夫人家的田园生活不同的是，马陵诺夫卡的世界是一个充满激情、痛苦和挣扎，不断更新、变化的世界，它真实地反映了19世纪后半叶在城市化进程中各种社会思潮和价值系统对于城市生活和外省生活的冲击和融合。冈察洛夫独具匠心地将城市与外省的对立、两种价值观的冲突与博弈，通过两种时空体——即外省田园时空体和彼得堡城市时空体并置，从而揭示乡村乌托邦的缺憾和城市梦魇不能回避的真实。

（二）城市中心与边缘的对峙

在俄罗斯的现代化进程中，彼得堡自建城伊始，便成为"尘世官方文化的象征与家园"[1]。彼得堡呈几何形的城市布局，是按照西方城市规划的模式，象征着秩序和理性。但是结合彼得堡的地形图以及城市的形而上学，这个地形图里存在着巨大的分裂：即城市中心与边缘的总体对峙形态，这包括彼得堡的虚幻与真实、个人与强权、专制与革命等不同的对峙空间。正如我们在此前所述，城市空间区位的主要功能在于表现城市的意识形态形象，这个形象浓缩在城市文本中至关重要的"城与人"的命题中。不同的空间区域，成为一定的社会阶层存在、感知世界并与之相互关系的隐喻。

1. 彼得堡的虚幻与真实空间

在19世纪的彼得堡文学地图上，俄罗斯文学中书写彼得堡文本的第一批作家——普希金、果戈理、陀思妥耶夫斯基就在自己的创作中表现出这座城市虚幻与真实的悖论，在这座城市气势宏伟壮观的建筑外表下隐藏着腐臭

---

[1] [美]马歇尔·伯曼：《一切坚固的东西都烟消云散了——现代性体验》，徐大建、张辑译，北京：商务印书馆，2003年，第229页。

蔓延的贫民窟。那是"文明的罩棚"和"外表的文明"[1]。

涅瓦大街是彼得堡的光耀,而干草市场及其周边的贫民窟、小阁楼、"地下室"则是彼得堡的疮疤。它们仿佛是一道泾渭分明的界线,将彼得堡的两种截然不同的生活样态撕裂开来。这是由阶级的分裂所造成的、显现在现代城市面容上的内在自我的分裂。涅瓦大街是彼得堡的虚幻,而干草市场以及周边的贫民窟、小阁楼和"地下室"才是彼得堡的真实。涅瓦大街的虚幻在于它街道两侧鳞次栉比的商店和琳琅满目的橱窗给人的"眩晕"感,在于它是一处魔幻的"自由空间",它仿佛是一座魔术舞台,只要踏进这个"布景"瞬间就可以化身为"临时演员",尽情地演绎现实中无法实现的人生角色。正如马歇尔·伯曼(Marshall Berman, 1940—2013)所说:"即使涅瓦大街给贫穷的职员施加了各种伤痛,它也是借以治愈这些伤痛的媒介。"[2]那些人生并不如意的小官吏、小职员们借着涅瓦大街的魔幻效应,用一副趾高气扬、不可一世的面具将自己的卑微、渺小和屈辱遮掩。于是,我们看到普希金笔下的戈尔曼凭借着风流倜傥的英俊外表在涅瓦大街上开始了自己的"冒险之旅",直至最后疯狂;果戈理笔下的八等文官柯瓦廖夫,在"鼻子"失而复得后惬意地闲逛在涅瓦大街上,重新找回了自己的"体面和尊严";陀思妥耶夫斯基笔下的小官吏戈略亚德金用租来的豪华马车假冒高贵的官员徜徉在涅瓦大街直到被同事发现才尴尬地"梦醒";"地下人"怀着乌托邦的幻想和渴望在涅瓦大街等待那位撞了他的官员为自己让路……在涅瓦大街上"欲望的深度和强烈程度扭曲了人们彼此间的感觉,扭曲了他们对自身的表白。自我与他人都在魔术似的光亮里放大了,但他们的宏大像墙壁上的身影一样,转瞬即逝,没有根基"[3],这一切正是尤里·洛特曼(Юрий

---

1 [美]马歇尔·伯曼:《一切坚固的东西都烟消云散了——现代性体验》,徐大建、张辑译,北京:商务印书馆,2003年,第230页。

2 同上书,第295页。

3 同上书,第258页。

Михайорвич Лотман, 1922—1993）所说的"彼得堡时空的戏剧性"。因此涅瓦大街是灯光璀璨的"台前",彼得堡的真实生活则在干草市场与周边的贫民窟、小阁楼和"地下室",那是彼得堡昏暗又杂乱无章的"幕后"。那里聚集着被抢了外套的阿尔卡基、失了业的马尔梅拉多夫、退了学又交不起房租的拉斯科尔尼科夫、因赤贫而卖身养家的少女索尼娅,以及孤僻、困顿的"地下人"等形形色色的社会底层人。彼得堡文本所描述的一幕幕人间悲喜剧,正源自这对比强烈、虚实相间的城市空间的怪诞逻辑。

2.彼得堡城市中心与边缘的对峙

如果说涅瓦大街与干草市场及其周边贫民窟、小阁楼、"地下室"的对峙是一种形而上的中心与边缘对峙,反映了彼得堡城市的真实与虚幻的戏剧性,那么彼得堡与瓦西里岛则是真实的城市中心与边缘的地理区划。在俄罗斯文学的彼得堡文本中,瓦西里岛一直是相对于城市中心的边缘地带,它与"中心"隔绝甚至对立。

在长诗《青铜骑士》(《Медный всадник》,1833）中,А.С.普希金借一场洪水给主人公叶甫盖尼及其情人巴拉莎一家所带来的悲剧命运,揭示了在瓦西里岛与彼得堡之间自然与文明的对立、个人与国家的对立。作家借"青铜骑士"雕像对彼得建城的反自然、反人类进行了批判。长诗中,主人公叶甫盖尼的形象里混合着既渺小又崇高、既平凡又英勇的特质。作为底层人,他不敢奢望更高的志向,唯一的人生追求便是爱情和家庭。当洪水夺走了他的所有希望时,叶甫盖尼来到彼得的广场冲着那尊高傲的青铜骑士怨愤地说道:"你这个奇迹的创造者!你等着瞧!"[1] 在这里,青铜骑士雕像不仅是彼得的纪念碑,而且是彼得一世以来沙皇俄国专制权力的象征。纪念碑中所体现的权力原则正是残酷帝王的人格延续。叶甫盖尼对于彼得的叛逆和

---

1 [俄]普希金:《普希金全集3·长诗 童话诗》,沈念驹、吴迪主编,余振、谷羽译,杭州:浙江文艺出版社,2012年,第465页。

愤怒使他保持了个人在精神上的高度，同时以自己的疯狂和毁灭拒绝接受彼得创建的世界。"洪水"灾难的形象将彼得的理想世界与彼得创造的现实世界相对立，后者被一片汪洋所毁灭，这正是彼得堡末世论神话的一种表征。《青铜骑士》中彼得堡与瓦西里岛的对立，反映了普希金关于彼得与人民、权力与人民、个人与强权等问题的深切思考，在人类丧失家园的世界图景下表达了"人是万物的尺度"的人道主义关怀。

20世纪初，A.别雷的《彼得堡》（《Петербург》，1913）以象征主义手法继续渲染着涅瓦大街的魔幻色彩，持续着彼得堡与瓦西里岛的空间对峙的话题。在1905年革命的背景下，代表专制极权的彼得堡的直线空间与代表革命与暴力的瓦西里耶夫岛的曲线空间充满对峙。一方面，工人阶级要在"由位于这座城市和国家中心的街道和宫殿所构成的世界上得到别人的承认"，而另一方面，帝国的政府及其官员们坚决抵制"这些幽灵从岛上进来"[1]。在《彼得堡》的象征主义叙事中，彼得堡与瓦西里岛的对峙不仅是专制与革命的对立，其中还隐含着东方与西方、"日耳曼主义"与"泛蒙古主义"、理性与疯狂等多层语义色彩。小说中的主要人物几乎都有着"蒙古人"的血统和面容。阿波罗·阿勃列乌霍夫"有着深远的蒙古血统"；他的儿子尼古拉居家的装束是一件布哈拉长衫配一顶瓜皮小帽；杜德金自觉内在着"恩弗朗希什"的本质；利潘琴科有着"令人生厌"的"蒙古人"面容。自彼得改革以来，俄国就将西方的理性主义奉为现代化进程的圭臬。西方的理性主义在俄国意味着"日耳曼主义"，它代表了世界的有序性、宇宙性及其对理性的服从。而"日耳曼主义"的对立面就是"蒙古主义"，它代表了非理性、野蛮和混乱。20世纪初，一种"泛蒙古主义"的恐惧弥漫在俄罗斯大地。《彼得堡》的情节发生的背景正与此相关。沙俄专制帝国的代言人阿

---

1 [美]马歇尔·伯曼：《一切坚固的东西都烟消云散了——现代性体验》，徐大建、张辑译，北京：商务印书馆，2003年，第339页。

波罗·阿勃列乌霍夫对"国家充满平面几何的爱",他喜欢自己的平行四边形的轿式马车,"喜欢笔直的大街"[1],对曲线不能容忍。他希望"被无数大街挤得紧紧的整个大地在遥遥无边的线形奔驰中因为垂直定理的作用而中断,成为一张由互相交织的直线构成的无边大网;希望这一条条纵横交叉的大街构成的大网会扩展成世界规模,那上面是无数个正方形和立方体"[2]。阿波罗不喜欢瓦西里岛,因为那里的居民都是"粗野的工人"[3]。岛上正酝酿着一场暴动,威胁着帝国的安全。在阿波罗身上反映出20世纪初的沙皇俄国专制体制的衰弱,以及这个体制既希望模拟西方的理性模式又无法抛弃专制的蒙昧主义的矛盾性。而居住在岛上的地下革命者杜德金则是"一个危险的、极富爆炸性的人物,混合了所有彼得堡革命者的传统和所有彼得堡'地下人'的传统"[4]。在杜德金看来,"彼得堡的大街和高楼把全部岛上的居民埋入地下室或顶层阁楼里",因此,他"恨透了彼得堡",希望以"炸弹"的方式铲除横亘在专制帝国与民众之间的铁幕。然而杜德金明确地感知自己来自"冰"的范畴,他为之奋斗的"共同的事业"把他与人群隔开了。

然而,在别雷看来,这场彼得堡与瓦西里岛的空间对峙意味着一场世界性的灾难。帝国试图以一种几何学的方式统治整个俄罗斯,其中的直线、立方体、正方形都包含着毁灭和死亡的种子,将伴随着混乱与崩溃。因此,从某种意义上讲,东方与西方、理性与疯狂、宇宙与混沌是边界模糊并可以相互转化的。别雷以彼得堡与瓦西里岛的空间对峙,警示着俄罗斯将面临一场克罗诺斯对宙斯的反抗,其结果就是"梦呓、无底深渊、炸弹"[5]。

---

1 [俄]安德烈·别雷:《彼得堡》,靳戈、杨光译,北京:作家出版社,1997年,第27、24页。
2 同上书,第26页。
3 同上。
4 [美]马歇尔·伯曼:《一切坚固的东西都烟消云散了——现代性体验》,徐大建、张辑译,北京:商务印书馆,2003年,第342页。
5 [俄]安德烈·别雷:《彼得堡》,靳戈、杨光译,北京:作家出版社,1997年,第360页。

3. 社会分层的"权力空间"

Ю.В. 特里丰诺夫被誉为 20 世纪苏联时代书写莫斯科的文学大师，他的一系列"莫斯科小说"，以独特的空间叙事，表达了他对于道德主题的思索。比如，在《滨河街公寓》(《Дом на набережной》，1976) 中他通过塑造格列勃夫从"斜屋"——"滨河街公寓"——等待"搬进新居"的空间挪移，揭示了这位市侩、个人野心家向上爬的过程。福柯认为，"一种完整的历史，需要描述诸种空间，因为各种空间在同时又是各种权利的历史。这种描述从地理政治的大策略到居住地的小战术"[1]。在特里丰诺夫笔下，那个矗立在莫斯科河右岸、克里姆林宫对面的灰色巨型楼群，被称作滨河街公寓。那是苏联官方城市规划的构成中心，集合了权力、财富和势力。可以说，在苏联时代，住进滨河街公寓是一种身份的象征，无数个莫斯科人都在觊觎着成为那里的居民，小说主人公格列勃夫正是他们中的一员。格列勃夫从小住在杰留金胡同一幢微微倾斜的简陋房屋里，那里"楼顶几处已经下沉，楼的正面用四根短石柱支撑"，从外形上看，它像一座"斜屋"。"斜屋"内部有昏暗的楼梯，楼道里飘着"煮白菜的味道"和"浓烈的煤油味"，浴室的隔板上"摆着各家的脸盆和澡盆"。这样的房子总是让格列勃夫感到腻味、寒酸，而更让他"气不忿"的是"斜屋"对面的那幢庞然大物总是在"早晨遮住阳光，傍晚从楼上倾泻出收音机里的人语和留声机里的音乐……"[2]那座高耸入云的大厦里的生活和属于自己的鸽子笼般的"斜屋"生活简直是天壤之别！滨河街公寓所拥有的威严气势、令人恐怖的体量和权力的光环让格列勃夫对它爱恨交加。"这意义重大的公寓，曾使他烦恼、欣喜和痛苦，曾像磁石一样吸引着他。"[3]

米歇尔·福柯（Michel Foucault, 1926—1984）指出："空间在任何形式

---

[1] [美] 爱德华·W. 苏贾：《后现代地理学》，王文斌译，北京：商务印书馆，2007 年，第 32 页。
[2] [苏] 尤里·特里丰诺夫：《滨河街公寓》，蓝英年译，上海：上海文艺出版社，2013 年，第 14 页。
[3] 同上书，第 55 页。

的公共生活中都极为重要，空间在任何的权力运作中也很重要。"[1]因为"空间是一种权力的象征，空间的塑造遵循着权力的逻辑，同时权力通过空间发挥作用。空间是权力的重要载体，空间是权力的'合法性'场域，空间位置、空间高差、空间尺度以及建筑设计等方面无不体现着社会权力的差异"。[2]在《滨河街公寓》里，滨河街公寓和杰留金胡同的"斜屋"正是社会权利差异和博弈的表征，它们各自的空间形象和空间本质对于揭示作品主题有着积极的意义。"斜屋"是格列勃夫的居住空间，其中的狭窄、阴暗和破败，是格列勃夫一家经济状况和社会地位的外化。同时，在滨河街公寓的衬托下，它也潜移默化地刺激着格列勃夫渴望宽敞、明亮与奢华，以及突破原有社会层级的野心。"斜屋"不仅象征着处境的寒酸和物质上的匮乏，也隐喻着格列勃夫内在精神的贫瘠，倾斜的房屋暗示了格列勃夫在道德上的倾斜和心理上的不平衡状态，它不仅象征着物质空间的逼仄、扭曲，更象征着人在精神上的残缺和病态。作为权力空间的代表，滨河街公寓无时无刻不牵动着格列勃夫的情绪，支配着他的行动，更见证着他的人生起伏。格列勃夫在滨河街公寓投射的巨大阴影下长大，"虚荣的红色烟雾笼罩着他的整个童年"[3]。因此，意欲摆脱阴影并在滨河街公寓占有一席之地的强烈愿望，就成为他所有行为的内在动机。那种想要跻身权力空间的强烈欲望，使他从小就学会了见风使舵、投机取巧，处心积虑地结交有权势的同学。他第一次进入那幢渴慕已久的灰色大楼便是受到因继父的特权而住在那里的同学廖夫卡·舒列普尼科夫的邀请。"他本心不愿意到大厦去"，因为电梯司机怀疑的眼神和傲慢的盘问让他不自在。但只要受到邀请，"他还是每次都去……因为那里不同寻常，具有诱惑力"。[4]廖夫卡家的豪华陈设、大厦电梯间混杂

---

1 [美]爱德华·W. 苏贾：《后现代地理学》，王文斌译，北京：商务印书馆，2007年，第29页。
2 袁超、李建华：《论权力空间化》，载于《湖南师范大学社会科学学报》，2014年第6期，第72页。
3 [苏]尤里·特里丰诺夫：《滨河街公寓》，蓝英年译，上海：上海文艺出版社，2013年，第38页。
4 同上书，第28页。

着的各种美味佳肴的气味令格列勃夫心驰神往。战后，格列勃夫上了大学。为了个人前途，他总是"装出一副道貌岸然的学者样子"接近甘丘克教授，假意追求教授的女儿索妮娅。尽管"索妮娅对他并没有多大吸引力"，但他深谙甘丘克教授"是有影响的人物……对他极为重要"。[1]于是，索妮娅就成了他通向教授的人梯。格列勃夫在布鲁斯科沃别墅通过占有索妮娅的身体实现了征服权力空间的第一步之后，成功进驻滨河街公寓。然而当甘丘克教授在学界倾轧中遭受重创，格列勃夫便显露出势利小人的嘴脸，趁机出卖甘丘克教授、抛弃索妮娅。他利用市侩手段左右逢源、步步高升，最后成为一名语言学博士、头戴光环的学者，正等待着"搬进新居"。他以征服"权力空间"的方式攫取权力并以此作为成功的证明。

特里丰诺夫以"滨河街公寓"与"斜屋"的空间对比，反映了社会贫富分化、某些特权阶层与普通民众的对立。正是这种强烈对比，使格列勃夫不惜以出卖良心、背信弃义来换取空间的转换、身份的提升，成为贪图物质享受、追求个人名利的市侩。在小说的结尾，特里丰诺夫并未对格列勃夫的行为给予道德评价，他只是不动声色地描述了几位与格列勃夫有过交集的书中人的生活变化或他们的空间轨迹。与格列勃夫的空间转换、步步高升达到权力巅峰不同，随着继父的仕途受挫，曾经的"黄金少年"廖夫卡的命运则一落千丈：从滨河街公寓搬出后，先是做了家具店的售货员，最后沦落为看墓地的门房；而索妮娅在遭到家庭变故、格列勃夫的背叛后抑郁成疾，在布鲁斯科沃别墅败落后葬身墓地；甘丘克教授最终成为学界倾轧的牺牲品，"被处理了"且搬离滨河街公寓"调往州立师范学院"[2]。特里丰诺夫试图通过形形色色的莫斯科人围绕着"权力空间"——滨河街公寓所上演的一幕幕人间悲喜剧来彰显他的"莫斯科书写"的道德探索主题[3]。

---

[1] [苏]尤里·特里丰诺夫：《滨河街公寓》，蓝英年译，上海：上海文艺出版社，2013年，第56页。
[2] 同上书，第162页。
[3] 周晓晨：《特里丰诺夫的"莫斯科书写"》，辽宁师范大学，2017年，第19页。

4. 规训与惩罚的空间

在 Т.Н. 托尔斯泰娅（Татьяна Никитична Толстая, 1951— ）的《野猫精》（《Кысь》, 2000）中，作者借一段诗行，即"莫斯科—普林斯顿—牛津—泰利岛—雅典—帕诺尔莫—费多尔—库兹米奇斯克—莫斯科"，深刻地揭示了莫斯科城在一个虚拟的地理时空中随着城市之名的演变而带来的城市本质异化的历史过程。在这一系列城市之名的变化中，"小说的时空被限定在一个循环的圈子里（'神秘的地理学'），它的中心是费多尔—库兹米奇斯克城"。[1] 费多尔—库兹米奇斯克城坐落在七个山丘上，周围是无边无际的原野，这是一个神秘莫测的社会。在这片土地上的两个对立的空间景观意象，即高高的"瞭望塔"和低矮的"小木屋"，形成了中心与边缘、监督和被监督的张力。"瞭望塔"高高地矗立在这片原野的中心，体现了它作为国家权力的居高临下的空间特质，即它是最高权力的象征，起着监督和震慑的作用。[2] 正如米歇尔·福柯在《规训与惩罚》中指出的那样，"完美的规训机构应能使一切都一目了然。中心点应该既是照亮一切的光源，又是一切需要被了解的事情的汇聚点，应该是一只洞察一切的眼睛，又是一个所有目光都转到这里的中心。……这种环形建筑……体现了某种政治乌托邦"[3]。而"小木屋"则是费多尔—库兹米奇斯克城所有人工作和生活的地点，是被"瞭望塔"监督的点位，那里住着社会底层、地位卑微的"乖孩子"，身体"变了形"的"现代人"，以及像主人公伊凡内奇的"往昔人"。这些"小木屋"的居住者大都因"大爆炸"的辐射丧失了文化记忆，没有精神需求，视书籍为文化暴力，如蝼蚁一般只顾吃喝拉撒。与代表规训权力的高大威严的"瞭

---

1 Щедрина Н.М. Функции московского текста в романе Т.Толстой《Кысь》. Москва и《московский текст》в русской литературе XX веке. IX Виноградовские чтения: Материалы международной научной конференции. (Москва, 11-12 ноября 2005 года). Ред.-состав.: *Н.М.Малыгина*. -- М.: МГПУ, 2007. С.35-36.

2 尚涤新：《现代性视域下托尔斯泰娅长篇小说〈野猫精〉中的"莫斯科书写"》，辽宁师范大学，2018年，第17页。

3 [法]米歇尔·福柯：《规训与惩罚》，刘北成、杨远婴译，北京：生活·读书·新知三联书店，2012年，第197页。

望塔"意象相对立，矮小的"小木屋"意象则代表了丧失精神追求的、被规训的"小木屋"居民的物质特征。

5. 彼得堡—列宁格勒的文化模拟空间

一直以来，彼得堡都被视为西方文化的模拟空间，是一座"博物馆城市""纪念碑之城"[1]。安德烈·比托夫（Андрей Битов, 1937—2018）的《普希金之家》（《Пушкинский дом》, 1978），是20世纪继别雷的《彼得堡》、瓦基诺夫的《山羊之歌》之后，一部将俄罗斯文学"彼得堡传统"向前推进的一部力作，具有城市形而上学的意义。俄罗斯学者 В.В. 卡尔波娃认为，在彼得堡文本的后现代主义版本中，А. 比托夫的《普希金之家》是"一个被提升到无限互文程度的元文本"[2]。小说以奥多耶夫采夫一家祖孙三代知识分子——19世纪末20世纪初的精神贵族、苏联知识分子、消亡中的知识分子——的形象，"描述了三代知识分子在不同的历史时期的不同命运和生存状态"[3]。比托夫选择了"普希金之家"为背景。"普希金之家"成立于1905年，正式名称为俄罗斯科学院俄罗斯文学研究所，它既是一个研究机构，又是一个独特的俄罗斯文学档案博物馆。作为一部"博物馆小说"，比托夫独具匠心地在作品中设置了"套娃式"的三个"博物馆"空间结构，即作为博物馆城市的彼得堡—列宁格勒、嵌套着作为俄罗斯世界文学研究所的"普希金之家"档案博物馆、而在"普希金之家"内又嵌套着由作品主人公廖瓦·奥多耶夫采夫通过论文《三位先知》所构建的一座精神性的文学博物馆。这三座博物馆既自我封闭又相互映照，形成一种绵延的"镜像"。在其中，比托夫以"超越时间限制的能力"，通过"独特的艺术棱镜实现空间对

---

[1] *Буровский А.М.* Величие и проклятие Петербурга. *Андрей Буровский.* —М.: Яуза: Эксмо, 2009. С.316.

[2] *В.В. Карпова*. Петербург-《музей》в романе А.Битова《Пушкинский дом》.ТЕОРИЯ И ИСТОРИЯ КУЛЬТУРЫ. // ГРНТИ 13.09.2014. С.28.

[3] [俄]安德烈·比托夫：《普希金之家》，王加兴等译，译者前言，北京：北京大学出版社，2016年，第1页。

于时间的超越"[1]，探讨了彼得堡城市空间对于西方文化的模拟、后斯大林时代的"普希金之家"对于俄罗斯经典文化的复制、作为"后来者"俄罗斯如何克服西方文化的影响焦虑、俄罗斯文化继承者们如何克服"前辈"巨人的影响焦虑等问题。

（1）作为城市博物馆的彼得堡空间

彼得堡对西方文化的总体模拟，使"日常生活愈来愈被卷入'拟像过程'之中，日常生活现实的精确摹本和表现，莫名其妙地替代了真实本身"[2]，就这样彼得堡成为一座储存西方文化模式和建筑样式的城市博物馆。因此，它一直深陷"后来者"的影响焦虑之中。彼得堡的"后来者"焦虑既来自西方，也来自内部。与西方的现代化进程相比，彼得堡是"后来者"；与莫斯科相比，它是俄罗斯历史文化中的"后来者"。彼得堡对于西方的模拟，造成了俄罗斯传统文化的断裂。

（2）作为与传统断裂的选择性文化复制的博物馆——"普希金之家"

20世纪，彼得堡—列宁格勒博物馆的命运在很大程度上与官方将博物馆的角色进行转换相关。博物馆展示社会主义未来的现实，力争创造一个"在其中消除了艺术与生活之间的界限、博物馆与现实生活之间的界限、沉思与行动之间的界限的'整体视觉空间'"[3]。小说在第一部《父与子》的"父亲"一节所描述的主人公廖瓦的童年印象，正反映了由于消除了艺术与生活之间的界限主人公对外部现实的文化失忆的状况。正如学者宋吉恩（Song, Ji Eun）所指出的那样："首先，小说展示了当代俄罗斯是意识形态复制品的博物馆，是不真实的模拟现实；其次，这部小说体现为俄罗斯文学经典典故的博物馆。……这部小说的关键词——博物馆，寓意着苏联社会的独特结

1　Song, Ji Eun. *Petersburg museology: Visions of modern collectors in 20th century Russian culture.* the University of Chicago, 2010:120.

2　包亚明主编：《后大都市与文化研究》，陆扬译，上海：上海教育出版社，2005年，第46页。

3　Groys, Boris. "The Struggle against Museum; or the Display of Art in Totalitarian Space." *Museum Culture: Histories, Discourses, Spectacle.* Ed. Daniel J. Sherman and Irit Rogoff. Minneapolis: University of Minnesota Press, 1994:144.

构和《普希金之家》的叙事结构。"¹"普希金之家"原本被认为是俄罗斯文学的"避难所",但实际上却成为收藏各种假货和"复制品"的"仓库"²。小说中,廖瓦与米基沙季耶夫在"决斗"中打碎的普希金的死亡面具正是一个"复制品"。比托夫以此暗示,"……普希金的死亡面具揭示了时代文化的不连续性和不真实性"³。正如美国学者斯文·斯皮尔克(Sven Spieker, 1963–)所言:"博物馆最终被变为一个'欺骗和模拟的地方'……正本与副本难以区分。"⁴ 其实,文化"复制"的背后隐含着一种影响焦虑,即新时代文化相对于俄罗斯经典文化的"迟到性"和"非原创性"。"文化复制"某种程度上抑制了俄罗斯文化的创造性,造成了与文化传统之间的二次断裂。

(3)廖瓦的论文《三位先知》:一座由文字搭建并充满思辨的文学博物馆

作为一部典型的"博物馆小说",《普希金之家》在很大程度上依据俄罗斯文学经典作为叙事资源。小说的章节标题就是一部俄罗斯文学经典作品的列表:"怎么办""父与子""当代英雄""穷骑士""假面舞会"等,而小说的每一部分几乎都是对相应的文学作品及主题的回应和互文,例如父子之间的代际冲突、作为苏联时代的"多余人"的主人公与三位女性之间的浪漫关系以及与对手的致命对决等。小说大篇幅地叙述奥多耶夫采夫一家祖孙三代的代际冲突,主人公廖瓦、"狄更斯大伯"与布兰科之间的精神联系,以及与对手米基沙季耶夫的"决斗",其中最具概括和象征意义的内容是在第二部的附篇"主人公的职业",即廖瓦撰写的论文《三位先知》。在这篇文章中主人公分别以普希金、莱蒙托夫和丘特切夫的三首诗为例,在小说空间

---

1 Song, Ji Eun. *Petersburg museology: Visions of modern collectors in 20th century Russian culture.* the University of Chicago, 2010:131.

2 张琳琳:《后现代主义视域下〈普希金之家〉的"彼得堡书写"》,辽宁师范大学,2019年,第15页。

3 Song, Ji Eun. *Petersburg museology: Visions of modern collectors in 20th century Russian culture.* the University of Chicago, 2010:133.

4 Spieker, Sven. *Figures of Memory and Forgetting in Andrei Bitov's Prose.* Frankfurt/Main: Peter Lang, 1996: 122.

建构了另一座充满思辨的形而上文学博物馆,探讨了文学前辈巨人与后辈"迟到的天才"之间的承继关系,以及前辈对于"后来者"的影响焦虑和精神"决斗"。

可以说,小说中的三个博物馆空间都充满了"后来者"在空间模拟、文化复制、精神承继与反抗等层面的影响焦虑问题。哈罗德·布鲁姆(Harold Bloom, 1930—2019)在《影响的焦虑》中指出:"'影响'乃是一个隐喻,暗示着一个关系矩阵——意象关系、时间关系、精神关系、心理关系,它们在本质上归根结底是自卫性。意义最为重大的一点是:影响的焦虑来自一种复杂的强烈误读行为。"[1]所谓"后来者"的焦虑在这部小说中具有三重含义:其一,俄罗斯与外部世界的影响焦虑。面对欧洲的现代化和先进性,彼得堡是"后来者"。尽管彼得大帝的建城是为了赶上西方的发展脚步,但是无论彼得堡如何发展,它始终是"后来者";其二,俄罗斯文化传统内部的影响焦虑。面对莫斯科,彼得堡是俄罗斯文化传统中的"后来者",虽然有一段引以为豪的历史,但从1918年(由彼得堡迁都莫斯科)直到小说情节发生的后斯大林时代,它又是作为被冷落、被嫌弃的"后来者",失去了往日的帝国光耀;其三,俄罗斯文学传统内部的影响焦虑。相对于文学巨人普希金,那些"迟到的天才"——后世的文学家、诗人、文学研究者、作者与主人公之间又陷入"后来者"的影响焦虑之中,就如同第三部的"附篇——阿基琉斯与龟"所描述的情境,学者宋吉恩明确地指出了这是著名的"芝诺悖论"[2]情境。因此,在所有"模拟"和"复制"的背后混杂着"强烈的误读"行为,既有焦虑也有对抗。在比托夫看来,克服焦虑和对抗的唯一办

---

[1] [美]哈罗德·布鲁姆:《影响的焦虑》,徐文博译,南京:江苏教育出版社,2005年,第14页。

[2] Song, Ji Eun. *Petersburg museology: Visions of modern collectors in 20th century Russian culture.* the University of Chicago, 2010:156. 这里所说的"芝诺悖论"是指公元前5世纪古希腊埃利亚学派的著名哲学家和数学家芝诺所提出的四十多个悖论之———"阿基琉斯追不上乌龟"的悖论。该悖论中的阿基琉斯(Achilles)是希腊神话中的勇士,体力过人、长于奔跑,而乌龟则是被广泛视为移动缓慢的动物。这个悖论宣称,如果阿基琉斯与乌龟赛跑,只要让乌龟先爬一段路,阿基琉斯就不可能追上乌龟。理由是:每当阿基琉斯追到乌龟先前所在的位置时,乌龟总是又往前爬了一段,这个过程无法穷尽,故而阿基琉斯不可能追上乌龟。——笔者注

法，就是越过壁垒，跳出"博物馆空间"限制，不参与"芝诺悖论"的竞争。其实，彼得大帝的改革对于西方现代化的模拟虽然造成了俄罗斯文化传统的断裂，但是它并未中止传统，而是使其得到了封存，保留了下来。同理，苏联时代对于经典文化的复制，虽然也造成俄罗斯文化传统的割裂，但无法使俄罗斯传统文化消亡，它们只是被"间隔"在文化的背后。正如书中人物莫杰斯特·普拉东诺维奇对孙子廖瓦所言，"你们认为，1917年破坏、毁坏了原有的文化，可实际上它恰恰没有破坏，而是将文化封存，保留了下来。重要的是中止，而非破坏。"[1] 比托夫试图遵循过去与现在并存的"博物馆的神圣传统"，希冀以空间的方式将过去与现在并存、将西方与俄罗斯并存，将莫斯科与彼得堡并存，将俄罗斯文学传统与今天的文学并存。只要俄罗斯及其知识分子恢复内在自由和创造精神，彼得堡终究会还原俄罗斯本色，"普希金之家"也最终能从"文化赝品"回归到一个真正的实体。而俄罗斯文学中那些"迟到的天才"只有感到"蝎子咬住尾巴"的痛楚才能激发出创新能力并成为伟大的俄罗斯文学传统链条中不可或缺的一环。

6. 后大都市的"极城空间"和"幽闭""虚拟"空间

在20世纪的后苏联时代，俄罗斯文学的莫斯科文本，相对于彼得堡文本更多地表现了后大都市空间的生存主题。何谓"后大都市"？美国学者爱德华·W. 索亚（Edward W. Soja，亦译苏贾）根据美国"卫星城大都市"洛杉矶整合出"后大都市"的六种表征："1. 灵活城市（Flexcity），一个多产的后福特工业城市；2. 国际都市（Cosmopolis），一个全球化的、'全球地方化'的世界城市；3. 外城（Exopolis），一道通过根本重建都市形式，内向外翻、外向内翻的都市风景；4. 极城（Polancity），一个极不平等与日俱增的两极化的社会杂烩；卡德勒尔城（Carderal city），一个壁垒森严，其间警察（police）替代了城邦（polis）的"群岛"（archipelago）；6. 模拟城市

---

[1] [俄] 安德烈·比托夫：《普希金之家》，王加兴等译，北京：北京大学出版社，2016年，第59页。

（Simcity），一道拟像幻影流行不衰的超现实虚假市景。"[1]后苏联时代的莫斯科，尽管不能与后工业化程度极高的洛杉矶相比，但是"后大都市"特征已相当显著。

P.B. 先钦（Роман Валерьевич Сенчин, 1971— ）的小说《莫斯科的阴影》（《Млсковские тени》，2008），最为典型地刻画了两个极端对立的"极城空间"，即莫斯科与布拉捷耶沃。在小说中，布拉捷耶沃获得了一个典型的大都市空间区位的地位，然而那里只是一片远离莫斯科市中心的宿舍区，位置偏远、人口稠密且没有重要的历史文化场所，那些外观一致的楼群被最大限度地统一起来。主人公们经常在"这些双胞胎一样的楼房中感到困惑，长久地寻找自己的那一栋"[2]。布拉捷耶沃与都市中心的地理分割将莫斯科这种"极不平等与日益两极化"的"极城"图景跃然纸上，其背后的贫穷与富有、黑暗与光明的城市预谋昭然若揭。这种地理和空间的分割使这里的居民似乎是莫斯科人，但又被剥夺了"进入都市的权利"，他们不过是大都市急速运转的齿轮上的一颗销钉。布拉捷耶沃不是一个被动的地理空间，它是工具性的，是被规划和隔离在中心以外的空间。那些决策的中心，诸如"财富的中心、权力的中心、信息的中心、知识的中心，将那些不能分享政治特权的人们赶到了郊区"[3]。

A.B. 伊里切夫斯基（Александр Викторович Иличевский, 1970— ）是在21世纪第二个十年崭露头角的莫斯科文本作家，他的大型作品——四部曲《阿普歇龙军团的士兵》（《Солдаты Апшеронского полка》，2013），包括《马蒂斯》（《Матисс》，2006）、《波斯人》（《Перс》，2009）、《数学家》（《Математик》，2011）和《无政府主义者》（《Анархисты》，2012）。

---

1 [美]爱德华·W.索亚：《"第三空间"导论——去往洛杉矶和其他真实想象地方的旅程》，见包亚明主编：《后大都市与文化研究》，陆扬译，上海：上海教育出版社，2005年，第49—50页。

2 *Сенчин Р. В* Московские тени. *Р. В. Сенчин* — 《Автор》, 2009. С.14.

3 [法]亨利·列斐伏尔：《空间与政治》（第二版），李春译，上海：上海人民出版社，2015年，第13页。

这些作品的主人公以偶然或必然的方式与莫斯科这座大都市建立了一种特殊的联系，并试图在命运的转折关头摆脱它、逃离它。同时，对于他们而言，莫斯科又是一个充满诱惑的地方，因为这是一个不断发生命中注定的邂逅和转折性事件的城市，它是一个对抗点，一个与命运进行一场特殊决斗的地方。除了与命运进行抗争，与狭窄的存在空间做斗争的动机也渗透在这几部作品之中。在小说《马蒂斯》中，主人公科洛廖夫每时每刻都会陷入空间的幽闭恐惧之中，"令人窒息的空间痉挛在地铁隧道内，在自动扶梯上，在大型超市的排队的长龙之中"[1]。空间的逼仄和拥挤不但使科洛廖夫感到窒息，就连整个莫斯科都被"低矮的天花板、杂乱无章的国有高层建筑"、"缓慢而狭窄的电梯"、逼仄到"剐蹭丝袜的楼梯"和全城的交通堵塞所占据。在先钦的《莫斯科的阴影》中的那些城市打工族，奔波于布拉捷耶沃与莫斯科市中心，挤在狭窄的"汽车空间"，蜕变成没有灵魂的汽车一族；挤在空气污浊的"地铁空间"变成没有灵魂的地铁沙丁鱼。所有的人都被都市的物质主义笼罩着，他们的自我被外在的东西所挤压和决定。他们幽闭于钢筋水泥制的"中性的灰色"办公室空间，成为"办公室浮游生物"；而办公室的通常景象是"窗户上有厚厚的百叶窗，您甚至无法辨认它们背后的样子——是多云或晴朗，是白天或天色已暗。而且还没有时钟——时间的移动都根本不会感觉到"[2]。下班和休息日他们又被牢牢地禁锢在"数字集中营"——被手机、电脑屏幕等虚拟空间所绑架，沉迷在"虚拟洞穴"之中，因为他们没有任何潜在的生活方式，也不相信周遭世界能够向不同的质的状态过渡。在现代大都市令人窒息的空间里，希望与承诺、衰落与死亡同时并存。这正是20世纪末至21世纪莫斯科文本"大都市"主题的重要标志。

---

[1] *Иличевский А.* Солдаты Апшеронского полка: Матисс. Перс. Математик. Агархисты.романы. М.: АСТ, 2013. С.110.

[2] *Сенчин Р.В.* Московские тени. *Р.В.* Сенчин — «Автор», 2009. С.132.

结语　两个"超级文本"系统的协同机制[1]

第一节　两个"超级文本"系统的相互关联

（一）关于俄罗斯文学的"超级文本"问题

近些年来，在学术界的"文本热"研究中，出现了一些带有前缀的文本概念，比如，元文本（metatext, метатекст）[2]、超大文本（hyperliterature, гипертекст）[3]、互文本（intertext, интертекст）[4]、超级文本（supertext, сверхтекст）等。"超级文本"往往指向具有地理学意义的"地方性文本"

---

[1] 本章少量内容已发表。

[2] "元文本"（metatext, метатекст）是一个二阶文本元素，为某种初始文本完成服务功能。在文学理论和文本研究中，元文本是一组与某些作品相关的文本，有助于理解文本或它在文化中的作用——它们通常是草稿、原型、讽刺模拟作品、续篇、批评文章等。

[3] "超大文本"（hyperliterature, гипертекст）是美国资讯科技与社会学家泰德·尼尔森（Ted Nelson, 1937—）在1965年提出的术语（指的是"根据要求分支或执行行动"），是指在其中找到其他片段的链接的任何文本。超大文本系统是能够以电子文本形式存储信息的信息系统，这个系统允许在其存储器中的任何"信息单元"之间建立电子链接，超大文本的一个众所周知且明显的例子是Web页面，即在Web上发布的HTML文档。
文学中的超大文本（гипертекст）是文本材料组织的一种形式，其中的单元不是以线性顺序表示，而是作为一种系统，明确指示它们之间的可能过渡和联系。人们可以按任何顺序阅读材料，形成不同的线性文本（М. М. Субботин）。对于叙事文学而言，超大文本的特征在于无线性叙述的内部相关链接，用于创造游戏效果，典型的例子就是后现代主义文学。hyper- 比 super- 还要大。——笔者注

[4] "互文本"（inter-text，интертекст），是在现代主义和后现代主义艺术中构建文学文本的主要类型和方法，指通过对其他文本的引用和追忆怀想来构建的文本。
当然，正如罗兰·巴特所言："每个文本都是一个互文本：其他文本以多种或多种可识别的形式出现在各个层面：前述文化的文本和周围文化的文本。每个文字都是一个新的织体，由旧的引文编织而成。文化代码、公式、结构节奏、社会习语片段等的碎片——它们都被文本吸收并混合在一起，因为文本之前之后总是存在一种语言。对于任何文本而言，互文性都不能回避来源和影响问题；它是匿名作品的一个共同场域，其来源很少被发现，是没有引号的无意识或自动引用。" Barthes R. *Texte*//Encyclopedia universalis Vol. 15. P., 1973, p.78.）
（Цит. по: Антология "Семиотика" М.: "Академический Проект"; Екатеринбург: "Деловая книга", 2001 г., Вводная статья *Ю.Степанова*, стр. 36-37.)

（包括首都文本、外省文本和区域性文本）。本著所涉及的研究对象主要与"超级文本"（сверхтекст）概念相关。俄罗斯特定的文化地理空间预先注定了这样一个事实——即以拓扑学的结构生成超级文本。不同于西方的区域性研究，在俄罗斯，任何一个地方性文本并不代表局限的地方性观点，而是试图通过自己来翻转整个俄罗斯。彼得堡文本研究专家В.Н.托波罗夫认为，"地方性"文本是地方性神话的文化现实化，这样或那样的题材在一定的思想和"核心"修辞常项的基础上不断发展，这些常项是前瞻性的、真正自我引证的，甚至在自我分析的同心圆里是自我闭合的。[1]

目前，相比"互文本"和"超大文本"概念，"超级文本"概念出现的频率并不高，但是随着学界对于"地方性"文本研究的深入，它将被广泛运用。通常，"超级文本"是一组由一定的内容和一定情境连接起来的叙述总和或文本。这是一种整体构成，其统一性是基于组成它们的话语单元（文本）的主题和模式的一致性。超级文本在时间和空间上都有所限定；作为一个整体的话语单元具有交际的两极——即作者和接受者。超级文本概念反映了从文化中心论的方法向普通语言学阐释文本的过渡。"超级文本"是联合了不同的叙述情境—主题的文本，其中包括那些属于不同作者的文本，作为语料库，它们进入一个民族文化的总系统。因此，无论是"超大文本"还是"互文本"都不能取消或取代"超级文本"。因为"超大文本"无法与"超级文本"在结构上自由关联，而"互文本"所关联的文本间性则过于狭窄，因为"超级文本"不仅针对文本的语言范畴，在很大程度上还涉及各种文化领域，即尤里·洛特曼所说的"文本之外的联系"[2]。

俄罗斯学界对于"超级文本"的研究颇值得关注，比如，В.Н.托波罗夫、Ю.М.洛特曼、А.П.琉森、Н.Е.梅德尼斯、Н.А.库皮娜（Наталия

---

[1] *Топоров В.Н.* Перербургский текст. М., 2009. С.211.

[2] *Лотман Ю.М.* Структура художественного текста. М.1970. С.343.

Александровна Купина）、Г.В.彼坚斯卡娅（Галина Васидьевна Битенская）等学者都在这一研究领域内做出了不俗的贡献。在《超级文本和它的变体》中，学者 Н.А.库皮娜、Г.В.彼坚斯卡娅认为，超级文本是作为"一些有限定的时间和地区，连接着那些在各种条件下产生的、含义丰富的各种观念、文本的总和，它们具有完整的情志目标，相当确定的发出者和接收者立场的特点，与一些规范和非规范准则相关联"[1]。学者 Н.Е.梅德尼斯在自己的专著《俄罗斯文学的超级文本》中给"超级文本"做了如下界定："超级文本是一个复杂的综合文本系统。它们具有共同的文本之外的指向，形成了一个以思想和语言完整性为标志的非封闭的整体。与许多其他概念一样，这个定义不能宣称终结性和完整性，但可以在各种超级文本的研究工作中被接受。"[2] 她进而提炼出"超级文本"的六大特征：

1. 每个超级文本都有自己的形象和主题意旨中心，文本之外系统中的聚焦对象。文本具有统一的概念，比如，对于类型学概念而言，那种统一的概念就是指在其共同的历史—文化—地理特征中的具体的点位（локус）。

2. 具有被读者所熟悉的、相对稳定的文本范围。这一超级文本作为一个整体最具有代表性，它决定了其艺术语言的形成规律及其发展趋势。

3. 同步性（共时性的一种）是理解超级文本的必要条件，同时也是分析、描述、重构超级文本的必要条件。

4. 超级文本的一个重要特征是它的语义（思想）完整性，它诞生于文本与文本外的现实的交汇处。

5. 具有共同的艺术代码。

6. 超级文本的边界同时具有稳定性和可移动的开放性。[3]

---

1 *Купина Н.А.,Битенская Г.В.* Сверхтекст и его разновидности // Человек – Текст – Культура: коллективная монография /под ред. *Н.А.Купиной, Т.В.Матвеевой*. Екатеринбург: ИРРО, 1994. С.214-233.

2 *Меднис Н.Е.* Сверхтексты в русской литературе. Новосибирск, 2003. С.9.

3 Там же. С.7-9.

依据上述原则，我们认为，俄罗斯文学的莫斯科文本与彼得堡文本符合"超级文本"的诸种特征，是两个相互关联的"超级文本"系统。它们之间的关联来自"文本内结构"和"文本外结构"的协同性与对话性。

（二）两个"超级文本"系统的协同与对话

既然"超级文本"，是一个"连接成一个整体的文本的复杂系统"，那么，为了厘清它们的结构机制，我们可以依据 М.С. 卡冈（Моисей Самойлович Каган, 1921—2006）在《美学和系统方法》中所提供的艺术系统论研究路径，采取从整体到部分的研究顺序，而不是相反，"因为完整性的'秘密'恰好在于它的井然有序"[1]。"井然有序"也可以说是俄罗斯文学"莫斯科文本"与"彼得堡文本"的内在结构，它们既是两个独立自在的文本系统，又是两个相互关联的"超级文本"系统，它们之间存在着对话性与协同性。因此，我们可以依据"协同学"理论，以跨学科视角考察它们之间的动力学关系。

所谓"协同学"（synergetics, синергетика），是指一门关于协同合作的科学，它是基于多学科研究的基础上形成并发展起来的新兴学科，由德国斯图加特大学理论物理学家赫尔曼·哈肯（Hermann Haken, 1927—）教授创立。作为一种方法论，哈肯在为中译本《协同学》所做的序中指出，协同学，即"找出那些能适用于迥然不同的科学领域，也包括社会科学在内的共同原理。提出这些原理的协同学，特别注目于一个系统的结构在性质上发生宏观变异的那些情况"[2]。哈肯指出："确如人们所说，我们面临着'复杂系统'。对此可从各种角度加以观察：可以考察个别组成部分的功能，也可以对该系统做整体性研究。第一种方法有如竞技，按照参加各方据以依次行动的规则开始，由此最终得出一种'模式'。……协同学即'协调合作之

1　Смирнов С.Б. Взаимодействие москвы и петербурга в развитии культуры россии в 18-20 вв. Автореферат диссертации на соискание ученой степени доктора культурологии. СПб. 2007. С.9.

2　[德]赫尔曼·哈肯：《协同学：大自然构成的奥秘》（作者为中译本写的序），凌复华译，上海：上海译文出版社，2013年，第1页。

学'。所取的是第二种途径。这里很少探讨个别的基本规则，而旨在发现结构赖以形成的普遍规律。……协同学……探讨的是最终形成的总体模式。我们由此会认识到，存在着普遍的更高层次的必然性，它们导致新的结构和新的模式。"[1] 因此可以说，协同学理论主要研究一个动态的开放系统在与外界的交互中，如何通过自己内部的协同作用，自发地选择和排列其在时间、空间和功能上的有序结构。将其作为考察两个相互关联的"超级文本"系统的动力学机制的理论路径，十分恰切。

在整个俄罗斯文化历史的发展进程中，始终存在着一个颇值得探究的现象，即"两个文化中心"[2]，比如，在基辅罗斯时代的基辅和诺夫哥罗德；莫斯科公国时代的莫斯科与诺夫哥罗德；彼得及彼得后时代的莫斯科与彼得堡—彼得格勒；苏联时代以及苏联解体之后的莫斯科与列宁格勒—圣彼得堡。这个现象从某个侧面证实了俄罗斯当代著名学者 А.П. 琉森（Александр Павлович Люсый, 1953— ）关于"俄罗斯文化最深刻的原型之一是大都市游牧民族"[3] 的研究结论。两个文化中心的存在，使俄罗斯文化历史的发展充满了竞争和相互钳制的张力，同时也保持了其发展的持续性。在历经三百年沧桑变幻后，莫斯科与彼得堡的对峙更证明了"两个文化中心"并存的结构对于俄罗斯而言，仿佛是一种宿命并有着内在的稳定性。作为一个整体的文化现象，莫斯科与彼得堡完全形成了"以对话为主体和以独立系统的丰富内容为基础的二元对立形态"[4]。

学者 С.Б. 斯米尔诺夫认为，"如果将莫斯科—彼得堡的相互作用关系定义为文化的元系统（метасистема культуры），那么可以分出更多的子系

---

[1] [德]赫尔曼·哈肯：《协同学：大自然构成的奥秘》（前言），凌复华译，上海：上海译文出版社，2013年，第1—2页。

[2] *Смирнов С.Б.* Взаимодействие москвы и петербурга в развитии культуры россии в 18-20 вв. Автореферат диссертации на соискание ученой степени доктора культурологии. СПб. 2007. С.16.

[3] *Люсый А.П.* Русская литература как система локальных текстов.Диссертация на соскание ученной степени доктора филологических наук. // Москва. 2017. С.180.

[4] Там же. С.16.

统，这些子系统在文化范畴内既可以创建任何一座城市，也可以单独形成类似于莫斯科—彼得堡的共同体，同时使之结构化，即形成信息交流系统、符号系统和价值哲学调节系统。首先，每一个大的关系体系对于构成它的子系统而言都是固定的系统，在这方面，无论系统本身，还是它的子系统，只有在同其他类型的子系统相互作用中才能得以存在，同时无论任何程度的元系统因素均具有开放系统的特征，因为它们不仅在系统内因的作用下发展，而且其发展还受周遭外部世界相互作用的制约"[1]。

文学"彼得堡文本"的构建对于文学"莫斯科文本"的形成产生了积极的影响。学者 А.П. 琉森认为，"将彼得堡认识论模式的推演法用于莫斯科时空，首先有益于在理论层面挖掘 В.Н. 托波罗夫和其他研究者们所研究的'超级文本学'和'莫斯科学'的潜能"[2]。"莫斯科文本"研究专家 Н.М. 马雷金娜（Нина Михайловна Малыгина, 1940 − ）则建议可以将"'莫斯科文本'按照彼得堡文本的模式确定"[3]。当然，我们不能机械地将关于"彼得堡文本"的所有论证和成果模式完全转移到对"莫斯科文本"的研究之中，因为将一种文本构成的一系列参数和标准完全投射到另一个文本之中会消解两个文本的各自属性。在对这两个文本的"协同学"研究中，还是要以两个城市最核心的原始代码和城市的文化属性为前提，这是两个"超级文本"系统动力学发生机制的"源头"。

莫斯科与彼得堡在俄罗斯历史文化中的几次角色"反转"，尤其是 19 世纪至 20 世纪之交的角色互换，开启了俄罗斯文学"莫斯科文本"与"彼得堡文本"作为具有协同机制的开放系统的历程。整个 20 世纪直至今天，两个"超级文本"系统的协同机制一直处于异常活跃的状态。А.П. 琉森指

---

[1] Люсый А.П. Русская литература как система локальных текстов.Диссертация на соскание ученной степени доктора филологических наук. // Москва. 2017. С.17.

[2] Люсый А.П. Московский текст:Текстологическая концепция русской культуры / А.П. Люсый—М.:《Издательский дом "ВЕЧЕ"》; ООО《Русский импульс》, 2013. С.14.

[3] Малыгина Н.М. Проблема《московского текста》в русской литературе XX века // Москва и《московский текст》в русской литературе XX века. М. 2005. С.3-4.

出，对于俄罗斯而言，莫斯科是唯一的象征和原型。这座城市本身就是产生特殊思想的地方，创造和生成任何别的地方都不可能有的书写文本。这些文本相互纠缠在一起并在创造的基础上发展了"莫斯科的形而上学"的特殊的文化文本——"莫斯科文本"[1]。此前，我们曾指出，俄罗斯文学中的"莫斯科题材"与"彼得堡题材"在19世纪甚至更早便已存在，但是按照俄罗斯学界的观点，那一时段尚处于"莫斯科文本"和"彼得堡文本"自我建构文本体系的"前文本"阶段。1984年，В.Н.托波罗夫提出术语"彼得堡文本"，俄罗斯文学的"彼得堡文本"才在学界得以确认。尽管是否存在俄罗斯文学的"莫斯科文本"学界尚有争论，但依据大量的有关"莫斯科文本"研究的学术史调查以及一系列"莫斯科文本"的个案细读，我们倾向于确认它的存在。[2] 我们认为，俄罗斯文学"莫斯科文本"既存在系统的"自组织"运动，也在与"彼得堡文本"的对话中深受后者的影响。两者平行发展，真正的交互与对话始于19世纪末至20世纪之交。在历史的衍变中，俄罗斯文学"莫斯科书写"的创作者们有一个从"题材"向"文本"过渡的自觉过程，这是一个由创作者和文学自身的"自组织"过程。所谓"自组织"运动，即"在没有任何外来指导的情况下出现了一种集体运动"[3]。"自组织是在一个开放和高度不平衡的系统中自发地重新结构的过程"[4]，它"通过重新设计现有系统并在系统各部分之间建立新的联系来实现"[5]。

我们将俄罗斯文学莫斯科文本与彼得堡文本首先视为一个完整的艺术系

---

[1] Люсый. А.П. Московский текст:Текстологическая концепция русской культуры / А.П. Люсый——М.:《Издательский дом "ВЕЧЕ"》; ООО《Русский импульс》, 2013. С.7.

[2] 傅星寰：《俄罗斯文学"莫斯科文本"的代码系统研究》，载于《俄罗斯文艺》，2018年第2期，第73页。

[3] [德] 赫尔曼·哈肯：《协同学：大自然构成的奥秘》，凌复华译，上海：上海译文出版社，2013年，第32页。

[4] Зорина Л.Я. Отражение идей самоорганизации в содержании образования // Педагогика. 1996. № 4. С.106.

[5] Философский энциклопедический словарь.Гл.редакция: Л.Ф.Ильичев, П.Н.Федосеев, С.М.Ковалев, В.Г.Панов.--М.:Сов.Энклопедиця. 1983. С.591.

统，通过对这两个"有序"文本系统的分析，我们将了解它们的文本结构变式，它们的对称性和潜移性，从而在整体特征层面为大量相互关联的文本系统提供新的研究前景。（请见以下示意图）

两个"超级文本"代码系统的"二元对立"结构（示意图）

	"莫斯科文本"的代码系统	"彼得堡文本"的代码系统
1	城市起源的神话与城市的末日论神话	
	起源的神话："七座山丘一条河"； 末日论神话：浴火重生的"凤凰城"或被毁灭的"大墓地"。	起源的神话："沼泽地上的城市"； 末日论神话："倒在水中的混沌"。
2	城市类型学符号	
	地理结构：同心城市* 宗教原型：处女城市* 性别符号：女性城市（Москва）	地理结构：离心城市* 宗教原型：妓女城市* 性别符号：男性城市（Петербург）
3	城市意象	
	永恒之城、新耶路撒冷、"第三罗马"、"凤凰城"*、"大墓地"*、"基杰什城"*、"红色乌托邦""第二巴比伦"*、"第四罗马"*等。	虚幻之城、幽灵之城、"白骨之城"、敌基督之城*、彼得之城、"北方的帕尔米拉""英雄之城""博物馆之城""第四罗马"*等。
4	城市景观形态与城市气质	
	景观形态：木头城、庄园、教堂、小酒馆、弯曲的街道等； 城市气质：呈现出斯拉夫气质（东方化）。	景观形态：石头城、宫殿、城堡、地下室、小酒馆、直线大街等； 城市气质：呈现出欧化气质（西方化）。*
5	城市时空的自然气象及常见色彩	
	自然气象：大火、阳光、森林、雪、温暖等； 常见色彩：红、白、蓝、金等。	自然气象：水灾、雨、雪、雾、潮湿、寒冷等； 常见色彩：绿、黄、银等。
6	常见的城市时空区位	
	列福尔托沃、玛利亚的小树林、铁匠桥、阿尔巴特广场、特维尔大街、普希金广场、尼基塔门、俯首山、麻雀山、克里姆林宫、莫斯科火车站、莫斯科地铁、莫斯科河等。	涅瓦大街、涅瓦河、瓦西里岛、干草市场、格里鲍耶多夫运河、滴血教堂、宫殿广场、彼得霍夫花园、夏园、参政院广场、莫斯科火车站、"普希金之家"等。
7	文学中城市时空的人物形象	
	怪人*、老大娘、"待嫁新娘"、老派贵族、个人野心家*、"城市流浪者"*等，在人物类型上以女性居多（与城市类型学符号"女性城市"相吻合）。	"小人物"、妓女*、老太婆、贫穷的青年、个人野心家*、"城市流浪者"*等，在人物类型上以男性居多（与城市类型学符号"男性城市"相吻合）。
	备注：*代表两个"超级文本"系统经常发生"潜移"和"对位"的代码。这种"潜移"和"对位"现象大多出现在20世纪俄罗斯文学的"莫斯科文本"与"彼得堡文本"中。	

（三）两个"超级文本"系统代码的潜移与对位

在一些重大的历史变故中，两个"超级文本"系统的代码常量（指那些具有"莫斯科属性"和"彼得堡属性"、表示城市文化起源和现实的区位空间、地理景观的代码）基本保持不变，而那些具有隐喻功能的代码参数则会随着莫斯科与彼得堡在俄罗斯历史文化中的"角色互换"而发生潜移和对位。例如在上述两个文本系统之间出现的表示城市类型学符号、城市意象代码、城市景观形态的宗教、意识形态隐喻、城市时空的人物类型学代码的潜移和对位现象。值得一提的是，随着彼得堡城市之名的改变，在"彼得堡文本"的核心概念"彼得堡—彼得格勒—列宁格勒—圣彼得堡"的语义中，其所指与能指之间也在发生变化。如果说"城市的称谓定义了城市的风格，是它的语言"[1]，那么对于它们的更改不得不引起整个20世纪直至21世纪当下的俄罗斯文学彼得堡主题和情节的剧增，这大大加剧了彼得堡文本的二律背反的末世论的常数，即城市消失的主题，往往伴随着渴望城市涅槃重生的主题同时出现。

先说潜移现象。所谓"潜移"[2]，在本著的研究语境中指两个"超级文本"系统中代码在无形中的变化以及向对方代码系统的暗中移动。这种现象尤其表现在两个超级文本中莫斯科与彼得堡城市形象上。例如，在"彼得堡文本"中，彼得堡形象会与"处女之城""英雄之城""同心之城""博物馆之城"[3]等意象发生关联。同时，在"莫斯科文本"中，莫斯科形象又被赋予了"第二巴比伦""妓女之城""基杰什城""离心之城""第四罗马"（"国中

1　Анциферов Н. Душа Петербурга. Петербург Достоевского. Быль и миф Петербурга. Репринт. воспроизв. изд. 1922, 1923, 1924 гг. – М., 1991. С.34.

2　1）无形中变化。出自南朝梁刘勰《文献雕龙·练字》："《尚书大传》有'别风淮雨'，《帝王世纪》云'列风淫雨'。别列淮淫，字似潜移。"2）暗中移动。宋乐史《杨太真外传》卷下："上黄密令中官潜移葬之于他所。"

3　"博物馆之城"，是指彼得堡既有展示功能，又有收藏功能。这里的"收藏"，既讽喻了彼得堡是历史的"老古董"，又含蕴了在当代唯有它才保留了俄罗斯历史文化传统之意，当然，还有第三层含义，即与它的"人工性"相关。——笔者注

之国")等意味。

由于彼得堡的目的在于剥夺莫斯科在行政、军事,乃至精神上的特权,致力于构建一种新的文化、新的精神中心,因此在彼得堡历史衍变中就有一种与莫斯科争夺"罗马"地位的症候,如果莫斯科是"第三罗马",彼得堡就想越过莫斯科直接与第一罗马发生关联,或暗中有"第四罗马"的吁求。如此一来,俄罗斯文学的"彼得堡文本"的原始代码不仅存在着内在的矛盾性[1],而且代码系统出现了向"莫斯科文本"代码系统潜移的倾向,同时具有"离心类型"和"同心类型"的城市意味。正如尤里·洛特曼指出的那样,"这个城市的基础,将在功能上取代被伊凡四世摧毁的诺夫哥罗德,恢复俄罗斯的两个历史中心与西欧传统联系之间的文化平衡"[2]。根据他的观点,彼得堡应该同时既是俄罗斯的象征性中心,也是莫斯科的对峙者,是俄罗斯的对立面。正是这种矛盾冲突在很大程度上决定了彼得堡作为城市文本和俄罗斯文学的彼得堡文本的标准,在那里"自己"和"异己"、生与死、通往虚妄之路和通往永生之路之间发生交融。[3]

再谈对位现象。所谓"对位",是一个音乐术语[4],在本研究语境中,意指在两个"超级文本"二元对立的代码系统中出现的同码现象。比如,在"莫斯科文本"与"彼得堡文本"的代码系统中同时出现过"迷宫"意象,进而两座城市同时被喻为"迷宫"城市。它们的区别在于彼得堡的迷宫性是直线型的,莫斯科的迷宫性是弯曲、断裂型的。根据学者 B. 谢尔科娃的观

---

[1] "彼得堡文本"的原始编码具有双重性和矛盾性,即尤里·洛特曼所说的在彼得堡的形象里,联合了两个原型:"永恒的罗马"和"注定毁灭的彼得堡"。См. *Ю.М.Лотман*. Символика Петербурга и проблемы семиотики города. // Лотман Ю.М. История и типология русской культуры. С.-Петербург:《Искусство—СПб》,2002. С.211.

[2] *Лотман Ю.М.* Структура художественного текста. М., 1970. С.20.

[3] *Меднис Н.Е.* Сверхтексты в русской литературе. Новосибирск, 2003. С.16.

[4] "对位",音乐术语,指把两个或几个相关但是独立的旋律合成一个单一的和声结构,而每个旋律又保持它自己的线条或横向旋律的特点。从听感上可分为协和、不协和两种。本研究语境中的对位,特指两个"超级文本"的代码系统中出现的"同码"概念,但是概念的所指和能指在不同系统中的阐释是不同的。——笔者注

点，彼得堡的秩序性、全景式和街道的平直性与迷宫地形并不矛盾，因为"迷宫必须包含一条直截了当的主人公路径，按照一般的迷宫图景，它表现的不是别的，而正是迷宫的诡计"[1]。相对于彼得堡的理性主义的欧洲性，莫斯科的迷宫性表现了它的杂乱无章和亚洲性。学者 И.С 维谢洛娃认为，文学主人公们在莫斯科弯曲又断裂的街巷中徘徊，"以此来对抗秩序和算计"[2]。

总之，在俄罗斯文学"莫斯科文本"与"彼得堡文本"的发展流变中，两个"超级文本"系统出现了很多类似的代码。然而，这些类似的代码无论是属于潜移还是属于对位，它们在不同的"超级文本"系统中的出现表现出文学对于城市在现实生活中的"角色"变化的不同反应。也就是说，这些类似的代码在每一个特定的思想文化体系中，人们对其理解上是不同的。两个文本系统的代码潜移与对位现象源于两个文本边界的相互渗透。文本边界的渗透性，不仅会产生互文现象，而且对于"超级文本"而言，会产生话语单元和代码系统的潜移和对位现象，用"协同学"术语来说，就是文本系统的"临界涨落"和"对称打破"现象。

第二节 两个"超级文本"系统的"临界涨落"与"对称打破"

所谓"临界涨落"原本是一个物理学的现象，例如，水在一百度沸腾并在零度结冰。但是如果超过这个临界温度，水分子运动就会特别强烈。"这时出现了临界振荡，或者如物理学家所称的'临界涨落'。"[3] 而"对称打破"，则是指某种稳定结构中由于"临界涨落"所引发的一个后果。哈肯

---

[1] Серкова В. Неописуемый Петербург (Выход в пространство лабиринта // Метафизика Петербурга: петербургские чтения по теории, истории и философии культуры. СПб., 1993. Вып.1. С.101.

[2] Веселова И.С. "Логика московской путаницы (на материале москрвской 'Несказочной' прозы конца XVIII—начала XX века)". Москва и "Московский текст в русской культуре". М., 1998, C.105.

[3] [德]赫尔曼·哈肯：《协同学：大自然构成的奥秘》，凌复华译，上海：上海译文出版社，2013年，第27页。

在《协同学》中以图示¹的方式,阐发了"对称打破"现象:"如果我们观察单个滚卷,比如中间的那个,显然它既可以顺时针转,也可以逆时针转。究竟出现哪种运动完全是偶然的。顺时针或逆时针运动的对称性将被偶然的初始涨落所破坏",一旦滚卷的静止状态不稳定,那么"只需要一个小小的涨落就足以使滚卷运动出现,并确定宏观运动"。他同时指出,在社会的政治、经济决策中,"常常只是一个小小的涨落,就将最终决定事件的主要发展方向"。² 沿着"协同学"的理论路径,我们发现莫斯科与彼得堡在俄罗斯历史文化中的每一次角色反转,都会引发俄罗斯文学"莫斯科文本"与"彼得堡文本"代码系统的重新组织,引发"临界涨落"与"对称打破"现象。

众所周知,"俄罗斯文化的节奏主要取决于莫斯科与彼得堡两个首都的对抗(即交替地将首都的功能转移到其中一个城市,而另一个城市则成为'外省')"³。数百年来,俄罗斯文化就在这种对抗中不断发展,其中在彼得及彼得之后时代,莫斯科与彼得堡两个文化中心的对立问题尤为突出。莫斯科与彼得堡的对峙分为两大时期,彼得堡时期(1703年至1918年),即彼得堡自建都到迁都莫斯科;莫斯科时期(1918年至今),即迁都莫斯科到当代。这期间,彼得堡经历了由彼得堡更名为彼得格勒、列宁格勒,以及再次更名为圣彼得堡的过程⁴。这两个时期不仅国家政权形式和社会经济制度不同,而且国家对于俄罗斯两个首都所采取的政策也有区别。实际上,在近300年的历史衍变中,莫斯科与彼得堡的城市角色发生了四次大的"反

---

1 [德]赫尔曼·哈肯:《协同学:大自然构成的奥秘》,凌复华译,上海:上海译文出版社,2013年,第33—34页中的图4.13、图4.14。

2 同上书,第27页。

3 Люсый А.П. Русская литература как система локальных текстов //Диссертация на искание ученой степени доктора филологических наук. Москва. 2017. С.20.

4 彼得堡的更名史回顾:1914年第一次世界大战爆发,当时俄罗斯同德国是敌对国,为了消除德国痕迹,彼得堡更名为彼得格勒。1924年列宁逝世后,为了纪念列宁,彼得格勒更名为列宁格勒。1991年9月6日俄联邦通过法律宣布列宁格勒恢复圣彼得堡旧名。——笔者注

转"。尤其是发生在20世纪的几次"反转",即两座城市在俄罗斯历史文化的拓扑地图中"首都与外省""中心与外围"的几次角色互换,致使俄罗斯文学莫斯科文本与彼得堡文本的代码系统不断增值变换,它们之间协同机制的"临界涨落"和"对称打破"现象尤为凸显。

（一）第一次角色"反转"：十二月党人起义失败后

自彼得堡建都以来,莫斯科便失去"第三罗马"的光晕,成为俄罗斯的"第二首都",尽管彼得堡最初的发展完全依赖莫斯科的物质和精神资源,早期的俄罗斯知识分子还是体验到了莫斯科的亚洲化和彼得堡的欧化的分裂。18世纪,"彼得堡成为现代化俄罗斯、欧洲强国的俄罗斯化身,而莫斯科则是传统意义上正统的民族国家的代名词"[1]。18世纪俄罗斯文学中的一系列"彼得堡颂歌"题材,19世纪莫斯科题材中的莫斯科的"大墓地"意象,比如,А.Г.格里鲍耶多夫的《聪明误》（《Горе от ума》, 1824）、А.С.普希金的《棺材匠》（《Гробовщик》, 1830）等作品都反映了两座城市的角色互换在文学上的表现。但是从国家意识形态角度考量,两个中心的模式正是俄罗斯所需要的。因为在200年的岁月中,该模式凭借沙皇帝国的物质精神财富,以及民族国家传统的魅力将整个民族凝聚在一起。整个19世纪,俄罗斯经历了两个重要的历史事件,即1812年反法卫国战争和1825年的十二月党人起义。这两个历史事件促进了俄罗斯民族意识的觉醒,两地的俄罗斯知识精英开始了真正意义上的对话,在这场对话中彼得堡居于主导地位。然而随着十二月党人起义的失败,两个城市的角色发生了第一次"反转",即"彼得堡由启蒙、欧化、唯理主义、改革和进步的象征转变为反动、独断专横、因循守旧、愚昧无知和沙文主义的标志"[2]。表现这种"反转"最典型的

---

[1] Люсый А.П. Русская литература как система локальных текстов //Диссертация на искание ученой степени доктора филологических наук. Москва. 2017. С.13.

[2] Смирнов С.Б. Взаимодействие москвы и петербурга в развитии культуры россии в 18-20 вв.Автореферат диссертации на соискание ученой степени доктора культурологии. СПб. 2007. С.24.

文学作品即是 A.C. 普希金的《青铜骑士》(《Мёдный всадник》, 1833)。其中对于1824年彼得堡"大洪水"的描写以及对城市创建者彼得大帝的质疑，暗指了彼得堡是敌基督之城，必遭"倒在水中的灭亡"的命运。彼得堡角色的"反转"，更加突出了莫斯科作为世界东正教中心的地位和俄罗斯民族在精神方面的独立。于是，一时间俄罗斯文学的彼得堡—莫斯科题材便成为俄罗斯思想界西欧派和斯拉夫派博弈论战的艺术道场。

自19世纪60年代的改革至第一次世界大战，莫斯科与彼得堡的日常生活发生了翻天覆地的变化。"总体上，莫斯科和彼得堡鲜明地体现了俄罗斯资本主义痛苦诞生的各种不同发展道路。"[1] 彼得堡的道路是举全国之力发展资本主义道路，它的资产财富完全受控于国家，而莫斯科的道路是靠移民商人和企业家的一己之力自由发展的资本主义道路。彼得堡城市化进程的蓬勃旺盛与莫斯科作为宗法制的旧都的日益凋敝引发了俄罗斯文学"彼得堡文本"与自己的一个子系统产生对话，出现了一个"城市与乡村"（"都城与外省"）相对立的话语单元，比如，И.А.冈察洛夫的"彼得堡三部曲"——《平凡的故事》(《Обыкновенная история》, 亦译为《彼得堡之恋》, 1847)、《奥勃洛摩夫》(《Обломов》, 1859)、《悬崖》(《Обрыв》, 1869)，它们深刻地反映了历史转型期间俄国的现实矛盾。在《平凡的故事》《奥勃洛摩夫》和《悬崖》三部小说中，所有的人物与自身的矛盾、与他人的冲突，究其实质都是俄国农奴制生活方式和西方资本主义生活方式的矛盾。这两种生活方式，一种是田园牧歌式的乡村生活，它守旧、懒惰、不思进取，但同时也浪漫、单纯、温情脉脉。另一种是朝气蓬勃的城市生活，它积极、进步、理性务实，但同时也功利、算计、人情冷漠。这两种以乡村和城市作为空间分割的意义指涉，同时也是相互对立的时间指涉。前者代表必将逝去的、被

---

[1] *Смирнов С.Б.* Взаимодействие москвы и петербурга в развитии культуры россии в 18-20 вв. Автореферат диссертации на соискание ученой степени доктора культурологии. СПб. 2007. С.27.

淘汰的历史，让人唏嘘和怀念；而后者则代表充满希望的进步的未来，同时也充满了未知、不确定和惶恐。"田园牧歌时代"的终结尽管是历史的必然，但是随着这个时代终结的还有俄国传统文化中的朴质、浪漫和单纯。

其中《平凡的故事》便是表现宗法制乡村文明与资本主义都市文明碰撞后，人物命运所发生的遭际和走向的一部杰作。无论是代表宗法制庄园文化的亚历山大，还是代表新兴资产阶级的叔叔彼得，抑或是生活在大时代背景下的其他各色人等，都无一例外地被这一历史巨变的浪潮所裹挟，他们的灵魂深处有着两种文明冲突的烙印。而《奥勃洛摩夫》中的奥勃洛摩夫形象是俄国文学"多余人"形象发展和演变的新阶段，奥勃洛摩夫性格中的"惰性"虽然残留着贵族教养的"后遗症"，但是纵观奥勃洛摩夫的一生，这种"惰性"更多源自温和保守的俄罗斯宗法制文化和东正教伦理面对强劲偾张的西方工业文化和新教伦理的"无所适从"。《悬崖》以莱斯基对女性的追求和以两次由城市到乡村的往返为数轴，以莱斯基、马克、杜辛、薇拉、玛芬卡和祖母六个人物的性格、观念、生活方式为主线，探讨了俄国社会进步的历史形态和都市文明与田园理想的对决，也反映了作者对社会平稳过渡和田园理想生活的期待。在三部曲中，"都市梦魇"与"田园理想"的冲突表现了俄罗斯现代化进程的"阵痛"。

19世纪至20世纪之交，俄罗斯历史的戏剧性改变，再一次引发了两座城市的对话。1914年，彼得堡改名为彼得格勒。"如果在改革的最初几十年间，彼得堡是俄罗斯毋庸置疑的文化之首，那么到了20世纪初，莫斯科则无可争辩地从彼得堡那里夺回了俄罗斯文化霸主的地位。"[1] 莫斯科与彼得格勒—列宁格勒的对话向纵深开拓，意识形态的变化使得对莫斯科与彼得格勒—列宁格勒的关系研究变得愈发复杂。俄罗斯文学莫斯科文本与彼得堡

---

[1] Смирнов С.Б. Взаимодействие москвы и петербурга в развитии культуры россии в 18-20 вв. Автореферат диссертации на соискание ученой степени доктора культурологии. СПб. 2007. С.27.

文本——两个相互关联的"超级文本"系统的协同交互也正式拉开帷幕。这一时期出现在俄国文坛的 А.别雷的《彼得堡》(《Петербург》，1913）占有特别重要的地位。这是一部具有划时代意义的象征主义、意识流小说，标志着 20 世纪俄罗斯文学彼得堡文本发展的新阶段。这部小说在两个相互关联的层面表现出了 20 世纪俄罗斯文学和欧洲文学的演进。在内容方面，小说记录了历史时代的灾难性巨变，表现出处于世纪之交的全球性文化危机；形式方面，它以双层语义结构的非线性叙事，实现了向象征主义文学叙事策略的过渡。在继承 19 世纪俄罗斯文学彼得堡传统的基础上，А.别雷在自己的小说中赋予彼得堡以形而上学的时空意义。俄罗斯学者 И.Н.苏希赫（Игорь Николаевич Сухих, 1952—）认为，别雷"在俄罗斯文学的彼得堡文本'之上'创造了自己的……新文本……别雷的彼得堡位居第三，仅次于真正的城市和它在十九世纪文学中的反映"[1]。在 А.别雷的小说中，彼得堡是主人公产生的"大脑游戏"的背景，它是幻境，也是特殊的意识时空以及实现新叙事形式的场域。在 А.别雷的艺术世界里意识是本体论的，它以自己的能量产生了一个现实世界：因而"每一个无聊的思想都顽强地发展成为时空的形象"[2]。小说不仅在彼得堡末日论神话的框架下，描写了"彼得堡的灭亡，最终的消散"，也在小说中的东西方对立主题中与另一个空间的神话——莫斯科神话发生关联。

（二）第二次角色转换：1917 年十月革命之后

1917 年的十月革命，从某种意义上讲，使莫斯科与彼得堡完成了第二次角色互换。布尔什维克将自己的政权重地迁回莫斯科，继而在全国范围施政。随后，"全俄罗斯所特有的，而后随着被两个首都所强化的政治、社会、经济、意识形态和美学的矛盾就在莫斯科与彼得堡之间交织成一个死

---

[1] Сухих И.Н. Прыжок над историей (роман А.Белого «Петербург»). Серебряный век русской литературы. Сб.ст. - СПб: Факультет филологии и искусств СПбГУ, 2009. С.65.

[2] [俄]安·别雷:《彼得堡》，靳戈、杨光译，北京：作家出版社，1998 年，第 49 页。

结"[1]。俄罗斯首都由彼得格勒迁回莫斯科使得两个首都的信息交流系统发生了根本变化。随着苏联政体的逐年完善，从莫斯科到彼得格勒的信息流量变得愈发充沛，反之，由彼得格勒流向莫斯科的信息则日益枯竭。莫斯科像"黑洞"一样吸走了所有原本应该属于彼得堡的东西。国家政策有意向莫斯科倾斜而刻意限制彼得格勒的发展。此时的"苏联政权不仅不需要备用首都，相反，却接连不断地出台一系列政策削弱彼得格勒—列宁格勒作为首都的'遗迹'"。[2] Н.П. 安齐费罗夫（Николай Павлович Анциферов, 1889—1958）曾注意到彼得堡生活所发生的变化，这个变化直接波及俄罗斯当代历史和俄罗斯文学："为革命献身者的纪念碑慢慢地从火星领域的尘埃中生长出来。它是否注定要成为新生活的基座，抑或是它将继续作为悲惨的帝国主义城市彼得堡的灰烬之上的墓碑？""……北方的帕尔米拉的老房子正在消失。在郊区，靠近斯摩棱斯克墓地，建造了一座新的高层建筑，这是整个城市中唯一的一座：火葬场。"[3] 如此一来，彼得堡也变成一块大墓地——与某个时期的莫斯科形象重叠。

权力的扩张使莫斯科破坏了自身的文化土壤，各色人等大批涌入莫斯科，使它变成了一个社会文化成分混杂的大"巴扎"（базар）[4]；而彼得格勒在新时代的失落反而保护了文化精英的思想活力和城市氛围的复古。正当此时的"白银时代"俄罗斯文学"彼得堡文本"得到了长足的发展。正如 З.Г. 明茨、М.В. 别兹罗德内和 А.А. 达尼列夫斯基在题为《"彼得堡

---

[1] *Смирнов С.Б.* Взаимодействие москвы и петербурга в развитии культуры россии в 18-20 вв. Автореферат диссертации на соискание ученой степени доктора культурологии. СПб. 2007. С.28.

[2] *Смирнов С.Б.* Взаимодействие москвы и петербурга в развитии культуры россии в 18-20 вв. Автореферат диссертации на соискание ученой степени доктора культурологии. С.28-29.

[3] *Анциферов Н.* Душа Петербурга. Петербург Достоевского. Быль и миф Петербурга. Репринт. воспроизв. изд. 1922, 1923, 1924 гг. – М., 1991. С.41.

[4] базар，意为市场、集市，转义为"喧闹嘈杂的地方"。它使我们联想到茨维塔耶娃的关于莫斯科的诗句：即莫斯科的"странноприимность"。直译：莫斯科是"朝圣者聚集地"，转义为：莫斯科是"外来者聚集地"。在当下的语境里，莫斯科的"странноприимность"具有"базар"意味。

文本"和俄罗斯象征主义》的文章中所强调的那样，不仅要对"形成了彼得堡文本的19世纪作家给予应有的评价"，而且要对20世纪象征派的贡献做出正确的评估。因为"正是象征主义成为19世纪'彼得堡文本'中的相当多样的遗产"[1]的继承者。他们指出，在这个超级文本的内部，"象征主义者的创作"本身就是"文本中的文本"——"一种特殊的艺术元文本"[2]。О.Д.佛尔施（Ольга Дмитриевна Форш, 1873—1961）的《疯狂的船》（《Сумасшедший корабль》, 1929—1930）表达了俄国象征主义者对于彼得格勒命运的深切忧虑。这部小说在彼得堡末世论神话的背景下，概括地勾勒出一幅彼得堡—彼得格勒行将灭亡的图景，小说将革命的自发力量与不可阻挡的水元素相比照，将疾风暴雨般的革命比喻成在大海上失速的"疯狂的船"。只有"艺术之家"才是拯救这种疯狂的诺亚方舟。小说通过"梦境"重温了"白银时代"的幸福时光，而"梦境"之外的彼得格勒则与一个庞大帝国的灭亡有机地联系在一起。然而，"艺术之家"的反对者们认为，彼得格勒只有外部矛盾：与城市一样，文学方舟也注定灭亡。О.Д.佛尔施形象地将"艺术之家"比喻成救世方舟，表达了象征主义者试图挽救俄罗斯传统文化、保存珍贵的彼得堡—彼得格勒记忆的诉求。

为了纪念列宁，1924年彼得格勒更名为列宁格勒。整个20年代，"苏联政府面对俄罗斯原有的两个首都的状况十分抵触，一方面表面承认列宁格勒的特殊地位，因为它在共产主义意识形态和历史上具有特殊作用，另一方面却极力掩饰'红色彼得堡'有可能提出特殊政治权力要求的恐惧心理。"[3]此时在列宁格勒文学中出现了荒凉和被遗弃的主题，它们催生了列宁格勒文

1　*Минц З.Г., Безродный М.В., Данилевский А.А.* «Петербургский текст» и русский символизм.Труды по знаковым системам. Тарту, 1984. Вып. 18. С.79.

2　Там же. С.80.

3　*Смирнов С.Б.* Взаимодействие москвы и петербурга в развитии культуры россии в 18-20 вв. Автореферат диссертации на соискание ученой степени доктора культурологии. СПб. 2007.С.31.

本的诞生。在 А. 别雷、Ф.К. 索洛古勃（Фёдор Кузьмич Сологуб, 1877—1927）和 Р.И. 罗日杰斯特文斯基（Роберт Иванович Рождественский, 1932—1994）那里，彼得堡曾经的荒诞，在彼得格勒—列宁格勒已变成了现实。"奥拜里乌"成员（ОБЭРИУт）[1]在新生的列宁格勒文本的框架下理解并描述了现实的荒谬性。不断陷入荒唐状态的怪人形象成为对现实荒谬性的一种反抗。"列宁格勒文本的文化空间被一些新的名词所充斥……而且几乎与彼得堡文本的组成部分完全相同，但是在意识形态上已经倒置了。缔造者形象正在发生变化，列宁正在取代彼得，列宁格勒的出现被理解为一种意志行为，是新时代的标志。"[2]文学"莫斯科文本"代码系统与"彼得堡文本"的代码系统的"临界涨落"与"对称打破"现象在这一阶段开始凸显：此时的莫斯科形象，一方面从意识形态层面隐喻地散发着"第三罗马"的帝国气息，另一方面，从宗教层面又被赋予了"死亡之城""第二巴比伦""敌基督"城、"隐匿的基杰什城"的色彩。这一时期的列宁格勒文本，比如 К.К. 瓦基诺夫的《山羊之歌》；莫斯科文本，诸如 А. 别雷的《莫斯科》、М.А. 布尔加科夫在 20 年代以莫斯科为题材的系列小说、И. 伊里夫和 Е. 彼得罗夫的《十二把椅子》都极富代表性。

康斯坦丁·瓦基诺夫的《山羊之歌》（《Козлиная песнь》, 1928）是一部将彼得堡文本的所有范式进行链接的作品[3]。某种意义上说，在彼得堡文本系统中，它既终结了 20 世纪的彼得堡题材，又开拓了 20 世纪的列宁格勒题材，因而被视为一部里程碑式的作品。作者将已改名为列宁格勒的城市继续置于彼得堡末日论神话的背景之下，描写了新政权建立之初"战时共产主义的第一个冬天"所发生的故事。在瓦基诺夫的笔下，列宁格勒已是一

---

[1] "奥拜里乌"成员（ОБЭРИУт）即"真实艺术协会"的成员。

[2] *Зиновьевна В.И.* Ленинградский текст Сергея Довлатова. Диссертация на соискание ученой степени кандидата филологических наук. САРАТОВ, 2005. С.52.

[3] *Топоров В.Н.* Петербург и петербургский текст русской литературы // Семиотика города и городской культуры. СПб.; Тарту, 1984. С. 15-16.

座"沙化"的城市，正处在一种濒临死亡的临界状态。小说将俄国革命及其后来所发生的一切与罗马帝国的灭亡做了类比，但是与传统的彼得堡文本不同的是，瓦基诺夫将这种濒临死亡的状态视为一种无可更改的历史规律，即一种文明总要被另一种文明所替代。如果说，传统的彼得堡文本的话语单元是"文化与自然"的对立，那么《山羊之歌》中则充满了"文化与文化的匮乏"的紧张对立。小说将过往的彼得堡奉为人类文化、和谐的瑰宝，在此基础上，作者探讨了对于人类特定的文化时代的复活问题。小说的主人公们曾试图以各种"佯装"的文化填补列宁格勒时空的"文化匮乏"，以"复制"的文化对抗现实的野蛮，但最终以失败而告终，从而证明了对于人类优秀文化遗产的传承不能囿于形式、抱残守缺，而在于精神、在于创造。由于小说将彼得堡末日论神话与古代生殖神话相结合，较之以往的彼得堡文本，这部小说的悲剧成分有所减少，救赎动机有所增强。小说中不断出现凤凰鸟的形象，它在火刑柱上燃烧并再次复活。这意味着彼得堡文化终将像凤凰鸟一样，几经涅槃，浴火重生。这里，"凤凰鸟"的形象与莫斯科文本的末日论神话发生了潜移。俄罗斯当代学者 М.Ф. 阿穆欣（Марк Фомич Амусин，1948— ）在文章《透过彼得堡文本的反射镜》中指出，"在瓦基诺夫之后的几十年中，彼得堡文本没有任何生命迹象。但是事实证明，这不是死亡，而是暂停的动画，是长时间的冬眠。只是在俄苏文学中才出现了解冻，在它之上再一次出现了先前的微光，折射着彼得堡文本——神话的微光。"[1]

继《彼得堡》之后，A. 别雷在 20 年代后半期又创作了系列长篇小说《莫斯科》（《Москва》，1926—1930）。作家将《彼得堡》的诗学完全投射到《莫斯科》中，并在小说主题、情节线索、人物形象等层面进一步向深层推进，表现了鲜明的象征主义小说的诗学特征。与《彼得堡》一样，城市命运成为《莫斯科》表现的主题之一。在别雷的笔下，莫斯科的圣城痕迹在 20

---

[1] Амусин М. В зазеркалье Петербургского текста // Нева. 2001. № 5. С.89.

世纪 20 年代虽然依稀可见，但它们不过是作为一种遥远历史的"回声"淹没在现代的喧嚣里。在《莫斯科》中，别雷描绘了一幅莫斯科的末日景象，它将"燃起世界性的大火"，它将遭受重创，"它将轰然倒下"，"变成一片废墟"。这种灾难性的征兆，威胁着在世界大战和革命高潮中的俄罗斯。莫斯科充满恶意并扭曲了主人公的命运，在那里，科洛布金教授、莉扎莎、米佳、安娜·巴甫洛芙娜等人体验了精神上的震荡和道德上的悲剧。正是在这样的背景下，小说着重探讨了科洛布金教授的那项能致人类毁灭的科学发明的道德因素，以及科学家的责任。科洛布金教授曾盲目地以为自己是一个追求真理的人，只要能献身科学就意味着在践行人类的公平正义。在经历了曼德罗事件之后，"失明"的科洛布金教授才真正获得了审视自己和世界的能力。他"经历了一次新生，理解了自己对世界邪恶的参与"[1]，最终销毁了那项发明。精神觉醒的科洛布金获得了"新视力"，此时他看到彩虹漫天的莫斯科恢复了"金顶之城""太阳之城""基杰什城"的面容，与"变容"后的莫斯科一道，主人公实现了自我的心灵救赎。

И. 伊里夫（Илья Ильф, 1897—1937）和 Е. 彼得罗夫（Евгений Петров, 1902—1942）共同创作的长篇小说《十二把椅子》（《Двенадцать стульев》, 1927），完全可以称得上 1920 年代苏联生活的"百科全书"，它是"莫斯科文本"的代码系统发生转换的一个例证。在这部小说的表现主题和叙事风格上可以看出左琴科与布尔加科夫的深刻影响。不仅是小说中的主要人物本德尔·奥斯塔普和基萨·沃罗比杨尼诺夫，那些借助于怪诞、夸张手法所创建的情节和塑造的人物似乎都越出小说的界限，成为活生生的现实以及现实中的人物，小说所呈现的 20—30 年代苏联社会多重主题，几乎成了这一文学主题的"模板"。

1　Шарапенкова Н.Г. Мифолого-символический аспект имени собственного в романе Андрея Белого 《Москва》/ Н.Г.Шарапенкова. Вестник ЛГУ им.А.С.Пушкина. 2011. № 3. С.41.

外省县城前首席贵族伊波利特·马特维耶维奇·沃罗比杨尼诺夫的岳母佩图霍娃太太在离世前将一件惊人的家族秘密告诉了他：革命后，在全家逃离老城的前夜，佩图霍娃太太把家族的所有财宝都缝进了客厅那十二把椅子中的其中一把里。于是在埋葬了佩图霍娃太太之后，伊波利特·马特维耶维奇立即返回老城，并与号称"伟大谋士"的骗子奥斯塔普·本德尔签订了寻找十二把椅子的合作协议，开始了与后者一道从老城到莫斯科的寻宝之旅。伊波利特·马特维耶维奇的寻宝征程使人联想到堂吉诃德的冒险游侠经历和乞乞科夫购买死魂灵之旅，它所展示的是一幅20世纪20—30年代新经济政策时期的现实画卷。其中第二部"在莫斯科"展示了那个时代首都居民被经济大潮所裹挟所陷入的混乱：从事脑力劳动的变成了生意人；《车床》日报是"什么来钱快登什么"，编辑记者们不是为争版面做交易就是不务正业地组织"汽车运动员俱乐部"，以公债券入股的形式筹集资金伺机发财；街头充斥着投机倒把、无证经营的小商贩，爱慕虚荣的"吸血鬼"爱乐奇卡靠借贷维持着伪奢侈的生活并梦想着在时尚方面与亿万富翁的女儿一争高下；"有能耐"的人每天酒肉饕餮，有"布拉格"模范餐厅炫目的镜壁和琳琅满目的餐食供养他们的眼腹，没本事的百姓要响应政府"肉食有害"的号召，去"勿偷"素食店靠"假兔子""素灌肠"和"寺院素汤"来充饥；别尔托利德·什瓦尔茨修道士公共宿舍拥挤的"铅笔盒"格局和格里查楚耶娃太太在民族宫二楼的长廊里所遭遇的到处"封门"的经历，反映了当时莫斯科的住房紧张的现实问题。即便是"剑犁同盟"的政治投机也主要以敛财为目的，当然，救助"街头流浪儿童"的借口要喊得震天响。在小说中，放之四海而皆准的是"骗子原则"和"强盗逻辑"，时代的"弄潮儿"就是以"头号骗子手"奥斯塔普·本德尔、"自由之父"沃罗比杨尼诺夫、贪欲萌动的"天使"费道尔神父、盗用公款分子、房产管理员、各种主任、哄抬物价者、玩弄经济政策的行政人员为首的乌合之众。在卡兰切夫广场，当雅罗斯拉夫尔火车站的时钟指向十点钟的时候，十月火车站的时钟则指向十点五分，而梁赞火车站的时钟则是差五分十点。也就是说，在莫斯科"总有十分钟的伸缩余地"[1]为骗子和强盗提供方便。在《十二把椅子》中，"骗子和强盗的乐园"成为莫斯科的新形象。

30年代中期到40年代初，莫斯科与列宁格勒之间的对立有所缓和。莫斯科与列宁格勒的对话的"失语"状态反映在以"社会主义现实主义"为创作原则的苏联文学之中。此时的莫斯科与列宁格勒形象唤起的是苏联作家们的乐观主义和朝气蓬勃的热情，在他们笔下，莫斯科与列宁格勒是和谐的、充满朝气的欢乐之城，闪烁着"红色乌托邦"色彩：列宁格勒是一个从不拖延养老金支付的城市，孩子们在少先队夏令营里幸福地度假。这座城市的警察和共青团员守卫着居民，那里没有土匪和乞丐。政府积极树立列宁格勒的形象，因为这是三次革命的摇篮。"红色彼得堡的神话很快正式化，变成了公式、学校论文、公共汽车旅行的主题。"[2]可以说，彼得堡文学传统无法在这一时期的文学中得以充分体现。在莫斯科的"红色乌托邦神话"里，安德烈·普拉东诺夫（Андрей Платонович Платонов, 1899—1951）创作于1932—1936年间的《幸福的莫斯科娃》（《Счастливая Москва》）格外引人注目，作家将主人公莫斯科娃的故事纳入了30年代苏联文化的情节和神话之中。这部小说在符号学层面隐喻地涉及了莫斯科与列宁格勒之间的对话。

（三）第三次角色转换："卫国战争"的爆发

1941年至1944年的卫国战争再次彰显出俄罗斯历史传统中两个国都的威力。在这场战争中，列宁格勒仿佛是А.И.赫尔岑笔下1849年"霍乱时期"的莫斯科那样，虽然平时表现得"昏昏沉沉，萎靡不振……可是一旦必要，它就会蓦然醒来，在暴风雨君临俄罗斯上空的时候挺身而出，无所

---

1 [苏]伊·伊里夫、叶·彼得罗夫：《十二把椅子》，安郁琮、钟鼎译，哈尔滨：黑龙江人民出版社，1984年，第169页。

2 Жуков К. О пользе и вреде петербургской мифологии // Петербургский Час-пик. 1999 г.; 2-8 июня.

畏惧"[1]，它在 900 天的围困中如凤凰涅槃，在精神上成为国家的坚毅形象。从这个意义上，伟大的卫国战争之于列宁格勒，如同 1812 年卫国战争之于莫斯科，是它发展的重要转折点，列宁格勒的形象发生了逆转，成为一座"英雄之城"[2]。这一时期"彼得堡文本"的构成中出现了"围困文本"，它属于"列宁格勒文本"的特殊类型。这类文本的结构编码，既沿用了"彼得堡文本"原始代码中的"强国"符号，如"彼得之城""北方的帕尔米拉"等，同时又渗透进"莫斯科文本"代码系统中有关"永恒之城""第三罗马"的意蕴，形成一种新的代码——"英雄之城"。这不仅意味着列宁格勒在 900 天围困中的突围，也持续地暗示着苏联与周遭西方世界在意识形态层面的对立。这个新代码重又触及了俄罗斯文学"莫斯科文本"与"彼得堡文本"的一个古老话题，即俄罗斯与西方的关系，当然 20 世纪中叶，它已富含新的时代色彩。这一时期具有代表性的"围困文本"，在诗歌方面，有O.Ф.别尔戈丽茨（Ольга Федоровна Берггольц, 1910—1975）的诗歌合集《围困日记》（《Блокадный дневник》），包括《二月日记》（《Февральский дневник》，1944）、《列宁格勒笔记本》（《Ленинградская тетрадь》，1942）和《列宁格勒史诗》（《Ленинградская поэма》，1942）；B.M.英贝尔（Вера Михайловна Инбер, 1890—1972）的《列宁格勒的心灵》（《Душа Ленинграда》，1942）、《普尔科夫子午线》（《Пулковский меридиан》，1942）、《关于列宁格勒》（《О Ленинграде Поэма и стихи》，1943）；Н.С.吉洪诺夫（Николай Семёнович Тихонов, 1896—1979）的《火红之年》（《Огонённый год》，1942）、《红军》（《Красная армия》，1943）；江布尔·扎巴耶夫（Джамбул Джабаев, 1846—1945）的《1941—1943 年的"战争之歌"》（《Песни войны.1941—1943》，1944）。小说方面，有 К.Г.巴乌斯

1　[俄]赫尔岑：《往事与随想》（上），项星耀译，北京：人民文学出版社，2006 年，第 120—121 页。
2　傅星寰：《现代性视阈下俄罗斯思想的艺术阐释——俄罗斯文学五大题材研究》，长春：吉林人民出版社，2010 年，第 162 页。

托夫斯基（Констатин Георгиевич Паустовский, 1892—1968）的短篇小说集《列宁格勒之夜》(《Ленинградская ночь》, 1943), Н.С. 吉洪诺夫的《列宁格勒故事》(《Ленинградские рассказы》, 1942)、《"列宁格勒年"——1942—1943》(《"Ленинградский год", 1942—1943》, 1943)和《苏联人的特征》(《Черты советского человека》, 1945), В.М. 英贝尔的《列宁格勒日记。差不多三年》(《Почти три года. Ленинградский дневник》, 1946), В.К. 凯特琳斯卡娅（Вера Казимировна Кетлинская, 1906—1976）的《列宁格勒人的故事》(《Рассказы о ленинградцах》, 1944), К.А. 费定（Константин Александрович Федин, 1892—1977）的随笔《与列宁格勒约会》(《Свидание с Ленинградом》, 1945), А.Б. 恰科夫斯基（Александр Борисович Чаковский, 1913—1994）的长篇小说《这曾经是在列宁格勒发生的》(《Это было в Ленинграде》, 1945)。在这些作品中，拯救生命、保卫城市的决心削弱了对于痛苦和恐惧的体验。"彼得堡—列宁格勒"这个名字不仅成为勇气和毅力的代名词，而且也成为受苦受难的代名词。

（四）第四次角色转换：从战后到解体前后

战后，苏联国内的政治形势对列宁格勒很不利。国家层面虽然在各个领域和事务中仍然致力于两个中心的理念，但是莫斯科方面一直在削弱列宁格勒的势力，如此一来，举全国之力发展莫斯科又一次成为苏联时代两座城市文明冲突的主要原因。20世纪50年代中期至90年代，在两个首都二元对立的结构中，莫斯科的统领地位继续得以巩固。20世纪下半叶，交通运输业的大力发展，促进了两个城市居民的交流，这为两座城市在文化上的交互作用创造了新的条件。对于列宁格勒而言，"第二文化"的角色不仅是相对于俄罗斯和莫斯科而言，而且是它们属于特定的彼得堡文化的历史证据。列宁格勒人自我意识的自尊心、在"围困"中所经受的苦难，以及业已培养出的拒绝"次要地位"的姿态，致使他们显示出蔑视莫斯科官方文化的"傲慢"。在文学领域，"萨米兹达特"（"Самиздат"）[1]文学具有明显的文化取向，而不是政治取向。怀旧情绪和对经典的虔诚态度促生了在苏联时代列宁格勒一个特殊的文学流派的诞生，即"列宁格勒集团"。在他们的创作中，彼得堡—列宁格勒是"被束缚的精神"的庄严居所，在那里，国家和个人之间的冲突是永恒的。在彼得堡的最初构想中，没有以人为目的，后来在为光明的未来奋斗的热潮中，尽管喊着文化属于人民的口号，但还是一如既往地"忘记了人"。"过往对于彼得堡的小人物——城市的牺牲者，比如某个叶甫盖尼、巴士马奇金、马尔美拉陀夫的同情，在后来的文学中变成了对于他们的藐视。"[2]在新的彼得堡和莫斯科神话里，出现了莫斯科与彼得堡文化场域的有意识地接近。在越来越多的莫斯科文本中，莫斯科形象被赋予"第二巴比伦"、隐匿的"基杰什城"的色彩。比如：这一时期出现的Ю.В.特里丰诺夫的系列"莫斯科小说"、Б.Л.帕斯捷尔纳克的《日瓦戈医生》（《Доктор Живаго》，1945—1955）、В.П.阿克肖诺夫的《莫斯科传奇》（《Московская Сага》，1991—1992）、А.Н.雷巴科夫的《阿尔巴特街的孩子们》（《Дети Арбата》，1987）、А.И.索尔仁尼琴的《第一圈》（《В круге первом》，1955）、М.Л.安恰罗夫（Михаил Леонидович Анчаров，1923—1990）的《不可能性理论》（《Теория Невероятности》，1972）、Вне.叶罗费耶夫的《从莫斯科到佩图什基》（《Москва-Петушки》1970）、В.О.佩列文的《"百事"一代》（《Generation "П"》，1999）、《夏伯阳与虚空》（《Чапаев и Пустота》，1996）、В.马卡宁《地下人，或当代英雄》（《Андеграунд, или Герой нашего времени》，1998）等；而在彼得堡文本中列宁格勒（彼得堡）形象一边被赋予了"永恒之城"和"博物馆之城"的寓意。例如，В.С.舍弗

---

[1] "萨米兹达特"（"Самиздат"），亦称"自版文学"，指在苏联时代一些非官方的文学作品、宗教和新闻出版物的制作和发行方法。"萨米兹达特"文学的作者们往往借助于"伊索式的语言"，以各种寓言的形式表达思想。——笔者注

[2] *Светлана Бломберг*. "Петербургский миф" в наши дни .https:// www.netslova.ru / blomberg/petermif.html.

涅尔（Вадим Сергеевич Шефнер, 1915—2002）的《悲伤的姐妹》（《Сестра печали》, 1969）、А.Д. 多弗拉托夫（Сергей Донатович Довлатов, 1941—1990）的"列宁格勒文本"，包括《妥协》（《Компромисс》, 1981）、《手提箱》（《Чемодан》, 1986）、《分部》（《Филиал》, 1990）等、А.Г. 比托夫的《普希金之家》（《Пушкинский дом》, 1978）、Н.В. 加尔金娜（Наталья Всеволодовна Галкина, 1943— ）的《圣彼得群岛》（《Архипелаг Святого Петра》, 2000）、М.И. 维列尔（Михаил Иосифович Веллер, 1948— ）的短篇小说合集《涅瓦大街的传说》（《Легенды Невского проспекта》, 2000）等，这些作品在原始的彼得堡时空中演绎着现实，而这种现实的某种荒诞性又还原了"彼得堡文本"代码系统中有关"幽灵之城""虚幻之城"的意味。莫斯科和列宁格勒艺术形象的反转昭示着人们希望与业已逝去的往昔时代（即"黄金时代"或"白银时代"）恢复联系的强烈诉求。

数十年来，列宁格勒在国家政治生活的地位不断降低，导致莫斯科—列宁格勒的二元对立在政治层面逐渐失去了意义。从战后到解体之前，列宁格勒对于苏联的意义就像19世纪的莫斯科对于俄国的意义一样，处于一种被忽视的"失语"状态。但事实上，尽管相对于莫斯科，列宁格勒在这一时期显得封闭、保守、边缘化，但从某种意义上说，它却成了俄罗斯文化传统的传承者、保护人。

随着改革的深入，莫斯科和列宁格勒—圣彼得堡像俄罗斯历史近三百年来的情形一样，重新开始交替变更地占据着俄罗斯历史文化的核心位置。在戈尔巴乔夫"新思维"时代，莫斯科和列宁格勒之间有关未来的"政治中心对立"[1]说（即莫斯科是"国中之国"，彼得堡是"第四罗马"）开始初露端倪。由此而引发的两座城市的相互作用又激活了俄罗斯文化，使它呈现出短

---

1 *Смирнов С.Б.* Взаимодействие москвы и петербурга в развитии культуры россии в 18-20 вв. Автореферат диссертации на соискание ученой степени доктора культурологии. СПб. 2007. C.35.

暂的繁荣景象。苏联解体之后，政治危机所导致的分裂，致使莫斯科和圣彼得堡之间在城市功能和地位上又一次出现了与1917年类似的情形，即当时莫斯科作为一个外省的典范见证了彼得格勒的辉煌，而时至75年之后，相对于莫斯科的国际大都市地位，圣彼得堡仅相当于一个普通的省份。然而，莫斯科在政治上的霸主地位并不意味着莫斯科与彼得堡的对话的结束。比如，在А.Г. 比托夫的《永恒的分裂（重婚的忏悔）》（《Раздвоение вечности》（Исповедь двоеженца），1999）和И.А. 史努连柯（Игорь Анатольевич Шнуренко, 1962—）的《行星彼得堡》（《Планета Петербург》, 1998）、А.В. 维亚里采夫（Александр Викторович Вяльцев, 1962）的《单程旅行。过往的神话化经验》（《Путешествие в одну сторону. Опыт мифологизации прошлого》, 2001）、А.М. 布罗夫斯基（Андрей Михайлович Буровский, 1955—）的《彼得堡——文化的中心》（《Петербург—урочище культуры》, 2004）等作品中恢复了莫斯科与彼得堡之间辩论的传统。解体之后，莫斯科与彼得堡的对话依然在持续。正如М.С. 卡冈所指出的那样，"尽管现代文明试图泯灭彼得堡与莫斯科之间的差异，然而两个城市的文化历史特征不仅得以完整保存，而且在不断深化，因为二者的差异体现了每个城市文化中独一无二的珍贵特征。两个首都的对话将以此为基础得以展开"[1]。

综上所述，我们认为，俄罗斯文学莫斯科文本与彼得堡文本是一个具有相变过程的开放系统。所谓"相变"，是一个物理学概念，意指在不同的聚集状态——固态、液态、气态，每一种态势皆为相，而"不同相之间的转变，则被称为相变"[2]。所谓"开放系统""被定义为与环境交换物质的系统，

---

[1] *Смирнов С.Б.* Взаимодействие москвы и петербурга в развитии культуры россии в 18-20 вв. Автореферат диссертации на соискание ученой степени доктора культурологии. СПб. 2007. С.2.

[2] [德]赫尔曼·哈肯：《协同学：大自然构成的奥秘》，凌复华译，上海：上海译文出版社，2013年，第21页。

表现为输出和输入，表现为物质组分的组建和破坏"[1]。"开放系统尽管持续不断地进行着不可逆的过程，有输入和输出，有组建和破坏发生着，但其构成仍保持不变。"[2] 对于莫斯科文本与彼得堡文本而言，在这个"开放系统"里它们各自损耗的能量成为对方的能量来源。依据上述俄罗斯文化历史中莫斯科与彼得堡角色的"反转"所导致的俄罗斯文学莫斯科文本与彼得堡文本代码系统的潜移和对位，我们可以将两个系统的代码参数视为相，将它们之间的动力学生产过程视为一个相变的过程。由于这种相变的不断发生，致使莫斯科文本与彼得堡文本这两个"超级文本"系统在与外界的交互作用和内在整合的过程中不断演变、增值，逐渐发展成一个开放的系统。Н.А.库皮娜和Г.В.彼坚斯卡娅在谈及超级文本的类型时认为，超级文本分为封闭性和开放性两种。封闭性超级文本以强制完成性（завершенность）为特征，并具有明显的终结性。开放性超级文本没有明显的结束，因此是未完成的，在量与质上都有着持续发展的诉求[3]。因此，作为开放性的"超级文本"系统，俄罗斯文学莫斯科文本与彼得堡文本的协同与对话机制将在未来持续运作。

俄罗斯文学是"俄罗斯精神的伟大记录"，是俄罗斯历史文化的一面镜子，因此，我们必须通过文学的棱镜透视俄罗斯，通过文化的棱镜透视文学。俄罗斯文学莫斯科文本与彼得堡文本的协同与对话以及文本生产机制受控于两座城市之间的信息交流系统、符号演变系统和价值哲学调节系统的制约。信息交流系统的活跃促成了两个"超级文本"系统外的文化交互；符号演变系统，一方面折射了在"文本之外"文化交互的动态过程，另一方面它也是造成文本内在结构的"临界涨落"和"对称打破"现象的佐证；价值哲学调节系统则最终制造了两个"超级文本"系统中语义符号与现实之间的距

---

[1] [美]冯·贝塔朗菲：《一般系统论：基础发展和应用》，林康义、魏宏森等译，北京：清华大学出版社，1987年，第132页。

[2] 同上书，第133页。

[3] *Купина Н.А., Битенская Г.В.* Сверхтекст и его разновидности // Человек –Текст – Культура: коллективная монография /под ред. *Н.А.Купиной,Т.В.Матвеевой*. Екатеринбург: ИРРО, 1994. С.21.

离。在俄罗斯文学的莫斯科文本与彼得堡文本中，语义的能指和所指之间经常会越出原代码系统的边界。也就是说，有些语义尽管符合两座城市的现实特征，但是并不符合两座城市的形而上学特征，即在符号学层面上语义的能指与所指并不吻合。在俄罗斯历史文化中，莫斯科与彼得堡的角色"反转"的现实意义与文学反馈的美学意义并不相符，有时甚或是背道而驰的。H.E.梅德尼斯认为，"超级文本是一种反映现实的棱镜，但是在艺术的特殊折光中，显现的已不是客观存在而是美学的向量。它是关于一种形象化的褶积（褶合式），先验地存在于创造者和读者的思想中，在这种情况下，对于作家而言，忠实于超级文本的形象范式比避免对事实的扭曲更为重要。也就是说，超级文本允许在现实层面上不准确，但不允许在形象比喻和形而上学层面上不准确"[1]。

将"协同学"理论运用于俄罗斯文学两个相互关联的"超级文本"系统——莫斯科文本和彼得堡文本的研究，将有利于我们考察它们之间的协同与对话，以及文本生产机制，从而在方法论上为国别文学与世界文学中大量相互关联、对话的地方性（首都、外省或区域性）"超级文本"系统的研究提供借鉴和理论依据。

---

[1] *Меднис Н.Е.* Сверхтексты в русской литературе. Новосибирск, 2003. С.66.

参考文献

一、外文参考文献

（一）俄文参考文献

А

[1] Аксаков К.С. Значение столицы./*К.С. Аксаков*//Москва-Петербуг: Pro et contra/Сост. К.Г.Исупов. –СПб.: РХГИ, 2000.

[2] Александров А.А. «Я гляжу внутрь себя...»: О психологизме повести Д.Хармса «Старуха»/*А.А. Александров*//Петербургский текст: Из истории русской литеруры 20—30-х годов XX века: Межвузовский сборник/Под ред. *В.А. Лаврова*. –СПб.: Изд-во С-Петербург. Ун-та, 1996.

[3] Аксенов В.П. Московская сага. Книга 1. Поколение зимы. –Москва: Эксмо, 2018.

[4] Аксенов В.П. Московская сага.Книга вторая: Война и тюрьма. –СПб.: Азбука, Азбука-Аттекус, 2018.

[5] Аксенов В.П. Московская сага.Книга третья: Тюрьма и мир. –СПб.: Азбука, Азбука-Аттекус, 2018.

[6] Алпатова Т.А. «Московский текст» и пути формирования образа повествования в прозе Н.М.Карамзина//Москва и "московский текст" в русской литературе и фольклоре. М.: МГПУ, 2004.

[7] Антонов П. А. Старая Коломна. «Аврора», Л.; 1978, № 6.

[8] *Анфециров Н.П.* Душа Петербурга.//Бертельманн Медиа москау. Москва. 2014.

[9] *Анциферов Н.П.* Проблема урбанизма в русской художественной литературе. М.: ИМЛИ.РАН, 2009.

[10] *Анциферов Н.П.* Непостижимый город. Душа Петербурга. СПБ.: Лениздат, 1991.

[11] *Анциферов Н.П.* Душа Петербурга. Петербург Достоевского. Быль и миф Петербурга. Репринт. воспроизв. изд. 1922, 1923, 1924 гг. –М., 1991.

[12] *Амусин М.* В Зазеркалье Петербургского текста//Нева. 2001. № 5.

[13] *Архипов И.* Город-карнавал: Петербург и культура массовых гуляний//И.Архипов//Родина. 2003. № 3.

[14] *Асадова Н.З.* Тайны Петербурга. *Н.З. Асадова, Л.А. Мацих* –Москва: АСТ, 2014.

[15] *Афанасьев Э.Л.* Москва в раздумья русских мыслителей послепетровского времени//Э.Л. Афанасьев//Москва в русской и мировой литературе//Сб. Статей. –М.: Наследие, 2000.

[16] *Ачильдиев С.И.* Постижение Петербурга. В чем смысл и предназначение Северной столицы. –М.: ЗАО Издательство Центрполиграф, 2015.

Б

[17] *Баратынский Е.А.* Стихотворения и поэмы. М.: Современник, 1982.

[18] *Белинский В.Г.* Петербург и Москва. 1845. Физиология Петербург. М., 1984.

[19] *Белый А.* Москва. Сост., вступ. ст. и примеч. *С.И.Тиминой.* –М.: Сов. Россия, 1990.

[20] *Белый А.* Собрание сочинений: в 6-ти т. М.: Терра-книжный клуб,

2005. т.3.

[21] Андрей Белый и Иванов-Разумник. Переписка. СПб.: Изд-во Феникс; A the neum, 1998.

[22] *Бельтраме Ф.* О парадоксальном мышлении «подпольного человека»// Достоевский. Материалы и исследования. СПб.: Наука, 2007. т. 18.

[23] *Беляков С.* Роман Сенчин: неоконченный портрет в сумерках//Урал. 2011. № 10.

[24] *Бердяев Н.А.* Астральный роман. Размышления по поводу романа А. Белого «Петербург»//*Андрей Белый*: pro et contra. Личность и творчество Андрея Белого в оценках и толкованиях современников./Сост., вступ. ст., коммент. *А. В. Лаврова*. -СПб.: Изд-во рус. христиан. гуман. ин-та, 2004.

[25] *Берков П.* Идея Петербурга-Петраграда-Ленинграда в русской литературе. *П. Берков*//Звезда. 1957. № 6.

[26] *Битов А.Г.* Пушкинский дом. –Москва: АСТ: Редакция Елены Шубиной, 2014.

[27] *Битов А.Г.* Улетающий Монахов: Роман-пунтир./*А.Г. Битов.* –М.: Молодая гвардия, 1990.

[28] *Бломберг С.* "Петербургский миф" в наши дни. https://www.netslova.ru/blomberg/petermif.html.

[29] Большой академический словарь русского языка.РАН, Ин-т лингв. Исследований. М.-СПБ: Наука, 2006, т.4.

[30] *Буровский А.М.* Величие и проклятие Петербурга. *Андрей Буровский*. –М.; Яуза: Эксмо, 2009.

[31] *Буркхарт Д.* К семиотике пространства: «московский текст» во «Второй (драматической) симфонии Андрея Белого».Москва и «Москва» Андрея Бе-

лого. –М.: РГГУ, 1999.

[32] *Бютор М.* Город как текст//Пер.с франц.//*Бютор М.* Роман как иследование. –М.: Изд-во Московского университета, 2000.

В

[33] *Вагинов К.К.* Козлиная песнь//*Вагинов К.К.* Козлиная песнь. Труды и дни Свистонова. Бамбочада. М., 1989.

[34] *Вагинов К. К.* Песня слов. –М: ОГИ, 2012.

[35] *Вендина О.И.* Москва и Петербург. История об истории соперничества российских столиц//Полития. 2002. № 3.

[36] *Вейсман И.* Ленинградский текст Сергея Довлатова//Дисс... канд. филол. наук/*И.Вейсман.* Саратов, 2005.

[37] *Веллер, Михаил.* Легенды Невского проспекта. *Михаил Веллер.* Москва: Издательство АСТ, 2018.

[38] *Вельтман А.Ф.* Приключения, почерпнутые из моря житейского//М. ГИХЛ (Гослитиздат). 1957.

[39] *Веселова И.С.* "Логика москвоской путаницы (на материале москрвской 'Несказочной' прозы конца XVIII –начала XX века")//Москва и "Московский текст в русской культуре" . М., 1998.

[40] *Виролайнен М.Н.* Петровский «парадз» как модель Петербургского текста//Существует ли Петербургский текст?. Под ред. *В.М. Марковича, В. Шмида.* СПБ., 2005.

[41] *Воробьев В.В, Дронов В.В., Г.В. Хруслов Г.В.* Москва... Россия... Речь и Образы.корректировочный курс по русскому языку и культуре.русский язык. курсы. Москва, 2002.

Г

[42] *Гармаш Л.В.* Танатологический мотивы в романе Андрея Белого «Москва»//Русская филология: Вестник Харьковского национального педагогического университета имени Г.С. Сковороды. 2015. № 2.

[43] *Герцен А.И.* Москва и Петербург/*А.И. Герцен*//Москва-Петербург: Pro et contra/Сост. *К.Г. Исупов.* –СПб.: РХГИ, 2000.

[44] *Гершензон М.О.* Грибоедовская Москва. П.Я.Чаадаев. Очерки прошлого. –М.: Московский рабочий, 1989.

[45] *Гершезонь М.* Грибоедовская Москва. Москва: Издание, М.и С.Сабашниковых, 1914.

[46] *Гиляровский В.* Москва и москвичи. *Владимир Гиляровский.* –СПб.: Абузка, Абузка-Аттикус, 2016.

[47] *Глазунова О.И.* Синергетика творчества: Опыт анализа художественного текста.Предисл. *Г.Г. Малиннецкого.* Изд.стереотип. М.: Книжный дом «ЛИБРОКОМ», 2018.

[48] Город и люди: кн.моск.прозы. Сост. *В.В. Калмыкова*, В.Г. Перельмутер –М.: Рус. Импульс, 2008.

[49] А.С. Грибоедов в русской критике: Сборник ст. / Сост., вступ. ст. и примеч. *А.М. Гордина.* –М.: Гослитиздат, 1958.

Д

[50] *Даль В.И.* Толковый словарь живого великорусского языка: В 4-х т. М.: ТЕРРА, 1995.

[51] *Данилевский Н.Я.* Россия и Европа. Эпоха столкновения цивилизаций. *Николай Данилевский.* –М.: Алгоритм, 2014.

[52] *Дилакторская О.Г.* Петербургская повесть Достоевского//*О.Г. Дилак-*

торская. –СПб.: Дмитрий Буланин, 1999.

[53] *Дон-Аминадо*. Поезд на третьем пути. –М.: Книга, 1954.// Хрестоматия по географии России. Образ страны: Русские столицы. Москва и Петербург/ Авт.-сост. *А.Н. Замятин, Д.Н. Замятин*; общ.Ред. *Д.Н. Замятин*. –М.: МИРОС, 1993.

[54] *Дмитриев М.А.* Стихотворения. М., 1865. Т.1.

[55] *Добренко Е.* Политэкономия соцреализма. –М.: Новое литературное обозрение, 2007.

[56] *Долгополов Л.К.* Миф о Петербурге и его преобразование в начале века//*Долгополов Л.К.* На рубеже веков: о русской литературе конца XIX—начала XX века. Л.; советский писатель. Лениzр. Отд. 1977.

[57] *Долгополов Л. К.* А. Белый и его роман «Петербург». Л.: Советский писатель, 1988.

[58] *Долгополое Л. К.* На рубеже веков. Л., 1985.

[59] *Дунаев, М.М.* Православие и русская литература . В 6-ти частях. Ч. III / *М.М. Дунаев*. –Храм Святой мученицы Татианы при МГУ, 2002.

Е

[60] *Ермолаева Ж.Е.* Петербургский текст: мифология города в прозе 20—30 годов XX века. автореф.дис. ...канд. филол. Наук/*Ж.Е.Ермолаева*. СПб.: ЛЕМА, 2008.

[61] *Ермоченко Тамара Константинова*. Поэтика новой петербургской прозы конца XX—начала XXI веков//Диссертация на соискание ученой степени кандидата филологических наук. БГУ. Брянск.2008.

Ж

[62] *Жерихина Е.И., Шепелев, Л.Е.* Столичный Петербург. Город и власть//

Е.И. Жерихина, Л.Е. Шепелев. –М.: Центрполишраф, 2009.

[63] *Жуковский В.А.* Марьина роща. Сочинения в 3 томах. –М.: Худ. Литература, 1980.

[64] *Жуков К.* О пользе и вреде петербургской мифологии//Петербургский Час-пик. 1999. 2-8 июня.

З

[65] *Загоскин М.Н.* Два характера Брат и сестра. *М.Н.Загоскин*//Москва-Петербуг: Pro et contra/Сост. К.Г.Исупов. –СПб.: РХГИ, 2000.

[66] *Замятин Е. И.* Москва–Петербург//Наше наслетие.1989. № 1.//Хрестоматия по географии России. Образ страны: Русские столицы. Москва и Петербург/Авт.-сост. *А.Н. Замятин, Д.Н. Замятин;* общ. Ред. *Д.Н. Замятин.* –М.: МИРОС, 1993.

[67] *Замятин Д.Н.* Постномадизм: Пространственный антропологии путешествий//Уральский исторический вестник. 2016. № 2(51).

[68] *Замятин Д.Н.* Метагеография пространство образы и образы пространства//Издательство "Аграф". М.: 2004.

[69] *Зайцев Б.К.* Дальний край. М.: Современник, 1990.

[70] *Зиновьевна В.И.* Ленинградский текст Сергея Довлатова//Диссертация на соискание ученой степени кандидата филологических наук. САРАТОВ, 2005.

[71] *Зорина Л.Я.* Отражение идей самоорганизации в содержании образования//Педагогика.1996. № 4.

И

[72] *Иезуитова Р.В.* Жуковский и его время. Л.: Наука, 1989.

[73] *Иванов Вяч.* Ницше и Дионис//*Иванов Вяч.* Дионис и прадионисийство. СПб., 2000.

[74] *Иличевский А.* Солдаты Апшеронского полка: Матисс. Перс. Математик. Агархисты: романы. М.: АСТ, 2013.

[75] *Ильф, Илья.* 12 стульев. *Илья Ильф, Евгений Петров.* –Москва: Издательство АСТ, 2019.

К

[76] *Калмыкова В.В.* Основные темы и мотивы "Московского текста" в прозе первой половины XX века//Москва и "московский текст" в русской литературе: русский период в творчестве писателя. –М.; МПГУ, 2010.

[77] *Калмыкова В.В.* Межвузовский научный семинар: Москва и "московский текст" в русской литературе и фольклоре. Москва в судьбе и творчеве русских писателей. НЛО, 2011. № 3.

[78] *Касатккина К.В.* Тип "подпольного человека" в русской литературе XIX—первой трети XX в.//Диссертация на срискание ученной степени кандидата филологических наук. МГУ. Москва. 2016.

[79] *Кихней Л.Г., Вовна А.В.* Преломоение «Петербургского мифа» в Городском тексте романа Андрякя Белого «Петербург»//Вестник КГУ им.Н.А. Некрасова.2011. № 1.

[80] *Кларк К.* Москва, четвертый Рим: сталинизм, космополитизм и эволюция советской культуры (1931—1941). –М.: Новое литературное обозрение, 2018.

[81] *Кондратьев В.Л.* Отпуск по ранению: Повесть М.: Детская литература, 2008.

[82] *Корниенко Н.В.* Москва во времени (Имя Петербурга и Москвы в русской литературе 10—30 гг. XX в.)/*Н.В.Корниенко*//Москва в русской литературе: Сб.статей. –М.: Наследие, 2000.

[83] *Крестовский В.В.* Петербургские трущобы. Книга о сытых и голодных. Роман в шести частях. Том 1. Москва: Правда, 1990.

[84] *Крестовский В.В.* Петербургские трущобы. Книга о сытых и голодных. Роман в шести частях. Том 2. Москва: Правда, 1990.

[85] *Кржижановский С.Д.* Штемпель: Москва//*Кржижановский С.Д.* Воспоминания о будущем: Избранное из неизданного. М.,1989.

[86] *Куприн А.И.* Юнкера//Собрание сочинений в 9-ти томах. М.: Б-ка «Огонек»; Изд-во «Правда», 1964.

[87] *Купина Н.А., Битенская Г.В.* Сверхтекст и его разновидности//Человек-Текст-Культура: коллективная монография. Под ред. *Н.А. Купиной, Т.В. Матвеевой.* Екатеринбург: ИРРО, 1994.

[88] *А.Де. Кюстин.* Николаевская Россия. 1839[А]//Хрестоматия по географии России. Образ страны: Русские столицы. Москва и Петербург. Авт.-сост. *А.Н. Замятин, Д.Н. Замятин*; общ. Ред. Д.Н.Замятин. –М.; МИРОС, 1993.

Л

[89] *Лебедев Г.* Рим и Петербург: археология урбанизма и субстанция вечного города/Метафизика Петербурга. СПб., 1993.

[90] *Левкиевская Е.Е.* Москва в зеркале современных православных легенд//Лотмановский сборник, выпуск 2, «О · Г · И» издательство РГГУ, М.: 1999.

[91] *Лихачев Д.С.* Заметки о русском. –Изд. 2-е, доп.–М.: Сов. Россия, 1981//Хрестоматия по географии России. Образ страны: Русские столицы. Москва и Петербург/Авт.-сост. *А.Н. Замятин, Д.Н. Замятин*; общ. Ред. *Д.Н.Замятин.* –М.: МИРОС, 1993.

[92] *Лихачев Д.С.* Петербург в истории русской культуры.//*Д.С. Лихачев*//

Раздумья о России. СПб.: Логос, 1999.

[93] *Лотман Ю.М.* Структура художественного текста. М., 1970.

[94] *Лотман Ю.М.* Символика Петербурга и проблеммы семиотика города//Труды по знаковым системам.Тарту, 1984, № 8.

[95] *Лотман Ю.М.* Символика Петербурга и проблемы семиотики города//Лотман Ю.М.Избранные статьи: Стаиьи по истории русской литературы XVIII – первой половины XIX века. Таллин, 1992. Т.2.

[96] *Лотман Ю.М.* История и типология русской культуры//Символика Петербурга и проблемы семиотики города.Санкт-Петербург: «Искусство–СПб», 2002.

[97] *Лотман Ю.М.* История и типология русской культуры. Текст как семиотическая проблема. Санкт–Петербург: «Искусство–СПб», 2002.

[98] Лотмановский сборник 1.Редакций совет : *Гаспаров М.Л., Киселева Л.Н., Лотман М.Ю., Неклюдов С.Ю., Осповат А.Л., Тороп П.Х., Успенский Б.А., Чернов И.А.*//Редактор-составитель *Пермяков Е.В.*//Издательство «ИЦ-Гарант». Москва, 1995.

[99] Лотмановский сборник 2.Редакций совет: *М.Л. Гаспаров., Л.Н. Киселева., М.Ю. Лотман., С.Ю. Неклюдов., А.Л. Осповат., Е.В. Пермяков* (составитель), *П. Тороп, Б.А. Успенский, Т.В. Цивьян.*//«О.Г.И» Издательство РГГУ. Москва, 1997.

[100] *Лурье Л.* Петербург Достоевского. Исторический путеводител. –СПб.: БХВ-Петербург, 2012.

[101] *Лыткина О.И.* Типология топосных сверхтекстов в русской языковой картине мира//*О.И.Лыткина*//Вестник Нижегородского университета им.Н.И.Лобачевского. –2010. № 4 (2).

[102] *Люсый А.П.* Московский текст: Текстологическая концепция русской культуры. М.: Вече: Руский импульс, 2013.

[103] *Люсый А.П.* Русская литература как система локальных текстов// Диссертация на искание ученой степени доктора филологических наук. Москва. 2017.

М

[104] *Малыгина Н.М.* Проблема «московского текста» в русской литературе XX века//Москва и «московский текст» в русской литературе хх века. М., 2005.

[105] *Малыгина Н.М.* Ардрей Платонов: Поэтока «возвращение» . Науч.изд. –М.: 2005.

[106] Марьина-роща-(район-Масквы). https://ru.wikipedia.org/wiki/

[107] Марченко Нонна.Литературный миф Петербурга. http://www.lib.1september.ru/2003/02/4.htm.

[108] *Матвеев Б.М.* Образы Петербурга Мистика и реальность. *Б.М. Матвеев.* –М.: Центрполиграф, 2009.

[109] *Меднис Н.Е.* Сверхтексты в русской литературе. –Новосибирск: Изд-во НГПУ, 2003.

[110] *Меднис Н.Е.* Проблемы Московского текста/*Н.Е. Меднис.* –Режим доступа: http://rassvet.websib.ru.

[111] *Меднис Н.Е.* Петербургский текст русской литературы. http://www.Kniga.websib.ru.

[112] *Мелетинский Е.М.* Герой волшебной сказки. М.-СПб.: Академия исследований культуры; Традиция, 2005.

[113] *Мельгунов Н.А.* Несколько слов о Москве и Петербуге//*Н.А. Мельгунов.* Москва-Петербург: pro et contra. Сост. *К.Г. Исупов.* –СПБ.: РХГИ, 2000.

[114] *Минц З.Г., Безродный М.В., Данилевский А.А.* «Петербургский текст» и русский символизм//Труды по знаковым системам. Тарту, 1984. Вып. 18.

[115] Молчалин. https://ru.wikipedia.org/wiki/

[116] *Москальчук Г.Г.* Структура текста как синергетический процесс. Изд. 3-е. М.: ЛЕНАНД, 2018.

[117] «Москва и "Москва" Андрея Белого»: Сборник статей .Отв. ред. *М.Л. Гаспаров*; Сост. *М.Л. Спивак,Т.В. Цивьян.* М.:Российск. гос. Гуманит. ун-т, 1999.

[118] Москва и «московский текст»в русской литературе и фольклоре: Материалы VII Виноградовских чтений. Москва, филологический факультет МПГУ, 23-25 марта 2003 года/Ред.-сост.: *Н.М. Малыгина, И.А.Беляева.* М.: МГПУ, 2004.

[119] Москва и «московский текст»в русской литературе XX веке. IX Виноградовские чтения: Материалы международной научной конференции. (Москва,11-12 ноября 2005 года)/Ред.-состав .: *Н.М. Малыгина.* –М.: МГПУ, 2007.

[120] Москва и «московский текст»в русской литературе.Москва в судьбе и творчестве русских писателей: материалы межвузовского научного семинара (Москва, 7 апреля 2008 г.). Под ред. *Н.М.Малыгиной.* –Вып.5. –М.: ГОУ ВПО МГПУ, 2010.

[121] Москва и «московский текст». Москва в судьбе и творчестве русских писателей: сборник научных статей./Редактор-сост. *Н.М. Малыгина.* –Вып.7. –М.: МГПУ, 2013.

[122] Москва и «московский текст». Москва в судьбе и творчестве русских писателей: сборник научных статей./Редактор-сост. *Н.М. Малыгина*; научн. ред. *Е.В.Кудрина.* –Вып.8. –М.: МГПУ, 2015.

[123] Москва в русской литературе.авт.-сост. *Т. Дажина, Л. Страхова.* –М.:

ACT: Ллимп, 2007.

[124] Москва место встречи: городская проза. Сост. *Елена Шубина, Алла Шлыкова.* –Москва: Издательство АСТ: Редакция Елены Шубиной, 2017.

[125] Москва – как мы ее не знаем. Петербург – как мы его не знаем. Антология современной прозы. –СПб.: Фонд «Русский текст», 2015.

[126] *Морева Любовь Михайловна.* Метафизика Петербурга//Петербургские чтения по теории, истории и философии культурры; Вып.1. СПб.: Эйдос, 1993.

[127] *Мураев В.Б.* Творец московской гофманиады.Вступит. Статья.//В.Б. Мураев//Чаянов А.В. Венецианское зероколо: Повести. М.: Современник, 1989.

[128] *Мясников А.Л.* Тайный код Москвы//*Александр Мясников*// –М.: Вече, 2013.

Н

[129] *Немзер А.С.* Замечательное десятилетие русской литературы –М.: Захаров, 2003.

[130] *Некрасова Е.В.* Несчастливая Москва. Создано в интеллектуальной издательской системе «Ridero». –М.: 2017.

[131] *Николаева Е.Г.* Тип петербургского мечтателя в повести Ф.М. Достоевского «Белые ночи»//ИСТОРИЯ И ФИЛОЛОГИЯ , 2008. Вып. 1.

О

[132] *Одоевский В.Ф.* Сочинения в двух томах. Сост., конммент. *В.И. Сахарова.* –М.: Худож. лит., 1981.

[133] *Орлова М.А.* Образ Петербурга в романе Константина Вагинова «Козлиная песнь»//Вестник Санкт-петербургского университета Сер.9. 2007. Вып.2. Ч.II.

[134] *Осоргин М.А.* Сивцев Вражек: Роман. Повесть. Рассказы. Сост., пре-

дисл. И коммент. *О.Ю.Авдеевой*. –М.: Моск. Рабочий, 1990.

П

[135] *Паперный В.* Поэтика русского символизма: персонологический аспект//Андрей Белый. Публикации. Исследования. –М.: ИМЛИ РАН, 2002.

[136] *Паутовский К.* Дядя Гиляй. Предисловие. *Гиляровский В.А.* Москва и Москвичи. Издательство: Московский рабочий, М.: 1956.

[137] *Перельмутер Вадим.* Город-текст и его персонажи//*Кржижановский С.Д.* Штемпель: Москва. *Сигизмунд Кржижановский*; сост., вступ. статья и конммент. *В.Перельмутера*; ил. *И.Семенникова*. –М.: Б.С.Г.-Пресс, 2015.

[138] *Пирютко Ю.М.* Другой Петербург. СПб.: «Лига Плюс», 1998.

[139] *Платонов А.П.* Избранное. Издательство: "Гудья-Пресс" ,1999.

[140] *Платонов А.П.* Повести и рассказы. М.: Эксмо, 2007.

[141] *Погорельский А.* Избранное. М.: Советская Россия, 1985.

[142] *Пушкин А.С.* Собр.соч.: В 10 Т. М.: Правда, 1981.

Р

[143] *Рахматуллин Р.* Две Москвы или Метафизика столицы. Рустам рахматуллин. –М.: АСТ: Олимп, 2009.

[144] *Ремизов А.М.* Крестовые сёстры/*А.М.Ремизов.*//Повести и рассказы. –М.: Художественная литература, 1990.

[145] *Репин А.* О "московском мифе" в 20—30-е годы XX века. https://xreferat.com/50/839-1-0- mockovskom -mife -v-20-30-e-gody-hh-veka.ht.

[146] *Рождественская М.* «Ленинградский текст» петербургского текста// Материалы XXXI всероссийской научно-методической конференции преподавателей и аспирантов. Вып. 9. СПб.: Изд-во СПб Университета, 2002.

[147] *Розанов В.В.* Религия. Философия. Культура. М.: Республика, 1992.

[148] Русские писатели в Москве.Составитель *Л.П. Быковцена.* Редактор *Л.Будяк.* Издательство «Московский рабочий», 1973.

C

[149] Самиздат Ленинграда. 1950-е—1980-е. Литературная энциклопедия./ Под общей редакцией *Д. Северюхина.* Авторы-составители: *В. Доминин, Б. Иванов, Б. Останин, Д. Северюхин.* –М.: Новое литературное обозрение. 2003.

[150] *Селеменева М.В.* Поэтика повседневности в городской прозе Ю.В. Трифонова//Изв. Ур. гос. ун-та. 2008. № 59. Вып. 16.

[151] *Селеменева М.В.* «Московский текст» в русской литературе XX в. (на материале художественной прозы 1910—1950-х гг.)//Вестник РУДН. Серия: Литературоведение. Журналистика. 2009, № 2.

[152] *Селеменева М.В.* Образ Москвы в русской литературе начала XXI века//Вестник РУДН, Серия Литературоведение. Журналистика, 2015. № 4.

[153] *Селеменева М.В.* Художественный мир Ю.В. Трифонова в контексте городской прозы второй половины XX века//Дисс... канд. филол. наук/–М., 2009.

[154] *Селеменева М.В.* Своеобразие московского текста Алеусандра Иличевского // Вестник РУДН. Серия: Литературоведение Журналистика. –М., 2017. № 4.

[155] Сенная площадь. https://ru.wikipedia.org/wiki/

[156] *Сенчин Р.В.* Московские тени. М.: Эксмо, 2009.

[157] *Сенчин Р.В.* Московские тени / *Р.В. Сенчин* –«Автор», 2009.

[158] *Сергиевскя Ирина.* Москва таинственная. Все сакральные и магические, колдовские и роковые, гиблые и волшебные места древней сталицы. –М.: Эксмо: Алгоритм, 2009.

[159] *Серкова В.* Неописуемый Петербург (Выход в пространство лабирин-

та) //Метафизика Петербурга: петербургские чтения по теории, истории и философии культуры. СПб., 1993. Вып.1.

[160] *Синдаловский, Н.А.* Пороги и соблазны Северной столицы Светская и уличная жизнь в городском фольклоре/*Н.А.Синдаловский.* –М.: ЗАО Центрполиграф, 2007.

[161] *Синдаловский Н.А.* Легенды и мифы Санкт-Петербурга. Ленинградская галерея, 1995.

[162] Синергетическая парадигма. Социальная синергетика. Редакторы-составители *О.Н. Астафьева, В.Г. Буданов*; Ответственный редактор *В.В. Василькова.* –М.: Прогресс-Традиция, 2009.

[163] *Славникова О.А.* Легкая глава.Роман. М.: Астрель, 2011

[164] Словарь русского языка: В 4-х т./ АН СССР, Ин-т рус.яз.; Под ред. *А.П.Евгеньевой.* –М.: Русский язык, 1985-1988.

[165] Словарь современного русского литературного языка/АН СССРВ 17-ти т. –М.-Л.: Наука, 1960-1963.

[166] *Смирнов С.Б.* Взаимодействие москвы и петербурга в развитии культуры россии в 18-20 вв.. Автореферат диссертации на соискание ученой степени доктора культурологии. СПб., 2007.

[167] *Сорокин В.* Москва.Ведущий редактор *М.Котомин.* Издатеоство «Ад-Маргинем», 2001.

[168] София. https://ru.wiktionary.org/wiki/

[169] *Сухих И.Н.* Двадцать книг XX века. Эссе. –СПб.: Паритет, 2004.

[170] *Сухих И.Н.* Прыжок над историей (роман А.Белого «Петербург»)// Серебряный век русской литературы: сб.ст. - СПб: Факультет филологии и искусств СПбГУ, 2009.

[171] *Сылова Е.А.* Кризис эпохи,города,челоыека в контрастной символике романа Андрея Белого «Петербург»//Вестник СПбГУ. Сер.2., 2011. Вып.2.

Т

[172] *Типов В.П.* Уединенный домик на Васильевском. *В.П.Типов*//Сильфида: Фантастические повести русских романтиков. –М.: Современник, 1988.

[173] *Топоров В.Н.* Петербург и петербургский текст русской литературы//Семиотика города и городской культуры. СПб.; Тарту, 1984.

[174] *Топоров В.Н.* Текст города-девы и города-блудницы в мифологическом аспекте. Исследования по структуре текста//М.,1987.

[175] *Топоров В.Н.* Петербург и «петербургский текст» русской литературы// Топоров В.Н. Миф. Ритуал. Символ. Образ: Исследования в области мифопоэтического: Избранное. –М.: Издательская группа «Прогресс»—«Культура», 1995.

[176] *Топоров В.Н.* Петербургский текст русской литературы//Избранные труды. –Санкт-Петербург: «Искусство–СПб». 2003.

[177] *Топоров В.Н.* Перербургский текст. М. 2009.

[178] *Тульчинский Г.* Город-испытание.Метафизика Петербурга. Т.1. СПБ., 1993.

[179] *Тюпа В. И.* Коренная мифологема Петербургского текста//Существует ли Петербургский текст. Сер. "Петербургский сборник" . СПГУ. 2005.

У

[180] *Умнова Т.В.* Легенды Москвы времен оттепели.Татьяна Умнова. –Москва: Издательство АСТ, 2016.

Ф

[181] *Фёдоров Г.А.* Московский мир Достоевского. Из истории русской ху-

дожественной культуры XX века. Предисл. *С. Г. Бочарова* и *В. Н. Топорова*. М.: Языки славянской культуры, 2004.

[182] *Федотов Г.П.* Три столицы/*Г.П.Федотов*//Москва-Петербург: pro et contra. Сост. *К.Г. Исупов* –СПб.: РХГИ, 2000.

[183] Физиология Петербурга//Отв. Ред. *А.Л. Гришунин.* –М.: Наука.1991.

[184] Философский энциклопедический словарь//Гл.редакция: *Л.Ф. Ильичев, П.Н. Федосеев, С.М. Ковалев, В.Г. Панов.* –М.: Сов.Энклопедиця. 1983.

[185] *Флейшман Л.* Борис Пастернак в двадцатые годы. –Мюнхен, 1981.

[186] *Форш О.Д.* Сумасшедший корабль. Издательство Художественная литература. Ленинградское отделение, 1988.

[187] *Фу Синхуань, Сунь На.* «Петербургская перспектива» с точки зрения теории пространства и квантовой механики.Вестник государствееого гуманитарно-технологического университета.//научный журнал. 2018. № 3.

X

[188] *Хализев В.Е.* Теория литературы. –М., 2000.

[189] *Хармс Д.* Старуха//*Д. Хармс.* О явлениях и существованиях. –СПб.: Азбука-классика, 2003.

[190] *Ходрова Д.* Основы поэтики литературных произведений XX в. – Прага, 2001.

Ц

[191] *Цветаева М.И.* Собрание стихотворений ,поэм и драматических произведений: В 3-х томах.Сост. Асаакянц, Л.Мнухин. М.: Прометей, 1990, т.1.

[192] *Цивьян Т.В.* «Рассказали страшное, дали точный адрес...» (к мифологической топографии Москвы). Лотмановский сборник. Т.2/Сост. Е.В. Пермяков. М.: Изд-во РГГУ, 1997.

Ч

[193] *Чаянов А.В.* Необычайные, но истинные приключения графа Федора Михайлович Бурлина. М., 1989.

Ш

[194] *Шарапенкова Н.Г.* Мифолого-символический аспект имени собственного в романе Андрея Белого «Москва»//Н.Г. Шарапенкова//Вестник ЛГУ им. А.С. Пушкина. 2011. № 3.

[195] *Шаргунов С.А.* Книга без фотографий. М.: Альпина нон-фикшн, 2011.

[196] *Шаргунов С.А.* Кника без фотографий.М.: «Алыпина Диджитал», 2011.

[197] *Шестаков В.П.* Эсхатогия и утопия (очерки русской философии и культуры). М.: «Виладос», 1995.

[198] *Шмелев И.С.* Пути небесные: Избранные произведения/*И.С. Шмелев.* –М.: Советский писатель, 1991.

[199] *Шмелев И.С.* Лето Господне. Деская литература; Москва; 2009.

Щ

[200] *Щедрина Н.М.* Функции московского текста в романе Т.Толстой «Кысь»//Москва и «московский текст» в русской литературе XX веке. IX Виноградовские чтения: Материалы международной научной конференции. (Москва, 11-12 ноября 2005 года) //Ред.-состав.: *Н.М. Малыгина.* –М.: МГПУ, 2007.

Э

[201] *Эйхенбаум Б.М.* Душа Москвы/*Б.М. Эйхенбаум*//Москва-Петербург: pro et contra. Сост. *К.Г. Исупов* –СПб.: РХГИ, 2000.

（二）英文参考文献

G

[202] Groys, Boris. "The Struggle against Museum; or the Display of Art in Totalitarian Space." *Museum Culture: Histories, Discourses, Spectacle.* Ed. Daniel J. Sherman and Irit Rogoff. Minneapolis: University of Minnesota Press, 1994.

L

[203] H. Lefebvre. *The Production of Space.* Wiley-Blackwell, 1991.

S

[204] Song, Ji Eun. *Petersburg museology: Visions of modern collectors in 20th century Russian culture.* the University of Chicago, 2010.

[205] Spieker, Sven. *Figures of Memory and Forgetting in Andrei Bitov's Prose.* Frankfurt/Main: Peter Lang, 1996.

二、汉译及中文参考文献

（一）汉译文献

［德］赫尔曼·哈肯：《协同学：大自然构成的奥秘》，凌复华译，上海：上海译文出版社，2013年。

［德］瓦尔特·本雅明：《巴黎，19世纪的首都》，刘北成译，北京：商务印书馆，2013年。

［德］瓦尔特·本雅明：《单行道》，王涌译，南京：译林出版社，2012年。

［德］瓦尔特·本雅明：《发达资本主义时代的抒情诗人》，王才勇译，南京：江苏人民出版社，2005年。

［德］瓦尔特·本雅明：《发达资本主义时代的抒情诗人》，张旭东、魏文生译，北京：生活·读书·新知三联书店，2012年。

［俄］B.B.科列索夫：《语言与心智》，杨明天译，上海：上海三联书店，

2006年。

［俄］安·别雷：《彼得堡》，靳戈、杨光译，北京：作家出版社，1997年。

［俄］安德烈·比托夫：《普希金之家》，王加兴等译，北京：北京大学出版社，2016年。

［俄］巴赫金：《巴赫金文论选》，佟景韩译，北京：中国社会科学出版社，1996年。

［俄］巴赫金：《小说理论》，白春仁、晓河译，石家庄：河北教育出版社，1998年。

［俄］别尔嘉耶夫：《俄罗斯的命运》，汪剑钊译，昆明：云南人民出版社，1999年。

［俄］别尔嘉耶夫：《自我认知》，汪剑钊译，上海：上海人民出版社，2007年。

［俄］别林斯基：《别林斯基选集》（第六卷），辛未艾译，上海：上海译文出版社，2006年。

［俄］茨维塔耶娃：《茨维塔耶娃文集·诗歌》，汪剑钊主编，汪剑钊译，北京：东方出版社，2003年。

［俄］德·谢·利哈乔夫：《解读俄罗斯》，吴晓都、王焕生、季志业、李政文译，北京：北京大学出版社，2003年。

［俄］德·谢·梅列日科夫斯基：《托尔斯泰与陀思妥耶夫斯基》，杨德友译，沈阳：辽宁教育出版社，2000年。

［俄］杜勃罗留波夫：《杜勃罗留波夫选集》（第一卷），辛未艾译，上海：上海译文出版社，1983年。

［俄］俄罗斯科学院高尔基世界文学研究所：《俄罗斯白银时代文学史》（1—4卷），谷羽、王亚民等译，兰州：敦煌文艺出版社，2006年。

［俄］费·陀思妥耶夫斯基：《地下室手记》，伊信译，蔚乾注，北京：商

务印书馆，1995年。

[俄]冈察洛夫、屠格涅夫、陀思妥耶夫斯基、柯罗连科：《文学论文选》，冯春选编，上海：上海译文出版社，1997年。

[俄]冈察洛夫：《奥勃洛莫夫》，陈馥译，北京：人民出版社，2008年。

[俄]冈察洛夫：《彼得堡之恋》，张耳译，北京：中国友谊出版公司，2015年。

[俄]冈察洛夫：《悬崖》（上、下），翁文达译，上海：上海译文出版社，1983年。

[俄]果戈理：《果戈理全集》（第3卷），周启超主编，刘开华译，合肥：安徽文艺出版社，1999年。

[俄]果戈理：《果戈理全集》（第7卷），周启超主编，彭克巽译，合肥：安徽文艺出版社，1999年。

[俄]果戈理：《死魂灵》，满涛、许庆道译，北京：人民文学出版社，1983年。

[俄]赫尔岑：《往事与随想》（上、中、下），相星耀译，北京：人民文学出版社，2006年。

[俄]列夫·托尔斯泰：《战争与和平》（第三卷），高植译，上海：上海译文出版社，1981年。

[俄]马卡宁：《地下人，或当代英雄》，田大畏译，北京：外国文学出版社，2002年。

[俄]尼·别尔嘉耶夫：《俄罗斯灵魂：别尔嘉耶夫文选》，陆肇明等译，上海：学林出版社，1999年。

[俄]尼·别尔嘉耶夫：《俄罗斯思想：十九世纪末至二十世纪初俄罗斯思想的主要问题》，雷永生、邱守娟译，北京：生活·读书·新知三联书店，1995年，2004年。

［俄］尼·别尔嘉耶夫：《俄罗斯思想的宗教阐释》，邱运华、吴学金译，北京：东方出版社，1998年。

［俄］尼·别尔嘉耶夫：《论人的奴役与自由》，徐黎明译，贵阳：贵州人民出版社，2007年。

［俄］尼·别尔嘉耶夫：《论人的使命：神与人的生存辩证法》，张百春译，上海：上海人民出版社，2007年。

［俄］尼·别尔嘉耶夫：《陀思妥耶夫斯基的世界观》，耿海英译，桂林：广西师范大学出版社，2008年。

［俄］普希金：《普希金全集·第二卷》，刘文飞主编，刘文飞译，石家庄：河北教育出版社，1999年。

［俄］普希金：《普希金全集·第六卷》，刘文飞主编，刘文飞译，石家庄：河北教育出版社，1999年。

［俄］普希金：《普希金全集·第四卷》，刘文飞主编，郑体武、冯春译，石家庄：河北教育出版社，1999年。

［俄］普希金：《普希金全集·第五卷》，刘文飞主编，李政文译，石家庄：河北教育出版社，1999年。

［俄］普希金：《普希金全集·第一卷》，刘文飞主编，刘文飞译，石家庄：河北教育出版社，1999年。

［俄］普希金：《普希金全集1·抒情诗》，沈念驹、吴迪主编，查良铮、谷羽等译，杭州：浙江文艺出版社，2012年。

［俄］普希金：《普希金全集3·长诗 童话诗》，沈念驹、吴迪主编，力冈、亢甫等译，杭州：浙江文艺出版社，2012年。

［俄］普希金：《普希金全集4·诗体长篇小说 戏剧》，沈念驹、吴迪主编，智量、冀刚译，杭州：浙江文艺出版社，2012年。

［俄］普希金：《普希金全集5·中短篇小说 游记》，沈念驹、吴迪主编，

力冈、亢甫等译，杭州：浙江文艺出版社，2012年。

［俄］普希金：《普希金全集6·评论》，沈念驹、吴迪主编，邓学禹、孙蕾等译，杭州：浙江文艺出版社，2012.

［俄］普希金：《普希金全集8·书信》，沈念驹、吴迪主编，吕宗兴、王三隆译，杭州：浙江文艺出版社，2012年。

［俄］恰达耶夫：《哲学书简》，刘文飞译，北京：作家出版社，1998年。

［俄］陀思妥耶夫斯基：《被侮辱与被损害的人》，臧仲伦译，南京：译林出版社，1995年。

［俄］陀思妥耶夫斯基：《费·陀思妥耶夫斯基全集》（第七卷），陈燊主编，力冈、袁亚楠译，石家庄：河北教育出版社，2010年。

［俄］陀思妥耶夫斯基：《费·陀思妥耶夫斯基全集》（第一卷），陈燊主编，磊然、郭家申译，石家庄：河北教育出版社，2010年。

［俄］陀思妥耶夫斯基：《少年》，陆肇明译，石家庄：河北教育出版社，2013年。

［俄］陀思妥耶夫斯基：《陀思妥耶夫斯基中短篇小说选》，成时译，北京：人民文学出版社，1997年。

［俄］陀思妥耶夫斯基：《罪与罚》，朱海观、王汶译，北京：人民文学出版社，2013年。

［俄］瓦季姆·梅茹耶夫：《文化之思——文化哲学概观》，郑永旺等译，哈尔滨：黑龙江大学出版社，2019年。

［俄］韦涅季克特·叶罗费耶夫：《从莫斯科到佩图什基》，张冰译，桂林：漓江出版社，2014年。

［俄］维克多·佩列文：《夏伯阳与虚空》，郑体武译，上海：上海译文出版社，2004年。

［俄］谢·伊·科尔米洛夫：《二十世纪俄罗斯文学史》，赵丹、段丽君、

胡学星译，南京：南京大学出版社，2017年。

［俄］亚·格里鲍耶多夫：《聪明误》，李锡胤译，哈尔滨：黑龙江人民出版社，1980年。

［俄］亚历山大·索尔仁尼琴：《第一圈》，景黎明译，北京：群众出版社，2016年

［俄］尤·谢列兹涅夫：《陀思妥耶夫斯基传》，徐昌翰译，北京：人民文学出版社，2011年。

［法］安德烈·纪德：《关于陀思妥耶夫斯基的六次讲座》，余中先译，桂林：广西师范大学出版社，2006年。

［法］德勒兹、加塔利：《资本主义与精神分裂（卷2）：千高原》，姜宇辉译，上海：上海书店出版社，2011年。

［法］福柯：《规训与惩罚》，刘北成、杨远婴译，北京：生活·读书·新知三联书店，2012年。

［法］福柯：《另类空间》，王喆译，《世界哲学》，2006年第6期。

［法］亨利·列斐伏尔：《空间与政治》（第二版），李春译，上海：上海人民出版社，2015年。

［法］莫里斯·布朗肖：《文学空间》，顾嘉琛译，北京：商务印书馆，2003年。

［加］诺思洛普·弗莱：《伟大的代码——圣经与文学》，郝振益、樊振帼、何成洲译，北京：北京大学出版社，1998年。

［美］爱德华·W.苏贾：《后现代地理学——重申批判社会理论中的空间》，周宪、许钧主编，王文斌译，北京：商务印书馆，2007年。

［美］爱德华·格莱泽：《城市的胜利》，刘润泉译，上海：上海社会科学院出版社，2012年。

［美］戴维·哈维：《正义、自然和差异地理学》，胡大平译，上海：上海

人民出版社，2015 年。

[美] 段义孚：《空间与地方：经验的视角》，王志标译，北京：中国人民大学出版社，2017 年。

[美] 段义孚：《恋地情结》，志丞、刘苏译，北京：商务印书馆，2018 年。

[美] 段义孚：《人文主义地理学：对于意义的个体追寻》，宋秀葵、陈金凤、张盼盼译，上海：上海译文出版社，2020 年。

[美] 段义孚：《逃避主义》，周尚意、张春梅译，石家庄：河北教育出版社，2005 年。

[美] 冯·贝塔朗菲：《一般系统论：基础、发展和应用》，林康义、魏宏森等译，北京：清华大学出版社，1987 年。

[美] 哈罗德·布鲁姆：《影响的焦虑》，徐文博译，南京：江苏教育出版社，2005 年。

[美] 赫伯特·马尔库塞：《单向度的人》，刘继译，上海：上海译文出版社，2006 年。

[美] 凯文·林奇：《城市意象》，方益萍、何晓军译，北京：华夏出版社，2007 年．

[美] 理查德·P.格林、詹姆斯·B.皮克：《城市地理学》，中国地理学会城市地理专业委员会译校，北京：商务印书馆，2011 年。

[美] 理查德·利罕：《文学中的城市——知识与文化的历史》，吴子枫译，上海：上海人民出版社，2009 年。

[美] 刘易斯·芒福德：《城市发展史——起源、演变和前景》，宋俊岭、倪文彦译，北京：中国建筑工业出版社，2016 年。

[美] 罗伯特·塔利：《空间性》，方英译，北京：北京大学出版社，2021 年。

[美] 马克·戈特迪纳：《城市空间的社会生产》（第二版），任晖译，南

京：江苏教育出版社，2014年。

[美]马歇尔·伯曼：《一切坚固的东西都烟消云散了——现代性体验》，徐大建、张辑译，北京：商务印书馆，2003年。

[美]纳博科夫：《俄罗斯文学讲稿》，丁骏、王建开译，上海：上海译文出版社，2018年。

[美]尼古拉·梁赞诺夫斯基、马克·斯坦伯格：《俄罗斯史》（第八版），杨烨、卿文辉、王毅主译，上海：上海人民出版社，2013年。

[美]若昂·德让：《巴黎：现代城市的发明》，赵进生译，南京：译林出版社，2017年。

[美]萨森：《全球化及其不满》，李纯一译，上海：上海书店出版社，2011年。

[美]斯蒂文·贝斯特、道格拉斯·凯尔纳：《后现代理论——批判性的质疑》，张志斌译，北京：中央编译出版社，2001年。

[美]斯塔夫里阿诺斯：《全球通史》，董淑慧等译，北京：北京大学出版，2005年。

[美]汤普逊：《理解俄国：俄国文化中的圣愚》，杨德友译，北京：生活·读书·新知三联书店，1998年。

[美]伍德沃斯、理查兹：《圣彼得堡文学地图》，哈罗德·布鲁姆主编，李巧慧、王志坚译，上海：上海交通大学出版社，2011年。

[美]约翰·汉涅根：《梦幻之城》，张怡译，上海：上海书店出版社，2011年。

[美]约瑟夫·弗兰克：《陀思妥耶夫斯基：自由的苏醒，1860—1855》，戴大洪译，桂林：广西师范大学出版社，2019年。

[美]约瑟夫·弗兰克：《俄国知识人与精神偶像》，徐凤林译，上海：学林出版社，1999年。

［苏］卡冈：《美学和系统方法》，凌继尧译，北京：中国文联出版公司，1986年。

［苏］卡冈：《艺术形态学》，凌继尧、金亚娜译，上海：学林出版社，2008年。

［苏］瓦·叶·哈利泽夫：《文学学导论》，周启超、王加兴、黄玫、夏忠宪译，北京：北京大学出版社，2006年。

［苏］伊·伊里夫、叶·彼得罗夫：《十二把椅子》，安郁琛、钟鼎译，哈尔滨：黑龙江人民出版社，1984年。

［苏］尤·特里丰诺夫：《另一种生活》，徐振亚译，上海：上海文艺出版社，1984年。

［苏］尤里·特里丰诺夫：《滨河街公寓》，蓝英年译，上海：上海文艺出版社，2013年。

［英］安东尼·吉登斯：《现代性的后果》，田禾译，南京：译林出版社，2014年。

［英］雷蒙·威廉斯：《乡村与城市》，韩子满、刘戈、徐珊珊译，北京：商务印书馆，2016年。

［英］迈克·克朗：《文化地理学》（修订版），杨淑华、宋慧敏译，南京：南京大学出版社，2007年。

［英］齐格蒙特·鲍曼：《全球化——人类的后果》，郭国良、徐建华译，北京：商务印书馆，2013年。

［英］斯蒂夫·派尔：《真实城市：现代性、空间与城市生活的魅像》，孙民乐译，南京：江苏教育出版社，2014年。

［英］以赛亚·伯林：《俄国思想家》，彭淮栋译，北京：译林出版社，2003年。

［英］约翰·伦尼·肖特：《城市秩序：城市、文化与权力导论》，郑娟、

梁捷译，上海：上海人民出版社，2015年。

（二）中文文献

白茜：《文化文本的意义研究：洛特曼语义观剖析》，北京：中国社会科学出版社，2007年。

包亚明主编：《后大都市与文化研究》，陆扬等译，上海：上海教育出版社，2005年。

包亚明主编：《后现代性与地理学的政治》，上海：上海教育出版社，2001年。

陈召荣：《流浪母题与西方文学经典阐释》，北京：中国社会科学出版社，2006年。

成朝晖：《人间·空间·时间——城市形象系统设计研究》，杭州：中国美术学院出版社，2011年。

戴卓萌、郝斌、刘锟：《俄罗斯文学之存在主义传统》，北京：中央编译出版社，2014年。

方英：《文学绘图：文学空间研究与叙事学的重叠地带》，《外国文学研究》，2020年第2期。

冯玉芝：《〈癌症楼〉的文本文化研究》，北京：中国社会科学出版社，2014年。

傅星寰、车威娜：《俄罗斯文学"彼得堡—莫斯科"题材及诗学范式刍议》，《辽宁师范大学学报（社科版）》，2010年第4期。

傅星寰、陈石泽：《〈第一圈〉中"颠倒的"莫斯科》，《俄罗斯文艺》，2019年第2期。

傅星寰、胡松杰：《棺材店老板的"梦"与现实——普希金的小说〈棺材店老板〉解析》，《辽宁师范大学学报（社科版）》，2019年第2期。

傅星寰、李俊学：《量子意识视域下的〈夏伯阳与虚空〉的后现代空间叙事》,《俄罗斯文艺》,2017 年第 1 期。

傅星寰、刘笑竹:《"走廊"内外的人与世界——以特里丰诺夫的〈交换〉为例》,《沈阳师范大学学报(社科版)》,2017 年第 2 期。

傅星寰、骆建嘉:《论普希金笔下的彼得堡城市空间》,《辽宁师范大学学报(社科版)》,2016 年第 1 期。

傅星寰、祁瑞雅:《在历史和现实的"镜像"中寻找真实——俄罗斯作家特里丰诺夫〈老人〉解析》,《辽宁师范大学学报(社科版)》,2017 年第 2 期。

傅星寰、张一莹:《陀思妥耶夫斯基笔下的彼得堡城市空间》,《东北亚外语研究》,2016 年第 1 期。

傅星寰、张一莹:《陀思妥耶夫斯基笔下的彼得堡城市意象》,《辽宁师范大学学报(社科版)》,2015 年第 6 期。

傅星寰、赵萌:《〈地下人,或当代英雄〉中的莫斯科的"格式塔"解读》,《辽宁师范大学学报(社科版)》,2018 年第 4 期。

傅星寰:《〈聪明误〉对于俄罗斯文学"莫斯科传统"的贡献》,《辽宁师范大学学报(社科版)》,2020 年第 4 期。

傅星寰:《20 世纪俄罗斯文学发展进程——梳理与解读》,大连:辽宁师范大学出版社,2012 年。

傅星寰:《都市文明与田园理想的对话——〈奥勃洛摩夫〉双时空体结构的文化解读》,《外语与外语教学》,2014 年第 6 期。

傅星寰:《俄罗斯文学"莫斯科文本"的代码系统研究》,《俄罗斯文艺》,2018 年第 2 期。

傅星寰:《俄罗斯文学"莫斯科文本"与"彼得堡文本"初探》,《俄罗斯文艺》,2014 年第 2 期。

傅星寰:《俄罗斯文学城市文本的代码系统——以彼得堡文本为例》,《中国俄语教学》,2017 年第 4 期。

傅星寰：《两个"超级文本"系统——莫斯科文本与彼得堡文本的协同机制研究》，《中国社会科学报》，2021年8月31日（第6版）。

傅星寰：《四维空间 明暗光影——陀思妥耶夫斯基的精神人格和审美意象》，《外国文学研究》，1997年第1期。

傅星寰：《陀思妥耶夫斯基小说的视觉艺术形态》，《外国文学研究》，2000年第2期。

傅星寰：《现代性视阈下俄罗斯思想的艺术阐释——俄罗斯文学五大题材研究》，长春：吉林人民出版社，2010年。

傅星寰：《作为"超级文本"的莫斯科文本的形成与发展》，《俄罗斯文艺》，2021年第3期。

高春花：《列斐伏尔城市空间理论的哲学建构及其意义》，《理论视野》，2011年第8期。

耿海英：《别尔嘉耶夫与俄罗斯文学》，上海：上海书店出版社，2009年。

龚京云：《〈第一圈〉的复调叙事研究》，北京第二外国语学院，2017年。

郭方云：《文学地图》，《外国文学》，2015年第1期。

郭文、刘国华：《莫斯科——世界古都丛书》，黄民兴主编，西安：三秦出版社，2006年。

侯玮红：《当代俄罗斯小说研究》，北京：中国社会科学出版社，2013年。

李俊学：《后现代视域下的"莫斯科书写"——以〈从莫斯科到佩图什基〉与〈夏伯阳与虚空〉为例》，辽宁师范大学，2017年。

李茂增：《现代性与小说形式》，上海：东方出版中心，2008年。

李新梅：《俄罗斯后现代主义文学中的文化思潮》，北京：中国社会科学院出版社，2012年。

林精华：《想象俄罗斯——关于俄国民族性问题的研究》，北京：人民文学出版社，2003年。

刘文飞：《文学魔方：二十世纪的俄罗斯文学》，北京：中国社会科学院出版社，2004年。

刘亚丁：《俄罗斯文学（1760—2010）感悟录》，北京：中国社会科学出版社，2016年。

刘亚丁：《十九世纪俄国文学史纲》，成都：四川大学出版社，1989年。

刘再复：《性格组合论》，合肥：安徽文艺出版社，1999年。

龙迪勇：《空间叙事研究》，北京：生活·读书·新知三联书店，2014年。

罗丹：《在城市空间中的"成长"——以陀思妥耶夫斯基的〈少年〉为例》，辽宁师范大学，2018年。

闵学勤：《感知与意象——城市理念与形象研究》，南京：东南大学出版社，2007年。

钱翰：《文本》，《外国文学》，2020年第5期。

任明丽：《俄罗斯，你在这洪流中的何处？——对〈夏伯阳与虚空〉的解读》，《外国文学》，2006年第3期。

上官燕：《游荡者，城市与现代性：理解本雅明》，北京：北京大学出版社，2014年。

尚涤新：《现代性视域下托尔斯泰娅长篇小说〈野猫精〉中的"莫斯科书写"》，辽宁师范大学，2018年。

孙超：《二十世纪八九十年代俄罗斯中短篇小说研究》，北京：人民文学出版社，2014年。

王治河：《后现代主义辞典》，北京：中央编译出版社，2004年。

王宗琥：《莫斯科VS彼得堡——19世纪俄罗斯经典作家笔下的"双城记"》，《俄罗斯文艺》，2014年第2期。

闻一：《俄罗斯通史：1917—1991》，上海：上海社会科学院出版社，2013年。

吴冶平：《空间理论与文学的再现》，兰州：甘肃人民出版社，2008年。

张鸿声：《"文学中的城市"与"城市想象"研究》，《文学评论》，2007年第1期。

张捷：《当今俄罗斯文坛扫描》，北京：人民文学出版社，2007年。

张琳琳：《后现代主义视域下〈普希金之家〉的"彼得堡书写"》，辽宁师范大学，2019年。

张笑夷：《列菲伏尔空间批判理论研究》，北京：社会科学文献出版社，2014年。

赵萌：《后现实主义视域下〈地下人，或当代英雄〉的"莫斯科书写"》，辽宁师范大学，2018年。

赵晓彬等：《雅克布逊的诗学研究》，北京：人民文学出版社，2014年。

赵杨：《颠覆与重构：论俄罗斯后现代主义文学的反乌托邦性》，哈尔滨：黑龙江人民出版社，2009年。

郑永旺：《游戏·禅宗·后现代》，北京：人民文学出版社，2006年。

郑永旺等：《俄罗斯后现代主义文学研究——理论分析与文本解读》，北京：人民文学出版社，2017年。

智量：《论19世纪俄罗斯文学》，上海：复旦大学出版社，2009年。

周力：《俄罗斯文化哲学论》，哈尔滨：黑龙江大学出版社，2014年。

周晓晨：《特里丰诺夫的"莫斯科书写"》，辽宁师范大学，2017年。

朱达秋、周力：《俄罗斯文化论》，重庆：重庆出版社，2004年。

朱建刚：《十九世纪下半叶俄国反虚无主义文学研究》，北京：北京大学出版社，2015年。

朱文一：《空间·符号·城市——一种城市设计理论》，北京：中国建筑工业出版社，2010年。

主要人名索引

A

阿米纳多（Дон-Аминадо）
10

阿穆欣（Амусин М.Ф.）
25

阿克肖诺夫（Аксёнов В.П.）
73，74，343

阿尔巴托娃（Алпатова Т.А.）
105

阿尔久霍娃（Артюхова Н.М.）
167，171，255，262

阿赫玛托娃（Ахматова А.А.）
25-27

艾亨鲍姆（Эйхенбаум Б.М.）
13，14

安恰罗夫（Анчаров М.Д.）
343

安齐费罗夫（Анциферов Н.П.）
11，33，338

奥多耶夫斯基（Одоевский В.Ф.）
38，63

奥库扎瓦（Окуджава Б.Ш.）
102

奥索尔金（Осоргин М.А.）
69，255，259，262

B

巴兰诺夫（Баранов Е.З.）
65，108，109，175

巴赫金（Бахтин М.М.）
135，139，208

巴拉廷斯基（Баратынский Е.А.）
254，261，262

巴乌斯托夫斯基（Паустовский К.Г.）
342

贝尔特拉姆（Бельтраме Ф.）
245

本雅明（Walter Benjamin）
270、298

彼得罗夫（Петров Е.）
70-72，89，339，340

比托夫（Битов А.Г.）
27，31，250，315，317-319，343，344

彼谢姆斯基（Писемский А.Ф.）
24

彼坚斯卡娅（Битенская Г.В.）
324, 345

别林斯基（Белинский В.Г.）
5, 8-10, 16, 177, 179, 180, 230, 256, 266, 299

别里亚科夫（Беляков С.С.）
274

别雷（Белый А.）
24-26, 46, 58, 66, 68, 90, 108, 146-157, 194-196, 198, 235, 245, 246, 264, 277, 309, 310, 315, 336, 337, 339, 340

别列里穆捷尔（Перельмутер В.Г.）
58、67

别尔戈丽茨（Берггольц О.Ф.）
28, 341

别尔嘉耶夫（Бердяев Н.А.）
1, 17, 143, 147, 148, 181, 190, 257, 271, 278

别兹罗德内（Безродный М.В.）
338

波戈列尔斯基（Погорельский А.П.）
62, 91, 93, 253, 256, 258, 259

波多尔斯基（Подольский Н.Л.）
31

伯曼（Marshall Berman）
14, 117, 135, 287, 307

伯林（Isaiah Berin）
289

勃洛克（Блок А.А.）
24-26, 48, 248

勃留斯（Брюс Я.）
93, 94, 108, 109

布尔加科夫（Булгаков М.А.）
70, 71, 89, 90, 109, 254, 277, 339, 340

布宁（Бунин И.А.）
69, 88, 254, 255, 261, 262

布罗夫斯基（Буровский А.М.）
31, 344

布鲁姆（Harold Bloom）
317

布特科夫（Бутков Я.П.）
22, 26

C

车尔尼雪夫斯基（Чернышевский Н.Г.）
48, 245

茨维塔耶娃（Цветаева М.И.）
66, 67, 90, 255, 257

D

达里（Даль В.И.）
23

达尼列夫斯基（Данилевский А.А.）
338

德勒兹（Gilles Deleuze）
227, 303

蒂尼亚诺夫（Тынянов Ю.Н.）
8, 10

杜勃罗留波夫（Добролюбов Н.А.）
133, 135

杜纳耶夫（Дунаев М.М.）
234
段义孚（Yi-Fu Tuan）
296
多弗拉托夫（Довлатов С.Д.）
27，343
多里尼亚克（Дольняк И.В.）
32

F

费定（Федин К.А.）
342
冯维辛（Фонвизин Д.И.）
61
佛尔施（Форш О.Д.）
338
福柯（Michel Foucault）
101，207，228，311，314
弗兰克（Joseph Frank）
244
弗莱（Northrop Frye）
41，249

G

冈察洛夫（Гончаров И.А.）
23，26，133-135，144，145，177，181，237，243，281-283，287，305，306，335
格尔申宗（Гершензон М.О.）
98，185
格鲁勃科夫（Голубков С.А.）
173

格列夫斯（Гревс И.М.）
33、40
格里鲍耶多夫（Грибоедов А.С.）
5，48，64，98，99，105，106，176-178，180，182-185，253，255，256，260-266，300，334
格里戈里耶夫（Григорьев А.А.）
298
格里戈罗维奇（Григорович Д.В.）
23
格罗伊斯（Гройс Б.Е.）
29
果戈理（Гоголь Н.В.）
7，8，16，22，23，25，26，38，46，48，53，98，105，115，120，146，152，158，172，173，229，232-237，247，252，271，281，306，307

H

哈肯（Harman Haken）
325，332
哈尔姆斯（Хармс Д.И.）
251
赫斯列尔（Генслер И.С.）
24
赫尔岑（Герцен А.И.）
63，99，243，297，341
霍德罗娃（Ходрова Д.）
56

J

纪德（Aydre Gide）
244

基拉科托尔斯卡娅（Дилакторская О.Г.）
230

基里亚罗夫斯基（Гиляровский В.А.）
65，66，108，109

吉洪诺夫（Тихонов Н.С.）
342

季米娜（Тимина С.И.）
195

加尔金娜（Галкина Н.В.）
30、343

加塔利（Felix Guattari）
227、303

杰尔查文（Державин Г.Р.）
21，194

久帕（Тюпа В.И.）
159

居斯京（Кюстин А.Де.）
101

K

卡冈（Кагон М.С.）
20，325，345，392

卡尔梅科娃（Калмыкова В.В.）
58，395

卡拉姆津（Карамзин Н.М.）
12，62，63，95，105，106

卡尔波娃（Карпова В.В.）
315

凯特琳斯卡娅（Кетлинская В.К.）
342

康德（Immanuel Kant）
9，126，150-152

康德拉季耶夫（Кондратьев В.Л.）
258

康捷米尔（Кантемир А.Д.）
61

克列斯托夫斯基（Крестовский В.В.）
23，26，50，248

克鲁萨诺夫（Крусанов П.В.）
31

科纳别（Кнабе Г.С.）
58

科马罗夫（Камаров М.）
62

柯文特（Квинт Л.）
97

科尔日热诺夫斯基（Кржижановский С.Д.）
66，67，107

克朗（Michel A.Grang）
292，296

库皮娜（Купина Н.А.）
323，324，345

库普林（Куприн А.И.）
255，258

库拉耶夫（Кураев М.Н.）
30

L

拉吉舍夫（Радищев А.Н.）

17，192，297

莱蒙托夫（Лермонтов М.Ю.）

26，48，63，98，243，271，317

雷巴科夫（Рыбаков А.Н.）

73，343

利哈乔夫（Лихачёв Д.С.）

8，14

李继忠

15

列别捷夫（Лебедев Г.С.）

161

列夫基耶夫斯卡娅（Левкиевская Е.Е.）

88，90

列斐伏尔（Henri Lefebvre）

32，44，101

列米佐夫（Ремизов А.М.）

24，26，36，233，235，248

列斯科夫（Лесков Н.С.）

24

林精华

15

林奇（Kevin Lynch）

115，118

琉森（Люсый А.П.）

78，274，288，323，326，327

罗蒙诺索夫（Ломоносов М.В.）

21，61

洛特曼（Лотман Ю.М.）

32，34，40，55，84，148，308，323，331，394

罗赞诺夫（Розанов В.В.）

8，11-13

罗日杰斯特文斯基（Рождественский В.А.）

26

M

马卡宁（Маканин В.С.）

76，77，91，104，109，265-267，277，343

马雷金娜（Малыгина Н.М.）

59，327，395

梅德尼斯（Меднис Н.Е.）

20，34，58，85，109，323，324，346

梅列津斯基（Мелетинский Е.М.）

264

梅里古诺夫（Мельгунов Н.А.）

41

明茨（Минц З.Г.）

338

莫瑞迪（Franco Moretti）

279

N

尼采（Nietzsche F.W.）

153，247

尼基金（Никитин А.）

297

尼古拉耶娃（Николаева Г.Н.）

239

涅克拉索夫（Некрасов Н.А.）

22，23

涅克拉索娃（Некрасова Е.И.）
79，291

涅乌瓦扎耶娃（Неуважаева М.А.）
295

P

帕别尔内（Паперный В.）
146

帕斯捷尔纳克（Пастернак Б.Л.）
70，72，343

佩列文（Пелевин В.О.）
76，77，91，220，221，225，227，228，270，277，343

普拉东诺夫（Платонов А.П.）
59，70-72，89，107，254，288，395

普希金（Пушкин А.С.）
8，10，16，17，21，22，24-26，29，36-38，46，48，49，53，63，64，99，105，106，112-117，120-122，146，180，186，189，190，192-194，229，230，235-238，243，251，252，256，271，272，297，306-309，334

Q

齐维扬（Цивьян Т.В.）
94

契诃夫（Чехов А.П.）
232

恰达耶夫（Чаадаев П.Я.）
86，134，192

恰科夫斯基（Чаковский А.Б.）
342

恰亚诺夫（Чаянов А.В.）
65，93，108，277

丘尔科夫（Чулков М.Д.）
62

R

茹科夫斯基（Жуковский В.А.）
48，62，95，256，261，262

S

萨尔蒂科夫—谢德林（Салтыков-Щедрин М.И.）
24

莎拉边科娃（Шарапенкова Н.Г.）
202

沙尔古诺夫（Шаргунов С.А.）
79，273，294

舍弗涅尔（Шефнер В.С.）
343

什梅廖夫（Шмелёв И.С.）
68，69，88，109，110，254，258，259，262

史努连柯（Шнуренко И.А.）
31，344

斯拉夫尼科娃（Славникова О.А.）
79，80，277，291

斯卢切夫斯基（Случевский К.К.）
24

斯米尔诺夫（Смирнов С.Б.）
8，326

斯特拉达（Страда В.）
281

宋吉恩（Song Ji Eun）
318

苏贾/索亚（Edward W. Soja）
32，296，319

苏马罗科夫（Сумароков А.П.）
61

苏希赫（Сухих И.Н.）
70，337

索尔仁尼琴（Солженицын А.И.）
73，100，204，207，212，343

索洛古勃（Сологуб Ф.К.）
24、26

索罗金（Сорокин В.Г.）
75，76

T

塔利（Robert T.Tally）
279

塔尔洛夫斯基（Тарловский М.А.）
102

特里丰诺夫（Трифонов Ю.В.）
74，75，77，212，217，218，220，261，265，267-269，277，311，313，343

屠格涅夫（Тургенев И.С.）
243

托尔斯泰（Толстой Л.Н.）
105，106，146，256，259，261，265，271

托尔斯泰娅（Толстая Н.Н.）
31

托尔斯泰娅（Толстая Т.Н.）
270，272，314

托波罗夫（Топоров В.Н.）
21，23，25，26，32，41，43，58，146，157，196，248，254，323，327，328，394

陀思妥耶夫斯基（Достоевский Ф.М.）
16，23，25，26，38，46，50，51，53，54，97，120，122，125，146，158，230，233-238，244，245，247，251，252，271，281，291，298，306，307

W

瓦基诺夫（Вагинов К.К.）
25，26，157-162，164-166，315，339

王宗琥
16

维尔特曼（Вельтман А.Ф.）
63，108，255

维列尔（Веллер М.И.）
167，168，170，173-175，344

维谢洛娃（Веселова И.С.）
107-109，331

维亚里采夫（Вяльцев А.В.）
32，289，344

沃伦科娃（Воронкова Л.Ф.）
256

吴泽霖
15

X

先钦（Сенчин Р.В.）
79，80，274，275，277，292，293，319，321

肖特（John Rennie Short）
278

谢列梅涅娃（Селеменева М.В.）
75，212，218，273

谢列兹涅夫（Селезнев Ю.И.）
131

谢尔科娃（Серкова В.А.）
54，331

欣达洛夫斯基（Синдаловский Н.А.）
247

休特金（Сюткин В.М.）
103，391

Y

亚历山德罗夫（Александров А.А.）
251

叶罗费耶夫（Ерофеев В.В.）
75，101，270，302，343

伊里夫（Ильф И.）
89，339，340

伊里切夫斯基（Иличевский А.В.）
79，273，277，320

伊姆希巴耶娃（Имшибаева Г.Г.）
227

伊万诺夫（Иванов А.П.）
25

伊万诺夫（Иванов В.И.）
25，32，166

伊万诺夫（Иванов С.А.）
255

英贝尔（Инбер В.М.）
341，342

Z

扎巴耶夫（Джабаев Д.）
342

扎伊采夫（Зайцев Б.К.）
68，69，89，256

扎米亚京（Замятин Д.Н.）
304，305，395，396

左琴科（Зощенко М.М.）
25，71，340

兹维亚金采夫（Звягинцев В.И.）
295

张冰
15

张建华
15

张捷
16

后　记

　　因工作或访学，我去过很多次俄罗斯，而在俄罗斯境内，我逗留时间最长的城市当数莫斯科和彼得堡。这两座城市给我留下太多难忘的记忆，因此相比俄罗斯的其他城市，我对它们情有独钟。对于初到俄罗斯的旅人而言，即便不了解俄罗斯的历史、不知晓两座城市由来已久的对峙，也能从最直观的印象中发现它们之间的相似与不同：比如，两座城市都有一座建筑样式相同且以对方城市命名的火车站：它们像孪生兄弟一样，在莫斯科的是列宁格勒火车站，在彼得堡的是莫斯科火车站。除此之外，两座城市还留有大量苏联时代典型的砖混结构居民住宅楼，它们大多是四五层楼的建筑，有着"火柴盒"般的相似外观，俗称："赫鲁晓夫式大板楼"（"Хрущёвка"）。这种建筑也正是梁赞诺夫执导的喜剧电影《命运的捉弄》中的主人公"被命运捉弄"的缘由：外科医生热尼亚由于一次醉酒而搭错了飞机，从而掉进了列宁格勒与莫斯科"相似"楼群的迷魂阵里，于是上演了一系列令人啼笑皆非的戏码。尽管莫斯科与彼得堡存在着上述相似，但其实，两座城市之间的迥异远远大于它们的雷同，它们在自然景观、城市布局、建筑风格、市民气质乃至市民交际语言的使用上都存在着巨大的差异。比如，对当下俄罗斯街头十分流行的阿拉伯美食——鸡肉卷饼的称名，莫斯科叫"Шаурма"，而在彼得堡则叫"Шаверма"；同样是一幢建筑物的正门入口处，在莫斯科称作"парадный"，而在彼得堡则被称为"подьезд"。对于莫斯科与彼得堡而言，差异是它们二者的本质，而差异的本质又使它们相互间产生了某种镜像。镜像里的它们，互为倒影，又互不服气。正如歌唱家瓦列里·休特金在歌曲《你的莫斯科，他的彼得堡》(《У твоей Москвы И его Невы》)[1]中所唱的那样：

> 你的莫斯科，他的彼得堡
> 有了某种相像的东西，也许是你们——
> 你明媚、他阴郁，两种文化在冲突；
> 他坚持己见，你也不愿退步。
> 你没见过白夜和彼得堡的多姿
> 他不知道希特洛夫广场和布尔加科夫故居；
> 他永远不可能把你送到家门口，
> 你也不知道通往他家的路。
> ……………
> 你会听到马林斯基剧院的竖琴声有多柔美，
> 他能看到马列维奇画作明亮色调的别样光辉。
> ……………

对于俄罗斯文学城市题材的关注，始于20世纪90年代我对于陀氏作品的研读。在撰写了一系列关于陀氏的精神人格对创作的影响、他的创作与彼得堡之间的关联等研究论文之后，2008年我开始着手于俄罗斯文学几类常见题材的研究，其中包括莫斯科题材与彼得堡题材的比较研究。2010年，我出版了专著《现代性视阈下俄罗斯思想的艺术阐释——俄罗斯文学五大题

---

[1] 《У твоей Москвы И его Невы》歌曲名直译应为《你的莫斯科，他的涅瓦》，而这里的"涅瓦"正是彼得堡的指代，所以可译为《你的莫斯科，他的彼得堡》。——笔者注

材研究》(吉林人民出版社，2010)。在之后的几年里，我分别完成了辽宁省社科基金重点项目和教育部人文社科一般项目有关俄罗斯文学莫斯科题材和彼得堡题材的课题研究。有了上述的科研积累，2014年我申报的国家社科基金一般项目"俄罗斯文学'莫斯科文本'与'彼得堡文本'研究"得以批准立项，由此，我对这个课题的研究开始了从"题材"向"文本"的转向。这一转向也对课题研究的理论路径、研究范畴，以及需要解决的问题有了新的要求。在课题研究的同时，我依据自己对这一转向的总体研究思路和理论路径，以及陆续发表的阶段性成果，指导研究生们以硕士学位论文的形式做了一系列俄罗斯作家的"莫斯科书写"和"彼得堡书写"的个案研究，以及中俄作家的"城市书写"的比较研究。期待这些研究成果能在日后择机结集出版，作为对本专著所研究课题感兴趣的读者的延展阅读。在本专著的第三章"俄罗斯作家笔下的'彼得堡书写'概览"和第四章"俄罗斯作家笔下的'莫斯科书写'概览"中，收录了部分已发表的我个人撰写以及我和我的研究生们共同撰写的上述选题的学术论文，它们是本课题研究相关文本细读的佐证。皓首穷经地沉浸在探究俄罗斯文学的"莫斯科传统"与"彼得堡传统"之中十余载，我搜集阅读并翻译了大量俄、英文文献资料和俄文原文作品，仅就"俄罗斯文学'莫斯科文本'与'彼得堡文本'研究"课题一项，俄、英文文献资料和俄文原文作品的翻译量就达到240余万字，其中有15.8万字为我校外语学院俄语系副教授张艳娟老师协助翻译，特此鸣谢。

本专著是以我的国家社科基金项目"俄罗斯文学'莫斯科文本'与'彼得堡文本'研究"的结项成果为基础完善形成的。受卡冈的"艺术系统论"的启发，本课题研究以"超级文本"理论为依据，以跨学科的"协同学"和"一般系统论"的研究范式，结合城市符号学、地理批评和空间思维，确认了俄罗斯文学莫斯科文本与彼得堡文本的诞生、各阶段的发展流变及其代码系统的构成，提炼归纳了两个城市文本时空中特定的人物形象类型及其特征，探究了两个时空共存的人物形象类型及其根源，分析提炼了俄罗斯文学莫斯科文本与彼得堡文本的"现代性"诗学，确认莫斯科文本与彼得堡文本共同绘制了一幅俄罗斯现代化进程从乡村到城市再到大都市的文学全景图，分析提炼了连接两个城市地理形象的文本结构模式以及这两个城市文本中典型的空间叙事类型，确认俄罗斯文学莫斯科文本与彼得堡文本为两个互为依存、相融共生的"超级文本"系统，它们之间具有协同、对话的文本生成机制。莫斯科与彼得堡在俄罗斯历史文化中的四次角色"反转"，尤其是19世纪至20世纪之交的角色互换，开启了俄罗斯文学莫斯科文本与彼得堡文本作为具有协同机制的开放系统的历程。本研究成果可对俄罗斯文学的城市文本研究以及世界文学中的"地域性文本"和国别文本中相互对话的城市文本研究提供研究范式和理论依据参考。

几个世纪以来形成的俄罗斯文学莫斯科文本与彼得堡文本可谓卷帙浩繁，其中"蕴藏着引人入胜的集成性文化记忆和气象万千的学术意蕴"。尽管笔者对本课题研究投入了大量精力并略有心得，但由于本人的理论水平和学力所限，拙著必是挂一漏万留下诸多缺憾。在本课题的研究过程中，笔者脑海时常会跳出一个想法：我们可否不落窠臼，跨越以往书写俄罗斯文学史的线性思维的藩篱，尝试在空间和地理学的视域下，以拓扑学结构来构建完整、可视的俄罗斯文学史版图，尤其是18世纪以来的俄罗斯文学史版图？如此一来，我们或可将莫斯科文本与彼得堡文本作为星形拓扑结构中的中央节点，全面检视这两个首都文本之间的对话和动力学发生机制对于俄罗斯文学版图中的其他地方性文本（外省文本、地域性文本）的辐射和动态关联。在这样的立意下，我们可以采取多种研究视角切入：或以行政区划聚焦，如首都文本、外省文本（如奥廖尔文本、叶列茨文本等）、边疆文本（如西伯利亚文本）；或以地理方位切入，如北方文本（如彼尔姆文本、西伯利亚文本等）、南方文本（如克里米亚文本）；或以地理类型划分，如山地文本

（如高加索文本）、海洋文本（如克里米亚文本）、河流文本（如伏尔加文本）等。在本课题的研究中，笔者注意到，如果将俄罗斯文学史版图以地理空间的拓扑学结构进行铺排，就会发现星形结构中的中央节点莫斯科文本或彼得堡文本，与外省文本或其他地域性文本之间的关联，以及它们之间出现的一些重要的、规律性的文学现象，比如19世纪彼得堡文本和莫斯科文本与高加索文本之间的关联、"多余人"的行动轨迹、20世纪至21世纪首都文本与外省文本之间的关联，等等。因此，笔者认为，在特定的地理空间中"历时性"地考察地方性文本的发展流变和同一地方性文本的不同作家文本之间的差异，以"共时性"的星形拓扑结构考察某一时代由中央节点的首都文本引导的文学趋向（тенденция）对地方性文本的辐射以及动态关联，将为我们提供更为广阔、立体的俄罗斯文学全貌。

  在本课题研究的过程中，笔者得到了来自方方面面的支持和帮助。首先我要感谢全国哲学社会科学工作办以及各位评审专家对本课题结项成果所给予的肯定和优秀等级的评价；感谢国家留学基金委的支持，使我得以亲赴俄罗斯获取相关原文作品和第一手研究资料，能够对课题研究所涉猎的特定城市空间区位进行实地考察，参观拜谒经典莫斯科文本与彼得堡文本创作者们的故居博物馆，从而对这些作家的生平经历、城市体验以及他们所创作的"城市文本"有了更为深入的观照和体悟。其次，我要感谢中国外国文学研究界和中国俄罗斯文学研究界同仁师友的支持和鼓励。特别是四川大学的刘亚丁教授，在本课题研究初期，由于通信网络相对落后，文献搜集异常困难，我请求当时正在莫斯科访学的刘老师帮忙在列图复印两篇博士论文，刘老师不但不辞辛苦地去帮我复印，还千里迢迢地将这两篇共800来页的博士论文从俄罗斯背回国内，令我感动得无以言表；哈尔滨师范大学的赵晓彬教授，当得知我急需洛特曼和托波罗夫的研究资料时，她第一时间就在哈师大图书馆复印了上述两位学者的相关专著并快递给我，这使我心中倍觉温暖、充满感激；苏州大学的朱建刚教授时常在学界的微信群里无私分享自己拥有的最新俄文电子版研究文献，我也从中获益良多。学界同仁的惺惺相惜、相携相助的情谊是我在科研中砥砺前行的动力。除此之外，外国文学研究界的刘建军教授，俄罗斯文学研究界的郑体武教授、王加兴教授、梁坤教授、温玉霞教授等都曾就我在课题研究中所遇到的问题给予过答疑解惑，使我能突破研究瓶颈继续前行。感谢《俄罗斯文艺》《中国社会科学报》（国家社科基金专版）、《外国文学研究》《中国俄语教学》《外语与外语教学》《辽宁师范大学学报（社科版）》《东北亚外语研究》等杂志编辑部同仁的鼓励和支持，使我的部分阶段性研究成果得以陆续发表。

与此同时，我要感谢俄罗斯学界的同行学者，感谢莫斯科市立师范大学（Московский городской педагогический университет）的一批在莫斯科文本研究领域内颇有建树的学者。在课题立项初期，我便与他们中的 B.B. 卡尔梅科娃教授和 H.M. 马雷金娜教授建立了联系，通过邮件就相关问题与她们进行了多次沟通和请教，B.B. 卡尔梅科娃还委托她所在学校的中国留学生将几本有关莫斯科文本研究的论文集辗转带给我。特别值得一提的是，2016—2017 年我在莫斯科大学访学期间，本想约见 H.M. 马雷金娜教授，但不巧的是那时她正在德国讲学，就在我即将结束访学回国之际，她打电话告诉我已从德国返回，于是我很荣幸地在临行前与她相见并收获了几部她个人撰写的有关莫斯科文本研究和普拉东诺夫创作研究的学术专著。除此之外，我还要感谢我在莫大访学期间的学术导师 Ш.Г. 乌梅罗夫教授，他不但对我的研究计划和研究思路提出了很多建设性意见，还在网络上帮我下载了一些相关研究资料，直到今天他依然在来往邮件中关心着我的研究进展情况。在此，我还要特别感谢未曾谋面却得到了其赠予的大量有关文学地理学研究成果的俄罗斯人文地理学家 Д.Н. 扎米亚京教授。一个偶然的机会，我在网上读到他的《元地理学》（《Метагеография》）专著的部分内容并产生了强烈的兴趣，遂委托在莫大学习的学生帮忙购买这本书。经查，当时莫斯科城内书店没有这部专著的库存，虽然彼得堡书店有售，但疫情期间学生们都封闭在宿舍不便外出，学生几经周折帮我查询到了扎米亚京教授的电子邮箱，于是我便与扎教授建立了通信联系。最初的想法只是想购买他的《元地理学》的电子版，但是他在了解了我的研究课题之后，无偿地将自己近年来在人文地理学领域的大部分研究成果以压缩文件的形式打包发给了我，并嘱咐说如果在阅读中有不明之处可以随时发邮件向他询问。这大大超出了我的期待，我为俄罗斯学者的无私奉献和倾情相助感叹和动容。在此，我要对在本专著中所有被引用学术观点的中外学者表示衷心感谢！正是他们的观点启发了我，同时也佐证和支持了我在这一课题研究上的一些想法。同时，我要感谢辽宁师范大学科研处的同事们和我所在的文学院的院系领导，正是他们的支持和鼓励才使这个课题得以顺利完成。

我要特别感谢北京大学出版社的张冰主任和李哲编辑，他们对本专著选题的接纳，在我对书稿完善过程中的鼓励、包容是这部专著能够成功出版的保证。

最后还要感谢我的先生和儿子，感谢他们对于我的理解、支持和付出。多年来，我在不经意间将生活过成了工作，把工作当成了生活。虽然在工作上无怨无悔，但是对于家庭却有太多歉疚……如果说本书的每一个字都是以牺牲亲情融融为代价换来的，那么我愿意用这部书的所有文字来回馈他们！本专著付梓之际，我已结束三十八年的职业生涯，我愿用余生补上这份缺憾，全心全意地去爱他们！

每一位与俄罗斯文学相遇的读者和研究者都会有一种宿命的感觉，即"一眼便是万年"，这或许就是命运，用俄语说就是"Судьба такая"！退休之后，我会有更多的时间沉浸在俄罗斯文学之中，平心静气地去阅读和思考，或许还会继续写点什么。

回望过往,难忘那些长夜孤灯伏案疾书的日子:有焦虑和愁苦,也有欣悦和振奋……感恩所经历的一切!

傅星寰

庚子年小雪之日于陋室养心书斋